Hedda Zinner

Ausgewählte Werke in Einzelausgaben

Hedda Zinner

Katja
Die Lösung

Zwei Romane

Buchverlag Der Morgen

Herausgegeben von Eckhard Petersohn

ISBN 3-371-00088-5

Katja

Schilder weisen den Weg zur Trauerhalle. Ich kenne ihn, aber früher ist er mir nie so lang vorgekommen. An wie vielen Beerdigungen habe ich schon teilgenommen, doch es war anders, auch wenn Freunde beerdigt wurden. Heute trifft es mich unmittelbar, heute ist es Katja. Stephan nannte sie Katjuscha, wenn er zärtlich war. Unsere Tochter. Gleich wird man sie zur letzten Ruhe betten. Scheußliche Worte, Klischees, dabei habe ich sie auf der Bühne ohne weiteres gesprochen, ohne mir Gedanken zu machen.

Herrgott, ist mir elend, wenn Stephan mich nicht stützte, würde ich stürzen. Als Kind hatte ich solche Schwindelanfälle, im ersten Weltkrieg, weil wir hungerten.

Der Nebel legt sich einem auf die Brust, daß man nicht atmen kann. Er hüllt Kreuze und Inschriften ein, das sieht merkwürdig und bizarr aus. Alles ist milchig, verschwommen, unwirklich.

Unwirklich ... gleich werde ich aufwachen, und Katjas Tod war nur ein Traum. Lieber Gott, mach doch, daß es nur ein Traum war. Absurd, daß einem in solchen Augenblikken der liebe Gott einfällt. Verinnerlichte Normen, sagt man dazu. Nein, der liebe Gott kann mir nicht helfen, nichts hilft mir, es ist bittere, unentrinnbare Wirklichkeit.

Stephan ist sehr besorgt um mich, er fragt, wie es mir gehe, ich muß ihn beruhigen. Ich ihn.

Ich muß Hände drücken, so viele Hände. Als mein Vater

beerdigt wurde, damals in Wien, trug Mutter einen schwarzen Trauerschleier, der das Gesicht verdeckte. Das war eine vernünftige Sitte. Wir sind heute jeder Neugier unverhüllt preisgegeben. Beileidsbezeugungen, stereotyp, aber was sollen die Leute schon sagen, ich kenne das ja. Alle meinen es gut, Rosemarie umarmt mich, sie weint, sie hat Katja wirklich liebgehabt. Auch andere weinen. Die kleine Austen, Katjas Freundin, schluchzt ungehemmt. Ich beneide sie, ich kann nicht weinen. Wie gut, daß Genosse Reinwald kommt. Er und Stephan führen mich zu meinem Platz in der ersten Reihe, wie bei einer Vorstellung. Furchtbar, daß mir immer wieder solche Vergleiche kommen.

So viele Menschen, kein Platz frei. Auch junge Leute, wahrscheinlich Bekannte von Katja. Was wußten wir schon von ihren Bekannten. Auch Uwe sitzt in der ersten Reihe, ich tue, als sähe ich ihn nicht. Ein paar Trauergäste kommen immer noch nach. Um elf Uhr fünfzehn soll es beginnen. Ich blicke auf die Uhr, noch zwei Minuten. Daß man einfach so auf die Uhr schauen kann, wie immer.

Die Tore werden geschlossen. Dieses Türschließen hat etwas Endgültiges an sich, davor hab ich mich immer gefürchtet, vor allem Endgültigen. Jetzt beginnt die Musik, ein Satz aus Beethovens „Eroika". Stephan hat sie bei der Friedhofsverwaltung bestellt, wie eine Ware. Sie wühlt mich auf, aber auf andere Weise als sonst, es läßt sich schwer ausdrücken. Katja mochte sie sehr.

Jetzt betritt Anna eine Art Podium; sie sieht schlecht und tritt beinahe auf die Blumen, die sich seitlich häufen. Anna hält die Trauerrede.

„Liebe Fini, lieber Stephan, lieber Uwe", beginnt sie. Daß sie sich auch an Uwe wendet, begreife ich nicht, immer diese Konventionen, damit nur niemand dahinterkommt, daß diese Ehe nicht stimmte. Dabei wissen die meisten doch, was los war. „... die ihr die nächsten Angehörigen der teuren Toten seid, von der wir heute Abschied nehmen, die wir heute zu Grabe tragen müssen", fährt sie fort. Sie sagt wahrhaftig „zu Grabe tragen müssen".

Man hätte Anna nicht reden lassen dürfen. Sie ist ein großartiger Mensch, wie oft hat sie im Lager ihr eigenes Leben gefährdet, um anderen zu helfen, und jetzt Phrasen, Banalitäten, sie schwelgt geradezu darin. Wahrscheinlich hat sie zu oft bei ähnlichen Anlässen sprechen müssen, Routine ist tödlich, kann tödlich sein. Ich habe kein Recht, sie zu verurteilen, ich verfiel bestimmt oft genug in denselben Fehler. Kann sein, andere empfinden das nicht so, kann sein, ich bin zu empfindlich geworden, jetzt, wo es zu spät ist.

Nun spricht Anna von mir. Warum überhaupt? „Fini Komarski, die Mutter unserer teuren Toten, war uns Freundin und Kameradin im Lager, in einer Zeit, da Freundschaft und Kameradschaft ebenso wichtig waren, um zu überleben, wie Brot, wenn nicht wichtiger." Das ist gut, das ist richtig, auch wenn es falsch ist, mich so herauszustreichen. Damit sollte sie es bewenden lassen. Aber sie hat Blut geleckt – wieder so ein alberner Theaterausdruck –, sie redet und redet, ohne aufzuhören. Sie sagt, daß niemand sich vorstellen könne, was das bedeutet habe, acht Jahre Ravensbrück, Jahre, die nur aus dem Willen zum Überleben bestanden. Wozu beginnt sie auch noch Einzelheiten zu erzählen, einen Vortrag über das Lager zu halten, hier, bei Katjas Beerdigung? Dabei legt sie so viel Gefühl in jedes ihrer Worte, daß sie das Gefühl der Zuhörenden kaltläßt. Auch eine Erfahrung, die man beim Theater macht.

Stephan, der spürt, wie sehr mich diese Trauerrede quält, drückt meine Hand. Ich weiß, er will mir helfen, aber ich empfinde plötzlich, daß dieser Händedruck nicht wie früher auf mich wirkt. Warum ist Stephans Mitgefühl mir kein Trost? Mache ich ihn verantwortlich für Katjas Tod? Ich erschrecke vor diesem Gedanken. Wenn er schuldig ist, dann bin ich es viel mehr. Bin ich schuldig? Niemand wird mich schuldig sprechen, aber ich weiß, daß ich es bin. Das liegt nicht allein an meinen Fehlern. Unkorrigierbare Fehler … Aber wie vermeidet man Fehler, wenn man sie nicht als solche erkennt? War es ein Fehler, daß ich damals zurückfuhr in das faschistische Deutschland und mich von Stephan trennte? Natürlich, ich wußte nicht, daß es eine Trennung für Jahre sein würde, dennoch ... Es war unmenschlich, nicht nur gegen den Freund, auch gegen den Genossen. Nie werde ich Stephans Augen vergessen, seine Enttäuschung, als ich ihm sagte, daß ich zurück müsse. Er war so glücklich, mich in Prag zu treffen, nach allem, was geschehen war, nach allem, was er durchgemacht hatte, den Unmenschlichkeiten im Lager, dem Ausbruch, der Flucht über die Grenze. Würde ich mich heute, vor die gleiche Entscheidung gestellt, genauso verhalten? Ich tat, was jeder gute Genosse getan hätte, reagierte nach Richtlinien, die fest in mir waren: So oder so verhält man sich in dieser oder jener Lage. Nach den ersten Sekunden der Enttäuschung reagierte Stephan ja genauso wie ich, er fand mein Verhalten richtig. War es richtig? Das alles geschah weit vor Katjas Geburt, dennoch hat es etwas mit ihr zu tun, weil es etwas mit mir, mit meinem Charakter, meinem Wesen zu tun hat.

Ich will mich zwingen, Annas Trauerrede zu folgen, aber dazu bin ich außerstande. Wie in einem Kaleidoskop drängen sich plötzlich Abschnitte aus meinem Leben in meinen Kopf, purzeln durcheinander, ergeben andere Ausschnitte, andere Bilder. Es wird behauptet, daß Menschen bei einem Flugzeugabsturz ihr Leben in den Sekunden des Sturzes noch einmal leben. Ich zweifelte daran, jetzt glaube ich es.

In Sekunden erinnere ich mich an unendlich vieles, manches steht in allen Einzelheiten vor mir.

Ich erinnere mich an das Jahr 1935, als ich in Prag in den Zug stieg, um nach Berlin zurückzufahren. Stephan durfte mich nicht zum Bahnhof begleiten, aber ich hatte ihm versichert: In spätestens einer Woche bin ich wieder zurück. Bereite alles vor. Ich freue mich sehr auf die Sowjetunion.

Im Zuge waren nur wenige Reisende. Kurz vor Tetschen-Bodenbach stiegen die meisten aus. In meinem Abteil blieb nur ein Mann, der ein akzentfreies Deutsch sprach. Wie deutlich ich das alles sehe.

„Gleich haben wir's geschafft", sagte der Mann. „Bin froh, wieder nach Hause zu kommen."

Sein Gehabe gefiel mir nicht. „Wo sind Sie denn zu Hause?" fragte ich vorsichtig.

Er lachte. Es sollte unbeschwert klingen, aber es klang hinterhältig. „In Leipzig", sagte er. „Ich bin waschechter Berliner und nur durch einen Zufall nach Leipzig verschlagen."

„Und warum fahren Sie dann nach Berlin?"

„Weil ich in Berlin zu tun habe. Ich bin Konzertmeister, wenn Sie sich darunter etwas vorstellen können."

Ich antwortete nicht. Ich hatte unter seinem Mantel, den er die ganze Zeit anbehielt, das Hakenkreuz entdeckt und fragte geradezu: „Sie sind Nationalsozialist?"

„Jeder deutsche Mann ist heute Nationalsozialist", erwiderte er ziemlich patzig, aber sein Ton war nicht echt, als ehemalige Schauspielerin bin ich gewöhnt, Untertöne herauszuhören.

Oder hatte ich vielleicht dieses Gefühl des Unechten erst später, nach allem, was dann vorfiel? Ich kann es nicht mit absoluter Sicherheit sagen, ich weiß nur, daß der Zug in jenem Augenblick einige Male ruckelte und stand. Draußen hörte man laute Stimmen, Türenschlagen, dann die Schritte der Grenzkontrolle. Kurz darauf wurde die Tür des Abteils aufgerissen, und ein Grenzbeamter, gefolgt von einem Nazi in Uniform, betrat das Abteil.

Der Konzertmeister riß den Arm zackig in die Höhe, ich grüßte ebenfalls mit erhobener Hand, aber nicht so penetrant.

Mir war die Zeremonie der Paßkontrolle ja von meinen wiederholten Fahrten nach Prag bekannt; was mir aber ungewöhnlich vorkam, war ein Zivilist, der hinter dem Grenzer und dem Nazi erschienen war und zunächst stumm im Türrahmen stehen blieb.

„Die Pässe", forderte der Grenzbeamte.

Ich reichte ihm meinen und bemerkte nur ganz flüchtig, daß der Nazi sich den Paß des Konzertmeisters geben ließ.

„Wo waren Sie?“ fragte mich der Grenzbeamte, obwohl er meinen Ausweis ja in Händen hielt.

Ich bemühte mich, völlig gelassen und unbeteiligt auszusehen. „In Prag“, antwortete ich und spielte sogar die Ungeduldige. „Das sehen Sie doch.“

„Und wozu waren Sie in Prag?“ fragte der Mann weiter. Bisher hatte es solche Befragungen von seiten der Grenzbeamten nicht gegeben. Ich fühlte mein Herz im Hals schlagen, aber ich blieb ruhig. „Ich bin Kabarettistin“, sagte ich, „meinen Namen können Sie an allen Litfaßsäulen in Prag lesen. Ich gastiere in Prag. Hier sind die Programme und Ankündigungen in der Presse. Vielleicht sagt Ihnen der Name des Kabaretts etwas, die ‚Taverne‘.“ Ich öffnete das Köfferchen, in dem sich obenauf das Abendkleid, meine Schminkschatulle und meine Toilettensachen befanden. In dem doppelten Boden aber waren auch die Papiere untergebracht, die ich im Auftrage der Partei mitzubringen hatte. Wenn ihnen diese Papiere in die Hände fielen, war ich geliefert, das wußte ich.

Der Grenzbeamte schickte sich an, die Programme, Anzeigen, Kritiken sorgfältig zu studieren, als der Zivilist hinzutrat und sie ihm aus der Hand nahm. Er warf kaum einen Blick darauf, überreichte sie mir mit einer höflichen Geste und sagte: „In Ordnung.“ Das Gesicht dieses Zivilisten fiel mir auf, ein Biertrinkergesicht, rundlich, die Augen in Wülste gebettet, im Kinn ein Grübchen. Ein gutmütiges, freundliches Gesicht. Daß es mir öfter begegnen sollte, wußte ich damals noch nicht.

Inzwischen hatte sich im Abteil etwas ereignet, das mir in meiner Angst entgangen war. Zwischen dem Konzertmeister und dem Nazi war ein Wortwechsel entstanden, bei dem es offensichtlich um die Identifizierung des Konzertmeisters ging. „Ich habe mit diesem Theodor Schirmeister, von dem Sie sprechen, überhaupt nichts zu tun“, schrie der Konzertmeister. „Es ist auch kein Verwandter von mir. Ich heiße Gustav, Gustav Schirmeister, ein Name, der doch nicht so selten ist. Ich bin Nationalsozialist, ich verbitte mir alle Verdächtigungen. Ich werde mich beschweren …"

In diesem Augenblick trat der Zivilist an den Schreienden heran und flüsterte ihm etwas ins Ohr. Das Weitere geschah in Sekundenschnelle. Der Mann, der sich als Gustav Schirmeister ausgegeben hatte, stieß den Nazi, der ihm im Wege stand, beiseite und rannte davon. Es war eine irrsinnige, aussichtslose Flucht.

Ich zwang mich sitzen zu bleiben. Wer war dieser Mann? Was hatte der Zivilist ihm zugeflüstert? Fragen, die niemals beantwortet wurden.

„Stehenbleiben! Stehenbleiben! Aufhalten!" hörte ich draußen die Stimmen des Nazis und des Grenzbeamten, die hinter dem Flüchtenden herjagten. Dann peitschten zwei Schüsse durch die Luft, danach wurde es still. Ich erinnere mich, diese Rückkehr nach Deutschland erschien mir wie ein böses Omen.

Anna spricht immer noch von Ravensbrück. Sie erzählt von Edith, von Rosemarie und anderen Kameradinnen. Sie bringt Beispiele von ihrem Mut, ihrem Einsatz. Das ist wichtig, natürlich, aber warum hier, bei Katjas Begräbnis? Man müßte Trauerreden verbieten, sie gehen über die Kraft der Angehörigen.

Es war hirnverbrannt, daß ich dem Verbindungsmann der Partei, bei dem ich das Material ablieferte, auf seine Frage, ob ich nicht etwas warten wolle mit der nächsten Fahrt nach Prag, antwortete: „Ich bin im Programm der ‚Taverne', eine bessere Tarnung gibt es gar nicht."

Das war richtig, aber der Hauptgrund für mich war natürlich Stephan. Ich wollte so schnell wie möglich zu ihm. Von meinem Zusammentreffen mit Stephan hatte ich den Genossen selbstverständlich Mitteilung gemacht.

Ich kam nicht mehr nach Prag. Als ich ein paar Tage später nach Reinickendorf fuhr, wo ich mich mit einem Genossen traf, um neue Weisungen für die nächste Fahrt zu bekommen, hatte ich das Gefühl, beobachtet zu werden. Vor dem Haus in der Oranienburger Straße, wo sich das möblierte Zimmer befand, das ich bewohnte, seit ich bei Bärburgs ausgezogen war, stand ein Mann im Lodenmantel, der auf jemand zu warten schien und mir den Rücken zukehrte. Ich beachtete ihn zunächst nicht, erst als er dieselbe Straßenbahn benutzte, wurde ich aufmerksam. Obwohl er den Hut tief ins Gesicht gedrückt trug und am anderen Ende des Wagens Platz nahm, schien er mir irgendwie bekannt. Ich wechselte die Straßenbahn und glaubte schon, mich geirrt zu haben, als ich den Mann auf der Plattform des zweiten Wagens erblickte. Ohne Zweifel, ich wurde beschattet. Ich stieg aus, sah, wie der Mann ebenfalls ausstieg, und sprang, als der Wagen bereits ein gewisses Tempo erreicht hatte, wieder auf. „Du wirst dir noch den Hals brechen bei dieser Aufspringerei", hatte Ulla mir einmal gesagt. Bei der nächsten Haltestelle wechselte ich die S-Bahn, überzeugte mich, daß ich den Mann abgeschüttelt hatte, und fuhr weiter zu meinem Treff.

Der Genosse erwartete mich bereits. Er war unruhig, weil ich mich verspätete. Er erzählte mir, daß man einen Kurier verhaftet habe. „Er ist verpfiffen worden. Du kennst den Spitzel, es ist ein kleiner Schauspieler, ein gewisser Rainer Langemann."

„Ich kenne ihn nicht", sagte ich erstaunt, „wie kommst du darauf, daß ich ihn kenne?"

Der Genosse sah mich nachdenklich an. „Er soll es behauptet haben", antwortete er, „wir werden der Sache nachgehen."

Ich wurde angewiesen, diesmal bei meiner Reise nach Prag nichts mitzunehmen. In Prag würde ich Weiteres erfahren. Die Genossen baten mich, meine Kuriertätigkeit noch kurze Zeit fortzusetzen. Dann stehe meiner Reise in die Sowjetunion nichts mehr im Wege.

Zu Hause, als ich schon im Bett lag und an den Mann

dachte, der mich verfolgt hatte, überlief es mich plötzlich kalt. Es war der Zivilist aus dem Zug. Ich versuchte mir einzureden, daß ich mich täuschte, aber der Gedanke ließ mich nicht mehr los. Ich hatte den Fehler begangen, dem Genossen in Reinickendorf nichts von dem Mann zu erzählen, ich dachte, ich hätte Gespenster gesehen. Jetzt bereute ich es.

Es waren keine Gespenster gewesen. Noch ehe der Zug Richtung Prag sich in Bewegung setzte, wurde ich aus dem Wagen geholt.

„Gehen Sie vor“, sagte der Mann im Lodenmantel. Es war der Zivilist aus dem Zug. „Aber machen Sie keine Dummheiten.“ Sein rundliches Biertrinkergesicht mit dem Grübchen im Kinn glänzte zufrieden. Zwei Nazis in Uniform folgten uns.

Ich machte keine Dummheiten. Ich überlegte nur krampfhaft, wie ich die Genossen benachrichtigen könne, daß ich verhaftet worden war. Es war anzunehmen, daß einer von den Genossen die Abfahrt des Zuges beobachtete, ich mußte ihn aufmerksam machen. Ich hob den Koffer – welches Glück, daß sich diesmal kein Material darin befand – und warf ihn in hohem Bogen auf die Gleise. Das Aufsehen, das entstand, die schrillen Pfiffe und Kommandos, ehe der Koffer geholt wurde, konnten nicht unbemerkt bleiben.

Die endlosen Verhöre im Polizeipräsidium, früh, mittags, nachts, waren nur der Auftakt zu allem, was später kam. Und immer die gleichen Fragen: „Nennen Sie die Namen Ihrer Genossen! Welches waren die Leute, zu denen Sie Verbindung hatten? Wo fanden die Treffs statt? Was hatten Sie in Prag zu tun?“

Meine gleichbleibenden Antworten, obwohl ich vor Müdigkeit fast umfiel: „Ich hatte keine Verbindungen. Ich kenne keine Genossen. Ich weiß von keinen Treffs. Ich bin Kabarettistin und trat in Prag in einem Kabarettprogramm auf.“

Nach acht Wochen ließ man mich seltsamerweise gehen.

Ich wagte es nicht mehr, Verbindungen aufzunehmen, jemand anzurufen, Ulla zu benachrichtigen. Ich zerbrach mir den Kopf, wie ich Stephan verständigen könne, ich sah keinen Weg. Ich hütete mich, mit ehemaligen Kollegen zusammenzutreffen, ich gewöhnte mich daran, ständig beschattet zu werden. Manchmal machte es mir Spaß, einen Bullen irrezuführen, ich verschwand in einem Haus, stieg bis zur vierten Etage hinauf, verharrte ein paar Minuten, ohne irgendwo zu klingeln, kam wieder herunter und wußte, daß die Bewohner des Hauses gleich darauf befragt wurden, bei wem ich gewesen war.

Mein Geld ging zur Neige. Ich legte die Miete für die nächsten zwei Monate beiseite – die Miete war das einzige, wofür sich das ältere Ehepaar, bei dem ich das Zimmer gemietet hatte, interessierte, sonst kümmerten sie sich glücklicherweise nicht um mich –, ich lebte fast nur noch von Milch und Schrippen. Wie lange das so weitergehen sollte, wußte ich nicht.

Das einzige Vergnügen, das ich mir dann und wann leistete, um mich ein wenig von den unablässigen Gedanken abzulenken, wie ich eine Verbindung zu den Genossen, zu Ulla, zu Stephan herstellen könnte, ohne die Gestapo auf die Spur zu lenken, war der Besuch in einem kleinen Kino in der Nähe. Ich wußte, daß ich auch da beobachtet wurde, aber das störte mich nicht. Und während so eines Kinobesuchs, ich schaute mir einen ganz oberflächlichen Film mit der Leander an, geschah es. Ein Mann, der neben mir saß und den ich gar nicht beachtet hatte, schob mir einen Zettel in die Hand. Meine erste Reaktion war Abwehr. Eine Falle. Mit einem kurzen Seitenblick stellte ich fest, daß der Mann nicht mehr jung war und bestimmt kein Abenteuer suchte. Ich wollte den Zettel ungelesen zurückgeben, aber das ging nicht, ohne auf mich aufmerksam zu machen. Außerdem versuchten die Genossen vielleicht auf diese Weise, mit mir in Verbindung zu treten. Ich mußte mit dem Mann sprechen. Aber wenn es wirklich ein Verbindungsmann war, gefährdete ich ihn nicht?

Noch ehe ich zu einem Entschluß kam, war der Mann verschwunden. Was sollte ich tun? Es hätte mich ebenso verdächtig machen können, wenn ich den Zettel wegwarf, wie wenn ich ihn behielt. Ich knüllte ihn zusammen und steckte ihn unauffällig in die Tasche.

Oben in meinem Zimmer begann ich zu lesen. Ein paar mit Bleistift gekritzelte Zeilen: „Komm morgen 17 Uhr in das Lokal in Reinickendorf, in dem wir uns das letzte Mal getroffen haben. Wenn es Dir nicht gelingen sollte, Deine Begleitung abzuhängen, schau lediglich herein, als suchtest Du jemand, und geh wieder. Wir setzen uns dann erneut mit Dir in Verbindung."

Der Schreiber dieser Zeilen war also der Genosse, mit dem ich mich in Reinickendorf getroffen hatte. Er wußte, daß man mich überwachte. Alles schien durchaus glaubwürdig, vertrauenerweckend. Freude erfüllte mich, endlich wieder eine Verbindung. Die Genossen hatten mich nicht vergessen. Gleichzeitig aber warnte mich etwas, ich hätte nicht sagen können, warum.

Die Nacht schlief ich unruhig, den Tag verbrachte ich wie immer, leistete mir nur bei Aschinger eine Gulaschsuppe, ging wieder nach Hause und brach erst um 16 Uhr auf. Wie deutlich das alles vor meinen Augen steht. Es fiel mir nicht schwer, den Bullen abzuhängen, ich hatte bereits Routine. In Reinickendorf versicherte ich mich noch einmal, daß mir niemand gefolgt war, und betrat das Lokal. Aber der Genosse, den ich treffen sollte, war nicht da, und ich wollte den Raum wieder verlassen, als der Wirt auf mich zu trat und flüsterte: „Sie werden dort drüben erwartet."

Wie oft habe ich mir später Vorwürfe gemacht über meine Dummheit, meine Vertrauensseligkeit, denn der Wirt selbst, ein glatter, beim Theater hätte ich gesagt, ein öliger Typ, und die Art, wie er mir das zuflüsterte, hätten mich stutzig machen müssen. Ich aber blickte nur verwirrt in die Richtung, in die er gewiesen hatte, und sah dort einen Mann, den ich nicht kannte. Ich zögerte, und mein aufschießendes Mißtrauen wurde zur Angst, als der Mann aufstand. Es war gegen jede Regel, daß ein Genosse aufstand bei einem Treff, um seine Partnerin zu begrüßen. Etwas stimmte nicht.

Er stellte sich vor: „Du wirst mich nicht kennen", sagte er, „wir haben uns nur flüchtig bei der RGO-Versammlung in Charlottenburg voriges Jahr kennengelernt. Mein Name ist Langemann, Rainer Langemann. Die Genossen haben mich geschickt, weil es ganz natürlich ist, wenn du dich mit einem Schauspielerkollegen triffst ..."

Rainer Langemann. Welches Glück, daß der Genosse mir den Namen des Spitzels genannt hatte. Aber woher wußte dieser Langemann von dem Treff? Der Genosse mußte verhaftet worden sein, wer weiß, wie sie ihn gefoltert hatten.

Ich blickte den Mann fremd und abweisend an. „Ich weiß nicht, wovon Sie reden", sagte ich steif, „es muß ein Irrtum sein. Ich wollte mich hier mit einem Jugendfreund treffen, einem Kollegen aus Breslau, dem ich zufällig in der Stadt begegnete."

„Laß das", fuhr Langemann mich plötzlich in ganz anderem Ton an. „Du hast die Aufforderung erhalten, du bist hier, der Wirt kennt dich, es hat keinen Sinn, Ausreden zu erfinden. Sie warten draußen auf dich. Du hast nur die Alternative, alles, was du weißt, zu erzählen oder ... ich brauche dir nicht auszumalen, was sonst geschieht. Ich habe es nicht durchgestanden."

Ich verspürte einen Augenblick das Bedürfnis, dem Mann ins Gesicht zu spucken, aber ich ließ es. Welchen Sinn hätte es gehabt.

Sie warteten draußen. Es war das Ende. Für lange Zeit.

Wieder und immer wieder habe ich diese Szene durchgespielt – als ob mein Leben ein Schauspiel wäre. Wenn ich die Augen schließe, sehe ich den Schankraum, den Wirt, den Spitzel vor mir. Ob dieser Langemann noch lebt? Ob er ein schlechtes Gewissen hat? Unsinn, solche Leute schlafen gut und wissen nicht, was das ist, ein Gewissen. Wie viele von denen laufen noch herum.

Anna redet immer noch vom Lager. Sie nimmt ihre Aufgabe sehr ernst, sie läßt nichts aus. Nicht den Tod der kleinen Mira, die in meinen Armen starb, und nicht den Rosenkranz, den wir Kommunisten den christlichen Frauen kneteten aus dem Kostbarsten, das uns zur Verfügung stand, aus Brot, während sie uns, ebenfalls aus Brot, ein Emblem, Hammer und Sichel, schenkten. Unter anderen Umständen würden diese kleinen Begebenheiten mich in der Rückerinnerung wieder ergreifen, ich spreche in meinen Vorträgen über Ravensbrück auch immer darüber, heute, bei Katjas Begräbnis, sind sie mir unerträglich. Nicht hinhören, nicht hinhören!

Sie warteten draußen auf mich, es gab keine Flucht, es gab kein Entkommen. Der Kerl mit dem Biertrinkergesicht und dem Lodenmantel war dabei. Er grinste. Sein Mund verzog sich schief, es war ein entsetzliches Grinsen in der fetten Fratze.

Wieder Verhöre, früh, mittags, nachts, endlos. Diesmal in anderem Ton: „Spuck die Namen aus! Du Aas! Du Miststück. Mit wem hast du dich getroffen? Von wem kamen die Anweisungen?“

„Ich kenne keine Namen. Ich weiß es nicht. Ich erhielt keine Anweisungen. Und wenn Sie mich totschlagen …“

Daß man das überleben kann, daß man das alles überlebt hat … Die Bilder wirbeln durcheinander, erste Station, Konzentrationslager Lichtenburg. Bürokratisch unpersönliche Grausamkeiten: Stehen in strömendem Regen, bei Schnee und eisiger Kälte, Arrest für Vergehen, die in der Lagerordnung gar nicht enthalten sind. Sadismus, Grausamkeiten, Schläge, Hunde. Das Gesicht einer Aufseherin, die einem Häftling, einer älteren Frau, eine brennende Zigarette auf die Stirn drückt und mit genüßlichem Lächeln beobachtet, wie die Frau sich vor Schmerzen windet. Diese

Aufseherin möchte ich spielen, sie so darstellen, daß jeder geschüttelt wird vor Grauen. War diese Episode noch in Lichtenburg oder schon in Ravensbrück? Manches aus den beiden Lagern bringe ich durcheinander, aber die Gesichter einiger Aufseherinnen sind in mir aufbewahrt mit fotografischer Treue. Auch Gesichter von Häftlingen sehe ich, von manchen, die längst nicht mehr leben. Nie werde ich Maria vergessen. Sie drückte mir ein Stück Brot in die Hand und sagte: „Iß. Du mußt essen. Du darfst dich nicht gehenlassen. Wer sich gehenläßt, ist verloren." Sie ist bald danach weggekommen mit einem Transport. Ich weiß nicht, wohin, ich habe nie wieder etwas von ihr gehört, aber ich habe ihre Stimme noch im Ohr.

Auch die Gesichter von anderen kann ich heraufbeschwören, wenn ich die Augen schließe: Eva, bei ihrer Ankunft jung, schön, liebenswert, nach einem Jahr ein Skelett mit eingeschlagenen Zähnen und geschorenen Haaren. Auf sie hatte es die Mandel, die SS-Aufseherin, besonders abgesehen, vielleicht weil Eva so schön war; Rosemarie, die Unermüdliche, Mütterliche, die die Kranken pflegte, die es nicht riskieren durften, ins Revier zu kommen, weil man sie dann nach Auschwitz geschickt hätte, und in deren Armen viele gestorben sind. Rosemarie habe ich im Grunde mein Leben zu danken. Nach den Verhören im Keller der Kommandantur, gleich nach der Einlieferung aus Lichtenburg, glaubte ich es nicht durchstehen zu können. Ein Gestapomann schlug mit Fäusten auf mich ein, die Aufseherin mit der Peitsche. Sie bekamen nichts aus mir heraus. Es gibt so ein seltsames Phänomen, ich habe es an mir beobachtet, einen Sättigungsgrad der Schmerzen. Der Körper wird weich, als ob er keine Knochen mehr habe, man läßt sich in sich selbst fallen und denkt, jetzt können sie machen, was sie wollen, weiter geht es nicht. Wenigstens habe ich das so empfunden. Den Verhören folgten vier Wochen Bunker, dann drei Tage Dunkelarrest.

Ich entschloß mich, bei der ersten sich bietenden Gelegenheit in den elektrischen Draht zu gehen. Diesen Ausweg können sie mir nicht nehmen, dachte ich triumphierend, daran können sie mich nicht hindern. Der Draht steigerte sich in meinen Vorstellungen zu etwas Schönem, Erstrebenswertem. Das Bewußtsein, das es da etwas gab, das ihrer Macht nicht unterstand, machte mich beinahe fröhlich. Als sie wieder kamen, um mich zum Verhör zu holen, sang ich mit voller Stimme, die nicht gelitten zu haben schien, „Die Gedanken sind frei …"

Sie glaubten, ich hätte den Verstand verloren. Als sie zu schlagen anfingen, sang ich um so lauter.

Sie brachten mich ins Revier. Der Arzt, der mich untersuchte, stellte mir Fragen, wo ich in Berlin gewohnt habe, ob ich wisse, wann ich nach Lichtenburg gekommen sei, ob ich Kinder habe … Ich beantwortete die Fragen nicht, ich schaute den Arzt nur an und sagte: „Fühlen Sie sich wohl in Ihrer Haut, Doktor?" Er hielt meinem Blick nicht stand. Es war einer von den Ärzten, die sich einen Rest Menschlichkeit bewahrt hatten.

Er behielt mich ein paar Tage im Revier, dann veranlaßte er, daß ich in einen Block überführt wurde, von dem er wußte, daß dort Politische für Ordnung sorgten.

Ich ließ alles mit mir geschehen. Meine Pläne, meine Gedanken gingen nur so weit, bei der ersten Gelegenheit der Aufseherin oder wem immer zu entkommen.

Und dann war es weder die Aufseherin noch einer von der Wachmannschaft, die mich daran hinderten, in den Draht zu gehen. Es war der Häftling Rosemarie. Sie stellte sich mir in den Weg, sie kämpfte mit mir, sie hatte mehr Kraft als ich.

„Warum tust du das?" keuchte ich. „Warum hinderst du mich?"

Und Rosemarie, ebenfalls keuchend: „Das ist kein Ausweg. Man darf nicht nur an sich denken."

„Man darf nicht nur an sich denken …", ich habe viel über diese Worte nachgedacht. Rosemarie wurde mein Vorbild, ich habe immer geglaubt, in ihrem Sinne zu leben, ich habe immer geglaubt, nicht nur an mich zu denken. Jetzt, wo alles einen anderen Sinn bekommen hat, zweifle ich an mir. Bei einem Vortrag über Buchenwald sprach ein Genosse viel über die Solidarität im Lager, ich entsinne mich genau, er sagte sinngemäß: Diese Solidarität war es, die uns am Leben erhielt. Das Lager nahm von uns Besitz. Viele wurden es nicht mehr los.

Ich empfand wie er, es durfte auch nicht anders sein. Man durfte nichts vergessen, alle mußten es wissen, allen mußte man es erzählen, das war die Aufgabe der Überlebenden, damit es nie wieder so komme. Immer noch erscheint mir diese Aufgabe notwendig und wichtig, aber blieben wir nicht allzuoft im Feststellen dessen, was war, stecken? „Das Lager nahm von uns Besitz, viele wurden es nicht mehr los ..."

Anna ist in ihrer Trauerrede bei der Befreiung des Lagers durch die ruhmreiche sowjetische Armee angekommen. Sie spricht von dem Todesmarsch der Frauen, die ins Meer getrieben werden sollten, wozu die Nazis aber nicht mehr kamen. Warum erzählt sie das alles, die meisten Leute, die hier sitzen, wissen es. Vielleicht, weil sie selbst bei diesem Todesmarsch dabei war? Sie berichtet von dem Marsch der Frauen nach Berlin, an dem ich teilnahm, und sie sagt von mir, daß diese Heimkehr für mich keine Heimkehr in des Wortes wahrer Bedeutung sein konnte, weil es für mich kein Heim gab, in das ich hätte zurückkehren können. „Sie hatte keine Bleibe in Berlin, sie wußte nicht, was mit der Mutter in Wien, mit ihrem ersten Kind, Stefan, geworden war. Sie hatte auch keine Nachricht von ihrem Mann Stephan."

Anna reißt Wunde für Wunde auf, die Zeit meiner verzweifelten Suche nach Mutter, nach dem Jungen. Wohin habe ich mich nicht alles gewandt. Die Antwort aus Wien: „... können wir Ihnen über den Verbleib von Frau Regina Kovač nur mitteilen, daß sie Wien am 11. April 1938 ohne Angabe eines Ziels verlassen hat." Zusatz: „Der Enkelsohn soll sich in ihrer Begleitung befunden haben." Von Bekannten, von Freunden unterschiedliche, freundliche Antworten: „... wissen wir bedauerlicherweise nur, daß Frau Kovač nach Prag emigrierte. Seitdem hatten wir keine Nachricht mehr von ihr.“ – „... können wir Ihnen nur mitteilen, daß Ihre Frau Mutter zuerst nach Prag und 1938 nach England reiste. Mehr ist uns nicht bekannt.“

Und schließlich die letzte Auskunft von einem ehemaligen Schüler Mutters aus London: „... muß ich Ihnen, sehr verehrte gnädige Frau, leider mitteilen, daß Ihre von uns so hochgeschätzte und verehrte Frau Mutter im August 1941 hier in London verstorben ist. Ihren Enkelsohn haben entfernte Verwandte, die wir nicht kennen, nach Amerika mitgenommen. Wir bedauern sehr, Ihnen nichts Tröstlicheres mitteilen zu können.“

Nach Amerika. Ich schrieb weiter, keine Spur, nicht die entfernteste Hoffnung. Auch keinerlei Anhaltspunkt, wohin, in welchen Staat des riesigen Landes diese entfernten Verwandten, deren Namen ich nicht einmal kannte, sich gewandt haben mochten. Da gab ich es auf.

Jetzt, durch die Trauerrede, wird alles wieder aufgewühlt. Katja ist tot und Steffel, mein kleiner Steffel, heute schon ein junger Mann, unauffindbar.

Ich hatte auch die Suche nach meinem Mann schon aufgegeben. Wohin ich mich auch wandte, bei den Freunden in der Kommandantur, bei den Genossen im Zentralkomitee, Vertröstungen: Nicht ungeduldig sein, warten, er wird schon zurückkommen.

Ein Glück, daß ich Arbeit fand, daß ich im Rundfunk zu tun bekam. Wie ich es fertigbrachte, in dieser Lage Sendungen zusammenzustellen, Gedichte vorzutragen, Songs zu singen, weiß ich nicht. Seltsamerweise machte es mir sogar Freude. Der Rundfunk war in jener Zeit meine eigentliche Heimat. Zu Hause fühlte ich mich weniger wohl, wenngleich auch das Zimmer in der zerbombten Villa mit den zerschlagenen Fensterscheiben, für die wir Pappe eingesetzt hatten, und dem Ofenrohr, das mitten durch den Raum ging, in der damaligen Zeit nicht schlecht war.

Durch Trude war ich Mitbewohnerin dieses Zimmers geworden. Ich kannte sie flüchtig von einem Engagement in Baden-Baden, sie spielte dort kleine und kleinste Rollen, aber sie hatte keinen großen Ehrgeiz, wie sie mir anvertraute. In Baden-Baden hatte ich sie kaum beachtet, es gab dort andere Dinge, die mich ganz in Anspruch nahmen. Nun las sie mich quasi auf der Straße auf, als ich, aus Ravensbrück kommend, nachdem ich versucht hatte, Ulla aufzusuchen und sie nicht fand, überlegte, wohin ich mich wenden könnte.

„Guten Tag, Fini", sprach sie mich an, obwohl ich niemals so vertraut mit ihr gewesen war, „erkennst du mich nicht?"

Ich erkannte sie nicht, erst als sie „Baden-Baden" sagte, erinnerte ich mich. „Ja, ja, natürlich, Trude, Trude Trettner", sagte ich rasch. „Wohnst du hier?"

„Wohnen ist übertrieben", antwortete sie lächelnd, „ich hause hier, seitdem ich dort drüben ausgebombt wurde." Sie wies mit der Hand nach einem Haus, von dem nur noch der Schornstein stand. „Und du, wo wohnst du?"

Ich erzählte ihr, woher ich kam.

Sie wurde richtig blaß. „Mein Gott", stammelte sie, „es ist also wahr, daß es dieses Lager gibt? Gegeben hat. Ich hab es nicht für möglich gehalten." Sie schwieg, dann sagte sie stockend: „Ich weiß nicht, ob du schon etwas im Auge hast, aber wenn du nichts Besseres weißt, dann kannst du vielleicht für den Übergang mein Prachtzimmer mit mir teilen."

„Das kann ich nicht annehmen", wehrte ich erschrocken ab. Ich fürchtete, daß sie mir das Zimmer nur in einer Anwandlung von Mitleid angeboten hatte, und wollte ihr nicht lästig fallen.

Sie mißverstand meine Ablehnung und dachte, es sei irgendein Dünkel, der mich ablehnen lasse. „Wie du willst", sagte sie zurückhaltend, „aber schau dir die Bude doch erst an."

Ich schaute sie mir an. Es war eine Bruchbude, abbröckelnder Putz, mit Pappe vernagelte Fenster, die Wasserleitung unbrauchbar, das Wasser mußte man von der Straße holen. Aber was spielte das alles für eine Rolle bei jemand, der aus Ravensbrück kam. Ich weiß noch, wie ich jedes Möbelstück, die Anrichte, den Tisch, die Stühle, die kaputte Couch, den abgeschabten Sessel zaghaft berührte. Trotz der Bombenschäden Gegenstände, die einem normalen Leben angehörten.

Wir kamen gut miteinander aus. Sie war ein warmherziger, kameradschaftlicher Mensch, politisch ohne jede Ahnung, an den Nazis hatte sie nur deren Vorgehen gegen die Juden gestört.

Aus Mitleid hatte sie einmal ein jüdisches Ehepaar für kurze Zeit bei sich versteckt, ohne sich der möglichen Folgen ganz bewußt zu sein. Sie hatte Glück gehabt, hätte man sie erwischt, wären wir uns vielleicht in Ravensbrück begegnet.

Das Leben spielte sich allmählich so ein, daß sie den Haushalt führte und ich zur Arbeit ging. Hie und da gelang es mir, sie in einem Hörspiel unterzubringen, aber sie legte gar keinen großen Wert darauf. Sie kochte gern und erzählte mit Stolz, wie sie ihren Mann, der 1944 an der Ostfront gefallen war, früher verwöhnt und wie sehr er ihre Kochkunst zu schätzen gewußt habe. Sie glaubte auch mir eine besondere Freude zu machen, wenn sie mich mit irgendeinem Gericht überraschte, das sie aus den Lebensmitteln auf Zuteilung und manchmal aus Dingen, die wir auf dem schwarzen Markt erstanden, zauberte. Sie machte dann, wenn ich heimkehrte, immer ein geheimnisvolles Gesicht und wartete darauf, daß ich fragte: „Na, was gibt es heute Schönes?"

Auch an jenem 20. April 1947 kam sie mir mit so einem Gesicht entgegen, und ich erkundigte mich: „Was hast du heute für eine Überraschung?"

Sie reagierte nicht wie sonst. „Eine Überraschung",

nickte sie aufgeregt, „eine große Überraschung. Du … du hast Besuch."

Ahnte ich, was kommen würde? Ich weiß es nicht, ich weiß nur, daß ich ganz große Angst hatte, enttäuscht zu werden.

„Wer?" fragte ich. „Wer besucht mich hier?"

Sie kam nicht mehr dazu, meine Frage zu beantworten, denn er trat auf die Schwelle. Stephan kam mir nicht entgegen, er stand nur da und wartete.

Wäre ich ihm auf der Straße begegnet, hätte ich ihn vielleicht nicht erkannt. Stephan, der Starke, Sichere; selbst aus dem Lager kommend, hatte er noch so ausgesehen. Es waren nicht die angegrauten Schläfen, die ihn veränderten, es war seine Haltung, die hängenden Schultern.

Alles in mir drängte danach, ihm entgegenzustürzen, aber ich war nicht in der Lage, mich zu bewegen. Es dauerte gewiß nur Sekunden, die wir einander so gegenüberstanden, mir schien es ewig. Endlich kam er mir entgegen. „Was ich alles angestellt habe, um zu erfahren, wo du bist", sagte er.

Das war Stephan. Nur wenige Worte, aber sie enthielten alles. Das war auch seine tiefe, dunkle Stimme, sie hatte sich nicht verändert. Stimmen bedeuten für mich viel, ich hätte mich in einen Mann verlieben können, nur seiner Stimme wegen.

Trude hatte sich unsere Begrüßung wahrscheinlich anders vorgestellt. „Soll ich euch noch Kaffee kochen?" fragte sie. „Oder soll ich gleich verschwinden?"

„Wohin willst du denn verschwinden?" wunderte ich mich.

„Annegret hat mich gebeten, heute bei ihr zu schlafen", log Trude ungeschickt. „Das trifft sich gut, da seid ihr wenigstens ungestört. Kann mir vorstellen, daß ihr euch einiges zu erzählen habt."

Trude mochte manche unangenehmen Eigenschaften haben, aber sie war ein richtiger Kumpel. Sie ahnte nicht, daß mir ihre Bereitschaft, uns allein zu lassen, gar nicht so recht war. Daß ich mich, obwohl ich es mir nicht eingestehen wollte, vor dem Alleinsein fürchtete.

Von jenem Tag blieb mir die kleinste Kleinigkeit in Erinnerung, jedes Wort, ja jede Bewegung. Ich sehe noch Stephans merkwürdigen Schlips, grau mit roten Streifen. Er hatte früher nie einen Schlips getragen. Auch seine weißen Schuhe zu dem dunklen Anzug sind mir in Erinnerung.

Solange Trude noch da war, liefen die Gespräche zähflüssig dahin, sie plätscherten an der Oberfläche, allgemein, nichtssagend. Erst nachdem sie gegangen war, bekamen sie Sinn. Zehn Jahre lassen sich nicht so schnell überbrücken, wir mußten allmählich wieder zueinanderfinden, langsam, sehr langsam.

„Du hast dich kaum verändert", behauptete Stephan. Ich wußte, daß das nicht stimmte, aber ich freute mich, daß er es sagte.

„Ich habe nicht geglaubt, daß ich dich wiedersehen werde", sagte ich.

Er streichelte meine Haare, von denen er einmal geschwärmt hatte, sie seien das Schönste an mir. „Ich wußte nicht, daß du in Ravensbrück warst. Erst hier habe ich es erfahren."

Die Jahre des anderen begannen Gestalt anzunehmen. Wie oft hatte ich im Lager versucht, mir vorzustellen, was Stephan jetzt mache. „Ich habe auch nicht gewußt, ob du tatsächlich in die Sowjetunion gekommen bist. Als ich zurückkehrte, habe ich mich überall erkundigt, aber niemand konnte mir Auskunft geben. Die Genossen, die aus Moskau kamen, wußten auch nichts."

„Ich war nicht in Moskau."

„Nein?"

„Nein. Nur die ersten Tage."

„Und dann?"

„In Saratow. Aber das erzähle ich dir später."

Ich merkte nicht, daß Stephan auswich. Ich hatte selbst so viel zu erzählen, daß es mir nicht auffiel. Und Stephan fragte und wollte alles von mir wissen. Wollte wissen, ob ich an ihn gedacht, ob ich ihn nicht vergessen habe in all den Jahren.

„Hast du mich nicht vergessen?“ fragte auch ich. „War da nicht eine andere Frau in der Sowjetunion?“

Nacht in der zerbombten Villa in Charlottenburg. Nacht, die alles verklärt und Jahre für Augenblicke auszulöschen imstande ist. Gefühle, künstlich bewahrt, bekommen Leben, das nichts mit der Realität zu tun hat, zu tun haben will.

Anna spricht jetzt auch von der Rückkehr Stephans aus der Sowjetunion. Sie ergeht sich in rührseligen Bildern vom Wiederfinden der Ehegatten. „Das Glück der beiden wurde am 16. Mai durch die Geburt einer Tochter, die sie Katja nannten, gekrönt. Derselben Tochter, die wir heute, zweiundzwanzigjährig, zu Grabe tragen müssen.“

Schreien, man müßte schreien können! Aber man schreit nicht, man ist ruhig, diszipliniert, wie es sich gehört.

Ich hatte nicht geglaubt, noch ein Kind bekommen zu können, aber die Geburt verlief ohne Komplikationen. Die Schwester im Entbindungsheim, die mir den Säugling an die Brust legte, sagte lächelnd: „Ein gesundes Mädchen.“

Trude, die mich besuchte, behauptete, es sei das schönste Kind, das sie je gesehen habe. „Es hat sogar schon Haare“, bewunderte sie es.

Katja hatte ganz dunkle Haare bei der Geburt, die erst nach dem zweiten Lebensjahr blond wurden. Ich war eine stolze Mutter, und die Geburt des Kindes schien mir ein Neubeginn, auch für mich. Was erhoffte ich mir nicht alles von diesem Kind, vor allem, daß die Verbindung zwischen mir und Stephan gefestigt, daß eine gewisse Fremdheit, die trotz unserer Bemühungen nicht wich, überwunden werden würde. Denn diese Fremdheit existierte, das, was einmal gewesen, gab es nicht mehr. Oder hatte es das gar nicht gegeben? Hatte ich meine Phantasie in den zehn Jahren der Trennung so übersteigert, daß die Wirklichkeit dahinter notwendigerweise zurückbleiben mußte? Ich versuchte mir die Zeit unseres Zusammenseins ins Gedächtnis zurückzurufen, es gelang mir nicht. Waren wir nicht damals schon ständig getrennt gewesen? Als junger Mensch empfindet man das anders. Eigentlich hatten wir nie richtig Zeit gehabt, einander kennenzulernen. Ich grübelte viel, ich sann unserem früheren Leben nach, ohne Ergebnis.

Wir nannten sie Katja. Ich schlug diesen Namen vor, weil meine Schwester, die auf so tragische Weise ums Leben gekommen war und an die ich mich kaum noch erinnerte, so geheißen hatte. Meine Schwester war gestorben, so wenigstens stellte es sich mir später dar, weil sie die „Freiheit", die die Gesellschaft der Jugend nach dem ersten Weltkrieg zugestehen mußte, für wirkliche Freiheit hielt. Meine Schwester Katja haßte alles Vorgeformte, alle Konventionen, und sie glaubte, ihr eigenes Leben, ihre eigene Freiheit finden zu müssen. So war sie gescheitert. Ich bin nicht abergläubisch, bin es nie gewesen, obgleich es beim Theater wohl kaum einen Schauspieler gibt, der nicht Reste irgendwelchen Aberglaubens mit sich herumschleppt. Dennoch muß ich jetzt oft an meine Schwester denken, was ich viele Jahre nicht tat. Nomen est omen. Hat meine Tochter Katja mir nicht auch einmal vorgeworfen, wir hinderten sie daran, ihr eigenes Leben zu leben? Also doch abergläubisch? Stephan tut solche Gedanken als Hirngespinste ab. Mir kommen sie wider Willen, obwohl er sicher recht hat.

Stephan hing sehr an Katja.

Ich beobachtete einmal, als er glaubte, allein im Zimmer zu sein, wie er sich über das Kind beugte und es auf die Stirn küßte. Es war so eine behutsam-zärtliche Geste, die mich rührte, zumal Stephan sehr zurückhaltend mit Liebkosungen ist.

Die ersten Jahre mit dem Kind waren die schönsten. Wir bekamen das Häuschen in Biesdorf, drei Zimmer, Küche, Bad und, was das wichtigste war, einen Garten, in dem Katja spielen konnte. Es gibt nichts Schöneres als ein spielendes Kind in der Natur, ich weiß, wie sehr ich mir das bei

Steffel immer gewünscht hatte. Damals war daran nicht zu denken gewesen.

Stephan baute einen Sandkasten im Garten. Er pusselte auch sonst viel im Haus herum, es war manches kaputt. Er strich die Wände, besserte Dielenbretter aus, legte neue elektrische Leitungen, er war sehr geschickt, und körperliche Arbeit machte ihm Spaß. War ich nicht dabei, konnte er erstaunlich gut mit Katja spielen, kam ich hinzu, hörte er sofort auf und gab vor, irgend etwas Dringendes zu tun zu haben.

Was ich bei Stephan nicht verstand – sein geringer Ehrgeiz. Seine Stellung als Lokalredakteur bei der verhältnismäßig unbekannten Zeitung „Die Tat" schien ihm zu genügen. Dabei wäre es für ihn eine Kleinigkeit gewesen, eine andere Stellung oder eine höhere Funktion zu erhalten, er kannte angesehene, einflußreiche Genossen, die sich sofort für ihn eingesetzt hätten. Aber persönliche Beziehungen auszunützen, lehnte er konsequent ab, was ja in der Sache mit Uwe eine wichtige Rolle gespielt hat. Ich hielt das Wort „ausnützen" für falsch, aber es hatte gar keinen Sinn, mit Stephan darüber zu diskutieren. Ich weiß noch, wie ich einmal gefragt hatte, ob er nicht als Lektor zum Aufbau-Verlag wolle. Er kannte den damaligen Leiter des Verlages sehr gut, aber er antwortete: „Ich fühle mich wohl, wo ich bin, und ich werde da bleiben."

Worunter ich manchmal litt, das war Stephans Unberechenbarkeit. Er war mir früher immer so ausgeglichen, so ruhig vorgekommen, jetzt konnte er von einem Augenblick zum anderen fast cholerisch reagieren, sogar bei Katja. Er warf mir vor, ich verwöhnte die Kleine.

Seinen Ausbrüchen – einmal beispielsweise, weil Katja ihr Brot weggeworfen hatte – folgten Tage, wo er fast gar nicht sprach. Während ich von den Jahren in Ravensbrück viel erzählte, redete er kaum über die Sowjetunion. Seine Schilderung von Saratow, von Engels, der Hauptstadt der Wolgadeutschen, von der Wolga war so, als habe er das in einer Reisebeschreibung gelesen, nicht aber selbst erlebt.

Als ich ihm das sagte, stutzte er, schaute mich nachdenklich an und meinte: „Manchmal ist mir auch, als habe ich es nur in einer Reisebeschreibung gelesen."

Was wußte ich schon von Stephan? Vieles begriff ich erst, als ich 1956 durch den XX. Parteitag etwas über den Personenkult erfuhr. Die ganze Tragweite dessen, was in Stephan damals vorgegangen war, erfaßte ich trotzdem nicht. Ich warf Stephan vor, mir nicht zu vertrauen, sonst hätte ich von ihm erfahren, was ich erst durch den XX. Parteitag erfuhr. Er senkte den Kopf und sagte leise: „Wozu hätte ich es dir sagen sollen, es hätte dich nur belastet, und du hattest es ohnehin nicht leicht."

Die Sache mit Katja begann eigentlich damit, daß ich nach unserem Umzug in den Osten der Stadt meine Arbeit im Rundfunk aufgab und nur noch dafür lebte, die Erinnerung an Ravensbrück wachzuhalten. Ich hielt Vorträge in Betrieben und in Schulen, und später regte Rosemarie mich an, bei der Umwandlung des Lagers in eine Gedenkstätte mitzuwirken.

Rosemarie war die erste, die mich aufsuchte, danach kamen andere Kameradinnen, nicht nur aus Deutschland, auch aus der Sowjetunion, Polen, der Tschechoslowakei, Österreich, Frankreich, Norwegen, Holland und anderen Ländern. Sie füllten das Haus mit Erinnerungen, mit Lärm und Unruhe.

Das Lager lebte weiter *in uns*, unsere Toten lebten in den Erinnerungen *mit uns*, das Kind Katja aber lebte *unter uns*. Es gab damals in der Umgebung keine Kinder, mit denen sie hätte spielen können, dafür hatte sie Tanten aus aller Welt. Sie brachten Geschenke mit, verzogen, verhätschelten sie. Manche von diesen Frauen hatten eigene Kinder verloren, die angestaute Zärtlichkeit entlud sich, aber sie erzeugte keine Gegenliebe, sondern Angst. Katja begann zu schreien, sie wehrte sich dagegen, auf den Arm genommen zu werden, sie wollte nicht geküßt werden, sie fand es albern, daß man sie Häselein und Herzelein und Vögelein nannte. „Mutti, schick die Tanten weg, ich mag sie nicht“, bat sie mich.

Wie sehr ich mich auch bemühte, ihr das Schicksal dieser Frauen nahezubringen, sie wollte nichts von ihnen wissen. Sie hatte das unklare Gefühl, daß ich für diese Frauen mehr Zeit fand als für sie.

Einmal, als sie mit mir spielen wollte und ich sie wegschickte, weil Anna etwas mit mir zu besprechen hatte, sagte sie vorwurfsvoll: „Aber für Tante Anna hast du Zeit.“

Würden wir Mütter Klagen unserer Kinder besser verstehen, könnte manches Unglück vermieden werden. Ich verstand mein Kind nicht, und heute, da ich glaube, es zu verstehen, ist es zu spät.

Jetzt erst spricht Anna von dem Gegenstand ihrer Trauerrede, von Katja. Wie anders sieht sie das Kind, das „von den furchtbaren Umständen, die die Mutter prägten, nichts mitbekam“. „Für uns Ravensbrückerinnen“, sagte Anna weiter, „die wir uns bei Fini zusammenfanden, war Katja, die damals Dreijährige, wie ein Unterpfand neuen, befreiten Lebens.“

Anna hatte ihren einzigen Sohn noch in den letzten Kriegstagen, ihren Mann in Buchenwald verloren. Sosehr sie geneigt war, bei ihren Vorträgen über Ravensbrück und auch jetzt wieder bei der Trauerrede stark gefühlsbetonte und oft genug kitschig-rührselige Bilder zu gebrauchen, so zurückhaltend verhielt sie sich bei allem, was ihr eigenes Leben betraf. Nur wenn sie Genossen begegnete, die mit ihrem Mann zusammen in Buchenwald gewesen waren, taute sie auf. „Sie haben Karl nicht vergessen“, sagte sie mir einmal stolz, „er gehörte zu den Besten.“

Von ihrem Sohn existiert ein Foto, das ihn in der Uniform eines Strafbataillons zeigt. Annas Mutter hat es bewahrt. Es zeigt ein rundliches, ausdrucksloses Kindergesicht, das unter der Soldatenmütze mit großen verwunderten Augen in die Welt blickt. So sah ich das Foto. Anna sagte nur, als sie es mir zeigte: „Er war siebzehn.“

Während Anna Katja viel Liebe entgegenbrachte, mochte das Kind sie nicht. Kinder vertragen es selten, wenn man sich allzuviel um sie kümmert, und Kinder können grausam sein. So ahmte Katja den Gang Annas nach, zog ihr Bein hinterher und rief mit Annas hoher Stimme: „Schätzelein, Herzelein, komm zu Tante Anna." Anna hinkte leicht, die Folge eines Sturzes im Steinbruch, wo die Häftlinge zeitweise gearbeitet hatten.

Was half mein Schimpfen: „Du bist ungezogen! Du bist häßlich und gemein!" Was nützten meine Erzählungen von dem, was Anna mitgemacht hatte. Katja war zu klein, um das zu verstehen. Im Gegenteil, sie freute sich, daß sie Mutters Unwillen erregen konnte. Wenn nicht im Positiven, dann wollte sie wenigstens im Negativen auf sich aufmerksam machen. Ich begriff das nicht. Ich machte mir Sorgen, daß das Kind kalt und gefühlsroh sei. Ich, die ich mir einbildete, etwas von Psychologie zu verstehen, versagte bei dem eigenen Kind.

Mit zehn Jahren nahm ich Katja manchmal mit zu Vorträgen, die ich in Schulen hielt. Das schien Erfolg zu haben.

Einmal nach so einem Vortrag, ich hatte über Mira gesprochen, deren Eltern vergast worden waren, folgte Katja mir stumm, und ich bemerkte, daß Tränen über ihre Wangen liefen. Auch andere Kinder weinten. Ich weiß noch, wie sehr ich mich freute, ich glaubte, jetzt sei der Zeitpunkt gekommen, wo Katja erfasse, was da im Faschismus mit Frauen und Kindern geschehen war. Aber als ich sie das nächstemal mitnehmen wollte, lehnte sie kategorisch ab: „Ich mag nicht." Ich wollte wissen, warum, aber das war nicht aus ihr herauszubekommen.

Ich gestehe, daß mir die Wirkung, die ich mit meinen Vorträgen über Ravensbrück hatte, Freude machte. Von immer mehr Stellen wurde ich aufgefordert, immer neue Betriebe, Schulen, gesellschaftliche Institutionen baten mich, zu ihnen zu kommen. Ein alter Genosse, der mich bei einer Veranstaltung der Internationalen Arbeiterhilfe in

Berlin vor 1933 singen gehört hatte, fragte, warum ich meine Vorträge nicht durch Chansons auflockere. Er wollte wissen, ob ich in den Jahren, da ich im Lager war, nichts geschrieben habe.

„Doch“, antwortete ich zögernd.

Der Gedanke, auf meinem eigentlichen Gebiet tätig sein zu können, ließ mich nicht mehr los. Ich suchte Lieder heraus, die im Lager entstanden waren und die ich den Häftlingen vorgesungen hatte. Was für Sicherheitsmaßnahmen hatten wir treffen müssen, um das zu ermöglichen! Es waren keine anspruchsvollen Texte, einfache Aussagen über unsere qualvollen Tage, qualvollen Nächte, aber auch über die Augenblicke der Hoffnung und Siegeszuversicht.

Ich begleitete mich selbst auf der Gitarre, im Lager hatte es natürlich keine Gitarre gegeben.

Diese Art meiner Vorträge kam noch besser an, erstmalig nahm sogar die Presse davon Notiz, in einer Weise, die mir gar nicht angenehm war, weil ich persönlich gelobt wurde.

Es konnte nicht ausbleiben, daß mir das Komitee den Vorwurf machte, ich wolle mich in den Vordergrund spielen. Niemals dachte ich daran, aber der Vorwurf traf mich tief. Überhaupt wurde ich gewahr, daß es auch unter den Kameradinnen solche gab, die mir den sogenannten „Ruhm“ neideten, die meine Bemühungen, Zusammenkünfte mit ausländischen Ravensbrückerinnen zustande zu bringen oder Fahrten in die volksdemokratischen Länder zu organisieren, als Anmaßung empfanden. Es bildeten sich Gruppierungen, Frauen, die mich nicht mochten, und andere, zu ihnen gehörten Rosemarie und Anna, die meine Arbeit als wichtig empfanden.

Mir raubten diese Auseinandersetzungen zusätzlich Zeit, zumal ich nicht begreifen konnte, daß man meine Tätigkeit, deren Erfolg doch nur der gemeinsamen Sache diente, so falsch einschätzte. Zu alledem kam aber auch, daß Frau Wendler, eine Nachbarin, die mir im Haushalt half, plötzlich erkrankte. Ich beriet mich mit Stephan, und wir beschlossen, Katja vorübergehend in ein Kinderheim zu geben.

Katja war zwölf Jahre, als wir diesen Entschluß faßten. Freunde rieten uns, sie nach Grünberge zu bringen, das von einem besonders guten Pädagogen geleitet wurde.

Ich hatte ein schlechtes Gewissen, als ich ihr unsere Absicht mitteilte, die Heftigkeit ihrer Reaktion aber erschreckte mich. Wir hatten uns wenig um das Mädchen gekümmert, aber daß es ihr so nahegehen würde, hätte ich nicht geglaubt. Natürlich gehörte ich dem Elternbeirat an, und wenn ich auch nicht regelmäßig an den Zusammenkünften teilnehmen konnte, so hätte es mir doch auffallen müssen, wenn Katja irgendwie aus dem Rahmen gefallen wäre. Wie abwegig, wie falsch diese Einstellung war, erkenne ich erst heute. Katja war keine gute Schülerin, aber sie war zu jener Zeit auch nie versetzungsgefährdet. Wir kümmerten uns um ihre Schularbeiten, soweit wir dazu in der Lage waren, nie kam es mir in den Sinn, daß sie sich mit ihren Aufgaben nur an uns wende, um in unserer Gesellschaft zu sein. Nie machte ich mir auch Gedanken darüber, daß sie kaum Kinder mit nach Hause brachte, höchstens, daß sie zu Nachbarkindern spielen ging. Einmal, und das fällt mir auch erst jetzt ein, sagte sie, als sie von einer Mitschülerin nach Hause kam, mit einem Seufzer in der Stimme. „Dort ist es schön!“ Ich wußte, daß die Eltern der Mitschülerin Gärtnersleute waren, die sehr beengt wohnten, mit drei Kindern in zwei Stuben und Küche. „Wieso ist es dort schön?“ fragte ich darum.

„Es ist eine richtige Familie“, sagte Katja einfach.

Warum hatte ich keine Ohren, um die Sprache meiner Tochter zu verstehen?

„Es ist nur vorübergehend“, erklärte ich Katja, „wir holen dich bestimmt bald wieder heraus, wenn ich jemand gefunden habe, der mir im Hause hilft.“

Ich glaubte, sie sei einverstanden, ich dachte, ich hätte sie mit meinen Argumenten überzeugt. Sie saß stumm da und ließ mich reden, blickte mich nur an wie jemand, der soeben etwas Unfaßbares erfahren hat. Dann schrie sie los, unbeherrscht, wie sie als kleines Kind geschrien hatte, wenn sie sich durchsetzen wollte. „Ihr wollt mich nur los sein! Ich geh aber nicht! Ihr könnt mich nicht einfach abschieben! Ich will nicht! Ich will nicht!"

Wäre ich mit Katja allein gewesen, dann hätte sich alles vielleicht nicht so zugespitzt, aber Stephan mischte sich ein, in jener cholerischen Weise, vor der ich jetzt immer Angst hatte.

„Was heißt das, du willst nicht?" herrschte er Katja an. „Du wirst tun, was die Eltern von dir verlangen. Wenn jeder Mensch nur tun würde, was er will ..."

Katja, die Zwölfjährige, fühlte sich ausgeliefert, sah keinen Weg mehr. Und in ihrer Verzweiflung schrie sie etwas, dessen volle Bedeutung ihr gar nicht zu Bewußtsein kam: „Mutter war selbst in einem Lager, und jetzt will sie mich in ein Lager stecken."

Ich nahm diese Worte nicht so tragisch wie Stephan, ihn regten sie auf. „Wie kannst du das vergleichen", wetterte er, „du hast überhaupt nicht begriffen, was in den Lagern los war ..."

Katja sah wohl ein, daß sie keine Chancen mehr hatte, sich durchzusetzen, und sie lenkte ein: „Ich hab das nicht so gemeint." Dann vollendete sie bitter: „Ist auch schließlich gleichgültig, ob ich hier oder dort bin."

Nichts ließ mich aufhorchen, als ich diese Worte hörte, ich dachte höchstens: Kindlicher Trotz, nicht mehr. Jetzt durchdringen sie alle meine Gedanken, kehren immer wieder, fassen zusammen, was ich meine Schuld nenne, kalt herzbeklemmend.

Das Heim machte keinen schlechten Eindruck. Einige Gebäude, eines, in dem der Schulleiter und die Verwaltung untergebracht waren, zwei mit den Wohnräumen für Zöglinge und Erzieher, das Schulhaus und ein ebenerdiger barackenähnlicher Komplex mit den Eßsälen und der Krankenstation.

Katja wurde in ein Zimmer mit drei Mädchen eingewiesen, die sie abwartend und etwas scheu musterten, wahrscheinlich, weil ich mitgekommen war. Die meisten Insassen dieses Heims waren Waisen oder Kinder, deren Eltern man das Erziehungsrecht aus unterschiedlichen Gründen aberkannt hatte.

Der Raum, in dem Katja nun eine Zeit wohnen sollte, war groß und hell, die Einrichtung bestand aus vier Betten, vier Nachtschränken, zwei Schränken, einem großen Tisch und vier Stühlen. Alles war neu und modern, wenn auch unpersönlich. Einzig zwei Bilder machten eine Ausnahme, zwei gute Drucke, Stilleben von Manet, die mit ihrer Farbigkeit die Sterilität der Möbel aufhoben. Später erfuhr ich, daß Eberhard Große, der Heimleiter, solche Drucke aus Spenden eines Patenbetriebes gekauft und einiges aus eigenen Mitteln ergänzt hatte.

Ein Gespräch mit Genossen Große, dem ich damals nicht solchen Wert beimaß und das mir seit Katjas Tod immer gegenwärtiger wird, verfolgt mich unablässig. Es war, ehe ich Katja hinbrachte. Die Bewilligung zur Einweisung in das Heim hatte ich über das Ministerium erhalten. Alles war besprochen, einiges schriftlich festgehalten, da fragte Genosse Große: „Ist Ihre Tochter einverstanden gewesen hierherzukommen?"

Ich lächelte, weil mir der tiefere Sinn dieser Frage gar nicht bewußt wurde.

„Die wenigsten Kinder sind sicherlich einverstanden", sagte ich. „Man kann sich leider nicht immer danach richten."

Große blickte mich traurig an, nickte und sagte ernst: „Leider. Dabei ist es ein so schwerer Eingriff in das Leben eines Kindes."

Wollte mir der Heimleiter einen Vorwurf machen? „Gewiß", sagte ich, leicht verärgert, „aber ohne Notwendigkeit hätten wir unsere Tochter auch nicht hergebracht."

Erst jetzt, nach Katjas Tod, verbinden sich bei mir die Worte Katjas: „... ist ja schließlich gleichgültig, ob ich hier oder dort bin", mit den Worten des Heimleiters: „Dabei ist es ein so schwerer Eingriff in das Leben eines Kindes."

Die zweite Unterredung, die ich mit Große hatte, war nach zwei Monaten, er hatte mich zu sich gebeten.

Katja gefiel es nicht im Heim, sie beklagte sich, daß es in ihrem Zimmer immer Lärm und Gezänk gebe, daß eines der Mädchen häßliche Dinge über ihre Eltern erzähle, daß eine andere gemeine Bemerkungen über einen Erzieher mache und daß man nie allein sei. Dennoch verlangte sie mit keinem Wort, daß wir sie herausnehmen. Auch schien sie sich mit der Zeit mit vielem abzufinden, von einer Erzieherin sprach sie sogar mit Wärme, von dem Heimleiter mit Hochachtung. „Stell dir vor", sagte sie mir, „er kennt alle Kinder beim Vornamen, und von den meisten weiß er auch ihre Lebensgeschichte."

Ich wunderte mich also, warum Große mich kommen ließ.

„Sie haben sich sicher gewundert, daß ich Sie zu mir bat", begann er auch sogleich, „aber ich hatte unlängst ein Gespräch mit Katja, dem eine heftige Auseinandersetzung vorausgegangen ist. Hat sie Ihnen das nicht erzählt?"

„Nein", antwortete ich erstaunt. „Sie hat das mit keinem Wort erwähnt."

Große schien zu überlegen, dann sagte er: „In diesem Fall möchte ich Sie bitten, Genossin Komarski, auch über unser Gespräch zu schweigen." Er steckte sich eine Zigarette an, drückte sie aber schon nach wenigen Zügen wieder aus. „Ich ließ Katja unlängst zu mir kommen", fuhr er fort, „weil sie sich gegenüber Frau Behrend, einer unserer Erzieherinnen, merkwürdig benommen hat. Genossin Behrend kam in ihrer Ratlosigkeit zu mir, weil sie nicht wußte, wie sie sich verhalten solle. Sie hatte Katja gebeten, ob sie ihren Vater oder ihre Mutter bewegen könne, in das Heim zu kommen, um den Kindern etwas über die faschistischen Lager und überhaupt über den Faschismus zu erzählen. Katja, sonst eine von den Stillen, ein ruhiges, eher in sich gekehrtes Kind, reagierte mit einer Heftigkeit, die dem Ersuchen von Frau Behrend überhaupt nicht entsprach. Sie brüllte Frau Behrend an, sie solle sie in Ruhe lassen, sie denke nicht daran, mit den Eltern zu sprechen, sie habe genug, genug, genug! Das Mädchen wäre völlig verwandelt, erzählte mir Frau Behrend, sie sei auch lange danach nicht ansprechbar gewesen. Ich bestellte Katja zu mir. Sie kam mit dem Vorsatz, mir etwas vorzumachen, aber ich kenne das, und es verfängt bei mir nicht. Sie ist übrigens weit über ihre Jahre intelligent. Ich stellte ihr zunächst ganz harmlose Fragen: wie sie mit den Mädchen in ihrem Zimmer auskomme; ob ihr das Essen schmecke; ob sie Schwierigkeiten beim Lernen habe. Sie antwortete knapp und abweisend mit ja, nein, gut, schlecht. Danach erst kam ich auf ihr Verhalten bei Frau Behrend. Als ich davon anfing, zuckte in Katjas Gesicht ein triumphierendes Lächeln auf. Lächeln ist vielleicht nicht ganz das richtige, ein böses Lachen. ‚Hat sie's Ihnen also gesteckt', sagte sie, ‚hab mir's doch gleich gedacht, daß Sie mich nicht einfach so kommen lassen.'

‚Ich hätte dich auch einfach so kommen lassen', verteidigte ich mich, ‚aber vielleicht erst später. Willst du mir nicht sagen, warum du so böse wurdest, als Frau Behrend dich bat, mit deinen Eltern zu sprechen?'

Katjas Gesicht verzerrte sich, sie sah plötzlich beinahe alt aus. ‚Weil mir das zum Kotzen ist, diese ständigen Vorträge über das, was gewesen ist', stieß sie hervor. ‚Einfach zum Kotzen.'

‚Findest du das, was gewesen ist, denn richtig?' fragte ich vorsichtig.

Sie schüttelte heftig den Kopf. ‚Wie können Sie so etwas fragen? Nein, natürlich nicht. Es war schrecklich. Aber ich will es nicht dauernd hören. Wir leben heute, heute!'

Ich habe mich danach noch lange mit Katja unterhalten. Sie ist sensibel, und ihre Kaltschnäuzigkeit ist Abwehr, ist gemacht. Sie hat mir versprochen, wenn sie etwas bedrückt, gleich zu mir zu kommen, ich versprach ihr, daß man sich wegen der Eltern nicht mehr an sie wenden werde. Ich will mich weiter um sie kümmern, ich habe den Eindruck, daß sie, obwohl sie sehr mißtrauisch ist, Vertrauen zu mir fassen wird. Man muß Geduld haben. Aber ich wollte mit Ihnen sprechen, Genossin Komarski, daß Sie sich Katjas Verhalten ein wenig durch den Kopf gehen lassen."

Ich dankte Genossen Große, daß er mich zu sich gebeten hatte, aber ich gab ihm zu bedenken, daß ich meine Vorträge nicht einfach einstellen könne, ebensowenig wie die Besuche der Ravensbrücker Kameradinnen bei mir, das sei nun einmal meine Aufgabe und mein Anliegen, und damit werde Katja sich abfinden müssen.

Große nickte bekümmert. „Ja, ich verstehe Sie, es ist wirklich schwer, auch für Sie. Es kam mir nur darauf an, nichts zu versäumen. Sie glauben nicht, wie sich solche Versäumnisse mitunter auswirken."

Ich ging auf diese Worte nicht ein. „Ich werde Katja bald wieder aus dem Heim nehmen können", sagte ich beinahe trotzig, „ich habe jetzt eine Haushaltshilfe in Aussicht."

Wenn ich mich an das Gespräch mit dem Heimleiter heute erinnere, komme ich mir vor wie ein Verbrecher, der die Spuren seines Verbrechens zurückverfolgt. Konnte mir einer die Gefahren, die das Kind bedrohten, plastischer vor Augen führen, als Große es getan hatte? Ich aber dachte, er mache sich wichtig, ich dachte, er schätze Katja falsch ein, er übertreibe, überspitze zumindest. Ich, die ich viele Jahre meines Lebens gezwungen war, unter unmenschlichen Bedingungen zu existieren, vermeinte, ich dürfte Katja das ständige Anhören dieser Unmenschlichkeiten nicht ersparen, um sie menschlicher zu machen.

Als ich Katja eröffnete, daß wir sie jetzt bald holen würden, war sie nicht so erfreut, wie ich es erwartet hatte.

„Laß mich wenigstens das Schuljahr hier zu Ende machen", sagte sie.

Das war ein vernünftiger Grund, nur hatte es solche Vernunftargumente bei Katja bislang selten gegeben. „Du wolltest doch aber weg", forschte ich, „ist das jetzt anders?"

Katja wurde etwas verlegen. „Nein", antwortete sie hastig, „es geht mir nur darum, die Schule nicht wieder mitten im Schuljahr zu wechseln."

Ich merkte, daß sie drumherumredete, und es schien mir, obgleich sie nichts Direktes in dieser Richtung andeutete, daß es ihr leid tue, von dem Heimleiter fortzumüssen. Ich erfuhr auch, nicht von ihr selbst, aber von einem der Mädchen, mit denen sie das Zimmer teilte, daß Große Katja zweimal zu sich hatte kommen lassen. „Sie schmeißt sich bei ihm ran", sagte das Mädchen in einer Art, die mir unsympathisch war.

Eins stimmte, Katja hielt große Stücke von dem Heimleiter. Ob ich eifersüchtig war? Ich kann es nicht sagen, mag sein. „Du magst Genossen Große wohl sehr?" fragte ich.

Sie errötete, als hätte ich sie gefragt, ob sie sich in ihn verliebt habe. Mädchen in diesem Alter sind besonders empfindlich. „Was soll das", fuhr sie mich an, „hat Doris gequatscht?"

Doris war das Mädchen, mit dem ich mich kurz unterhalten hatte. „Niemand hat gequatscht", wies ich Katja zurecht. „Mir gefällt Genosse Große auch sehr gut. Du hast mir doch selbst erzählt, wie er sich um die Heimkinder kümmert."

Katja blickte mich mißtrauisch von der Seite her an. „Er ist richtig", bemerkte sie dann, „und er stellt einem keine doofen Fragen."

Seltsamerweise erhob Stephan Einwände, als ich ihm mitteilte, daß ich Katja holen werde. „Du warst früher immer besonders konsequent, und jetzt bist du von einer Inkonsequenz, die mir unverständlich ist", warf er mir vor. „Du warst es doch, die sie weggebracht hat. Und kaum hat sie sich eingewöhnt, willst du sie schon wieder herausnehmen."

„Aber wir waren uns doch beide einig, sie zu holen, wenn ich jemand fürs Haus gefunden habe", verteidigte ich mich.

Stephan, der ganz ruhig begonnen hatte, steigerte sich zunehmend in eine unverständliche Erregung: „Soll dieser Jemand sich mit ihr beschäftigen? Ich bin wenig zu Haus, und du hast auch nie Zeit für sie. Die Ravensbrücker Genossinnen sind doch nicht der richtige Umgang für eine Zwölfjährige."

Ich hörte die Sorge nicht, die aus Stephans Worten sprach. Ich ärgerte mich, daß er mich inkonsequent genannt hatte. Ich mutmaßte, daß er Katja nicht zurückkommen lassen wollte, weil sie seine Bequemlichkeit störte. So weit war es mit uns gekommen. Wie unrecht tat ich ihm, wie sehr hatten wir uns entfremdet. Schon einige Male hatte es Reibereien zwischen uns gegeben, nun kam es zum ersten richtigen Streit.

Ich setzte mich schließlich durch und holte Katja. Jetzt erst frage ich mich, ob es richtig war. Aber was war richtig, was wäre richtig gewesen?

In Annas Rede verlief Katjas Leben gradlinig und problemlos. „Sie wurde nicht nur von den Eltern, sondern auch von den Kameradinnen aus Ravensbrück umhegt und umsorgt ..." Dabei weiß Anna doch, daß Katja gerade unter dieser Fürsorge litt. Immer dieses Bestreben, Probleme nicht in die Öffentlichkeit gelangen zu lassen. Selbst hier ...

Gerade in die Zeit, als ich Katja nach Hause holte, fiel die Reise in die Sowjetunion. Ich hatte sie selbst organisiert, aber den genauen Termin erfuhr ich sehr spät, so daß ich nicht mehr umorganisieren konnte und wollte. Meine neue Haushaltshilfe schien mir recht vernünftig zu sein, und Stephan versprach mir, sich um die Tochter zu kümmern.

Ich trat in der Sowjetunion in der Art auf, wie ich es in der Republik getan hatte. Anschließend ergänzten Ravensbrückerinnen aus vielen Ländern meine Ausführungen.

Durch die Lieder und Songs fielen diese Abende vielleicht aus dem Rahmen ähnlicher Veranstaltungen. Sowohl in Moskau wie in Leningrad, in Kiew, Odessa und anderen Städten, überall war die Aufnahme gut und herzlich. Begegnungen mit Kameradinnen, die ich viele Jahre nicht gesehen, mit jungen Menschen, die ich als Kinder im Lager gekannt, erschütterten mich tief.

Was konnte ich dafür, daß die sowjetische Presse meinem Auftreten Spalten in ihren Zeitungen widmete, daß ich gefeiert wurde, daß man meine bescheidenen Liedtexte künstlerisch nannte. Ich bin Schauspielerin, Applaus bedeutet mir viel, aber bei diesen Veranstaltungen kam es mir einzig auf die Sache an, wenigstens war ich davon überzeugt.

Und nun, zurückgekehrt, erfuhr ich, daß meine Vorträge Selbstzweck seien, daß es mir auf nichts anderes ankomme, als mich persönlich in den Vordergrund zu spielen. Der alte Vorwurf. Ich kämpfte erfolglos gegen diese Verleumdungen, wie ich sie nannte. Sie kamen auch nicht direkt, sondern andeutungsweise, hintenherum. Auf meine Frage, ob die Veranstaltungen, die ich durchführte, ihren Zweck erfüllten, ob sie ein Bild von dem vermittelten, was sich im Faschismus zugetragen und wovon viele Menschen, die im Dritten Reich gelebt, keine Ahnung hatten, erklärte man mir, darauf allein käme es nicht an. Die Briefe, die ich vorweisen konnte, und ich erhielt viele Briefe – von Grenzsoldaten, die schrieben, daß ihnen ihre Aufgabe nach meinem Vortrag besonders deutlich geworden sei; von Jugendlichen, die erklärten, man könne sich das alles nur schwer vorstellen, aber es sei nötig, es zu wissen –, machten keinen Eindruck.

Rosemarie, diejenige von den Ravensbrückerinnen, die mir am nächsten stand, versuchte mich zu trösten. „Was willst du", sagte sie, „Neid ist eine sehr menschliche Eigenschaft, und er macht auch vor guten Genossen nicht halt. Wären deine Vorträge wirkungslos, würde sich niemand um dich kümmern."

Rosemarie war auch die einzige der Ravensbrückerinnen, mit der sich Katja gut stand. Und von Rosemarie erfuhr ich über Katjas unentschuldigtes Fernbleiben von der Schule.

Katjas Zeugnis in der Internatsschule war nicht schlecht

gewesen, wir hatten sie anschließend bei uns in Biesdorf in die 7. Klasse eingeschult, und alles schien sich gut anzulassen. Ein Gespräch, das ich mit der Klassenlehrerin, Frau Baumgärtel, hatte, verlief vielversprechend. Ich machte sie mit den Schwierigkeiten vertraut, die Katja hatte, und versuchte, ihr die Ursachen dieser Schwierigkeiten zu erklären. Sie freute sich offensichtlich über meinen Vertrauensbeweis und versprach mir, sich um Katja besonders zu kümmern.

Wie falsch das war. Als Frau Baumgärtel in guter Absicht Katja die „ungewöhnliche Mutter" vorhielt, an der sie sich ein Beispiel nehmen solle, schrie Katja unbeherrscht: „Was geht Sie meine Mutter an. Sie ist kein Beispiel für mich! Ich mache mir überhaupt nichts aus Beispielen!"

Damit war sie bei Frau Baumgärtel, die von Psychologie wenig verstand, unten durch.

Was wußte ich in jener Zeit von meinem Kind? Die Tournee, wenn man die Veranstaltungen in der Sowjetunion so nennen darf, hatte mich ganz in Atem gehalten, danach kamen die Geschichten mit dem Komitee, die mich nicht weniger beschäftigten.

Jetzt die Angelegenheit mit Katja. Von Katja selbst erfuhr ich nichts, erst durch Rosemarie hörte ich davon. „Es kommt etwas auf dich zu, Fini, was nicht gerade angenehm ist. Du mußt es aber nicht tragisch nehmen."

Ich war mit den Nerven ziemlich herunter. „Was denn, um Gottes willen?" fragte ich.

„Es handelt sich um Katja", begann sie.

„Um Katja?"

Sie nickte. „Aber du mußt mir versprechen, daß du nicht mit ihr schimpfst. Sie hat die Schule zwei Tage geschwänzt, in der Zeit, als du in der Sowjetunion warst; einfach so, ohne irgendwelche Entschuldigung oder sonstwas."

Ich starrte Rosemarie sprachlos an. „Geschwänzt?" fragte ich, „so was hat sie noch nie getan."

„Ich war sehr froh, daß sie zu mir kam und es mir gestand. Es fiel ihr nicht leicht. Und weißt du, was sie an diesen beiden Tagen getan hat? Sie ist nach Grünberge gefahren und hat sich dort in der Nähe des Heims herumgetrieben. Dann fuhr sie wieder nach Hause. Stephan weiß noch nichts davon. Aber in der Schule wollen sie was daraus machen."

„Unentwegt ist mit dem Mädchen etwas los", sagte ich, dem Weinen nahe. „Daß sie überhaupt nicht an mich denkt."

„Das stimmt nicht", widersprach Rosemarie. „Sie hängt sogar sehr an dir."

„Dann versteht sie es gut, ihre Gefühle zu verheimlichen", meinte ich bitter. „Ich habe nichts davon bemerkt."

„Doch", beharrte Rosemarie, „sie hängt nicht nur an dir, sie bewundert dich."

„Wie kommst du darauf?" fragte ich erstaunt.

Rosemarie zögerte, dann sagte sie entschlossen: „Sie hat es mir selbst einmal gesagt."

„Dann hat sie eine seltsame Art, ihrer Bewunderung Ausdruck zu geben."

„Du mußt nicht ironisch werden, du hast keinen Grund zur Ironie. Katja braucht Hilfe, aber es ist mir auch nicht klar, wie und womit man ihr helfen kann. Warum, meinst du, ist das Mädchen in die Nähe des Heims gefahren, in dem sie sich, wie du mir sagtest, gar nicht wohl fühlte. Das muß doch einen Grund haben?"

Ich glaubte zu wissen, warum Katja nach Grünberge gefahren war. Vermutlich hatte sie die Absicht gehabt, mit Eberhard Große zu sprechen, und dann nicht den Mut dazu aufgebracht. Aber ich teilte Rosemarie nichts von dieser Vermutung mit. „Und warum, denkst du, wenn sie wirklich an mir hängt, provoziert sie mich ständig?"

Rosemarie überlegte. Ich wußte, daß sie in ihrer eigenen Familie ebenfalls Probleme mit ihren Kindern hatte. „Vielleicht, damit du dich mit ihr beschäftigst", sagte sie schließlich. „Sie sehnt sich nach einer Mutter, die einfach nur Mutter ist, nichts anderes."

„Hat sie dir das auch gesagt?"

„Ja, das hat sie mir auch gesagt. Man muß das natürlich nicht wörtlich nehmen, aber in abgewandelter Form leiden viele unserer Kinder darunter, nicht den selbstverständlichen, natürlichen Kontakt zu ihren Eltern zu haben, weil die politisch zu eingespannt sind."

Wußte Rosemarie, als sie mir das sagte, was sie da ausgesprochen hatte? War sie sich der Tragweite ihrer Worte bewußt? Ich weiß es nicht. Wir, die wir Vorbild sein sollten, waren es, die unsere Kinder dem Endziel, für das wir kämpfen, entfremdeten, indem wir uns ihnen entfremdeten. Heute bin ich imstande, das zu Ende zu denken, damals kam es mir übertrieben vor.

Übrigens mußte Rosemarie ein paar Jahre nach diesem Gespräch eine Bestätigung ihrer Einschätzung erfahren. Ihre Tochter Hannelore verließ sie, lebte zwei Jahre mit einem Mann zusammen, der sie dazu brachte, zu trinken und ein sinnloses, leeres Leben zu führen – so schätzte sie es später selbst ein. Zuerst glaubte sie, ihre Lebensform gefunden zu haben – aber der Mann gab sie einer anderen Frau wegen auf. Glücklicherweise fing Hannelore sich wieder. Rosemarie brach damals beinahe zusammen, doch ihr blieb eine Katastrophe erspart.

Stephan nahm die Mitteilung von Katjas Schulschwänzen seltsamerweise gelassen auf. Es war immer schwer abzusehen, wie er sich in dieser oder jener Situation verhalten würde. Ich hatte von Katja verlangt, es dem Vater selbst zu sagen. Sie sträubte sich zuerst, dann erklärte sie sich notgedrungen bereit. Ich war bei diesem Gespräch nicht dabei, wartete aber im Nebenzimmer, um eventuell einschreiten zu können. Doch es gab weder Lärm noch Gezänk, und als ich schließlich eintrat, weil mir die Ruhe unheimlich vorkam, saßen Vater und Tochter einander gegenüber und unterhielten sich bereits über etwas ganz anderes.

„Sie hat versprochen, so etwas nie wieder zu tun, und ich glaube, sie wird es halten", sagte Stephan.

Katja nickte verlegen, aber um ihre Mundwinkel lag ein spöttischer Zug. Sie hatte sich in der Zeit, da ich nicht da war, dem Vater mehr angeschlossen, und die beiden schienen sich recht gut zu verstehen. Ich war sehr froh darüber. Leider konnte Stephan bei weit geringeren Anlässen als dem Schulschwänzen aufbrausen und die Beherrschung verlieren. Nachher tat es ihm leid.

„Du darfst Vater das nicht nachtragen", versuchte ich einmal, Stephan bei Katja in Schutz zu nehmen. Er hatte Katja eine Ohrfeige gegeben, weil ihre Schulhefte nicht in Ordnung waren. Ich selbst schlug nie, und ich wußte, daß auch Stephan Schläge früher verurteilt hatte. „Es ist sein Gesundheitszustand, der ihn die Nerven verlieren läßt", fügte ich noch hinzu.

Katja grinste. „Ich trag ihm nichts nach. Er hat ja auch recht, wenn er sagt, daß ich schlampig bin. Er tut mir nur leid."

„Wieso tut er dir leid?"

„Weil er immer so ... so traurig ist."

Ihre Worte verblüfften mich. „Er ist traurig? Warum ist er traurig?"

Katja rollte die Zunge im Mund, das tat sie immer, wenn sie über irgend etwas nachdachte. „Weil er gegen dich nicht aufkommt", platzte sie dann heraus.

Es verschlug mir die Sprache. Noch nie hatte ich mich mit Katja über den Vater unterhalten, aber das, was ich da erfuhr, erschütterte mich. „Wie kommst du darauf, daß er gegen mich nicht aufkommt?" fragte ich.

Katja rollte schon wieder die Zunge. „Bist du auch nicht böse?" erkundigte sie sich.

„Nein, ich bin bestimmt nicht böse."

„Du hast manchmal so eine Art, die keinen Widerspruch aufkommen läßt. Vielleicht hast du das im Lager gebraucht."

Es kam mir vor, als hätten wir die Rollen getauscht, als sei sie die Überlegene und ich das Schulkind. „Bildest du dir das nicht nur ein?" fragte ich.

„Vielleicht“, sagte sie, das Gespräch dauerte ihr schon zu lange.

Mich beschäftigte es eine ganze Weile. Eigentlich wollte ich Stephan nichts darüber erzählen, dann hielt ich es doch für richtiger, es zu tun. „Ist etwas Wahres daran?“ wollte ich wissen. „Unterdrücke ich dich?“

Er hatte sehr interessiert zugehört, nun lächelte er. „Nein, nein, du unterdrückst mich nicht, aber mit deiner Art hat sie nicht ganz unrecht.“

„Und damit, daß du traurig bist?“

Er ging im Zimmer auf und ab, dann blieb er vor mir stehen und sagte: „So ganz ohne Spuren zu hinterlassen, ist das, was man den Personenkult nennt, auch an mir nicht vorbeigegangen.“

Ich wagte nicht, ihn zu fragen, aber er begann von selbst. Sein Bericht war knapp und kurz. Bereits 1937 hatte man ihn verhaftet. Ein paar Monate blieb er im Gefängnis, dann Abtransport nach Sibirien. Zum Unterschied von manch anderen ging es ihm nicht schlecht, er konnte arbeiten, verdiente sogar gut, gehörte einer Musikgruppe an – ich hatte gar nicht gewußt, daß er Mundharmonika spielte –, aber der Gedanke, von den Genossen verdächtigt zu werden, war ihm unerträglich.

„Aber du sagtest doch selbst, so glatt, wie manche sich das vorstellen, ist eben der Weg zum Sozialismus nicht.“

Er lächelte trüb. „Zwischen dem, was man sagt, und dem, was man empfindet, gibt es manchmal Unterschiede. Als die Nazis mich verhafteten, empfand ich das als völlig normal, aber dort ... Wir werden das überwinden, aber leicht ... nein, leicht war es wahrhaftig nicht.“

Ich verstand Stephan nur zu gut. Das Gespräch mit ihm und das vorhergegangene Gespräch mit Katja hatten mich stark beeindruckt, doch ich zog keine Schlußfolgerungen daraus, weder ihm noch Katja gegenüber. Ich nahm es einfach zur Kenntnis, weiter nichts. Ich lebte gedankenlos, nein, gedankenträge, immer mit der Entschuldigung vor mir selbst, ich hätte zuviel zu tun. Das stimmte auch, meine Reisen, meine Vorträge ließen mir manchmal kaum die Zeit zum Essen, und war ich zu Hause, konnte ich den vielen Menschen, den Kameradinnen von überallher, die mich besuchten, kaum gerecht werden.

Wenn ich heute darüber nachdenke, frage ich mich manchmal, ob diese ganze Hektik, die ich entwickelte, alle die scheinbar so wichtigen Aufgaben nicht gleichzeitig eine Flucht vor mir selbst bedeuteten?

Nach dem Gespräch, das ich mit Katja über Stephan geführt hatte, kamen wir immer seltener dazu, uns zu unterhalten. Katja schwänzte nicht mehr, es gab keine Eintragungen in ihren Schulheften, ich hatte den Eindruck, sie habe sich eingewöhnt und alles gehe ganz gut. Es fiel mir nicht auf, daß sich ihr Verhalten zu mir änderte, erst jetzt, nach ihrem Tode, wird es mir bewußt. Sie ging gleichgültig neben uns her, sie schrie nicht, es gab keine Ausbrüche. Wenn Besucher bei mir waren, blieb sie in ihrem Zimmer, fragte ich sie gelegentlich, ob sie nicht herüberkommen wolle, es seien interessante Gäste da, einmal beispielsweise die Tochter einer Ravensbrückerin mit ihrem Kind und ihrem Mann, einem Koreaner, lehnte sie ab, weil sie angeblich noch Schularbeiten machen müsse.

Als ich einmal ziemlich müde und abgespannt von einem Vortrag nach Hause kam und mir eine Tasse Kaffee kochte, Stephan lag schon im Bett, tauchte Katja plötzlich auf und setzte sich zu mir an den Küchentisch.

„Hast du was?“ fragte ich. „Willst du noch was essen?“

Sie schüttelte den Kopf. „Ich will dich etwas fragen.“

„Muß das jetzt sein?“ Wie oft hatte ich sie mit diesen Worten abgespeist.

„Nicht unbedingt“, antwortete sie und stand auf. Anscheinend hatte sie erwartet, abgewiesen zu werden.

Ich machte mir Vorwürfe und nahm mich zusammen. „Laß mich nur meinen Kaffee austrinken“, bat ich, „ich bin ziemlich fertig. Willst du auch was trinken? Eine Brause?“

„Bitte.“ Sie schien sich zu freuen, daß ich ihr keine Vorhaltungen über ihr langes Aufbleiben machte. Ich brachte die Brause und trank meinen Kaffee aus. „Na, was hast du auf dem Herzen?“ fragte ich dann.

Mein Ton paßte ihr nicht, er schien ihr zu tantenhaft. „Ich habe nichts auf dem Herzen“, lehnte sie ab. „Ich wollte dich fragen, ob ihr noch miteinander schlaft, Vater und du.“

Alles hatte ich erwartet, nur das nicht. Diese Frage aus dem Munde meiner dreizehnjährigen Tochter überrumpelte mich. Ich wurde puterrot, und es dauerte eine ganze Weile, ehe ich imstande war zu stammeln: „Ich weiß nicht ..., was du damit willst?“

Katja blickte mich forschend an. „Ist es dir unangenehm, darüber zu sprechen?“

„Nein“, log ich, „ich hätte ohnehin mit dir über solche Probleme sprechen müssen, weil es jetzt soweit sein kann, daß du deine Tage bekommst.“

Sie schürzte die Lippen und ließ ein verächtliches Ph! hören. „Was willst du da mit mir sprechen, ich weiß doch Bescheid“, sagte sie. „Mich interessiert nur, ob ihr noch miteinander schlaft.“

Ich fühlte mich nicht sehr wohl in meiner Haut. „Wie kommst du darauf?“ wich ich immer noch aus.

„Wir haben darüber gesprochen“, antwortete sie ruhig.

„Wer wir. Ihr mit der Lehrerin?“

„Nein, wir unter uns. Es heißt doch immer, daß Sex etwas für junge Leute ist. Aber ein paar haben behauptet, daß ihre Eltern noch miteinander schlafen.“

Die Sachlichkeit, mit der sie das alles sagte, zeigte mir, wie weit diese Jugend von der Verklemmtheit unserer Jugend entfernt ist. Meine Mutter hatte niemals mit mir über Sexualprobleme gesprochen, und auch in der Schule waren solche Fragen nie berührt worden. Ich hatte mir meine Kenntnisse mühsam aus Lexika zusammenklauben müssen, und jetzt fragte meine Tochter ohne Scheu nach Dingen, als ginge es um eine Mathematikaufgabe.

„Es gibt einen Unterschied zwischen dem, was du Sexualität nennst, und Liebe", versuchte ich zu erklären. „Natürlich gehört zur Liebe zwischen Mann und Frau auch Sexualität, auch das, was du ‚schlafen' nennst, aber es geht nicht nur um den Akt allein, es geht um das Zusammengehören, die Vereinigung von zwei Menschen, die sie zu einem Wesen macht."

Es ist unvorstellbar schwer, bei solcher Gelegenheit die richtigen Worte zu finden, ich fand sie nicht. Katja stand auf, räkelte sich und sagte: „Ihr schlaft also miteinander. Das wollte ich nur wissen. Gute Nacht."

Ich saß noch lange wach und fühlte mich meiner Aufgabe als Mutter gar nicht gewachsen.

Diese Einsicht habe ich erst heute, obwohl mir viele Erziehungsfehler, die ich machte, damals schon bewußt waren. Damals maß ich allem nicht die Bedeutung bei, während ich heute weiß, was ich dadurch anrichtete. Damals beschäftigte ich mich mit meiner Tochter immer nur dann besonders, wenn sie irgend etwas angestellt hatte. Ihr Aufsatz, den Frau Baumgärtel mir nach Hause brachte, war so ein Anlaß.

Das Thema des Aufsatzes lautete: „Was ich unserem Staat zu danken habe".

Vorausgegangen war eine Unterrichtsstunde, in der Frau Baumgärtel über Kinderarbeit und Elend in der Wilhelminischen Zeit sprach, eine Stunde, in der die Schülerin Margot Baum, Beste der Klasse, über das Leben von Kindern im Dritten Reich berichtete (das Material hatte ihr Frau Baumgärtel gegeben), und schließlich ein Vortrag von Gustav Knöllke, Parteisekretär des Patenbetriebs der Schule, der an Hand von Bildern und Zahlen zeigte, was bei uns alles für unsere Kinder getan wurde und getan wird.

„Sehen Sie sich das bitte an", bat mich Frau Baumgärtel, „ich weiß nicht, was ich mit dem Mädchen anfangen soll, sie hat sich in letzter Zeit nicht schlecht gemacht, obwohl sie bei einigem Willen weit bessere Leistungen aufweisen könnte, aber das da, das kann man doch nicht einfach so hinnehmen ..."

„Wir haben unserem Staat viel zu verdanken", stand da mit der steilen, noch etwas unsicheren, aber schon recht ausdrucksvollen Schrift Katjas. „Überall entstehen neue Kinderkrippen, Kindergärten und Schulen. In den neuen Schulen ist es ganz anders als in den Schulen früher, die Räume sind groß und hell, und die Bänke sind bequem, so daß man gut sitzen kann, was man früher nicht konnte. Unsere Eltern brauchen sich nicht um unser Essen zu kümmern, wir bekommen gutes und billiges Essen in der Schule und können uns da sogar Milch kaufen."

Ich blickte Frau Baumgärtel erstaunt an. Das war doch alles recht positiv, wenn auch kindlich vereinfacht.

„Lesen Sie nur weiter", forderte mich die Lehrerin auf.

Nun folgte über eine halbe Seite hinweg eine Aufzählung von Errungenschaften für unsere Kinder, die sich Katja wahrscheinlich bei dem Vortrag des Parteisekretärs aus dem Patenbetrieb notiert hatte. Dann ließ sie eine halbe Zeile frei, sicher um einen Absatz deutlich zu kennzeichnen, und begann: „Das ist alles sehr schön, und wir freuen uns darüber." Ihre ohnehin große Schrift steilte bei diesen Worten höher, wahrscheinlich ohne daß es ihr bewußt wurde, um dem, was sie sagen wollte, mehr Ausdruck zu verleihen. „Aber muß man damit so Bucker schieben?" Die Worte „Bucker schieben" stachen förmlich von dem andern ab, sicher waren sie dem Vokabular der Schulkinder entnommen. „Ich finde, das haben wir gar nicht nötig. Immerzu hören wir; wie schlecht es den Kindern früher ging und wie gut es uns geht. Immerzu wirft man uns die Vergangenheit vor und verlangt, daß wir dankbar sind. Aber wir sind doch nicht schuld an der Vergangenheit, und wir können nicht ständig danke schön, danke schön sagen. Wir sind doch auch der Staat, wenigstens behauptet man das immer, und wir werden schon zeigen, was in uns steckt, wenn wir dran sind."

„Was sagen Sie dazu?" fragte Frau Baumgärtel, als ich zu

Ende gelesen hatte. „So was kann man doch nicht einfach hinnehmen", wiederholte sie. „Dabei ist der Aufsatz im Ausdruck wie von der Schrift her einwandfrei, mit Ausnahme dieses ‚Bucker schieben'. Kein einziger orthographischer Fehler."

Ich saß immer noch da, das Heft in der Hand, und überlegte. Warum konnte man das nicht einfach hinnehmen? Was hatte Katja denn getan? Sie hatte ausgesprochen, was sie dachte. War das falsch?

„Vielleicht sagt Katja das alles sehr ungeschickt", ich suchte nach Worten, um die Lehrerin nicht noch mehr zu verstimmen, ich wollte es Katja nicht schwerer machen in der Schule. „Aber ist es nicht richtiger, wenn die Kinder ihre Meinung sagen, als wenn sie damit hinter dem Berg halten?"

Frau Baumgärtel schüttelte den Kopf. Ich weiß nicht, was sie erwartet hatte, offensichtlich, daß ich mich entrüste. „Halten Sie es denn für richtig, daß Kinder an allem Kritik üben dürfen? Wo kämen wir denn da hin?"

„Ich denke, es kommt immer darauf an, von welchem Standpunkt aus man Kritik übt, ich habe nach diesem Aufsatz den Eindruck, daß Katja vom richtigen Standort aus kritisiert. Aber ich werde mich mit Katja darüber unterhalten, wenn Sie es für nötig erachten. Sind Sie damit einverstanden, Kollegin Baumgärtel?"

Ich sah es ihr an, daß sie nicht einverstanden war, daß sie etwas anderes erwartet hatte, aber sie nickte und sagte lediglich: „Gut. Leider muß ich diesen Aufsatz mit einer Vier bewerten. Das ist bedauerlich, weil Katja sich in letzter Zeit sehr gebessert hatte. Auf Wiedersehen, Frau Komarski."

Ich mußte sehr an mich halten, um dieser Lehrerin, die von Pädagogik so gar nichts verstand, keine Grobheiten zu sagen.

Katja kam am nächsten Tag ganz aufgelöst aus der Schule heim. Ich war glücklicherweise zu Hause. „War sie bei dir?" rief sie mir schon in der Tür entgegen.

„Wer?" fragte ich, um Zeit zu gewinnen.

„Die Baumgärtel. Sie hat behauptet, daß sie bei dir war."
„Sie war bei mir."
„Und? Hat sie dir meinen Aufsatz gezeigt?"
„Ja."
„Weißt du, daß sie mir eine Vier gegeben hat? Es ist eine Gemeinheit! Es ist eine Gemeinheit!" Zum erstenmal nach langer Zeit hörte ich sie wieder laut schluchzen und weinen.

Ich war in einem Zwiespalt. Einerseits gab ich Katja recht, und sie tat mir leid, andererseits, so sah ich das damals, hielt ich es für einen Fehler, die Autorität der Lehrerin zu untergraben. Ich würde damit nur einen pädagogischen Fehler durch einen anderen ersetzt haben.

„Ich glaube auch, daß Frau Baumgärtel sich nicht ganz richtig verhalten hat", begann ich darum vorsichtig, „die Vier hast du nicht verdient. Aber du mußt einsehen, daß Frau Baumgärtel gekränkt und beleidigt war, weil du alle ihre Bemühungen, euch an Hand von Beispielen in kapitalistischen Gesellschaftsordnungen zu zeigen, wie gut es euch in unserer Gesellschaft geht, mit ein paar Worten wegschiebst."

Katja, die sich, als ich anfing, erstaunt aufrichtete, ließ den Kopf wieder sinken. „Ich hab ja gar nichts weggewischt", wehrte sie sich, „aber ich habe gewußt, daß du ihr recht geben wirst, obwohl du weißt, daß sie unrecht hat. Du bist genau wie alle anderen, und ich hab immer geglaubt, du bist anders."

Obwohl ich das Gefühl hatte, daß ich mir vor der Dreizehnjährigen etwas vergebe – auch wieder so eine festgefahrene Vorstellung aus vergangener Zeit, die heute noch sehr lebendig ist –, fragte ich: „Wieso bin ich wie alle anderen?"

„Ihr sagt, man soll die Wahrheit sagen, aber wenn man das tut, ist es nicht die Wahrheit."

Wenngleich ich betroffen war, bin ich damals nicht auf den Gedanken gekommen, die Tiefe dieser Worte auszuloten. Katja war sich ihrer ja auch nicht bewußt, wie hätte sie das können in ihrem Alter. Mir aber hätten sie zu denken geben müssen, ich hätte sehen müssen, wie sich das Kind abstrampelte, um mit seinem Leben zurechtzukommen. Ich hätte, hätte, hätte ... damit schlage ich mich ohne Unterlaß herum.

„... sie war ein so lebensbejahendes Kind, voller Einfälle und mit einer Phantasie, wie man sie selten bei Kindern dieses Alters findet."

Ich will nicht zuhören, aber Redefetzen dringen immer wieder an meine Ohren.

„Einmal schenkte sie mir zum Frauentag eine Karte, die sie selbst gezeichnet hatte: eine Frau, die auf dem Boden liegt, und rundherum Kinder, die die Arme ausstrecken und ihr helfen wollen, wieder aufzustehen. Diese Glückwunschkarte hat mich zu Tränen gerührt. Ich habe sie seitdem immer bei mir getragen, und heute ist sie mir ein Vermächtnis, das ich in Ehren halten werde, solange ich lebe ..."

Wie seltsam, daß Anna von dieser Karte spricht, an die ich gar nicht mehr dachte. Ich weiß noch, daß ich mich damals sehr über Katjas Idee freute. Sie mochte Anna nicht, aber wahrscheinlich tat sie ihr leid. Es war alles widersprüchlich bei Katja.

Katja erreichte in der Schule mitunter einen Durchschnitt von 1,8 und gehörte zu den Besten der Klasse. Sie hatte zeitweise sogar den Ehrgeiz, das Abitur zu machen und Medizin zu studieren. Dann wieder sanken ihre Leistungen rapide ab, ohne daß man dafür einen besonderen Grund hätte nennen können. Es ging so weit, daß Herr Krammin, der Schulleiter, mich zu sich bat und mich darauf aufmerksam machte, daß Katja versetzungsgefährdet sei. Das jähe Ansteigen und Absinken ihrer Leistungen führte er auf pubertäre Erscheinungen zurück, die bei Kindern in diesem Alter immer eine große Rolle spielten, wenn vielleicht auch nicht in dem Maße wie bei Katja. Ich wußte, daß solche Diagnosen wie „pubertäre Erscheinungen" für vieles herhalten mußten. Aber Genosse Krammin war ein kluger und verantwortungsbewußter Pädagoge – wie kam er zu der Ansicht, daß sexuelle Probleme bei Katja eine größere Rolle spielten als bei anderen Schülern im gleichen Alter? Als ich ihn danach fragte, wurde er etwas verlegen. „Machen Sie sich bitte keine Gedanken, so etwas ist nicht tragisch zu nehmen. Es hat da eine Sache gegeben, bei einem Schulausflug, zwischen Katja und einem Jungen, es ist nichts passiert, aber ..."

„Mein Gott, warum haben Sie mich das nicht wissen lassen?" fragte ich erschrocken.

Krammin war die Angelegenheit offensichtlich unangenehm. „Wir haben uns im Lehrerkollegium damit beschäftigt", antwortete er, „aber wir hielten es nicht für nötig, Sie damit zu behelligen. Sexuelle Neugier ist an und für sich etwas ganz Natürliches, nur geht sie nicht immer so weit ..., obwohl wir auf diesem Gebiet manches erleben. Doch wie gesagt, es ist nichts geschehen, wir mußten der Sache nur nachgehen, weil die beiden beobachtet wurden. Wir haben mit Katja gesprochen – wobei ich Ihnen gestehen muß, daß das nicht leicht war, weil sie von einer hemmungslosen Offenheit ist, die selbst uns Lehrer vor Probleme stellt –, und wir glaubten, das genüge. Wenn sie nicht selbst damit kommt, würde ich Sie bitten, die Sache auf sich beruhen zu lassen und auch mit ihr nicht mehr darüber zu reden. Aber das hängt natürlich von Ihnen ab, Frau Komarski."

Von Katja erfuhr ich nichts, das kränkte mich, aber ich sagte ihr nichts von dem Gespräch mit Krammin. Dieses Gespräch beschäftigte mich lange, besonders seine Worte: „Sie ist von einer hemmungslosen Offenheit, die selbst uns Lehrer vor Probleme stellt."

Die Frage der Dreizehnjährigen, ob Stephan und ich noch miteinander schliefen, hatte mich ja auch verwirrt und, ich gestehe, schockiert. Aber ihr zeitweises Versagen in der Schule einzig und allein auf Pubertät, auf frühe Sexualität zurückzuführen, schien mir trotzdem falsch, zumal gute und schlechte Leistungen, gute und schlechte Zensuren ständig bei ihr gewechselt hatten. Das Wort „versetzungsgefährdet" machte mir angst, auf keinen Fall durfte es so weit kommen, daß Katja sitzenblieb. Ich sagte mein Auftreten bei vielen Veranstaltungen ab, obwohl mir das leid tat, und bemühte mich erneut, ihr bei ihren Aufgaben zu helfen. Stephan war dazu nicht in der Lage, er hatte sich in späteren Jahren zwar auf manchen Wissensgebieten große Kenntnisse angeeignet, aber die Schulbildung des polnischen Arbeiterjungen war zu mangelhaft gewesen, um einer Schülerin der achten Klasse bei uns behilflich zu sein. Er klagte darüber. Das heißt, klagen ist vielleicht nicht das richtige Wort, er sagte nur: „Die werden's einmal leichter haben mit ihren Kindern", aber es lag unüberhörbare Resignation in seinen Worten.

Leider genügte mein im Lyzeum erworbenes Wissen ebenfalls nicht. Ich verschaffte mir Schulbücher, ohne daß Katja etwas davon wußte, ein dummer Erwachsenenstolz ließ mich so handeln, ich knüpfte Verbindung zu der sechzehnjährigen Tochter einer Bekannten, die glücklicherweise den Lehrstoff der früheren Klassen noch nicht vergessen hatte, und ließ mir von ihr manches erläutern und erklären. So gerüstet, glaubte ich meiner Tochter behilflich sein zu können, doch erstaunt stellte ich fest, daß Katja meine Hilfe gar nicht so nötig hatte. Gelang es ihr, sich zu konzentrieren, dann bewältigte sie ihre Aufgaben spielend allein. Es machte ihr Spaß, daß ich mich wieder so um sie kümmerte, und sie begann sogar, unsere Rollen verkehrend, mir zu zeigen, wie man diese oder jene mathematische Aufgabe einfacher lösen könne. Dabei war sie in Mathematik immer schwach gewesen. Ihr Stolz, mir quasi Nachhilfestunden zu geben, war sichtlich groß.

„Du kannst doch, wenn du willst", lobte ich sie, „du brauchst mich doch gar nicht."

Meine Worte hatten zur Folge, daß sie den Spaß verlor, zerstreut wurde, Fehler machte, manche Arbeit drei- und viermal wiederholen mußte.

Katja wurde versetzt, aber jeden Gedanken an Abitur und Studium mußte sie aufgeben. Sie tat, als sei ihr das gleichgültig, doch ihre Wurstigkeit war nicht echt. Durch Rosemarie erfuhr ich, daß sie darunter litt.

Katjas Voreingenommenheit gegen alle Zusammenkünfte von Ravensbrücker Kameradinnen in unserem Haus war geblieben. Ihre Bemerkungen, wir lebten immer noch im Lager, empörten und quälten mich. Ravensbrück war zu einem Trauma bei ihr geworden. Ich hatte es längst aufgegeben, sie irgendwo hinzuzuziehen, sie aufzufordern, mitzukommen, oder sie zu etwas zu überreden. Wir gerieten aneinander, sie schien es darauf abgesehen zu haben, mich soweit zu bringen. Dann wieder sagte ich mir, es habe keinen Sinn, mit ihr zu streiten, und ich versuchte, allen Auseinandersetzungen aus dem Wege zu gehen. Was in Katja vorging, beginne ich erst jetzt zu ahnen.

Um so erstaunter war ich, als sie mich eines Tages bat, ob sie an einem Treffen mit ausländischen Kameradinnen teilnehmen dürfe. Sie habe durch Rosemarie davon erfahren.

Ich zögerte, die Sache schien mir nicht recht geheuer. Anstatt, wie sie erwartet hatte, begeistert ja zu sagen, fragte ich zurückhaltend, warum sie das wolle. „Du hast es doch bislang immer abgelehnt, an solchen Zusammenkünften teilzunehmen?"

Sie überlegte und sagte dann, sie habe gehört, daß die Marcelle singen werde. Die Marcelle war eine bekannte Schlagersängerin, die sich für diesen Zweck zur Verfügung gestellt hatte. Auch andere prominente Gäste hatten ihre Teilnahme unentgeltlich zugesagt.

„Ich weiß nicht, ob die Marcelle dich für das andere entschädigen wird", sagte ich.

„Was für anderes?" wollte sie wissen.

„Die Berichte der Frauen, die in Ravensbrück waren. Der sogenannte Unterhaltungsteil kommt erst zum Schluß."

Sie ging auf meine Worte nicht ein. „Getanzt wird auch?" fragte sie nur.

„Wie kommst du darauf?“

„Rosemarie hat es gesagt.“

„Wenn Rosemarie es gesagt hat, dann wird es schon stimmen.“

Sie gab sich nicht zufrieden. „Wer tanzt denn da?“ erkundigte sie sich weiter.

Ihre Frage verwirrte mich. „Ich weiß es nicht“, erwiderte ich. „Warum willst du das wissen?“

„Das sind doch alles ältere Frauen“, stellte sie fest.

„Erstens sind das nicht alles ältere Frauen“, widersprach ich, „oder hältst du mich für eine ältere Frau?“

Sie druckste herum. „Jung bist du nicht mehr“, sagte sie dann, „aber das ist etwas anderes, du bist meine Mutter.“

Wie der Saal hieß, in dem das Treffen stattfand, weiß ich nicht mehr, ich erinnere mich nur, daß er groß war, ein Podium hatte, auf dem ein Klavier stand, daß auf der linken Seite in ganzer Saallänge Tische gedeckt waren, während die rechte Seite als Tanzfläche frei gehalten wurde. Wir nahmen an einem Tisch Platz, an dem später auch Anna und Rosemarie sitzen sollten. Im Augenblick waren sie damit beschäftigt, Neuankommende zu begrüßen. Außerdem saß da noch ein junger Mann, der Gérard hieß. Er war eines der ehemaligen Ravensbrücker Kinder, kam aus Frankreich, wo er bei seinen Pflegeeltern lebte, sprach aber gut deutsch. Die Presse hatte große Berichte über ihn gebracht, seine Mutter, eine Französin, war in Ravensbrück umgekommen.

Ich machte Katja mit ihm bekannt, hatte aber weiter keine Zeit, mich um die beiden zu kümmern, weil ich, genau wie Rosemarie und Anna, Kameradinnen begrüßen und da und dort nach dem Rechten sehen mußte. Außerdem sollte ich auch auftreten und hatte Lampenfieber.

Eingeleitet wurde die Veranstaltung von einem Mitglied des Komitees, einem älteren Genossen, der in Dachau gesessen hatte. Er hieß die Frauen willkommen, die so zahlreich erschienen waren, weil sie zeigen wollten, daß das, was geschehen war, nie wieder geschehen dürfe. Nach dieser kurzen Ansprache begrüßten die Delegationsleiterinnen – Frauen aus Österreich, Frankreich, Norwegen, Holland, Schweden, Dänemark und den volksdemokratischen Ländern – die Anwesenden, viele in deutscher Sprache, andere Ansprachen mußten übersetzt werden.

Es schien mir selbstverständlich, daß die meisten dieser Frauen rückblickend von dem erzählten, was sie erlebt hatten, daß sie die Toten erwähnten, die die Befreiung nicht mehr miterleben konnten, daß sie die Gedenkstätte hervorhoben, die Zeugnis ablege von dem, was Menschen, die es nicht miterlebt hatten, sonst kaum zu glauben imstande waren.

Diese Ansprachen dauerten fast zwei Stunden. Es konnte nicht ausbleiben, daß sich vieles wiederholte, so erschütternd es im einzelnen war. Im Saal wurde es unruhig, da und dort unterhielt man sich leise. Ich bemerkte, daß auch Katja flüsternd mit Gérard sprach und daß sich die beiden über einige Sprecherinnen vermutlich mißfällig äußerten. Ich konnte es nicht verstehen, aber ich entnahm es ihren Mienen.

Der Unterhaltungsteil, der nach einer kurzen Pause folgte, war extrem anders als das, was vorhergegangen. Schlagersänger und -sängerinnen, unter ihnen die Marcelle, die etwas konnte, aber ihre Texte dem Anlaß in keiner Weise angepaßt hatte, eine Band, ein Tanzpaar lösten sich in rascher Folge ab. Alles wurde begeistert aufgenommen, auch meine Lieder und Gedichte, die den Abschluß bildeten, obwohl sie überhaupt nicht in diesen Rahmen paßten und mir völlig deplaciert vorkamen.

Nun wurde das Podium geräumt, und Musiker stellten ihre Notenständer auf. Rosemarie hatte recht gehabt, es sollte getanzt werden.

Ich selbst tanzte nicht, beobachtete die Tanzenden aber mit einer gewissen Rührung. Jene Frauen, die ihre besten Jahre verloren hatten und nun jede Gelegenheit wahrnahmen, um das Verlorene nachzuholen. War es ihnen zu verdenken, daß manche sich allzu jugendlich gaben, daß sie die Jugendlichen noch übertrafen, offen tanzten und nicht immer einen ästhetischen Anblick boten.

Ich bemerkte, daß Katja mit Gérard tanzte, ein hübsches Paar. Danach wurde sie von einigen älteren Männern, sicher den Ehepartnern von Ravensbrückerinnen, aufgefordert. Beruhigt unterhielt ich mich mit einer norwegischen Kameradin, die auch nicht tanzte, als Katja plötzlich hinter meinen Stuhl trat und leise fragte: „Mutter, darf ich jetzt gehen?"

„Ich muß bis zum Schluß bleiben, das weißt du ja", erwiderte ich. „Willst du nicht mehr tanzen?"

Sie schüttelte den Kopf. „Macht keinen Spaß hier."

„Aber du hast doch gerade eben sehr schön mit Gérard getanzt."

Sie zuckte die Achseln. „Der muß mit den ollen ...", sie verbesserte sich, „mit den älteren Frauen tanzen. Dazu ist er verpflichtet."

„Hat er das gesagt?"

Sie nickte. „Gefällt ihm auch nicht."

„Gérard ist doch ein netter Junge?"

„Ja", gab sie zu, „aber sein Ruhm ist ihm in den Kopf gestiegen."

„Was für ein Ruhm?" fragte ich erstaunt.

„Na ja, das Ravensbrücker Kind zu sein. Er war doch ganz groß im Fernsehen, und sein Bild haben sie in allen Zeitungen gebracht."

„Und woran hast du gemerkt, daß sein Ruhm ihm in den Kopf gestiegen ist?"

Sie dachte einen Augenblick nach, dann sagte sie grinsend: „So. An seinem ganzen Benimm. Er hat geglaubt, ich werd ihn auch bewundern, aber da kann er lange warten."

Ich ließ sie natürlich gehen, obwohl ich enttäuscht war. Ich fragte sie nicht, wie ihr die Veranstaltung gefallen habe. Erst nach Tagen fing sie von selbst an, darüber zu reden.

„Ich möchte gern wissen, warum die immer nur von dem, was war, erzählen", sagte sie. Diese Frage kam ganz plötzlich, ohne Zusammenhang mit dem, worüber wir uns eben unterhalten hatten.

„Wer?" fragte ich.

„Die ... die Frauen, wo wir neulich waren."

„Die Ravensbrückerinnen?"

„Ja."

„Es war doch ein Treffen, wo von dem, was war, gesprochen werden sollte."

„Du hast einmal gesagt, man darf nicht im eigenen Saft schmoren."

„Ich habe das gesagt?"

„Ja. Zu Tante Anna."

„Und was hab ich damit gemeint?"

Mein examinierender Ton gefiel ihr nicht. „Weißt du doch."

„Ich weiß es nicht mehr."

„Daß man alles nur im Zusammenhang sehen muß, was war und was ist. Hast du gesagt."

Wie sie sich das gemerkt hatte. Dabei glaubte ich immer, unsere Gespräche interessierten sie gar nicht und sie höre nicht zu. „Glaubst du nicht, daß die bloßen Berichte der Frauen so furchtbar sind, daß jeder, ohne daß es ausgesprochen wird, denken muß, das darf nie wiederkommen?" fragte ich.

Sie zuckte die Achseln. Das Gespräch wurde ihr langweilig. „Vielleicht", sagte sie, „aber manche von denen sind auch sehr eitel und hören sich gern reden."

Damals habe ich über dieses Gespräch nicht weiter nachgedacht. Heute scheint es mir nachdenkenswert.

Direktor Krammin hatte bestimmt recht gehabt, wenn er bei Katja von früh erwachter Sexualität sprach, wenngleich sie keineswegs so eine Ausnahme bildete. Es gab Mädchen in ihrer Klasse, die mit fünfzehn Jahren bereits einen festen Freund hatten. Aber bei Katja war alles, was sie tat, übersteigert, alles konzentrierte sich dann auf das eine. Sie hatte kaum Freundinnen und war überhaupt nicht sehr kontaktfreudig. Im Grunde war sie einsam, auch wenn sie manchmal behauptete, eine Lehrerin oder eine Mitschülerin besonders zu lieben. Das hielt nie lange an. Das Elternhaus, in dem dauernd fremde Menschen ein und aus gingen, denen sie möglichst nicht begegnen wollte, war für Katja offenbar kein Heim, in dem sie sich wohl fühlte. Ihr schönes Zimmer, auf das ich so stolz war, weil ich meinte, es ihr besonders geschmackvoll und freundlich eingerichtet zu haben, bedeutete ihr wenig. Sie hätte es sich bestimmt ganz anders eingerichtet. Aber sie wurde nicht gefragt, sie wurde immer vor vollendete Tatsachen gestellt, das war sicher einer unserer hauptsächlichsten Erziehungsfehler. Sie scheute sich angeblich, Mitschülerinnen einzuladen. Sie baute sich selbst Vorbehalte auf, beispielsweise, daß gerade eine Delegation bei mir sein und die Mädchen ihr Fragen stellen könnten. Nur als sie anfing, Jungs mitzubringen, setzte sie sich über alles hinweg.

Mit sechzehn Jahren brachte sie zum erstenmal einen mit nach Hause. Zuvor hatte ich sie einmal in den dürftigen Parkanlagen nahe bei unserem Haus in inniger Umarmung mit einem jungen Mann gesehen. Sie bemerkte mich nicht, und ich sprach auch nicht darüber, ich wollte sie nicht in Verlegenheit bringen. Vielleicht war das falsch. Als sie den Burschen mit nach Haus brachte, rechnete sie offenbar nicht damit, mir zu begegnen. Der Junge mochte achtzehn, neunzehn Jahre sein, hatte ein hübsches, noch sehr kindliches Gesicht, dem die langen blonden Haare, die engen Jeans und die Lederjacke, der man die Herkunft ansah, etwas Verwegenes geben sollten. Seine Aufmachung schien Katja sehr zu imponieren.

Ich erinnere mich genau, wie wenig ich mich der Lage gewachsen fühlte. Katja hatte die Absicht gehabt, ihn unbemerkt in ihr Zimmer zu schleusen, daß sie mir in die Arme lief, machte sie unsicher und aggressiv.

„Willst du mir deinen Bekannten nicht vorstellen?" fragte ich höflich.

Sie bekam einen roten Kopf und blickte mich herausfordernd an: „Er heißt Jens, und er kommt zu *mir*", antwortete sie heftig. Das „mir" stieß sie förmlich heraus, es umspannte ihren ganzen Lebensbereich.

Ich zwang mich, ruhig zu bleiben, obwohl es mir schwerfiel.

„Er kommt zu dir, aber das schließt doch nicht aus, daß man sich miteinander bekannt macht", sagte ich. „Immerhin ist es unsere gemeinsame Wohnung."

„Es ist mein Zimmer", trotzte sie.

Der junge Mann fühlte sich in seiner Haut offensichtlich nicht sehr wohl. Er machte eine ungeschickte Bewegung, so eine Art Verbeugung, und murmelte einen Namen, den ich nicht verstand. Katja schien sich über sein Verhalten zu ärgern. „Komm", sagte sie kurz und versuchte ihn mit sich zu ziehen.

„Kann ich euch etwas zu essen bringen?" bemühte ich mich, die Situation noch zu retten. „Oder etwas zu trinken?"

„Danke, wir brauchen nichts", entschied Katja und schob ihren Gast in ihr Zimmer, das sie abschloß.

Ich erinnere mich nicht, jemals zuvor so ratlos und unschlüssig gewesen zu sein. Was sollte ich tun? Wie sollte ich mich verhalten? Ich war froh, als Stephan kam und ich ihm alles erzählen konnte, aber er wußte genausowenig Rat wie ich. An Katjas Tür zu klopfen und ihr zu sagen, daß er gekommen sei, wie ich vorschlug, dazu war er nicht zu bewegen. „Wenn du zugelassen hast, daß er dableibt ...", sagte er.

„Was hätte ich denn tun sollen?" rechtfertigte ich mich.

„Du hättest es verhindern müssen", beharrte er.

„Das konnte ich nicht. Ich kann ihr nicht verbieten, jemand mitzubringen."

„Zumindest, daß sie sich einschließen."

Statt miteinander zu beraten, was zu tun sei, begannen wir zu streiten. Stephan machte mir Vorwürfe, daß ich mich zuwenig um Katja kümmere. Ich lehnte das ab und sagte, er mache es sich zu leicht, alles auf mich zu schieben.

„Du bist schließlich der Vater“, sagte ich, „aber du drückst dich, wo du kannst ...“

Wir warfen uns Dinge vor, die weit zurücklagen, er behauptete erneut, daß es ein Fehler war, Katja so früh aus dem Heim herauszuholen, ich hielt dagegen, daß es ein Fehler gewesen sei, sie überhaupt ins Heim zu bringen. Was kramten wir nicht alles heraus, um es uns an den Kopf zu werfen, es fällt mir schwer, das auch nur in Gedanken zu rekapitulieren. Daß Menschen, die sich so nahestehen, sich so weh tun, sich so weit voneinander entfernen können. Heute ist es mir unverständlich. Dabei waren wir beide hilflos.

Als es zehn Uhr wurde, forderte ich Stephan auf, einzuschreiten, etwas zu tun. „Du mußt doch nur sagen, wie spät es ist und daß das Haus abgeschlossen wird.“

Stephan lehnte auch das ab.

Aus Katjas Zimmer war nichts zu hören. Wir horchten auf jedes Geräusch, aber es war ganz still. Wir waren beide todmüde. „Er kann doch nicht die ganze Nacht hierbleiben“, jammerte ich. „Wir müssen etwas unternehmen.“

„Ich gehe ins Bett“, entschied Stephan, „ich würde dir raten, dasselbe zu tun.“

Seine Worte empörten mich. Ich empfand sie kalt und gefühlsroh. „Du läßt mich wieder einmal allein“, sagte ich bitter.

„Diese Warterei ist doch sinnlos“, wehrte er sich, „wir machen uns beide kaputt.“ Er sah verfallen und elend aus, aber ich achtete nicht darauf.

Der junge Mann blieb.

Um zwölf Uhr entschloß ich mich endlich, an Katjas Tür zu klopfen. „Es ist zwölf Uhr, du mußt dich von deinem Gast verabschieden, Katja!“ rief ich.

Jetzt hörte ich leises Geflüster, aber die Tür blieb verschlossen. Nun wurde es mir zu bunt. Mit beiden Fäusten hämmerte ich gegen die Tür. „Aufmachen!“ schrie ich. „Mach sofort auf!“

Nichts geschah.

Was sollten wir tun? Wir konnten die Tür doch nicht gewaltsam aufbrechen. Ein solches Gefühl von Ohnmacht überkam mich, daß mir Tränen in die Augen traten. Ich überlegte, ob ich die Polizei zu Hilfe rufen solle.

„Das ist kein Fall für die Polizei", meinte Stephan resigniert.

„Aber man kann das doch nicht einfach hinnehmen", wandte ich ein. „Sie ist erst sechzehn Jahre."

Er machte eine hilflose Geste, die zeigte, wie ohnmächtig auch er sich fühlte.

Ich kauerte mich in einen Sessel und muß kurz danach eingeschlafen sein, denn ich erwachte erst, als Stephan mich schüttelte.

„Was ist?" stammelte ich verwirrt. Dann erst war ich wieder ganz da und fragte hastig: „Ist er weg?"

Stephan schüttelte den Kopf. „Er wird die ganze Nacht hierbleiben. Ich habe auch versucht, sie herauszuklopfen, sie reagieren nicht. Wir müssen morgen mit ihr sprechen."

Wir gingen zu Bett, was blieb uns anderes übrig. Ich war so erschöpft, daß ich sofort einschlief. Ich merkte nicht mehr, wie Stephan mich behutsam zudeckte.

Als ich am Morgen erwachte, war Katja bereits fort. Stephan fragte mich, ob er mir den Kaffee ans Bett bringen solle. Es war bereits 9 Uhr. Ich wunderte mich, daß er noch da war. „Mußt du heute nicht in die Redaktion?" fragte ich.

„Ich gehe etwas später", antwortete er, „ich habe telefoniert."

Plötzlich war mir die Situation der vergangenen Nacht wieder gegenwärtig. „Hast du mit Katja gesprochen?" fragte ich hastig. „War der Junge weg?"

„Ich habe mit ihr gesprochen. Er war weg."

„Und? Was sagte sie?"

Er antwortete nicht sofort, brachte mir den Kaffee, goß ein und setzte sich an mein Bett.

„Red schon", drängte ich.

„Diese Jugend heute ...", sagte er.

„Sprich doch nicht von *dieser* Jugend, sprich von Katja",

forderte ich ungeduldig. „Hast du sie ins Gebet genommen?“

„Ins Gebet genommen ...“, wiederholte Stephan müde. „Ich habe versucht, ihr das Unmögliche der Situation gestern vorzuhalten. Sinnlos, einfach sinnlos. Sie sieht das nicht ein. Sie behauptet, wir wären altmodisch. Sie hätte ein Recht, ihr eigenes Leben zu leben, du kennst ja diese Redensarten bei ihr.“

„Und damit hast du dich zufriedengegeben?“

„Ich habe mich nicht zufriedengegeben.“ Stephan stand auf und begann im Zimmer hin und her zu gehen. Erst jetzt fiel mir auf, wie schleppend sein Gang war. Dann zog er sich einen Stuhl ans Bett und setzte sich wieder. „Ich war sehr erregt und beschimpfte sie“, berichtete er weiter, „vielleicht war ich nicht sehr fein ...“

Ich kannte die cholerischen Ausbrüche bei Stephan. Nachher tat es ihm meist leid.

„Ich drohte sogar, daß sie hinausfliege, wenn so etwas noch einmal vorkomme“, fuhr er fort.

„Ja, und?“

„Sie begann zu heulen, sagte, daß wir kein Verständnis für sie haben, nie eins gehabt hätten, sie würde ausziehen, sie würde schon irgendwo unterkommen.“

„Sie ist viel zu jung“, unterbrach ich ihn. „Niemand dürfte sie aufnehmen.“

Stephan nickte. „Das habe ich ihr auch gesagt. Ich sprach davon, daß wir sie in eine Erziehungsanstalt, in einen Werkhof stecken würden.“

Ich erschrak. „Das hättest du nicht tun dürfen, man darf nicht mit Dingen drohen, die man nicht einhalten kann oder will. Wir würden sie niemals in einen Werkhof geben.“

Stephan schwieg. Er saß da, den Kopf gesenkt, mit hängenden Schultern. Erst nach einer Weile richtete er sich wieder auf. „Man sagt manches in der Erregung.“ Wieder machte er eine Pause. „Übrigens machte es auf sie gar keinen Eindruck“, berichtete er nun flüssiger. „Im Gegenteil.

Sie fühlte sich in ihrer Haltung uns gegenüber bestätigt. Wir hätten sie schon einmal in ein Heim gegeben, warum nicht in einen Werkhof. Es sei ihr egal."

Wenn man einmal Erziehungsfehler gemacht hat, ist es schwer, Einzelheiten korrigieren zu wollen. Eines greift ins andere, selbst einem geschulten Pädagogen würde es nicht leichtfallen, zu entscheiden, wie, mit welchen Mitteln man auf einen jungen Menschen einwirken kann, der sich verrannt hat. Wir aber waren keine Pädagogen, wir waren uns nicht einmal bewußt, etwas falsch gemacht zu haben. Wir rätselten herum, wieso unsere Tochter, gerade unsere Tochter so geworden war.

Auch ich bemühte mich, als Katja heimkam, ihr das Unmögliche ihres Verhaltens begreiflich zu machen. Ich drohte nicht wie Stephan, ich schimpfte auch nicht, ich sprach mit ihr als Frau zur Frau. Sie schaute mich an, als spräche ich in einer fremden Sprache, und schwieg. Dieser passive Widerstand warf meine guten Vorsätze über den Haufen. „Hast du nichts dazu zu sagen?" fragte ich gereizt.

„Was soll ich dazu sagen?" antwortete sie. „Gebt mich doch weg." Damit hielt sie uns in Schach. Sie wußte genau, daß wir das nicht tun würden. Außerdem hätten wir gar keine Handhabe gehabt, sie in eine Erziehungsanstalt zu bringen, sie hatte nichts angestellt, was sie mit dem Gesetz in Konflikt gebracht hätte, sie trieb sich auch nicht herum, sie brachte nur den Burschen mit, dem wir das Haus ja verbieten konnten. Wie, das wäre unsere Sache.

„Was sollen wir tun?" fragte ich Rosemarie in meiner Ratlosigkeit.

„Nichts", antwortete sie, „wenn ihr nicht wirklich ein böses Ende herbeiführen wollt. Ich kenne diese Probleme."

Wir gewöhnten uns daran, daß dieser Bursche des öfteren auftauchte und über Nacht blieb. In diesen Nächten schlief ich nicht und zermarterte mir das Hirn nach einem Ausweg. Stephan, der sah, wie ich mich quälte, was für Sorgen ich mir machte, war einmal nahe daran, die Tür einzuschlagen. Nur mit großer Mühe konnte ich ihn davon abhalten. „Was wäre damit erreicht? Willst du dich mit dem Kerl herumprügeln? Oder willst du, daß sie wirklich ausreißt?"

Ich hatte einmal, noch ehe die Geschichte mit diesem Jens begann, mit Katja über eine Mitschülerin gesprochen, eine Anneliese Jungmann. Im Elternaktiv vertrat eine Mutter die Ansicht, man müsse gegen diese Anneliese etwas unternehmen, sie sei ein schlechtes Beispiel für die ganze Klasse, sie treibe sich mit Männern herum, die Eltern kümmerten sich nicht um sie, das Mädchen könne tun und lassen, was sie wolle.

„Was hältst du von Anneliese Jungmann?" fragte ich Katja.

„Warum?" wollte sie wissen.

„Im Elternaktiv wurde über sie gesprochen."

„Sind sie wieder mal über sie hergefallen?"

Ich ärgerte mich, daß ich überhaupt vom Elternaktiv gesprochen hatte. „Niemand ist über sie hergefallen. Sie ist schon einmal sitzengeblieben und wird es wahrscheinlich noch einmal", sagte ich.

Das schien Katja doch zu beeindrucken. „Auweia", sagte sie.

„Ich möchte wissen, was du von ihr hältst", wiederholte ich.

„Halten ...", sagte sie gedehnt, „sie ist sehr sexy."

„Sexy", spottete ich, „was ihr für Ausdrücke habt. Bist du auch sexy?"

Ich hatte nur einen Scherz machen wollen, sie aber blieb ganz ernst. „Ich weiß nicht", sagte sie nachdenklich, „ich glaube nicht."

Ich lachte über dieses Eingeständnis. Die Frage, ob sie sexy sei oder nicht, schien sie jedoch sehr zu beschäftigen. Mein Lachen verletzte sie. Wahrscheinlich hatte sie von mir Widerspruch erwartet, eine Bestätigung, daß sie auf Männer wirke. Ich weiß es nicht. Es ist schwer, sich in das Gefühlsleben einer Sechzehnjährigen von heute zu versetzen. Vielleicht hatte sie ihre Wirkung bei Jens ausprobieren wollen? Probierte sie weiter aus, nun bei einem „Künstler“, der ein Student der Hochschule für angewandte Kunst zu sein vorgab und den sie mir wenigstens kurz vorstellte (mit Jens hatte sie offenbar gebrochen, sie sprach nicht darüber).

Der „Künstler“ hieß Paul Adalbert, den Nachnamen nannte sie nicht. Er trug einen schütteren hellblonden Bart, der wie Unkraut in seinem runden Gesicht wucherte. Er trat, im Gegensatz zu Jens, ziemlich keß auf, holte sich, ohne mich darum gebeten zu haben, meine Gitarre, sang selbstfabrizierte Lieder mit heiserer, gequälter Stimme, behauptete, ein Meisterschüler von Professor Klemke zu sein – was ich bezweifelte, denn ein Bild, das er von Katja gemacht hatte, war furchtbar. Es sollte ein Akt sein, aber glücklicherweise war weder von einem Akt etwas zu erkennen, noch hatte dieses „Bild“ irgend etwas mit Katja zu tun.

Auch die Sache mit Michael, der im Funkwerk arbeitete, dauerte nicht lange.

Eine Zeitlang gab es Ruhe, wir atmeten auf, Katja benahm sich, als sei nie etwas gewesen. Rosemarie, die als einzige etwas von Katjas Affären wußte, meinte, sie hätte sich „die Hörner abgestoßen“. – Bis Rudi auftauchte. Rudi war älter als die beiden vor ihm, ich schätzte ihn auf fünfundzwanzig bis dreißig Jahre. Er arbeitete als Beleuchter im Friedrichstadtpalast und hatte Familie. Das erfuhr ich alles später von einer Schulkameradin Katjas, nicht von ihr selbst. Rudi war schwarzhaarig und sah exotisch aus, aber er sprach ein unverfälschtes Berlinerisch. Er kam regelmäßig zweimal in der Woche, ziemlich spät, und verließ die Wohnung offenbar sehr früh, denn morgens begegnete ich ihm nie, abends nur einmal.

Stephan vermied es, mit mir über Katjas Besucher zu reden, aber ich merkte an vielen Kleinigkeiten, daß er sich ebensolche Sorgen machte wie ich.

„Ich werde noch einmal mit ihr reden“, beschloß ich.

Sie wußte, was kommen würde, als ich ihr sagte, daß ich

mit ihr sprechen wolle. Sie war dabei, Schularbeiten zu machen, blickte mich prüfend an und fragte: „Willst du was?"

Wie sie so dasaß, fiel mir auf, daß sie ihre Haare anders frisiert hatte und daß sie überhaupt hübscher geworden war. Allerdings auch viel reifer.

„Wie stellst du dir das vor?" fragte ich vorsichtig, „mit deinen ... Freunden?"

„Wieso?" fragte sie sofort aggressiv.

„Das kann doch nicht so weitergehen ..."

Sie sah mich abweisend an. „Warum nicht? Ich bin besser geworden in der Schule, das werden dir alle bestätigen."

Es stimmte, sie hatte sich in der Schule verbessert. „Trotzdem", redete ich auf sie ein, „wir haben nichts dagegen, daß du einen Freund hast, aber immer andere ...? Das geht doch nicht."

„Warum nicht?" provozierte sie. „Ich bekomme kein Kind, da kannst du ganz ruhig sein. Und sonst, das ist meine Sache."

Schon in der achten Klasse hatten die Lehrer von den Schülern gefordert, sich Gedanken über ihre Berufswahl zu machen. Es gab Vorschläge für Berufe, in denen Nachwuchs dringend benötigt wurde.

Katja, die kurze Zeit die Illusion gehabt hatte, sie könne Medizin studieren – bald hatte sie einsehen müssen, daß ihre Leistungen nicht ausreichten –, konnte sich für keinen Beruf entscheiden. Träumte sie zeitweise davon, Stewardeß zu werden und auf diese Weise die Welt kennenzulernen, so schwebte ihr bald darauf der Beruf einer Schauspielerin vor.

„Du warst doch früher einmal Schauspielerin", fragte sie mich, „wie kommt man dazu? Was muß man da machen?"

Ich hatte Katja hie und da ins Theater mitgenommen, aber nie ein besonderes Interesse bei ihr entdeckt. „Du willst Schauspielerin werden?" fragte ich darum erstaunt. „Glaubst du denn, Begabung zu haben?"

„Ich denke, das lernt man", meinte sie.

Ich hatte früher immer den Standpunkt vertreten, daß nur der zum Theater gehen solle, für den es nichts anderes gibt. Ich hatte in den Erinnerungen eines großen Schauspielers gelesen: „Keine Enttäuschungen, keine Mißerfolge konnten mich dazu bringen, die Bühne aufzugeben.“ Aber ich wollte Katja nicht damit kommen, sie hätte sofort angenommen, ich zweifle etwa an ihren Möglichkeiten. „Alles kannst du lernen, aber Talent ist die Voraussetzung, wenn jemand zum Theater gehen will“, sagte ich darum nur.

Sie schaute mich mißtrauisch an. „Und wie kann man das feststellen?“

Ich riet ihr, sich für eine Prüfung in der Schauspielschule anzumelden.

„Was wird denn da geprüft?“

Sie hatte keine Vorstellung vom Beruf eines Schauspielers. Sicher war das mein Verschulden, aber wie hätte ich annehmen sollen, daß sie einmal den Wunsch haben würde, zum Theater zu gehen. „Du mußt zwei, drei Rollen lernen und sie vorspielen.“

„Wem?“

„Der Kommission, die aus Lehrern und einigen Schauspielern besteht.“

Sie war hilflos, und es paßte ihr nicht, mir das zu zeigen. „Muß ich die Rollen auswendig lernen?“ fragte sie dennoch.

„Die Ausschnitte, die du vorspielen willst. Soll ich sie mit dir einstudieren?“

Sie überlegte, dann sagte sie zögernd: „Wenn du willst.“

Sie durchstöberte den Bücherschrank nach passenden Stücken, fand nichts, was ihr geeignet schien, entschied sich schließlich für zwei Stücke, die sie gesehen hatte, die Julie in Strindbergs „Fräulein Julie“ und die Jenny in der „Dreigroschenoper“. Vor der Jenny warnte ich sie, es sei keine Rolle für eine Anfängerin, aber sie blieb dabei.

Wir suchten die Stellen aus, die sie lernen sollte, doch schon nach den ersten Sätzen wurde mir klar, daß da nichts war, was auf Begabung schließen lassen konnte. Ich ließ mir nichts anmerken, warf mir vor, daß ich zu streng urteile, schließlich war ich auch einmal bei einer Prüfung durchgefallen, versuchte es wieder und wieder.

Katja machte mir nach, was ich ihr vorsprach, aber es kam nichts Eigenes, nichts, was nur ein wenig hätte aufhorchen lassen.

Ich fragte sie, ob ich sie zu dem Vorsprechen begleiten solle, sie lehnte ab. Ich überlegte, ob ich mit dem Leiter der Schauspielschule, den ich kannte, spreche. Ich wollte ihn nicht beeinflussen, aber vielleicht würde ein freundliches Wort ihr helfen.

Stephan, mit dem ich darüber redete, war dagegen. „Natürlich wird er annehmen, daß du ihn beeinflussen willst", meinte er, „und im Grunde genommen willst du es ja auch. Aber es wäre falsch, wenn du es tätest, denn ich glaube nicht, daß sie Talent hat."

„Wie kannst du das annehmen", widersprach ich, obgleich ich selbst befürchtete, daß er recht habe. „Es haben sich schon große Leute bei der Beurteilung von Anfängern geirrt."

„Weil sie nichts wirklich zum Theater treibt", sagte Stephan. „Weil es für sie ein Beruf ist wie jeder andere, der vielleicht nur der Eitelkeit ein wenig mehr schmeichelt."

Er sprach genau das aus, was ich dachte.

Ich rief den Leiter der Schauspielschule dennoch an. Katja tat mir leid, ich wollte ihr helfen. Ich unterrichtete ihn ein wenig über Katjas Charakter, die Schwierigkeiten, die wir mit ihr gehabt hatten.

„Hältst du sie für begabt?" fragte er.

„Man kann das beim eigenen Kind nie richtig beurteilen", wich ich aus. „Ich bitte dich nur, ihr zu helfen, wenn sie versagen sollte. Manchmal genügen ein paar freundliche Worte."

„Selbstverständlich", versprach er, „mach dir keine Sorgen."

Er rief mich an, ehe Katja zurück war. „Wir konnten sie nicht aufnehmen", sagte er, „aber sie hat das nicht tragisch genommen. Ich wollte dir das nur mitteilen, damit du nicht enttäuscht bist."

Ich dankte ihm und wartete unruhig auf Katjas Eintreffen. Sie kam spät, sagte nicht, wo sie sich nach dem Vorsprechen aufgehalten hatte, und man sah ihr keinen Kummer an, höchstens Verdruß, sich blamiert zu haben.

„Na?" empfing ich sie, bemüht, ihr nicht zu zeigen, daß ich um den Ausgang der Prüfung wußte.

„Ich bin durchgefallen", sagte sie, zog die Schuhe aus, wie sie es immer tat, kauerte sich auf die Couch und begann von dem Salzgebäck zu knabbern, das auf dem Tisch stand. „Die haben lauter albernes Zeug von mir verlangt", erzählte sie dann kauend, „von den Rollen haben sie sich nur ein kleines Stückchen vorspielen lassen. Aus der ‚Julie'. Dann haben sie gesagt: ‚Das genügt.'"

„Und was für ‚albernes Zeug' haben sie dich vorspielen lassen?"

Sie hatte den Mund voll und kaute erst zu Ende. „Na so", fuhr sie dann fort, „ich soll mir vorstellen, ich bekomme einen Brief, in dem steht, daß mein Freund einen Autounfall gehabt hat. Den Brief hat eine Krankenschwester geschrieben, in dem Krankenhaus, wo er liegt. Er hat sie darum gebeten. Ich muß überlegen, ob ich hinfahre, aber ich bin angestellt und kann nicht weg, wann ich will. Dann entschließe ich mich, seine Eltern anzurufen, obwohl sie mich nicht mögen."

„Da ist ja 'ne Menge drin", sagte ich, „und das hast du gespielt?"

„Was soll man denn da spielen?" fragte sie. „Und noch so eine … ich glaube, Etüde nennen sie das. Ich gehe spazieren, und da sehe ich meinen Freund mit einer anderen. Ich will weggehen, aber ich bin zu neugierig und verstecke mich, um die beiden zu beobachten. Wie im Stummfilm. Dann noch das kurze Stück aus der ‚Julie', dann hatten sie genug. War Quatsch, daß ich hingegangen bin."

Die Art, wie sie über ihr Vorsprechen berichtete, bestätigte, was der Leiter der Schauspielschule mir gesagt hatte.

Sie ärgerte sich, daß sie durchgefallen war, aber sie war nicht traurig darüber, daß sie nun nicht zum Theater konnte. Es war ihr gleichgültig.

War es das wirklich? Ich weiß es nicht. Immer wieder ließ ich mich durch Katjas scheinbare Gleichgültigkeit über ihren wahren Zustand hinwegtäuschen. Vielleicht geht es auch anderen Eltern so, weil die Art der Reaktion Jugendlicher heute anders ist als früher. Die Zurücknahme von Gefühlen, wie sie sich auch im Theater, wo ich es am besten beurteilen kann, in Stücken und in der Darstellungsweise der Schauspieler ausdrückt, ist charakteristisch dafür. Manchmal denke ich, daß wir diese Zurücknahme kultiviert haben, statt echte und falsche Gefühle erkennbar zu machen. Damit fördern wir eine Art Heuchelei: die Angst, Gefühle zu äußern.

Dem Wunsch, Schauspielerin zu werden, folgte bei Katja lange Zeit kein anderer mehr. Wir versuchten sie auf diesen oder jenen Beruf hinzulenken, nicht direkt, denn dann hätte sie von vornherein abgelehnt. Stephan sprach über Journalismus mit ihr. Im Deutschunterricht war sie immer eine der Besten gewesen, sie konnte sich ausdrücken und hatte auch die nötige Neugier, wie Stephan sagte. Sie ging nicht darauf ein.

Auch in der Schule schlug man ihr einiges vor. Sie konnte sich nicht entscheiden. Bis sie uns eines Tages damit überraschte, sie wolle Krankenschwester werden. Wir hielten das, wie alles Vorhergegangene, für eine ihrer Ideen, die nicht Bestand haben würde, aber in der zehnten Klasse legte sie uns ein Bewerbungsschreiben an die Kommission der Krankenpflegeschule beim Amt für Gesundheitswesen vor. Der Bewerbung war eine Beurteilung ihrer schulischen Leistungen durch den Klassenlehrer beigelegt, die recht positiv ausgefallen war.

„Ihr sollt auch was drunter schreiben“, sagte sie. „Eure Einwilligung und so.“

„Hast du dir das auch richtig überlegt?“ fragte ich. „Krankenschwester, das ist ein schwerer, verantwortungsvoller Beruf. Freilich auch ein schöner, weil man Menschen helfen kann. Aber man darf nicht auf halbem Wege stehenbleiben, wenn man sich dazu entschlossen hat."

„Traust du mir überhaupt etwas zu?" fragte sie.

Ich hatte sie gekränkt, aber bisher hatte sie bei all ihren Vorhaben noch wenig Konsequenz bewiesen. „Ich weiß nicht", sagte ich darum zögernd, „ob du diesmal durchhalten wirst. Ich habe mich gewundert, daß du gerade diesen Beruf ergreifen willst. Wie bist du daraufgekommen?"

Ihre Antwort war so überraschend für mich, daß ich lange darüber nachdenken mußte, und auch jetzt noch ist sie seltsam für mich. „Du hast im KZ doch auch Menschen gepflegt", sagte sie, „und in deinen Armen, hat Rosemarie erzählt, sind welche gestorben."

„Und darum willst du Krankenschwester werden?"

„Nicht nur darum, aber auch", antwortete sie.

Meine Tochter, die es ablehnte, mit Ravensbrückerinnen zusammenzukommen, weil sie alles, was mit dem KZ zusammenhing, zu sehr bedrückte, wollte Krankenschwester werden, weil ich im KZ Menschen gepflegt hatte. Ungereimtheiten, die doch zu reimen sein mußten, wenn man sie verstand.

Es wurde verschiedenes in die Wege geleitet, ehe Katjas Ausbildung begann. Sie erledigte das meiste selbst und verlangte von uns nur, daß wir ihr halfen, den Fragebogen auszufüllen, in dem vieles uns betraf. Mein Angebot, mich mit der Leitung eines Krankenhauses in Verbindung zu setzen, lehnte sie ab. Sie bewarb sich direkt in der Charité, das war damals noch üblich. Eine Kommission, bestehend aus einer Oberschwester, den Lehrausbildern und dem FDJ-Sekretär, sichtete die Bewerbungen, es waren weit mehr, als angenommen werden konnten. Die Bewerberinnen, die in Frage kamen, auch Katja, wurden zur persönlichen Vorstellung ins Krankenhaus gebeten. Man unterhielt sich eingehend mit ihnen, dann bekamen sie einen Lehrvertrag, mit dem sie die Verpflichtung eingingen, die Bedingungen, die an sie gestellt wurden, anzuerkennen.

Als Katja von dieser Aussprache heimkehrte, schien sie mir niedergedrückt. Ich hatte den Eindruck, man habe sie nicht angenommen.

„Du mußt es dir nicht so zu Herzen nehmen", versuchte ich sie zu trösten.

„Was?" fragte sie erstaunt.

„Daß man dich nicht angenommen hat."

Sie schüttelte den Kopf. „Wie kommst du darauf? Man hat mich angenommen."

„Warum bist du dann so ... so niedergeschlagen?" fragte ich.

„Ach was", sagte sie, „ich habe mich geärgert. Aber das ist nicht so wichtig."

„Worüber hast du dich geärgert?" beharrte ich. „Muß man alles aus dir herausziehen?"

Sie antwortete nicht gleich. „Sie haben dauernd was über euch wissen wollen", sagte sie endlich. „Eigentlich haben sie mich euretwegen genommen."

Die Bitterkeit, mit der sie das sagte, machte mich traurig. „Das ist Unsinn", widersprach ich, „das bildest du dir nur ein."

Sie schüttelte den Kopf, wollte etwas entgegnen, ließ es aber.

Die Lehrausbildung begann am 1. September; eine Woche Theorie, eine Woche Praxis. Nur in Ausnahmefällen, etwa bei Epidemien, durfte diese Folge verändert werden zugunsten der Praxis.

Katja erzählte nicht viel, aber was sie erzählte, war erstaunlich für uns. Daß sie in der Praxiswoche Staub wischen mußte, Schüsseln im Fäkalienraum zu reinigen hatte, Toilettenbecken scheuerte, machte ihr nichts aus. Die Oberschwester, mit der ich mich unterhielt, ohne daß Katja etwas davon wußte – ich tat es mit schlechtem Gewissen, aber es war mir wichtig, zu erfahren, wie die Lehrausbilder Katja einschätzten –, lobte ihre Freundlichkeit und Hilfsbereitschaft den Kranken gegenüber. „Sie müßten sehen, wie besonders die alten Leutchen an ihr hängen", erzählte die Oberschwester. „Mit welcher Behutsamkeit sie die Kranken umbettet. Sie hat etwas, das man leider nicht bei allen Schwestern findet, Pflichtbewußtsein und echtes Mitgefühl."

Die Worte der Oberschwester, die, wie ich gehört hatte, streng und zurückhaltend sein sollte, machten mich sehr froh. Noch nie hatte ich so eine Einschätzung über Katja gehört. Stephan teilte meine Freude.

Natürlich mußte man abwarten, wir kannten plötzliche Umschwünge bei unserer Tochter, wir hatten oft genug erlebt, daß das, was gestern noch besonders erstrebenswert gewesen, anderntags nichts mehr galt. Aber ihre Einstellung zu dem Beruf, den sie sich selbst gewählt hatte, hielt an.

Manchmal begann sie jetzt von sich aus über die Patienten zu erzählen, und wir stellten fest, welchen Anteil sie an ihnen nahm. Von einer Frau Winicki sagte sie: „Stellt euch vor, sie hat zwei Söhne, beide in guten Stellungen, verheiratet, und sie kümmern sich überhaupt nicht um die Mutter. Ist das nicht furchtbar?" Da Katja an dieser Patientin besonders zu hängen schien, gab ich ihr eine Schachtel Pralinen und ein paar Blumen mit und bat sie, Frau Winicki von mir zu grüßen.

Ich bemerkte, wie sehr sich Katja über meine kleine Aufmerksamkeit freute. „Das ist schau, Mutter", sagte sie aufgekratzt. „Die Pralinen darf sie zwar nicht essen, aber es wird ihr trotzdem guttun, daß jemand an sie gedacht hat."

Der Tod Frau Winickis war ein schweres Erlebnis für Katja. Zum erstenmal stand sie dem Tod unmittelbar gegenüber.

Ich merkte sofort, daß etwas geschehen war, als sie nach Hause kam. Sie hatte verschwollene Augen und wich mir aus. Ich wartete, daß sie von sich aus komme. Es dauerte lange, ehe es aus ihr herausbrach: „Frau Winicki ist tot."

Mir, die ich den Tod so vieler Menschen miterleiden

mußte, war er nichts Erschreckendes mehr. Aber die Erschütterung in Katjas Augen berührte mich. „Es war entsetzlich“, stöhnte sie. „Es ging alles so schnell. Eben noch hatte ich mich mit ihr unterhalten, da kam ein Rasseln aus ihrer Brust, sie bäumte sich auf, aus ihrem Mund lief Speichel, dann verschoben sich die Augäpfel nach oben ..., Mutter, ist es das, wenn man sagt, die Augen brechen?“

„Ja“, bestätigte ich leise.

„Ein Mensch, mit dem man eben noch gesprochen hat ... grauenvoll. Warum ist das so ...?“

Ich schwieg. Was sollte ich auf diese bedrückende Frage antworten.

„Und da gibt es Leute, die an Gott glauben“, fuhr sie im gleichen Ton fort. „Wie hart müßte Gott sein, wenn er alles könnte und das duldete, nein, wenn er schuld daran hätte ...“

Meine arme Tochter, sie quälte sich mit dem Phänomen des Sterbens herum und fand bei mir keine Hilfe. Hätte ich ihr helfen können? Ich weiß es nicht. Ich glaubte, sie müsse allein damit fertig werden.

Anfangs wollt ich fast verzagen,
Und ich glaubt, ich trüg es nie;
Und ich hab es doch getragen –
Aber fragt mich nur nicht, wie?

Wie oft hatte ich diese Heinezeilen zitiert. Mir waren sie Trost gewesen, aber einem jungen Menschen konnten sie es kaum sein. –

Katja stumpfte ab. Lakonisch berichtete sie nur noch: „Heute ist Opa Törner gestorben. Weißt du, der immer heimlich auf dem Klo geraucht hat.“

Mit dem Tod junger Menschen konnte sie sich noch nicht abfinden.

Der Einsatz der Schwesternschülerinnen erfolgte nach einem Durchlaufplan, um ihnen Einsicht in die wesentlichen Fachabteilungen zu vermitteln. So arbeitete Katja auch kurze Zeit auf der Krebsstation.

„Mutter, das ist die Hölle“, berichtete sie schaudernd.

„Junge Menschen, und sie wissen, daß sie sterben müssen. Die Ärzte tun alles, aber meist sind sie hilflos."

Der Tod einer Sechzehnjährigen ging Katja besonders nahe. „Sie war so schön, Mutter, und so geduldig."

In Auswertung des in Theorie und Praxis Gelernten mußten die Schwesternschülerinnen regelmäßig Berichte von zehn bis fünfzehn Minuten zu gesellschaftlichen oder fachlichen Themen halten. Daß Katja solch einen kleinen Vortrag mit dem Thema „Wie pflege ich einen Schwerkranken?" gehalten hatte, erfuhren wir nicht von ihr selbst, sondern von einer anderen Schülerin.

„Warum erzählst du uns so etwas nicht?" fragte ich.

„Was gibt's da viel zu erzählen", antwortete Katja gleichgültig, „das interessiert euch doch nicht."

„Natürlich interessiert es uns", widersprach ich, „weil es dich angeht. Aber auch, weil ich im Lager selbst Kranke gepflegt habe, wie du weißt. Allerdings unter anderen Umständen."

„Schon gut", sagte sie, wahrscheinlich um einer weiteren Erklärung zuvorzukommen. „Was soll ich dir denn erzählen?"

„Was du in deinem Vortrag gesagt hast. Wie pflegt man einen Schwerkranken?"

Sie schaute mich an, schüttelte verständnislos den Kopf, seufzte, „wenn's sein muß", und begann: „Man muß verhindern, daß der Kranke sich durchliegt. Man muß ihn dazu bringen, daß er sich auch auf die Seite legt. Man muß ihn abreiben oder abklatschen, damit er keine Lungenentzündung bekommt. Man muß beobachten, wie die Beine liegen, um einer Venenentzündung vorzubeugen." Sie hatte die Sätze heruntergeleiert wie früher in der Schule einen Aufsatz. „Das ist das wichtigste. Zufrieden?" Sie grinste.

Ich mußte lachen. „Hast du deinen Vortrag auch so abgehaspelt?" fragte ich.

„Nee, da nehm ich mich zusammen", gab sie ohne weiteres zu.

Katja hatte früher des öfteren eine Mitschülerin „meine

Freundin" genannt, aber es waren nie wirkliche Freundschaften gewesen. Annemarie Austen – sie hatte dieselbe Klasse wie Katja besucht – war von ihr nie so bezeichnet worden. Nun aber schien sich eine richtige Freundschaft anzubahnen.

Die beiden Mädchen hatten sich, ganz unabhängig voneinander, entschlossen, Krankenschwestern zu werden. Beide bewarben sich in der Charité, beide wurden angenommen. Katja hatte bislang nur sehr selten Mitschülerinnen mit nach Haus gebracht, jetzt fragte sie mich, was ganz ungewöhnlich war, ob sie Annemarie zum Kaffee einladen dürfe.

„Selbstverständlich, gern", antwortete ich. „Ich werde euch einen schönen Kuchen backen."

Nun geschah die zweite Unwahrscheinlichkeit. Katja umarmte mich in ihrer immer etwas burschikosen Art und sagte: „Du bist doch die Beste."

Die dritte Unwahrscheinlichkeit aber war, daß sie mich fragte, ob ich mich bei Annemaries Besuch zu ihnen setzen würde, wenigstens für kurze Zeit. Noch nie hatte Katja mich aufgefordert, dazubleiben, wenn sie Besuch hatte. Im Gegenteil, sie wäre böse geworden, wenn ich dabeigeblieben wäre. Katja fühlte auch sofort, daß sie ihre Aufforderung erklären müsse, und sie sagte verlegen: „Weißt du, Annemarie hat noch nie wen gesehen oder gesprochen, der in Ravensbrück war. Sie würde gern einiges erfahren." Katja schaute mich mißtrauisch an, sie erwartete offensichtlich, daß ich es erstaunlich finde, von ihr so etwas zu hören, aber ich antwortete ohne jede Anspielung: „Ich erzähle ihr gern, was sie wissen will. Wann kommt sie?"

„Sonntag, um 17 Uhr", sagte Katja erleichtert. „Sie würde gern früher kommen, aber sie muß ihrer Mutter helfen. Annemarie hat vier kleinere Geschwister, und der Vater ist Invalidenrentner."

So lernte ich Annemarie Austen kennen.

Sie gefiel mir von ersten Augenblick an. Nicht äußerlich, sie war keine Schönheit, nicht einmal durchschnittlich hübsch, eher das Gegenteil. Ihre Zähne standen zu weit vor, sie hätten in der Kindheit korrigiert werden müssen, aber wahrscheinlich hatten die Eltern nicht darauf geachtet. Die Ausdruckslosigkeit ihrer wässerig-blauen Augen wurde durch die hellen Wimpern und Augenbrauen noch unterstrichen. Aber in ihrem Wesen, in ihrer ganzen Art hatte sie soviel lebendige Frische, die einen sofort gefangennahm. Ihre schlanke, zierliche Gestalt bewegte sich mit einer Grazie, die mir auffiel, und auffallend war auch die Schönheit ihrer blonden Haare.

In Annemarie Austen lernte ich einen warmherzigen, resoluten, impulsiven Menschen kennen, zu dem man sofort Kontakt bekam. Mir wenigstens ging es so. Ihre Fragen nach den Frauen in Ravensbrück entbehrten jener scheußlichen sensationshungrigen Neugier, die mich manchmal abstieß, daß es mir schwerfiel zu antworten. Ihre Arbeit im Krankenhaus schien sie ebenso wie Katja zu befriedigen, auch wenn sie vieles weniger emotional empfand als Katja. Gewöhnt, mit den sich charakterlich sehr unterscheidenden Geschwistern umzugehen, hatte sie sich nicht nur den Kranken, sondern auch den Menschen, mit denen sie Umgang pflegte, also auch Katja gegenüber, einen Ton angewöhnt, der nie unhöflich klang, aber doch sehr bestimmt war. Katja schien sie zu respektieren, ja, sie bewunderte sie geradezu.

Später erfuhr ich, daß Annemarie Austen Katja des öfteren Vorhaltungen über ihr Verhältnis zu uns, zu ihren Eltern, machte und daß Katja sich von Annemarie vieles anhörte.

Nach ihrem ersten Besuch bei uns soll sie ihr gesagt haben: „Was willst du denn noch? Du hast ein eigenes Zimmer, du hast alles, was man sich nur wünscht, deine Eltern sind gut zu dir, und du bist unzufrieden. Du bist einfach überkandidelt, weiter nichts."

Und Katja soll darauf geantwortet haben: „Vielleicht hast du recht."

Auch als die Geschichte mit Uwe begann, erfuhr ich es

zunächst nicht von Katja, sondern von Annemarie, die, besorgt um die Freundin, mich aufsuchte, um mit mir zu beraten, was man tun könne. Annemarie beurteilte Uwe von Anfang an richtig, zum Unterschied von uns, die wir in ihn alles mögliche hineinsahen.

Nach Annemaries Schilderung begann die Angelegenheit so: Die beiden Mädchen verließen das Krankenhaus um 18 Uhr, als ein Auto an ihnen vorbeifuhr, langsamer wurde und hielt. „Soll ich euch zwei Schönen nach Hause bringen?“ rief der Fahrer, der ausstieg und die Wagentür offenhielt.

„Ich kannte Uwe Bergmann, den Fahrer, aus den Erzählungen einer Laborantin“, berichtete Annemarie. Sie fuhr fort, Uwe sei zwar ein besonders gutaussehender, ja attraktiver Mann, er habe große Chancen bei Frauen, aber er sei hinter jeder Schürze her, und man könne ihn nicht ernst nehmen.

Annemarie lehnte darum ab mitzufahren und gab als Grund an, daß sie keine Schwarzfahrten mache. Uwe habe gelacht und behauptet, es sei keine Schwarzfahrt, er bringe den Wagen in die Garage.

„Und Katja ließ sich mitnehmen?“ fragte ich.

Annemarie nickte. „Ja, Katja ließ sich mitnehmen.“

Vielleicht wäre alles anders gekommen, wenn ich auf Annemarie gehört hätte, aber die Erfahrungen, die wir immer wieder mit Katjas sogenannten Freunden gemacht hatten, ließen uns Uwe in anderem Licht erscheinen.

Zuerst machte uns Katja nicht mit ihm bekannt. Sie schleuste ihn, von uns unbemerkt, in ihr Zimmer. Wäre ich nicht von Annemarie aufmerksam gemacht worden, ich hätte vielleicht nichts geahnt, zumal Katja ihre Arbeit im Krankenhaus nach wie vor pflichtbewußt verrichtete und auch nicht ein einziges Mal fehlte.

Inzwischen hatte Annemarie auch noch erfahren, daß Uwe seine Freundin, die von ihm ein Kind erwartete, sitzengelassen habe und daß das nicht der einzige Fall gewesen sei, bei dem er sich so verhielt. Sie teilte es Katja mit, sie warnte sie. Aber diesmal hörte Katja nicht auf die Freundin. Sie hatte sich verliebt. Sie sagte, Uwe gefalle ihr, und sie bekäme kein Kind.

Katja wurde dem um zehn Jahre älteren Mann hörig. In welchem Maße, wurde mir erst nach dem Unglück bewußt.

Auch Anna ist in ihrer Trauerrede bei Uwe angelangt. Ich war überzeugt, Anna wisse alles über das Verhältnis der beiden. Dann hätte sie sich die gefühlvollen Worte sparen können, die sie an ihn richtete. Ihr Beileid „zu dem schweren Verlust, den er erlitten". Aber sie wußte offenbar nichts. Oder doch? Ich hätte mit ihr sprechen müssen.

Warum Uwe Katja veranlaßte, ihn uns vorzustellen, erfuhr ich weder von Annemarie noch von Katja. Heute kann ich es mir zusammenreimen. Die Liebschaften des Autoschlossers und Kraftfahrers Uwe Bergmann hatten sich bislang in einem Milieu abgespielt, das ihm vertraut war. Katjas Umgebung machte ihm Eindruck, schien ihm etwas Besonderes. Er vermutete in uns Leute, die zu denen „da oben" gehören oder zumindest Beziehungen zu ihnen haben. Diese Annahme wurde wahrscheinlich bestärkt, weil Katja, ohne sich etwas dabei zu denken, ein paar Namen von Persönlichkeiten nannte, die in der DDR eine Rolle spielten und mit denen Stephan befreundet war. Katja hatte diese Namen nicht erwähnt, um mit ihnen anzugeben, aber in Uwes Kopf hatte es geklingelt. Auf diese Mitteilung baute er seinen Plan.

Ich erinnere mich, wie unsicher Katja war, als sie uns Uwe vorstellte. Sie, die Förmlichkeiten immer aus dem Wege gegangen war, fragte, ob sie uns Herrn Bergmann vorstellen könne. „Er ist Fahrer bei uns im Krankenhaus", sagte sie, „außerdem ist er gelernter Autoschlosser." Das „gelernter Autoschlosser" hatte sie wahrscheinlich hinzugefügt, weil sie annahm, daß das bei uns besser ankomme.

Sie hatte übrigens nicht ganz unrecht, besonders Stephan freute sich, daß Katja endlich einen vernünftigen Menschen, einen Arbeiter gefunden hatte nach all den sogenannten Freunden, von denen uns keiner gefiel.

Uwe hatte Formen, ohne förmlich zu sein, er schien allen seinen Äußerungen nach ein fortschrittlicher Mensch zu sein. Er kritisierte manches, aber vernünftig und immer mit der Betonung, auf unserem Boden zu stehen. Er spielte Komödie. Eine Art Konsumdenken, wie es manchem bei uns eigen ist und das wir mit unserem „materiellen Anreiz“ vielleicht fördern, bestimmte sein Verhalten und auch seine Gefühle. Nach allem, was geschehen ist, fällt es mir schwer, ihm gegenüber objektiv zu bleiben. Wahrscheinlich liebte er Katja sogar auf seine Weise, möglicherweise war nicht alles bei ihm kaltblütige Berechnung, aber er war immer auf seinen Vorteil bedacht, und was diesem Vorteil entgegenstand, stand ihm entgegen.

Katja wußte, daß Uwe vor uns Theater spielte, daß er in Wirklichkeit anders dachte, aber sie glaubte, daß er das ihretwegen tue, um uns zu gewinnen. „Deine Eltern sind unmodern und verstehen nicht, daß man mit Ansichten von gestern heute nichts mehr anfangen kann. Es wäre unsinnig und zwecklos, ihnen das klarzumachen. Sie würden es nicht einsehen und sich gegen unsere Verbindung stellen.“ Das etwa muß er, nach Annemaries späteren Berichten, Katja gesagt haben.

Er sprach damals bereits eindeutig von Verbindung, von Ehe. Warum er Katja heiraten wollte, sagte er ihr zunächst nicht.

Sie war der Überzeugung, daß er aus reiner Liebe für eine Heirat sei, sie hielt ihn für den besten, den klügsten, den liebenswertesten Menschen, den sie je gekannt hatte.

Uwe kam nun regelmäßig zu uns. Eigentlich lebten die beiden schon wie Mann und Frau. Er blieb des öfteren über Nacht, wir waren nicht sehr glücklich darüber, aber es war uns entschieden lieber als die ständig wechselnden Besucher von früher. Uwe Bergmann wurde in unsere Familie aufgenommen. Er benahm sich weiterhin höflich und rücksichtsvoll, ohne sein Schwiegersohnverhältnis zu betonen.

Wir verbrachten die Sonntagnachmittage oft zusammen, dabei stellten wir zu unserem Erstaunen fest, daß Uwe manches gelesen und sich Gedanken darüber gemacht hatte, daß er auf naturwissenschaftlichem Gebiet einiges wußte, daß besonders technische Probleme ihn interessierten. Er legte immer wieder Wert darauf zu betonen, daß er in erster Linie Handwerker, Autoschlosser sei. Manches Gespräch Uwes mit Stephan lief in dieser Richtung. Einmal fragte ich Uwe, wie er lebe, wo seine Familie sei.

Diese Frage gefiel ihm aus irgendwelchen Gründen nicht. Er antwortete kurz, sein Vater sei im Krieg gefallen, er wohne bei seiner Mutter in Weißensee in einer Zweieinhalbzimmerwohnung. Daß er verheiratet gewesen und geschieden worden war, erfuhren wir erst durch Annemarie. Auch Katja hatte er nichts davon gesagt. Als wir ihn danach fragten, wurde er nicht verlegen, sondern sagte vollkommen unbeschwert, die meisten Männer in seinem Alter seien bereits einmal verheiratet gewesen, er habe das nicht für erwähnenswert gehalten.

Zur Verlobung – er bestand komischerweise auf einer Verlobung mit Feier – nahm ich selbstverständlich an, daß seine Mutter kommen würde. Ich hatte sie nicht extra eingeladen, das erschien mir überflüssig. Sie kam nicht, und Uwe behauptete, sie sei nicht gekommen, weil wir sie nicht eingeladen hätten.

Die Feier erschien uns wie ein grotesker Abklatsch ehrbar-bürgerlichen Gehabes. Stephan mußte gezwungenermaßen als Brautvater ein paar Worte sagen, und alles ging ulkig-korrekt zu. Ich bemerkte, daß es Katja auch komisch vorkam. Annemarie Austen war nicht erschienen, sie hatte sich entschuldigt, aber wir wußten alle, was sie von dieser Verlobung hielt. Gekommen waren zwei ehemalige Mitschülerinnen Katjas, von denen ich kaum etwas wußte und auch nicht viel mehr erfuhr, als daß die eine in einem Baubüro arbeitete und die andere bei Elektrokohle als Lehrling untergekommen war. Beide schienen mir gehemmt und beteiligten sich nur wenig an den Gesprächen.

Uwe hatte einen Arbeitskollegen aus der Charité eingeladen, außerdem einen jüngeren Mann, der sich Direktor eines Dienstleistungsbetriebes nannte, und einen älteren, der behauptete, der Konzert- und Gastspieldirektion anzugehören. Das erschien mir sehr zweifelhaft, weil er keine Ahnung von den Verhältnissen in Unterhaltungsbetrieben hatte.

Von den Ravensbrücker Kameradinnen hatte ich nur Rosemarie und Anna gebeten zu kommen. Anna war verhindert. Rosemarie nahm die Feier nicht sehr ernst, aber sie verstand, daß wir den Wunsch der Verlobten respektiert hatten, und freute sich, Katja glücklich zu sehen.

Uwes Gäste benahmen sich anfänglich steif und förmlich, anscheinend hatte Uwe sie so instruiert. Aber nachdem der Alkohol sie gelockert, wurden sie zunehmend lauter, und Uwe fiel es schwer, sie im Zaum zu halten. Besonders der angebliche Konzert- und Gastspielzugehörige begann mit zweideutigen Witzen, die bald recht eindeutig waren, Stimmung zu machen. Uwe glaubte ihn zur Ordnung rufen zu müssen und verabschiedete ihn schließlich. Er tat das sehr geschickt, ohne viel Aufhebens, als habe er Übung. Überhaupt besaß er Autorität bei den von ihm Eingeladenen.

Was mir damals nicht auffiel, mir heute in Verbindung mit allem, was später geschah, aber einfällt, war die Art, mit der Uwe den „Direktor des Dienstleistungsbetriebes" herausstrich. Dieser Direktor war ein alter Freund von Uwe, er hieß Karl Steinemann und hatte früher einmal in der Autobranche gearbeitet. Auf Stephans ohne besonderen Grund hingeworfene Frage, was er da getan habe, antwortete Uwe eifrig für ihn, er sei organisatorisch tätig gewesen, er sei überhaupt „eine organisatorische Begabung". Das spielte später ebenfalls eine Rolle.

Katja sah in ihrem enganliegenden weißen Kleid, zu dem ich ihr eine Kette geschenkt hatte, die ich noch von meiner Mutter besaß, wirklich reizend aus. Ich sage das nicht nur aus mütterlichem Stolz, es wurde auch von den anderen festgestellt. Sie war von einer Weichheit und Sanftmut, die ich sonst an ihr nicht kannte, und schien nur Augen für ihren Verlobten zu haben. Sie hielten sich meist bei der Hand, und von Zeit zu Zeit küßten sie sich ungeniert. Ich konnte mir nicht vorstellen, daß Katja diese Gesellschaft gefiel, sie war sonst ziemlich kritisch, und verschiedenes mußte sie stören, aber sie setzte sich darüber hinweg.

Uwe benahm sich ruhig und überlegen sowohl seiner Braut als auch seinen Gästen gegenüber, aber ich wurde das Gefühl nicht los, daß er eine Rolle spiele. Ich schrieb dieses Gefühl meiner Theatervergangenheit zu.

Als die Gäste gegangen waren, verschwanden Katja und Uwe in Katjas Zimmer. Es geschah ganz selbstverständlich, sie waren ja jetzt sogar verlobt. Früher hatte in bürgerlichen und kleinbürgerlichen Kreisen erst die Heirat den Akt sanktioniert, heute genügte den meisten jungen Leuten schon die Verlobung. Da Uwe und Katja bereits vorher miteinander schliefen, war uns der Sinn einer Verlobung unverständlich, aber da die beiden es für nötig gehalten hatten, waren wir darauf eingegangen.

Nachts überdachten Stephan und ich alles noch einmal. „Ich glaube, wir können zufrieden sein", sagte ich und merkte, daß Stephan dasselbe empfand. „Manches gefällt mir an ihm nicht", fuhr ich fort, „aber er ist kein schlechter Kerl. Er scheint ein guter Handwerker zu sein, er ist an vielem interessiert, und überhaupt ... Annemarie Austen meint es bestimmt gut mit ihrer Warnung, doch sie übertreibt. Vielleicht, weil sie selbst den Richtigen noch nicht gefunden hat."

Stephan gab mir recht. „Außerdem liebt sie ihn", fügte er hinzu, „dagegen kann man nicht an." Ein Lächeln erhellte sein einmal so schönes, jetzt von Falten zerfurchtes Gesicht.

„Woran denkst du?" wollte ich wissen.

Er blickte geradeaus und sah mich nicht an, aber das Lächeln vertiefte sich. „An die Zeit, da wir uns kennenlernten", antwortete er. „Die Frau des Fabrikbesitzers, der für uns Sein oder Nichtsein bedeutete, und der Arbeiter Stephan Komarski, ein Polack, noch dazu ein aufsässiger. Ich weiß noch, wie ich mich ärgerte, als du zu uns gekommen bist und meine arme Mutter dich untertänig umschwänzelte."

Jetzt mußte ich auch lächeln. „Ich weiß, ich war für dich ein Dämchen, das Neugier und Sensationslust in die Arbeiterwohnungen geführt hatte", sagte ich. „In die Arbeiterwohnung, die in einem der Häuser lag, die ihrem Mann gehörten und die sich in einem Zustand befanden, der jeder Hygiene spottete. Aber das Dämchen war nicht aus Sensationslust gekommen, und der Arbeiter Stephan wurde der Anlaß, daß sie sich von ihrem Mann trennte."

Stephan legte den Arm um mich, und ich fühlte seine Wärme. „Wer hätte damals gedacht, daß aus uns ein Paar werden könnte", sagte er nachdenklich.

„Und du meinst, daß es bei Uwe und Katja ebenso sein wird?"

„Es wäre schön", erwiderte Stephan, „hoffen wir's."

Die Hochzeit wurde für Anfang Mai festgelegt. Es blieb nicht viel Zeit für die Vorbereitungen. Uwe dachte an eine kirchliche Trauung, aber das redeten wir ihm aus, das kam nicht in Frage. Es war reine Angabe bei ihm, und Katja war damit auch nicht einverstanden. Sie war außerdem gar nicht kirchlich registriert. Mit dem Polterabend und einer Feier im engsten Kreis nach der Trauung auf dem Standesamt erklärten wir uns einverstanden. Danach sollte das Paar nach Bulgarien fliegen. Die Hochzeitsreise war ein Geschenk von Stephan und mir und, wie Katja behauptete, das schönste.

Froh war Katja auch, daß Annemarie Austen sich mit ihr aussprach und zugab, sie habe manches vielleicht nicht richtig gesehen in der Sorge um die Freundin.

„Mit Annemarie ist alles wieder in Ordnung", teilte Katja mir mit. „Sie sieht ein, daß sie Uwe Unrecht getan hat."

Anna ist in ihrer Trauerrede schon bei der Feier nach der Trauung auf dem Standesamt. Sie war zugegen, und sie sagt, diese Feier sei ihr ein unvergeßliches Erlebnis gewesen. Sie beschreibt die jungen Eheleute, die „wie auf Wolken zu wandeln schienen", und sie behauptet, sie hätte nie zuvor ein schöneres Paar gesehen. Ein Paar, dem es bestimmt schien, „ein Leben lang Seite an Seite zu gehen", und dessen Gemeinsamkeit ein so schnelles Ende fand.

Ich flüchte mich vor Annas Rede in den chronologischen Ablauf des Geschehens. Zuerst kam der Polterabend. Ich hatte noch nie einen Polterabend mitgemacht, und ich wußte darum auch nicht, daß man Gäste dazu nicht einlädt, sondern daß Freunde und Bekannte der Verlobten, die kommen wollen, kommen können.

Ich hatte viel Arbeit mit dem kalten Büffet. Rosemarie, Katja und Annemarie Austen halfen mir dabei. Das Wohnzimmer hatten wir zum Teil ausgeräumt, manche Möbelstücke an die Wand gerückt, so daß eine Tanzfläche entstanden war. Für Alkoholika hatten Stephan und Uwe gesorgt.

Es kamen ziemlich viel Leute, ich habe sie nicht gezählt, aber ich schätze, mindestens dreißig. Katja und Uwe hielten es nicht für notwendig, sie uns vorzustellen, vielleicht war das bei solchen Gelegenheiten auch nicht Sitte, jedenfalls kannten wir die wenigsten.

Anfänglich versuchten Stephan und ich an diesem Polterabend teilzunehmen, Stephan unterhielt sich mit diesem und jenem, auch mit Uwes Freund Karl Steinemann, der eifrig auf ihn einredete. Ich ging zu den einzelnen Gruppen, die sich gebildet hatten, animierte zum Essen, bot Getränke an und bekam einiges von der Unterhaltung mit, die da und dort im Gange war. Ich hatte den Eindruck, daß die Gespräche abflauten oder sich änderten, wenn ich hinzutrat, aber das bildete ich mir vielleicht auch nur ein. In zwei Fällen ging es um den Bau eines Wochenendhauses und um die Beschaffung von Baumaterial. Um Fragen politischer oder künstlerischer Art, wie das früher bei der Jugend, die ich kannte, üblich gewesen, schien es hier nicht zu gehen. Ich stellte das fest, gleichzeitig aber schalt ich mich lächerlich und übertrieben, so etwas bei einem Polterabend zu verlangen. Ich versuchte, mich den Gegebenheiten anzupassen, machte mit beim Zerschlagen des Geschirrs und hatte sogar Spaß daran, obwohl ich gleichzeitig denken mußte: Wie gut, daß wir in keinem Mietshaus wohnen. Morgen muß das alles wieder aufgeräumt werden. Ich tanzte zwei Tänze, einen mit Uwe, einen mit Stephan, dann überließen wir die Jugend sich selbst. Sie waren sicher froh, uns loszuwerden.

„Weißt du, was mir dieser Karl Steinemann erzählt hat?" fragte Stephan, während wir zu Bett gingen. „Er habe die Absicht, mit Uwe eine Autoreparaturwerkstatt aufzumachen. Er als Geschäftsführer und Uwe als Reparaturschlosser."

„Merkwürdig, daß Uwe nie darüber gesprochen hat. Und was hast du ihm geantwortet?"

„Wenn Uwe meint, daß das aussichtsreich ist, dann soll er es doch versuchen."

Stephan ahnte nicht, was aus diesem „dann soll er es doch versuchen" für ihn entstehen würde.

In dieser Nacht konnten wir nicht schlafen, der Lärm war zu stark. Es wurde nicht nur im Wohnzimmer, sondern auch im Garten Musik gemacht, so daß sich Nachbarn aus den umliegenden Häusern die Ruhestörung verbaten und drohten, wenn das nicht aufhöre, die Streife zu verständigen.

So unangenehm uns das war, wir mußten einschreiten. Daraufhin wurde es im Garten still, im Haus um so lauter. Übermüdet nickten wir schließlich doch ein.

Am anderen Morgen sah die Wohnung wüst aus. Ich stellte fest, daß die Gäste nicht nur mitgebrachtes und eigens für den Zweck bestimmtes Geschirr zerschlagen hatten, sondern auch gutes Porzellan. Überall standen Flaschen herum, die Aschenbecher waren übervoll und zum Teil verschüttet. Im Wohnzimmer auf der Couch lag ein

Mann, den wir nicht kannten, und schnarchte. „Ein Polterabend", sagte Stephan so komisch resigniert, daß ich lachen mußte.

Katja und Uwe, die wir herausklopften, fanden alles ganz normal.

„Du bist nie bei einer Party gewesen, Mutter", meinte Katja, „dagegen ist das gar nichts."

Uwe bestätigte die Worte seiner Braut.

Ich mußte zugeben, daß ich noch nie auf solchen Partys war, aber ich wollte wissen, bei wem sie denn stattfanden. „Bist du denn schon bei so einer Party gewesen?"

Katja räkelte sich und sagte müde: „Klar."

„Ein Kollege von mir", erzählte Uwe, während Katja und ich in dem Wirrwarr Ordnung zu machen versuchten, „gab zur Einweihung seiner Datsche eine Party. Eine tolle Datsche übrigens, alles erstklassig, wie aus ‚Schöner wohnen'. Da war auch allerhand los."

„Ein Kraftfahrer?" erkundigte sich Stephan. „Und der hat sich so eine Datsche gebaut?"

Uwe lachte. „Vom Gehalt natürlich nicht. Die arbeiten alle noch nebenbei. Sonst kommt man auf keinen grünen Zweig."

Solche Redensarten, „man muß sehen, wie man hinkommt" oder „auf normalem Weg kommt man zu nichts", streute Uwe des öfteren in die Unterhaltung ein, wir achteten nur nicht darauf, weil es ja diese sogenannten Feierabendbrigaden wirklich gab und weil wir die Zielrichtung solcher Bemerkungen bei Uwe nicht kannten.

Zwei Tage nach dem Polterabend, es war ein Donnerstag, die Hochzeit war für Dienstag festgesetzt, hörte Katja, daß Uwe seine Beziehungen zu dem Mädchen, das von ihm ein Kind erwartete, nicht aufgegeben hatte, ja daß er überdies mit einer anderen anzubändeln versucht habe. Wieder war es Annemarie Austen, die das erfahren hatte.

Wenn Annemarie mich ebenfalls informiert hätte, dann würde ich verstanden haben, warum Katja in jenen Tagen so bedrückt war. Sie, die zum erstenmal richtig liebte, mußte sich mit den Qualen der Eifersucht herumschlagen. Aber Annemarie sagte mir nichts, und Katja vertraute sich mir nicht an.

Erst nach ihrem Tod, als ich den Dingen nachzuspüren begann, erfuhr ich, wie sehr sie die Mitteilung Annemaries getroffen hatte. Ich führte ihr schlechtes Aussehen in jenen Tagen auf anderes zurück.

Die beiden versöhnten sich damals wieder, und alles kam scheinbar ins Lot. „Sie hat Uwe eine Szene gemacht, und er gab klein bei", erzählte mir Annemarie später. Ich hatte sie gebeten, mir alles zu berichten, was sie über diese Zeit wisse. „Katja war so außer sich, daß sie ihm drohte, die Hochzeit auffliegen zu lassen, und das wollte er unter keinen Umständen. Die Heirat war ihm wichtig. Er versicherte Katja, daß diese Geschichten nie ernst bei ihm gewesen seien, aber daß von nun an keine andere mehr für ihn in Frage käme. Katja hatte auf solche Worte anscheinend nur gewartet, sie ließ sich beruhigen. Leider."

Hätten wir damals von den Auseinandersetzungen zwischen Katja und ihrem Verlobten erfahren, vielleicht wäre noch etwas zu retten gewesen.

Wahrscheinlicher allerdings ist es, daß Katja gar nicht auf uns gehört haben würde. Sie war zu verliebt, und sie war entschlossen, den Weg zu gehen, von dem sie meinte, daß es ihr Weg sei.

Die Trauung auf dem Standesamt verlief freundlich-konventionell, obwohl der Standesbeamte sich wirklich Mühe gab und sogar ein Sprüchlein aufsagte, bei dem ich mir das Lachen verkneifen mußte. Das Hochzeitspaar hingegen war sehr ernst, was mich bei Katja wunderte. Uwes Mutter, die ebenfalls zur Trauung gekommen war, hatte sogar Tränen in den Augen. Sie nahm, als einzige Angehörige Uwes, auch an der anschließenden Feier in unserem Hause teil.

Sie mochte Mitte Fünfzig sein, trug ein auffallendes, buntbedrucktes, modisches Seidenkleid, das gar nicht zu ihr paßte und wahrscheinlich mehr dem Geschmack des Sohnes entsprach. Obwohl Uwe sich selbst durchaus gut zu kleiden vermochte, bevorzugte er bei Frauen, wie wir später feststellten, Auffallendes, Buntes.

Seine Mutter war uns gegenüber äußerst unsicher und gehemmt. Einige Male versuchte ich, sie ins Gespräch einzubeziehen, aber sie antwortete, wenn sie direkt angesprochen wurde, ausweichend, mit leiser Stimme und, was mir auffiel, mit einem kurzen Seitenblick zu dem Sohn. Als sie sich einmal selbständig an einem Gespräch zu beteiligen versuchte, fuhr Uwe sie an: „Du hast doch keine Ahnung, Mutter", und statt sich zu verteidigen, schwieg sie sofort. Ich nahm das damals nicht tragisch, ich dachte im Gegenteil, Uwe befürchte, daß seine Mutter sich blamiere. Jetzt erst fällt mir das wieder ein.

Bei der Hochzeitsfeier, an der von unserer Seite ein alter Kumpel Stephans teilnahm, den er erstaunlicherweise noch aus der Bunzlauer Zeit her kannte – mir war er von damals nicht bekannt, obwohl auch er in „unserem" Betrieb gearbeitet hatte –, beobachtete ich etwas Seltsames. Uwe, der sich stets höflich benahm, jedoch ohne zu übertreiben – seine sichere, ja, ich möchte sagen, überlegene Art gefiel mir an ihm –, bemühte sich in einer Weise um diesen Gast, die ich merkwürdig fand. Dabei war Ludwig Rösner alles andere als ein Mensch, dem man sofort Sympathien entgegenbringt. Ein grauhaariger, stiernackiger Mann Mitte oder Ende Fünfzig, einsilbig, ja sogar kontaktarm. Mit Stephan allerdings verband ihn eine echte Freundschaft, die er auch auf Katja übertrug. Für Uwe hingegen hatte er kaum Augen, trotz dessen übertriebener Aufmerksamkeiten.

Ich kannte Ludwig Rösner noch nicht lange, er war erst vor drei Jahren nach Berlin gezogen, ich wußte nur, daß er irgendeine wichtige Position in der Handwerkskammer innehatte. Daß Uwes Bemühungen diesem Umstand galten, ahnte ich nicht.

Uwe hatte von seinen Bekannten nur Karl Steinemann, den angeblichen Direktor eines Dienstleistungsbetriebes, eingeladen. Zu Katja kamen die Oberschwester – über diese Einladung hatte ich mich gefreut – und Annemarie Austen natürlich. Außerdem waren noch Rosemarie, Anna und eine Kameradin aus Dänemark, die an diesem Tag gerade in Berlin war, dabei.

Spät – ich hatte bereits gehofft, daß alles bald zu Ende sei, denn es kam trotz aller Anstrengungen, die ich unternahm, zu keiner rechten Stimmung, die Gäste waren wohl zu verschieden – tauchte plötzlich noch ein junges rothaariges Mädchen auf, eine ehemalige Mitschülerin von Katja, die durch Zufall von der Feier erfahren hatte und eine Einladung offensichtlich nicht für nötig hielt. Sie brachte keine Stimmung, eher einen Mißton in die Gesellschaft, weil sie zuviel trank und in ungenierter Weise mit Uwe flirtete, was diesem nicht unangenehm war, konnte er Katja doch zeigen, wie er auf Frauen wirkte.

Katja reagierte in einer Weise, wie ich es von ihr nicht für möglich gehalten hätte. Allerdings wußte ich von den Geschehnissen, die der Hochzeit vorangegangen waren, nichts. Sie fuhr das Mädchen an, wurde scharf und verletzend und warf sie schließlich hinaus.

Uwe mischte sich nicht ein, Katjas Eifersucht schien ihn zu belustigen, er lächelte selbstgefällig und sagte, als Katja sich dann wieder an den Tisch setzte: „Ist dir jetzt leichter?“

Mir war die Art, in der er Katja vor den Gästen behandelte, höchst unangenehm. Sein Lächeln schien mir beleidigend, aber ich zwang mich ebenfalls zu einem Lächeln und verkündete, daß es jetzt genug sei. Den kleinen Auftritt dürfe man nicht ernst nehmen, aber er sei ein Zeichen, daß man die Eheleute jetzt allein lassen müsse, zumal sie reichlich früh auf dem Flugplatz zu sein hätten.

Bei der allgemeinen Verabschiedung hörte ich, wie Uwe Ludwig Rösner fragte, ob er ihn nach seiner Rückkehr vielleicht einmal sprechen könne, und Rösner, ziemlich distanziert, antwortete, er möge ihn anrufen.

„Weißt du, was Uwe von deinem Freund will?“ fragte ich Stephan, als wir allein waren.

„Wieso?" war die erstaunte Antwort. „Von Ludwig?"

Ich erzählte nun, was ich gehört hatte.

„Ich habe keine Ahnung", meinte Stephan. „Frag ihn doch."

Aber bei dem frühen Aufbruch vergaß ich die Frage völlig.

Auf dem Flugplatz schien der kleine Auftritt von gestern ganz vergessen zu sein. Uwe war der zärtlichste, aufmerksamste Ehemann, den man sich vorstellen kann, und Katja strahlte.

„... die schönste Zeit in Katjas jungem Leben muß diese Hochzeitsreise gewesen sein", höre ich Anna sagen. „Die Briefe, die sie nach Hause schrieb, bezeugen es. Um so unverständlicher ist diese Katastrophe, war diese Kurzschlußhandlung ..."

Nichts hören, nichts hören.

Es gibt Menschen, die alles verdrängen können, sie sind zu beneiden. Das Wissen um ein Ende, das kommen muß, verdrängen wir alle. Manches aber läßt sich nicht verdrängen, ich kann es nicht, und ich will es nicht.

Eine Kurzschlußhandlung. War es das?

Die Spontaneität einer Handlung erweist sich bei genauer Betrachtung als gar nicht so spontan, glaube ich. Kennt man die Glieder einer Kette von Ereignissen, die zu einer Handlung führen, erschrickt man, wie folgerichtig sich Glied an Glied aneinanderreiht, bis es zu dem kommt, was man eine Kurzschlußhandlung nennt. War es eine Kurzschlußhandlung?

Die erste Nachricht, die wir aus Bulgarien erhielten, war eine Ansichtskarte vom Goldstrand in Varna. „Liebe Eltern", schrieb Katja, „es ist herrlich hier, und ich kann mich nicht satt sehen an Sonne, Meer und blauem Himmel. Wir haben ein komfortables Zimmer mit großer Terrasse, die wir allerdings kaum benutzen, denn das Hotel liegt direkt am Strand, und wir gehen in Badeanzug und Bademantel zu unserem Sonnenschirm. Wir schlafen lange, frühstücken reichlich und gut in der sogenannten Bar des Hotels, aalen uns im heißen Sand, schwimmen und gehen erst nachmittags gegen 17 Uhr, wenn es nicht mehr so heiß ist, essen. Wir sind Euch sehr dankbar für diese Reise. Es umarmt Euch Eure Katja." Katja hatte die Karte vollgeschrieben, so daß Uwe nur einen Gruß hinzukritzeln konnte.

Die Karte freute und beruhigte uns. Unser Leben wurde ausgeglichener, wenn auch stiller. Lange schon waren Stephan und ich einander nicht so nahe gewesen, wir hatten oft Zeit füreinander, Zeit miteinander. Wir gingen sogar ins Theater, was wir nur noch ganz selten getan hatten, besuchten Ausstellungen – Stephan war an bildender Kunst interessierter als ich – und lasen uns manchmal Stellen aus Büchern vor, die uns besonders gefielen. Ich erinnere mich, welchen Eindruck mir der Roman von Erik Neutsch „Spur der Steine" hinterließ und daß auch Stephan von der Figur des Balla sehr gefesselt war. Wir unterhielten uns lange über diesen Balla, mit dem, wie Stephan meinte, erstmalig in unserer Literatur ein Arbeiter rund, differenziert, vielschichtig dargestellt worden war. Gespräche solcher Art landeten meist bei der Person unseres Schwiegersohnes, und trotz aller Einschränkungen kamen wir überein, daß Uwe kein schlechter Kerl sei und daß wir zufrieden sein müßten, einen vernünftigen und ehrlich arbeitenden Menschen zum Schwiegersohn bekommen zu haben.

Auch die weiteren Nachrichten von Katja enthielten nur Eindrücke vom Ort, von anderen Urlaubern, aber die beiden schienen sich wohl zu fühlen und die Tage zu genießen.

Daß es zwischen den Eheleuten schon während dieser Hochzeitsreise Zwistigkeiten gab, enthüllten mir erst die Briefe, die Katja ihrer Freundin Annemarie schrieb. Ihr schickte sie recht ausführliche Berichte, aus denen einerseits hervorging, wieviel ihr dieses erste richtige Alleinsein mit dem Mann, den sie liebte, bedeutete, andererseits die Bestürzung über einen Streit, bei dem sie nicht begriff, was ihren Mann so aufgebracht hatte.

Annemarie gab mir die Briefe erst nach Katjas Tod zu lesen und erging sich dabei in Selbstanklagen, daß sie sie mir nicht gleich gegeben hatte. Aber wäre ich imstande gewesen, sie damals schon richtig einzuschätzen? Wahrscheinlich nicht. Nun zeigten sie mir manches, was ich unklar gespürt, aber nie klar gedacht hatte. „Liebste Annemarie", begann Katja, „Du hast mich vor dieser Ehe gewarnt und mir dringend abgeraten, Uwe zu heiraten, deshalb muß ich Dir zuerst mitteilen, wie glücklich ich bin und daß diese Tage, die leider bald zu Ende gehen, zu den schönsten meines Lebens gehören. Uwe ist der Mann, den ich brauche, nicht nur als Mann, das auch, aber ebenso als Partner, Kamerad oder wie man es sonst nennen soll. Er ist rücksichtsvoll, galant, ohne affig zu werden, und er ist sichtlich stolz, weil ich hier anderen Männern auch gut gefalle und sie es mich merken lassen. Uwe sieht manches bei uns in der DDR kritisch, mitunter sehr kritisch, aber er sieht es so, wie es ist, ohne Heuchelei und Drumrum, und er ist bemüht, das Beste daraus zu machen. Ist das falsch? Er lebt im *Heute*, nimmt immer nur vom Heute aus zu allem Stellung. Das ist etwas so Neues für mich, die ich immer im Gestern zu Hause war, immer Gestriges als Maßstab für Heutiges anzusehen gelehrt erhielt, daß es mir manchmal vorkommt, als trete ich aus einem vermieften Zimmer in frische Luft. Ich weiß nicht, ob Du verstehen kannst, was ich meine. Uwe ist der Ansicht, daß es höchste Zeit war, daß ich rausgekommen bin, und ich glaube es auch. Es war für mich ein Ausbruch aus einer Welt von gestern in die Welt von heute. Das klingt vielleicht bombastisch, aber so empfinde ich es. Nun hast Du bestimmt wieder den Eindruck, daß ich etwas gegen meine Eltern habe, Du hast mir ja schon einige Male Vorhaltungen über meine Einstellung zu ihnen gemacht, aber Du hast unrecht. Ich liebe meine Eltern, nur bedeutet das nicht, sie kritiklos zu lieben. Übrigens ist diese Methode, uns, der Jugend, ständig vorzuhalten, wie schwer sie es früher hatten und wie dankbar wir sein müssen, daß es uns heute so gut geht, nicht allein auf ihrem Mist gewachsen. Nur daß meine Eltern schwerer gelitten haben als viele andere und sich deshalb verpflichtet fühlten, ihrem Kind das eindringlicher zu Bewußtsein zu bringen, was natürlich zur Folge hatte, daß ich abstumpfte. Aber genug davon.

Ich weiß auch, was die Eltern alles für mich getan haben und tun, und der Gipfel ist die Wohnung, die Mutter uns verschafft hat und die sie jetzt einrichtet. Ich kenne sie noch nicht. Wie hat sie das bloß fertiggebracht? Ich bin so neugierig ..."

Im weiteren verbreitete sich Katja über Uwe, der davon träumte, auf dem Grundstück, das wir einmal Anfang der fünfziger Jahre erworben hatten und auf dem nur eine primitive, baufällige Hütte steht, eine richtige schöne Datsche zu bauen. Uwe wolle dies mit seinem Freund Steinemann tun. Das Material könne er sich auf Umwegen verschaffen. Uns um Erlaubnis zu bitten, daran schienen weder Katja noch ihr Mann zu denken.

In ihrem zweiten Brief kam Katja nach vielen Details über eine Fahrt nach Burgas und Nessebar auf den Streit mit Uwe. Ich hatte den Eindruck, daß sie nur deshalb so ausführlich von der Fahrt berichtet hatte, um nicht gleich mit den Unstimmigkeiten in ihrer jungen Ehe herauszuplatzen.

„Stell Dir vor, heute habe ich einen Streit mit Uwe gehabt, dessen Ursache ich mir überhaupt nicht erklären kann", schrieb Katja. „Gestritten haben wir uns schon hie und da, aber das war alles nicht ernst, heute jedoch wurde Uwe so wütend und reagierte so sauer, daß ich ebenfalls heftig zu werden begann und wir uns beinahe in die Haare gerieten. Du weißt, daß er die Absicht hat, mit seinem Freund Steinemann, den ich übrigens nicht ausstehen kann, der aber, wie Uwe behauptet, ein Organisationstalent ist, eine Autoreparaturwerkstatt aufzuziehen. Dagegen ist nichts einzuwenden. Uwe meint, damit könne man viel Geld verdienen. Er spricht oft von diesem Projekt, kennt sogar schon Räumlichkeiten, die natürlich Steinemann ausfindig gemacht hat, und bahnt Verbindungen an, um an Ersatzteile ranzukommen. Ich hab ja von diesen Dingen keine Ahnung. Das einzige, was Uwe fehlt, ist die Gewerbegenehmigung, und die scheint augenblicklich nur schwer zu bekommen zu sein. Er müßte dazu auch irgendwelche Prüfungen nachholen, die zu machen er sich scheut.

Heute fing er wieder davon an und meinte, mit Beziehungen könnte man das umgehen. ‚Hast du denn solche Beziehungen?' fragte ich ganz harmlos. ‚Dieser Ludwig Rösner ist doch der Freund deines Vaters', antwortete er, ‚wenn der will, ist alles gelaufen.' Ludwig Rösner war bei unserer Hochzeit, Du hast ihn auch kennengelernt, erinnerst Du Dich? ‚Aber du kennst Herrn Rösner doch kaum', sagte ich, ‚das ist doch keine Beziehung.'

‚Wenn er der Freund deines Vaters ist', sagte Uwe, jetzt schon gereizt, ‚dann wird er deinem Vater doch den Gefallen tun. Es ist eine Kleinigkeit für ihn.'

Und da habe ich etwas gesagt, Annemarie, was wie ein rotes Tuch auf Uwe wirkte. ‚Ich kenne meinen Vater doch', sagte ich, ohne mir viel dabei zu denken, ‚ich glaube nicht, daß Vater sich in so einer Angelegenheit an seinen Freund wenden wird. Er mag das nicht, wenn private Beziehungen ausgenützt werden.' Da bekam Uwe einen richtigen Tobsuchtsanfall. Er schrie so laut, daß ich Angst hatte, man könne es draußen hören. Du kannst Dir nicht vorstellen, was er mir alles an den Kopf warf, ich sei ein verwöhntes Aas, das von Tuten und Blasen keine Ahnung habe, ohne private Beziehungen komme man bei uns überhaupt nicht weiter, er würde meinem Vater das schon klarmachen. Und ich müßte es ihm auch klarmachen. Die einen schaffen es, indem sie der Partei angehören, je nach Rang und Stellung, sie zögen *daraus* ihre Vorteile, und die anderen durch Beziehungen. ‚Wo lebt ihr denn', schrie Uwe, ‚wenn ihr das nicht wißt.'

Wir haben uns dann wieder vertragen, aber dieser Streit sitzt mir noch in den Knochen. Daß Uwe so außer Rand und Band geraten kann, so grob wird, hätte ich nicht gedacht. Was soll ich jetzt tun? Uwe hat natürlich in gewisser Hinsicht recht, aber Vater wird das nie einsehen, er wird nicht darauf eingehen. Weißt Du, die alten Genossen haben oft Prinzipien, die sie starr und unduldsam machen. Sie sehen die Wirklichkeit nicht, wie sie ist, sondern wie sie ihrer Meinung nach zu sein hat. Vater ist ein großartigen Mensch, aber er ist das beste Beispiel dafür. Mutter ist lebendiger, sie wird versuchen, mir zu helfen, aber auch sie wird Vater nicht überzeugen.

Was soll ich tun, Annemarie, wie soll ich mich verhalten? Uwe spricht zwar nicht mehr von seinem Projekt, aber er denkt ständig daran. Und er wird nicht lockerlassen. Rate mir ..."

Und wir hatten angenommen, daß diese Hochzeitsreise für Katja schön gewesen war, schön, ohne Einschränkungen!

„Hast du Katja auf diesen Brief geantwortet?" fragte ich Annemarie.

„Eine Antwort wäre nicht mehr rechtzeitig angekommen", erwiderte sie, „die Post geht ziemlich lange nach Bulgarien. Ich nahm mir vor, gleich nach der Rückkehr mit ihr zu sprechen, aber es kam nicht dazu. Außerdem schien alles wieder in Ordnung zu sein, sie sahen beide blendend aus, Katja braungebrannt, in weißem, tief ausgeschnittenem Pulli, war eine Schönheit. Auch in Berlin drehten sich die Männer nach ihr um. Ich beneidete sie, aber es war kein häßlicher Neid, bestimmt nicht, eher ein Bedauern, daß es mir nie gelingen wird, so auszusehen. Allem Anschein nach herrschte auch bestes Einvernehmen zwischen ihnen, sie taten so verliebt, daß es mir mitunter peinlich wurde. Ich gebe allerdings zu, daß ich in dieser Hinsicht altmodisch bin. Ich mag zur Schau getragene Intimitäten nicht."

Da es mir im allgemeinen ähnlich geht, hätte mich das Geturtle der Jungvermählten auch stören müssen, denn Annemarie hatte recht, nach der Rückkehr aus Bulgarien schienen die Flitterwochen der beiden sich fortzusetzen, wenn nicht zu steigern. Hatte Uwe sich vor der Hochzeitsreise in unserer Gegenwart etwas Zurückhaltung auferlegt, so gab er sich jetzt manchmal hemmungslos – ich hatte mitunter sogar den Eindruck, bewußt hemmungslos, unseretwegen –, so daß wir froh waren, wenn die beiden gleich wieder verschwanden. Aber im Gegensatz zu Stephan, der ihre Hemmungslosigkeit genau wie Annemarie peinlich empfand, freute ich mich über meine Tochter, die so viel Glück ausstrahlte, daß ich daran teilhatte, ob ich wollte oder nicht. Die Wohnung trug zu diesem Glück, wie ich mir einbildete, bei.

Ich war stolz auf diese Wohnung und fand sie wunderschön. Was für Anstrengungen es mich gekostet hatte, sie zu bekommen, obwohl sie zu den schwervermietbaren gehörte, was alles nötig war, sie in der kurzen Zeit renovieren zu lassen, wird nur jemand verstehen, der selbst einmal in ähnlicher Lage gewesen.

Die Wohnung hatte einer alten Frau gehört, die dreißig Jahre oder länger nichts hatte machen lassen. Es muß eine wunderliche alte Dame gewesen sein. Als sie starb, befand sich alles in einem Zustand, der mich zweifeln ließ, ob es mir überhaupt gelingen würde, damit fertig zu werden. Der Putz, der von den Decken gefallen war, wahrscheinlich noch durch Bombeneinwirkung, zwang einen, über Schutthügel hinwegzusteigen. Die Wand vom Badezimmer zur Küche wies große Löcher auf, die Speisekammer, die vom Schwamm befallen war, mußte saniert werden. Ich brauchte Material zum Sanieren, zum Renovieren, ich brauchte vor allem Handwerker. Nichts konnte ich auf normalem Wege erreichen. Wie und auf welche Weise es mir gelang, Material zu beschaffen, Handwerker zu organisieren, die nur nach Feierabend kommen konnten, selbstverständlich entsprechend bezahlt, darüber durfte ich mit Stephan gar nicht reden, er hätte so etwas kategorisch abgelehnt. Allein eine andere Art, zum Ziel zu gelangen, sah ich nicht, und ich hatte es mir in den Kopf gesetzt, die Wohnung noch vor der Rückkehr Katjas und Uwes fertig zu haben.

Sie wurde fertig.

Beim Einkaufen der Möbel half mir Stephan, das Aussuchen bereitete ihm sichtlich Vergnügen.

Wir brachten die beiden vom Flugplatz direkt in die Wohnung. Das Haus machte von außen keinen guten Eindruck. Auch innen wirkte es ziemlich schäbig, die Treppe war abgestoßen, das Geländer an vielen Stellen beschädigt, hie und da fehlten Sprossen. Ich merkte die Enttäuschung in Katjas Gesicht, die sie nicht zu verbergen vermochte. Der Blick aus dem Fenster des Treppenhauses in einen Hof, grau und häßlich, mit übervollen Müllkästen, war noch trostloser. Im zweiten Stock, wo sich die Wohnung befand, sank die Stimmung bei Katja auf den Nullpunkt. Aus einer der beiden anderen Wohnungen auf der Etage trat ein Mann, besser gesagt, er torkelte und blies eine Fahne vor sich her, der man nicht auszuweichen vermochte. „Wat wolln Se hier?“ fragte er ungehalten, „die Olle ist dot.“

Ich kannte den Mann, ich hatte ihn in der Zeit, als ich tagtäglich in die Wohnung kam, um bei den Handwerkern nach dem Rechten zu sehen, kennengelernt. Er war in nüchternem Zustand ganz umgänglich, hatte mir manchen guten Rat gegeben. „Passen Se uff, junge Frau, wenn Se nich kontrolliern, werden Se von vorn bis hinten beschissen“, hatte er mich belehrt. Er hatte auch mit den Malern verhandelt.

„Aber Herr Lewinski“, sprach ich ihn darum an, „erkennen Sie mich nicht? Ich habe doch die Wohnung renovieren lassen, und jetzt bringe ich die neuen Mieter.“

„Sie sind's“, brummelte der Mann, „warum denn ham Se det nich gleich jesagt? Von de KWV war jemand da, wollte Se sprechen. Kommt aber wieder. Tja, denn man ... auf jute Nachbarschaft ...“ Scheinbar wollte er noch etwas hinzufügen, überlegte es sich aber und verschwand in seiner Wohnung.

„Gute Nachbarschaft mit dem?“ sagte Katja, den Tränen nahe.

Ich öffnete schnell die Wohnungstür. Der Korridor war dunkel, und Stephan schaltete das Licht an. Der erste Eindruck schien zu befriedigen, denn Katja wie Uwe sagten beinahe gleichzeitig: „Ah!“

Es war ein langer Korridor, dem die helle Tapete und eine mehrflammige Lampe viel Licht gaben. Ein großer Spiegel, ein kleiner Abstelltisch, eine schmiedeeiserne Kleiderablage und ein langer bunter Läufer in fröhlichen, rotbunten Farben bildeten die ganze Einrichtung.

Auch die übrigen Räume fanden Anerkennung. Neben einfachen, aber hübschen Serienmöbeln hatte ich einen Biedermeiersekretär erstanden, dessen Intarsien Uwes Bewunderung erregten. Wahrscheinlich, weil er das vom Wert her sah. Antiquitäten waren in Mode. „Schau“, sagte er.

Auch Küche und Bad gefielen. In der Küche hatte ich eine Eßecke eingerichtet, einen bemalten Bauerntisch und zwei ebensolche Stühle.

Katja fiel uns nacheinander um den Hals und bedankte sich. Nach der anfänglichen Enttäuschung war die Begeisterung um so größer.

Uwes Dank war etwas zurückhaltender. „Schade, daß die Wohnung in diesem Bezirk liegt“, sagte er, „sonst ist nichts gegen sie einzuwenden.“

Dieses herablassende „ist nichts gegen sie einzuwenden“ reizte mich. „Was hast du gegen den Bezirk?“ fragte ich. „Prenzlauer Berg ist ein Arbeiterbezirk mit typischen Hinterhöfen und wenig Komfort, obwohl die Besitzer solcher Häuser früher ganz gut an ihnen verdienten. Heute bemühen wir uns, wo diese Häuser nicht abgerissen werden, sie so instand zu setzen, daß sie den Ansprüchen bei uns genügen. Überall ist das noch nicht möglich.“ Ich war pathetisch geworden, aber ich hatte mich zu sehr über Uwes Bemerkung geärgert.

Er verzog den Mund, schwieg jedoch. Katja ergriff sofort für ihn Partei: „Du brauchst ihm keinen Vortrag zu halten, Mutter.“

„Hat deine Mutter nicht recht?“ mischte sich Stephan ein,

der sah, daß mir die ganze Freude verdorben war. Er machte dadurch alles nur schlimmer.

Es hätte zu einem bösen Streit kommen können, wenn Uwe diesmal nicht eingelenkt hätte. „Natürlich hat Mutter recht", beschwichtigte er. „Ich habe es nicht so gemeint. Die Wohnung ist wirklich sehr schön, und möglicherweise wird das Haus auch mal zu denjenigen gehören, die man instand setzt. Aber vielleicht sind wir dann schon nicht mehr hier. Wenn ich meine Werkstatt aufmache ..."

Immer wieder und bei jeder Gelegenheit brachte Uwe das Gespräch auf die Werkstatt.

„Ist das denn schon spruchreif?" fragte ich ahnungslos, aber diesmal war Katja es, die beinahe hektisch einfiel: „Nichts ist spruchreif. Wir wollen jetzt keine Gespräche über ungelegte Eier führen. Mutter hat eine Flasche Sekt gekauft, wir wollen anstoßen auf die Wohnung, auf das, was ihr, was besonders du, Mutter, fertiggebracht hast."

Uwe schien die Wendung, die das Gespräch durch Katja genommen hatte, nicht zu gefallen, aber er fügte sich.

Ich holte Gläser aus der Anrichte, keine Sektgläser, aber es ging auch so. Für einen kleinen Imbiß hatte ich ebenfalls gesorgt. Stephan sagte wenige, aber herzliche Worte über den Neubeginn, zu dem er den beiden viel Glück wünschte. Ich schloß mich ihm an. Uwes Beteuerungen, daß er alles tun werde, um Katja glücklich zu machen, klangen steif und gestelzt, Katja schluchzte bei seinen Worten kurz auf, fing sich aber sofort wieder.

Richtige Stimmung kam nicht auf, und wir verließen die beiden bald.

Auf dem Heimweg war mir traurig zumute. Ich hätte nicht sagen können, ob mich nur die Trennung von Katja traurig stimmte oder ob da noch etwas anderes mitschwang, das ich mir nicht zu erklären vermochte. Gewiß beziehe ich, mich rückerinnernd, Geschehnisse ein, die mir damals noch unbekannt waren. Aber ich bilde mir ein, daß es nicht nur der natürliche Schmerz einer Mutter war, die sich von ihrem verheirateten Kind trennen muß, sondern daß noch etwas Zusätzliches auf mir lastete, mich belastete, wie eine Ahnung, daß diese Ehe nicht zum Guten führen könne.

„Du mußt es dir nicht so zu Herzen nehmen", sagte Stephan, und sein Blick sprach mehr, als es Worte vermocht hätten. „Sie wird ja oft zu uns kommen, davon bin ich überzeugt."

Stephan sollte nicht recht behalten. Katja kam selten und blieb nie lange. Sie mußte noch etliche Prüfungen bestehen, ehe sie ihren Abschluß als Vollschwester in der Tasche hatte. Über jene Zeit mache ich mir die größten Vorwürfe. Ich kümmerte mich wenig um die Tochter und gab mich zufrieden, wenn sie behauptete, bei ihr sei alles in Ordnung, sowohl in der Arbeit wie in der Ehe. Ihr schlechtes Aussehen – sie war blaß und machte einen müden, erschöpften Eindruck – schob ich auf die zeitweise Überforderung im Krankenhaus. Eine Grippeepidemie beanspruchte das medizinische Personal bis zum äußersten. Annemarie Austen erzählte mir, Katja sei unermüdlich und melde sich manchmal freiwillig zu Einsätzen, an denen teilzunehmen sie nicht verpflichtet war. „Es gibt Kolleginnen, die sich darüber aufregen", meinte Annemarie, „weil sie sich dadurch verpflichtet fühlen mitzuziehen, was ihnen gar nicht gefällt."

Ich beschäftigte mich in jener Zeit mit einem Projekt, an dem teilzunehmen mich Rosemarie aufgefordert hatte. Es ging darum, Veranstaltungen in westlichen Ländern durchzuführen, die von den deutschen Faschisten zeitweise besetzt gewesen waren. Die Nazis hatten Tausende von Frauen dieser Länder nicht nur nach Ravensbrück, sondern auch in andere Lager bringen lassen. Viele waren umgekommen. Ihr Andenken sollte geehrt, sie sollten nicht vergessen werden. Angehörige dieser Frauen hatten Fotos und Dias zur Verfügung gestellt. Mich bat man, eine Kurzbiographie zu jedem Bild zu verlesen. Ich sagte zu. Hier sah ich die Möglichkeit, wieder bei Veranstaltungen aufzutreten, eine Tätigkeit, die ich Katjas wegen beinahe aufgegeben hatte. Ich stürzte mich in die Arbeit, denn ich nahm mir vor, zu jedem der Fotos oder Dias außer der Kurzbiographie ein Lied oder einen Song zu schreiben. Diese Lieder und Songs mußten verfaßt und vertont werden.

Die Schicksale der Frauen und Mädchen, von denen ich einige gekannt, über die ich aber wenig oder gar nichts gewußt hatte, brachten es mit sich, daß ich mich mitunter wieder ins Lager zurückversetzt fühlte. So hatten sie ausgesehen, ehe die Nazis sie aus einem Leben rissen, in dem es noch kein Grauen gab. Es waren hübsche junge Frauen darunter, sie lächelten auf den Bildern, friedlich, ahnungslos. Sie hatten Familien zurückgelassen, Männer, Kinder, Eltern, Geschwister. Wie mochten ihre letzten Augenblicke gewesen sein? Stundenlang sprach ich mit Rosemarie, mit Anna, aber auch mit anderen Kameradinnen über diese Zeit. Ravensbrückerinnen gingen bei mir aus und ein, das Haus war voll von ihnen.

Einmal, als Katja kam, waren alle Räume, auch Katjas ehemaliges Zimmer, so besetzt, daß wir uns in die Küche flüchten mußten, um wenige Worte allein zu wechseln. Ich entschuldigte mich und bat Katja, mich doch nächstens anzurufen, ich würde mich dann danach richten.

„Ist gut Mutter, ich melde mich nächstens an", sagte Katja.

„Du brauchst gar nicht so ironisch zu werden." Diese Art, auf etwas zu reagieren, kannte ich ja seit jeher bei ihr und mochte sie nicht. „Ich habe das Recht, mein Leben so zu gestalten, wie ich es für richtig halte, so wie du deines lebst, wie du es für richtig hältst", fuhr ich fort, war mir aber des erhobenen Zeigefingers im gleichen Augenblick bewußt.

Doch Katja dachte nicht daran, wie ehedem zu diskutieren. Sie lächelte müde und sagte nur: „Ist gut, Mutter."

Kurze Zeit nach diesem Besuch rief sie mich an. „Hast du etwas Zeit für uns?" fragte sie. „Uwe möchte gern mitkommen."

Uwe war bislang nur ganz selten mitgekommen, und ich muß gestehen, daß ich ihn nicht vermißte. Aber natürlich hatte ich nichts gegen seinen Besuch. Ich fragte Katja deshalb, warum sie das extra ankündige, selbstverständlich sei uns Uwe immer willkommen.

Einen Augenblick blieb es still, ich dachte schon, mit dem Telefon sei etwas nicht in Ordnung, dann sagte Katja zögernd, sie frage deshalb, weil sie wissen wolle, ob auch Vater dabeisein könne. Ein-, zweimal, als Uwe mitkam, war Stephan nicht zu Hause gewesen. Uwe habe etwas auf dem Herzen, sagte Katja, und wolle sich mal mit Vater unterhalten.

Bilde ich mir nur ein, daß ich damals wußte, was kommen würde? Heute, nach allem, was geschehen ist, frage ich mich das immerzu. Verschloß ich die Augen, weil ich es wußte, oder war ich wirklich ahnungslos?

„Ich spreche heute noch mit Vater und rufe dich morgen an“, sagte ich.

„Um welche Zeit?“ erkundigte sich Katja.

„Wie immer, um neunzehn Uhr“, antwortete ich ihr. Es war ihr offensichtlich sehr wichtig.

„Meinst du, daß Vater noch in dieser Woche kann?“ fragte Katja weiter. Es klang beinahe ängstlich.

„Ich weiß es nicht, aber ich denke, schon.“ –

Stephan war sofort einverstanden. „Donnerstag um achtzehn Uhr, kann aber auch etwas später werden. Ist höchste Zeit, daß die beiden sich wieder einmal sehen lassen. Gewiß will Uwe über seine Reparaturwerkstatt mit mir reden, der Junge hat nichts anderes im Kopf. Aber da kann ich ihm auch nicht helfen, er weiß viel besser, wie man so was anfängt.“

Stephan wußte also auch, um was es gehen würde, aber wie dieses Gespräch ausfallen sollte, ahnte er nicht.

Bestimmt ist das, was damals vorfiel, in meiner Erinnerung belastet von meinem heutigen Wissen, wie alles, was ich rückschauend in mein Gedächtnis zwinge, aber die Geschehnisse jenes Abends waren ausschlaggebend für alle folgenden Ereignisse. Immer wieder kreisen meine Gedanken um diesen Abend, immer wieder frage ich mich, ob es nicht an mir gelegen habe, daß es soweit kam, ob es nicht möglich gewesen wäre, den Gesprächen eine andere Richtung zu geben.

Sie hatten sich beide besonders feingemacht. Uwe brachte sogar Blumen und eine Flasche Wein mit. „Mosel", sagte er, „Vater hat einmal gesagt, daß er den gern trinkt."

„Und das hast du dir gemerkt?" fragte ich. „Da wird sich Vater aber freuen."

So begann alles friedlich und harmlos. Da Stephan nicht so kommen konnte, wie es ausgemacht war – er rief an und entschuldigte sich, ein Redakteur war ausgefallen, und Stephan hatte für ihn einspringen müssen –, aßen wir schon vorher. Das hatte ich Stephan versprochen, er wollte versuchen, sich sobald als möglich frei zu machen.

Uwe schien aufgekratzt, lobte das Essen, trank nicht wenig – da ich seinen Geschmack kannte, hatte ich Bier besorgt – und erzählte die neuesten Witze und Witzchen.

Katja kam mir etwas nervös vor. Sie aß hastig und sprach wenig. Als ich sie bat, mir etwas über das Krankenhaus und ihre Arbeit zu berichten, sagte sie, es sei immer dasselbe, viel Arbeit, wenig Personal.

Uwe legte den Arm um ihre Schulter. Ich merkte, daß sie dabei zusammenzuckte. „Es wird Zeit, daß sie mit dieser Schinderei aufhört", sagte er, den Besorgten hervorkehrend. „Es springt doch nichts dabei heraus, sie macht sich nur fertig. Ich hab ihr vorgeschlagen, mir in der Werkstatt zu helfen, wenn es soweit ist. Wir können jede Kraft brauchen. Aber sie läßt ja nicht mit sich reden."

„Das verstehe ich", sagte ich, während ich den Salat, den Uwe immer besonders gelobt hatte, herumreichte. „Es ist falsch, das von ihr zu verlangen. Sie ist Krankenschwester und liebt ihren Beruf."

Mit einer heftigen Bewegung schob Uwe die Salatschüssel beiseite, so daß sie beinahe zu Boden fiel. „Sie liebt ihren Beruf", ahmte er mir nach, „was für ein Unsinn. Warst du schon einmal dabei, wenn eine Kranke unter sich macht und die Schwester das reinigen muß? Oder wenn sie einer Patientin, die doppelt so schwer ist wie sie, aus dem Bett hilft? Das muß Katja, und noch viel mehr. Ein herrlicher Beruf! Und alles bei dem Gehalt ..."

Katja ließ ihren Mann nicht weiterreden. „Laß das, bitte", unterbrach sie ihn. „Das hier ist nicht der Ort, um zu streiten. Dazu sind wir nicht hergekommen."

Uwe sah sie an und lenkte sofort ein. Er entschuldigte sich, behauptete, die Sorge um Katja habe ihn laut werden lassen. Sie sehe schlecht aus, sei überarbeitet, besonders in letzter Zeit habe sie sich übernommen. Es sei furchtbar, was man ihr im Krankenhaus alles zugemutet habe.

Abermals fuhr Katja auf. „Man hat mir nicht mehr zugemutet, als ich mir selbst zugemutet habe. Es war eine Epidemie, das weißt du doch."

Ich ärgerte mich, daß ich diesen Streit ausgelöst hatte, und fürchtete, daß sie sich weiter streiten würden, als Stephan eintraf.

Er war gut gelaunt, begrüßte mich, Katja und den Schwiegersohn, stellte zwei Flaschen Budweiser Bier auf den Tisch, die er für Uwe irgendwo aufgegabelt hatte, und berichtete, daß er sich doch etwas früher hatte frei machen können.

Froh, daß die gespannte Stimmung unterbrochen worden war, erkundigte ich mich, was es Neues in der Welt gäbe. Es war meine stete, stereotype, scherzhaft gemeinte Frage, wenn Stephan aus der Redaktion kam.

„Sie spucken Gift und Galle drüben, weil immer mehr Staaten uns anerkennen und keiner ihren Alleinvertretungsanspruch mehr ernst nimmt", erzählte Stephan, während ich ihm das Essen auftrug. „Die CDU/CSU hat ein Programm entwickelt", fuhr er fort, „das Franz Joseph Strauß in seiner bayrisch-cholerischen Art ausposaunte. Es läuft darauf hinaus, daß der Status quo annulliert werden soll."

„Was meint er damit?" fragte Uwe, der bei Themen politischen Inhalts meist zurückhaltend zu reagieren pflegte.

„Was er damit meint?" wiederholte Stephan, Uwe und

sich Bier einschenkend, „im Endeffekt Krieg, denn jede Veränderung des Status quo würde Krieg bedeuten.“

„Krieg?“ fragte jetzt auch Katja, beinahe gleichzeitig mit Uwe.

Mir, die ich politisch zu denken gelernt hatte, war Stephans Schlußfolgerung sofort klar. „Ein Veränderung des Status quo könnte die Annexion der DDR bedeuten.“

Stephan nickte. „Und nicht nur der DDR.“

„Nicht nur der DDR?“

Stephan wischte sich den Mund mit dem Handrücken, das war ihm von früher geblieben, und bat Katja, ihm seine Aktentasche zu holen. „Ich habe sie euch mitgebracht, die Rede des Franz Joseph“, sagte er, der Tasche einige Schreibmaschinenseiten entnehmend, „habt keine Angst, ich lese sie euch nicht vor, nur ein paar Zeilen, aber die sind bezeichnend: ‚Der Friede in Europa kann nur erreicht und erhalten werden durch die Überwindung der europäischen Teilung. Zu Europa gehören auch Polen, die Tschechoslowakei, Ungarn, Bulgarien, Rumänien …‘ Da habt ihr’s schwarz auf weiß.“

Stephan, der sonst eher Schweigsame, wurde diesmal beinahe redselig. Er kam auf weitere Länder, die diplomatische Beziehungen zu uns aufgenommen hatten, der Irak, Kambodscha, der Sudan, die Syrische Arabische Republik, Somalia, Algerien, die Malediven, Sri Lanka und Guinea. Indien habe seine Vertretung in den Rang eines Generalkonsulats erhoben. „Auch wenn sie diese diplomatischen Beziehungen ironisieren, es ist ein außenpolitischer Durchbruch, den sie nicht unter den Tisch wischen können.“

Wir unterhielten uns weiter über die augenblickliche weltpolitische Lage, wobei Uwe nur Fragen stellte und uns sprechen ließ. Stephan fiel das nicht auf, und ich glaube, mir ist es auch erst jetzt bewußt. Uwe hatte schon immer recht geschickt um Dinge herumgeredet. Er tat so, als verstehe er sich selbst als politisch zwar interessiert, aber unwissend, und gab sich den Anschein, als höre er dem älteren, erfahrenen Politiker gern zu. Dabei setzte er seine

Mittel gezielt und präzise ein, um Stephan zu gefallen und bei guter Laune zu halten.

Katja beteiligte sich wenig an den Gesprächen. Heute weiß ich, mit welcher Spannung und Nervosität sie die Unterhaltung zwischen ihrem Vater und ihrem Mann verfolgt haben muß, kannte sie doch Uwes Absichten.

Uwe überstürzte nichts. Er wartete auf eine Gelegenheit, sein Anliegen vorbringen zu können.

Leider kam Stephan ihm entgegen. „Und wie geht es euch?" fragte er. „Was macht dein Projekt? Steht die Werkstatt schon?"

Das war ein Scherz, Stephan ahnte nicht, was sich aus dieser Frage ergeben sollte.

Es gibt Augenblicke im Leben, die man ungeschehen machen möchte, weil man den Eindruck hat, daß durch sie alles verändert wurde. Das stimmt natürlich nicht. Gewiß war das, was nun zum Druchbruch kam, keine spontane Angelegenheit, über kurz oder lang hätte es einen Zusammenstoß geben müssen. Dennoch wird mir Stephans Frage als der Auslöser alles Weiteren in Erinnerung bleiben. Wie eine Lawine schien diese Frage Eigengesetzlichkeiten zu entwickeln, Konsequenzen nach sich zu ziehen, die uns überrollten.

Uwe ergriff die Gelegenheit, die Stephans Frage ihm bot und die er sich gar nicht besser hätte wünschen können. „Sie steht", antwortete er ohne Zögern. „Wir haben die Räumlichkeiten unter besonders günstigen Voraussetzungen mieten können. In verkehrsgünstiger Lage, nicht weit von der Wohnung. Die Einrichtung ist ebenfalls komplett. Steinemann hat das meiste unterderhand besorgt, du kannst dir vorstellen, daß das nicht einfach war." Er begann Stephan die einzelnen Werkzeuge und Maschinen, die sie angeschafft hatten, zu erläutern. Da ich davon nichts verstehe, habe ich auch nichts behalten. Stephan, der folgen konnte, hörte interessiert zu. „Das einzige, was noch fehlt", schloß Uwe, „ist die Gewerbegenehmigung."

Stephan, der immer noch nicht wußte, worauf Uwe hinaus wollte, schüttelte überrascht den Kopf. „Hast du denn schon in deinem Betrieb gekündigt?" fragte er.

Uwe nickte. „Ja, ich habe gekündigt."

Diese Eröffnung kam mir ebenso überraschend wie Stephan. „Warum hast du mir denn nichts davon gesagt?" wandte ich mich an Katja. „Du hast es doch gewußt?"

„Und zu wann hast du gekündigt?" fragte Stephan, ehe Katja meine Frage beantworten konnte.

Eine Pause entstand, dann sagte Uwe, verhaltenen Trotz in der Stimme: „Ich arbeite seit dem Ersten nicht mehr."

Dieser Eröffnung folgte abermals Schweigen. Stephan und ich waren zu verblüfft, um uns sogleich zu äußern. Es war eine drückende, unerträgliche Stille.

Jetzt war es Katja, die versuchte, Brücken zu bauen. „Ihr müßt verstehen", begann sie unsicher, „die Werkstatt ist Uwes Chance. Wir haben euch nichts gesagt, weil Uwe hoffte, die Gewerbegenehmigung ohne eure Hilfe zu erhalten. Aber das ist augenblicklich sehr schwer, warum, weiß ich nicht. Außerdem müßte er irgendwelche Prüfungen nachholen, um sie zu erhalten, er kann euch das genauer erklären. Damit würden seine Pläne aber für ein bis zwei Jahre hinausgeschoben. So lange will er nicht warten, das ist doch begreiflich."

Uwe ließ sie reden und nickte nur ein-, zweimal. Sie schienen sich abgesprochen zu haben, wer was sagt. Jetzt fügte er nur hinzu, daß er einige Leiter von Autoreparaturwerkstätten kenne, die diese Prüfungen auch nicht abgelegt hätten und von denen man nicht verlange, sie nachzuholen.

Immer noch schwieg Stephan, jetzt erst schien er dahinterzukommen, was Uwe von ihm verlangte. Wir warteten, wie er reagieren werde.

„Und wie hast du dir vorgestellt, zu deiner Gewerbegenehmigung zu kommen?" fragte er endlich.

Hier spätestens hätte ich einschreiten müssen, hätte ich verhindern müssen, daß dieses Gespräch fortgesetzt wird. Aber ich starrte nur auf Uwe.

„Ich wollte dich bitten, mit deinem Freund Rösner zu reden", antwortete Uwe scheinbar unbekümmert, als sei das die selbstverständlichste Sache der Welt. „Ich habe versucht, an ihn ranzukommen", fuhr er fort, „aber er ist nie anzutreffen. Vielleicht läßt er sich auch verleugnen. Wenn du ihn sprechen wolltest, ist das natürlich etwas ganz anderes. Es würde auch schon genügen, wenn du einen Termin für mich ausmachst."

Stephan hatte ein wenig vorgebeugt dagesessen und zugehört. Jetzt richtete er sich auf. „Du hast versucht, Rösner anzurufen?" fragte er. „Dich mit meinem Freund Rösner in Verbindung zu setzen?" Noch sprach er ganz leise, aber in meinen Ohren klang seine Stimme wie das Grollen eines herannahenden Gewitters.

Uwe straffte sich, sein Kinn schob sich vor, und zwischen seinen Augenbrauen bildeten sich zwei steile Falten. Aber noch beherrschte er sich, als er erwiderte: „Rösner hat in solchen Angelegenheiten etwas zu sagen, er kann Entscheidendes tun, wenn er will."

Stephans Schläfenadern schwollen an. Sein Gesicht rötete sich, aber nicht gleichmäßig, es entstanden große, rote Flecke.

„Du willst dich also bei Rösner auf mich berufen? Du willst meine Freundschaft dazu benutzen, um unsaubere, unkorrekte Angelegenheiten damit zu decken?" Er hatte immer noch leise begonnen, aber mit jedem Wort wurde seine Stimme schärfer und lauter. Dann brach es aus ihm heraus, wahrscheinlich machte sich auch manches, was sich bei ihm angestaut hatte, Luft: „Laß dir das gesagt sein, niemals werde ich freundschaftliche Beziehungen dazu mißbrauchen, um persönlichen Nutzen daraus zu ziehen. Niemals! Hat Katja dir das nicht gesagt? Kennt sie ihren Vater so wenig, daß sie dir das nicht gesagt hat?"

Wenn ich mir diese Szene vergegenwärtige, dann sehe ich als Wesentlichstes Katjas Gesicht, dieses erschrockene, zerquälte, arme Gesicht meiner Tochter, die, zwischen ihren Eltern und ihrem Mann stehend, nicht wußte, für wen sie sich entscheiden sollte.

Jetzt nahm Uwe auch keine Rücksicht mehr. Er schrie, und seine Sprache, die ich bislang als kultiviert empfunden hatte, wurde roh und grobschlächtig.

Seltsam, wie lange mir solche akustischen Eindrücke bleiben. Es sind bei mir auch nicht nur Äußerlichkeiten, sie fügen sich dem Bild ein, das ich mir von einem Menschen mache.

„Ja, Katja hat mir gesagt, daß du dich so verhalten wirst, aber ich habe es nicht glauben wollen", schrie Uwe. „Ich habe dich vernünftiger eingeschätzt. Wo lebst du denn? Du siehst die Welt, wie du sie sehen willst und wie sie nach deiner Ansicht zu sein hat. Aber sie ist nicht so, sie ist, verdammt noch mal, nicht so! Es gibt nur zwei Wege bei uns, um es zu etwas zu bringen, entweder man hat Verbindungen oder man gehört zum Apparat. Das ist die Wahrheit, aber die hört ihr nicht gern."

Nun begann er zu wiederholen, was er Katja in Bulgarien gesagt und was ich erst nach Katjas Tod in den Briefen, die sie an Annemarie Austen geschrieben hatte, las. Er begann Fälle anzuführen, wie und wodurch manche Leute es bei uns zu etwas gebracht hatten, er nannte Namen von Funktionären, zu denen sie Verbindung gehabt, er gab an zu wissen, wozu Verbindungen noch „mißbraucht" würden. Er nannte den Namen eines Arztes, der sich durch seine Beziehungen nicht nur ein Grundstück am Wasser beschafft, sondern andere Verbindungen ausgenutzt hatte, um alles zum Bauen Erforderliche zu erlangen. Er erwähnte einen anderen Bekannten, der mit viel Mühe ein Grundstück am Wasser erworben hatte und dem man es wegnahm mit der Begründung, die Uferzone müsse für die Bevölkerung frei gehalten werden. Als dann aber in der gleichen Entfernung vom Wasser eine prächtige Datsche entstand und der Bekannte den Bürgermeister fragte, warum man *ihm* das Bauen verweigert habe, zuckte der Bürgermeister die Achseln und sagte: „Daß der bauen kann, kommt von oben. Da habe ich keinen Einfluß."

Stephan hörte zu, ohne zu unterbrechen, was mich wunderte. Manches, was Uwe sagte, mochte stimmen, anderes aber war bestimmt übertrieben.

Endlich hörte er auf, wahrscheinlich wurde es ihm selbst unheimlich, so lange geredet zu haben.

Stephan goß sich Bier ein, trank ein paar Schlucke und sagte endlich schwerfällig: „Ich kann das, was du hier behauptest hast, nicht nachprüfen. Wenn auch nur einiges stimmen sollte, dann müßte man etwas dagegen unternehmen. Auf keinen Fall kann es mich aber veranlassen, so zu handeln wie die von dir genannten Personen. Es gibt keine Argumente, die mich dazu bringen könnten." Stephans Zorn schien verraucht, seine Stimme klang müde.

In schwülstig-naturalistischen Romanen hatte ich wohl schon gelesen, daß jemand in Augenblicken höchster Erregung „schäume". Das war mir stets lächerlich vorgekommen, jetzt aber erlebte ich es. Uwe schäumte. Stephans Worte hatten ihn maßlos erregt. Eine Schimpfkanonade ergoß sich über Stephan, bei der Worte wie „starrsinniger Alter", „lächerlicher Phantast", „engstirniger Dummkopf" noch harmlos schienen.

Katja, die wie erstarrt dagesessen hatte, sprang auf. Was auch daraus entstehen mochte, sie war nicht mehr in der Lage, diese Beleidigungen ihres Vaters hinzunehmen. Sie hatte sich wie Uwe geärgert, sie war der Ansicht, daß der Vater aus einer Mücke einen Elefanten mache, sie fand wie ihr Mann nichts dabei, etwas durch Beziehungen zu erreichen. Aber beschimpfen ließ sie den Vater nicht. „Hör auf!" fuhr sie Uwe an. „So nicht, das kannst du nicht machen. Vater hat seine Grundsätze, schön, du bist damit nicht einverstanden, aber respektieren mußt du sie."

Jetzt stand auch Uwe auf, sie standen einander gegenüber. Es kam Uwe offensichtlich zupaß, seinen Zorn an Katja abzureagieren. Wahrscheinlich geschah es nicht zum erstenmal. Sein Gesicht verzerrte sich, und in mir tauchte plötzlich die Vermutung auf, daß Uwe seine Frau schon geschlagen habe. Ich konnte mir nie vorstellen, daß ein Mann seine Frau schlägt. Ich selbst wäre, wenn ein Mann seine

Hand gegen mich erhoben hätte, nicht eine Stunde länger bei ihm geblieben. Und nun sollte Katja, meine Tochter ... Aber noch war das ja nur eine lächerliche, durch nichts begründete Vermutung. Erst später sollte ich erfahren, daß sie stimmte.

„So, muß man das?“ Uwes Hohn schien Katja schwerer zu treffen als sein Gebrüll. „Und warum, wenn man fragen darf? Warum muß ich das, was du Grundsätze nennst und was nichts anderes ist als Borniertheit, respektieren?“

Ich bin nicht in der Lage, alles, was folgte und was schließlich, ohne daß ich es wußte, ausschlaggebend für die weiteren Geschehnisse wurde, zu rekonstruieren. Nur so viel ist mir erinnerlich, daß Uwe sich in seiner Wut in schäbiger, niedriger Weise an Katja schadlos hielt, ihr scheußliche, auch intime Sachen vorhielt und sich schließlich so weit verstieg, zu behaupten, daß er Katja nicht geheiratet hätte, wenn die Aussicht auf die Beziehungen des Vaters nicht gewesen wäre.

Katja, die bis dahin noch standhielt, sich wehrte, Schimpfworte gebrauchte, die ich ihr nicht zugetraut hätte, wurde bei dieser Feststellung blaß und begann zu weinen.

Aus Angst, irgend etwas zu verderben, Katja noch mehr zu quälen, beherrschte ich mich, statt, wonach alles in mir drängte, Uwe hinauszuwerfen.

Stephan aber hatte weniger Bedenken. „Noch etwas?“ fragte er. „Dann wäre ja alles gesagt. Ich nehme an, daß meine Tochter die Konsequenzen ziehen wird. Ich hoffe es wenigstens.“ Er öffnete die Tür.

Einen Augenblick schien Uwe unschlüssig. Das hatte er doch nicht erwartet. Dann sagte er mit einer Kopfbewegung, die mir noch heute, wenn ich daran denke, das Blut hochtreibt: „Komm, wir gehen.“ Wie ein Herr, der seinem Hund pfeift.

Und Katja, verstört, voller Scham, aber ohne eigenen Willen, folgte ihm.

Ich versuchte sie zurückzuhalten. Ich beschwor sie, einem Mann, der sie so behandelte, nicht zu folgen und bei uns zu bleiben. Wir würden alles regeln, aber es war vergebens. Sie fürchtete offenbar, Uwe warten zu lassen, und flüsterte nur hastig: „Morgen rufe ich dich an, Mutter. Jetzt muß ich mit ihm gehen, ich kann nicht anders." Mit einer hilflosen Geste bat sie auch Stephan um Verzeihung.

Ich wollte ihr folgen, ich wollte sie so nicht gehen lassen, aber Stephan hielt mich zurück. „Das muß sie allein durchstehen", sagte er. „Da kann ihr niemand helfen. Morgen wird sie dich anrufen, dann werden wir ja hören."

„Was kann alles bis morgen geschehen", widersprach ich. „Ich habe Angst, Stephan, ich habe solche Angst."

„Ich glaube nicht, daß du Grund dazu hast", sagte er, „ich fürchte vielmehr, daß sie dir morgen mitteilt, daß sie sich wieder vertragen haben."

„Das ist unmöglich. Nach allem, was er gesagt hat, nach allem, wie er sie behandelt hat, vor uns behandelt hat!"

Stephan stopfte seine Pfeife, stopfte sie umständlicher, als er es sonst zu tun pflegte, und steckte sie an. „Ich fürchte", wiederholte er dann, „ich hielte es auch für besser, wenn es nicht so wäre. Aber in der Liebe gibt es manchmal Dinge, auf die man keinen Einfluß hat. In dem Haus damals in Bunzlau, weißt du, lebte eine Frau, die von ihrem Mann, wenn er getrunken hatte, geprügelt wurde. Alle bemitleideten sie, aber sie behauptete, es sei ein Zeichen seiner Liebe, daß er sie prügle."

Ich starrte Stephan an. Er vermutete also dasselbe wie ich.

„Glaubst du, daß er sie schlägt?" fragte ich entsetzt.

„Nein", beruhigte er mich, „aber es ist möglich, daß sie dir morgen erklärt, es sei alles wieder in Ordnung. Du mußt dich darauf gefaßt machen."

Meine Phantasie malte mir furchtbare Szenen, ich sah mein armes Kind am Boden liegen, ich hörte Uwes zynische Stimme. Ich machte mir Vorwürfe, daß ich sie hatte gehen lassen, ich haderte mit Stephan, daß er mich abgehalten hatte, ihr zu folgen.

Die Zeit verging nicht, immer wieder schaute ich auf die

Uhr, die Leuchtzeiger glimmten unheimlich und schienen stillzustehen.

Das Telefon, das ich mir neben das Bett gestellt hatte, weckte mich am nächsten Morgen. Ich riß den Hörer ans Ohr, meine Hände zitterten, ich erwartete Furchtbares. Aber es war nur eine Kameradin, die mir mitteilte, daß neue Fotos gekommen seien, die wir einbauen müßten.

Stephan war schon aufgestanden, jetzt steckte er den Kopf herein. „Na?" fragte er, und ich merkte an seiner Frage, daß auch er auf den Anruf wartete.

„Nichts", antwortete ich. „Eine Genossin, die mir etwas wegen der Veranstaltung mitgeteilt hat. Du bist ja schon fertig?"

„Ich fahre etwas später", sagte er. „Soll ich dir das Frühstück ans Bett bringen?"

„Nein, ich ziehe mich an. Ich bin gleich soweit."

Ich war noch im Bad, als das Telefon abermals klingelte. Hastig warf ich den Bademantel über. Ich hörte Stephans tiefe Stimme: „Katja? – Gut, gut, wie du willst. Mutter ist im Bad, ich hole sie."

Ich kam ihm bereits entgegen. „Sie will mit dir sprechen", sagte er.

Ich war so aufgeregt, daß ich mich setzen mußte, aber Katjas Stimme klang ganz ruhig: „Guten Morgen, Mutter. Ich weiß, du machst dir Sorgen, aber es ist alles wieder in Ordnung, wirklich, du kannst mir glauben. Wir haben uns ausgesprochen. Uwe bedauert sein Verhalten. Sein Ärger ist einfach mit ihm durchgegangen."

„Das ist reichlich billig", lehnte ich diese Erklärung ab. „So weit kann man sich nicht gehenlassen, auch wenn ‚Ärger mit einem durchgeht'." Meine Angst schlug in Zorn um, aber Stephan machte mir Zeichen, ich solle aufhören, und Katja sagte schon nicht mehr ganz so ruhig: „Wollen wir uns am Telefon darüber unterhalten? Ich komme in den nächsten Tagen zu euch, rufe vorher an, damit ihr zu Hause seid."

Langsam legte ich den Hörer wieder auf. „Du hast recht

gehabt", sagte ich resigniert, „sie vertragen sich wieder. Es tut ihm angeblich leid, sie behauptet, sein Ärger sei mit ihm durchgegangen."

„Wir müssen abwarten, es bleibt uns nichts anderes übrig", meinte Stephan.

Katja rief wirklich wenige Tage später an und kam am Abend desselben Tages zu uns. Ich hatte befürchtet, sie würde Uwe mitbringen, aber sie kam allein. Sie sah wieder besser aus, war etwas geschminkt, es stand ihr gut. Sie behauptete, Uwe schäme sich, daß er sich so gehenließ, er bereue es ehrlich und bitte um Entschuldigung. Sie bat uns, diesen Streit nicht so tragisch zu nehmen, Uwe komme eben aus sehr einfachen Verhältnissen und sei nicht gewohnt, seine Worte auf die Goldwaage zu legen. Seine Sprache sei überhaupt nicht sehr gewählt, aber dafür könne er nichts. Er habe eben damit gerechnet, daß Vater ihm helfe, und die Enttäuschung sei sehr groß gewesen.

„Aber er hat doch sogar behauptet, er hätte dich nur geheiratet, weil er mit Vaters Hilfe rechnete."

„Man sagt so manches, wenn man wütend ist", entschuldigte Katja ihren Mann.

„So manches, aber nicht so etwas."

„Auch so etwas. Ihr Intellektuellen reagiert anders als Arbeiter."

Ich ärgerte mich über diesen Unsinn. „Du willst doch nicht im Ernst behaupten, daß Uwe ein Arbeiter ist", wies ich sie zurecht. „Dein Vater war ein Prolet, ein richtiger Arbeiter."

Katja winkte ab. „Ist gut, Mutter, ich will nicht mit dir streiten."

Wenn ich heute über dieses Gespräch nachdenke, überlege ich, ob Generationsprobleme sich nicht mitunter schon aus dem Bedeutungswandel von Begriffen ergeben. Das Wort „Prolet" wurde in meiner Jugend, wenigstens von der Zeit an, da ich anfing politisch zu denken, bestimmt durch den Klassencharakter des Arbeiters. Alles, was ich darüber gelesen und gelernt hatte, als ich in die Partei eintrat, die letzten Worte im „Manifest", „Proletarier aller Länder, vereinigt euch", waren damit verbunden. Katja aber lebte in einer anderen Welt. Sie hatte auch nicht im entferntesten daran gedacht, Uwe zu klassifizieren. Nichts anderes hatte sie feststellen wollen, als daß er aus einem einfachen Haus komme, in dem man sich nicht immer fein ausdrücke.

Wie oft sprechen wir so aneinander vorbei, ohne uns dessen bewußt zu werden.

Aber solche Gedanken kamen mir damals nicht. Ich war tiefenttäuscht, daß Katja sich die entwürdigende Behandlung von ihrem Mann hatte gefallen lassen und ihn nun auch noch in Schutz nahm. Zwar bemühte ich mich, alles, was mit Uwe zusammenhing, im Gespräch nicht zu berühren, aber Katja merkte meine Zurückhaltung, meine Verstimmung. Sie versuchte trotzdem eine Unterhaltung in Gang zu bringen, erzählte vom Krankenhaus, von Patienten, von einem Film, den sie gesehen hatte, aber ich blieb unaufmerksam und zerstreut. Mir fiel auch nicht auf, daß sie etwas auf dem Herzen hatte und mich darauf lenken wollte, und erst jetzt kann ich nachfühlen, was es sie kostete, mit ihrem Anliegen herauszukommen. Das war kurz bevor sie ging. Der Gesprächsfluß stockte, sie setzte an, zögerte, wich auf Belangloses aus, ihre Hände fingerten nervös an ihrer Tasche herum, schließlich überwand sie sich und fragte: „Mutter, kannst du mir Geld borgen?"

Ihre Frage überraschte mich, noch nie hatte sie sich Geld bei mir geliehen, in dieser Beziehung war sie merkwürdig stolz. Wenn ich ihr etwas geben wollte, mußte ich es ihr geradezu aufdrängen. Ich erkundigte mich darum auch gar nicht, wofür sie das Geld haben wollte, sondern fragte nur: „Wieviel?"

Sie blickte mich forschend an und antwortete dann unsicher: „Ich wollte dich fragen ... ich meine, wenn es geht, kannst du mir fünftausend Mark leihen?"

Ich erschrak. Irgend etwas stimmte da nicht. Fünftausend Mark war keine kleine Summe, die brauchte sie nicht für sich. Hatte Uwe sie geschickt? Hatte sie ihn deshalb entschuldigt? „Wofür brauchst du das Geld?“ fragte ich.

Sie senkte den Kopf. Bestimmt hatte sie diese Frage erwartet. „Ich möchte das nicht beantworten“, sagte sie leise. „Ich kann dir auch nicht versprechen, das Geld sehr schnell zurückzuzahlen, doch ich werde es zurückzahlen. Aber wenn du mir das Geld nicht geben willst, ohne daß ich Rechenschaft ablege, wofür ich es brauche, dann lassen wir es lieber sein.“

Jetzt erst bemerkte ich, daß sie schlecht aussah, das Make-up hatte mich getäuscht. Gleichzeitig aber sträubte sich alles in mir, so abgefertigt zu werden. Ich war überzeugt, daß Uwe schuld daran sei, meine Meinung über ihn wurde dadurch nicht besser. „Braucht Uwe das Geld für seine Werkstatt?“ fragte ich. „Hat er dich geschickt?“ Meine Stimme muß bösartig-ironisch geklungen haben, denn Katja stand auf und sagte beinahe tonlos: „Vergessen wir's, Mutter.“

Ich fühlte, wie ich weich wurde, und verbiß mich darum noch mehr. „Du mußt doch verstehen, daß ich wissen möchte, wofür du das Geld brauchst, wenn du mich um so eine Summe bittest“, sagte ich, ohne es ihr auch nur im geringsten leichter zu machen. „Wir haben kein Vermögen auf der Bank. Damit würden fast unsere ganzen Ersparnisse draufgehen.“

„Wenn man jemand helfen will, dann sollte man es ohne Vorbedingungen tun“, sagte meine Tochter sachlich, ohne jeden Vorwurf. „Aber das ist vielleicht zuviel verlangt.“

Ich ließ sie gehen, ohne ihr zu sagen, daß es keiner Vorbedingungen bedürfe, daß sie das Geld bekommen könne, ohne mir mitzuteilen, wofür. Sicher würden manche Freunde und Bekannte mir recht gegeben haben, würden das ausgesprochen haben, was ich mir selbst sagte: So geht es nicht.

Man kann sich nicht alles gefallen lassen. Ich steigerte mich in die Rolle der zu Unrecht Gekränkten. Ich suchte und fand Argumente, daß ich nicht anders handeln könne, handeln dürfe. Aber eine tiefe Traurigkeit erfüllte mich, als habe ich etwas nicht Wiedergutzumachendes getan. Ahnte ich, was kommen würde? Bestimmt nicht. Wie hätte ich mich so verhalten können, wenn ich es geahnt hätte.

Es gibt merkwürdige Erscheinungen im Unterbewußtsein, die man sich nur schwer erklären kann. Eine Art Übersensibilität, die einem Vorstellungen aufzwingt, welche von manchen Menschen in mystische Bereiche verwiesen werden, die aber durchaus nichts mit Mystik zu tun haben.

Als Stephan nach Haus kam, fragte er mich, was mit mir los sei.

„Nichts", antwortete ich, „warum?"

„Hast du geweint?" wollte er wissen.

„Nein, ich habe nicht geweint. Katja war hier."

Er wurde ungeduldig. „Und?"

„Sie wollte, daß ich ihr Geld borge."

„Und?" wiederholte er und verstand nicht, warum ich das so bedrückt sagte. „Du hast ihr doch etwas gegeben."

Ich zögerte und wußte nicht, ob es klug sei, es ihm mitzuteilen. Andererseits mußte er es wissen. „Sie wollte fünftausend Mark", sagte ich endlich.

Er stellte die Bierflasche, die er eben zum Munde führen wollte – wenn wir allein waren, trank er sein Bier wie einst aus der Flasche –, mit einem Ruck auf den Tisch. „Fünftausend Mark?"

Ich nickte nur.

„Da hat *er* sie natürlich geschickt."

„Das habe ich auch gedacht, ich habe ihr das Geld nicht gegeben."

„Natürlich nicht, das wäre ja noch schöner", ereiferte er sich. „Da habe ich auch ein Wort mitzureden. Du hättest ihr das Geld gar nicht geben dürfen, es war richtig, daß du es nicht getan hast."

„Ich weiß nicht, ob es richtig war", sagte ich nachdenklich. „Vielleicht war es richtig. Ich weiß es nicht ..."

Jetzt ist Anna bei dem, was sie die „Katastrophe" nennt. Sie sagt, daß mich die furchtbare Nachricht in Kopenhagen während einer Veranstaltung zum Andenken an die in Ravensbrück ermordeten dänischen Frauen und Mädchen erreicht habe. Während einer Veranstaltung, die wie die vorhergegangenen in Helsinki, Amsterdam und Oslo ein großer politischer und künstlerischer Erfolg gewesen sei. Sie hält sich bei dieser Veranstaltung länger auf, spricht davon, wie erschüttert das dänische Publikum beim Anblick der auf die Leinwand projizierten Fotos der toten Frauen und Mädchen gewesen sei. Wie stark auch die Songs gewirkt hätten, „die Fini in ihrer eindringlichen und aufrüttelnden Weise zu Gehör brachte ..."

Ich wäre nicht weggefahren, ohne mit Katja noch einmal gesprochen zu haben, das wenigstens brauche ich mir nicht vorzuwerfen. Ist das eine Rechtfertigung? Wie armselig, sich vor sich selbst rechtfertigen zu müssen.

Nachdem ich Katjas Bitte abgelehnt hatte, hörte ich eine ganze Weile nichts mehr von ihr. Der Gedanke, wie Uwe sich benommen haben mochte, als sie unverrichteterdinge heimkehrte, beunruhigte mich. Ich wartete darauf, daß sie sich meldete, war aber zu stolz, den ersten Schritt zu tun. Doch sie ließ nichts von sich hören, und meine Unruhe wurde immer größer.

„Hoffentlich ist nichts vorgefallen", sagte ich zu Stephan.

„Was soll schon vorgefallen sein", beruhigte er mich. „Außerdem, wenn etwas wäre, dann würde sie dich verständigen."

Endlich hielt ich es nicht mehr aus und rief bei ihr an. Niemand meldete sich. Ich versuchte es morgens und abends, ohne Erfolg. Nun überwand ich mich und ging zu ihr. Ich hätte nicht wegfahren können, ohne mit ihr gesprochen zu haben. Vor dem Hause zögerte ich erneut. Ich hatte Angst, daß Uwe mir öffne, eine unangenehme Vorstellung. Ein Junge, der, immer zwei Stufen auf einmal nehmend, die Treppe heruntergepoltert kam, brachte mich auf einen Gedanken. Ich fragte ihn, ob er sich fünfzig Pfennige verdienen wolle.

Mein Angebot reizte ihn nicht. Er erkundigte sich, wofür.

Ich bat ihn, oben im zweiten Stock an der Wohnung von Bergmanns zu klingeln und der jungen Frau, die wahrscheinlich öffnen werde, zu sagen, sie möge runterkommen.

Er schaute mich neugierig an und fragte: „Gehn Sie schwer?"

Unwillkürlich mußte ich lächeln. „Das auch", sagte ich.

In seinen Augen war Mißtrauen, als glaubte er mir nicht – aber er polterte nach oben. Schon nach kurzer Zeit kam er wieder zurück und brummte: „Is keiner zu Hause. Krieg ich nu das Geld oder nicht?"

Ich gab es ihm. Er steckte es in die Hosentasche und verschwand pfeifend.

Die Nachricht, daß keiner zu Hause sei, beruhigte mich. Ich stieg die Treppen hinauf, klingelte selbst noch einmal, natürlich vergeblich, und versuchte es nun bei dem Nachbarn, den ich kannte.

Er ließ sich Zeit. Endlich hörte ich seine schlurfenden Schritte. Umständlich äugte er durch den Spion, ehe er bei geschlossener Tür fragte: „Sie wünschen?"

„Ich bin die Mutter der jungen Frau, die neben Ihnen wohnt, Herr Lewinski", erklärte ich, „Sie kennen mich doch. Kann ich Sie einen Augenblick sprechen?"

Jetzt erst hakte er die Sicherheitskette aus und ließ mich herein.

„Sieht nicht sehr ordentlich aus", brummelte er, „is nischt, wenn die Frau fehlt."

Ich hatte befürchtet, daß er getrunken habe, aber es schlug mir keine Fahne entgegen.

Im Wohnzimmer, in das er mich einzutreten bat und wo er offensichtlich auf einem altmodischen Sofa geschlafen hatte, herrschte trübes Licht. Es kam von einer Glühbirne, die in einer primitiven Fassung an einer elektrischen

Schnur von der Decke baumelte. Er forderte mich auf, Platz zu nehmen, aber ich hatte nicht die Absicht, mich länger aufzuhalten als nötig, ohnehin wäre kein Platz dagewesen, denn auf allen Stühlen lagen irgendwelche Gegenstände. Ich nahm das alles nur ganz flüchtig wahr, sicher beeinflußte die Dürftigkeit und Freudlosigkeit dieses Raumes mich in meinem damaligen Zustand, sonst hätten sich mir diese unerheblichen Details nicht so deutlich eingeprägt.

„Entschuldigen Sie bitte, daß ich Sie gestört habe", sagte ich, bemüht, den Mann freundlicher zu stimmen, „aber ich mache mir Sorgen um meine Tochter. Sie läßt nichts von sich hören, und bei telefonischen Anrufen meldet sich niemand. Können Sie sich das erklären?"

Er grunzte, was sowohl ja wie nein sein konnte. „Die jungen Leute heutzutage", sagte er endlich, „kennen nur sich. Hab da meine Erfahrungen. Was meinen Sie, wie oft meine Tochter hier bei mir aufkreuzt? Nur wenn sie was braucht, dann ist sie da, sonst ..."

Ich unterbrach ihn, aus Angst, er würde mir gleich seine ganze Familiengeschichte erzählen. „Waren die beiden vielleicht verreist, oder war sonst etwas?"

Er schüttelte den Kopf. „Nicht daß ich wüßte." Damit setzte er sich auf das Sofa und schien mich vergessen zu haben.

Plötzlich aber hob er den Kopf, und in seinen Augen trat so etwas wie ein Erinnern. „Hat Krach gegeben zwischen den beiden", sagte er. „War im ganzen Haus zu hören. Kommt in den besten Familien vor. Liegt aber schon ein paar Tage zurück. Ham sich scheinbar wieder vertragen."

„Und meine Tochter war auch nicht krank in dieser Zeit?" fragte ich schnell.

Abermals schüttelte er den Kopf. „Nee, krank war sie nich, die junge Frau. Is zur Arbeet wie immer."

„Auch heute?"

Er mußte die Nervosität aus meiner Frage herausgehört

haben. „Auch heute“, versicherte er. „Heute sind sie zusammen los. Hab sie gesehen.“

„Ich werde ihr ein paar Zeilen schreiben. Würden Sie so freundlich sein, sie ihr zu geben?“ bat ich.

„Schreiben Sie man“, sagte er, nicht gerade sehr freundlich. Wahrscheinlich dauerte ihm das Gespräch zu lange, und er wollte sich wieder hinlegen.

Ich bat Katja, mich anzurufen, es sei wichtig. „Vielleicht hast Du vergessen, daß ich Donnerstag ins Ausland fahre?“ fügte ich hinzu. Es war Dienstag.

Am nächsten Morgen rief sie an. Ihre Stimme klang ruhig, und ich fragte mich, warum ich mir solche Sorgen gemacht hatte. „Willst du etwas?“ fragte sie.

„Ich möchte noch einmal mit dir reden wegen des Geldes“, antwortete ich unsicher. „Morgen fahre ich, aber wenn ich zurückkomme, unterhalten wir uns darüber.“

Einen Augenblick blieb es still, dann sagte Katja ganz sachlich, ohne Triumph in der Stimme: „Nicht nötig, Mutter. Ich habe mir das Geld anderswo beschafft.“

„Von wem?“ fragte ich überrascht.

Ich spürte die Abwehr in ihrer Stimme, als sie erwiderte: „Darüber möchte ich nicht reden.“

Wir verabschiedeten uns frostig, beinahe wie Fremde. Sie wünschte mir viel Erfolg und eine gute Reise. Über das, was ich zu erfahren gehofft hatte, ihr Verhältnis zu Uwe, nachdem er nun wußte, daß wir ihr das Geld nicht geben würden, sprach sie nicht. Ich dachte bereits, sie hätte den Hörer wieder aufgelegt, da kam zögernd, in ganz anderem Ton als sie bisher gesprochen, ich bilde mir sogar ein, unterdrücktes Schluchzen in ihrer Stimme gehört zu haben: „Und mach dir nicht allzuviel Sorgen, Mutter.“

Manchmal glaube ich, es kann nicht sein, es ist unmöglich, ich will es nicht wahrhaben ..., aber es waren die letzten Worte, die ich von meiner Tochter hörte.

Anna hat recht, die Veranstaltung in Kopenhagen, bei der ich von der „Katastrophe“ zu Haus erfuhr, gehörte zu den eindrucksvollsten dieser Veranstaltungsreihe. Zuvor hatten uns dänische Kameradinnen zu der Gedenkstätte geleitet, die den in Ravensbrück und andernorts von den Faschisten ermordeten dänischen Frauen gewidmet ist. Überall in den Städten, in die wir kamen, gab es solche und ähnliche Zeugnisse der Nazibarbarei. In dem langen überdachten Gang, dessen Wände dicht an dicht mit Namen von Frauen bedeckt sind, entzifferten wir, Anna, Rosemarie und ich, auch solche von Kameradinnen, die wir gekannt und die uns nahe und vertraut gewesen.

Als ich dann, vor Beginn der Veranstaltung, durch den Saal zum Podium ging, stürzte plötzlich aus den Reihen des Publikums eine Frau auf mich zu und schrie mit einer Stimme, die mir durch und durch ging: „Fini! Fini!"

Es war Astrid, die ich damals vor der Selektion bewahren konnte. Wir versteckten sie einige Tage, und ein Arzt, der uns bisweilen half, obwohl er selbst selektierte, besorgte die Papiere einer Toten. Ich hatte nicht gedacht, daß Astrid durchkommen würde, sie wog damals kaum noch 60 Pfund. Und nun umarmte sie mich und flüsterte wieder und wieder: „Fini, Fini, daß ich dich noch sehen kann."

Bewegt von all diesen Eindrücken, betrat ich das Podium, und meine Ergriffenheit, meine Erregung wurde, wie ich an den Reaktionen der Zuhörer merkte, besonders in den Songs zu starker, mitreißender Intensität. Eine so spontane Wirkung wie an diesem Abend erreichte ich selten, obwohl das Publikum überall sehr gut mitging.

Die Veranstaltung näherte sich ihrem Ende, ich war gerade bei dem Bericht über eine dänische Ravensbrückerin, die sich eines Zigeunerkindes angenommen hatte und dafür in den Bunker geworfen wurde, als eine der Ordnerinnen leise das Podium betrat und mir ein Papier zuschob. Diese rücksichtslose Unterbrechung verwirrte mich, brachte mich außer Fassung. Hätte diese Ordnerin nicht bis zum Ende der Veranstaltung warten können? Ich schob das Papier beiseite, in der Annahme, daß es sich um die Mitteilung einer Kameradin handle, die mich auf irgend etwas aufmerksam machen wollte. Erst nach der Veranstaltung, als ich, umdrängt von Frauen, die mit mir sprechen wollten, mein Material zusammenpackte, entdeckte ich es wieder. Jetzt erst erkannte ich, daß es ein Telegramm war. Ahnte ich, was es enthielt? Ich weiß es nicht, ich weiß nur, daß meine Hände zitterten, als ich es öffnete. „Katja erkrankt, komm sofort zurück. Stephan", stand da.

Mein Zustand, nachdem ich das Telegramm gelesen hatte, läßt sich nur schwer beschreiben. Lähmende Angst erfüllte mich, gleichzeitig aber handelte ich mechanisch, automatisch. Ich bat Rosemarie, die Veranstaltungen weiter durchzuführen, erklärte ihr, welche Texte sie für mich übernehmen, welche sie auslassen solle. Wir gingen das ganze Programm trotz der gebotenen Eile Satz für Satz durch. Anna wollte sich ebenfalls beteiligen. Rosemarie, die erkannte, wie es um mich stand, versuchte mich zu trösten, es sei gar kein Grund, gleich das Schlimmste zu befürchten. Ich starrte sie abwesend an, stutzte bei dem Wort „das Schlimmste", schwieg aber. Anna griff es auf, meinte vorwurfsvoll, wie Rosemarie nur auf so einen Gedanken kommen könne, aber das machte es nicht besser. Beide begleiteten mich zur Bahn, zwei dänische Kameradinnen kamen trotz der späten Stunde mit.

Man hatte mich in einem Schlafwagenabteil untergebracht, die dänischen Frauen hatten sogar für Reiseproviant gesorgt. Aber ich konnte weder essen noch schlafen, obwohl ich mich auszog und zu Bett legte. Der Inhalt des Telegramms, „Katja erkrankt, komm sofort zurück", diese nackten, kalten Worte ließen mich nicht zur Ruhe kommen. Niemals hätte Stephan so telegraphiert, wenn nicht etwas Entscheidendes geschehen wäre. Aber auch dann war es unbegreiflich. Immer versuchte Stephan, jede Aufregung, jeden Kummer von mir fernzuhalten. Hatte am Ende jemand anders das Telegramm aufgegeben?

Die zweite Liege im Abteil blieb unbelegt. Ich war froh, so brauchte ich wenigstens auf niemand Rücksicht zu nehmen, wenn ich mich unruhig hin und her wälzte. An der

Grenze wurde ich von einer Zollbeamtin geweckt. Sie forderte mich auf, meinen Koffer zu öffnen.

„Der Koffer ist offen", sagte ich benommen, „Sie können alles durchsehen."

Die Frau, sie war klein und pummlig, reckte sich auf zu voller Größe und sagte streng: „Das darf ich nicht. Sie müssen ihn selbst öffnen."

Warum sind Frauen in solchen Positionen meist strenger als Männer? Vielleicht, weil sie glauben, ihre Autorität wahren zu müssen? Ich fühlte mich so elend, daß die Art dieser Zollbeamtin das Maß vollmachte. Ich begann haltlos zu weinen. Natürlich machte mein ungewöhnliches Verhalten die Frau stutzig. Sie bestand darauf, daß ich den Koffer selbst aufmache, und begann darin herumzuwühlen. Daß sie nichts fand, enttäuschte und verärgerte sie. Ohne ein weiteres Wort, mir lediglich einen giftigen Blick zuwerfend, verließ sie das Abteil.

Ich hatte erwartet, daß Stephan mich abhole, aber ich konnte weder ihn noch sonst jemand, den ich kannte, auf dem Bahnsteig entdecken. Fast alle Passagiere hatten den Zug bereits verlassen, ich stand immer noch da, hilflos und verloren, und wußte nicht, was tun. Es war ganz unmöglich, daß Stephan sich verspätet hatte, das kam bei ihm überhaupt nicht in Frage.

Der Bahnsteig war leer, es hatte keinen Sinn, weiter zu warten. Ich nahm meinen Koffer, bei der Hinfahrt hatte ich gedacht, er sei leicht, jetzt erschien er mir schwer, und ich konnte ihn kaum tragen. Meine Glieder versagten den Dienst, nur langsam, Schritt für Schritt kam ich vorwärts.

„Na, junge Frau, soll ich Ihnen helfen?" fragte neben mir eine Stimme. Der Mann, ein älterer Bahnbeamter, mußte gesehen haben, wie ich mich quälte. Er wartete mein „Wenn Sie so freundlich sein wollen" gar nicht ab, sondern nahm den Koffer und ging neben mir her. „Wollen Sie ein Taxi nehmen?" fragte er.

Ich überlegte, daß das wahrscheinlich das vernünftigste sein würde, als eine junge Frau die Bahnhofshalle betrat und sich suchend umsah. Ich erkannte sie nicht sofort, aber sie entdeckte mich und kam auf mich zu. Es war Annemarie Austen.

„Gott sei Dank, daß ich Sie noch erwische, Frau Komarski“, sagte sie atemlos. „Ich hatte schon Angst … konnte mich nicht so frei machen, wie ich wollte.“

Der Mann stellte meinen Koffer hin und nickte mir freundlich zu: „Na dann …“

Annemarie nahm den Koffer, ohne eine Erklärung, warum sie mich abhole, und ging voraus. „Ich habe ein Taxi genommen, es wartet draußen“, sagte sie nur.

Ich folgte ihr, aber in meinem Kopf wirbelte alles durcheinander: Warum war Stephan nicht gekommen? Warum sprach Annemarie nicht? Ein Verkehrsunfall? Ich hatte doch gleich den Eindruck gehabt, daß das Telegramm nicht von Stephan sein könne. Was war geschehen?

Annemarie erriet meine Gedanken und sagte beruhigend: „Ihrem Mann geht es gut, Frau Komarski. Ich erkläre Ihnen alles, wenn wir da sind.“

Ich wagte nicht weiter zu fragen. Was sollte diese Geheimnistuerei, was wollte sie mir erklären?

Es war eine entsetzliche Fahrt, nie werde ich sie vergessen.

Als wir angekommen waren, zog ich meine Geldbörse, um das Taxi zu bezahlen, aber Annemarie kam mir zuvor: „Lassen Sie nur, ich mache das schon“, sagte sie.

Nun hielt ich es nicht mehr aus. „Annemarie, warum sagst du nichts?“ bestürmte ich sie. „Was ist mit Katja? Was ist mit meinem Mann? Ist etwas geschehen? Ich bin ganz irre vor Angst.“

Sie legte den Arm um meine Schulter und bat leise: „Bitte, lassen Sie uns hineingehen. Bitte.“

Sie nahm mir Mantel und Hut ab und stellte den Koffer beiseite. Dann geleitete sie mich, als sei ich krank, ins Wohnzimmer. Erst jetzt bemerkte ich, daß sie blaß war und geweint haben mußte. Die Art, mich zu „schonen“, indem sie mich hinhielt, wurde mir unerträglich. Ich verlor die Beherrschung und schrie sie an: „Ich will endlich wissen, was los ist!“

Sie zuckte zusammen und stammelte kläglich: „Ich … ich kann es nicht. Ich wollte es, doch … ich kann es nicht …“

Ich nahm mich eisern zusammen. „Jetzt erzählst du mir, was geschehen ist“, sagte ich beinahe ruhig.

Sie schluckte ein paarmal, ehe sie antwortete: „Katja ist im Krankenhaus.“

„Warum? Was hat sie?“

„Sie hat … sie ist sehr krank“, erwiderte sie.

„Was hat sie?“ wiederholte ich ungeduldig.

Jetzt flüsterte sie, als könnte sie damit das Schreckliche der Nachricht mildern: „Selbstmordversuch.“

„Selbst …“, ich brachte das Wort nicht über die Lippen, vermochte es nicht zu denken, nicht auszudenken. „Und wo ist mein Mann?“

„Er ist bei ihr“, antwortete sie. „In ihrer Nähe. Es ist noch nicht hoffnungslos …“

Ich sprang auf. „Und warum bringst du mich hierher?“ schrie ich. „Warum nicht sofort dorthin?“

„Ihr Mann hat gesagt …“, verteidigte sie sich, „er darf auch nicht zu ihr. Sie ist auf der Intensivstation.“

Ich hob den Hörer ab und wählte den Taxiruf. „Ich fahre trotzdem hin. In welchem Krankenhaus?“

Sie sah ein, daß sie mich nicht zurückhalten konnte. „Im Friedrichshain“, antwortete sie.

Es dauerte eine Weile, ehe der Wagen kam. Wartezeiten in solchen Situationen können einen Menschen um den Verstand bringen. Fast im gleichen Augenblick klingelten dann der Taxifahrer unten an der Haustür und das Telefon. Ich riß den Hörer von der Gabel. Es war Stephans Stimme: „Ich wollte wissen, ob du da bist.“

„Wir kommen sofort“, brüllte ich in die Muschel, „das Taxi ist schon unten.“

„Komme bitte nicht“, sagte er. „Ich bin gleich bei dir.“

Ich wollte widersprechen, aber er hatte schon aufgelegt.

Ich hielt es im Hause nicht aus und sagte, ich würde

draußen warten. Annemarie ließ mich nicht allein, aber sie war ratlos. Bei jedem in der Ferne auftauchenden Wagen glaubten wir, es sei ein Taxi, um, wenn der Wagen näher kam, festzustellen, daß wir uns getäuscht hatten.

Es war kein Taxi, in dem Stephan kam, sondern der Wagen eines Genossen aus der Redaktion. Stephan sah erschreckend aus, aber im Augenblick war mir das nicht so wichtig. Ich wollte nur wissen, wie es Katja ging. Ich bedrängte ihn mit Fragen, aber er schwieg. Nur seine Augen sprachen, sprachen so qualvoll, daß ich alles wußte und nur wie zur Bestätigung fragte: „Sie ist ...?"

Auch jetzt kam kein Wort über seine Lippen, er nickte nur. Es soll Menschen geben, die durch ein Übermaß an Leid ohnmächtig werden. Wie wohltätig muß so eine Ohnmacht sein. Ich wurde nicht ohnmächtig. Durch wieviel Jahre war ich mit dem Tod vertraut gewesen. Manchmal hatte ich ihn sogar als Freund und Helfer begrüßt. Diesmal begrüßte ich ihn nicht, ich verfluchte ihn, aber ich wurde nicht ohnmächtig.

Der Genosse, der Stephan mit dem Wagen gebracht hatte, fragte, ob er uns irgendwie helfen könne. Stephan dankte ihm. Uns war nicht zu helfen. Er bat ihn nur, Annemarie nach Hause zu bringen. Sie sträubte sich, sie wäre gern geblieben, um uns zur Seite zu stehen, aber wir wollten allein sein. Sie schien das zu begreifen, obwohl wir es nicht ausdrücklich sagten. „Darf ich morgen kommen?" bat sie nur. „Ich nehme mir zwei Tage frei. Die werde ich ohne weiteres bekommen."

Stephan antwortete für mich, er meinte, es sei nicht nötig, aber sie ließ es sich nicht nehmen.

Mir wurde gar nicht bewußt, was man um mich herum redete, ich saß in dem Sessel, zu dem Stephan mich geführt hatte, und starrte vor mich hin, leer, unfähig, einen Gedanken zu fassen.

Stephan machte Tee und brachte mir eine Tasse. „Trink", bat er, „nur einen Schluck."

Ich trank gehorsam und reichte die Tasse zurück. Er

rückte einen Hocker heran und setzte sich zu mir. Seine Hände streichelten meine, seinen Kopf hielt er tief gesenkt, aber ich sah, daß Tränen über seine Wangen liefen. Das brachte mir das Unabänderliche des Geschehens ganz zu Bewußtsein. „Mein Gott", stöhnte ich, „es ist nicht wahr. Sag doch, daß es nicht wahr ist."

Er tat etwas, was er noch nie getan hatte in all den Jahren unseres Zusammenlebens, er kniete vor mir nieder und legte den Kopf in meinen Schoß. Lange verharrten wir so, endlos lange schien es mir.

„Der Grund? Was war der Grund?" Damit sprach ich meine Gedanken, die immer um denselben Punkt kreisten, laut aus.

„Es gab gewiß mehrere Gründe", antwortete Stephan leise. „Was der letzte Anlaß war, weiß ich nicht."

„Ich muß hin, ich muß zu ihr", rief ich erregt. „Warum bist du hergekommen? Warum hast du mich nicht hinfahren lassen? Ich verstehe das nicht." Ich war aufgesprungen und hastete in den Flur, um meine Sachen zu holen.

Stephan nahm mir den Mantel aus der Hand. „Du kannst jetzt nicht hin", sagte er eindringlich. „Bitte, sei vernünftig."

„Ich bin nicht vernünftig", schrie ich hysterisch. „Ich will nicht vernünftig sein." Ich versuchte ihm den Mantel zu entreißen. Er hielt mich fest, es war nicht schwer, ich hatte nicht viel Kraft. „Fini", sagte er, „glaubst du, ich habe sie weniger geliebt?"

Ich begann zu schluchzen. Stephan zog mich an sich, und ich barg meinen Kopf an seiner Brust. Er wartete, bis ich etwas ruhiger wurde, es dauerte lange. Ich fürchtete mich zu hören, wie er es erfahren habe, aber ich fragte dennoch.

Er zögerte, versuchte drumherumzureden, doch ich gab nicht nach, ich mußte es wissen.

Abends, gegen 20 Uhr, war Stephan vom Krankenhaus angerufen worden. Man wollte wissen, ob er eine Tochter habe, die Katja Bergmann heiße, geborene Komarski. Auf seine erschrockene Frage, warum man das wissen wolle, teilte man ihm mit, daß eine junge Frau eingeliefert worden sei, bei der offensichtlich ein Selbstmordversuch vorliege. Der Ehemann habe den Notdienst verständigt und angegeben, er habe seine Frau in dem Zustand zu Hause angetroffen. Sie habe im Wohnzimmer auf der Couch gelegen, wie lange, könne er nicht sagen, er sei zwei Tage nicht zu Haus gewesen. So hatte es sich nach Uwes Bericht zugetragen.

Ich versuchte mir vorzustellen, wie es wirklich gewesen war. Vielleicht gab es wieder eine jener Auseinandersetzungen, von denen Katjas Nachbar mir vor meiner Reise erzählt hatte? Ich nahm diese Auseinandersetzungen nicht so ernst, weil sie sich immer wieder vertrugen. Uwe hatte Katja schon einmal gedroht, daß er sie verlassen würde. Hatte er diese Drohung wahrgemacht? Was mußte sie mitgemacht haben in dieser Zeit … War keiner, mit dem sie sprechen, der ihr helfen konnte? Wäre sie zu mir gekommen, wenn ich dagewesen wäre?

Fragen über Fragen, eine quälender als die andere. Zwei Tage sei er nicht zu Haus gewesen, hatte Uwe bei der Einlieferung Katjas angegeben. Ein irrsinniger Verdacht kam in mir auf und ließ sich nicht verdrängen. Stimmte, was Uwe angegeben hatte? Wollte Uwe Katja womöglich loswerden? Vielleicht war er früher als behauptet nach Haus gekommen. Wer konnte das nachprüfen? Hatte er absichtlich zu spät angerufen, als keine Rettung mehr zu erwarten war?

Ich hütete mich, zu irgend jemand darüber zu sprechen. Auch Stephan sagte ich nichts. Dennoch klammerte ich mich an diesen Verdacht. Wieder und wieder versuchte ich mir vorzustellen, was wirklich geschehen sein konnte. Ja, Uwe war schuld an dem Unfaßbaren, davon war ich überzeugt. Ich floh geradezu in diesen Gedanken. Aber floh ich nicht vor mir selbst? Vor meinen eigenen Schuldgefühlen? War ich wirklich so überzeugt, wollte ich nicht vielmehr mich überzeugen, meine Selbstzweifel zerstören? Vielleicht wollte ich mir auch nur die schreckliche Gewißheit durch ein wenig Ungewißheit erträglicher machen, wollte die Tatenlosigkeit, zu der ich durch die Endgültigkeit verdammt war, durch irgendeine wenn auch sinnlose Tätigkeit durchbrechen. Ich könnte heute nicht einmal mehr sagen, was von alldem mich trieb, ich handelte wie unter fremdem Zwang. Ich wollte den letzten Tagen meiner Tochter nachspüren, mit Menschen reden, mit denen sie in jener Zeit zusammengekommen war, ihren Weg nachvollziehen bis zu dem Augenblick, wo der Gedanke, ihrem Leben ein Ende zu bereiten, zum Entschluß geworden war. Zum „Kurz"schluß, wie Anna gesagt hatte.

Anna spricht von den Bemühungen der Ärzte im Krankenhaus Friedrichshain, die alles Menschenmögliche getan hatten, um das „junge, blühende Leben zu retten"! Es habe so ausgesehen, als gäbe es noch Hoffnung, aber die Hoffnung war trügerisch gewesen. Katja sei zu spät eingeliefert worden ...

Anna spricht aus, woran ich ständig dachte, seit ich von den Umständen bei dem Selbstmordversuch meiner Tochter erfuhr. Freilich, sie äußert keinen Verdacht, sie wäre gewiß entsetzt, wenn sie von diesem Verdacht wüßte. Sie nimmt als gegeben, was Uwe sagte. Vielleicht hat sie recht. Jedenfalls kann ich nichts anderes beweisen, obwohl einiges dem, was er behauptete, widerspricht. So will der Nachbar an dem Tage, an dem Uwe angeblich nicht in der Wohnung gewesen war, gehört haben, daß zwei Menschen, ein Mann und eine Frau, sich miteinander unterhielten. Das könnte besagen, daß Katja noch lebte. Daß unter Umständen dieses Gespräch der Anlaß für den Selbstmord war. Es könnte auch bedeuten, daß Uwe mit seiner Freundin in die Wohnung gekommen war, daß die beiden Katja fanden und bewußt mit dem Anruf beim Notdienst warteten. Natürlich konnte Herr Lewinski sich auch geirrt haben. Doch ich nahm seine Behauptungen sofort für Gewißheiten.

Ob ich je Gewißheit haben werde, wie es wirklich war? Und was nützte sie mir? Dennoch mußte ich dem Verdacht nachgehen, ich mußte etwas tun, sonst wäre ich verrückt geworden.

Stephan nahm mir alle Wege ab, die mit einer Bestattung verbunden sind. „Bestattung", ein Wort, das man sagt und bei dem man sich nichts denkt, wenn man nicht selbst damit zu tun hat, wenn es einen nicht selbst angeht. Ich wartete auf die Beisetzung. Sie verzögerte sich um einige Tage wegen der gerichtsmedizinischen Ermittlungen. Ich hatte nichts anderes zu tun als zu warten. Sicher war das einer der Gründe, weshalb ich mich in die Nachforschungen stürzte. Und sicher war da die Hoffnung, daß Uwe schuldig sei, weil ich mir die Schuld nicht allein geben wollte. Aber je mehr ich begann, die letzten Tage meiner Tochter nachzuerleben, desto deutlicher wurden mir die Fehler, die ich ständig gemacht und die ich entschuldigt hatte, weil ich sie in bestem Glauben machte. Eine Schuld Uwes würde man vielleicht nachweisen können, meine Schuld nicht.

Die erste, mit der ich sprach, war natürlich Annemarie Austen. Sie erschrak, als ich anfing, sie auszufragen. Sie war am nächsten Morgen zu uns gekommen, um uns zu helfen. Auf Fragen war sie nicht vorbereitet. „Ich kann darüber nicht sprechen", jammerte sie, „es ist alles so furchtbar."

Sie verstand auch nicht, warum ich Einzelheiten wissen wollte, die ihr belanglos erschienen.

So hatte sich nach Annemaries Ansicht alles zugetragen: Uwe konnte die Szene in unserem Hause nicht verwinden, er fing immer von neuem davon an. Die angebliche Sturheit des Schwiegervaters regte ihn noch in der Erinnerung auf.

Katja lehnte die Haltung Stephans ebenfalls ab. Sie meinte, er lebe in einer Welt von Vorstellungen, die irreal seien, in einer Welt, die vielleicht einmal so sein würde, wie er sie sehe. Uwe hingegen lebe ganz in seiner Zeit. Er sei nicht fähig, sich über das, was ihn unmittelbar angehe, zu erheben. Annemarie sagte, sie habe sich gewundert, wie kritisch Katja auch Uwe gesehen habe, ganz anders als anfangs, obwohl sie ihn trotzdem in Schutz nahm. „Ist er schuld daran, daß er so ist?" habe Katja ihn verteidigt. „Hat er nicht ständig von ‚materiellem Anreiz' als etwas Richtigem und Notwendigem gehört? Hat diese Zielrichtung nicht manche jungen Menschen so werden lassen wie Uwe?"

Andererseits konnte sie auch ihren Vater verstehen. Für ihn hatten ideologische Prinzipien immer an erster Stelle gestanden. „Katja versuchte, ihrem Mann und ihrem Vater gleichermaßen gerecht zu werden", sagte Annemarie. „Aber das gelang ihr nicht. Es waren zu gegensätzliche Haltungen. Beide hatten ja auf ihre Weise recht, nur hatte Uwe ausschließlich den materiellen Anreiz und Katjas Vater ausschließlich die Seite des Bewußtseins gesehen. Uwe verlangte außerdem von Katja unbedingte Parteinahme für ihn und gegen die Eltern. Als sie das ablehnte, begann er ihr zu drohen."

Ich wollte genau wissen, welcher Art diese Drohungen waren. „Hat er ihr damit gedroht, daß er sie verlassen, daß er zu seiner Freundin zurückkehren würde?"

„Das kann sein, diese Angst hatte sie ja schon immer. Direkt gesprochen hat sie nicht darüber. Nur von dem Krach hat sie mir erzählt, als sie das Geld, das sie von Ihnen leihen wollte, die fünftausend Mark, nicht bekam. Uwe triumphierte geradezu. ‚Siehst du, wie wenig selbst deine Mutter, von der du so große Stücke hältst, bereit ist, uns zu helfen', höhnte er. Katja hat sich das Geld dann anderswo beschafft. Ich glaube, Anna hat es ihr gegeben."

„Anna?" fragte ich überrascht.

„Ja, sie soll gesagt haben, sie habe keine Kinder, und Katja sei ihr wie ein eigenes Kind."

Anna, mein Gott. Von ihr hätte ich es nie erfahren. Sie hatte bestimmt nicht vorgehabt, mich zu beschämen, aber wie sehr hatte sie es getan.

Annemarie fiel nicht auf, daß mich ihre Worte trafen.

„Uwe gelang es auf irgendeine Weise, die Gewerbegenehmigung zu erhalten", erzählte sie weiter. „Er und Steinemann haben, glaube ich, auch noch von anderswo Kredit bekommen, so konnten sie die Werkstatt aufmachen. Als Autoreparaturschlosser muß Uwe tüchtig sein."

„Dann hatte er doch erreicht, was er wollte?"

Annemarie nickte. „Es hätte sich alles zum Guten wenden müssen, aber es wurde immer ärger zwischen Katja und ihm. Sie konnte tun, was sie wollte, er hatte immer etwas daran auszusetzen. Er verlangte nun erst recht den Bruch mit den Eltern. Katja wagte schon gar nicht mehr, Sie zu besuchen. Dennoch blieb er plötzlich weg, zwei Tage, ohne Katja zu benachrichtigen. Sie regte sich furchtbar auf, rief alle Bekannten an, vergebens. Auch in der Werkstatt wußte man nicht, wo er abgeblieben war. Dann bekam sie den Hinweis von einer Laborantin im Krankenhaus, die seine frühere Freundin kennt, daß er sich dort aufhalte."

„War das der unmittelbare Anlaß ...?" unterbrach ich sie.

Sie schüttelte den Kopf. „Nein, nein, er blieb zweimal fort, erst beim drittenmal ..."

„Großer Gott", stöhnte ich.

„Ist vielleicht besser, ich höre auf?" fragte Annemarie besorgt. „Wozu das alles jetzt noch? Ist ja nicht mehr wichtig."

„Doch, es ist wichtig", widersprach ich. „Es ist sogar sehr wichtig. Was hat Katja getan, als er zurückkehrte?"

Annemarie zögerte. Sie sah, was in mir vorging. Sie kämpfte mit sich, ehe sie antwortete: „Das Dümmste, was sie tun konnte. Sie ist zu ihr gerannt."

„Zu wem? Zu seiner ... Freundin?"

„Zu dieser Schlampe", bestätigte Annemarie. „Wenn Katja mir etwas von ihrer Absicht gesagt hätte, ich hätte sie zurückgehalten. Aber sie sagte mir nichts. Erst nachher, als es schon geschehen war. Sie ging hin und ließ sich von dieser Person beschimpfen. Als Katja ihr sagte, sie solle ihren Mann in Ruhe lassen, lachte das Miststück. Sie hätte ältere Rechte. Immerhin habe sie ein Kind von ihm, und der Stempel auf dem Papier bedeute ihr nichts."

„Sie hat das Kind?"

„Natürlich, damit glaubte sie ja, ihn in der Hand zu haben. Sie habe gewußt, daß er zu ihr zurückkehren würde, sagte sie, und er sei gekommen. Katja langweile ihn längst, und auf die ‚feine' Verwandtschaft pfeife er. Katja ist so fertig gewesen", berichtete Annemarie weiter, „daß ich sie fragte, ob ich etwas für sie tun könne, ob ich vielleicht mit Uwe sprechen solle. Aber das lehnte sie entschieden ab. Sie sprach davon, ins Elternhaus zurückzukehren."

Ich horchte auf. „Ins Elternhaus?"

„Ja."

„Sie wollte von sich aus zurückkehren?"

Annemarie wiederholte, was sie gesagt hatte, ohne etwas Neues hinzuzufügen.

In meinem Kopf arbeitete es. Wenn Katja das wahrgemacht hätte, würde Uwe die Wohnung wahrscheinlich verloren haben. Allein hätte man sie ihm nicht gelassen. Unter Umständen konnte auch das eine Rolle gespielt haben, den Notdienst zu spät anzurufen. „Und warum ist sie nicht zurückgekehrt?" fragte ich erregt.

Annemarie senkte den Kopf. „Da bin ich wahrscheinlich schuld", sagte sie verlegen. „Ich riet ihr, sich noch einmal mit ihm auszusprechen. Schließlich war sie doch mit ihm verheiratet, und es war das erstemal, daß er wegblieb. Hätte ich sie bloß nicht zurückgehalten, vielleicht wäre alles anders gekommen."

Die Selbstvorwürfe Annemaries gingen mir auf die Nerven, ich hatte genug mit mir zu tun. „Hat sie sich mit ihm ausgesprochen?" fragte ich.

Annemarie wollte nicht gleich mit der Sprache heraus, versuchte meinem Blick auszuweichen. Da ihr das nicht gelang, sagte sie endlich, mit leisem Vorwurf in der Stimme, weil ich sie gegen ihren Willen zwang: „Zuerst ist sie auch noch zu seiner Mutter gelaufen."

Alles hätte ich erwartet, nur das nicht. „Zu seiner Mutter?" fragte ich verdutzt. Es war mir unbegreiflich, was Katja bei Uwes Mutter gesucht hatte. Die Frau hatte nicht den geringsten Einfluß auf den Sohn, das mußte Katja wissen. Bei den flüchtigen Begegnungen mit Frau Bergmann hatte ich das immer wieder festgestellt.

Annemarie sprach das aus, was ich dachte. „Es war sinnlos. Uwes Mutter gehört zu den Frauen, die alles richtig finden, was der Sohn tut. Sie sagte zu Katja, die Heirat habe ihr von Anfang an nicht gefallen. Sie erging sich in Sprüchen wie: ‚Keiner kann über seinen Schatten springen', ‚Schuster, bleib bei deinen Leisten' und so'n Zeug. Wenn Uwe nicht dabei ist, redet sie ja, nur wenn er da ist, hat sie Angst, was zu sagen."

„War Katja sehr unglücklich?"

„Darüber?" Annemarie schüttelte den Kopf. „Nein, sie hatte wahrscheinlich nicht viel mehr erwartet. Ich hab auch nicht verstanden, warum sie überhaupt hingegangen ist. Vielleicht nur, um etwas zu tun. Und nach zwei Tagen ist Uwe dann zurückgekommen. Einfach so, als ob nichts gewesen wäre."

„Und Katja?"

Annemarie machte eine kleine, ratlose Geste, man sah ihr an, wie wenig sie die Freundin verstanden hatte. „Ich weiß nur, daß sie sich wieder einmal vertragen haben, viel darüber gesprochen hat Katja nicht mit mir. Nach allem, was sie andeutete, muß er ihr eine Szene gemacht haben, weil sie zu seiner Freundin und zu seiner Mutter gelaufen ist, und statt daß sie ihm Vorwürfe machte, fühlte sie sich noch schuldig. Er drehte immer alles um, er versteht sich auf so was. Ein paar Tage ging es, sie war ihm ja hörig, anders kann ich das nicht erklären. Dann ist er abermals weggeblieben, ohne daß etwas Besonderes vorgefallen wäre."

„Ganz ohne Grund?"

Annemarie überlegte. „Ganz ohne Grund natürlich nicht. Er hatte ihr schon immer in den Ohren gelegen, daß sie ihren Beruf aufgebe und in der Werkstatt mitarbeite. Er rechnete aus, wieviel mehr sie dabei verdienen könne, schimpfte auf die schlechten Gehälter im Gesundheitswesen und meinte, das habe sie doch nicht nötig. Er versuchte auch den zärtlichen Gatten herauszukehren, machte

Scherze, daß sie ihn dann unter Kontrolle habe, schwärmte von der gemeinsamen Arbeit. Aber er konnte sie nicht dazu bewegen, so willig sie ihm sonst in allem nachgab. Ihren Beruf aufzugeben, konnte sie sich nicht entschließen. Sie hing zu sehr daran."

„Und das war der Grund, daß er nun zum zweitenmal wegblieb?"

„Einer der Gründe wahrscheinlich. Er glaubte, damit ein Mittel zu haben, sie zu zwingen."

Wie herzlos mußte dieser Mensch sein, sich solcher Mittel zu bedienen, dachte ich.

„Er spielte immer die eine Frau gegen die andere aus", sagte Annemarie. „Traurig war nur, daß Katja ihn wirklich liebte. Typen wie Uwe sind zu einer echten Liebe gar nicht fähig, sie gehen immer vom Nutzen aus."

Annemaries Beurteilung rundete das Bild, das ich von Uwe hatte, ab. Doch sie verharmloste seine Verrohung, die sie wahrscheinlich gar nicht in dem Maße empfand wie ich. Aber rechtfertigte das meinen ungeheuerlichen Verdacht?

Ich hütete mich, Annemarie auch nur eine Andeutung davon zu machen. Aber er verfestigte sich in mir immer mehr. Deshalb wollte ich erfahren, was sich abgespielt hatte, als Uwe zum zweitenmal zurückkehrte.

Annemaries Äußerungen darüber bestanden nur aus Vermutungen. Katja habe sich nach diesem zweiten Mal tatsächlich mit der Absicht getragen, ihren Beruf aufzugeben. Die Aussicht, Uwe dann unter Kontrolle zu haben, hatte sicher dazu beigetragen.

„Daß er dann zum drittenmal wegblieb, hatte mit Katja gar nichts zu tun", berichtete Annemarie. „Die Freundin ließ ihn wissen, daß sein Kind schwer erkrankt sei."

Der Ton, in dem Annemarie das sagte, machte mich stutzig „Wieso, war es das nicht?" fragte ich.

Sie verzog den Mund. „Keine Spur. Sie wollte Uwe nur zurückholen."

„Und damit holte sie ihn zurück?"

Annemarie nickte. „Ja, damit holte sie ihn zurück. Er ist

ja kein ausgesprochen schlechter Mensch. An dem Kind hängt er irgendwie, ich weiß auch nicht, wieso ..."

„Er ist ja kein ausgesprochen schlechter Mensch." Wahrscheinlich hatte Annemarie recht, aber als sie es damals sagte, empörte es mich. Ich weiß, daß „gut" und „böse" Kategorien sind, die man nicht absolut beurteilen kann. Wertungen, die ich aus meiner Jugend übernommen habe, sind kein Maßstab für Wertbegriffe von heute. Aber gibt es durch die Jahrhunderte nicht Moralvorstellungen, die sich erhalten haben? Eines meiner liebsten Gedichte in der Schule war Schillers „Bürgschaft": ein Mensch, der sich auf den anderen, den Freund, unbedingt verlassen kann. Vorbehaltlos. In gewissem Sinne hatte mir, Jahre später, bei meinem Eintritt in die Partei ähnliches vorgeschwebt. Eintreten des einzelnen nicht mehr nur für den einzelnen, sondern für *die* Menschen. Ein etwas emotionaler Ausgangspunkt, aber ein Ausgangspunkt. Und nun sagte mir Annemarie, eine junge Frau von heute, Uwe sei kein schlechter Mensch, obwohl sie kurz zuvor festgestellt hatte, er tue nichts, ohne an den Nutzen zu denken. Es fällt mir schwer, mit solchen Widersprüchlichkeiten fertig zu werden. Auch Stephan fällt es schwer. Sein Festhalten an Prinzipien von einst bringt ihn mit dem Heute oft in Konflikt. Ich glaube, manchmal wird ihm das bewußt, auch wenn er sich dagegen sträubt und es nicht zugeben will. Und unter unserem Unvermögen, mit den Realitäten von heute fertig zu werden, mußte unsere Tochter leiden ...

Seltsamerweise spricht Anna gerade jetzt etwas aus, das in dieselbe Richtung geht wie meine Gedanken.

„... und vor diesem tragischen Ausgang stehend, frage ich mich, ob wir alles getan haben, unserer jungen Freundin in ihrer seelischen Not zu helfen? Ob wir überhaupt ahnten, was in ihr vorging. Ich meinerseits gestehe, ich ahnte es nicht. Und ich frage mich weiter, ob es uns gelingt, uns Alten und Älteren, Seite an Seite mit unserer Jugend zu marschieren, ohne sie mit unserer Kenntnis von Vergangenem zu schwer zu belasten und ohne sie auf ihrem Weg in die Zukunft aufzuhalten ..."

Wie merkwürdig, daß Anna sich ebenfalls solche Gedanken über die letzten Tage Katjas vor der Katastrophe gemacht hat ... Sie hat sie sehr lieb gehabt.

Soviel ist gewiß: Das letzte Wegbleiben Uwes, nachdem Katja sich ja offensichtlich entschlossen hatte, ihren Beruf aufzugeben und in der Werkstatt zu arbeiten – das größte Opfer, das sie ihm bringen konnte –, ließ sie das ausführen, was sie sich wahrscheinlich schon lange vorgenommen hatte. Wieviel Schlaftabletten sie aus dem Krankenhaus mitgenommen hatte, konnte man später nicht mehr genau feststellen, sie tat es auch nicht auf einmal, sondern nach und nach. Ausreichend genug mußten es gewesen sein, wahrscheinlich hatte sie Angst, wieder ins Leben zurückgerufen zu werden. Sie hatte so etwas einmal im Krankenhaus erlebt.

An diesem Tag allerdings, es war ein Mittwoch, schien Katja zunächst überhaupt nicht an ihr Vorhaben gedacht zu haben. Sie sei ruhig und freundlich gewesen wie immer, versicherte mir die Oberschwester, mit der ich mich unterhielt: „Das Haus verließ sie wie sonst um sechs Uhr dreißig, ob allein oder in Begleitung ihres Mannes, konnte ich nicht feststellen."

Herr Lewinski, den das, was sich in der Nachbarwohnung zugetragen hatte, sichtlich erschütterte, meinte: „Mir war so, als hätte ich sie zusammen weggehen sehen, aber beschwören kann ich das nicht."

„Sie haben Herrn Bergmann an dem Tage überhaupt nicht mehr gesehen?" fragte ich, obwohl der Mann mir das bereits versichert hatte.

„Nee, an dem Tage nicht, erst am nächsten", antwortete er, „mit der jungen Frau."

„Mit welcher jungen Frau?"

„Mit der, wie ich Ihnen gesagt habe, wo er sich unterhalten hat."

Es war nicht leicht mit dem Mann. „Sie haben doch gesagt, daß Sie die Frau nicht gesehen haben. Daß Sie nur hörten, daß ein Mann und eine Frau sich unterhielten. Und jetzt behaupten Sie, Sie hätten sie gesehen."

Meine Formulierung „behaupten Sie" schien ihn zu ärgern. „Ich habe mich erinnert", sagte er. „Es war diesselbe, die tags zuvor den Brief eingeworfen hat."

Das war etwas ganz Neues. „Eine Frau hat einen Brief eingeworfen? Und das haben Sie gesehen?" fragte ich aufgeregt.

„Sag ich ja", antwortete er beleidigt.

Daß er etwas behauptete, was meinem Verdacht Nahrung gab, war ohne Zweifel. Den Brief fand man nicht, aber es war sicher, daß es einen gegeben hatte, denn Katja erwähnte ihn in einem Schreiben an Annemarie. In diesem Brief hatte Uwe Katja mitgeteilt, daß er zu seiner Freundin gezogen sei und die Scheidung einreichen werde. Katja mußte diesen Brief gefunden haben, als sie nach einem schweren Arbeitstag ahnungslos aus dem Krankenhaus heimkehrte. Er traf sie ganz unvorbereitet, weil sie ja gedacht hatte, mit ihrer Einwilligung, die Arbeit aufzugeben, alle Konfliktstoffe aus dem Wege geräumt zu haben.

Die Oberschwester erzählte mir, wie sie immer wieder versucht habe, auf Katja einzuwirken, die Absicht, den Beruf zu wechseln, aufzugeben. „Es war uns allen unverständlich, weil wir wußten, wie sehr sie an ihrem Beruf hing. Sogar die Chefärztin bemühte sich, es ihr auszureden, leider vergeblich." Dann fügte die Oberschwester noch hinzu: „Als unsere Patienten vom Tode Schwester Katjas erfuhren, haben einige geweint, als hätten sie einen nahen Angehörigen verloren."

In ihrem Schreiben an Annemarie zitierte Katja einige Stellen aus Uwes Brief, so diese: „... meinen Entschluß habe ich nicht jetzt erst gefaßt, ich habe ihn lange mit mir herumgetragen ..."

„Wenn das so war", fragte meine Tochter, „warum hielt er

mich hin, warum versicherte er mir immer wieder, daß er mich liebe, warum brachte er mich dazu, das Krankenhaus aufzugeben? Ich kann mir nur vorstellen, daß er wieder ganz unter ihren Einfluß geraten ist, denn Einfluß hat sie auf ihn, auch wenn er das bestritten hat und sich sogar über sie lustig machte. Diesen Brief haben sie gemeinsam verfaßt, das ist so entwürdigend und beschämend, daß ich es nicht zu ertragen vermag. Zuerst dachte ich daran, noch einmal zu ihr zu gehen und sie zur Rede zu stellen, dann erlebte ich in der Erinnerung, was sich beim erstenmal zugetragen hatte, und ich sah die Sinnlosigkeit so einer Handlung ein. Wenn ich nur mit jemand sprechen könnte. Daß du jetzt gerade mit dem Krankentransport nach Leipzig mußtest, ist schrecklich. Wenn Mutter oder Rosemarie oder wenigstens Anna da wären. Erstaunlicherweise habe ich jetzt, wenn ich an die Ravensbrückerinnen denke, ein Gefühl von Heimat, von Warmherzigkeit, von Geborgenheit, während mir Uwe und seine Freundin hart und kalt und fremd vorkommen. Beides ist sicher falsch, aber ich habe mich immer in Extremen bewegt, und Extreme geben nie ein richtiges Bild. Ich denke viel nach, spät, vielleicht zu spät. Uwe schreibt, wir seien zu verschieden, damit hat er sicher recht, obwohl ich überzeugt war, daß wir gerade darum zusammenpassen. Kann sein, ich habe Uwe gar nicht richtig gesehen, ich habe ihn so gesehen, wie ich ihn haben wollte. Das war meist so bei den Männern, die ich eine Zeitlang mit nach Hause brachte. Ich weiß nicht, ob du mich verstehst, verzeihe, wenn ich phantasiere, eigentlich rede ich mit mir selbst.

Du hast immer gefragt, was mich an Uwe fasziniert, ich habe geantwortet, er ist anders als die anderen. Damit hatte ich aber nur bedingt recht. Ich hielt eine gewisse Skrupellosigkeit bei ihm für Sicherheit, Überlegenheit, sogar für Souveränität. Ich erkannte schlechte und gute Eigenschaften – auch gute, glaube mir, sonst hätte ich nicht so an ihm gehangen, wie ich es getan habe, nein, wie ich es immer noch tue. Sex spielte in meinem Leben eine große Rolle, gewiß, du hast sogar behauptet, ich sei ihm hörig, aber das war es nicht allein. Das kann es nicht allein gewesen sein, weil ich sonst noch mehr Achtung vor mir selbst verlieren müßte. Ich bewunderte Uwes Vielseitigkeit, seine Fähigkeit, sich allen Bedingungen anzupassen, wenn sie das förderten, was er ‚seine Pläne' nannte. Er tat das mit einer Konsequenz, die einer besseren Sache würdig gewesen wäre, aber er tat es zäh verbissen. Als er glaubte, daß es notwendig sei, sich zu bilden, um ‚hinauf'zukommen, begann er ins Theater zu gehen, Kurse zu besuchen, Bücher zu lesen, und er las sogar mit Interesse. Die Eltern haben sich damals sehr darüber gefreut. Er hätte die Voraussetzungen gehabt, ein richtiger Mensch zu werden, aber sein Vorbild war anders als das, was ich mir unter einem richtigen Menschen vorstelle. Sein Vorbild war der reich gewordene Handwerker mit Haus und Wagen und Wochenendgrundstück und allem, was dazugehört, eben mit allen Annehmlichkeiten des Konsums, der auch bei uns groß geschrieben wird. Dieses Konsumdenken beherrscht Uwe ganz und gar. Ich habe es nicht wahrhaben wollen, ich habe geglaubt, ihn beeinflussen zu können, aber das war nicht drin, und ich habe mich selbst belogen. Mein Ausbruch aus einer Welt von gestern in eine Welt von heute, von der wir des öfteren sprachen, Annemarie, war auch ein Selbstbetrug. Uwe ist zwar extrem anders als alle Männer, die ich vor ihm kannte, aber das ‚Heute' ist er nicht. Schrecklich, daß ich aus diesem Kreis nicht mehr heraus kann, obwohl ich ihn erkenne. Meine Gefühle sind stärker als meine Vernunft. Selbstmitleid ist mir zuwider, doch ich bemitleide mich ja nicht, ich stelle nur Tatsachen fest, um mit mir ins reine zu kommen ..."

Ich hatte ohne Unterbrechung gelesen, nun aber überwältigte es mich. Ich stellte mir den Zustand vor, in dem sich meine Tochter befunden haben mußte, als sie diese Zeilen schrieb. Ich bewunderte die Sachlichkeit, mit der sie ihre Situation zu analysieren versuchte, die Widersprüchlichkeit von Gefühlen und Verstand, die Unfähigkeit, trotz aller Erkenntnisse einen Ausweg zu finden. Wäre ich imstande gewesen, ihr zu helfen, wenn sie mit mir offen gesprochen hätte? Konnte man es denn? Vielleicht bin ich erst jetzt fähig zu begreifen, was in meiner Tochter vorging und was ich ihr gegenüber versäumt habe.

Die weiteren Zeilen Katjas galten dem Verhältnis Uwes zu seiner Freundin, und sie scheinen mir, bei allen Bemühungen Katjas um Objektivität, sehr von Eifersucht geprägt. Überhaupt muß meine Tochter alle Stadien der Eifersucht durchlaufen haben, denn Eifersucht war es neben allem anderen, da mache ich mir nichts vor, die den letzten Schritt auslöste.

Gegen Schluß des Briefes teilte Katja Annemarie noch mit, daß sie Uwe aufgefordert habe, sofort nach Hause zu kommen, weil es unmöglich sei, so auseinanderzugehen, und weil sie es für erforderlich halte, zumindest über die nächsten Schritte mit ihm zu sprechen.

„Ich verlangte, daß er komme, wenn er eine Katastrophe vermeiden wolle, und ich gab ihm bis Mitternacht Zeit. Er wird behaupten, ich habe ihn erpreßt, aber es ist mir unwichtig, wie er es nennt."

Annemarie hatte mit Uwe gesprochen und mich gleich darauf angerufen. Zu dem Brief, den er an Katja geschrieben hatte, mußte er sich notgedrungen bekennen. Wo er geblieben sei, wisse er nicht, versicherte er ihr. Das Schreiben Katjas mit dem Ultimatum habe er nicht bekommen. Beides waren Lügen, und dieses feige Ausweichen ließ mich meine Nachforschungen um so intensiver betreiben. Gewiß, das konnte Katja nicht mehr ins Leben zurückrufen, aber ich wollte, ich mußte alles wissen.

Was mich veranlaßte, den Jungen, den ich selbst einmal mit einer Botschaft zu Katja geschickt hatte, auf der Treppe anzusprechen und zu fragen, ob er für die junge Frau aus dem zweiten Stock ein Schreiben weggebracht habe, weiß ich nicht.

„Für die, was Selbstmord gemacht hat?" fragte der Junge neugierig.

Ich nickte nur. Die Kehle war mir wie zugeschnürt.

„Warum wolln Sie das wissen?“ erkundigte er sich.

„Ich bin die Mutter“, sagte ich leise, als sei das eine Erklärung.

Er schien sie zu akzeptieren. „So, das war Ihre Tochter“, brummte er. „Ich hab ’n Brief für sie weggebracht.“

„Wohin?“ fragte ich aufgeregt. Ich hatte nicht damit gerechnet, daß meine Vermutung bestätigt werde.

„Weiß ich nicht mehr“, sagte der Junge gleichgültig. „Sie hat mir fünf Märker gegeben.“

Das schien ihm Eindruck gemacht zu haben.

„Würdest du das Haus wiederfinden, wenn ich dir zehn Mark gebe?“ fragte ich.

„Zehn Mark?“ wiederholte er ungläubig.

Wir fuhren einige Haltestellen mit der Straßenbahn. Der Junge saß mir gegenüber und rutschte unruhig auf seinem Sitz hin und her. „Muß ich mit rauf?“ erkundigte er sich.

„Natürlich, du mußt doch den Betreffenden erkennen, dem du den Brief gegeben hast“, antwortete ich.

„Das war ’ne Frau“, widersprach er. „’ne Blonde.“

„Und du glaubst, daß du sie erkennst?“

„Klar erkenn ich sie. Ich bin doch nicht doof.“

Von der Haltestelle mußten wir noch ein Stückchen laufen.

Im Flur waren die Namen trotz Treppenbeleuchtung nur schwer zu lesen. Der Name, den ich suchte, stand nicht da.

„Die wohnt in Untermiete“, belehrte mich der Junge altklug. „Im dritten Stock.“

Es schien eine größere Wohnung zu sein, die aufgeteilt worden war, jedenfalls gab es mehrere Namenschilder. Von ihr war nur eine Karte mit einem Reißnagel festgemacht: Karin Musäus.

Auf mein Klingeln hin öffnete eine ältere Frau. „Sie wünschen?“ Ihrem Blick entnahm ich, daß sie sich nicht zusammenreimen konnte, was ich mit dem Jungen zu tun habe. „Bitte, ist Frau Musäus zu Hause?“ fragte ich beklommen.

„Fräulein“, verbesserte sie mich barsch. „Letzte Tür links, klopfen Sie.“ Damit verschwand sie in einer der Türen auf der rechten Seite.

Ich klopfte zaghaft, und da niemand antwortete, stärker.

Zuerst quäkte ein Kind, dann fragte eine helle Frauenstimme: „Bitte?“

Ich überlegte noch, ob ich einfach eintrete, da wurde die Tür geöffnet. Vor mir stand eine Frau um die Dreißig, einfach, aber adrett gekleidet, blond, etwas konventionell, doch nicht unhübsch. Ihr Erstaunen schien echt. „Sie wünschen?“ fragte sie. Das Kind in einem Laufgitter auf dem Boden begann lauter zu quäken.

Ich drehte mich nach dem Jungen um, er war bis zur Wohnungstür zurückgewichen. „Komm“, forderte ich ihn auf, „ist das die Frau?“

Bei diesen Worten merkte ich, wie sie erschrak.

Der Junge kam näher und besah sie genau. „Klar, das ist sie“, stellte er fest. „Das kann ich beschwören.“

„Was soll das?“ fragte die Frau. Ihre Nervosität war offenkundig. „Wer sind Sie? Was wollen Sie?“

„Ich bin die Mutter von Katja Bergmann“, antwortete ich. Meine Stimme klang aggressiv. „Ihr ...“, das Wort ging nicht über meine Lippen. „Der Mann meiner Tochter behauptete, er hätte den Brief, in dem meine Tochter ihn aufforderte, nach Hause zu kommen, nicht erhalten. Das stimmt nicht, Sie haben ihn persönlich in Empfang genommen.“

Ich hatte erwartet, daß sie es abstreite, daß sie mich beschimpfe, aber sie begann zu weinen. Tränen liefen über ihre Wangen, sie schluchzte: „Es ist alles so furchtbar.“

„Sie haben also den Brief bekommen“, bohrte ich weiter.

„Ich habe ihm den Brief nicht gegeben“, antwortete sie, immer noch von Schluchzen unterbrochen. „Ich wollte nicht, daß er hingeht. Ich hab ja nicht geahnt, was daraus werden wird.“

Das war eine neue Tatsache, mit der ich erst fertig werden mußte.

„Wenn Uwe nichts von dem Schreiben wußte, warum waren Sie dann am nächsten Tag zusammen in der Wohnung?" fragte ich geradezu.

„Ich war nicht dort", behauptete sie und trocknete die Tränen.

„Man hat Sie gesehen", hielt ich ihr vor. „Und man hat Sie auch sprechen gehört."

Sie ließ sich davon nicht beeindrucken. Entweder sie war wirklich nicht dort gewesen und der Nachbar hatte sich geirrt, oder sie log mit einer Frechheit, die ich ihr nicht zugetraut hätte.

„Das läßt sich nachweisen", beharrte ich.

Sie zuckte die Achseln. „Bitte", sagte sie und nahm das Kind, das zu heulen begann, auf den Arm. „Wenn Sie es nachweisen können." Sie sprach besänftigend auf das Kind ein, plötzlich aber drehte sie sich mir wieder zu und fragte, scheinbar immer noch ruhig, nur in ihrer Stimme lag eine Verhaltenheit, die mir auffiel: „Und was würde das bedeuten, wenn ich dort gewesen wäre?"

Ihre Worte rührten zuviel in mir auf, es gelang mir nicht, mich zu beherrschen. „Das würde bedeuten, daß Sie und der Mann meiner Tochter den Notdienst zu spät gerufen haben, absichtlich zu spät, denn Sie wußten, in welchem Zustand meine Tochter sich befand. Vielleicht war es Ihnen ganz lieb, Katja auf diese Weise aus dem Wege zu haben."

Ihr Blick wurde scharf, und zwischen ihren Brauen bildeten sich steile Falten. „Sie meinen, daß wir sie sozusagen ermordet haben? Nein, das schlagen Sie sich aus dem Kopf, das können Sie uns nicht anhängen. Ich hab sie nicht leiden können, ist ja auch verständlich. Als sie angerannt kam und von mir verlangte, daß ich ihren Mann in Ruhe lasse, hab ich nur gelacht. Als ob Uwe einer ist, dem man dreinreden kann. Ich hatte schließlich auch ältere Rechte. Das hier ist sein Kind. Aber so was? Nein, nein, da hört es auf. Im Grunde war sie ja ein armes Luder. Ein bißchen verrückt, entschuldigen Sie schon, etwas scheint da zu Hause nicht gestimmt zu haben. Sie hatte so verdrehte Vorstellungen vom Leben, gehemmt bis zum Weißnichtwas und hemmungslos wie eine ... Ich hab sie ja nicht gekannt, nur was Uwe von ihr erzählte. Sie hat sich auch nicht entscheiden können zwischen Uwe und den Eltern. Schließlich gehört die Frau zum Mann. Wie sich Ihr Mann benommen hat, als Uwe ihn bat, ihm wegen der Gewerbegenehmigung zu helfen, nee, da hätte sie zumindest zeigen müssen, daß sie zu ihrem Mann steht. Trotzdem hat sie mir leid getan, und wenn sie vernünftig gekommen wäre, hätte man ja miteinander reden können, aber so ..."

Ich hatte bislang geschwiegen und schwieg auch weiter, als sie aufhörte. Sie hatte mir keinen Stuhl angeboten, und ich hätte auch gar nicht daran gedacht, mich zu setzen. So standen wir einander gegenüber, zwei Frauen, jede mit ihren eigenen Gedanken beschäftigt. Allmählich wurde ihr mein Schweigen unheimlich. „Ich war nicht da", wiederholte sie. „Er ist allein dort gewesen."

„Wann?" hakte ich ein.

„Das weiß ich nicht", antwortete sie schnell. „Am nächsten Tag oder am übernächsten."

Sie hatte begriffen, was ich vermutete, und wir drehten uns im Kreise.

„Es wird sich ja herausstellen", sagte ich, aber ich war keineswegs so sicher, wie ich tat.

Sie begleitete mich bis zur Wohnungstür und sah mir nach, das Kind auf dem Arm.

Vor dem Haus wartete der Junge. Ich gab ihm die versprochenen zehn Mark, und er lief davon. Der widersprüchliche Eindruck, den diese Karin Musäus auf mich gemacht hatte, verwirrte mich. Vor allem jedoch beschäftigten mich die Vorwürfe, die sie unmittelbar an meine Adresse gerichtet hatte, wenigstens empfand ich es so: „Sie hatte so verdrehte Vorstellungen vom Leben, gehemmt bis zum Weißnichtwas und hemmungslos wie eine ..."

Ich erzählte Stephan von meinem Gespräch mit Uwes Freundin.

„Warum tust du das alles?“ fragte er müde. „Du regst dich nur auf, und nachweisen kannst du nichts.“

Von der Einschätzung, die Karin Musäus von Katja gegeben hatte und die Stephan im Grunde ebenso anging wie mich, erzählte ich nicht.

Ein abermaliges Gespräch mit Herrn Lewinski brachte nichts Neues. Er meinte immer noch, Uwe Donnerstag mit einer jungen Frau gesehen zu haben, derselben, die den Brief eingeworfen hatte, konnte sich aber plötzlich an ihr Aussehen nicht mehr erinnern, wußte nicht, ob sie dunkel oder blond gewesen sei und ob er sie noch erkennen würde.

Ich war im Begriff zu gehen, als er plötzlich fragte, ob ich wisse, daß meine Tochter Mittwoch noch in der „Gemütlichen Ecke“ gewesen sei.

„In der ‚Gemütlichen Ecke‘?“ fragte ich verblüfft. „Was ist das?“

„Die Kneipe quer gegenüber“, entgegnete er. „Ihre Tochter und Ihr Schwiegersohn haben manchmal dort gesessen.“

„Und meine Tochter soll an dem Tag … soll Mittwoch …? Woher wissen Sie das?“

Lewinski hatte offenbar den Eindruck, daß ich seine Worte anzweifle, denn er sagte patzig: „Vom Wirt. Ich bin dort Stammgast.“

„Der Wirt hat Ihnen gesagt, daß meine Tochter an dem Tage bei ihm war? Woher wußte er denn, daß meine Tochter gerade an diesem Tag …“

„Fragen Sie ihn“, erwiderte Lewinski ungehalten. „Wissen doch alle, daß sie am Mittwoch …“

Es war keine Kneipe im üblichen Sinn, sondern eine nette Gaststätte mit Borden an den Wänden, auf denen alte Krüge standen, und sauber gedeckten Tischen. Sie war um diese Zeit ziemlich leer, nur aus einer Ecke hörte man die üblichen Ausrufe einer Skatrunde.

Ich setzte mich an einen Tisch und bestellte beim Wirt,

der mich nach meinen Wünschen fragte, Kaffee. Erst als er ihn brachte, erkundigte ich mich „nach der jungen Frau in der Straße, die Selbstmord begangen habe".

Ich würgte an jedem Wort, fürchtete, er bemerke sofort meine Verzweiflung.

Der Mann sah mich überrascht an. „Warum wollen Sie das wissen?" fragte er.

Ich brachte es nicht fertig zu sagen: Ich bin die Mutter. „Wir kannten einander gut", antwortete ich, und da das vielleicht mein Interesse nicht rechtfertigte, fügte ich hinzu: „Wir waren befreundet."

„Und was wollen Sie von mir wissen?"

Der Mann schien nicht gesprächig zu sein, vielleicht weil ich ihm fremd war.

„Ich habe gehört, daß sie an dem Tage, an dem das ... das Furchtbare geschah, noch bei Ihnen gewesen ist", begann ich. „Stimmt das?"

„Von wem haben Sie das gehört?" fragte er statt einer Entgegnung. Es klang streng.

„Von Herrn Lewinski", antwortete ich schnell. „Er ist Stammgast bei Ihnen."

Der Name Lewinski wirkte merkwürdigerweise. „Der alte Lewinski", sagte der Wirt, um vieles freundlicher. „Eine treue Seele. Trinkt nur zuviel. Ja, die junge Frau ist an dem Tage bei mir gewesen. Es war ungefähr die gleiche Zeit wie heute, und sie saß auf demselben Stuhl, auf dem Sie jetzt sitzen."

Es durchlief mich kalt. Ich stellte mir vor, wie Katja dagesessen hatte, in Erwartung, daß Uwe komme. Wie sich jede Minute dehnte und zu einer Ewigkeit wurde.

„Sie saß da und starrte unentwegt hinaus", fuhr der Wirt fort. Er wurde mit einemmal redselig. „Einer von den Gästen sprach sie an, wie das so ist, nicht bösartig. ‚Na junge Frau', sagte er, ‚so allein?' Sie rührte sich nicht, nahm überhaupt keine Notiz von ihm. ‚Was ist denn mit der los?' fragte mich der Gast. Ich bat ihn, die Dame nicht zu belästigen. Er ließ auch sofort ab. Dabei hatte ich sie einige Male anders erlebt, lebendig, aufgeräumt, wenn sie mit ihrem Mann da war. Es war doch ihr Mann?"

„Wahrscheinlich", antwortete ich gequält. Ich hätte schreien mögen und zwang mich, ruhig zu bleiben.

„Er sah gut aus", sagte der Wirt, der mir meine Erregung nicht ansah. „Ein Typ für Frauen. Sie scheint auch sehr verliebt gewesen zu sein, und er benahm sich recht aufmerksam. Deshalb war ich erstaunt, als er plötzlich Arm in Arm mit einer anderen auftauchte."

Ich fuhr zusammen. „Mit einer anderen? Wann war das?"

Der Mann überlegte. „Einen oder zwei Tage, nachdem sie hier gesessen hat."

„Bitte, denken Sie nach", bat ich. „War es einen oder zwei Tage, nachdem sie hier saß?"

Er machte eine Geste des Bedauerns. „So genau weiß ich das auch nicht mehr", sagte er.

„Und sie kehrten bei Ihnen ein?"

„Nein, sie gingen vorbei. Ich stand zufällig vor der Tür, als sie vorbeigingen."

Ich hatte nicht gedacht, daß dieses zufällige Gespräch meinem Verdacht neue Nahrung geben würde. Der Wirt glaubte, einen oder zwei Tage, nachdem Katja Schluß gemacht hatte, Uwe Arm in Arm mit einer anderen Frau in der Nähe der Wohnung gesehen zu haben. Natürlich konnte er sich irren, aber ich nahm seine Worte für Tatsachen. Ganz unter dem Eindruck dessen, was ich eben erfahren hatte, wollte ich sie wahrhaben. Also doch Rache?

Nein, es war nicht nur ein Gefühl der Rache, das mich trieb, obwohl auch das bestimmt eine Rolle spielte. Es war ebenso das Bedürfnis, alles zu wissen, was meine Tochter anging, weil ich so wenig von ihr gewußt hatte, als sie noch lebte.

„... Und vor diesem tragischen Ausgang stehend", sagt Anna eben, „frage ich mich, ob wir alles getan haben, unserer jungen Freundin in ihrer seelischen Not zu helfen? Ob wir überhaupt ahnten, was in ihr vorging ..."

Ich hatte geglaubt, es bei meinem Kind zu wissen, doch ich wußte es nicht.

Jetzt spricht Anna von meiner Rückkehr aus Kopenhagen, der letzten Station in der Veranstaltungsreihe zum Gedenken der ermordeten Frauen in Ravensbrück. Sie erzählt, wie sie und die anderen Kameradinnen in Berlin vom Tode Katjas erfuhren und es nicht glauben wollten. „Wir, die wir dem Tod so viele Leben abgetrotzt hatten, die wir kämpften, auch wenn kaum noch Aussicht vorhanden war, standen fassungslos vor der Tatsache, daß ein junger Mensch sein Leben wegwirft. Ein Leben, in dem alles erfüllt schien, wovon wir kaum zu träumen wagten. Und ich fragte mich, welche Vorstellungen vom Wert dieses Lebens hat sie gehabt und was haben wir falsch gemacht ..."

Wie seltsam, solche Worte aus Annas Mund zu hören. Ja, sie hat recht, welche Vorstellungen vom Wert des Lebens haben wir unserer Tochter mitgegeben? Was haben wir falsch gemacht?

Bei Uwes Mutter ist der Wert des Lebens wohl ganz eindeutig festgelegt: „Nur wer im Wohlstand lebt, lebt angenehm." Es ist anzunehmen, daß sie diese Lebensmaxime eher von ihrem Sohn hat als er von ihr. Ich hätte nicht zu ihr gehen sollen.

Sie erschrak, als sie mich erblickte, notgedrungen ließ sie mich ein und bot mir Platz an. Der Raum, in den sie mich geführt hatte, schien die sogenannte gute Stube. Auf dem Sofa und auf zwei Polsterstühlen lagen Häkeldeckchen, an der Wand hing das Foto eines Mannes in Uniform, wahrscheinlich Uwes Vater, das Vertiko zierten Nippesgegenstände, dazwischen stand in einem schmalen Rahmen ein Foto von Uwe.

Seine Mutter sprach Worte des Beileids, aber sie klangen unecht, und sie gab sich wenig Mühe, sich zu verstellen. Bestimmt hatte der Sohn ihr Anweisungen gegeben, wie sie sich zu verhalten habe, wenn jemand sie nach seiner Frau fragen sollte. Sie war darum vorsichtig, aber im Gegensatz zu früher redete sie viel. Der Respekt, den sie gehabt haben mußte, die wenigen Male, da sie bei uns zu Besuch war, hatte einer Selbstsicherheit Platz gemacht, die ich darauf zurückführte, daß ihr Sohn erreicht hatte, was er sich vorgenommen. Sie war so erfüllt von diesem Gefühl, daß sie nicht schnell genug darauf zu sprechen kommen konnte.

„Glauben Sie nicht, daß es mir nicht leid tut um Ihre Tochter und daß ich nicht mit Ihnen empfinde“, sagte sie mit falschem Tremolo in der Stimme, „aber Sie haben es Uwe nicht leichtgemacht. Sie haben nichts dazu getan, daß er seine Absichten verwirklichen konnte. Vielleicht wäre dann alles anders geworden. Nun hat er's auch ohne Ihre Verbindungen geschafft, er ist tüchtig und zäh und erreicht, was er sich vornimmt, das müssen Sie zugeben.“

Ich nahm ihr ihren mütterlichen Stolz nicht übel, aber in dieser Situation kaum zwei Worte über Katja, die noch nicht einmal unter der Erde ruhte, nur Lobeshymnen über ihren Sohn, diese Gefühlsarmut war abstoßend. Andererseits, was erwartete ich denn? Katja war keine Schwiegertochter nach ihrem Geschmack gewesen, und sie hatte sie bestimmt nur mit gemischten Gefühlen zur Kenntnis genommen.

Zwar hatte sie, bestimmt beeinflußt von ihrem Sohn, in Katjas Elternhaus etwas hineingesehen, was gar nicht vorhanden war, eine Art bürgerlichen Wohlstands, andererseits aber hatte sie weder zu uns noch zu Katja irgendwelchen Kontakt gehabt. Darum wunderte ich mich ja auch, als Annemarie mir davon erzählte, daß Katja zu Uwes Mutter gelaufen sei. Ich verstand nicht, was sie damit bezweckte. Ich wollte wissen, wie sich der Besuch meiner Tochter in den Augen dieser Frau abgespielt hatte. Dazu war ich gekommen. Es war mir bewußt, daß das, was Uwes Mutter mir mitteilen würde, nicht freundlich sein konnte, aber ich wollte meine Vorstellungen von diesem Besuch ergänzen.

„Ich gebe die Fähigkeiten Ihres Sohnes, von denen Sie sprechen, durchaus zu“, sagte ich, auf den letzten Satz von

Frau Bergmann eingehend, „aber der Tod meiner Tochter war in der Rechnung, die Ihr Sohn aufgestellt hatte, in den Berechnungen, die er angestellt hatte, nicht einbegriffen. Wenigstens nehme ich das an.

Noch hatte ich Uwe nicht direkt beschuldigt, aber sie reagierte, als hätte ich es getan. „Wenn Sie meinem Sohn vorwerfen wollen, er habe Ihre Tochter in den Tod getrieben, dann liegen Sie schief", legte sie los.

„Ich habe es ihm nicht vorgeworfen", sagte ich, bemüht, ruhig zu bleiben. „Ich bin zu Ihnen gekommen, weil meine Tochter noch kurz vor ihrem Tode bei Ihnen gewesen ist. Ich möchte wissen, was sie von Ihnen wollte."

Sie zuckte zusammen, ihr Ausdruck spiegelte ihre Unentschlossenheit wider. „Woher wissen Sie, daß sie hier war?" fragte sie.

„Sie hat es ihrer Freundin mitgeteilt."

„Welcher Freundin?" fragte sie mich. „Dieser Annemarie Austen, die die Frechheit hatte, meinem Sohn Vorhaltungen zu machen?"

Wenn sie die Absicht gehabt hatte, mich zu überraschen, dann war es ihr gelungen. „Annemarie Austen sprach mit Ihrem Sohn?" fragte ich überrascht.

„Sie hatte gar kein Recht, sich so aufzuspielen. Was kann er dafür, daß die Frauen ihm nachlaufen." Jetzt war sie richtig im Zuge. „Daß Ihre Tochter mit verdrehten Vorstellungen in die Ehe kam, war nicht seine Schuld. Alles bei ihr war auf die Spitze getrieben, sie lebte überhaupt nicht in unserer Welt. Diese blöde Drohung, er solle nach Hause kommen, sonst werde sie sich etwas antun, war auch eine von ihren Verrücktheiten."

„Er hat diese ... diese Aufforderung also bekommen?" Ich schrie es beinahe.

Sie wurde unsicher. „Wieso?" fragte sie.

„Er hat behauptet, er hätte sie nicht bekommen, und seine Freundin, Frau Musäus, hat angegeben, sie habe das Schreiben in Empfang genommen und es ihm nicht ausgeliefert, es ihm verschwiegen."

Frau Bergmann lief rot an. Die Bedeutung ihrer unvorsichtig hingeplapperten Worte wurde ihr klar. „Ich habe nicht behauptet, daß er sie erhalten hat", versuchte sie das eben Gesagte abzustreiten. „Wer berechtigt Sie überhaupt, zu mir zu kommen und mich auszuhorchen?"

Meine ehemalige Theaterpraxis half mir, mich zu beherrschen. „Der Tod meiner Tochter berechtigt mich dazu, Frau Bergmann" antwortete ich. „Was Sie da unabsichtlich gesagt haben, zeigt mir, daß meine Vermutungen nicht unbegründet sind. Leben Sie wohl."

„Wenn Sie mir die Worte im Munde umdrehen wollen", rief sie mir nach, „werden Sie kein Glück haben ..."

Ich sah mich nicht mehr um.

Die Versuche sowohl Karin Musäus' als auch von Uwes Mutter, Tatsachen zu leugnen oder zu verschleiern, schienen mir der Beweis, daß da etwas verleugnet, verschleiert werden mußte. Uwe hatte Katjas Brief ohne Zweifel erhalten, seine Mutter wußte es, auch wenn sie es dann abstritt. Es stimmte offenbar, so wie ich es vermutet hatte. Er war in die Wohnung gegangen, ob mit oder ohne Freundin spielte dabei keine Rolle. Er fand Katja in völlig hilflosem Zustand, vielleicht sogar bewußtlos. Er erschrak und überlegte, was da auf ihn zukomme, und gelangte zu dem Schluß, daß es für ihn am besten sei, den Notdienst erst dann anzurufen, wenn Hilfe nicht mehr möglich war. Mit dem Tode Katjas sah er seine Probleme gelöst, es gab keine Auseinandersetzungen mehr, man bedauerte ihn, weil er seine junge Frau so früh und auf so schreckliche Weise verloren hatte, niemand würde ihm die Wohnung streitig machen, zumal er wahrscheinlich die Absicht hatte, Karin Musäus und seinen Sohn aufzunehmen. Vielleicht hoffte er auch, den Kredit, den Katja von Anna erhalten hatte, behalten zu können, indem er behauptete, das Geld nicht bekommen zu haben? Ich versuchte, mich in Uwes Überlegungen hineinzudenken, sie nachzuvollziehen. Annemarie Austen hatte gemeint, Uwe sei kein schlechter Mensch, aber in anderem Zusammenhang hatte sie festgestellt, Uwe denke immer nur an den Nutzen. Warum Annemarie mir verheimlichte, daß sie mit Uwe gesprochen hatte, obwohl Katja das ablehnte, verstand ich nicht. Sie hatte mir doch sonst alles mitgeteilt.

Als ich sie danach fragte, brach sie in Tränen aus. „Warum hätte ich Ihnen das sagen sollen, es ändert doch nichts mehr. Uwe war empört, daß ich mich in seine Angelegenheiten mische, in Dinge, die mich nichts angingen. Er sei nicht bereit, sich mit mir über sein Verhältnis zu seiner Frau zu unterhalten. Als ich ihm Rücksichtslosigkeit vorwarf, als ich behauptete, daß er seine Frau zugrunde richte, als ich es sogar wagte, seine sogenannte Intimsphäre zu berühren – Katja hatte mir da einiges erzählt –, warf er mich hinaus. Es hätte nicht viel gefehlt und er wäre handgreiflich geworden."

Da war wieder etwas, von dem ich nichts gehört hatte. „Was hat Katja dir erzählt?"

Sie ärgerte sich, daß sie die Sache erwähnt hatte. „Es war nichts Weltbewegendes, aber Katja hat es sich sehr zu Herzen genommen. Die beiden Männer hatten getrunken, Uwe und sein Kumpan, dieser sogenannte Teilhaber, ich kann den Kerl nicht leiden, und da hat Uwe versucht, Katja an den Kerl zu verkuppeln. Katja war kein Blümchen Rührmichnichtan, das wissen Sie ja, aber das hat sie Uwe sehr übelgenommen."

Zu Annemarie hatte Katja Vertrauen gehabt, ihr hatte sie sich anvertraut, mir nicht.

Überall stieß ich auf mein Versagen, ob ich wollte oder nicht. Auch bei dem Gespräch mit Schwester Brigitte, der Tränen über die Wangen liefen, als sie mir von Katja berichtete. Sie war jünger als Katja und schien sehr an ihr gehangen zu haben.

„Sie meldete sich in letzter Zeit freiwillig zu jedem Arbeitseinsatz", sagte Schwester Brigitte. „Manchmal hatte ich das Gefühl, als flüchte sie ins Krankenhaus. Von sich hat sie wenig erzählt, es war ihr auch nicht anzumerken, wenn sie Kummer hatte, aber ich wußte es sofort, ich sah es ihren

Augen an, ihren Bewegungen, allem. Von Ihnen sprach sie übrigens ein paarmal, sie war sehr stolz auf Sie."

„Auf mich?" fragte ich, als habe ich mich verhört.

Sie nickte. „‚Mutter ist großartig', sagte sie, ich erinnere mich genau, ‚aber sie war viele Jahre im KZ, und das hängt ihr heute noch an, sie kommt nicht davon los.' Entschuldigen Sie, aber Sie wollten doch, daß ich Ihnen alles sage. An ihrem Vater hing sie auch sehr, aber anders. Einmal, als wir halfen, einen älteren Mann zu betten – der eine Pfleger war krank –, meinte sie, er ähnele ihrem Vater. Der Mann hatte keinen Laut von sich gegeben, obwohl er große Schmerzen hatte. ‚Ist dein Vater auch so kräftig?' wollte ich wissen. ‚Nein', antwortete sie, ‚äußerlich sieht er ihm nicht ähnlich, aber in der Art, wie er Schmerzen erträgt.' Ein andermal sagte sie von ihrem Vater, er sei ein Kommunist alter Schule, obwohl er gar nicht so alt ist. Er wäre noch bereit, sein Leben für die Partei zu geben."

„Haben Sie sich öfter über so politische Fragen unterhalten?" fragte ich erstaunt.

„Selten", antwortete sie, „und ich glaube, sie hat sich nur mit mir und mit Annemarie so unterhalten. Mit mir, weil meine Großeltern auch alte Kommunisten sind, das hatte ich ihr erzählt."

„Von ihrem Mann, über ihre Ehe sprach sie nicht?"

Sie schüttelte den Kopf. „Da war sie sehr zurückhaltend. Und fragen wollte ich sie nicht. Einmal hat er sie abgeholt, da merkte ich, was er für einer ist."

„Und was ist er für einer?" fragte ich.

„Na ja, sehr von sich eingenommen", antwortete sie. „Glaubt, jede Frau müsse ihm gleich zu Füßen liegen. Benimmt sich wie ein Schlagerstar, sieht auch danach aus, aber mir imponiert so einer nicht. Hab mich gewundert, daß Katja gerade auf so einen reinfiel. Aber in bezug auf Liebe gibt es die komischsten Dinge, da soll man nicht urteilen, da ist keiner gefeit. Sie war jedenfalls wie verwandelt, als er da war, sah nur noch ihn."

„Und wie war er zu ihr?"

Die Schwester überlegte. „Ja, wie war er zu ihr? Freundlich, aber sehr bestimmt. Sie sollte noch zu einer Patientin, aber ihre Arbeitszeit war schon um. ‚Mach Schluß', sagte er, ‚soll jemand anders das für dich übernehmen. Wir kommen zu spät.'

Ich weiß nicht, was die beiden noch vorhatten.

‚Ich muß die Frau noch versorgen', sagte sie. ‚Sie wartet darauf. Es dauert bestimmt nicht lange.'

‚Dann geh ich schon vor', erklärte er kurz und bestimmt. Er wäre auch sicher gegangen. Da bat sie mich, die Patientin, die besonders an Katja hing, zu übernehmen. ‚Sag ihr, es ginge heute nicht, sie soll nicht traurig sein.'

Ich sah ihr an, wie schwer es ihr fiel."

Schwester Brigitte, jung, kräftig, unsentimental, kämpfte mit Tränen, aber für sie würde Schwester Katja Bergmann bald nur noch eine Erinnerung sein. Ich mußte an meine Mutter denken, an der ich so gehangen hatte und die, fern von mir, in englischer Emigration gestorben war. Ob ich ihr allmählich auch zu einer Erinnerung geworden war? Und würde Katja es mir ebenfalls werden? Alles in mir sträubte sich gegen diesen Gedanken. Katjas Tod war etwas, das nicht hätte geschehen dürfen. Er war unsinnig, durch nichts zu rechtfertigen. Er war ein Einzelfall, aber er war kein Zufall. Und so fragte ich weiter: „Und wodurch kamen Sie zu der Ansicht, Schwester Brigitte, daß Katja sich in letzter Zeit ins Krankenhaus flüchtete? Nur weil sie sich freiwillig zu jedem Arbeitseinsatz meldete?"

„Hauptsächlich deshalb, aber nicht nur deshalb", antwortete sie. „Katja hatte etwas Hektisches in letzter Zeit, das ich vorher an ihr nicht kannte. Erst bei der Arbeit wurde sie wieder ruhig."

„Wußten Sie, daß sie des öfteren Schlaftabletten mitnahm?"

Schwester Brigitte schluchzte auf. „Ich habe ein-, zweimal gesehen, daß Katja Schlaftabletten mitnahm, sie schlief schlecht, aber ich habe doch nicht geahnt ... Wer hätte das ahnen sollen?" Sie schluckte ein paarmal und fuhr erst nach einer Weile fort: „Katjas Tod hatte bei uns im Krankenhaus noch ein Nachspiel. Man stellte fest, daß mitunter leichtfertig und ohne genügend Kontrolle mit Medikamenten umgegangen wird. Das hat sich seitdem geändert."

Was sollte ich dazu sagen? Es war keine Beruhigung für mich, daß es sich erst nach Katjas Tod geändert hatte. „Sie arbeiteten auch an jenem Tage mit Katja zusammen, an dem das ... das Unglück geschah. War meiner Tochter bereits irgend etwas anzumerken?"

Sie senkte nachdenklich den Kopf. „Das habe ich mich selbst immer wieder gefragt", antwortete sie. „Ich habe versucht, mir jede Einzelheit ins Gedächtnis zurückzurufen. Katja kam wie immer kurz vor sechs. Alles lief routinemäßig, glatt: waschen der Schwerkranken, messen, pulsen, das Frühstück, Medikamente. Sie wissen ja, wie das in den Krankenzimmern zugeht. Um zehn Uhr Visite, der Chef war abberufen worden, Oberärztin Dr. Klingermann vertrat ihn. Die weiße Wolke – so nennen die Patienten die Visite, wenn der Chef dabei ist – bestand aus Dr. Klingermann, Dr. Reis, Frau Dr. Selig, der Stationsschwester und Katja. Katja war meist dabei. Die Stationsschwester mußte alle Anordnungen notieren und dafür sorgen, daß sie durchgeführt werden. Auch Katja hatte vollauf zu tun. Trotzdem wirkte sie ruhig und konzentriert, ich sagte schon, auch wenn sie noch so nervös war, bei der Arbeit fand sie Ruhe."

„Hatten Sie, ehe sie mit der Arbeit begann, den Eindruck von großer Nervosität bei ihr?" fragte ich.

Sie schüttelte den Kopf. „Da hab ich mich sicher falsch ausgedrückt. Nein, an diesem Tag hatte ich den Eindruck merkwürdigerweise nicht. Im Gegenteil, in der Mittagspause, in der wir zusammen saßen – sonst aßen wir meist zu dritt in der Kantine, Annemarie Austen, Katja und ich –, fragte sie mich, ob ich Lust hätte, mit ihr ins Theater zu gehen, sie habe durch einen Zufall Karten für ‚Nathan der Weise' bekommen. Sie ging nicht oft ins Theater, ihr Mann war wohl nicht sehr dafür."

„Und wann sollte die Aufführung sein?"

„Donnerstag. Ich erinnere mich genau", erklärte sie.

Also hatte Katja Mittwoch tagsüber nicht die furchtbare Absicht gehabt! Wenn sie Donnerstag ins Theater gehen wollte ... Mein Gott!

Sicher hatte sie vorher schon mal daran gedacht, aber wie viele junge Menschen denken so etwas, ohne es je zu tun. Erst der Brief Uwes, den seine Freundin eingeworfen hatte und den man nun nirgends fand, mußte den Ausschlag gegeben haben. Aber immer noch wehrte sie sich, immer noch glaubte sie nicht an ein Ende, stellte sie ein Ultimatum, von dessen Erfüllung oder Nichterfüllung sie alles abhängig machte. Im Grunde genommen war sie überzeugt, daß Uwe ihrem Hilferuf folgen werde, zumindest, daß er zu der Aussprache kommen werde, die sie von ihm verlangt hatte.

Wie mußte sie gewartet haben!

Er kam nicht.

Was ging in ihr vor in dieser ganzen Zeit? Hatte sie Angst, sich lächerlich zu machen, wenn sie ihre Drohung, sich etwas anzutun, nicht wahrmachte? Malte sie sich das Gesicht von Karin Musäus aus, spottend, sie tue es ja doch nicht? Malte sie sich aus, wie die beiden beraten, ob er nicht doch gehen solle, denn daß er Katjas Schreiben erhalten hatte, war gewiß. Eifersucht, verletzter Stolz. Verletzte Eitelkeit? Natürlich muß noch etwas anderes hinzugekommen sein, um sie so wirksam werden zu lassen wie in Katjas Fall.

„Wir haben versagt", meinte auch Rosemarie. Katjas Tod geht ihr sehr nahe. Sie erfuhr es ebenfalls erst bei der Heimkehr.

Wäre ich Katja eine echte Freundin gewesen ... Ich tappe im Kreis, immer wieder komme ich zur Ausgangsstelle zurück ...

„Ich verstehe dich", sagte Rosemarie, „und ich hatte, als ich es hörte, die gleichen Empfindungen wie du, aber ich weiß nicht, ob es richtig ist, sich nur von seinen Gefühlen leiten zu lassen. Nehmen wir an, es wäre möglich, Uwes Schuld nachzuweisen, so daß er verurteilt wird. Das heißt, die Kriminalpolizei müßte den Fall in ihre Hände nehmen. Nach allem, was du mir erzählt hast, nach allem, was du bei deinen Nachforschungen herausbekommen hast, ist er schuldig, hat er den Notdienst zu spät verständigt. Ob bewußt oder in Panik läßt sich wahrscheinlich kaum feststellen. Aber was hättest du von seiner Verurteilung? Es würde zu einem Prozeß kommen, man würde ihm vorhalten, daß er Katja einige Male verließ, daß er sie zu erpressen versuchte. Er würde, um sich zu entlasten, sein Zusammenleben mit Katja an die Öffentlichkeit zerren, würde zu beweisen versuchen, daß man mit Katja nicht leben konnte, daß sie ihm Szenen machte, ihm nachspionierte und dergleichen mehr. Du hast gesehen, daß es ihm nicht darauf ankommt, Dinge zu leugnen, andere zu erfinden. Bist du diesen Belastungen gewachsen? Würde ein solcher Prozeß nicht Katjas Ansehen, eurem Ansehen schaden? Hinzu kommt, ob es überhaupt möglich ist, die Zeitfrage ganz genau festzustellen. Wann kam er in die Wohnung, wann hat er angerufen? Unterließ er es mit Absicht, Hilfe zu holen, wartete er mit Absicht, bis es zu spät war?“

Vieles von dem, was Rosemarie mir zu bedenken gab, hatte ich selbst schon bedacht. An einen Prozeß allerdings hatte ich nie gedacht. Stundenlang sprachen wir über das Für und Wider.

Anna hatte ich von meinem Verdacht nichts gesagt. Das war kein Mißtrauen gegen sie, vielmehr die Angst, daß sie, wie ich sie kannte, alle zuständigen und nicht zuständigen Instanzen in Bewegung setzen würde, genau das, wovor Rosemarie mich als Folge eines Prozesses gewarnt hatte.

Anna kommt erneut auf Uwes vermeintlichen Kummer zu sprechen, sie spricht ihn direkt an, spricht ihm sogar Mut zu. Wie er sich dabei wohl vorkommt? Seinem Gesicht ist nichts anzusehen, keine Bedrückung, kein Kummer, auch nicht Verlegenheit. „Emaillegesichter“ nannten wir das früher beim Theater. Er trägt sogar einen schwarzen Anzug, der neu sein muß, jedenfalls habe ich ihn früher nie damit gesehen.

Rosemarie sitzt sehr beherrscht, nur von Zeit zu Zeit fährt sie mit dem Taschentuch über die Augen. Annemarie Austen weint unentwegt, ihre Augen sind gerötet, bei den Worten Annas an Uwe reißt sie den Mund auf, das erweckt den Eindruck, als würde sie gleich losschreien. Schwester Brigitte sitzt unter anderem Krankenhauspersonal fast am Ausgang der Halle. Sie sind die einzigen, die um meinen Verdacht wissen.

War es richtig, war es falsch, daß ich schwieg?

Große gehörte zu den letzten, bei denen Katja gewesen war. Annemarie Austen, die das ganz unabsichtlich in einem Gespräch erwähnt hatte, sagte ich nicht, daß ich die Absicht hätte, ihn aufzusuchen. Sie würde das vielleicht nicht begriffen haben.

Als ich ihn anrief, war er sofort bereit, mit mir zu sprechen. „Am frühen Nachmittag“, bat er mich, „da habe ich mehr Zeit.“

Er nahm mir den Mantel ab, führte mich zu dem Stuhl vor dem Schreibtisch, auf dem ich vor Jahren schon einmal gesessen hatte, und fragte mich, ob ich eine Tasse Kaffee mit ihm trinken wolle. Ich bat ihn, sich keine Mühe zu machen, aber er bat die Sekretärin, die mich hereingeführt hatte, dennoch darum.

Er wartete, aber da ich nicht gleich anfing, fragte er vorsichtig: „Sie wollten mit mir über Katja sprechen? Sie wissen, daß sie noch kurz vorher bei mir gewesen ist?“

Ich nickte. „Ich weiß es.“

„Und Sie wollen von mir hören, was sie von mir wollte?“

Wieder nickte ich.

Das Heim, in dem ich Katja öfter besucht hatte, das Zimmer, in dem ich Große damals auch gegenübergesessen hatte, alles erinnerte mich an Katjas Heimzeit, nur daß sie nicht mehr da war.

Er schien meine Gedanken zu erraten: „Ich kann mich in Ihre Lage versetzen. Es ist sehr schwer für Sie."

Seine Worte taten mir wohl. Keine abgeschmackten Beileidsbeteuerungen, kein geheucheltes Mitleid, echte Anteilnahme. „Ich würde gern wissen, warum sie zu Ihnen gegangen ist", begann ich. „Können Sie mir das sagen?"

„Wir haben lange miteinander gesprochen", antwortete er, „fast zwei Stunden. Ich will versuchen, das Wesentliche herauszuschälen. Ich bin ein alter Pädagoge, ich meine, alt nicht nur den Jahren nach, sondern was die Zeit anbelangt, in der ich auf diesem Gebiet arbeite. Ich liebe meinen Beruf. Ich habe Erfolge gehabt, gewiß, aber auch Mißerfolge. Katja zähle ich leider dazu."

Ich unterbrach ihn. „Nur weil sie das getan hat? Nur wegen dieser Kurzschlußhandlung?" Jetzt nannte ich es selbst so.

Er wehrte ab. „Ich sehe es nicht *nur* als ‚Kurzschlußhandlung'. Aber um das zu erklären, muß ich weiter ausholen. Was ich Ihnen jetzt sage, Genossin Komarski, sind die Ergebnisse vielen Nachdenkens, seit ich von dem Unglück erfuhr. Es ist mir sehr nahegegangen. Vielleicht könnte man sagen, Katja war nicht allzulang im Heim, gezielte pädagogische Maßnahmen konnten noch nicht wirksam werden. Aber daran liegt es nicht. Gab es solche Maßnahmen überhaupt? Darauf kommt es an! Erinnern Sie sich noch unseres ersten Gesprächs? Als ich Sie zu mir bat, um mit Ihnen über Katja zu reden? Katja war damals erst ganz kurz bei uns, und es hatte zwischen ihr und einer Erzieherin, Kollegin Behrend, eine Auseinandersetzung gegeben. Die Erzieherin meldete mir den Vorfall verwirrt und völlig ratlos. Frau Behrend, die einiges über Sie und Ihren Gatten erfahren hatte, bat Katja, die Eltern zu veranlassen, vor den Kindern im Heim über faschistische Lager und den Faschismus zu sprechen. Die Erzieherin war zu Recht überzeugt, daß ein Bericht von Menschen, die es am eigenen Leib erfahren haben, ganz anders wirken müsse als das, was im Schulbuch steht, oder das, was als Dokumentation im Fernsehen ausgestrahlt wird. Sie dachte auch, Katja würde sich freuen. Doch das Gegenteil war der Fall. Katja, sonst ein stilles und in sich gekehrtes Mädchen, schrie die Erzieherin an, sie solle sie in Ruhe lassen, sie denke nicht daran, mit den Eltern zu reden, sie habe genug, genug, genug! Diese Reaktion war ungewöhnlich und auch unbegreiflich. Ich ließ mir Katja kommen.

Das Gespräch mit ihr war aufschlußreich und hätte mir als Pädagogen mehr sagen müssen, als es das tat. Vor allem wäre es notwendig gewesen, Schlüsse daraus zu ziehen. Auch das geschah nicht. Ich glaube, ich habe Ihnen damals recht ausführlich berichtet."

„Ich erinnere mich."

„Ich habe Ihnen alles so dargestellt, wie es sich mir darstellte. Als ich aber, veranlaßt durch Katjas Tod, begann, mir Einzelheiten jenes Gesprächs wieder ins Gedächtnis zurückzurufen, wurde mir bewußt, daß ich manches falsch eingeschätzt hatte und, was ich erkannte, vor mir selbst verharmloste. Ich will versuchen, Ihnen zunächst meine damalige Unterhaltung mit Katja, so wie ich sie heute sehe, zu erklären. Ich weiß allerdings nicht, ob Sie sich stark genug fühlen, mich anzuhören?"

Ich fürchtete mich nicht, Neues zu erfahren, sondern hatte Angst, das bestätigt zu bekommen, was ich mir selbst vorwarf. Aber ich war gekommen, die Wahrheit zu hören, darum sagte ich: „Bitte, reden Sie. Ich werde es ertragen."

Wieder wie damals, als ich das erstemal bei ihm war, zündete er sich eine Zigarette an und drückte sie schon nach wenigen Zügen aus. „Das hervorstechendste an Katjas Haltung war, so wie ich es heute sehe, ihr Mißtrauen." Große blickte mich nicht an, besser gesagt, es war, als schaue er durch mich hindurch. „Dieses Mißtrauen lauerte immer bei ihr, worüber sie auch sprach, was immer sie sagte", fuhr er fort. „Es war ihre Grundhaltung, die ich aber nicht erkannte. Das war mein größter Fehler. Als ich mit Ihnen damals über Katja sprach, machte ich Sie zwar darauf aufmerksam, ich sagte Ihnen aber nicht, was das für ihr Leben bedeutete, denn es war mir selbst nicht klar. Diese Grundhaltung kann in einem jungen Menschen Unzufriedenheit erzeugen, kann ihn hindern, einen Standort zu finden. Bitte, verstehen Sie mich recht, Mißtrauen ist mitunter notwendig, es kann ein Warnsystem sein, als Grundhaltung aber ist es gefährlich.

Wie hatte sich diese Haltung bei Katja herausgebildet? Sie lebte in einer Umgebung, die sie schon als Kind ablehnte, weil sie ihren kindlichen Bedürfnissen nicht nur nicht gerecht wurde, sondern ihnen abträglich war. Die Eltern, Mittelpunkt dieser Umgebung, in der Hauptsache natürlich Sie, Genossin Komarski, versuchten, ihr Kind, Katja, in diese Umgebung einzubeziehen. Damit erreichten Sie genau das Gegenteil. Sie erzeugten in ihr eine tiefe Abneigung. Korrigieren Sie mich, wenn meine Vermutungen falsch sind."

„Sie sind richtig", sagte ich.

Große nahm einen Schluck Kaffee und fuhr fort: „Viele Kinder geraten aus irgendwelchen Gründen in Opposition zu ihrer Umgebung, zu ihrem Elternhaus, das braucht nicht schlecht zu enden, das aktiviert manchmal sogar. Bei Katja war es anders, ihr Verhältnis zu ihrer Umgebung, zu den Eltern war gespalten. Die Liebe zu den Eltern, zu einigen Ravensbrücker Kameradinnen der Mutter, die sie zweifellos empfand, wurde ständig in Frage gestellt durch die Gesamtatmosphäre, die sie haßte und von der sie behauptete, sie habe ihre Kindheit vergiftet. Sie erzählte mir kleine Begebenheiten, bei denen immer wieder zum Ausdruck kam, wie sehr sie die ständigen Gespräche über das Lager, über tote oder auch über noch lebende Kameradinnen belasteten. Natürlich muß man die Jugend auch mit den Schrekken des Faschismus vertraut machen, muß man das Wissen über das, was Faschismus ist, wachhalten, aber in diesem Fall, mit den vielen konkreten Einzelheiten, war es sicher zu viel. Hinzu kam, daß Ihre Vorträge, Genossin Komarski, Ihre Lesungen im In- und Ausland ihr die Mutter nahmen. Hier kommt mein Versäumnis. Wissen Sie, die katholische

Kirche hat eine kluge Einrichtung, die Beichte. Ich bemerkte, wie gut es dem Mädchen tat, sich aussprechen zu können. Wie sie zusehends lockerer und gelöster wurde, und ich nahm mir vor, mich weiter um sie zu kümmern. Das versprach ich ihr auch.

Ich hatte den Eindruck, daß Katja mir zu vertrauen begann, damit war schon viel gewonnen. Doch ich kam nicht oft dazu, die Arbeit im Heim fraß mich auf. Dann holten Sie Katja wieder heraus. Sie hatte sich gerade erst etwas eingewöhnt. Beim Abschied sagte ich ihr, sie könne jederzeit zu mir kommen, wenn sie Probleme habe.

Sie kam erst kurz vor ihrem Tode, ich ahnte nicht, was sie wollte. Sie sagte mir, daß sie schon einige Male vorgehabt hatte, mich zu besuchen, doch nie den Mut dazu fand. Ich hielt das für eine Höflichkeitsfloskel und verstehe erst jetzt, daß sie die Wahrheit sprach. Wäre ich ihr auf der Straße begegnet, ich hätte sie nicht wiedererkannt. Eine gutaussehende junge Frau, ja, ich würde sagen, eine attraktive Frau, wenn dieses Wort nicht so abgegriffen wäre. Sie versuchte, ihre Hemmungen – und sie steckte voller Hemmungen – zu überspielen, das hatte sie schon als Kind getan. Ich vermied es, sie direkt zu fragen, warum sie gekommen war, ließ mir von der Schule, von ihren Bemühungen, Schauspielerin zu werden, und von ihrem Entschluß, den Beruf einer Krankenschwester zu erlernen, erzählen. Sie berichtete, unterbrach sich aber plötzlich und sagte: ‚Sie haben mich einmal aufgefordert zu kommen, wenn ich Probleme habe. Ich habe Probleme, und darum bin ich hier.'

Bis dahin war sie steif und förmlich gewesen, jetzt schien sie verwandelt, wie ein junger Mensch, der sich nicht selbst zu helfen weiß, einfach und natürlich. Sie wiederholte, was sie mir als Kind bereits erzählt hatte, sprach von der bedrückenden Atmosphäre ihres Elternhauses, aus der sie, einen Ausweg suchend, sich in Abenteuer stürzte, die jedoch kein Ausweg waren. Sie sprach verblüffend offen über diese Abenteuer, mit einer Offenheit, die in krassem Widerspruch zu ihrer sonstigen, eher zurückhaltenden Art, sich zu geben, stand. Sie meinte, wahrscheinlich habe sie die Männer, mit denen sie sich einließ, nur als Objekte betrachtet, die ihre Phantasie schuf, um sich eine eigene, andere Welt aufzubauen. ‚Ich schlief mit ihnen', sagte sie, ‚aber sie befriedigten höchstens meine sexuellen Bedürfnisse, eine andere Welt lernte ich durch sie nicht kennen, wahrscheinlich, weil ich keinen von ihnen richtig kennenlernte.'

Ich gebe Katjas Worte wieder, Genossin Komarski, erstaunlich offene, erstaunlich ehrliche Worte. Wobei das Verlangen, in der Phantasie Objekte zu erfinden, um sich eine künstliche Welt zu schaffen, jedem Psychologen nicht nur bei Jugendlichen bekannt ist. Die wenigsten freilich, die sich so verhalten, sind sich dessen bewußt. Katja war sich dieser fiktiven Realität, die sie sich zu schaffen versucht hatte, bewußt geworden. Sie muß viel über sich und ihr Leben nachgedacht haben, manches, was sie sagte, hatte sie bestimmt wieder und wieder formuliert. Dieses Bewußtwerden eigenen Verhaltens ist sehr oft der erste Schritt zur Veränderung. Aber den zweiten Schritt zu tun, war Katja nicht imstande. Hier brauchte sie Hilfe. Ich half ihr nicht, weil ich die Dringlichkeit sofortiger Hilfe nicht begriff. Das soll keine Entschuldigung für mich sein.

Dann kam sie auf ihre Ehe zu sprechen. Ein Schriftsteller hätte seinen Helden nicht genauer, nicht differenzierter beschreiben können wie sie ihren Mann. Mit allen Fehlern, mit manchen Vorzügen. Ich hatte den Eindruck, daß das, was sie sagte, die Schlußfolgerungen aus Überlegungen und Grübeleien waren. ‚Zum Unterschied von den anderen, die ich, wie ich schon sagte, nicht kennenlernte', meinte sie, ‚lernte ich ihn nach und nach wirklich kennen, indem ich das, was ich anfänglich auch in ihn hineingesehen hatte, Stück für Stück abbaute und zu einer Einschätzung gelangte, die wahrscheinlich auch heute noch nicht wahr ist, aber der Wahrheit doch recht nahe kommt.'"

Es war erschütternd für mich, Katjas Worte hier aus dem Munde ihres ehemaligen Heimleiters zu hören.

„Sie sehen", fuhr dieser fort, „wie Ihre Tochter sich mühte, Gefühle, die in ihrem Leben die entscheidende Rolle gespielt haben müssen, vernünftig zu erklären. Neben seinem Äußeren, für das sie sehr empfänglich gewesen sein muß, beeindruckte sie, wie sie sagte, besonders das Draufgängertum ihres Mannes, die Unbekümmertheit, mit der er an alles heranging, seine Zähigkeit, Pläne, die er als gut und richtig ansah, zu verfolgen und alles seinen selbstgesteckten Zielen unterzuordnen.

‚Mir imponierte', so drückte Katja es aus, ‚die Selbstsicherheit, die er zur Schau trug, und es dauerte ziemlich lange, ehe ich dahinterkam, daß er nicht nur seine Umgebung, sondern auch sich selbst täuschte. Er war nicht selbstsicher. Er beneidete alle, die er für überlegen hielt, und versuchte es ihnen gleichzutun. Er wollte ‚hinauf', und er war und ist der Überzeugung, daß man das nur durch Geld und Beziehungen erreichen kann. Mein Elternhaus, das mit seinen geschmackvollen Möbeln, den Teppichen und Bildern, die Mutter nach und nach erwarb – Vater kümmerte sich nicht um so was –, bestimmt nichts Besonderes darstellt, repräsentierte für ihn bürgerlichen Wohlstand. Indem er mich heiratete, glaubte er die Verbindung herstellen zu können, die ihm als erstrebenswertes Mittel zum Hinaufkommen vorschwebte.'"

„Sie hat ihn also durchschaut?" fragte ich erschüttert.

„Es hat offenbar lange gebraucht, ehe sie ihn durchschaute", antwortete Große, „und diese Zeit des ‚Durchschauens' war bestimmt nicht einfach für sie. Indem sie aber zu einer objektiven Einschätzung ihres Mannes kam, fing sie an, sich selbst neu einzuschätzen, ihre Beziehungen zu ihm zu überprüfen. Sie erzählte mir von dem Streit zwischen ihrem Mann und ihrem Vater und auch, aus welchen Gründen es zu diesem Streit kam. ‚Ich halte die starre, prinzipienfeste Haltung von Vater nach wie vor für falsch', sagte sie, ‚obwohl ich weiß, daß er sich gar nicht anders verhalten kann und wie sauber seine Motive sind. Aber es ist unmöglich, sich eine Wunschwelt zu schaffen und die

Augen vor dem, was um einen herum vorgeht, zu verschließen. Tatsache ist, daß man bei uns Entwicklungen übersieht, die dem, was wir wollen, kraß entgegenstehen.‘

Und dann begann sie mir zu erzählen, warum ein Mensch wie Uwe Bergmann so werden mußte, wie er ist. Es war rührend zu sehen, wie sie ihm Gerechtigkeit widerfahren lassen wollte, obwohl er sie schwer gekränkt hatte. Sie meinte, er habe die besten Anlagen gehabt, sei ein guter Schüler gewesen, technisch begabt und interessiert, im Sport einer der Besten. Leider habe ihm der Vater gefehlt, der vierundvierzig gefallen sei, die Mutter konnte ihm den Vater nicht ersetzen. Trotzdem habe er alle Voraussetzungen gehabt, sich zu bewähren, ein nützliches Mitglied unserer Gesellschaft zu werden. Ich sage das mit meinen Worten, sie drückte es volkstümlicher aus. Aber er habe unter Bewährung nur eins verstanden: Haben, haben, haben.

‚Wie ist es möglich, daß sich so etwas bei uns herausbilden konnte, daß es Menschen gibt, die den Nebenmenschen nicht daran messen, was er *ist*, sondern was er *hat*?‘ fragte sie.

Wer von uns hat sich so etwas nicht schon selbst gefragt? Aber sie sprach es aus. Sie erzählte Beispiele aus dem Bekanntenkreis ihres Mannes. Solche Gedanken hatten sich anscheinend so in ihr gespeichert, daß sie sie loswerden mußte. Es war eine Art Selbstverständigung, bei der sie mich zeitweise ganz vergaß. Sie sprach und sprach, und ich hörte zu. Sie sprang von einem Thema zum anderen. Sie versuchte mir zu beweisen, daß sie nicht kalt und herzlos sei, wie Sie, Genossin Komarski, es manchmal vermuteten. Daß sie nachts oft geweint habe, weil sie die furchtbaren Grausamkeiten der Faschisten, die Sie schilderten, wenn Sie über Ravensbrück sprachen, in den Schlaf hinein verfolgten. ‚Aber ich stumpfte ab, ich mußte es‘, erklärte sie mir, ‚anders hätte ich nicht leben können. Es war Selbstschutz. Und ich reagierte allergisch auf alles, was mit diesen Geschehnissen zu tun hatte. Dieses Abstumpfen als Folge großer Belastungen, denen ich als Kind ausgesetzt war, indem man mir die Vergangenheit ständig vor Augen hielt, war einer der größten Fehler bei meiner Erziehung, und man sollte diese Gefahr auch bei anderen Jugendlichen nicht übersehen.'"

Sosehr ich mich beherrschte – Große mußte mir angesehen haben, wie seine Worte mich trafen. Er brach ab und blickte mich besorgt an. „Ich weiß nicht, ob Sie sich nicht zuviel zumuten", sagte er. „Wer macht nicht Erziehungsfehler. Als Pädagoge wird mir das leider nur zu oft bewußt. Warum quälen Sie sich unnütz damit ab."

Er hatte recht, wozu quälte ich mich? Ich mußte die Schuld, die ich bei Uwe Bergmann zu entdecken suchte, zuerst bei mir zur Kenntnis nehmen, auch wenn es eine andere Art von Schuld war. Hier, von meiner Tochter, wurde sie mir vor Augen gehalten, unverhüllt.

„Bitte sprechen Sie weiter", bat ich, nur meine Stimme klang heiser.

Das Telefon klingelte, Große nahm den Hörer ab und sagte kurz: „Jetzt nicht. Das hat Zeit. Bitte sorgen Sie dafür, daß ich in der nächsten halben Stunde nicht mehr gestört werde." Er wandte sich mir wieder zu: „Wo war ich stehengeblieben?"

„Bei der Schuld", antwortete ich. „Daß es ein Fehler ist, ein Kind zu sehr mit der Vergangenheit zu belasten. Daß es dann abstumpft."

Große nickte. „Sie erzählte mir so ausführlich von ihrer Kindheit, ihrer Jugend, damit ich verstehe, warum sie ausbrechen wollte aus der Welt von gestern, wie sie es nannte. Dann kam sie erneut auf ihren Mann, in dem sie die Welt von heute zu sehen glaubte. Ich sagte schon, sie sprang vor und zurück in ihren Themen, aber sie waren alle mit ihrem Hauptthema, ihrer Liebe und ihrer Enttäuschung, verbunden.

‚Gut und schlecht', sagte sie im Verlauf des Gesprächs, ‚gab es für Uwe nicht, für ihn existierte nur: Was ist gut und was ist schlecht für mich. Alles war ichgeprägt bei ihm.' Ebenso, stellte sie fest, habe es für ihn wie für einige seiner Bekannten, die sie durch ihn kennenlernte, keine Ideale, keine geistigen oder sittlichen Werte gegeben. Nur vordergründiges Besitzdenken. ‚Ich war nicht in eine Welt von heute ausgebrochen, wie ich angenommen hatte', stellte sie fest, ‚sondern in einen anderen Teil der Welt von gestern, in den Mief eines Kleinbürgertums.'"

„Aber wenn sie das so klar sah, warum hat sie Uwe dann nicht verlassen?" fragte ich verstört. „Sie hatte so etwas vor, wie mir eine Freundin von ihr mitteilte."

„Weil sie ihn liebte", antwortete Große einfach. „Und weil sie nicht mehr von ihm loskam. Zu Anfang hoffte sie, das wissen Sie sicher, ihn ändern, ja sogar ihn umerziehen zu können. Als sie dann einsah, daß ihr das nicht gelingen würde, war es, so sagte sie, zu spät. Ich widersprach, ich verstünde nicht, wie ein so junger Mensch wie sie von zu spät reden könne. Sie lächelte resigniert, ein junger Mensch sei nicht wie der andere. Ich kam zurück auf den Ausbruch aus der Welt von gestern und meinte, die Arbeit als Krankenschwester, die ihr doch Freude mache, die sie sich selbst gesucht habe – darauf hatte sie großen Wert gelegt, als sie davon sprach –, das Kollektiv von Pflegepersonal und Ärzten, die Patienten, das sei doch die eigentliche Welt von heute.

‚Die Arbeit ist für mich sehr wichtig', sagte sie, ‚aber sie ist nur ein Teil des Lebens. Als mein Mann von mir verlangte, daß ich meine Arbeit aufgebe und bei ihm in der Werkstatt arbeite, wollte ich nicht, wehrte ich mich, und dann habe ich nachgegeben. Er drohte mir, mich zu verlassen, wenn ich weiter im Krankenhaus arbeite. Aber er verließ mich, obgleich ich nachgegeben hatte. Als er das erstemal über Nacht wegblieb, ohne mir etwas zu sagen, ohne mir eine Nachricht zu hinterlassen, wurde ich halb verrückt vor Angst. Dann kam er wieder, als sei nichts geschehen.'

Ich fragte sie, wo er gewesen sei, und sie erzählte mir von der Freundin ihres Mannes, die von ihm ein Kind habe und glaube, ältere Anrechte zu besitzen. Als er das zweitemal wegblieb und wieder nach Hause kam, machte er Katja den Vorschlag, seine Freundin und seinen Sohn in die gemeinsame Wohnung aufzunehmen.

Das war der eigentliche Anlaß, weshalb Katja zu mir kam", schloß Große. „Ich solle ihr raten, sie wisse nicht ein noch aus."

Ich hatte bis dahin gesessen und zugehört, jetzt sprang ich auf. Das war etwas völlig Neues, von dem ich noch nichts gehört hatte. „Er wollte die Freundin und den Sohn in die Wohnung mitbringen?" fragte ich fassungslos.

„Ich weiß nicht, wie er sich das vorstellte", bestätigte Große. „Ob er an eine Ehe zu dritt dachte. Katja nahm es an. Es schien ihr ebenso unmöglich wie Ihnen und mir. Andererseits glaubte sie, ohne ihn nicht leben zu können. Ich redete auf sie ein, daß sie mit einem Menschen, der ein solches Ansinnen an sie stelle, ohnehin nicht würde leben können, daß sie noch jung genug sei, um jemand kennenzulernen, der wirklich das Heute verkörpere, das sie suche. Ich sprach davon, wie gut sie aussehe. Aber das sagte ich nicht, um ihr Mut zu machen oder sie zu trösten, sondern weil es stimmte. Sie sah mich zweifelnd an, und ihr Mund verzog sich zu einem Lächeln, das mir weh tat."

Große unterbrach sich und sagte: „Bitte, nehmen Sie doch wieder Platz. Ich verstehe Ihr Entsetzen und weiß, daß Sie sich ausmalen, wie sehr Katja gelitten hat. Hätte ich geahnt, mit was für Gedanken sie sich trug, als sie zu mir kam, ich wäre mir lächerlich vorgekommen mit all meinen klugen Worten. Wir denken nur mit dem Verstand und begreifen oft nicht, daß das Gefühl einen anderen, einen eigenen Verstand hat. Vielleicht wundern Sie sich, daß ich als Pädagoge so etwas sage, vielleicht habe ich unrecht, aber es gibt manches, wovon unsere Schulweisheit sich nichts träumen läßt. Ich schäme mich dieses im Laufe der Zeit etwas abgebrauchten Zitats nicht, es spricht aus, was ich aussprechen will, was ich nicht verdrängen kann und beiseiteschieben möchte."

Es tat mir wohl, diesen Mann mit soviel Anteilnahme, mit soviel Wärme sprechen zu hören, seinen Gedanken zu folgen, die sich mühten, gewonnenen Einsichten nachzugehen. Vernunft des Unvernünftigen, gab es das? War ich mit diesem Widerspruch nicht ständig konfrontiert worden, seit ich dem Leben Katjas nachspürte? Daß für mich immer nur die eine, die rationale Seite zum Kriterium des Ganzen wurde, hatte mir den Zugang zum Wesen meiner Tochter unmöglich gemacht. Das erkannte ich jetzt. Ich war zu sehr von mir ausgegangen, besonders von den Jahren in Ravensbrück, wo ich gelernt hatte, Gefühle immer dem Verstand unterzuordnen.

Große wartete auf eine Äußerung von mir, aber ich schwieg. Zuviel bewegte mich. Er bot mir eine Zigarette an und fragte, als ich ablehnte, ob er selbst rauchen dürfe. Diesmal drückte er sie nicht schon nach wenigen Zügen aus.

Ich überlegte, ob ich ihm etwas von dem Verdacht, den ich gegen den Mann meiner Tochter hegte und der durch alles, was er mir eben mitgeteilt hatte, verstärkt worden war, erzählen solle. Aber ich unterließ es. Wollte ich Uwe wirklich vor Gericht bringen? Rosemarie hatte bestimmt recht, wenn sie sagte, daß Uwe, um sich zu entlasten, nicht davor zurückschrecken würde, sein Leben mit Katja vor der Öffentlichkeit in den Schmutz zu ziehen. Das durfte nicht geschehen.

„Ich bin sehr froh, daß Sie so offen und so ausführlich mit mir gesprochen haben, Genosse Große", sagte ich. „Ich will wissen, wo ich versagt habe, auch wenn ich nicht mehr gutmachen kann, was ich vielleicht gekonnt hätte, wenn Katja noch lebte."

Als ich den Weg zurückging, vorbei an dem Haus, in dem Katja damals untergebracht war, zum Pförtner, der die Einlaß- und Ausgangsscheine prüfte, mußte ich an die Zeit denken, da wir unsere Tochter besucht oder sie für das Wochenende abgeholt hatten.

Alles vorbei, als ob es nie gewesen wäre. Was ich von Große erfahren hatte, war die letzte Erklärung für Katjas Handlung. So war es gewesen: Uwe verlangte von Katja in seinem angeblich nicht auffindbaren letzten Brief, die Freundin und das Kind aufzunehmen. Katja hatte Annemarie Austen geschrieben, daß ihr Mann einmal versucht habe, sie mit seinem Freund und Teilhaber zu verkuppeln. Schon dazu meinte sie, es sei so entwürdigend und beschämend, daß sie es nicht ertragen könne. Über diese Alternative, die Freundin und das Kind aufzunehmen, hatte meine Tochter nicht geschrieben. Sie hatte sein Ansinnen abgelehnt, wahrscheinlich war es dann zu der letzten großen Auseinandersetzung gekommen. Danach müssen sie sich doch wieder versöhnt haben? Katja ging zur Arbeit wie immer, über den Ablauf dieser Zeit hatte mir Schwester Brigitte erzählt. Als Katja aber von der Arbeit heimkehrte, traf sie ihren Mann nicht mehr. Sie schrieb den Brief, den sie von dem Jungen zur Freundin bringen ließ. Sie wartete auf Uwe, auf seine Antwort. Sie hielt es nicht aus und kehrte in der Gaststätte ein, wo sie, am Fenster sitzend, die Straße überschauen konnte. Nach einer Stunde verließ sie sie wieder. Nun wartete sie in der Wohnung weiter, obwohl sie erkannte, daß sie vergeblich wartete.

Was war in ihr vorgegangen in diesen letzten Minuten? Hatte sie ihr Leben überdacht? Hatte sie sich gefürchtet vor der letzten Station, die sie bei so vielen ihrer Patienten miterlebte?

Es gibt keine Antwort auf all diese Fragen. Wissen muß ich, ob sie sich nach Streit und Auseinandersetzung noch einmal vertrugen. Das konnte ich nur von Uwe erfahren.

So zwang ich mich, dieses Gespräch zu führen.

Ich bat Uwe brieflich, zu mir zu kommen, erklärte mich aber auch bereit, ihn anderswo zu treffen. Doch er kam, genau zu der von mir angegebenen Zeit. Er grüßte kurz, vermied dabei jede Anrede. Wahrscheinlich war er sich nicht klar, ob er mich weiter duzen oder ob er mich nun mit Sie anreden sollte.

Ich forderte ihn auf, Platz zu nehmen.

Er setzte sich, steif, das eine Bein über das andere geschlagen.

Es war das erstemal, daß ich ihn wiedersah nach Katjas Tod, und sein Anblick war für mich schwer zu ertragen. Er sah gut und gepflegt aus, man merkte ihm nichts an. Ein Emaillegesicht. Ich mußte wahnsinnig sein, diese Qual freiwillig auf mich zu nehmen. Nun konnte ich nicht mehr zurück.

„Du wirst wissen wollen, warum ich dich bat hierherzukommen", begann ich. Jedes Wort mußte ich mir abquälen. „Ich verlange keine Erklärungen von dir, ich wünsche auch keine falschen Beteuerungen zu hören, daß es dir leid tut."

Er rührte sich nicht, widersprach nicht, blickte geradeaus, als ginge ihn, was ich sagte, nichts an. Ich wußte genau, worüber ich mit ihm sprechen, was ich ihn fragen wollte, aber jetzt fiel es mir nicht ein. Mein Vorsatz, unter allen Umständen ruhig zu bleiben, war vergessen. „Du freust dich wohl, Katja auf diese Weise losgeworden zu sein", schrie ich.

Er reagierte gelassen. „Das ist eine Unterstellung, die Sie durch nichts beweisen können", sagte er. Diese ihm überhaupt nicht gemäße Formulierung, die er sich bestimmt zurechtgelegt hatte, bevor er kam, brachte mich zu mir. Wieder einmal hatte mich meine Unbeherrschtheit fortgerissen. Anstatt überlegen zu sein, wie ich vorgehabt hatte, ließ ich mich gehen, während er ruhig blieb.

Ich nahm mich zusammen. „Ich habe nicht die Absicht, Ihnen etwas zu unterstellen", sagte ich, nun meinerseits auch zum Sie übergehend. „Ich habe einzig eine Frage, aber um sie zu stellen, muß ich etwas ausholen. Ich habe versucht, den letzten Tagen meiner Tochter nachzugehen, sie nachzuvollziehen, und ich habe bis auf einen Umstand ein ziemlich klares Bild von dem, was sich ereignete, was sie so weit brachte, den furchtbaren Weg zu gehen, den sie gegangen ist." Ich erwartete Einwände, Abwehr, aber er schwieg.

„Es bleibt mir nichts anderes übrig, als Ihnen den chronologischen Ablauf vor Augen zu führen, wie er sich mir nach allen Gesprächen, die ich hatte, nach allem, was ich von den verschiedensten Menschen erfuhr, darstellt", fuhr ich fort. Nun erzählte ich alles, kam auf Widersprüche, auf Ungereimtheiten, auf einander widersprechende Tatsachen, ohne meinen Verdacht direkt auszusprechen. Ich gab mir Mühe, sachlich zu bleiben, mich nicht noch einmal von Gefühlen überwältigen zu lassen.

Wieder hörte er zu, ohne zu protestieren, ohne Stellung zu nehmen. Mir war, als redete ich ins Leere. Ich zwang mich, auf mein Anliegen zu kommen. „Was ich einzig noch wissen möchte: Haben Sie sich nach der letzten großen Auseinandersetzung mit Katja, die bestimmt stattfand, als Sie ihr den Vorschlag machten, Ihre Freundin und Ihr Kind in die gemeinsame Wohnung aufzunehmen, noch einmal ausgesöhnt? Nur so läßt sich Katjas Verhalten am nächsten Tag erklären."

In seinem Gesicht zuckte kein Muskel. Gleich würde er aufstehen und gehen, ohne ein Wort gesagt zu haben. Ich konnte ihn nicht zwingen zu reden.

In meine Gedanken hinein brach seine Stimme, hart, kalt, schlimmer als sein Schweigen: „Finden Sie es nicht geschmacklos, noch vor der Beerdigung Ihrer Tochter so etwas von mir wissen zu wollen?"

Seine Unverfrorenheit schloß mir den Mund. Er warf mir Geschmacklosigkeit vor, er mir!

Er erwartete auch gar keine Antwort. „Sie kommen sich wohl großartig vor mit Ihren Nachforschungen oder wie Sie das nennen wollen", redete er weiter. „Was wollen Sie damit erreichen? Mir ihren Tod ankreiden? Sie wissen genau, daß Sie mir nichts nachweisen können, sonst hätten Sie sicher längst etwas anderes unternommen. Aber ich will Ihnen einiges sagen, worüber Sie mal nachdenken, worüber Sie sich mal den Kopf zerbrechen sollten, wenn Sie wissen wollen, warum Ihre Tochter so weit gekommen ist. Ich will mich nicht besser machen, als ich bin, ich hab meine Fehler, große Fehler meinetwegen, ich habe aber auch meine

Vorzüge, was Sie bestreiten werden, ich weiß. Und jetzt komme ich zum springenden Punkt, weswegen ich überhaupt hergekommen bin. Ich hab Katja nämlich gern gehabt, ob Sie mir das glauben oder nicht. Natürlich auf meine Art, die nicht Ihre Art ist, weil auch Gefühle abhängig sind vom Drumherum, dem Elternhaus, den Freunden und so, aber bei uns macht man damit nicht soviel her. Ich hab viele Frauen gehabt, sie sind mir nachgerannt, und ich hab genommen, was ich bekommen konnte. Als ich das erstemal heiratete, war ich sehr jung und hatte bald die Nase voll. Wir haben uns scheiden lassen, und weil keine Kinder da waren, ging alles glatt. Sie haben sich gewundert, daß ich das Katja nicht gleich sagte, aber es bedeutete mir nichts. Ich hätte nicht noch ein zweitesmal geheiratet, wenn ich mir durch die Heirat mit Katja nicht Vorteile versprochen hätte. Sie sehen, ich bin aufrichtig und gebe das zu. Dann aber verliebte ich mich in Katja, soweit das bei mir überhaupt in Frage kommt. Sie war anders als die Frauen, die ich bis dahin kennengelernt hatte, unheimlich sexy und doch gleichzeitig furchtbar gehemmt. Es tut mir leid, daß ich daraufkommen muß, aber wenn man über Katja spricht, muß man das. Die Männer, die sie mit nach Hause brachte und mit denen sie schlief – ich habe mich gewundert, daß Sie das zugelassen haben –, bedeuteten ihr nichts. Sie hat es mir gesagt, und ich glaubte es ihr, denn sie stellte sich an wie eine, die noch nie was mit einem Mann zu tun gehabt hat, und ich mußte ihr erst das Abc beibringen. Es wäre auch alles weiter ganz gut gegangen, wenn Sie nicht mit Ihren blödsinnigen Prinzipien und Grundsätzen gekommen wären. Ihr Mann besonders, als ich ihn um den lächerlichen Gefallen bat, mir eine Verbindung zu schaffen. Es ist auch ohne Ihre Hilfe gegangen, vielleicht nicht so, wie es Ihren Grundsätzen entspricht, aber so, wie es nun mal gang und gäbe ist. Sehen Sie, und zwischen diesen Grundsätzen und dem wirklichen Leben ist Katja zugrunde gegangen. Sie konnte das nicht übereinbringen, das Alte und das Neue, das Wirkliche und das Gewünschte. Ich kann mich nicht so ausdrücken, aber Sie sind ja eine gebildete Frau, vielleicht verstehen Sie, was ich sagen will. Sie hat auch mich und ihr Elternhaus nicht übereinbringen können, das war ausschlaggebend. Für eines hätte sie sich entscheiden müssen, und das konnte sie nicht. Sie war wie zerrissen."

Ich hörte zu, und jedes seiner Worte schlug auf mich ein. Vielleicht hatte er sie wirklich geliebt, vielleicht wäre wirklich alles anders gekommen, wenn wir die Umstände realer gesehen hätten, vielleicht, vielleicht, vielleicht ...

Aber er war meiner Frage ausgewichen, er hatte sie nicht beantwortet, er konnte sie nicht beantworten, weil dann das ganze schöne Gebäude, das er da aufgebaut hatte, zusammengebrochen wäre.

„Vielleicht haben Sie mit einigem recht, was Sie da behaupten", sagte ich, „aber Sie sind nicht auf die letzte Auseinandersetzung eingegangen, die es zwischen Katja und Ihnen gab, weil Sie Ihre Freundin und das Kind in die Wohnung bringen wollten. Sie haben das doch von ihr verlangt, und es hat eine Auseinandersetzung gegeben? Haben Sie sich dann noch einmal mit ihr versöhnt? Und warum sind Sie dann am nächsten Tag ganz weggezogen?"

„Fragen Sie mich nicht soviel", sagte er ungeduldig. „Ja, es hat eine Szene gegeben, bei allem und jedem machte sie mir Szenen, aber ich hatte das mit Karin und dem Kind gar nicht im Ernst von ihr verlangt, ich wollte nur sehen, wie sie darauf reagiert. Ich wollte einen Grund haben, endgültig mit ihr Schluß zu machen. Immer wieder hat sie mich weichgemacht, ich glaube, sie hätte auch das noch geschluckt, sie konnte nicht von mir los, ich aber von ihr auch nicht. Darum bin ich getürmt. Vor ihr und vor mir. Ich mochte sie, das wollt ich Ihnen sagen, auch wenn Sie's nicht hören wollen und für eine Lüge halten. Jetzt geh ich."

Er stand auf, ich brachte ihn zur Tür, die ich hinter ihm schloß. Alles in mir sträubte sich gegen das, was ich eben gehört hatte. Vor allem dagegen, daß er plötzlich den liebenden Gatten herauskehrte. Obwohl es natürlich stimmte, seine Art zu lieben unterscheidet sich von dem, was ich Liebe nenne. Ebenso wahrscheinlich aber war, daß er den Verdacht zerstreuen wollte, den Notdienst absichtlich zu spät gerufen zu haben. Was sollte ich glauben? Hatte die Angst ihn hergetrieben, oder empfand er tatsächlich so etwas wie ein Bedürfnis, mir mitzuteilen, daß er Katja „gemocht“ hatte? Sie sei zerrissen gewesen, hatte er gesagt, weil sie unsere Grundsätze und das wirkliche Leben nicht in Einklang bringen konnte. Er drückte auf seine Weise aus, was ich ständig mit mir herumschleppe. Daß es mir aber von ihm gesagt werden mußte, auch noch von ihm …

Anna kommt zum Schluß. „Wir werden dich nicht vergessen, Katja, teure Freundin, teure Tochter“, sagt sie, „Ja, du warst auch uns eine Tochter, denn wir haben uns mit deiner Mutter, mit unserer Fini, gefreut, als du geboren wurdest, wir haben dich aufwachsen, dich groß und schön werden sehen, wir waren mit dir traurig, wenn du traurig warst, wir waren mit dir glücklich, wenn du glücklich warst, und stehen jetzt mit deinen Eltern, die dich liebten, vor dem Unfaßbaren …

Unsere Aufgabe bleibt es nun, uns den Lebenden zuzukehren, euch, liebe Fini, lieber Stephan, hinwegzuhelfen über die Zeit, von der viele von uns wissen, wie schwer sie ist, die auch ich aus eigenem Erleben kenne, in der man zwar nichts verwindet, wo manches sich aber mildert und abschleift, besonders wenn man noch Aufgaben hat wie ihr beide. Noch ist es euer Glück, gemeinsam zu tragen. Verzeiht, wenn ich das Glück nenne, aber allein zu tragen ist schwerer.“

Über Annas Wangen rinnen Tränen, sie merkt es nicht, sie trocknet sie nicht. Sie steigt die Stufen vom Podest hinunter und setzt sich. Wieder Musik wie zu Anfang.

… Mein Leben zog an mir vorüber, unser Leben, Katjas Leben. Sie lebt nicht mehr.

Ich wache auf, die Musik verklingt.

Alle erheben sich, Stephan legt seinen Arm um mich,

stützt mich. Gemeinsam tragen, hat Anna gesagt. Das Unerträgliche tragen ... Im Sinnlosen einen Sinn suchen ...

Damals im Lager wußten wir oft auf die Frage nach dem Sinn des Lebens keine Antwort, aber der Sinn des Todes war uns deutlich. Heute wissen wir Antworten auf die Frage nach dem Sinn des Lebens, aber wir bleiben stumm vor der Frage nach dem Sinn des Todes ...

Die Lösung

Was heißt das: altern? Das Neugeborene schon altert. Ist sein Leben nur ein langsames Sterben?

Nach dem zwanzigsten, vor allem nach dem dreißigsten Lebensjahr beginnt eine Rückbildung nahezu aller Organe, der Sinnesorgane, der Sexualorgane, des Gedächtnisses. Setzt damit das Altern ein? Beginnt es, wenn die geistigen Kräfte insgesamt nachlassen? Nimmt es mit Beginn des „Rentenalters" seinen Anfang?

„Jede Gesellschaft schafft sich ihre eigenen Werte: Nur im sozialen Kontext kann das Wort Verfall einen präzisen Sinn erhalten … Das Alter läßt sich nur in seiner Gesamtheit erfassen; es ist nicht nur eine biologische, sondern eine kulturelle Tatsache."

Simone de Beauvoir

Ende. Oder Anfang? Beides trifft bei mir zu. Mein Roman ist fertig, der Versuch einer Bestandsaufnahme meines Lebens. Ich mußte mir darüber klarwerden, was ich verlor und was ich gewann.

Verloren habe ich meinen Mann, meine Tochter, meinen Freund und meine beste, nein, meine einzige Freundin. Gewonnen habe ich einen Standort, von dem aus ich vieles überschauen kann.

Könnte man das gegeneinander abwägen, wöge die Verlustseite schwerer. Dennoch fühle ich mich wohler. Merkwürdig, ein neues Lebensgefühl erfüllt mich. Mache ich mir etwas vor? Will ich mir etwas vormachen? Ich weiß es nicht.

Ich bin ruhiger geworden, ausgeglichener. Dr. Konzelmann schreibt das dem Aufenthalt in der Klinik zu. Ich lasse ihn dabei. Ich weiß, es ist auch die Ansicht meines Mannes. Immer noch sage ich „meines Mannes", „meines geschiedenen Mannes" bringe ich nicht über die Lippen.

Walter rief mich heute im Verlag an und gratulierte mir zu meinem Erfolg.

„Was für einen Erfolg?“ fragte ich.

„Daß dein Roman angenommen wurde“, antwortete er erstaunt.

Es war gut, daß er nicht sehen konnte, wie glücklich mich seine Worte machten. „Woher weißt du es?“ erkundigte ich mich.

„Von Annerose“, sagte er. „Oder stimmt es nicht?“

Das Glück war verflogen. „Doch, doch“, antwortete ich, „es stimmt. Jetzt beginnt nur noch die Arbeit mit dem Lektor.“

Die Reporterin der „Berliner Zeitung“, die von meinem Roman erfahren hatte und sich von einem Interview mit mir etwas versprach, meinte, „ich hätte mich gefunden“. Sie schrieb von „Selbstverwirklichung“.

Auch so ein Schlagwort, unter dem sich jeder etwas anderes vorstellt. Habe ich mich selbst verwirklicht, indem ich die Geschichte meines Lebens niederschrieb?

Ich stehe mir nun gegenüber. Kenne ich mich damit besser? Ist Schreiben ein Mittel, sich besser kennenzulernen? Manchmal glaube ich, das Gegenteil ist der Fall, obwohl ich ehrlich war, mich wenigstens bemühte, es zu sein. Aber auf dem Weg vom Denken zum Schreiben verändert sich vieles, Gedanken werden in hergebrachte Formen gepreßt, ohne daß man sich dessen bewußt ist, und was man anfangs wollte, wird in Frage gestellt. Ein eigenartiger Vorgang, dieses Schreiben. Personen, die man nur am Rande erwähnt, machen sich selbständig, werden vielschichtiger, differenzierter. Nebensächlichkeiten bekommen Gewicht. Wichtiges wird zur Nebensächlichkeit. Mystik liegt mir fern, aber ich finde keine Worte, um diesen Zustand zwischen Rationalem und Irrationalem auszudrücken.

Solche Gedanken habe ich mir in den Jahren, da ich nur als Lektorin arbeitete, kaum gemacht. Also war ich eine schlechte Lektorin? Meine Autoren behaupteten, ich sei gut, ich helfe ihnen. Wie aber konnte ich das, wenn ich nicht fähig war, ihr Denken nachzuvollziehen?

Carl Cantor kümmert sich wenig um den Schaffensprozeß bei Schriftstellern. Wir sind seit Jahren im gleichen Verlag, standen eigentlich recht gut miteinander, jetzt ist er mein Lektor.

Als Dr. Hausmann ihn fragte, ob er sich meines Erstlings annehmen, ob er meinen Roman lektorieren wolle, sagte er ja, obwohl das Buch noch gar nicht geschrieben war. Dennoch irritiert es ihn. Es stört ihn, daß ich mit einemmal auf der anderen Seite stehe. Für ihn ist das die andere Seite. Für ihn heißt es: hie Lektor, hie Autor. Ob er jemals selbst den Ehrgeiz gehabt hat zu schreiben? Das würde manches erklären. Jetzt vertritt er die Ansicht, daß ein Lektor möglichst nicht selbst schreiben sollte. Und wenn, dann müßte er aufhören, als Lektor zu arbeiten. Als ich das nicht einsehen konnte und wollte, versuchte er es mir am Beispiel eines bekannten Theaterkritikers, der angefangen hatte, selbst Stücke zu schreiben, zu erklären. „Er legt sich doch als Stückeschreiber, bewußt oder unbewußt, in einer bestimmten Richtung fest, also kann er über andere nicht mehr objektiv urteilen."

„Du meinst, ein Lektor, der schreibt, lege sich ebenfalls in gewisser Weise fest?" fragte ich.

„Genau", erwiderte er.

Schon damals, als ich im Verlag anfing, fiel er mir nicht nur durch seine langen Haare, die in jener Zeit noch nicht Mode waren, und durch sein schütteres Bärtchen auf, das aussah, als habe er sich schlecht rasiert, sondern auch durch sein großväterliches Gehabe, obwohl er noch ganz jung war. Es gab Kollegen, die sich über ihn lustig machten, das brachte mich immer auf, dazu hatten sie keinen Grund. Er ist ein sehr gebildeter, belesener Mann, und wenn man hinter sein Germanistendeutsch kommt, wenn man begreift, was er will, ist an dem, was er bemängelt oder woran er etwas auszusetzen hat, meist etwas dran. Auch wenn man sich gegen solche Einsichten sträubt.

„Du bist der Ansicht, ich sollte das Schreiben besser lassen?" fragte ich unsicher.

Cantor schüttelte den Kopf. „Das meine ich nicht. Du solltest anders herangehen."

„Wie anders?"

„Du müßtest dein Leitthema gewissermaßen kontrapunktisch variieren."

„Mein Leitthema? Sei ehrlich, du findest die Geschichte, mein Leben, nicht interessant genug."

„Das ist nicht exakt." Er überlegte, suchte nach Worten. „Du wurdest doch", fuhr er schließlich fort, „mit Erscheinungen konfrontiert, die du zuvor nicht wahrgenommen hast."

„Erscheinungen?"

„Normen, Konventionen, wie immer du es nennst. Nun müßtest du versuchen, alles von daher aufzuarbeiten."

„Von der Auseinandersetzung mit Normen her?"

Cantor nickte. „So würde, was du schreibst, wahrscheinlich interessanter, und du erreichtest einen höheren Identifikationsgrad bei den Lesern."

Über unser Gespräch mußte ich lange nachdenken. Cantor hatte recht. Immer wieder stieß ich auf festgefahrene Ansichten, die so in Fleisch und Blut übergegangen waren, daß jeder sie für eigene Ansichten hielt. „Das tut man, das tut man nicht; das ist anständig, das ist unanständig." Dies bewußt zu machen müßte reizvoll sein.

Solche Denkanstöße waren wichtig für mich.

Andererseits verunsicherte Cantor mich. „Statt eine Geschichte zu konstruieren", sagte er mir einmal, „solltest du darstellen, was du wirklich erlebtest, der Unterschiede von Beschreiben und Erzählen eingedenk. Und du könntest das sehr wohl."

Der letzte Satz, der mich ermutigen sollte, hob die Wirkung des vorhergehenden nicht auf.

Hatte er recht? Berichtete ich die Geschichte meines Lebens in Form einer Konstruktion?

Oft diskutierten wir lange, stritten uns, ohne daß einer den anderen überzeugen konnte.

Seltsamerweise kamen mir bei solchen Gesprächen

manchmal gute Einfälle, und ich fragte mich, ob Cantor meine Opposition nicht mit Absicht herausforderte. Ich weiß, das gehört zu seiner Methode bei manchen Schriftstellern, aber bei mir hätte er sie sicher nicht nötig.

Vieles überspitzt er, das hilft mir nicht weiter. Ich verliere mein Selbstvertrauen, das ohnehin nicht sehr groß ist.

Es gab Tage, da glaubte ich, nicht weiterarbeiten zu können. Als ich ihm das sagte, erschrak er. „Und ich hatte den Eindruck, wir kommen sehr gut miteinander aus", versicherte er kleinlaut.

Meine Worte mußten ihn getroffen haben, das tat mir leid, und ich entschuldigte mich. Aber damit war es nicht getan. Schließlich bat ich ihn, seine Vorschläge und Einwände schriftlich zu formulieren, gesprächsweise ginge es einfach nicht.

Zuerst wollte er nicht darauf eingehen, er ist ja klug genug, zu wissen, daß man gegen schriftlich fixierte Argumente leichter etwas einwenden kann als gegen solche, die sich im Gespräch ergeben. Endlich aber willigte er ein.

Für mich stellt sich nun die Aufgabe, meinen Roman auf Grund seiner Argumente zu überprüfen.

Zunächst ließen seine Formulierungen mich ein wenig lächeln, aber das Lächeln verging mir bei dem Bemühen, Zugang zu seiner mir so fremden Art des Herangehens an die Arbeit eines Autors zu finden. Beispielsweise wenn er, um nur das Wesentlichste herauszugreifen, fragt, ob „die Dialektik von Notwendigkeit und Zufall nicht stärker akzentuiert" werden müßte. Es werde, behauptet er, ein „auf die Zentralfigur bezogen zufälliges Ereignis geschildert", und er bezweifle, daß sich daraus „mit derartiger Notwendigkeit all die dargestellten Gefährdungen" ergeben könnten.

Was kommt da auf mich zu! Ist es wirklich notwendig zu erklären, daß mein scheinbar geringfügiges Erlebnis nur das auslösende Moment war? Ist das nicht selbstverständlich? Stauen sich nicht bei jeder Frau an die fünfzig Ängste, die sie verdrängt? Die sie sich selbst nicht eingesteht? Kann sie ein Zufall nicht bewußt machen.

Was war damals wirklich geschehen?

Ich kehrte von einer Lektoratssitzung heim, in der es besonders hitzig zugegangen war. Man diskutierte über Heiner Baumgarts neuen Roman, den ich lektoriert hatte. Rosemarie Rockstroh griff Baumgart an. Hätte sie sich auf das Buch beschränkt, wäre es möglich gewesen, sich zu verständigen, aber sie ging so weit, ihm Labilität in seinem persönlichen Leben vorzuwerfen, die sich auch in seiner Arbeit auswirke. Das war unmöglich, das war nicht nachzuweisen.

Manche behaupten, daß sie mit ihm etwas gehabt habe, wenn das wirklich stimmt, müßte sie sich gerade in acht nehmen. Aber ich hatte beinahe den Eindruck, als käme es ihr darauf an, das Erscheinen des Buches zu verhindern.

Ich ergriff für Baumgart Partei. Nicht nur, weil ich seine Lektorin bin, ich kann den Mund nicht halten, wenn man jemandem Unrecht tut. Das ist meine Art. Baumgart war mir damals gar nicht so sehr sympathisch, aber er ist einer unserer profiliertesten Autoren, seine Begabung ist unbestritten. Seine Affären sind doch nicht Sache des Verlages.

Wir gerieten hart aneinander, die Rockstroh und ich. Der Chef gab mir zwar ein-, zweimal recht, aber er hielt sich sehr zurück. Sie kann sich bei ihm alles erlauben. Frau Dr. Rockstroh hin, Frau Dr. Rockstroh her. Carl Cantor war damals schon überzeugt, daß sie sich Hoffnungen auf die Position des Cheflektors machte, der aus Gesundheitsgründen aufhören wollte. Dabei war sie erst zwei Jahre bei uns, während ich zu den langjährigen Verlagsangestellten gehörte.

Zwanzig Jahre, ein halbes Menschenleben bin ich schon da. Als ich anfing, war ich jünger als sie jetzt, achtundzwanzig, sie ist zweiunddreißig. Der Chef tut immer, als sei ich eine seiner besten Mitarbeiterinnen, auf mich sei Verlaß, behauptet er. Ich hätte eine Art, mit den Autoren umzugehen, die ihnen gefiele, sie arbeiteten gern mit mir. Wie oft habe ich das gehört. Alles Gerede. Hat er mich auch nur einen Augenblick als Cheflektor in Betracht gezogen? Kommt nicht in Frage, dafür bin ich nicht gut genug.

Solche und ähnliche Gedanken bewegten mich, als ich damals von der Lektoratssitzung heimkehrte.

Wie gewöhnlich fuhr ich vom Alex aus mit der U-Bahn, stieg am Vinetaplatz um in die Straßenbahn Richtung Nordend, fuhr fast bis zur Endhaltestelle. Es dämmerte bereits, als ich ausstieg. Nur wenige Menschen waren noch unterwegs, die Häuser und Villen mit ihren Gärten und Vorgärten verschwammen im Dunst des frühen Abends. Die Ruhe tat mir wohl. Immer, wenn ich aus der Stadt kam, empfand ich das.

Mit einemmal aber zerriß eine helle Kinderstimme die Stille. Sie schien aus einem Garten zu kommen, an dem ich eben vorbeigegangen war, und setzte sich gegen das Dröhnen einer Düsenmaschine durch. „Omi, wirf mir den Ball rüber!"

Das Kind, das gerufen hatte, war hinter dem dichten Strauchwerk, das den Garten umschloß, nicht zu sehen. Aber auch die Omi konnte ich nicht entdecken, weder vor mir noch hinter mir, noch irgendwo im Garten, und plötzlich wurde mir bewußt – daß ich gemeint war.

Es war für mich wie ein Schock. Ich nahm mich zusammen, schalt mich dumm, kindisch, überempfindlich. Ich suchte den Ball, fand ihn wirklich, warf ihn über den Zaun zurück, dachte, was hast du nur, es ist ein Kind, es hätte auch Omi gerufen, wenn du zehn Jahre jünger wärest. Ich versuchte mein Unbehagen abzuschütteln, versuchte zu lächeln und … vermochte es nicht, weil dieser Ruf mich unvorbereitet überfallen hatte, weil er so plötzlich in mein Leben getreten war, weil er mich an einen Platz zu verweisen schien, den einzunehmen ich nicht bereit war, gegen den sich alles in mir sträubte. Noch fühlte ich mich jung, kräftig, gesund, aber ich wußte, daß dieser Platz mir gewiß war, wenn nicht heute, dann morgen oder übermorgen …

Cantor wirft mir vor, die Heldin meines Romans habe „nichts Tragisches" erlebt, sie würde nicht „im Rahmen eines gravierenden Konflikts exponiert".

Was in einem Menschen vorgeht, auch wenn sein Leben nach außenhin scheinbar glatt verläuft, psychologische Momente scheinen bei ihm nicht zu zählen, auch wenn jemand daran fast zugrunde geht. Dabei ist er selbst übersensibel, überempfindlich.

Welcher Widerspruch darum, wenn er einerseits feststellt: „... daß eine Frau Oma wird, ist ganz normal, das hat auch seine guten Seiten", und wenn er mir andererseits rät, in meinem Roman von der „Konfrontation mit Normen" auszugehen.

Ich glaube keine schlechte Großmutter zu sein, ich liebe Gudrun, die Tochter meiner Anette, aber ich bin auch eine Frau; ist es so unverständlich, daß ich es noch sein will?

Cantor ist bei seiner Großmutter aufgewachsen. Ohne die alte Frau wäre er zugrunde gegangen. Seine Liebe zu ihr ist rührend und erschließt neue Seiten dieses Mannes. Aber was hat das mit mir, mit meinem Roman zu tun? Ich stehe mitten im Leben, im beruflichen, im gesellschaftlichen, und akzeptiere nicht die unsichtbaren Grenzen, weniger durch biologische Gegebenheiten als durch Normendenken geschaffen, das längst keine Gültigkeit mehr hat, zumindest haben dürfte. „Das ist normal, das ist unnormal", wann ist das festgelegt worden? Von wem? Wo ist die Grenze? Habe ich sie schon erreicht? Liegt sie noch vor mir?

Wenn Cantor in seinen Anmerkungen die Befürchtung ausspricht, meine Fabelkonstruktion könne sich negativ auf die „Welthaltigkeit" meines Romans auswirken, so mahnt er mich andererseits, die Handlung nicht allzuoft durch Reflexionen zu unterbrechen, die zwar notwendig und wichtig seien, die aber im Handlungsablauf integriert sein müßten. Und damit hat er sicher recht.

Also weiter ohne Reflexionen.

Zu Haus angekommen, ging ich nicht wie sonst in das Arbeitszimmer meines Mannes, um ihn zu begrüßen, sondern in das Schlafzimmer. Ich setzte mich vor die Frisiertoilette, schaltete das volle Licht ein und betrachtete mich lange aufmerksam. Meine Haut war noch glatt, gespannt, gut durchblutet. Nur um die Augen herum bemerkte ich einige Falten, die aber nicht sehr auffielen.

Ich hörte draußen die Schritte meines Mannes und befand mich – Cantor würde sagen, völlig grundlos – in einem Zustand der Spannung, der mich wünschen ließ, Walter möge nicht eintreten. Aber er trat ein und fragte verwundert: „Warum meldest du dich nicht? Ich habe dich doch gehört."

„Ich habe Kopfschmerzen", antwortete ich. „Hab nur schnell eine Tablette genommen. Im Verlag war wieder mal was los. Lektoratssitzung."

Er trat zu mir, fühlte meinen Puls, sagte aber nichts und setzte sich auf den Hocker vor dem Bett.

„In Ordnung?" Ich zwang mich zu einem Lächeln.

Darauf gab er keine Antwort. „Du machst dich kaputt in diesem Verlag", schimpfte er. „So geht das nicht weiter. Du nimmst alles zu schwer, reibst dich auf. Allmählich mußt du anfangen, leiserzutreten, so jung bist du ja schließlich auch nicht mehr."

Das hätte nicht kommen dürfen, nicht an diesem Tag. Ich wußte, daß Walter um mich besorgt war. Selbst als er diese Geschichte mit der OP-Schwester Barbara hatte, die übrigens nicht lange dauerte, war ihm alles, was mich anging, wichtiger. Ich hätte zu anderen Zeiten auch nur mit einem Scherz auf seine Worte reagiert oder sie einfach weggeschoben, diesmal aber verletzten sie mich, taten mir weh, trafen genau die wunde Stelle, die nicht berührt werden durfte, und ich fragte scharf und spitz, in einem Ton, der mir selbst fremd war: „Bin ich dir zu alt?"

Cantor bezweifelt in seinen Notizen, daß sich Persönlichkeitseigenschaften so radikal in so kurzer Zeit ändern können, wie dies im Verhalten der Heldin meines Romans zu ihrem Mann – immerhin der wichtigsten Bezugsperson – zum Ausdruck komme. Ich wünschte, Carl Cantor würde Walters Arbeit über Neurosen lesen, in der er nachweist, daß das Verhalten von Menschen manchmal schlagartig anders wird durch plötzliche psychische Belastung. Dreißig Prozent seiner Patienten, erzählte er mir einmal, seien organisch gesund und nur durch so eine Belastung zeitweise neurotisiert worden.

Walter blickte mich erstaunt und verständnislos an. „Mir? Wieso mir?“ fragte er. „Ich bin besorgt um deine Gesundheit, und du willst wissen, ob du mir zu alt bist! Was ist das für ein komischer Ton, Gerlind …?“

Ich bin ein ziemlich beherrschter Mensch, hatte mich selbst in der schweren Situation, als Mutter vor zwei Jahren starb, in der Gewalt. Es ist nicht meine Art, mich gehenzulassen, und nun diese dumme, mir selbst unverständliche Reaktion.

„Ich war auf ein Kompliment aus“, versuchte ich einzulenken und meine Worte ins Leichte, Scherzhafte zu ziehen. „Und du fragst mich, was ich für einen komischen Ton habe. Aber Komplimente gibt es anscheinend nicht mehr in deinem Vokabular, wenigstens für mich nicht, und dabei hätte ich sie so nötig.“

Meine aufgesetzte Koketterie machte meinen Mann nur nachdenklich. Er überlegte, was er von meinen Worten halten sollte. „Erstaunlich, daß du mit einemmal Komplimente herausforderst“, sagte er endlich.

War es falsch, daß ich Walter nichts von dem Kind mit dem Ball erzählte? Der Psychiater Grenzer hätte mich vielleicht verstanden, aber ich fürchtete, daß er mich auslachen würde, und das hätte ich nicht ertragen. Ich fing also an, von der Lektoratssitzung zu erzählen, die mich so mitgenommen habe. Ich ließ dabei Dampf ab, es tat mir geradezu wohl, Rosemarie Rockstroh zu beschreiben, wie ich sie sah, oder besser, sehen wollte. Sie kleidete sich, wie ich mir vor zwanzig Jahren vorgestellt hatte, daß eine FDJlerin aussehen müsse; streng, lederjackig. Dabei ist sie hübsch, das weiß sie auch. Sieht aus wie eine Schauspielerin, die in einem russischen Film eine Kommissarin verkörpert. Ich glaube, das ist gar kein schlechter Vergleich. So benimmt sie sich auch. Aber vielleicht muß man das haben, um sich als Frau durchzusetzen.

„Sie rechnet nämlich damit, Cheflektor zu werden", ereiferte ich mich. „Stell dir das vor, alle anderen sind länger da als sie, haben Verdienste, für die sie ausgezeichnet wurden, aber sie kam, sah und will siegen. Und sie wird es wahrscheinlich auch. Für den Chef ist sie die Jugend, er hält große Stücke auf sie."

„Na und?" fragte Walter. „Hast du etwa daran gedacht, Cheflektor zu werden?"

„Warum nicht", antwortete ich, „traust du es mir nicht zu?"

„Aber Kind", beruhigte mich mein Mann, „natürlich traue ich es dir zu, aber es würde dich doch noch mehr belasten."

Da war sie wieder, wenn auch um einige Ecken herum, die Anspielung auf mein Alter. Oder würde ich jetzt aus allem nur das eine, immer nur das eine heraushören?

Ich hatte es verdrängt, nun aber würde es sich nicht mehr verdrängen lassen, es wird dasein, weil ich es von nun ab bewußt verdrängen werde.

Ob es bei Annerose auch so gewesen ist in diesem Alter, ohne daß ich es wußte, es bemerkte?

Cantor gibt zu bedenken, ob es nicht nützlich wäre, Kindheit und Jugend von Annerose „im historischen Kontext auszuleuchten". In diesem Zusammenhang will er auch wissen, ob die Bezeichnung „beste, einzige Freundin" ironisch gemeint sei und wenn ja, ob diese Ironie nicht „die Überschaubarkeit des Textes einenge".

Nein, diese Bezeichnung habe ich nicht ironisch gemeint, ich erschrecke über Cantors Vermutung. Wenn Ressentiments, wenn meine heutige Einstellung zu Annerose mich veranlaßt haben sollte, meine Aussage über sie zu verknappen, wäre das mehr als falsch. Außerdem hat sie sich bis zuletzt großartig benommen. Daß dann alles anders kam, als ich dachte, dafür kann sie nichts. Ich war an allem schuld. Ich allein.

Dabei hätte ich mir mein Leben in den letzten zehn Jahren ohne sie gar nicht vorstellen können. Mit allem kam ich zu ihr, sie zu mir viel weniger. Sie hatte immer etwas Mütterliches mir gegenüber, obwohl sie nur vier Jahre älter ist als ich. Ich habe mich oft gefragt, woher das kommt. Ihre Mutter war ihr kein Beispiel, die spielte kaum eine Rolle in ihrem Leben. Sie muß wie eine Glucke gewesen sein, rührend um das Wohl der Familie bedacht, aber geistig konnte sie anscheinend weder Mann noch Tochter etwas geben.

Der Vater hingegen war die eigentliche Bezugsperson für Annerose. An ihm hing sie mehr, als Kinder sonst an Vätern hängen. Aus diesem Vater-Tochter-Verhältnis ist sicher vieles zu verstehen, beispielsweise ihre spätere Einstellung zu Männern. Immer suchte sie im Manne den Vater. Sie war sonst ein sachlicher, real denkender Mensch, aber wenn es um ihren Vater ging, verlor sie jeden Maßstab, sie sah in ihm einen der Großen, und das war er bestimmt nicht. Heute wird sein Name unter den anerkannten Malern der zwanziger, dreißiger Jahre gar nicht mehr genannt. Darunter leidet Annerose, auch wenn sie es nicht zugibt. In München, wo Heinrich Kähne als junger Mann ein paar Jahre lebte, sollen noch zwei Gemälde aus seiner Expressionistenzeit von ihm hängen. Aber Annerose hat sich nie darum bemüht, Genaueres über diese Bilder zu erfahren. Wahrscheinlich fürchtete sie zu hören, daß man sie längst entfernt habe. Ich kann das gut verstehen, ich stecke den Kopf auch manchmal in den Sand bei Dingen, die ich nicht wahrhaben möchte. Gesprochen haben wir nie darüber. Sicher ist, daß Annerose ihre Liebe zur Kunst ihrem Vater zu danken hat. Als wir einmal zusammen in Dresden waren und gemeinsam den Zwinger besuchten, staunte ich, wie genau sie die alten Meister kannte und auf wie viele Details sie mich aufmerksam machte. „Hier war ich oft mit Vater“, sagte sie.

Er muß sie sogar, ungeachtet ihrer Jugend, so in der Zeit um einundvierzig, zweiundvierzig herum, zu seiner Vertrauten gemacht haben. Sie war damals vierzehn Jahre alt. Offensichtlich hatte er niemanden, mit dem er sich aussprechen, dem er vertrauen konnte. Ein politischer Mensch war er bestimmt nicht, aber die Schikanen gegen Künstler wie Barlach, Käthe Kollwitz und andere verurteilte er. Eine Unterdrückung der Kunst kam bei ihm einer Unterdrükkung des Lebens gleich. So etwas hätte er sicher nie laut gesagt. Vor den Nazis muß er überhaupt Angst gehabt haben, sie warfen ihm seine Münchner Zeit vor, in der er ziemlich gesellschaftskritisch gewesen sein muß.

Annerose redete sich ein, daß die Nazis ihren Vater kaputtgemacht hätten, und ich bestärkte sie in dieser Ansicht, obwohl das sicher nicht stimmt. Ich habe mit einem angesehenen Dresdner Maler gesprochen, der Kähnes Bilder kannte, ihm bestimmt nicht übelwollte und sie dennoch als recht konventionell bezeichnete. „Die Nazis hätten ihn vielleicht kaputtgemacht, wenn da was kaputtzumachen gewesen wäre, aber da war nichts“, sagte er.

Es ist gut, daß Annerose solche Urteile über ihren Vater nicht gehört hat, hoffentlich erfährt sie sie nie.

Die Bilder Kähnes sind mit ihm verbrannt, auch das letzte, das er nach dem Überfall der Nazi-Armee auf die Sowjetunion malte und das nur Annerose kannte. Er hatte es auf dem Boden seines Hauses versteckt. Es stellte den Tod auf einem dahinrasenden Pferd vor, dem zwei russische Soldaten in den Zügel fallen. Das Motiv ist nicht neu und nicht sehr originell, für Annerose aber wurde es in der Erinnerung zu einem Bekenntnis ihres Vaters zur Sowjetunion. Ob das richtig ist, scheint mir zweifelhaft, doch jeder hat wohl so sein bißchen Lebenslüge, die er braucht. Ibsens „Wildente“, ein Stück, in dem ein Mensch zugrunde geht, weil ihm ein Wahrheitsfanatiker seine Lebenslüge zerstört, hat mir als junges Mädchen schon starken Eindruck gemacht. Jedenfalls half diese Erinnerung Annerose, das Bild ihres Vaters so zu bewahren, wie sie es bewahren wollte. Ihr Vaterbild mußte wahrscheinlich auch für vieles herhalten, was sie sich zur Deutung eigener Wesenszüge aufbaute. So entsinne ich mich beispielsweise eines Gesprächs, in dem sie mir sagte, ihr Vater habe sich auf sie verlassen, das hätte sie stolz gemacht. Dadurch sei sie aber auch reifer geworden und habe vieles anders gesehen, als Kinder in dem Alter es sonst tun. Das sei auch die Ursache dafür gewesen, daß sie sich anderen Kindern nur schwer anschloß und allein blieb.

Bestimmt war das so, aber Kontaktschwierigkeiten, die sie auch später hatte, auf solche Kindheitserlebnisse zurückzuführen, ist, glaube ich, nur bedingt richtig.

Das schwerste Ereignis in Anneroses Leben muß der Luftangriff auf Dresden im Februar 1945 gewesen sein, bei dem beide Eltern den Tod fanden. Es war eigentlich nur ein Zufall, daß sie nicht mit den Eltern zusammen ums Leben kam.

Annerose hatte an diesem Tage eine Schulkameradin aufgesucht, die oben in dem Stadtteil, den man den „Weißen Hirsch" nennt, wohnte. Als der Alarm begann, erschrak sie nicht sonderlich, daran war man in dieser Zeit in Dresden schon gewöhnt. Sie beschloß, die Entwarnung abzuwarten. Aber es dauerte länger als angenommen, und es war anders als sonst. In ihrer Angst um die Eltern, vor allem um den Vater, brach sie auf, trotz der Beschwörungen der Schulkameradin und deren Eltern. Sie kam nicht weit. Nach Umwegen und Irrwegen landete sie in einem Luftschutzkeller, den sie erst gegen Morgen verlassen konnte. Der Weg durch die immer noch brennende, in Trümmer sinkende Stadt muß entsetzlich gewesen sein. Ich habe manches über diese Nacht in Dresden gelesen, von Annerose selbst erfuhr ich kaum etwas. „Worte sagen nichts", meinte sie einmal.

Erzählt hat sie mir nur, wie lange es dauerte, ehe sie die Straße fand, in der sie gewohnt hatte; es stand kein Haus mehr.

Zwischen den Trümmern suchte sie nach einem Zeichen, einer Mitteilung der Eltern, doch sie fand nichts. „Ich war allein auf der Welt zurückgeblieben", sagte sie.

Dieses Gefühl des Alleinseins blieb Anneroses Grunderlebnis, es hat sie nie mehr ganz verlassen. Mitten unter Menschen konnte es sie plötzlich überfallen. Um sie zu verstehen, muß man das wahrscheinlich wissen. Auch ihr manchmal extremes Verhalten, ihre Ausgelassenheit, die ihrem Wesen gar nicht entspricht, ihr „sich in die Dinge stürzen", ohne die Folgen zu überlegen und zu übersehen, ihre falsche Einschätzung von Menschen im Positiven wie im Negativen, rührt daher. Ich bin die einzige, der sie das anvertraute, denn es war keineswegs so, daß sie die Kontrolle über sich verlor. Es gibt wahrscheinlich auch niemanden, zu dem sie solchen Kontakt fand wie zu mir, ausgenommen vielleicht zu Walter. Aber das ist nur eine Vermutung.

Nach dem Tode der Eltern wollte sie nicht mehr in Dresden bleiben. Sie schrieb an entfernte Verwandte der Mutter in Berlin, ein altes Ehepaar, das im Kriege zwei Söhne verloren hatte, ob sie sie bei sich unterbringen könnten, sie würde sich nützlich machen und ihnen vielleicht eine Hilfe sein. So kam sie nach Berlin.

In Cantors Anmerkungen wieder eine typische Formulierung: „... bezüglich der Zentralfigur wurde kaum historische Perspektive eingebracht, deren Kindheit wurde als außerhalb des Erzählhorizonts befindlich ausgespart." Er will wissen, ob das nicht zu „Disproportionen in der Fabelführung" führe.

Was mich anbelangt, so gibt es bei mir nichts Besonderes oder Aufregendes in der Kindheit. Zum Unterschied von Annerose war mein Vater mir kein Vorbild. Ich verlor ihn mit sieben Jahren. Aber auch wenn er gelebt hätte, wäre er alles andere als ein Vorbild gewesen. Wahrscheinlich hätte ich ihn gehaßt, weil er meiner Mutter, an der ich sehr hing, Kummer bereitete. Sie hat mir später manches von ihm erzählt. Als sie ihn heiratete, war er Kommunist und erwerbslos. In die Kommunistische Partei war er eingetreten, weil er, der ehemalige Bankbeamte, stempeln gehen mußte, was seinen Stolz verletzte. Von den Kommunisten hatte er die naive Vorstellung, daß sie den Verhältnissen, die ihn erwerbslos gemacht hatten und zu stempeln zwangen, ein Ende bereiten würden. Als das nicht geschah, ließ er sich von den Nazis anwerben, in dem Glauben, daß ihnen gelingen würde, was den Kommunisten nicht gelungen war.

Zwischen ihm und Mutter, die die Nazis durchschaute und verabscheute und die auch nie verleugnet hatte, Halbjüdin zu sein, kam es nach seinem Eintritt in die NSDAP zu heftigen Auseinandersetzungen. Wie die beiden überhaupt ein Paar geworden waren, ist mir bis zum heutigen Tage schleierhaft. Vater sah ganz gut aus, soweit ich das nach Fotos beurteilen kann, aber er war offenbar ein Nichts, Mutter hingegen war nicht nur eine schöne Frau – komischerweise sah sie wie das Idealbild der Nazis aus, blond und blauäugig –, sie war auch klug. Von Beruf eigentlich Klavierlehrerin, scheute sie sich vor keiner Arbeit, ob in der Buchhaltung eines Betriebes oder als Verkaufskraft in einem Milchladen. Erst als ich 1944 mit meiner Schulklasse evakuiert werden sollte – aus irgendwelchen Gründen kam es dann nicht mehr dazu –, entschloß sie sich, um mich nicht weiter den ständigen Bombardierungen in Berlin auszusetzen, mit mir in die Gegend von Templin zu ziehen, wo eine ehemalige Schulfreundin von ihr lebte.

Wir kamen bei einem Bauern unter, der uns zwar zu essen gab, aber bei dem Mutter ganz schön schuften mußte.

Mir gefiel das Dorf, wo ich mich frei bewegen durfte, in dem nahe gelegenen See badete, obwohl das Wasser noch kalt war, und überhaupt ein viel ungezwungeneres Leben führte als in der Stadt. Ich freute mich darum nicht besonders, als Mutter mir im Mai eröffnete, daß wir nun heimkehren könnten.

Nach den schweren Bombenangriffen auf Berlin im Februar und Anfang März 1945 rechneten wir nicht damit, unser Haus wiederzufinden, aber erstaunlicherweise war es fast heil geblieben, nur die Fenster waren kaputt.

Das Ende des Krieges bedeutete für mich – ich war gerade dreizehn Jahre –, keinen Alarm mehr, kein überstürztes Hasten in den Bunker, keine Angst, unterwegs irgendwo von einem Luftangriff überrascht zu werden, keine Angst vor allem, Mutter zu verlieren, ein Zustand, unter dem ich während der Luftangriffe ständig litt.

Das Leben, das wir nun zu führen begannen, war gewiß nicht einfach, aber es normalisierte sich allmählich.

Cantor glaubt mich darauf hinweisen zu müssen, daß auch die Nachkriegsperiode im Entwicklungsprozeß meiner Heldin fehle, und fragt, ob das Absicht sei.

Ja, das ist Absicht. Über diese Zeit der vierziger, fünfziger Jahre wurde viel und mit großer Detailtreue geschrieben. Auch über die unterschiedliche Entwicklung in den Westzonen und bei uns. Wozu also wiederholen? Ich habe auch gar nicht vor, einen historischen Roman zu schreiben.

Mir kommt es darauf an, mich, Gerlind Grenzer geborene Reichert, mit meinen Problemen, die nicht nur meine Probleme sind – sonst wären sie ja uninteressant –, auseinanderzusetzen, meine Beziehungen zur Umwelt und ihren Einfluß auf mich, meine Reaktionen auf bestimmte biologische Gegebenheiten, die ja nicht allein biologischer, sondern auch gesellschaftlicher Natur sind, begreifbar zu machen. Ob mir das gelingen wird, weiß ich nicht, aber auf keinen Fall erreiche ich es, indem ich zu breit werde. Im Gegenteil, je weiter ich komme, um so notwendiger wird es für mich sein, Wesentliches von Unwesentlichem, Überflüssigem zu scheiden. Darauf muß Carl Cantor bei mir achten, dabei kann er mir wirklich helfen.

Der Weg meiner Mutter beispielsweise, die sich mit über vierzig Jahren noch einmal auf die Schulbank setzte und Lehrerin wurde, war nicht nur typisch für die Zeit, er war auch wesentlich für meine Entwicklung. Mutter imponierte mir.

Ich gehörte nie zu den besonders guten, nicht einmal zu den guten Schülern, aber ihr Beispiel wirkte mehr als alle Ermahnungen meines Lehrers. Ich schaffte das Abitur – allerdings gab es damals noch nicht diese irrsinnige Zensurenzählerei wie heute – und auch das Staatsexamen: Germanistik, die Voraussetzung für meine Arbeit als Lektorin. Promoviert wie die Rockstroh habe ich nicht. Leider.

Wesentlich, wenn auch nicht in positivem, sondern in ausgesprochen negativem Sinne, war für mich die zweite Ehe meiner Mutter. Sicher habe ich ihre große Einsamkeit damals nicht nachempfunden. Auch eine durch Beruf, Kind, gesellschaftliche Tätigkeit sehr ausgefüllte Frau sehnt sich nach einem Mann, einem Kameraden. Aber Mutter hatte nicht viel Glück in der Wahl ihrer Partner. Hermann Wasser war eine Niete. Er gab sich fortschrittlich, hielt große Reden im Leitartikeldeutsch, verlangte viel von anderen und war nicht bereit, selbst etwas zu tun. Er war Mitglied der Sozialistischen Einheitspartei Deutschlands und benützte diese Mitgliedschaft, um sich da und dort Vorteile zu verschaffen.

Solche Leute, die in den ersten Jahren zur Partei stießen, nannten die alten Genossen die „Maikäfer". Sie richteten viel Schaden an, ehe sie, wie Wasser, meist von sich aus abfielen.

Dieser Wasser war die Ursache, daß ich aus der Wohnung auszog und mir ein Zimmer bei einer Rentnerin mietete. Ich war mit Wasser so aneinandergeraten, daß nicht viel gefehlt und er mich geschlagen hätte.

Mutter wäre am liebsten mit mir ausgezogen, aber sie wollte die Wohnung nicht preisgeben. Der Kerl hatte sie wahrscheinlich nur wegen der Wohnung geheiratet. Dieses Leben in einer Wohnung mit ihm wurde bald unerträglich für meine Mutter, denn er brachte eine Freundin mit und warf Mutter in deren Gegenwart vor, sie sei viel zu alt für ihn und könne ihm nicht geben, was er brauche. Dabei war er um einige Jahre älter als Mutter.

Jetzt erst weiß ich, daß Mutter in jener Zeit in einer

ebensolchen Kurzschlußsituation gewesen sein muß wie ich.

In einer knapp zusammenfassenden Wertung des bisher Geschriebenen deutet Cantor beinahe verlegen an, daß die Studentin Gerlind Reichert, wie aus einigen Bemerkungen hervorgehe, Beziehungen, Freundschaften mit verschiedenen jungen Männern hatte, und fragt, ob „diesem Fakt im Handlungsganzen keine größere Rolle zuzumessen sei".

Ich wollte mit nein antworten, aber vielleicht hat Cantor recht, vielleicht zeigt gerade dieser Fakt, daß ich mir Gedanken wie „älter werden" oder „als Frau nicht in Frage kommen" nicht machte. Ich sah Mutter ähnlich, aber ich war nicht so schön wie Mutter, eher im konventionellen Sinne hübsch, ich mache mir da nichts vor. Annerose sah viel aparter aus mit ihren schwarzen, glänzenden Haaren und den großen, dunklen Augen. Sie hatte auch eine viel bessere Figur als ich, ich muß sehr auf meine Linie achten. Darum verstand ich nie, warum die jungen Männer mich eher zum Tanz holten, sich überhaupt mehr um mich kümmerten als um sie. Vielleicht lag es daran, daß sie Annerose für komplizierter hielten als mich. Viele Männer mögen merkwürdigerweise solche Frauen nicht. Wahrscheinlich nehmen sie an, daß sie es bei weniger komplizierten leichter haben. Dabei täuschten sie sich bei uns beiden, denn ich war verwöhnter und darum anspruchsvoller als Annerose. Mischa, mein erster Freund, meinte, zu anspruchsvoll.

Mischa gehörte nicht zu den Männern, die mich, wie man so schön sagt, formten. Er war in allem durchschnittlich, sogar im Bett. Jedenfalls habe ich bei ihm weder auf anderem noch auf diesem Gebiet viel gelernt. Er war Physiker geworden, nicht weil Physik ihm etwas bedeutete, sondern weil sein Vater ihm eingeredet hatte, es sei der Beruf der Zukunft. Mischa hatte sich Gott weiß was versprochen, dann machte er langweilige Untersuchungen und war enttäuscht. Er wohnte immer noch bei seinen Eltern, die jedesmal zeterten, wenn ich über Nacht blieb und sie es merkten. Ich weiß nicht, wie er es bei ihnen aushielt, sie behandelten ihn oft wie einen kleinen Jungen, nahmen ihm aber für Wohnen, Essen, Trinken Geld ab. Vielleicht war er deshalb so geizig. Immer wenn er mit mir ausging und für mich bezahlte, ließ er mich merken, wie schwer es ihm fiel. Ich habe es nie darauf abgesehen gehabt, Männer für mich bezahlen zu lassen, ich zahlte auch mal für einen, wenn er kein Geld hatte, aber dieses Getue bei Mischa, der gut verdiente, wurde mir zu dumm. Als ich mit ihm Schluß machte, fing er an zu weinen und beteuerte, er liebe mich. Vielleicht war sogar etwas Wahres daran, aber ich hatte genug von ihm, und heulende Männer sind mir sowieso zuwider. Auch so ein Überbleibsel, eine Norm aus einer anderen Zeit, ich weiß. „Der Mann darf seine Gefühle nicht zur Schau tragen, er hat stark zu sein, überlegen, eben männlich", so etwas sitzt fest.

Von anderen Freundschaften, ehe ich Walter kennenlernte und heiratete, ist eigentlich nur Frank zu nennen, Frank von den Berg. Wie er zu dem Namen kam, weiß ich nicht. Er wußte es auch nicht, es gibt keine Holländer in seiner Verwandtschaft. Er spielte eine entscheidende Rolle in meinem Leben. Ich lernte ihn während der Faschingszeit bei einem Maskenball der Mediziner kennen. Eine Kommilitonin nahm mich mit, weil ein Freund sie versetzt hatte.

Mutter machte mir ein Seidenkleid zurecht, das sie als junges Mädchen einmal getragen hatte. Es war kein Kostüm, aber durch ihren Einfall wurde es eins. Sie kaufte schmales, rotes Seidenband und nähte lauter Fragezeichen darauf, vorn und hinten. Das sah ulkig aus und erregte Aufsehen.

Die Fragezeichen forderten natürlich dazu auf anzuknüpfen, und jeder meiner Tänzer – ich saß keinen Augenblick – bemühte sich, das möglichst witzig, mancher sogar geistreich zu tun.

„Kann man dich erraten oder willst du ein Fragezeichen bleiben?" fragte Frank.

Das war ziemlich plump, aber er gefiel mir trotzdem. Er

war mein Typ, groß, schlank, schwarz, mit harten, markanten Gesichtszügen.

„Es kommt darauf an, ob du raten kannst“, antwortete ich.

Er lachte. „Ich will es versuchen.“

Fasching in Berlin hat nichts mit einem Fasching in Süddeutschland zu tun, hatte ich Mutter sagen hören. Hier herrscht Bier-, dort Weinseligkeit, das ist ein großer Unterschied. Mutter hatte eine Zeitlang im Rheinland gelebt.

Ich vermochte diesen feinen Unterschied nicht zu beurteilen. Es wurde viel getrunken, da gibt es dann immer Leute, die aus dem Rahmen fallen. Auch Mediziner. Manche behaupten, gerade Mediziner. Aber ich nahm das nur am Rande wahr, es störte mich nicht.

Ich tanzte bald nur noch mit Frank. Als ich zu müde wurde – ich tanze gut, aber nicht ausdauernd –, setzten wir uns in eine Ecke und unterhielten uns. Unterhielten uns wirklich, manchem muß das komisch vorgekommen sein, ringsherum wurde geflirtet und geknutscht.

Worüber wir sprachen, weiß ich heute nicht mehr in allen Einzelheiten, wir kamen vom Hundertsten ins Tausendste. Er wollte viel über mich, ich wollte viel über ihn wissen.

Er war kein Mediziner, sondern Historiker, arbeitete in einem Institut für Geschichtswissenschaft, war bereits neununddreißig Jahre, also fast zwanzig Jahre älter als ich, und hatte sein Studium schon lange hinter sich. Wie ich, war er durch einen Zufall in dieses Kostümfest geraten, ein befreundeter Arzt, den er noch von der Schule her kannte, überredete ihn mitzukommen.

Er sei sonst nicht sehr für diese Art von Unterhaltung, obwohl er gern tanze, aber dieses Dichtandicht möge er nicht, erzählte er mir. Jemanden wie mich hier zu treffen, habe er nicht erwartet.

Ich gab ihm zu verstehen, daß auch ich nicht erwartet hatte, jemandem wie ihm hier zu begegnen.

Er holte Sekt, und wir prosteten einander zu, tranken auf unsere Begegnung und das Glück des Zufalls.

Dann erzählte er von seiner Studienzeit, und wir stellten fest, wie vieles sich geändert hatte. Daß er über sein gegenwärtiges Leben nicht sprach, fiel mir nicht auf. Nur einmal erwähnte er seinen Vater, der auf demselben Gebiet wie er und in demselben Institut arbeitete. Mit ihm schien er sich gut zu verstehen. „Vater ist tüchtig", sagte er, „sein Beruf ist sein Hobby. Das hat er mir vererbt." Dann fragte er mich, ob ich mich für Geschichte interessiere. Nicht sehr, gestand ich. Er lachte. Das kenne er.

Worüber er auch sprach, ob über belanglose, alltägliche Dinge, ob über Literatur, über Bücher, die er gut kannte, alles wurde bei ihm lebendig. Seine Art zu erzählen faszinierte mich. Es wurde später und später, wir merkten es nicht. Endlich mußten wir aufbrechen.

Sosehr mir seine Höflichkeit gefiel – bei den jungen Leuten in meiner Umgebung war ich daran nicht gewöhnt –, so war mir seine Zurückhaltung doch etwas zu betont. Daß ich ihm gefiel, hatte er mir auf viele Weise zu verstehen gegeben.

Wir mußten ein Stück laufen, um ein Taxi zu bekommen, und ich hängte mich bei ihm ein. Er drückte meinen Arm an sich, ohne etwas zu sagen. Wahrscheinlich überlegte er, ob er mich ins Taxi setzen oder mitfahren solle. Dann ließ er sich die Adresse von mir geben, sagte sie dem Fahrer weiter und fuhr mit.

Ich reichte ihm den Hausschlüssel, er schloß auf und wartete, daß ich mich verabschiede. Gesprochen hatten wir bis dahin kaum etwas. „Sehe ich dich wieder?" fragte er jetzt.

Ich wollte antworten, zögerte und legte plötzlich die Arme um seinen Hals. „Du kannst mitkommen", flüsterte ich.

Ich merkte, wie sehr ihn mein Verhalten verblüffte, daß er nicht wußte, was er von mir halten solle, daß er sich fragte, ob er sich in mir getäuscht habe.

Das alles bestätigte er mir, als wir uns schon gut kannten.

Ich war mir selbst ein Rätsel. Es war das erstemal, daß ich

einen Mann auf mein Zimmer mitnahm, daß ich ihn aufforderte zu bleiben. Wenn mir jemand gesagt hätte, daß ein junges Mädchen mit einem Mann, den es eben erst kennengelernt hat, ins Bett geht, würde ich wie viele Frauen die Nase gerümpft haben: „Was kann das schon für eine sein."

Diese Reaktion scheint Cantor besonders wichtig zu sein. Er stellt fest, daß ich hier wiederum „Normen als Gradmesser eigenen Handelns konstatiert" habe, die in mir bei Verletzung ein Gefühl der Unsicherheit, ja der Schuld erzeugten. Auch für Frank mußte es solche Normen aus männlicher Sicht gegeben haben. „Müßten Unterschiede und Gemeinsamkeiten nicht stärker akzentuiert werden?" fragt er.

Ich bin überzeugt, daß es genügt, wenn ich meine Heldin denken lasse, wie sie andere abgeurteilt hätte, wenn sie das getan haben würden, was sie selbst tat. Natürlich reagiert ein Mann in der gleichen Situation anders. Während eine Frau denkt, sich etwas vergeben zu haben, wenn sie ihren Gefühlen folgt und am ersten Tag mit ihm ins Bett geht, hält er, dessen Denken immer noch patriarchalisch geprägt ist, ihr Verhalten für unmöglich und hat sogleich all die Worte parat, die so ein Verhalten bei einer Frau verurteilen: Flittchen, Nutte, Hure.

Für Frank war mein Verhalten, wie er mir später gestand, ein Schock, aber als er merkte, daß nichts von dem zutraf, was ihm seine „schmutzige" Phantasie eingegeben hatte, schämte er sich.

Ich bereute es nicht und bereue es bis heute nicht. Die Zeit mit Frank gehörte zu dem Schönsten in meinem Leben, das habe ich Walter, als ich ihn kennenlernte, auch nicht verschwiegen.

Ich hätte Frank vielleicht geheiratet, wenn er nicht schon gebunden gewesen wäre. Das verschwieg er mir. Ich habe es ihm nicht übelgenommen, habe es verstanden, als ich erfuhr, weswegen. Er liebte sein Kind sehr, einen Jungen von zwölf Jahren. Bei einer Scheidung wäre das Kind bestimmt der Mutter zugesprochen worden.

Daß ich es auf so häßliche Weise erfuhr, wäre vielleicht nicht nötig gewesen. Heute kann ich auch das verstehen.

Frau von den Berg wandte sich in einem Brief an mich, um mich zu bewegen, von ihrem Mann zu lassen. Ich war damals noch zu jung, um zu begreifen, wie die Frau sich gequält haben mußte, ehe sie diesen Brief schrieb.

Durch den befreundeten Arzt, der Frank zu dem Maskenball mitgenommen hatte, mußte sie von meiner Existenz erfahren haben. Ihr Ton war verbittert, aber daß die Ehe nicht mehr stimmte, ehe ich Frank kennenlernte, ging aus dem ganzen Brief hervor.

Einige Stellen des Briefes habe ich wörtlich in meinen Roman übernommen. „... Jahre der Verbundenheit, der Gemeinsamkeit, des Glücks haben bei einem Mann keine Gültigkeit mehr, sind vergessen, wenn er eine junge Frau kennenlernt, die ihm gefällt." Und: „... ich weiß, wie alt Sie sind, und Sie wissen wahrscheinlich, daß ich zwei Jahre älter bin als mein Mann. Ich fange an, alt zu werden, und das Benehmen meines Mannes – der mir sein Verhältnis mit Ihnen bis zum heutigen Tage verschwieg – läßt mich wahrscheinlich noch älter aussehen. Dennoch bin ich der festen Überzeugung, daß zwischen Frank und mir alles noch einmal hätte gut werden können, wenn Sie nicht dazwischengetreten wären. Überlegen Sie es sich doch, ob Sie eine Ehe zerstören wollen, die lange Zeit eine gute Ehe gewesen ist und es vielleicht wieder werden könnte, schon dem Jungen zuliebe! Denn das ist das Furchtbare, daß das Kind unter den ständigen Spannungen in letzter Zeit – an denen ich nicht schuldlos bin, ich gebe es zu – so leidet."

Das war das Wesentlichste.

Als ich Frank den Brief gab, ahnte er, was auf ihn zukam. „Ich wußte, daß du es eines Tages erfahren würdest, und ich habe es bewußt hinausgezögert", sagte er. „Das war vielleicht falsch, aber ich konnte nicht anders. Wie immer ich mich auch entscheide, es wird verkehrt sein. Ich hänge sehr an dem Jungen, und er hängt an mir. Er wird es als Verrat empfinden, wenn ich fortgehe. Aber ich kann und will auch dich nicht aufgeben. Zum erstenmal im Leben verstehe ich mich mit einer Frau so wie mit dir."

Zu jeder früheren Zeit hätte dieses Eingeständnis mich glücklich gemacht, jetzt war das Gegenteil der Fall. Wie schwer es mir fiel, ihm mitzuteilen, daß mein Entschluß, mich von ihm zu trennen, feststehe, wird nur jemand verstehen, der in ähnlicher Lage gewesen ist. „Du mußt dich nicht entscheiden, Frank", sagte ich, „denn ich habe mich entschieden. Wir müssen Schluß machen. Glaube nicht, daß es für mich leichter sein wird als für dich. Aber unsere Ehe, wenn du dich scheiden ließest und wir heirateten, wäre vom ersten Augenblick an so belastet, daß wir es nicht durchstehen könnten."

Es ist eigenartig, daß man bei ganz großen Gefühlseinbrüchen plötzlich gleichförmig, ja monoton redet und fast gefühlsarm erscheint. Vielleicht ist das ein unbewußter Schutz, weil man Angst hat, sonst durchzudrehen. Frank aber konnte das nicht begreifen. Er mißverstand meine scheinbare Ruhe. Heftig redete er auf mich ein, behauptete, eine Trennung von mir käme nicht in Frage, er verstehe nicht, wie ich das so gelassen aussprechen könne. Aber er wußte wie ich, daß sie im Grunde bereits vollzogen war.

Cantor verlangt von mir, auf Frau von den Berg etwas näher einzugehen, da Frauen in Grenzsituationen doch mein Thema seien. Bei ihr liege solch eine Situation eindeutig vor.

Carl Cantor hat recht. Franks Frau war erst zweiundvierzig Jahre alt, als sie sich dadurch, daß ihr Mann mich nahm, eine um so viel jüngere Freundin, alt vorkam. Nicht allein die Tatsache, daß er eine Freundin hatte, sondern vor allem der Altersunterschied verletzte sie. Dasselbe habe ich später in Bekanntenkreisen feststellen können. Redensarten wie: „Er ist von ihr fort wegen einer Jungen – Er hat sich eine junge Frau genommen – Er könnte ihr Vater sein ..." hört man oft. Aber es ist etwas anderes, wenn man persönlich in so etwas verwickelt wird, auch wenn man jung ist und die gefühlsmäßige Einstellung einer alternden Frau noch nicht ganz nachempfindet. Die Frau von Frank habe ich persönlich nicht kennengelernt, aber ihr Brief beeindruckte mich sehr. Deshalb auch tauchte wohl, als ich die Vierzig überschritt und anfing, Gedanken an das Alter zu verdrängen, irgendwo aus der Erinnerung Franks Frau wieder auf.

Vielleicht wird man mein Verhalten widersprüchlich finden, aber wenn ich über mein Leben schreibe, bedeutet das ja nicht, daß es in irgendeiner Weise vorbildlich sei. Im Gegenteil. Gerade die Widersprüchlichkeit von Handlungen und Kurzschlußsituationen soll Anlaß geben, über die Ursachen der Widersprüche nachzudenken.

„Um den Konflikt der Heldin, der zu so schwerwiegenden Erscheinungen führt, einigermaßen nachvollziehbar zu exponieren, wäre es notwendig, deren weitere Biographie zumindest in großen Zügen anzudeuten", meint Cantor.

Ich will mich also bemühen, das zu tun, auch wenn ich mich bei jedem Satz, bei jedem neuen Gedanken frage, ob er Berechtigung habe.

Die Zeit, nachdem ich mich von Frank getrennt hatte, verrann zäh und erschien mir inhaltslos. Mir fehlten die Gespräche mit ihm, der es verstanden hatte, politisches Tagesgeschehen ebenso einzubeziehen wie künstlerische Ereignisse im Theater, in der Musik oder in der Literatur. Seine Einschätzung von Büchern ging weit über die Fähigkeiten interessierter Leser hinaus, sie war umfassender und differenzierter als der Vortrag manchen Professors bei der Interpretation von Werken im Seminar gewesen. Ihm habe ich es wahrscheinlich zu danken, daß ich anfing, mich so mit Literatur zu beschäftigen.

Für Annerose sollte das Germanistikstudium das Sprungbrett sein, um beim Rundfunk, beim Fernsehen oder im

Theater unterzukommen. Beide hatten wir, als wir anfingen, als Berufswunsch Lehrerin angegeben, aber während des Studiums bildeten sich spezifischere Neigungen heraus, die das Berufsziel veränderten. Bei der Diplomarbeit war bei mir bereits Epik, bei Annerose Dramatik die Hauptrichtung.

Ich hatte Annerose natürlich bei den Vorlesungen schon des öfteren gesehen, aber gesprochen hatten wir kaum miteinander. Erst bei einem Kartoffeleinsatz kamen wir uns näher.

Das Gutshaus – die Bewohner des mecklenburgischen Ortes nannten es Schloß – wurde nach Gründung der Landwirtschaftlichen Produktionsgenossenschaft als Verwaltungsgebäude genutzt. Später wurden einige Räume auch für andere Zwecke verwendet, so wenn Schulungsabende stattfanden oder wenn man Kursanten unterbrachte. In zweien dieser Räume schliefen wir Studentinnen, während die Kommilitonen im Gasthaus des Ortes wohnten, etwa fünf Kilometer entfernt. Das gab Anlaß zu manchem Spott von männlicher, aber auch von weiblicher Seite.

Wir waren zu acht in unserem Schlafraum, Bett neben Bett. Das hätte mir nichts ausgemacht, aber die Matratze brachte mich zur Verzweiflung. Nicht nur, daß sie muffig roch, sie war hart wie ein Brett. Es gelang mir nicht einzuschlafen, meine Glieder schmerzten, ich wälzte mich hin und her und konnte ein leises Stöhnen nicht unterdrücken.

Die Kommilitonin zu meiner Linken wurde unruhig. Da stand Annerose auf, nahm ihr Kopfkissen und schob es mir unter.

Ich wollte das nicht annehmen, ihre Matratze war ebenso hart wie meine, aber sie legte die Finger auf die Lippen, und mir blieb nichts anderes übrig, als sie gewähren zu lassen. Das war Annerose, so lernte ich sie kennen.

Mit dem Kissen im Rücken schlief ich wirklich ein.

Meine Vorwürfe am anderen Morgen wehrte sie ab. „Mir macht das Liegen auf harter Unterlage nichts."

Die nächsten Tage wurden für mich trotz der schweren Arbeit so etwas wie eine Erholung.

Wir waren eine gute Gruppe, wir acht Mädels, setzten uns über manche Schwierigkeit hinweg, weil wir wußten, daß es noch nicht anders sein konnte. Keine murrte. Die Leute von der LPG, die uns anfangs skeptisch, abwartend gegenüberstanden, waren mit uns zufrieden.

„Ihr seid richtig", sagte eine junge Bäuerin, „wir haben schon welche gehabt, die hätten wir am liebsten gefeuert." Über dieses Lob freuten wir uns.

Nach Arbeitsschluß wurden einige von uns zu LPG-Mitgliedern eingeladen, andere suchten die Gaststätte im Ort auf, in der man zwar nur Bockwürste, Bier, Schnaps und Kaffee bekommen konnte, wo man aber ganz gemütlich saß.

Annerose und ich gingen spazieren. Nicht um uns von den anderen abzusondern, es ergab sich einfach. Der Oktober meinte es gut, die Abende waren verhältnismäßig mild und trocken. Die Landschaft war für Annerose etwas Neues. Flache, weite, meist in einen Dunstschleier gehüllte Wiesen und Felder, vereinzelt Waldstücke, schon in gelben und braunen Tönen, zwischendurch Bauernhäuser, von der untergehenden Sonne grellrot angeleuchtet. „Das malen können", sagte Annerose mit einem Seufzer. „Aber bei vielen wird so etwas Kitsch. Warum es das wird, wodurch es das wird, vermag niemand zu sagen. Wo fängt die Kunst an, wo hört die Kunst auf? Darüber werden sich die Ästhetiker wahrscheinlich nie einig werden."

Malerei war für mich bis zu dem Zeitpunkt, da ich mich mit Annerose anfreundete, etwas, worüber man aus Bildungsgründen einiges wissen muß, erst durch sie wurden mir im Laufe der Jahre Museen, Ausstellungen, Bilder zu einem Bedürfnis.

Um mich nicht zu blamieren, schwieg ich, sie aber fuhr fort, nachdenklich, den Blick geradeaus gerichtet: „Mein Vater hat in seinen letzten Jahren viele Landschaften gemalt."

So erfuhr ich erstmals, daß ihr Vater Maler gewesen war. Heute vermute ich, daß ihre damalige Bemerkung, „Wo hört Kunst auf, wo fängt Kitsch an?“, Kritikern galt, die ihren Vater in die Kategorie Kitsch eingereiht hatten. Wenn ich zurückdenke, fallen mir immer wieder solche Bezüge ein, die ich damals noch in keine Verbindung bringen konnte.

Bei den vielen gemeinsamen Interessen, die sich bei Annerose und mir herausstellten, dominierten Bücher und Theater.

Anneroses besondere Neigung zum Theater kam wahrscheinlich daher, daß sie vier Jahre lang bei einer Theaterzeitschrift als Schreibkraft tätig war. Als sie aus Dresden nach Berlin zog, mußte sie irgendwo arbeiten, die Verwandten, die sie aufgenommen hatten, konnten sich selbst nur schwer durchbringen. Durch einen Zufall erfuhr sie, daß man bei „Theater“ eine Schreibkraft brauche, sie meldete sich und wurde angenommen. Die Zeit in der Redaktion, im Verlag bezeichnete Annerose als entscheidende in ihrem bisherigen Leben. Sie fand nicht nur ein echtes Kollektiv, in dem sie sich wohl fühlte, sondern in ihrem Chef auch einen von jenen Männern der ersten Stunde, die nie den Chef hervorkehrten. Er verhielt sich zu seinen Mitarbeitern kameradschaftlich, fühlte sich für sie verantwortlich. Bei Annerose weckte er das Interesse für die Bühne, ließ sie an Theaterfahrten in die Republik teilnehmen, seinem Zureden hatte sie es auch zu danken, daß sie im Abendstudium das Abitur nachholte, seine Verbindungen ermöglichten es ihr schließlich, daß sie zum Germanistikstudium zugelassen wurde. So kam es, daß sie, vier Jahre älter als ich und die meisten Kommilitoninnen, erst im vierten Semester war.

Cantor wirft mir diesmal vor, daß ich zu breit werde. Es sei zu bedenken, meint er, ob „in Verfolg des biographischen Geschehens bis zum Konfliktpunkt die Informationsbreite bezüglich Anneroses“ nötig sei. Ob es nicht angebracht wäre, möglichst schnell auf die Begegnung der Heldin mit ihrem späteren Mann zu kommen.

Da Annerose in meinem Leben eine nicht unwichtige Rolle spielte, halte ich es sogar für wichtig, diese Informationen noch zu vervollständigen. Sollte ich unrecht haben, sind sie ja leicht zu streichen.

Daß ich Walter kennenlernte, war eigentlich ein Zufall, obwohl er später widersprach und behauptete, Zufälle gebe es nicht.

Es kam so: Die drei Wochen unseres Kartoffeleinsatzes gingen zu Ende, und unsere Gruppe beschloß, weil es in der ganzen Zeit keinen freien Tag gegeben hatte, den letzten noch für einen Besuch des Fritz-Reuter-Museums in Stavenhagen zu nutzen.

Ich wußte von Fritz Reuter nur, daß er in plattdeutschem Dialekt geschrieben hatte, was mich leider hinderte, ihn zu lesen, weil ich Plattdeutsch nicht verstehe. Ich bedauerte das sehr, denn das Leben dieses Mannes, der als Burschenschaftler wegen angeblichen Hochverrats zu sieben Jahren Festungshaft verurteilt wurde – sein Buch „Ut mine Festungstid“ gibt über diese Zeit Auskunft –, und vieles andere, was ich über ihn wußte, machten mich neugierig, mehr von ihm zu erfahren. Annerose und den anderen Mädchen ging es ähnlich wie mir.

Aber wir hatten Pech. Die Führung, mit der wir rechneten, fiel aus, weil der Mann, der solche Führungen sonst immer machte, erkrankt war. So versuchten wir also notgedrungen, uns selbst in den Räumen zurechtzufinden, als ein junger Mann uns seine Hilfe anbot.

„Ich bin Mecklenburger“, erklärte er, „und Fritz Reuters Leben, sein Werk, sind mir vertraut. Meine Muttersprache ist sozusagen Plattdütsch.“ So wurde ich mit Dr. Walter Grenzer, meinem späteren Mann, bekannt.

Der Eindruck, den Walter damals bei mir hinterließ, ist mir noch sehr gegenwärtig. Dem Aussehen nach hätte ich nie gedacht, daß er einmal mein Mann würde. Er war gar nicht mein Typ, blond, von jenem hellen Blond, dem man in Mecklenburg oft begegnet. Bis dahin hatten mir immer nur dunkle Männer gefallen. Vielleicht ziehen Gegensätze sich wirklich an? Aber wer heiratet schon seinen Typ! Walter wirkte sportlich, groß, schlank und elastisch. Was er uns über Fritz Reuter erzählte, verriet neben wirklicher Kenntnis des Werks auch große Achtung vor dem Menschen, der für seine Anschauung eingetreten war, ungeachtet aller Konsequenzen, die sich daraus für ihn ergaben.

Als wir uns von ihm verabschiedeten und ihm dankten, fragte ich ihn, wo er seine Kenntnisse herhabe. Er wisse so viel, daß er eine wissenschaftliche Arbeit über Reuter schreiben könnte.

„Sind Sie Germanistin?“ antwortete er mit einer Gegenfrage. „Ich habe gehört, daß hier Studenten beim Kartoffeleinsatz sind.“

Ehe ich antworten konnte, mischte sich überraschenderweise Annerose ins Gespräch.

„Wir sind hier alles Germanisten. Aber Sie haben die Frage nicht beantwortet. Sind Sie auch Germanist? Arbeiten Sie über Reuter?“

„Nein, nein“, wandte er sich ihr zu. „Ich bin Mediziner. Zu Besuch bei meinen Eltern. Meine Kenntnisse von Fritz Reuter habe ich meinem Vater zu danken.“

„Hat Ihr Vater etwas mit Literatur zu tun?“ fragte Annerose weiter.

„Mein Vater ist Landarzt“, gab er lächelnd Auskunft. „Er hat uns Kindern die Liebe zu Reuter, zu den Menschen hier, zu unserem Dialekt mitgegeben.“

„Schade, daß wir uns nicht schon früher kennengelernt haben“, sagte ich, ohne mir viel dabei zu denken. „Dann hätte ich Sie gebeten, uns etwas von Fritz Reuter vorzulesen.“

„Das ist doch zu machen“, ging er sofort darauf ein. „Ich lebe jetzt in Berlin, arbeite an der Charité.“

Ich überlegte noch, ob ich es meiner Wirtin zumuten könne, die beiden bei mir einzuladen, als Annerose mir zuvorkam. Wir könnten uns bei ihr treffen, schlug sie vor. Sie wohne ziemlich zentral und sei leicht zu erreichen. So verabredeten wir uns für die kommende Woche bei ihr.

Cantors Bemerkung zu dieser Stelle meines Romans macht mich stutzig. Er will wissen, ob die Heldin das auffallende Interesse ihrer Freundin an Dr. Grenzer nicht deutlicher bemerken muß. „Wirkt die Überraschung Gerlind Grenzers, als sie die Sympathie Anneroses für Dr. Grenzer entdeckt, nicht unglaubhaft?“

Ich habe den Eindruck, daß Cantors Frage weniger dem Roman als meinem Leben gilt. Dabei ist sie natürlich berechtigt. Wieso ist mir Anneroses Interesse für Walter nicht gleich aufgefallen? Später habe ich mich das oft gefragt. Aber so unglaubhaft das scheinen mag, es war einfach so, sonst hätte ich mich anders verhalten. Ich zog Walter als Freund für mich gar nicht in Betracht und legte es darum auch nicht darauf an, ihm zu gefallen, obwohl im Unterbewußtsein jeder Frau dieses „gefallen wollen“ vorhanden sein mag.

Ich erinnere mich noch gut an die erste, schon so viele Jahre zurückliegende Zusammenkunft mit Annerose und Walter. Die Wohnung von Schmidtmanns, Anneroses Verwandten, lag im Bezirk Friedrichshain. Das Haus war vernachlässigt, Einschüsse an vielen Stellen drängten einem Bilder vom Krieg auf. Im Inneren setzte sich der Eindruck von Verwahrlosung fort: abgetretene Stufen, Teile des Treppengeländers ausgebrochen, die Wände des Treppenhauses schon ewig nicht gemalt.

Ich erwähne diese Umstände, weil man sich, wenn man die Wohnung betrat, wie in einem anderen Hause vorkam. Ich wußte damals noch nicht, daß Annerose sehr geschickt ist und es versteht, mit wenigen Mitteln eine eigene Atmosphäre zu schaffen. Das begann schon im Flur, wo sie einen alten Schrank zu einer Art Kleiderablage umfunktioniert und aus ölgetränktem Packpapier einen Lampenschirm gebastelt hatte. In dem Zimmer, das sie bewohnte und in dem das alte Ehepaar ihr ganz und gar freie Hand gelassen hatte – es war zufrieden, wenn die Nichte, wie sie von den alten Leuten genannt wurde, für sie einkaufte und ihnen die Kohlen hinaufbrachte –, sah es aus wie in einem Atelier, nur daß die Bilder an den Wänden Drucke berühmter Gemälde waren. Hellgelbe Rupfenvorhänge schufen die Illusion einfallender Sonnenstrahlen. Von den Möbeln, die vorher hier gestanden hatten und von denen die meisten auf dem Boden gelandet waren, stand nur noch eine altertümliche Kommode da, ein Bettgestell, das, mit einer grellen, vielfarbigen Flickendecke zugedeckt, eine Couch ersetzte, ein großer Tisch, vier Stühle und ein gemütlicher Schaukelstuhl.

„Das ist mein Reich", sagte Annerose verlegen. „Ich habe daraus gemacht, was ich konnte."

Während ich mich durch ihre Worte veranlaßt sah zu beteuern, wie gut mir alles gefalle – es gefiel mir wirklich –, sagte Walter nur, es sei bewundernswert, welche Initiative Zeiten wie die unsere weckten und wie Frauen mit vielem fertig würden.

Das war typisch für ihn. Einfachheit, Armut hätte er als selbstverständlich hingenommen, der Schuß Boheme, der den Bemühungen Anneroses anhaftete, störte ihn. Ich habe selten einen Menschen kennengelernt, der so schlecht heucheln konnte wie er.

Während ich diese Worte schreibe, weiß ich bereits, wie wenig solche Pauschalfeststellungen taugen. Es ist richtig, Walter hat nicht geheuchelt, hat mir nie etwas vorgemacht, hat nicht gelogen, er schwieg nur.

Manche Menschen brauchen diesen Freiraum des Schweigens.

Ich hatte geglaubt, ihn nicht nötig zu haben. Ich habe Walter immer alles von mir erzählt, wenngleich er mich nie dazu aufforderte. Hatte er ein schlechtes Gewissen, weil er nicht so aufrichtig war wie ich? Aufrichtig, auch so ein Wort, das man gedankenlos hinspricht. War die Seelenwäscherei, die ich manchmal vornahm, aufrichtig? War es nicht eher so etwas wie Seelennarzißmus, Selbstspiegelung, bei der ich nicht litt, sondern Befriedigung empfand?

Wie anders sich mir heute alles darstellt. Hat Walter meine sogenannte Aufrichtigkeit damals schon so gesehen, wie ich sie heute sehe?

Ich weiß es nicht. Er war ein guter Psychologe, auch im eigenen Leben, ihm war vieles von dem, was ich tat oder äußerte, Gegenstand von Überlegungen. Ich war für ihn vielleicht genauso ein Objekt von Studien wie seine übrige Umwelt. Warum staune ich darüber? Es war selbstverständlich und notwendig für den Arzt, den Psychiater. War das der Grund, daß er sich für mich und nicht für Annerose entschied? War ich ein interessanteres Objekt als Annerose?

Was sich zwischen ihm und ihr damals zutrug, wußte ich nicht. Nach unserer ersten Zusammenkunft trafen wir uns regelmäßig bei ihr. Walter las uns Fritz Reuter vor, er milderte den Dialekt ab, so daß wir das meiste verstehen konnten, übersetzte hie und da ein Wort ins Hochdeutsche, seine Aussprache war deutlich, seine Stimme tief und angenehm. Annerose behauptete, er lese wie ein richtiger Schauspieler.

Ich hörte ihm gern zu, und auch Annerose schien ihm gern zuzuhören. Ich bemerkte, daß sie sich gegenseitig gefielen, aber wie es wirklich um sie stand, wußte ich nicht. Hätte ich es gewußt, wäre wahrscheinlich manches anders gekommen, meine Gefühle für Walter waren immer noch nicht so, daß ich an eine Beziehung auch nur dachte. Die beiden benahmen sich in meiner Gegenwart sehr zurückhaltend, ich erinnere mich beispielsweise, daß Walter einmal seine Hand auf Anneroses Hand legte und sie ihre wegzog, als wolle sie keine Vertraulichkeiten. Das kam mir reichlich übertrieben vor, wie hätte ich ahnen können, daß sie sich auch außerhalb unserer Zusammenkünfte trafen, daß Walter Annerose besuchte, daß sie miteinander ausgingen. Das erfuhr ich erst viel später durch Annerose selbst. Sie klagte sich an und versicherte, daß sie seit jener Zeit ein

Schuldgefühl mir gegenüber mit sich herumgetragen habe. Warum, da war zwischen mir und Walter noch gar nichts gewesen.

Als ich viele Jahre später einmal mit ihm darüber sprechen wollte, wischte er die ganze Angelegenheit mit einer Handbewegung weg: „Aber Kind, wir waren jung."

Auch wie und warum es zum Bruch zwischen ihnen kam, kann ich mir nur zusammenreimen, Genaues weiß ich bis heute nicht. Ich vermute, daß Annerose in sexueller Hinsicht sehr verklemmt war, möglicherweise spielte der Einfluß der katholischen Mutter, mit der Annerose sonst nicht viel verband, eine Rolle. Ich würde mich nicht wundern, wenn Annerose, obwohl sie damals bereits vierundzwanzig Jahre alt war, bis dahin noch mit keinem Mann geschlafen hatte. Vielleicht zog das den Neurologen und Psychiater Grenzer sogar an, vielleicht sah er da eine Aufgabe. Aber er kam mit Annerose offensichtlich nicht zurecht. Daß sie sich dann in Abenteuer stürzte, offenbar nur, um sich zu beweisen, nicht frigide zu sein, war wahrscheinlich eine Folge ihres Versagens bei Walter, denn sie liebte ihn.

Aber auch er war gescheitert, bestimmt lag darin die Ursache für sein plötzlich verändertes Verhalten mir gegenüber. Mit einemmal schenkte er mir mehr Aufmerksamkeit, bewies mir bei vielen Gelegenheiten, daß ich ihm gefalle, wie eben eine Frau einem Mann gefällt. Natürlich fing auch ich an, mich mehr und mehr für ihn zu interessieren.

Walter behauptete zwar später immer, Groß-Waldow habe den Ausschlag gegeben, aber das entspricht nicht ganz den Tatsachen, es begann schon vorher.

Wieder ein bedenkenswerter Satz Carl Cantors: Er sei sich nicht im klaren, ob die „periphere katholische Normenprägung tatsächlich imstande sei, die Intimsphäre einer jungen, fortschrittlichen Frau wie Annerose derart zu beeinflussen, daß es zu so gravierenden Komplexen führt."

Meiner Überzeugung nach schon. Auch heute, im zwanzigsten Jahrhundert, sind Festlegungen moralisch-religiöser Art – wie beispielsweise die Kriterien dafür, was Sünde ist – ziemlich tief verwurzelt, selbst wenn sie den Menschen nicht bewußt werden.

Annerose hätte den Einfluß katholischer Normen entschieden zurückgewiesen, aber ich kann mir ihre ungewöhnlichen Hemmungen damals nicht anders erklären. In Groß-Waldow konnte ich sie zum erstenmal bei ihr beobachten.

Mit Groß-Waldow war das so: Eine Bekannte meiner Wirtin hatte mir für die Wochenenden ihr kleines Grundstück mit Wochenendhäuschen angeboten und mir anheimgestellt, mitzubringen, wen ich wolle. Sie selbst hatte vor kurzem ihren Mann verloren und brachte es nicht über sich, allein hinauszufahren. Einzige Bedingung war, ich solle draußen ein wenig nach dem Rechten sehen.

Ich erzählte das Walter und Annerose, und wir beschlossen, zu viert hinauszufahren. Walter wollte einen Kollegen, einen Arzt, der auf derselben Station wie er arbeitete, mitbringen.

Beladen mit Luftmatratzen, die wir uns geborgt hatten, Decken, Proviant und vielen kleinen Dingen, zogen wir los. Die Bahn war voll, aber wir fanden Platz, dank der Geschicklichkeit unserer Begleiter.

Es war ein wunderschöner, sonniger Julitag, Wälder und Wiesen trugen ein helles, sauberes Grün, der Staub hatte ihnen noch nichts anhaben können.

Walters Kollege, Dr. Peter Osten, kannte die Gegend um Groß-Waldow und erzählte mir von Nazigrößen, die sich an dem See ihre Villen erbaut hatten, nicht ahnend, wie schnell das Tausendjährige Reich zu Ende gehen sollte.

Wir unterhielten uns lebhaft, dabei fiel es mir nicht auf, daß Annerose schwieg und Walter sich kaum an dem Gespräch beteiligte.

Wir mußten suchen, ehe wir das Grundstück fanden, die Beschreibung, die die Bekannte meiner Wirtin mir gegeben hatte, stimmte nicht, vielleicht hatte ich sie auch falsch verstanden. Erst nachdem wir uns in der Nachbarschaft durchfragten, kamen wir ans Ziel.

Das „Haus" war eigentlich nur ein fester Schuppen, unterteilt in zwei Räume und eine kleine Küche. Außer einfachen Liegen, zwei in jedem Raum, gab es in dem größeren noch einen Tisch, Stühle und eine Anrichte. In der Küche diente eine Platte auf Holzböcken anscheinend als Allzweckmöbel, jedenfalls stand ein Spirituskocher darauf. In jedem Raum hing unter der Decke eine Glühbirne in primitiver Fassung. Wasser mußte man draußen von der Pumpe holen. Aber was machte das alles, da sich hinter dem Haus ein wunderschöner, wenn auch völlig verwilderter Garten befand, das Grundstück direkt am See lag, die Sonne schien, es warm war und man baden konnte.

Sogar einen Bootssteg entdeckten wir und unter einer Plane ein Boot.

Wir brachten unser Gepäck im Haus unter und waren uns einig, erst später auszupacken und zuerst zu baden. Es war inzwischen heiß geworden, und ich hatte nur den einen Wunsch: Abkühlung. Ich lief zum Wasser, die beiden Männer folgten mir, Annerose aber machte nicht mit. Ich bemerkte es zuerst gar nicht. Ich schwamm weit hinaus, ohne mich umzusehen. Erst bei einer Boje machte ich halt. Die beiden Männer kamen näher, Annerose war nicht dabei.

„Wo ist Annerose?" rief ich.

„Sie wollte nicht mit", antwortete Walter. „Sie macht das Essen fertig." Er kam heran, hielt sich aber nicht an der Boje, sondern an mir fest. „Du schwimmst aber", sagte er bewundernd. „Wo hast du so schwimmen gelernt?" Er legte seine Hände um meine Hüften, ließ aber sofort wieder los, als Osten hinzukam.

„Gelernt habe ich es eigentlich überhaupt nicht", antwortete ich und tat, als habe ich seinen Annäherungsversuch gar nicht gemerkt. „Aber ich schwimme gern."

Osten schien ziemlich erschöpft. „Ich bin schon zu lange aus der Übung", stellte er fest.

„Als ob man zum Schwimmen Übung braucht“, zog ich ihn auf. „Wenn man's kann, kann man's eben.“

„Sehr klug“, sagte er ironisch. „Wenn du wenigstens gesagt hättest, das ist wie bei der Liebe, wenn man's kann, kann man's eben.“

„Der Vergleich stimmt nicht“, widersprach ich. „Du kannst das Schwimmen überhaupt nicht mit der Liebe vergleichen.“

Walter lachte. „Sie hat recht, denn erstens ist es profan, zweitens aber trifft es nicht zu. Wenn man's kann, braucht man es noch lange nicht zu können.“

Ich hatte keine Lust, dieses Gespräch fortzusetzen, und schwamm zurück.

Annerose stand bereits am Ufer und blickte uns entgegen.

„Seid ihr aber lange fortgewesen“, sagte sie, und ich glaubte, einen versteckten Vorwurf herauszuhören.

Das Essen war fertig. Sie hatte Spiritus entdeckt und den Kocher in Gang gebracht. Nach ihrer Schilderung war das nicht leicht gewesen.

Wir aßen Rühreier, dazu unsere Butterbrote und tranken Tee. Dann holten die Männer Wasser aus dem Brunnen, und wir Frauen wuschen ab. Das Geschirr stellten wir in die Anrichte zurück.

Bei all dem war Annerose wieder freundlich wie immer, nichts deutete auf irgendeine Verstimmung hin.

Nachmittags legten wir uns in den Garten, Annerose in den Schatten, ich in die Sonne, obwohl die beiden Ärzte mich warnten, das sei gefährlich nach dem Essen, aber ich wollte schnell braun werden. Die Arme unter dem Nacken, lag ich da mit geschlossenen Augen und fühlte, wie die Wärme mich durchdrang, wohltuend und schmerzhaft schließlich. Ich verbrenne, dachte ich und war zu träge, mich zu rühren. Wie lange ich so gelegen haben mochte, kann ich nicht sagen. Der Garten strömte seltsam starke Gerüche aus, die ineinanderflossen und mich betäubten. Plötzlich schoß es mir durch den Kopf, daß ich mich verpflichtet hatte, hier nach dem Rechten zu sehen. Ich wollte aufstehen, aber meine Glieder versagten. So sehr ich mich anstrengte, ich brachte es nicht fertig, mich zu bewegen. Ich fühlte mich steif werden und schrie in meiner Verzweiflung laut auf.

„Träumst du?“ fragte eine Stimme dicht neben mir. „Du hast eben geschrien.“

„Sicher habe ich geträumt“, antwortete ich verwirrt.

Walter rückte näher und flüsterte: „Da unten, am Ende des Sees, gibt es wunderschöne, romantische Flecken. Verwuchert, verkrautet, aber menschenleer. Wollen wir hin?“

„Woher weißt du das?“ fragte ich erstaunt.

„Ich war dort“, entgegnete er. „Es ist nicht sehr weit.“

„Du warst dort? Mit dem Boot?“

Er nickte. „Das Boot ist in Ordnung. Es zieht Wasser, aber nicht viel. Die Ruder habe ich im Haus gefunden.“

„Und ... die anderen?“

Er hatte meine Frage erwartet. „Annerose schläft, und mit Peter habe ich gesprochen.“

Er hat alles vorbereitet, dachte ich. Noch einmal versuchte ich auszuweichen. „Wir sollen hier doch was tun!“ Mir gefiel die Art nicht, wie er über mich verfügte. Andererseits reizte es mich auch.

„Dazu bleibt immer noch Zeit“, sagte er schnell.

Ich stand auf, und als er sah, daß ich bereit war mitzukommen, ging er vor. Unwillkürlich bemühten wir uns beide, leise zu sein.

Das Boot, ein schwerfälliger, alter Kasten, ächzte und stöhnte, aber er war solide gebaut und zog wirklich wenig Wasser. Walter schöpfte es mit einem Eimer aus.

„Darf ich rudern?“ bat ich.

Er war einverstanden und setzte sich ans Steuer. Auf der anderen Bank lag eine Decke. Er hatte auch daran gedacht.

Das Wasser gluckerte bei jedem Ruderschlag, es war ganz warm und schien die Sonne, die sich langsam senkte, zurückzustrahlen.

Nur wenig Boote waren unterwegs. Mitunter grüßte

einer von den Paddlern, und wir grüßten wieder. Bleßhühner tauchten eilig vor uns unter und kamen irgendwo wieder empor. Zwei Schwäne zogen still an uns vorbei.

„Schön", sagte ich und ließ die Ruder sinken.

„Soll ich dich ablösen?" fragte Walter.

Ich schüttelte den Kopf. „Warum? Ich finde es schön, sich treiben zu lassen."

Er nahm die Ruder aus den Dollen und legte sie ins Boot. Dann setzte er sich neben mich. „Ich finde es auch schön, sich treiben zu lassen", wiederholte er. „Weißt du, wohin wir treiben ...?"

Er legte seinen Arm um meine Schultern. Ich saß ganz still, wußte, was kommen würde, und wußte es auch nicht. Diese Minuten zwischen Nichtwissen und Wissen ...

Ihm waren sie zu lang. Er nahm mich in die Arme, zog mich zu sich ..., als die Geräusche eines Bootes uns auseinanderfahren ließen. „Bitte nicht hier", bat ich und war dem Paddler dankbar, der vorbeikam.

Walter stand auf und ging zurück zum Steuer.

Ich nahm die Ruder. Doch die Erleichterung, die ich einen Augenblick verspürt hatte, wich der Enttäuschung.

Er rührte sich nicht. Mit einem Blick, der wie zufällig aussehen sollte, stellte ich es fest. Ich legte mich ins Zeug und ruderte verbissen, doch mit einemmal gehorchte mir das Boot nicht mehr. Wir bogen ab, so sehr ich mich auch mühte. Er steuerte dagegen.

„Was machst du?" schrie ich. „Du steuerst uns ins Schilf. Dagegen kann ich nicht rudern."

„Sollst du auch nicht", sagte er ruhig. „Es ist schon richtig." Er schien genau zu wissen, wohin er steuerte.

Wir verhedderten uns und blieben stecken.

„Was nun?", fragte ich, nahm das eine Ruder und versuchte, uns zurückzustaken.

Er kam vor, nahm mir das Ruder einfach aus der Hand und stakte uns noch tiefer in den Modder. Zu meiner Überraschung waren wir mit einemmal wieder in klarem Wasser. Vor uns lag ein Stückchen grüner Fläche, die in Wald überging. „Wie gefällt dir das?“ fragte er und freute sich über mein erstauntes, ratloses Gesicht.

„Wo sind wir hier?“ erkundigte ich mich, „ist das eine Insel?“

„So etwas wie eine Insel“, bestätigte er. „Wahrscheinlich Schwemmland. Ich bin durch einen Zufall darauf gestoßen.“ Er vertäute das Boot an einem Baumstumpf, der aus dem Wasser ragte. „Sie ist offensichtlich unbewohnt. Es könnte auch schwerlich einer da wohnen, nur für Liebespaare ...“

Ich blickte mich ängstlich um.

Er lachte leise. „Ich habe mich überzeugt. Heute sind nur wir da ...“ Er breitete die Decke auf den Boden. Es war alles ganz einfach, selbstverständlich.

Es war schon dunkel, als wir aufstanden. Es wurde kälter. Walter hüllte mich in die Decke und hob mich in das Boot. „Gut?“ fragte er.

„Gut“, antwortete ich und mußte lächeln.

Jetzt lächelte er auch. „Wie schön, daß du natürlich bist.“

„Natürlich?“

„So hemmungslos natürlich. Hemmungen in der Liebe sind der Tod.“

„Warum sagst du mir das?“ Beinahe dasselbe hatte ich auch einmal von Frank gehört.

Walter antwortete nicht.

Wußte ich, daß er an Annerose dachte? Ich ahnte es.

Diesmal ruderte er. –

Annerose und Peter warteten am Ufer auf uns. Sie seien in Sorge gewesen, behaupteten sie, aber sie sahen nicht aus, als ob sie sich wirklich Sorgen um uns gemacht hatten. Sie benahmen sich anders als zuvor, Osten bemühte sich um Annerose, und ihr Ton war hektisch übersteigert, als sie uns begrüßte. Sie fragte, ob wir noch etwas essen wollten. Wir dankten und lehnten beide ab.

Sie ging mit mir voraus und flüsterte, als müsse sie mir ein Geheimnis anvertrauen: „Ich habe dir und Walter die Liegen im größeren Zimmer aufgebettet, Peter und ich werden im kleineren schlafen. Du bist doch einverstanden. Oder?"

Ich war so verblüfft, daß ich sie anstarrte und nicht gleich Worte fand. Daß sie mich und Walter mit solcher Selbstverständlichkeit zusammentat, schön, aber sie und Osten?

„Peter und ich, wir haben uns gefunden", erklärte sie und ihre Worte waren unecht wie der Ton.

Ihre Mitteilung war so ungewöhnlich, so unglaubhaft, gerade weil sie sonst beinahe prüde wirkte, daß ich sie mir nicht erklären konnte. „Du kennst ihn doch kaum."

„Wann kennt man sich schon", sagte sie verloren. „Kennst du Walter?"

Ich schwieg betroffen. Kannte ich Walter? Hatte ich Frank gekannt?

Ehe ich antworten konnte, kamen die Männer hinzu. Offensichtlich hatte Osten Walter schon unterrichtet.

„Verstehst du sie?" fragte ich Walter, als wir allein waren. „Sie ist sonst so zurückhaltend, hat solche Hemmungen, und jetzt ..."

„Eben", entgegnete er. „Sie will sich selbst beweisen, daß sie keine hat."

Vielleicht irre ich mich, wenn ich mitunter den Eindruck nicht loswerden kann, daß Cantor mein Leben zu unmittelbar in den Roman einbezieht, beispielsweise, wenn er Anneroses Reaktion auf die Vorgänge zu vereinfacht und darum unglaubhaft auf „modellhaft fehlgeprägte Verhaltensweisen reduziert" findet und mir vorwirft, „ob die Autorin mit dieser Darstellung nicht eher eigenen Schuldgefühlen ausweichen will"?

Bewußt bestimmt nicht. Ob da unterbewußt etwas in mir war ...? Schwer zu sagen.

Die Angelegenheit mit Osten dauerte übrigens nicht lange. Annerose gestand mir, sie habe sich da in etwas eingelassen, das über ihre Kräfte gehe.

„Warum nur, warum hast du dich eingelassen?" fragte ich.

Sie antwortete, das verstünde ich nicht. Wie hätte ich es

auch verstehen sollen? Osten war jung, sympathisch und sah gut aus. Ich hatte den Eindruck gehabt, er gefalle ihr und sie ihm auch. Was ging da über ihre Kräfte ...?

Es war ihr erstes Abenteuer. Daß sie sich dann in immer neue stürzte, war mir lange unbegreiflich. Heute bin ich überzeugt, daß Walter recht hatte. Aber ich war damals zu sehr mit mir beschäftigt, um mir weitere Gedanken über Annerose zu machen. Liebende sind egoistisch.

Mein Verhältnis mit Walter erinnerte mich in vielem an das mit Frank. Obwohl die beiden Männer so verschieden aussahen, ähnelten sie einander in ihrem Wesen. Ich wollte das nicht wahrhaben und kam doch nicht dagegen an.

In Augenblicken höchster Lust wurde Walter mir so sehr zu Frank, daß ich fürchtete, mich zu verraten.

Ich hatte Walter von Frank erzählt, überflüssigerweise. Es interessierte ihn zwar, aber nicht, weil ich es war, die das erlebt hatte, sondern weil psychologische Motivationen ihn interessierten. Der Gedanke, auf Frank eifersüchtig zu sein, schien ihm absurd. Alle früheren Beziehungen waren ihm gleichgültig.

Wir trafen uns täglich. Entweder holte ich ihn in der Charité ab oder er mich von der Universität. Da das möblierte Zimmer, in dem er wohnte, schlechter war als meines, schliefen wir meist bei mir. Meine Wirtin akzeptierte das, der Herr Doktor imponierte ihr.

Walter war damals noch sehr aktiv, wir gingen zusammen ins Theater, besuchten Konzerte, sahen uns Ausstellungen an, machten sogar, wenn die Zeit es erlaubte, weite Spaziergänge.

Auch das erinnerte mich an Frank.

So schön das alles war, wir sahen uns dadurch häufig gezwungen, nachts zu arbeiten. Todmüde saß ich am Schreibtisch, während er am wackligen Tisch wissenschaftliche Bücher las. Noch unangenehmer war, daß vieles, was er zu seiner Arbeit brauchte, sich in seinem Zimmer befand. Auch Kleidung, Wäsche und anderes mußte erst von dort geholt werden. So fragten wir nach mancherlei Überlegungen meine Wirtin, ob Walter nicht zu mir ziehen könne. An eine eigene Wohnung war damals nicht zu denken.

Meine Wirtin war einverstanden. Sie räumte uns sogar ihr halbes Zimmer ein, das sie als Abstellkammer benützt hatte.

Dennoch würden wir nicht an Heirat gedacht haben, wenn das Kind sich nicht angemeldet hätte.

Ich sagte Walter zunächst noch nichts von meiner Schwangerschaft. Sie kam so unerwartet und ungelegen, daß ich überlegte, ob ich das Kind nicht abtreiben solle. Ich wußte, daß es solche Möglichkeiten gab, obwohl es zu jener Zeit noch verboten war. Seit die Pille existiert, brauchen sich Frauen solche Sorgen ja nicht mehr zu machen, damals aber war das ein großes Problem. In meiner Ratlosigkeit vertraute ich mich Annerose an. Wir hatten sie ziemlich vernachlässigt, allerdings hatte sie einige Male abgelehnt, wenn wir sie irgendwohin mitnehmen wollten.

Meine Schwangerschaft schien ihr großen Eindruck zu machen. „Ist das auch sicher?" fragte sie.

„Leider", antwortete ich bedrückt. „Eine Hebamme hat es festgestellt. Es gibt keinen Zweifel."

„Und warum willst du es abtreiben lassen?"

Ich wiederholte alle Gründe, die ich mir zurechtgelegt hatte: keine Wohnung, keine Aussicht, in nächster Zeit eine zu bekommen, meine Diplomarbeit gefährdet, Walters Forschungen gestört. Dazu meine Angst, daß Walter, wie ich ihn zu kennen glaubte, sich verpflichtet fühlen würde, mich zu heiraten. Das wollte ich unter keinen Umständen. Er sollte sich nicht gezwungen fühlen.

Annerose ließ keinen meiner Gründe gelten. „Du darfst es nicht tun", redete sie auf mich ein, „wenn du ihn liebst, kann es nichts Schöneres für dich geben. Und auch er wird sich freuen. Vielleicht nicht im ersten Augenblick, aber wenn er es verdaut hat. Ihr habt keine Wohnung? Na schön, in der ersten Zeit wird es schwer sein. Aber eine Wohnung wirst du bekommen, ein Kind vielleicht nicht mehr, wenn du das erste abtreiben läßt. Kinder werden zu allen Zeiten und unter allen Umständen geboren, das ist eine alte Weisheit. Ich werde euch helfen."

Sie beließ es nicht bei Worten, sie stand mir in der ganzen Zeit bei. Heute, wo ich zu wissen glaube, wie es um sie stand, bewundere ich sie noch mehr.

Walters Betroffenheit dauerte nicht lange, dann freute er sich auf das Kind. Wenigstens behauptete er es. Eine Unterbrechung lehnte er kategorisch ab.

Ich teilte es auch Mutter mit. Einerseits fand sie es gut, andererseits fürchtete sie, daß ich mein Studium aufgeben und ohne Abschluß bleiben würde. Aber für einen Eingriff war auch sie nicht.

„Vernünftig, daß du es austrägst", sagte sie, „beim ersten Kind ..."

„Das hat mir Walter auch gesagt."

„Und wie steht er sonst dazu?"

„Wir werden heiraten."

„Des Kindes wegen?"

„Auch, aber nicht nur."

Das beruhigte sie. Obgleich sie recht großzügig war, hatte ihr mein Lebenswandel in letzter Zeit nicht gefallen, mit dem standesamtlichen Stempel schien ihr nun alles sanktioniert.

Anfang dieser Woche führte ich ein langes Streitgespräch mit Cantor, das eigentlich nur sehr entfernt mit meinem Roman zu tun hat.

Meine Bemerkung, daß meiner Mutter mein Lebenswandel damals nicht gefallen habe und daß ihr mit dem Stempel vom Standesamt alles sanktioniert schien, beschäftigte ihn.

„Daß deine Mutter so empfand, daß bei ihr Vorstellungen aus vergangenen Zeiten noch eine große Rolle spielten, ist begreiflich, aber kannst du mir sagen, warum junge Mädchen heute es so eilig haben zu heiraten? Und das bei uns. Sind sie aber erst verheiratet, lassen sie sich ganz schnell wieder scheiden und glauben, sich nun alles erlauben zu dürfen."

Cantors Worte verblüfften mich. Es schien da etwas sehr Persönliches mitzusprechen. Das war ungewöhnlich bei ihm, der sich, was sein Privatleben anbetraf, äußerst zurückhielt. Wie wenig ich eigentlich von seinem Privatleben wußte – beschämend, nach über zwanzig Jahren gemeinsamer Arbeit. Irgendwann war mir zu Ohren gekommen, daß seine Frau ihn verlassen habe und er mit seiner Tochter zusammenwohne. „Ist mit deiner Tochter etwas?" fragte ich darum geradezu.

Er zuckte zusammen. „Auch", sagte er. „Verheiratet, geschieden, ein Freund nach dem anderen. Und das Kind?"

Seine Worte berührten mich. „Kümmerst du dich darum?"

„Wer denn sonst", brummte er. „Irgendwer muß sich doch darum kümmern. Tagsüber ist sie im Kindergarten. Ein liebes Mädchen. Aber du hast auf meine Frage nicht geantwortet."

„Warum die jungen Mädchen glauben, mit der Heirat den Freibrief für ein ungebundenes Leben zu erwerben? Ich weiß, daß das so ist, warum, weiß ich auch nicht. Aber daß die meisten Scheidungen bei uns heute von Frauen ausgehen, verstehe ich. Sie brauchen keine Ernährer oder Bettgenossen, sie brauchen Partner. Das ist eine Umstellung für Männer, von denen noch viele geistig im Patriarchat leben."

„War dein Mann dir kein Partner?"

Cantors Frage, die plötzlich in mein Leben hineingriff, verwirrte mich. „Doch", antwortete ich. „Viele Jahre. Warum?"

„Weil das aus allem, was du schreibst, hervorgeht. Und dennoch hast du dich ..."

„Bei mir war es anders ..."

„Daß du dich scheiden ließest?"

„Ja."

„Kurzschluß?"

„Ja."

„Du bist doch eine kluge Frau."
„Nein."
„Doch."
„Du mußt es ja wissen."
„Entschuldige", sagte Cantor.

Anfangs hatten wir die Absicht, in dem Dorf, in dem Walters Eltern lebten, zu heiraten. Dann überlegte Walter, daß wir uns nicht kirchlich trauen lassen wollten. „Ohne Kirche geht es dort nicht", meinte er. So beschlossen wir, uns in Berlin trauen zu lassen und erst danach zu Walters Eltern zu fahren.

Mutter, meine Wirtin und Annerose begleiteten uns zum Standesamt, es ging schnell und glücklicherweise ohne große Feierlichkeit vor sich. Ich hatte nie von einer Kutsche und einem weißen Brautkleid geträumt, darum bedeutete diese Trauung für mich nichts anderes als einen Akt, der, wenn man eine Wohnung haben wollte, unerläßlich war.

Walters Eltern waren anders, als ich sie mir nach seinen Erzählungen vorgestellt hatte, besonders sein Vater. Nicht daß er mir nicht gefiel, aber er gab den Ton an, er beherrschte alle und alles. Walters Mutter bemerkte man kaum. Sie erweckte den Eindruck, als befolge sie lediglich Weisungen ihres Mannes. Dabei lag alles in ihren Händen, sie besorgte den Haushalt, sie half in der Sprechstunde, sie kannte jeden Patienten ihres Mannes und wußte um seine Krankengeschichte besser als ihr Mann.

„Es ist gut, daß Walter dich gefunden hat", sagte sie einmal. „Du bist Gott sei Dank kein zerbrechliches Püppchen. Du mußt ihn nur manchmal an die Kandare nehmen."

„Ich? Walter?" fragte ich bestürzt. „Das kann ich nicht. Das ist überhaupt nicht meine Art."

Sie lächelte ihr feines Lächeln, das sie um Jahre verjüngte. „Nicht, daß er es merkt. Dann hast du verspielt. Nur so, daß er überzeugt ist, er halte die Zügel."

Durch Walters Mutter lernte ich kennen, wie kluge Frauen es früher verstanden, sich durchzusetzen. Daß sich inzwischen vieles geändert hat, bekam sie nicht mit, zumal sich im Bewußtsein mancher Männer auch wenig änderte. Die Rolle, die sie sich im Laufe der Jahre zugelegt hatte, wurde zu ihrer zweiten Natur. Hätte ich ihr gesagt, wie unwürdig mir so ein ständiges Theaterspielen erscheint, daß es die Unterdrückung der Frau eindeutig dokumentiere, sie hätte mich nicht verstanden. Sie fühlte sich wohl und ihre Familie ebenso. Auch so können Normen verinnerlicht werden, damals war mir das nicht bewußt, während des Schreibens stoße ich immer wieder auf solche Zusammenhänge.

Sosehr mir Walters Elternhaus gefiel, sosehr ich Walters Mutter, auch seinen Vater mochte, so sympathisch mir seine beiden Brüder waren – ich konnte alles nicht so richtig genießen, weil mein Zustand mir sehr zu schaffen machte. Die Tabletten des alten Arztes halfen mir nicht. Ich nahm mich zusammen, konnte es dennoch nicht verhindern, daß ich während des Essens hinauslaufen mußte, um mich zu übergeben. Ich quälte mich schließlich so, daß ich Walter fragte, ob wir nicht nach Hause fahren könnten. An unser Zimmer in Berlin durfte ich nicht denken, auch nicht an das Haus und die Umgebung, aber ich brauchte dort niemanden zu belästigen.

So leid es Walter tat, seine Familie vor der Zeit, die wir uns gesetzt hatten, verlassen zu müssen – er verstand mich. Walters Mutter versicherte zwar, daß ihr mein Zustand doch bekannt sei, daß jeder darauf Rücksicht nehme und von Belästigung keine Rede sei, aber sie sah schließlich ein, daß ich mich gerade wegen der Rücksichtnahme nicht wohl fühlen konnte, und brachte auch ihren Mann dazu, das einzusehen.

Beim Abschied – die ganze Familie hatte uns zur Bahn im benachbarten Städtchen gebracht – beteuerten Walter und ich, daß wir bestimmt bald mit dem Kind wiederkämen. Wir ahnten nicht, daß das Jahre dauern sollte.

Für die nächsten dreißig Seiten schlägt Cantor mir einen großen Strich vor. Er empfiehlt mir, auf die Geburt des Kindes, die Schwierigkeiten mit dem Kind in einem Zimmer, die Wiederaufnahme des Studiums nach dreijähriger Unterbrechung, die Diplomarbeit, an der ich nächtelang saß, nur mit wenigen Worten einzugehen und erst bei dem Eintritt in den Verlag wieder ausführlicher zu werden.

Um die Seiten, die diesem Hinweis zum Opfer fallen, tut es mir zwar leid, aber sie enthalten wirklich Nebensächlichkeiten, die ich bei den Autoren, die ich betreute, gewiß auch kritisiert hätte.

Natürlich war die Geburt meiner Tochter, obwohl sie ohne Komplikationen verlief, für mich ebensowenig eine Nebensächlichkeit wie die ersten Jahre mit dem Kind, die für eine Mutter jeden Tag neue Entdeckungen und Überraschungen bringen.

Anettes Entwicklung schien mir wie ein Wunder, und ich erlebte, was ich zwar gelesen, aber nie für möglich gehalten hatte: wie sehr diese ersten Jahre ein Kind bereits formen. Auch Walters Beziehungen zu dem Kind waren für mich keine Nebensächlichkeit. Obwohl er durch seine Arbeit sehr in Anspruch genommen wurde – gerade in jener Zeit übernahm er eine weitere neurologische Einrichtung –, fand er immer noch Zeit, dem Kind eine Kleinigkeit mitzubringen oder wenigstens ein paar Minuten mit ihm zu spielen. Niemals versäumte er es, wenn Anette bereits im Bettchen lag, sich wenigstens nach ihr zu erkundigen. Hatten wir uns vorher schon verstanden, so verband das Kind uns noch mehr. Wir führten das, was man eine gute Ehe nennt, wir waren eine richtige Familie. Dennoch hatte ich das Gefühl, als falle mir die Decke auf den Kopf, ich saß wie gefangen zu Hause, hatte kaum Verbindungen zur Nachbarschaft, wartete, daß Walter nach Hause komme und mir von sich, seiner Arbeit, seiner Umgebung erzähle.

Als Anette drei Jahre alt war, gelang es mir über Walters Dienststelle, einen Kindergartenplatz für sie zu bekommen. Wahrscheinlich hätte ich sie auch schon früher in einer Krippe unterbringen können, aber dagegen hatte ich und hatte vor allem Walter etwas.

Das Studium nach fast dreijähriger Unterbrechung wieder aufzunehmen war nicht einfach. Nicht nur der bürokratische Kram, der erledigt werden mußte, ich war auch des systematischen Lernens entwöhnt, mußte wieder hinein-, wieder in Gang kommen. Das bedeutete harte, schwere Arbeit. Walter half mir, wann immer er konnte, aber er war mit eigener Arbeit außerordentlich eingespannt, Schwestern- und Ärztemangel brachten es mit sich, daß er sich um Dinge kümmern mußte, um die sich leitende Ärzte früher nicht gekümmert hatten. Annerose, die mir in dem ersten Jahr zur Seite gestanden und oft das Baby versorgt hatte, lebte nicht mehr in Berlin.

Trotz meiner Absicht, so schnell wie möglich zum eigentlichen Thema zu kommen, muß ich kurz auf Anneroses weiteren Weg eingehen.

Etwa ein halbes Jahr nach meiner Entbindung gab sie ihr Studium auf. Meine Versuche, sie davon abzubringen, lange Gespräche mit Walter, wie falsch dieser Entschluß sei, vermochten sie nicht zu überzeugen. Sie blieb dabei, das Studium nütze ihr nicht, es nehme ihr nur Zeit, sie wolle Schauspielerin werden, einen anderen Beruf gäbe es für sie nicht. Auf meine vorsichtige Frage, ob sie überzeugt sei, genügend Begabung für diesen Beruf mitzubringen, antwortete sie, sie habe sich mit dem Schauspieler Reinhold Burmann in Verbindung gesetzt, dem sie vorsprechen solle und der bereit sei, Talent vorausgesetzt, ihr Schauspielunterricht zu geben.

Reinhold Burmann war gewiß ein recht guter Schauspieler, wenn auch wohl kein großer – ich verstehe allerdings nicht viel davon –, aber warum wollte Annerose gerade ihm vorsprechen? Warum meldete sie sich nicht zu den Prüfungen in der Staatlichen Schauspielschule an? Wie war sie überhaupt auf Burmann gekommen?

Darauf erhielt ich ausweichende Antworten, sie habe ihn durch eine Bekannte kennengelernt. Den Namen dieser Bekannten nannte sie nicht. Sie bat mich lediglich, ihr bei der Suche nach Rollen, die zum Vorsprechen geeignet seien, behilflich zu sein. Das konnte ich natürlich kaum.

Sie schien es auch nicht allzu ernst gemeint zu haben, denn sie las selbst Theaterstücke über Theaterstücke und entschied sich schließlich für drei Frauengestalten in Stükken, von denen mir nur Gerhart Hauptmanns „Rose Bernd“ bekannt war. Sie spielte mir die Szenen vor, und ich fand, daß sie wirklich begabt sei. Sie freute sich, als ich ihr das sagte, und Reinhold Burmann schien das zu bestätigen. Von nun an fuhr sie zweimal in der Woche zum Unterricht. Er unterrichtete sie sogar kostenlos.

Sie berichtete jedesmal begeistert, was sie durchgenommen habe und wieviel sie bei ihm lerne. In jener Zeit war sie voller Elan und sehr schön. Auch Walter fiel das auf.

Dann erzählte sie plötzlich weniger und rückte endlich damit heraus, daß sie Burmanns Freundin geworden sei. Er versprach ihr, sie zu lancieren, behauptete, sie entwickle sich großartig, war angeblich überzeugt, daß sie eine glänzende Karriere vor sich habe.

Bestimmt war es nicht nur das, weshalb sie mit ihm schlief, aber ganz ohne Bedeutung ist es sicher nicht gewesen.

Reinhold Burmann hatte die Fünfzig bereits überschritten, war also mehr als zwanzig Jahre älter als Annerose. Er lebte von seiner Frau getrennt, hatte zwei Töchter, die beide schon verheiratet waren und selbst Kinder besaßen.

Zunächst schien Anneroses Vaterkomplex angesprochen, sie bildete sich ein, Burmann zu lieben. Bald aber entdeckte sie, daß er sich in keiner Weise als Vaterfigur begriff, im Gegenteil, daß er im „gefährlichen Alter“ war und unter Torschlußpanik litt. Ich vermute, daß seine Sexualität darum hektisch übersteigert gewesen ist. Annerose sprach nie direkt darüber, einmal aber klagte sie, sie ertrüge seine übertriebenen Zärtlichkeiten nicht.

Nach einem Jahr drängte sie darauf, an einem Theater vorsprechen zu können, und Burmann machte es möglich.

Er war mit dem Direktor einer Berliner Bühne, mit dem er einmal zusammen engagiert gewesen, befreundet.

Tagelang vorher deklamierte Annerose ständig ihre Rollen, obwohl sie sie in- und auswendig kannte. Sie war furchtbar aufgeregt, dachte an nichts anderes mehr. Als es soweit war, versagte sie.

„Ich bestand nur noch aus Angst", erzählte sie mir. „Stell dir vor, du betrittst die Bühne, sie ist dunkel. Plötzlich aber wirst du angestrahlt, während der Zuschauerraum finster bleibt. Du weißt, daß der Direktor unten sitzt und auch andere Leute, kannst aber niemanden erkennen, hörst nur leise Stimmen und dann ... eine laute: ‚Bitte, fangen Sie an.'

Da war alles aus bei mir, einfach weg. Ich brachte kein Wort über die Lippen, mein Kopf war leer, entsetzlich leer. Ich hörte Reinhold mit dem Direktor flüstern, er wollte mir bestimmt helfen, aber mir war nicht zu helfen.

Ich nahm mich zusammen, begann mit der ‚Rose Bernd', blieb stecken, fing abermals an, aber es kam nichts dabei heraus. Reinhold konnte meinen Zustand überhaupt nicht begreifen. Er hatte sich viel versprochen und war sehr enttäuscht. Für mich war es das Ende."

Es war nicht das Ende. Eine Schauspielerin nahm Annerose mit zur Staatlichen Theateragentur – ich hatte keine Ahnung, daß es so etwas bei uns gibt –, und dort vermittelte man sie an ein kleines Republiktheater, das einen guten Ruf hatte. Bald spielte sie große Rollen, war beliebt beim Publikum und fand im ersten Regisseur einen echten Förderer. Sie dankte es ihm, indem sie mit ihm schlief. Zu einer dauernden Bindung führte auch das nicht. Dreimal wechselte sie das Engagement, im zweiten heiratete sie einen begabten, aber bereits schmierenhaften Schauspieler, von dem sie sich nach einem Jahr wieder scheiden ließ.

In diesen ganzen Jahren bis zu ihrer Rückkehr nach Berlin blieben wir stets in brieflicher Verbindung, aber unsere Lebensumstände waren zu unterschiedlich, als daß wir uns gegenseitig Vorstellungen von unserem realen Leben hätten machen können. Nur einmal, es war kurz nach ihrer Scheidung, gaben mir einige Sätze eine Ahnung von Anneroses Zustand. „... das habe ich nun auch hinter mir und bin um eine Erfahrung reicher, was nur eine Häufung bedeutet, das Wort ‚reicher' aber in keiner Weise rechtfertigt. Als Schauspielerin habe ich es hier geschafft, die Presse – unsere Provinzpresse – lobt mich in den höchsten Tönen, nennt mich eine große Künstlerin, vielseitig, eine blendende Erscheinung, aber ich bin selbstkritisch genug, Gerlind, mir einzugestehen, daß ich mir zwar Routine erworben habe, daß mich aber von dem, was ich mir einmal unter einer großen Schauspielerin vorstellte, viel trennt. Es ist auch kein Zufall, daß ich für Berlin nicht in Frage komme, alle Anstrengungen des Agenten scheiterten. Wobei mir klar ist, daß man für Berlin nicht nur Talent braucht, sondern auch Ellbogen, und die habe ich überhaupt nicht. Was aber das merkwürdigste ist, Gerlind, die Erkenntnis von meiner Mittelmäßigkeit, die ich nur dir anvertraue, tut mir gar nicht so weh, sie läßt mich sogar ziemlich kalt. Ich weiß nicht, ob das bedenklich ist, vielleicht ist es einfach ein Zeichen des Älterwerdens, denn wenn man erst einmal die Dreißig überschritten hat – vergiß nicht, du bist vier Jahre jünger als ich –, beginnt man manches von anderer Warte aus zu sehen ..."

Zum erstenmal sprach Annerose in diesem Brief von ihrem Alter. Das fiel mir nicht auf, erst als es in meinem Denken anfing, eine Rolle zu spielen, wurde mir das im Erinnern bewußt.

Selbst meine Diplomarbeit sehe ich heute mit anderen Augen. Ich untersuchte in ihr den Einfluß schöngeistiger Salons auf die Literatur des 19. Jahrhunderts und ging besonders auf den der Rahel Varnhagen ein. Ich stellte an Hand des Briefwechsels und einiger Veröffentlichungen fest, welche Rolle dieser Salon im geistigen Leben Berlins gespielt haben muß, und versuchte nachzuweisen, wie stark diese kluge, geistreiche Frau auf Schriftsteller ihrer Zeit, beispielsweise auf Heinrich Heine, wirkte. Ich bemühte mich sogar, das Wirken solcher Frauen im Schaffensprozeß großer Männer als etwas besonders Positives hinzustellen. Erst heute begreife ich, daß Frauen, die fähig gewesen wären, sich literarisch selbst zu verwirklichen, durch die Geringschätzung von Frauenliteratur in jener patriarchalisch geprägten Zeit ihre Verwirklichung gezwungenermaßen auf dem Umweg über männliche Literaten finden mußten. Nicht zufällig legte sich die französische Schriftstellerin Baronin Aurore Dupin-Dudevant den Männernamen George Sand zu. Sie wollte der verpönten Frauenliteratur nicht zugeschrieben werden. Müßte ich diese Diplomarbeit heute schreiben, sähe sie bestimmt anders aus.

Das wichtigste war damals allerdings für mich, daß ich mein Diplom erhielt.

Schon vor dem Abschluß machte eine Bekannte meiner Mutter, eine Lehrerin, die aber selbst einmal in einem Verlag gearbeitet hatte, mich mit dem Verlagsleiter Dr. Hausmann bekannt. Wir unterhielten uns lange über Gegenwartsliteratur und speziell über Bücher einiger Autoren, die der Verlag herausgebracht hatte. In manchem gingen unsere Meinungen auseinander, aber ich hielt es für besser, das auszusprechen und Dr. Hausmann nicht nach dem Munde zu reden, um gleich von vornherein klarzustellen, daß ich eigene Ansichten über Literatur habe und fähig bin, sie zu vertreten. Auf keinen Fall wollte ich den Eindruck erwecken, mit allem einverstanden zu sein. Dr. Hausmann schien das zu gefallen, er lachte, als ich ihm erzählte, daß jemand über einen bekannten Autor des Verlags gesagt habe, er karikiere die Menschen und vermenschliche die Natur. Er hörte aufmerksam zu, als ich eine Schriftstellerin, deren Roman ebenfalls in dem Verlag herausgekommen war und die ein großer Teil der Presse verrissen hatte, in Schutz nahm, weil man ihre nahezu naturalistische Akribie unzutreffend für Naturalismus hielt.

Natürlich war das Gespräch von beiden Seiten aus zielgerichtet. Er wollte sich eine Vorstellung von mir, meinen

Möglichkeiten und Fähigkeiten machen, ich wollte im Verlag angestellt werden.

Mutter freute sich, als meine Einstellung perfekt wurde, auch wenn das Gehalt nicht üppig war. Walter freute sich, weil er wußte, daß ich mir diese Arbeit gewünscht hatte. Von Annerose kam ein Glückwunschtelegramm zum bestandenen Examen und zur „Lektorin". Um die Freude vollkommen zu machen, erhielten wir endlich auch eine eigene Wohnung. Zweieinhalb Zimmer in einem Hochhaus im Hans-Loch-Viertel. Wir tauschten sie später gegen das Pankower Häuschen. Lange Zeit wurde es meine erste Heimat, meine zweite wurde der Verlag.

Den Beginn meiner Arbeit schilderte ich ziemlich breit. Cantor findet das selbstverständlich, meint aber, ebenso wie jede sonstige reine Sachinformation ohne Fabelbezug fehl am Platze ist – er denke an Beispiele sogenannter Betriebsliteratur –, sei auch der Literaturbetrieb für den Leser nur interessant, wenn er zum Verständnis der Fabel beiträgt. Er schlägt daher vor, nur zu belassen, was für die Handlung unabdingbar ist.

Genau so hätte ich meinen Autoren gegenüber argumentiert, und es ist keine Entschuldigung, daß ich mich verleiten ließ, beispielsweise das Verlagsgebäude, ein altes, solides Haus aus der Gründerzeit mit Marmorstufen und geschnitztem Treppengeländer, ehemals eine Textilfirma Export/Import, in allen Einzelheiten zu beschreiben, nur weil der Beginn meiner Arbeit beim Verlag wirklich einschneidend für mich war.

Ich strich also, Cantors Vorschlag folgend, rigoros, und beließ nur die Schilderung des Zimmers von Doktor Hausmann, meinem Chef, des Vorraums, in dem seine Sekretärin sitzt, und meines Arbeitsraumes, den ich mit Ingeborg Kluge teilte.

Das Zimmer des Chefs unterschied sich bestimmt wenig von anderen Chefzimmern: Bücherwand, großer Schreibtisch, Besucherstuhl, Sessel, mit braunem Dekorationsstoff bezogen, Kunstlederarmlehnen. Nur, daß auf dem Schreibtisch der Gipsabguß einer Sokrates-Büste stand, die auf bestimmte Interessen des Verlagsleiters schließen ließ. Die Büste kam mir merkwürdigerweise bei meinem Anstellungsgespräch wie eine Art Talisman vor, ich könnte nicht sagen, warum. Später, als Baumgart seinen Roman schrieb, mußte ich an sie denken.

Obwohl Cantor meine Charakterisierung der Verlagsangestellten im allgemeinen gelobt hatte, war ich bei meiner Beschreibung Dr. Hausmanns wahrscheinlich von dem ausgegangen, was ich heute von ihm weiß. Nicht daß ich heute etwas gegen ihn hätte, aber ich sehe ihn anders als in jener ersten Zeit. Ich erinnere mich gut, wie angetan ich von seiner Kameradschaftlichkeit war, bei allem Respekt, den wir Mitarbeiter vor ihm hatten. Ingeborg Kluge, mit der ich das Zimmer teilte, lobte ihn in allen Tonarten, Lilly Leister, seine Sekretärin, setzte, wenn sie über ihn sprach, eine würdige Miene auf und meinte: Er ist jung, aber er weiß, was er will. Er war damals vierzig Jahre. Die übrigen Frauen im Verlag waren sich darin einig, daß er gut aussehe, die meisten mochten ihn. Die Männer schätzten sein fachliches Können, auch wenn sie in der Beurteilung von Büchern und Autoren mitunter konträre Ansichten vertraten, aber man konnte sich mit dem Chef auseinandersetzen.

Nicht über alle Mitarbeiter des Verlages habe ich geschrieben, den Cheflektor zum Beispiel erwähnte ich nur am Rande, weil ich ihn selten zu Gesicht bekam. Er kränkelte damals schon und fehlte oft.

Ralf Wagener, der vorwiegend mit Autoren utopischer Romane zu tun hatte, fiel mir durch seinen Humor auf. Er machte sich über manches und manche lustig, aber nie derb und vordergründig, sondern mit Fingerspitzengefühl, im Gegensatz zu Horst Schönborn, der gerade Carl Cantor taktlos und grobschlächtig aufs Korn nahm. Cantor begegnete Schönborns Taktlosigkeiten mit Gleichmut, ja mit Gleichgültigkeit, die nicht geheuchelt war. Ich machte mir meine Gedanken, ob auch sein etwas absonderliches Aussehen, die langen Haare und das schüttere Bärtchen, darauf hinausgingen, die Menschen zu provozieren, um sie aus sich herauszulocken, wie er es nannte.

Er bestritt das. Sein Einwand bei dem, was ich über ihn geschrieben hatte, bezieht sich hauptsächlich auf diesen Passus. „Versuche nicht, etwas in mich hineinzuprojizieren, was nicht drin ist“, meinte er, als er mit mir über diese Stelle sprach. „Ich bin nun einmal keine Schönheit und finde es besser, das zu betonen, statt zu verdecken, was doch nicht zu verdecken ist. Das spart auf die Dauer Nerven.“

Diese Erklärung forderte mir Respekt ab.

Was er ebenfalls ablehnte, war meine Anerkennung seiner Hilfe, die er mir in der ersten Zeit meiner Verlagsarbeit erwiesen hatte.

„Ich habe dir nicht mehr geholfen als anderen auch“, behauptete er, „aber du hast sehr schnell begriffen, um was es geht. Ich habe das einige Male festgestellt. Du hast eine Fähigkeit, dich in die Arbeit eines Schriftstellers einzufühlen, wie wenige. Es wäre schade, wenn du aufhören würdest. Übrigens ...“, er zögerte, und ein Lächeln verzog sein Gesicht zu einer Grimasse, „du hast mir damals sehr gut gefallen.“

Diese Bemerkung verblüffte mich noch mehr als das, was er vorher gesagt hatte. Ich wußte nicht, wie ich mich verhalten sollte. „Schade, daß ich es nicht gemerkt habe“, sagte ich ungeschickt. Er ging über diese Ungeschicklichkeit, ohne sie zur Kenntnis zu nehmen, hinweg und begann über stilistische Schludrigkeiten zu reden, die ich korrigieren müsse. Auf diesem Gebiet war ich fast immer bereit, seine Hinweise zu befolgen.

Noch eine Kollegin darf – bei aller Konzentration auf die Fabel – nicht ungenannt bleiben. Ich hatte zwar kaum Kontakt mit ihr, aber sie geriet ungefähr zehn Jahre vor mir in eine ähnliche Kurzschlußpanik, die ich bei ihr allerdings nicht als solche erkannte. Ihr Verhalten stieß mich damals ab und erweckte in mir, soweit ich mich erinnere, Mitleid, gepaart mit Verachtung und Peinlichkeit.

Tusnelda Meier, Tussi, wie sie allgemein genannt wurde, war bis zu jenem Zeitpunkt noch nie aufgefallen oder hervorgetreten. Sie arbeitete in der Honorarabteilung, eine kleine, schlanke Person, nicht hübsch, nicht häßlich, Konfektion die Keidung, Konfektion alle Lebensäußerungen, immer gleichbleibend freundlich, „nett“ das häufigste Adjektiv, das man ihr zuerkannte. Ihr Mann, auch er Lektor in unserem Verlag, war dagegen eine auffallende Erscheinung, von markanter Häßlichkeit, die vielen Frauen gefällt. Zwei Köpfe größer als seine Frau. Sie wirkte neben ihm zerbrechlich. Seine dunklen Haare, schon etwas gelichtet, wiesen an den Schläfen bereits graue Stellen auf, seine blauen Augen aber hatten jenen interessiert-wißbegierigen Ausruck, der seine Gesprächspartner glauben ließ, es gäbe nichts Wichtigeres als das, was sie mitteilten.

Wenn der Chef einen bekannten, aber unbequemen Autor für den Verlag gewinnen wollte, ließ er Meier mit ihm reden. Allein es war nicht nur die Art Meiers, mit Menschen umzugehen, die sie ihm gewann, es war ebenso sein umfassendes Wissen auf unterschiedlichen Gebieten.

Tussis Mann also gefiel den Frauen, auch Elisabeth Ring, mit der er den Arbeitsraum teilte. Sie war auf dem Gebiet „literarisches Erbe“ für den Verlag tätig und gehörte zu den hübschesten Frauen bei uns, war dreißig Jahre alt, geschieden und gab Meier unverhüllt zu verstehen, daß er ihr gefalle. Aber Herbert Meier ging darauf nicht ein, er liebte seine Tussi, war ihr treu, was manche seiner Kollegen für Dummheit hielten.

Und plötzlich gab es bei Tussi einen Kurzschluß. Ich weiß nicht, welches bei ihr das auslösende Moment gewesen ist, vielleicht die Verlagsfeier am Werbellinsee, bei der Herbert Meier mit zwei, drei Kolleginnen, darunter Elisabeth Ring, tanzte, während Tussi dasaß und von niemandem geholt wurde. Vielleicht auch eine liebe Kollegin, die sie vor der so viel jüngeren Elisabeth Ring warnte. Tussi war damals vierundvierzig Jahre, also jünger als ich heute, dennoch mußte sie Angst gehabt haben, für ihren gleichaltrigen Mann „zu alt" geworden zu sein.

Welcher Frau heute sind die gesellschaftlichen und sozialen Umstände bewußt, die eine Frau früher so denken ließen? Der Mann, der schon ein bestimmtes Alter erreicht hatte, weil er sich eine gesicherte Existenz schaffen mußte, ehe er heiraten und die Familie erhalten konnte, suchte sich eine um Jahre jüngere Frau. Die Frau mußte das akzeptieren.

Die Verhältnisse haben sich grundlegend geändert – den Ernährer und Vorstand der Familie gibt es nicht mehr –, aber das Denken änderte sich nicht mit. So etwas sitzt tief.

Bis zu diesem Zeitpunkt war Tussi nie eifersüchtig gewesen, obgleich sie wußte, daß ihr Mann anderen Frauen gefiel. Mit einemmal wurde sie es. Sie begann ihrem Mann Szenen zu machen. Erstaunt versuchte er ihr das Unsinnige ihres Verdachts zu beweisen. Er überzeugte sie nicht. Verärgert gab er es auf. Sie belauerte ihn, spürte ihm nach, ja, sie brachte es fertig, wenn wir abends noch eine Zusammenkunft mit Autoren hatten, anzurufen, ob sie ihren Mann sprechen könne, es sei wichtig, um ihm dann irgend etwas Belangloses mitzuteilen. Sie machte nicht nur sich, sie machte auch ihn lächerlich. Leider muß ich gestehen, daß auch ich damals zu denjenigen gehörte, die über Tussis unsinniges Verhalten den Kopf schüttelten.

Sie brachte es schließlich so weit, daß ihr Mann sich zu Hause nicht mehr wohl fühlte, daß er bei Elisabeth Ring, die es ihm leicht machte, Trost suchte. Um den Szenen und Vorwürfen seiner Frau zu entgehen, zog er endlich zu Elisabeth.

Tussi reichte die Scheidung ein.

Da sie keine Kinder hatten, wurde die Ehe ohne weiteres geschieden.

Einsam und vergrämt sah Tussi, noch ehe sie die Fünfzig erreicht hatte, wie eine alte Frau aus.

Aber obwohl sie alle Etappen eines Kurzschlusses und

seiner Folgen an sich selbst erlebt hatte, gehörte sie zu den ersten, die mich verurteilten, als meine Affäre mit Baumgart begann.

Cantor macht mir im Zusammenhang mit Tusnelda Meier einen sonderbaren Vorschlag.

Ich hätte damit „einen Fall von Kurzschlußpanik exemplifiziert", der sehr viel anders verlaufen sei als der meiner Heldin. Er halte diese „Bezüglichkeit trotz der neuerlichen Fabelretardierung" für durchaus angebracht, frage sich aber, warum ich nur bei weiblichen Kurzschlüssen verweile und männliche, die zwar anders geartet seien als weibliche, aber mitunter nicht weniger tragisch, ausklammere. Dabei erinnerte er mich an Thomas Syverlohn, den ersten Cheflektor des Verlages, den ich noch gekannt hatte.

Seltsam, daß Cantor mich auf Syverlohn hinweist. Ich erinnere mich noch genau an den „Fall", obwohl er schon so lange zurückliegt.

Es gibt Männer, bei denen das „gefährliche Alter" nicht als Krise in Erscheinung tritt, da mit dem Abnehmen der körperlichen Kräfte nicht gleichermaßen ein Abnehmen der geistigen stattfindet; ich habe im Gegenteil das Gefühl, meist wachsen gerade in dieser Lebensperiode die geistigen Potenzen und führen einen Ausgleich herbei. Bei Walter ist das so. Es gibt aber auch Männer, die im sogenannten kritischen Alter in Panikstimmung geraten. So war es bei Thomas Syverlohn. Er war, als er im Verlag anfing, schon Anfang sechzig. Seit dreißig Jahren verheiratet mit einer Ärztin, einer immer noch sehr gut aussehenden Fünfzigerin. Von den Kindern der Syverlohns lebte nur noch die siebzehnjährige Tochter im Hause, zwei Söhne, zwanzig- und siebenundzwanzigjährig, hatten es bereits verlassen. Damals lernte Syverlohn ein fünfundzwanzigjähriges Mädchen kennen, eine Laborantin, die im Krankenhaus arbeitete, in dem auch Syverlohns Frau tätig war. Ich habe die Laborantin einmal gesehen, als sie ihn vom Verlag abholte. Ein unscheinbares Geschöpf mit blonden, modisch toupierten Haaren, ausdruckslosen Augen, schmalen, blutlosen Lippen. Aber er verliebte sich in sie, und sie himmelte ihn an. Wieweit bei ihrer Liebe die Bewunderung für den so viel älteren Mann, den „Cheflektor", eine Rolle spielte, weiß ich nicht. Jedenfalls ließ Syverlohn sich von seiner Frau scheiden und heiratete die Laborantin. Der bis dahin seriöse, gutaussehende Mann war nicht wiederzuerkennen. Er frisierte sich, um eine kahle Stelle zu verdecken, wie ein Jugendlicher mit tief in die Stirn gekämmtem Pony, er kleidete sich modisch, ging bei Theaterpremieren Händchen in Händchen mit seiner jungen Frau und benahm sich überhaupt so, daß er zum Gespött des Verlages wurde. Nur wenige Monate später schied er aus. Ob man es ihm nahegelegt hatte oder ob er von sich aus ging, ist mir unbekannt. Bald darauf soll er bei einer Zeitschrift gearbeitet haben, dann hieß es, er sei in die Republik, in die Nähe von Karl-Marx-Stadt gezogen, wo die Eltern seiner Frau lebten. Ich interessierte mich, offen gesagt, damals nicht für den Fall Syverlohn, hörte nur zufällig nach Jahren, die junge Frau habe sich von ihm wieder scheiden lassen.

Cantor hat recht. Die jahrhundertelange Abhängigkeit der Frau vom Mann, in Gesetzen verankert und in vielen Ländern heute noch, erzeugte bei ihr andere Ängste, andere Komplexe als bei ihm. Die Komplexe beim Mann scheinen vorwiegend biologischer Natur zu sein, obwohl das Biologische stets durch gesellschaftliche Normen mitgeprägt ist. Bei der Frau wird die Prägung durch solche Normen viel unmittelbarer deutlich.

Daß Cantor mich auf die Geschichte mit Syverlohn hinwies, wunderte mich. Warum hielt er es für angebracht, in den autobiographischen Roman einer Frau die Torschlußpanik eines Mannes einzubeziehen, mit dem mich nichts verband? Um ein ergänzendes Beispiel hinzuzufügen? Das war so gar nicht Cantors Art.

Als ich über Syverlohn schrieb, mußte ich an Walter denken. Hatte es bei ihm vielleicht auch eine Krise gegeben, die nur nicht in Erscheinung getreten war, die ich nicht wahrgenommen hatte? Sollte sein kurzzeitiges Verhältnis mit der OP-Schwester Barbara, hinter das ich zufällig kam und das ich nicht tragisch nahm, eine Art Beweis für ihn gewesen sein, daß er noch als Mann in Frage komme, daß er noch gefallen könne? Hatte Cantor mich auf den Fall Syverlohn aufmerksam gemacht, um mich indirekt daran zu erinnern?

Ich fragte Cantor.

„Kann sein", antwortete er ausweichend. „Ich habe über dein Manuskript nachgedacht, und dabei ist mir aufgefallen, daß ich mir von deinem Mann eigentlich keine rechte Vorstellung machen kann. Ihr habt euch verstanden, habt eine gute Ehe geführt, habt in einer heilen Welt gelebt bis zu dem Augenblick ... stimmt das? Habt ihr euch wirklich noch verstanden? War es wirklich noch eine gute Ehe? Hattet ihr euch nicht nur aneinander gewöhnt, aufeinander eingespielt? Der Ausbruch deines Mannes mit der Krankenschwester, dein Ausbruch mit Baumgart waren sicher nicht nur altersbedingt. Entschuldige, wenn ich anfange, in dein Privatleben einzudringen, aber wenn dein Roman glaubhaft sein soll, darfst du vor Wahrheiten nicht zurückschrecken. Halbe Wahrheiten sind schlimmer als ganze Lügen."

Je länger ich mit Cantor zusammenarbeite, desto erstaunlicher wird mir seine Fähigkeit, im Geschriebenen Ungeschriebenes aufzuspüren und es dem Autor bewußt zu machen. Damit zwingt er ihn, manches neu zu überdenken.

Ja, es muß auch bei Walter eine Krise gegeben haben. Mir fällt eine kleine Begebenheit ein, die das vielleicht bestätigt. Ich erinnere mich, er kam vor zwei Jahren nach Haus und erzählte, daß ein junges Mädchen in der Straßenbahn aufgestanden sei, um ihm Platz zu machen. „Ja, ja, so fängt es an", scherzte er, aber hinter seinem Scherz verbarg sich Ernst, sogar Verstörtsein. Ich lachte, weil ich das nicht begriff. Nicht lange danach fing die Sache mit der Krankenschwester an. War dieses junge Mädchen nicht eine Parallele zu meinem Kind? Wieso habe ich das nicht gesehen, habe ich das übersehen? Hatten wir uns wirklich entfremdet oder, wie Cantor es ausdrückte, aneinander gewöhnt, aufeinander eingespielt und dabei die Fähigkeit, Feinheiten wahrzunehmen, verloren?

Viele Jahre war unsere Ehe gut, das bilde ich mir nicht nur ein. Wir verstanden uns nicht nur im Bett, sondern hatten uns auch wirklich etwas zu sagen. Beide interessierten wir uns für die Arbeit des anderen, ich mich für Walters medizinische Probleme, er sich für meine Tätigkeit im Verlag. Als ich erstmals mit einem Autor arbeitete, mußte ich Walter über alles genau berichten. Er las sogar das Manuskript, um sich über den Schriftsteller Hans Georg Thorn ein Bild machen zu können.

Thorn war ein alter Genosse, Spanienkämpfer, vier Jahre KZ Dachau. Jetzt schreibt er Bücher, die nichts mit all diesem Erleben zu tun haben, sondern in Ostpreußen unter Landarbeitern angesiedelt sind.

Als ich ihn fragte, warum er nicht über Spanien und über Dachau schreibe, antwortete er: „Über Spanien und Dachau haben viele geschrieben, über das Leben ostpreußischer Landarbeiter nur wenige. Ich war Landarbeiter wie mein Vater, ich habe die preußischen Junker selbst kennengelernt. Sie haben uns wie Vieh behandelt, was sag ich, Vieh war wertvoll, wir waren Dreck. Haben Sie schon einmal etwas vom alten Januschauer gehört? Nie? Das war so einer. Er hat meinen Vater geschlagen, mit der Reitpeitsche mitten ins Gesicht. Das hab ich mein Lebtag nicht vergessen. Mein Vater war ein starker Kerl, er hätte den Burschen ohne weiteres erledigen können, aber er nahm es hin, er wehrte sich nicht, er durfte nichts riskieren, sonst hätte man ihn mit der Familie gefeuert. Die Kate, die wir bewohnten, gehörte zum Gut. Natürlich hatte der Januschauer nicht das Recht, seine Leute zu schlagen, das war ja nicht mehr unter Wilhelm, das war schon in der Weimarer Republik. Aber glauben Sie, ein Landarbeiter hätte so einen vor Gericht bringen können? Schon der Gedanke wäre absurd gewesen. Viele von diesen Junkern waren Stahlhelmleute oder stramme Nazis, ihre Nachkommen sitzen drüben wieder in Spitzenpositionen."

Bei Thorn lernte ich viel, nicht nur, worauf es ankommt bei der Arbeit eines Lektors mit einem Schriftsteller. Durch ihn wurde mir die Geschichte seiner Zeit lebendig. Obzwar Thorn nicht über Spanien und Dachau schrieb, erzählte er sehr anschaulich auch darüber, und mein Interesse regte ihn an, immer Neues aus seinem Gedächtnis hervorzukramen. „Es ist gut, daß ihr Jungen das nicht selbst erlebt habt", sagte er, „aber ihr müßt wissen, was war." Thorn war in Spanien verwundet worden, man hatte ihn im KZ gefoltert, aber nie habe ich ihn über seinen Gesundheitszustand sprechen hören. Seine Sorge galt alten Kameraden, die die furchtbare Zeit überstanden hatten und jetzt, wo es ihnen gut ging, zusammenbrachen. Ich bewunderte Thorn und ärgerte mich über einen jungen Schriftsteller, der ihn einen Dogmatiker nannte und sich über das, was er als „Bekenntnisliteratur" bezeichnete, lustig machte.

Walter, dem Thorns Bücher gefielen und dem der Mann durch alles, was ich von ihm erzählt hatte, sympathisch war, verteidigte den Jungen. „Du darfst nicht vergessen, daß diese Generation den Krieg und die schweren Jahre danach nicht miterlebt hat. Daß der große Atem unserer ‚heroischen Zeit' ihr unbekannt ist. Weltbewegende Probleme wie damals gibt es für sie nicht mehr. Diese scheinbare Problemlosigkeit ist ihr Problem. Sie muß auf andere Art mit der Zeit, mit den Umständen, in die sie hineingeboren wurde, zurechtkommen."

Ich habe dieses Beispiel erwähnt, um zu zeigen, wie sehr Walter an meiner Arbeit teilnahm. Und so wie er sich in den ersten Jahren meiner Verlagstätigkeit mit mir Gedanken über das machte, was mich bewegte, war das, was ihn als Arzt, als Wissenschaftler beschäftigte, für mich interessant. Ich erinnere mich, wie er mir einmal solche nahezu paradoxen Erscheinungen zu erklären versuchte, daß Patienten als Folge zunehmender Bewegungsarmut des zivilisierten Menschen immer häufiger an schweren Kreislauferkrankungen leiden, während andere durch früher für unmöglich gehaltene sportliche Leistungen nicht selten Schäden anderer Art davontragen.

War es wirklich Zeitmangel, der diesem gegenseitigen Beteiligtsein am geistigen Leben des anderen ein Ende setzte? Ein Ende ist wahrscheinlich falsch, es hörte ja nicht plötzlich auf, ebbte nur ganz allmählich ab. Es war keine Ausrede, wenn Walter behauptete, er komme einfach nicht mehr dazu, ein Buch zu lesen. Er wurde in der Klinik überfordert, Sitzungen, Symposien im In- und Ausland, wissenschaftliche Beiträge in medizinischen Zeitschriften zur Entstehung von Neurosen unter nicht erfüllbaren Leistungsansprüchen machten ihm zunehmend zu schaffen. Ich fand mich mit seiner Überbeanspruchung ab, die Umstände waren schuld, es wäre sinnlos gewesen, das nicht einzusehen. Dennoch fühlte ich mich im Stich gelassen, litt ich unter einer allmählichen Vereinsamung. Daß ich mit der Zeit auch ein geringeres Interesse an Walters Arbeit bezeigte, war keine vordergründige, primitive Reaktion. Es war einfach so, daß er nicht so oft dazu kam, von sich, von seinen Problemen zu reden. Möglicherweise gab es auch nur selten Vorkommnisse, die ihm mitteilenswert schienen. Es kann aber auch sein, daß er Fragen von mir erwartete, die ausblieben. Jetzt, da ich angefangen habe, mir Gedanken über jene Zeit zu machen, sehe ich die unterschiedlichsten Gründe für unsere Entfremdung. Dabei gab es, äußerlich gesehen, keine Mißstimmung zwischen uns, Walter war freundlich und rücksichtsvoll zu mir, es tat ihm aufrichtig leid, daß er mich nicht mehr in Konzerte, ins Theater begleiten konnte, aber selbst wenn er sich einmal vornahm mitzukommen, im letzten Augenblick kam dann oft etwas dazwischen, mußte er in die Klinik, gab es Dinge, die seine Anwesenheit unbedingt erforderlich machten. Daß seine sexuellen Bedürfnisse nachließen, war unter diesen Bedingungen nicht verwunderlich, zumal er ja nicht jünger wurde. Das war eigentlich der einzige Grund, warum mich seine Affäre mit der Krankenschwester Barbara doch irgendwie kränkte.

Was uns noch am meisten verband, war unsere Tochter Anette. Aber als sie heiratete und aus dem Hause ging, fehlte auch das.

Das Mutter-Tochter-Verhältnis erscheine im Roman zu verknappt, meint Cantor. Hie und da klinge zwar durch, daß die Beziehungen gut gewesen seien, bis es zu der großen Auseinandersetzung kam, aber das würde dem Leser nicht genug veranschaulicht. „Die Heldin konstatiert eingangs“, bemerkt er, „sie habe auch ihre Tochter verloren, deshalb sei es notwendig zu zeigen, wie und wodurch es zwischen Mutter und Tochter zu Zerwürfnissen kam.“

Anette! Das, was uns aneinandergeraten ließ, war zu einem gut Teil meine Schuld. Ich habe sie gern gehabt – was sage ich, ich liebe sie heute noch genau wie vorher, deshalb tut es so weh.

Meine Schuld, nein, unsere Schuld bestand darin, daß wir sie zu sehr verwöhnt hatten. Sie mußte so reagieren, wie sie reagierte, aber auch ich konnte mich nicht anders verhalten, als ich mich verhielt.

Sie hatte immer alles durchgesetzt, schon als Kind. Jedes Kind setzt sich mit seinen Mitteln durch, das eine weint, das andere brüllt, das dritte verweigert die Nahrung, Anettes Mittel war ihr Lächeln. Sie war ein besonders hübsches Kind, wenn sie lächelte, taten ihr alle alles zu Gefallen. Auch Walter und ich. Das hatte sie schnell heraus, mit ihrem Lächeln tyrannisierte sie uns oft genug. Solange sie in den Kindergarten ging, brachte ich sie morgens hin und holte sie abends wieder ab, das ging recht gut, aber als sie die Schule besuchte, war sie sich selbst viel überlassen. Zwar kam eine Haushaltshilfe zweimal in der Woche zu uns, aber sie ging, wenn Anette nach Hause kam. Bei mir wurde es manchmal recht spät, bei Walter oft noch später. Den Hort, der die einzige Lösung gewesen wäre, lehnte

Anette ab. Sie behauptete, dort sei es „doof" und die Hortnerin sei eine „dämliche Zicke". Ich fragte, warum die Hortnerin eine „dämliche Zicke" sei, Anette zuckte nur die Achseln und antwortete: „Weil sie eine ist."

Ich wollte Anette nicht zwingen, in den Hort zu gehen, so wurde sie ein Schlüsselkind. Das bedeutete für mich, wenn ich todmüde von der Arbeit kam, daß ich mit ihr noch Schularbeiten machen mußte, denn in den seltensten Fällen hatte sie sie schon gemacht. Da halfen weder Bitten noch Strenge, sie erfand hundert Ausreden, warum sie nicht dazu gekommen war.

Sie lernte leicht, aber es machte ihr keinen Spaß. Erst als Annerose wieder in Berlin war und sich viel mir ihr beschäftigte, begann Anette sich für manche Fächer zu interessieren, besonders für naturwissenschaftliche. Später entstand dann bei ihr der Wunsch, Biologielehrerin zu werden. Walter freute sich darüber. Er würde es gern gesehen haben, wenn sie Medizin studiert hätte, aber dazu reichte es nicht. Anette war in allem nur mittelmäßig, Eltern wollen das gewöhnlich nicht einsehen. Wir geheimnisten Gott weiß was in sie hinein, musikalische Begabung, weil sie von der sechsten Klasse ab Klavierunterricht bekam und bald ganz nett spielen konnte, zeichnerische Begabung, weil sie gern zeichnete, schauspielerische Begabung, weil sie bei einer Schulveranstaltung in einem Theaterstück die Hauptrolle gespielt hatte. Aber ihre Fähigkeiten waren in keiner Richtung so ausgeprägt, daß daraus ein Hauptberuf hätte werden können. Walter meinte, Biologielehrer sei ein schöner und wichtiger Beruf. Es kam also nur darauf an, daß sie das Abitur hinter sich brachte.

Beinahe wäre auch das schiefgegangen, die Freundschaft mit einem Jungen ihrer Klasse, von dem sie behauptete, es sei ihre große Liebe – er war achtzehn, sie siebzehn –, lenkte sie so ab, daß ihr Klassenlehrer mich zu sich bat, um mir mitzuteilen, daß wir allen Einfluß aufbieten müßten, damit sie nicht „vor dem Ziel auf der Strecke bleibe". Er hatte bereits mit ihr gesprochen.

Diesmal war Walter es, der sie sich vornahm und sie so weit brachte, daß sie zu büffeln anfing und es gerade noch so schaffte. Annerose, auf die sie sonst soviel gab, versagte ebenso wie ich.

Aus alldem könnte man vielleicht den Eindruck gewinnen, meine Beziehungen zu meiner Tochter seien nicht besonders gut gewesen, aber das ist ein Irrtum. Auch wenn ich ihre Schwächen, ihre Fehler erkannte, ich liebte sie nicht nur, weil sie meine Tochter war, sie konnte ganz reizend sein, sie hatte viel Charme, sie war gutmütig und verstand es, die Menschen zu nehmen. Sie wußte beispielsweise auch genau, womit sie mir eine Freude machen konnte, ihre Geschenke zu Weihnachten, zu meinem Geburtstag zeichneten sich immer durch Einfallsreichtum aus, sie kaufte nicht einfach etwas im Laden, sie war handwerklich geschickt und fand immer heraus, was ich brauchte, was ich mir wünschte.

Wir machten uns anfänglich Gedanken, ob sie das Studium durchhalten werde, sie war oft sprunghaft und nicht sehr beständig in ihren Vorhaben, aber es ging im ersten Jahr besser, als wir erwartet hatten. Bis man sie ... „entdeckte".

„Man", das war der Leiter der Fallière-Band, Hans von Fallière.

Er war gewiß kein unbegabter Musiker, aber seine Musik war für meinen Geschmack zu sehr Schablone, nichts Persönliches, nichts Neues. Die Sängerin der Band bekam ein Kind und hörte auf. In dieser Situation lernte Fallière Anette kennen, war begeistert von ihr und beschloß, sie zur Sängerin der Band „aufzubauen".

Anette hatte eine hübsche, aber kleine Stimme, doch sie sah sehr gut aus, und ihre Figur war hervorragend. Das war schon mehr, als viele Schlagersängerinnen heute aufweisen können.

Ich muß zugeben, daß Fallière es verstand, aus Anette etwas zu machen. Er schrieb ihr Texte, die im Gegensatz zu seiner Musik originell waren. Er ließ sie Schlagersängerinnen parodieren, und damit kam sie an. Ihre Auftritte wurden große Erfolge.

Sie brach ihr Studium ab, sie hatte ihren Beruf gefunden, sie war ein „Star". Alle unsere Ermahnungen, Bitten, Prophezeiungen fruchteten nicht. Wir waren altmodisch, verstanden die Jugend nicht, hatten keinen Sinn für moderne Musik.

Vielleicht wurde mir mit diesem „altmodisch" erstmalig mein Alter vor Augen geführt. Ich war Mitte vierzig. Vielleicht war es ein Tropfen, der zu den anderen kam.

Meine anfänglichen mißfälligen Äußerungen über die Band und gewisse Schlagermusik unserer Zeit, die zu nichts wirklich Originellem imstande sei, hielt Anette mir nun ständig vor. Der Erfolg gab ihr recht.

Es war ganz natürlich, daß Anette sich in Hans von Fallière verliebte, daß die beiden heirateten, daß sie ihr großes Glück gefunden zu haben glaubte.

Was die beiden nicht gewollt hatten, war Gudrun, das Kind, das sich nach zweijähriger Ehe ankündigte. Fallière war dafür, es abtreiben zu lassen, aber diesmal wehrte sich Anette, sie wollte das Kind bekommen.

Vielleicht ist Cantors Einwand, daß ich meinen Schwiegersohn kaum charakterisiert habe, richtig. Daß das absichtlich geschah, daß ich damit den „Bruch mit der Tochter akzentuieren" wollte, trifft nicht zu.

Wenn ich von meinem Schwiegersohn spreche, fürchte ich im Gegenteil immer, ihm unrecht zu tun. Es gibt Männer, die können Bärte tragen, manche sehen sogar gut mit einem Bart aus, aber er muß meiner Ansicht nach zu ihrem Typ passen, und er muß gepflegt sein. Wild wuchernde Bärte erzeugen bei mir das Gefühl, daß der Träger sich schon lange nicht gewaschen hat, sie sind mir zuwider. Mein Schwiegersohn hat so einen Bart. Kann sein, daß mich das gegen ihn voreingenommen hat, kann auch sein, daß ich etwas gegen ihn habe, weil er Anette dazu brachte, ihr Studium aufzugeben, jedenfalls kam zwischen uns nie echte Herzlichkeit auf. Auch Walter findet keinen Kontakt zu Fallière, obwohl er sich Mühe gibt. Einzig Annerose nimmt für ihn Partei, und er seinerseits scheint auch etwas für sie übrig zu haben. Ich will darum Anneroses Ansichten über ihn wiedergeben und nicht meine eigenen.

Über seinen Bart sagte sie: „Ich mag diese wild wuchernden Bärte auch nicht, aber ich frage mich, ob sie bei manchen jungen Leuten nicht vielleicht ein Protest sind gegen alles Geschniegelte, Gebügelte, Glatte. Ich könnte mir vorstellen, daß es bei Hans auch so ist." Sie nannte ihn, im Gegensatz zu mir, beim Vornamen, wenn sie von ihm sprach.

„Weißt du eigentlich, wie sein Leben war?" fragte sie mich ein andermal.

„Ich weiß, daß seine Eltern nach dem Westen gegangen sind und ihn bei seiner Großmutter zurückließen", antwortete ich. „Und zwar noch in einer Zeit, da man herüber- und hinüberfahren konnte. Er muß übrigens, dem Namen nach zu schließen, von Hugenotten abstammen, aber darüber weiß er auch nichts."

„Das ist alles?" fragte Annerose weiter.

„Wieso?"

„Was du über ihn weißt?"

„Ja."

„Daß er in einem Jugendwerkhof war, weißt du nicht?"

Das war etwas völlig Neues für mich. „Hatte er etwas angestellt?" fragte ich überrascht.

„Er hat geklaut", antwortete Annerose trocken. „Die Großmutter war eine alte, kranke Frau, die sich selbst nicht helfen konnte. Er klaute für sie und für sich, in erster Linie sicher für sich. Man soll da nichts hineindeuten. Er kam, wie man so sagt, auf die schiefe Bahn. Wurde verwarnt, bekam Bewährung, klaute wieder und wieder und landete schließlich im Werkhof. Dort hatte er das Glück, daß ein Erzieher auf die musikalische Begabung des Jungen aufmerksam wurde und sich seiner annahm."

Ich habe das Gespräch etwa so wiedergegeben, wie es war, und gebe zu, daß ich mich schämte, das alles nicht gewußt zu haben. Gleichzeitig aber bereitete mir gerade die Selbstverständlichkeit, mit der Annerose derartige Dinge erfuhr, Unbehagen. Hinzu kam, daß das mangelnde Vertrauen meiner Tochter mich kränkte. Auch daß Fallière im Werkhof seinen Facharbeiter als Tischler gemacht und in der gleichen Zeit als Hobby einige Instrumente spielen gelernt hatte, was seinen späteren Weg bestimmte, hörte ich nur durch Annerose.

„Vielleicht hast du recht", sagte sie, „vielleicht ist noch manches Schablone bei ihm, aber er ist sehr jung, und er ist ein besessener Musiker. Ich bin überzeugt, daß er es zu etwas bringen wird. Und er hat aus Anette erst etwas gemacht."

Auch dieses absolute Urteil gefiel mir nicht. Ich hätte zudem nie zugegeben, daß Fallière aus Anette erst etwas gemacht habe.

Manchmal ärgerte ich mich, daß ich Annerose nach Berlin geholt hatte, obwohl ich andererseits oft froh war, sie hier zu haben.

Mit Berlin, das war so gekommen: In ihren Briefen hatte Annerose immer wieder geklagt, wie wenig sie sich noch aus dem Theater mache und daß sie sich vor jedem Auftritt zwingen müsse, die Bühne zu betreten. „Auch die Provinz habe ich satt", schrieb sie, „die Kleinstadt geht mir auf die Nerven, ich sehe aber keine Möglichkeit, das zu ändern."

In dieser Zeit lernte ich durch einen Schriftsteller, mit dem ich zusammen arbeitete, einen Mitarbeiter des Kulturministeriums kennen, der mit Annerose einmal befreundet gewesen war und der mich fragte, wie es ihr gehe.

Ich erzählte ihm von ihr und erwähnte auch, daß ich mich bemühen wolle, sie nach Berlin zu holen, aber noch nicht wisse, wohin und in welcher Funktion.

„In welcher Funktion?" fragte der Mann erstaunt. „Sie ist doch Schauspielerin."

Ich gab ihm den letzten Brief Anneroses zu lesen. „Merkwürdig", murmelte er, „dabei ist sie begabt." Er überlegte einen Augenblick und sagte dann: „Vielleicht kann ich ihr helfen. Wir suchen eine zuverlässige Mitarbeiterin, die etwas vom Theater versteht. Ich werde jedenfalls auf sie aufmerksam machen. Ob das Erfolg hat, kann ich natürlich nicht sagen. Grüßen Sie sie, wenn Sie ihr schreiben."

Ich teilte Annerose von dem Gespräch mit, aber wir machten uns keine großen Hoffnungen. Allein schon kurze Zeit danach erhielt sie die Aufforderung, zu einem Gespräch im Ministerium nach Berlin zu kommen, und mit Beginn des neuen Jahres hatte sie ihren Anstellungsvertrag.

Fast ein Jahr lebte sie bei uns, ehe sie durch einen Zufall und durch die Hilfe des Ministeriums eine eigene kleine Wohnung erhielt.

Wenn ich jetzt über dieses Jahr nachdenke, fällt mir manches ein, was ich damals ganz anders gesehen habe, wie es überhaupt schwer ist, Gefühle zu reproduzieren. Und um nichts anderes als um Gefühle handelt es sich.

Cantor erscheint die „Ambivalenz der Gefühle" bei der Heldin meines Romans nicht genügend psychologisch motiviert. Man habe den Eindruck, daß sie die Unentschiedenheit der Autorin widerspiegele, die eigene Gefühle nicht einzuordnen vermag.

Er hat mein Problem herausgespürt. Wenn ich an dieses Jahr mit Annerose zurückdenke, komme ich immer häufiger auf Lügen, mit denen ich mich selbst betrog, auf Auslegungen, die ich mir selbst schuf, um aufkommende Schlüsse zu verdrängen, die ich aus dem Verhalten Walters und Anneroses zog und die mich zu beunruhigen begannen. Ich wußte, daß zwischen Walter und Annerose freundschaftliche Beziehungen bestanden hatten, ich wußte, daß Annerose Walter geliebt hatte und vielleicht immer noch liebte. Nicht etwa, daß bei mir der Verdacht aufkam, es bahne sich erneut zwischen ihnen etwas an, dazu hatte ich keine Veranlassung, aber die Art, wie Walter auf manche Bemerkung Anneroses reagierte, ein gewisses Erstaunen über die Veränderung, die seiner Ansicht nach mit ihr vorgegangen war, zeigten deutlich, daß ihn die Ursachen dieser Veränderung interessierten.

Er sprach mit mir darüber und meinte, es sei ein Phänomen. „Sie scheint mit ihren Komplexen fertig geworden zu sein, mit ihrer Hektik, die nichts anderes war als eine Flucht vor sich selbst, vor den Schwierigkeiten ihres Charakters. Sie ist nicht wiederzuerkennen. Zum Teil ist das natürlich darauf zurückzuführen, daß sie älter und reifer geworden ist, dennoch, es ist erstaunlich."

Ich gab Walter recht, Annerose war viel lockerer, ausgeglichener, Walter hatte das ganz sachlich festgestellt, doch glaubte ich, daß sich hinter dieser sachlichen Feststellung anderes verberge. Manche Begebenheiten deuteten darauf hin.

Einmal, nach einem schweren Gewitter, es regnete in Strömen, nahm Walter einen Regenschirm und sagte, er gehe Annerose bis zur Haltestelle entgegen, sie habe nicht daran gedacht, daß es regnen könnte, und sich nicht darauf eingerichtet.

Annerose war bei einer Premiere in der Komischen Oper gewesen. Sie hatte die Karten vom Ministerium erhalten und mich aufgefordert mitzukommen, aber ich hatte zuviel zu tun, und Walter kam nur selten rechtzeitig nach Hause.

„Sie hat sich bestimmt ein Taxi genommen", wandte ich ein, „es ist doch unsinnig, daß du ihr bei diesem Regen entgegengehst."

„Dann hab ich eben einen kleinen Spaziergang gemacht", beharrte Walter. „Es ist manchmal sehr schwer, ein Taxi nach dem Theater zu erwischen, das weißt du ja."

Er ging, und ich grübelte, ob er mir auch entgegengekommen wäre.

Er behielt übrigens recht, sie hatte kein Taxi bekommen. Die beiden kamen trotz Regenschirm ziemlich naßgeregnet, aber sehr vergnügt nach Hause.

Ein andermal wollte Annerose mich überreden, mit ihr eine Ausstellung zu besuchen, die in der Presse große Beachtung gefunden hatte. Aber im Verlag war gerade an diesem Tag eine Lektoratssitzung, die ich nicht versäumen wollte. Da erklärte sich Walter zu meiner großen Überraschung bereit, Annerose zu begleiten. Er, der sich bislang gerade für moderne Malerei überhaupt nicht interessiert hatte. Ich tat, als fände ich es ausgezeichnet, daß Walter Annerose begleite. Ich gestand mir selbst nicht ein, daß ich eifersüchtig oder vielleicht auch nur in meinem Stolz verletzt war.

Verletzter Stolz, warum eigentlich? Darüber sinne ich heute nach. Was verletzte meinen Stolz? Nur weil „mein" Mann, der mir gesetzlich angetraut worden war, sich vielleicht einer anderen zuwandte? Muß es Jahrhunderte dauern, bis Begriffe, die in Jahrhunderten aufgebaut worden waren, wieder abgebaut werden?

Ich war damals jedenfalls noch nicht soweit, mir solche Erkenntnisse aneignen zu können, erst jetzt, da ich angefangen habe, über meine Gedanken und Gefühle der letzten Jahre nachzugrübeln, sehe ich vieles unter ganz anderen Gesichtspunkten.

Damals war ich froh, als Annerose eine eigene Wohnung bekam und auszog, weil sich dadurch viele Probleme für mich lösten, und meine Beteuerungen, wie leid es mir tue, waren reine Heuchelei.

Annerose wußte das auch. „Ich war eine Belastung für euch", sagte sie, „du mußt nicht widersprechen. Aber ich hoffe, daß ihr mich bald besucht."

Diesmal macht Cantor einen Einwand, den ich beachten muß, wenngleich sich manches in mir dagegen sträubt. Je diskontinuierlicher, sprunghafter der Erzählablauf angelegt sei, desto exakter müsse „die Kontinuität und Chronologie der Geschehnisse für den Leser reproduzierbar sein", fordert er. Vorgeschichte, Grunderlebnis, spielendes Kind, Ehekonflikt, Zerwürfnis mit der Tochter – es sei notwendig zu wissen, wie die genaue zeitliche Abfolge ist.

Für mich waren emotionale Abläufe stets wichtiger als zeitliche, ich habe den Eindruck, daß die Aufeinanderfolge von Geschehnissen innere Zusammenhänge nicht unbedingt deutlicher macht. Darüber muß ich mit Cantor noch sprechen. Wir haben es uns angewöhnt, daß wir uns außer über die schriftlichen Hinweise, die er mir gibt – wobei er eigenartigerweise diese Form „die Autorin“, „die Heldin“ beibehält –, auch über vieles andere unterhalten.

Die genaue zeitliche Abfolge ergibt sich eigentlich trotz gelegentlicher Sprünge ganz einfach. Die Autorin, um mit Cantor zu reden, erzählt die Geschichte ihres Lebens, beginnend mit dem Anlaß des Erzählens, der schockierenden Begegnung mit dem spielenden Kind, das das auslösende Moment ist. Anschließend schreibt sie über ihre Entwicklung, ihr Leben bis zu dem Augenblick des Schocks, der das weitere Leben verändert, wobei sie rückblickend Überlegungen anstellt, ob die unangemessene Reaktion wirklich spontan war oder sich aus einer Summe von Erlebnissen ergab. Der Konflikt mit der Tochter beispielsweise hatte verschiedene Ursachen, die zeitlich ganz auseinanderfielen, schon vor dem Schock begannen, aber dennoch zusammengehörten. Der Krach erfolgte erst nach dem Schock und hätte sich ohne ihn vielleicht nicht so zugespitzt. Es mußte vieles zusammenkommen, um bei einer belanglosen Gelegenheit plötzlich eine Explosion herbeizuführen. Einiges, was die spannungsgeladene Atmosphäre bis zum Krach zwischen Anette und mir charakterisieren soll, versuchte ich rückblendend zu schildern.

Begonnen hatten die Reibereien zwischen uns erst, als Fallière sie zum Star gemacht hatte, das heißt, seit sie sich als Star fühlte.

Ich habe nun einmal nicht viel übrig für Pop und Rock, aber ich bemühte mich aufrichtig, seit meine Tochter Schlagersängerin war, dieser Musik gerecht zu werden, zum Unterschied von Walter, der sie ablehnte. Manches gefiel mir sogar, anderes hingegen fand ich zu kommerziell, zu sehr „Masche“.

Wagte ich aber so etwas zu äußern, hörte ich von Anette sofort, ich verstünde nichts davon, ich hätte keine Ahnung, zu meiner Zeit sei das eben anders gewesen.

Solche Äußerungen waren bereits ständige Anspielungen

auf mein Alter, die ich damals nur noch nicht tragisch nahm. Aber dieses „ihr Alten und wir Jungen" tauchte beinahe bei jeder Unterhaltung irgendwo auf, ohne daß es direkt ausgesprochen wurde. Ich lächelte, ich scherzte sogar darüber, aber auch wenn ich es nicht wahrhaben wollte, wenn ich es verdrängte, die Ängste aller Frauen, die die Vierzig überschritten haben, waren natürlich latent auch bei mir vorhanden.

Als ich sechsundvierzig war, feierte Annerose ihren fünfzigsten Geburtstag. Wir hatten, seit sie bei uns ausgezogen war, wieder den alten Kontakt zueinander. Ich kam mit manchen Anliegen zu ihr, auch, wenn ich im Verlag oder mit einem Autor Unstimmigkeiten hatte. Sie besaß großes Einfühlungsvermögen.

Alle Phasen der Entwicklung meiner Tochter hatte ich mit Annerose durchgesprochen, seit sie wieder in Berlin lebte, und wenn ich manchmal auch traurig darüber war, daß Anette mit vielem eher zu Annerose kam als zu mir, so freute ich mich andererseits über die Zuneigung Anneroses zu meiner Tochter.

Die Leute, die Annerose zu ihrem runden Geburtstag eingeladen hatte, kannte ich nicht, es waren Kollegen aus dem Ministerium mit ihren Frauen, insgesamt etwa zehn, zwölf Personen, mehr hätte sie in der kleinen Wohnung auch nicht unterbringen können. Walter hatte sich entschuldigen lassen, er war im Krankenhaus unabkömmlich, doch Anette und ihr Mann hatten sich frei gemacht. Sie brachten Annerose die letzte Schallplatte der Fallière-Band als Geburtstagsgeschenk.

Mir hatten sie gar nicht erzählt, daß diese Schallplatte herausgekommen war, und als ich fragte, warum ich nichts von ihr wisse, sagte Anette ganz nebenbei: „Aber Mutter, du hast doch nichts übrig für diese Musik."

Die Platte wurde vorgespielt – Annerose besitzt einen Plattenspieler, ich besitze keinen, das wurde von Anette auch vermerkt –, es gab viel Beifall, und ich heuchelte Gefallen, obwohl die Platte mir zu laut war und ich ihr nichts abgewinnen konnte. Sowohl Annerose als auch Anette und ihr Mann durchschauten mich.

Anschließend legte man auch noch andere Platten auf, es entspann sich ein Gespräch über Neuerscheinungen auf diesem Gebiet, über Komponisten und Interpreten, wobei Namen genannt wurden, die offensichtlich Weltruhm besaßen, von denen ich aber keine Ahnung hatte. Annerose hingegen beteiligte sich lebhaft, und Anette sagte einmal bewundernd: „Du bist erstaunlich jung geblieben, Annerose.“ Sie nannte Annerose seit einiger Zeit beim Vornamen.

Ich wurde immer schweigsamer, am liebsten wäre ich gegangen, aber ich fürchtete, daß Annerose mir das übelnehmen würde.

Sie mußte gemerkt haben, daß ich mich nicht wohl fühlte, denn sie bat mich, als die Gäste sich verabschiedeten, noch etwas zu bleiben.

„Was ist mit dir, Gerlind?“ fragte sie, als wir allein waren. „Du hast dich über Anette geärgert, aber sie meint es nicht so. Du mußt sie zu verstehen suchen. Ihr Beruf ist ihr alles.“

„Dagegen habe ich nichts“, sagte ich unwillig, weil Annerose sich zum Anwalt meiner Tochter machte und mir vorwarf, ich verstünde mein Kind nicht. „Aber Anette ist taktlos, und sie versucht, dich gegen mich auszuspielen.“

Annerose holte zwei Gläser und goß uns Sekt ein. „Trinkst du noch einmal mit mir?“ bat sie. Sie hob ihr Glas, und ich stieß mit ihr an.

„Sie versucht nicht, dich gegen mich auszuspielen, aber du bist schrecklich empfindlich geworden, überempfindlich. Es hat dich verstimmt, als sie behauptete, ich sei erstaunlich jung geblieben, aber das hat sie überhaupt nicht auf dich bezogen, das war einfach eine spontane Feststellung, sie wollte mir etwas Liebes sagen. Du bist doch viel jünger als ich ...“

„Unsinn“, unterbrach ich sie, „ich bin vier Jahre jünger“.

Annerose nickte. „Vier Jahre ist viel, sehr viel in diesem

Alter, jedes Jahr ist nicht mehr nur ein Jahr, es bedeutet eine unwiederbringliche Spanne Zeit, die immer größer wird, je mehr die Jahre abnehmen. Die Fünfzig, Gerlind, das ist der eherne Glockenschlag. Du hast noch vier Jahre vor dir, nütze sie." Sie sprach scheinbar im Scherz, aber jetzt weiß ich, wie ernst es ihr war.

Ich mußte lachen, doch es klang unsicher.

Erst zwei Jahre später trat bei mir der Moment ein, der mich ihre Worte verstehen ließ.

Ein ganzes Kapitel lang, meint Cantor, werde der Zusammenstoß Gerlinds mit ihrer Tochter exponiert, aber er erfolge nicht. Nur „Reibereien" würden geschildert, die den Boden für den Zusammenstoß bilden. Cantors Ansicht nach wäre es angebracht, das Kapitel mit dem Zusammenstoß zu schließen.

Um dahin zu gelangen, muß ich zuerst von Gudrun, meiner Enkelin, berichten.

Gudrun war im Gegensatz zu Anette schwer zu bändigen. Sie war besonders lebhaft und konnte keine Minute still sitzen. Sie war auch äußerlich ganz anders als ihre Mutter, sie hatte die schwarzen Haare ihres Vaters, die regelmäßigen Züge ihrer Mutter und die blauen Augen Walters. Diese Augen und die schwarzen Haare bildeten einen reizvollen Gegensatz. Von mir hatte sie kaum etwas, obwohl manche Leute behaupteten, sie ähnle mir in der Art, den Kopf zurückzuwerfen. Aber das hatte sie mir wahrscheinlich abgeguckt.

Ich hatte die Kleine sehr gern und bemühte mich, Anette vieles, was mit dem Kind zusammenhing, abzunehmen. Obwohl ich an den Wochenenden zu Haus viel zu tun hatte, weil in der Woche dieses oder jenes liegengeblieben war und ich oft Manuskripte mit nach Hause nehmen mußte, weil meine Zeit im Verlag nie ausreichte, war es für Anette eine Selbstverständlichkeit, mir die Kleine über das Wochenende zu bringen. Ich nahm das ebenfalls als Selbstverständlichkeit hin. Ich sagte schon, daß das Kind sehr lebhaft war und mich ganz beanspruchte, so blieb mir oft nichts anderes übrig als zu arbeiten, wenn Gudrun schlief. Ich arbeitete oft die Nächte durch.

Anette pflegte mich aber auch zusätzlich anzurufen, wenn sie Auftritte hatte, und mich zu bitten, Gudrun vom Kindergarten abzuholen und sie morgens wieder hinzubringen. Ich tat auch das, aber es wurde mir allmählich zu viel. Manchmal fühlte ich mich so abgespannt, daß ich über meiner Arbeit einschlief.

„Das muß aufhören", schimpfte Walter, „so kann das nicht weitergehen. Das hältst du nicht durch. Anette und ihr Mann verdienen wirklich genug, um jemand anzustellen, der das Kind beaufsichtigt."

Einerseits hatte Walter recht, andererseits fragte ich mich, ob eine Fremde dem Kind gerecht werden würde. Ich zögerte noch, mit Anette zu sprechen, als ihr Verhalten mich dazu zwang.

Es war kurz nach der Sache mit dem fremden Kind, die mich innerlich so aus der Bahn geworfen hatte, ohne daß jemand darum wußte, als Anette mir ihre Tochter wieder über das Wochenende brachte. Sie hatte es nicht für notwendig gefunden, mich zu verständigen, was sie bislang getan hatte.

Walter war zu einem Neurologenkongreß in Wien, und ich war mit Heiner Baumgart verabredet, der mich dringend gebeten hatte, sonntags mit ihm zu arbeiten. Es handelte sich um seinen umstrittenen Roman, bei dem er meine Hilfe brauchte.

„Es tut mir leid", sagte ich darum, „aber ich kann diesmal nicht. Warum hast du mich nicht verständigt?"

Anette nahm meine Worte nicht ernst. „Ich bin nicht dazu gekommen", erklärte sie, „aber wir haben eine Einladung zu Reiters, das sind ganz wichtige Leute, wir müssen unbedingt hin, Mutter."

„Dann muß du sehen, wo du Gudrun unterbringst", beharrte ich. „Vater ist in Wien, und ich muß mit einem Autor arbeiten."

„Heute, am Sonntag?" Anettes Stimme klang gereizt.

Ich blieb ganz ruhig. „Ja, heute am Sonntag."

Sie wurde ungeduldig, eine Absage war sie von mir nicht gewöhnt. „Kannst du das nicht verschieben, Mutter? Wir haben zugesagt."

Es war mir immer schwergefallen, meiner Tochter etwas abzuschlagen. Ich sagte schon, wir hatten sie zu sehr verwöhnt. Diesmal aber empörte mich die Art, wie sie alles, was ich für sie tat, als ihr Recht beanspruchte. Ich blieb fest. „Tut mir leid, Anette, aber ich kann es nicht verschieben."

Sie schien immer noch nicht zu begreifen, daß mein Entschluß endgültig war. „Zu wem soll ich sie denn bringen, wenn nicht zu ihrer Großmutter?" fragte sie vorwurfsvoll.

Es gibt einen Egoismus, der selbst die Liebe einer Mutter zu ihrem Kind gefährdet. Vielleicht hatte Annerose recht, vielleicht verstand ich meine Tochter in manchem nicht, dieses einfache Über-mich-Verfügen jedoch brachte mich auf. „Glaubst du, ich habe kein Recht mehr auf ein eigenes Leben, seit du mich zur Großmutter gemacht hast?" fragte ich empört.

Moralpredigten liegen mir nicht, ich verwahrte mich als junges Mädchen selbst dagegen, aber was ich Anette zu sagen hatte, unbedingt sagen mußte, waren Gedanken, die ich mir wieder und wieder gemacht hatte und die ich ihr nun entgegenhielt.

Alles, was ich sagte, war natürlich nicht neu, manches hätte Thema eines Schulungsabends im DFD sein können: daß die Großeltern früher ihren genau umrissenen Platz in der Familie gehabt hatten wie Eltern und Kinder und Anverwandte. Daß damit auch ihre Funktionen bestimmt waren, daß diese Art von Familie nicht mehr existiere, die Menschen heute aber das Bewußtsein von gestern noch mit sich herumtrügen, auch die Vorstellungen der Oma von einst.

Anette hörte mir ungeduldig zu, man sah ihr an, wie sehr sie alles, was ich äußerte, langweilte. „Du brauchst mir keinen Vortrag zu halten, Mutter", sagte sie endlich. „Wenn du sie nicht nehmen willst, muß es eben auch so gehen. Wozu das viele Drumherumgerede. Wir werden schon wen finden ..."

Vielleicht hat man nach allem, was ich vorausschickte, einen heftigeren Zusammenstoß erwartet, aber so waren wir noch nie auseinandergegangen, meine Tochter und ich ...

Wieder ein schriftlicher Hinweis Cantors, in dem er es für unerläßlich hält, bei der Beschreibung Baumgarts auch auf die Arbeit einzugehen, die ich als Lektorin von Baumgarts Büchern leistete, ehe es zu anderen Beziehungen zwischen mir und dem Schriftsteller kam.

Über Baumgart zu schreiben fällt mir darum so schwer, weil sich meine Einstellung zu ihm in den verschiedenen Phasen unserer Beziehungen immer wieder änderte und verschob. Ich will mich bemühen, so objektiv wie möglich zu bleiben.

Als ich Baumgart kennenlernte, als ich seinen Roman „Die steile Treppe" lektorierte, war er dreißig Jahre alt. Es war sein drittes Buch, die beiden ersten hatte ein anderer Verlag herausgebracht, mit dem Baumgart wegen irgendwelcher dummen formalen Dinge Krach bekam, obwohl seine Bücher große Erfolge wurden.

Die Zusammenarbeit mit ihm war nicht einfach, er wirkte anmaßend, überheblich, und man mußte ihn schon gut kennen, um dahinterzukommen, daß sein Verhalten seine Unsicherheit verbarg. Manche lehnten ihn ab, weil er ihnen zu kompliziert, zu vielschichtig schrieb, andere mochten den Menschen Baumgart nicht, wieder andere hielten ihn für besonders begabt. Er glaubte, er sei ein Genie, obwohl ständig Zweifel an ihm fraßen. Seinen Beruf als Ingenieur hatte er aufgegeben und lebte seitdem als freischaffender Schriftsteller.

Sowohl der Vorsitzende des Schriftstellerverbandes als auch einige Kollegen, die es gut mit ihm meinten, hatten ihm abgeraten, freischaffend zu werden. Auch ich tat es, als ich anfing mit ihm zu arbeiten. „Sie verlieren den Boden unter den Füßen“, warnte ich ihn. „Mit sechzig kann man von Erinnerungen leben, in Ihrem Alter braucht man Erlebnisse, Erfahrungen, den täglichen Umgang mit Menschen.“

Er lachte. Es war ein richtiges Jungenslachen, das mir an ihm gefiel. „Erlebnisse habe ich mehr als genug“, sagte er, „diese Erlebnisse bereichern meine Erfahrungen, und an Menschen fehlt es mir auch nicht, im Gegenteil, ich kenne zu viele, und sie lenken mich ab. Ein fester Beruf läßt mir nicht genügend Zeit, er bindet mich, ich kann dann nicht richtig arbeiten.“

Mich beeindruckten nicht nur seine Geschichten, mich überraschte auch sein eigenwilliger, eigenartiger Stil. Ich war überzeugt, daß er einmal zu den Großen in der Literatur gehören würde, und sagte ihm das auch. Sorge machte mir nur, daß er zeitweilig trank und dann tagelang nicht arbeiten konnte.

„Sie müssen das Trinken lassen, Baumgart, oder zumindest einschränken“, redete ich auf ihn ein. „Ich will Sie nicht schulmeistern, ich sage das, weil ich viel von Ihnen halte, viel von Ihnen erwarte. Das sind keine Redensarten. Aber ohne ständige, disziplinierte Arbeit schaffen Sie es nicht.“

Er ließ sich das von mir sagen, er ließ sich überhaupt viel von mir sagen. Während er bei anderen um jedes Wort kämpfte, änderte er bei mir ganze Passagen, wenn ich es ihm nahelegte, allerdings erst nach hitzigen Diskussionen. Daß ich an ihn glaubte, half ihm über seine Zweifel an sich, die er zu niemandem äußerte.

Die Arbeit mit Baumgart machte mir Freude, es war nicht nur die Arbeit eines Lektors mit seinem Autor, es waren auch die Gespräche, die wir unabhängig oder nur in losem Zusammenhang mit der Arbeit führten. Über Erkenntnisse und Wertungen, Fragen, die ihn sehr beschäftigten, wobei seine Ansichten in manchem von den offiziellen Richtlinien abwichen.

„Man rechnet mich, das weiß ich", sagte er mir einmal in einem solchen Gespräch, „nicht direkt zu den Dissidenten, aber zu ihren Sympathisanten. Das ist Unsinn. Es gibt für mich keine Alternative zur DDR. Ich freue mich natürlich, daß meine Romane auch drüben gedruckt werden, des Geldes wegen und weil man komischerweise bei uns anders angesehen wird, wenn man drüben herauskommt, aber leben möchte ich dort nicht. Das Gerede von Freiheit, die nichts mit wirklicher Freiheit zu tun hat, stößt mich ab. Aber ich wünschte mir bei uns mehr Freiräume, die es ermöglichen, Kritik zu üben, ohne daß man gleich als Dissident angesehen wird. Kritik und Selbstkritik habe ich immer preisen gehört."

„Aber es hat sich doch manches grundsätzlich bei uns geändert", hielt ich ihm entgegen, „über vieles, worüber man vorher nicht sprechen konnte, kann man heute sprechen. Die Tabus ..."

Er unterbrach mich. „Ist mir bekannt. Aber das setzt voraus, daß man auf dem Boden des Marxismus-Leninismus steht. Ich bin nicht in der Partei, obwohl ich mich bemüht habe, mir theoretische Grundlagen anzueignen. Wahrscheinlich unzulänglich, aber unbeeinflußt. Wer aber bestimmt bei mir, ob ich auf dem richtigen Boden stehe und mich infolgedessen an sogenannte Tabus wagen darf?"

Mein in Schulungen erarbeitetes Wissen wischte er oft mit einer Handbewegung fort, die mich zwang, bessere, einleuchtendere Argumente zu finden. Das war nicht einfach, das verlangte von mir, manches zu lesen, mir zu eigen zu machen, was ich bis dahin vernachlässigt hatte. Ich erinnere mich, daß ich einmal ein langes Gespräch mit Cantor vom Zaun brach, über das dieser nicht wenig erstaunt war. Es ging um bürgerliche und sozialistische Demokratie, und ich spielte den Advokatus diaboli, um mir bei Cantor Argumente für Baumgart zu holen. Ich habe es Cantor später erzählt.

Aber nicht nur über politische Themen unterhielt Baumgart sich mit mir oder, wie er sagte, sprach er sich bei mir aus. Er las viel, neben historischen Werken, die er für seine Romane brauchte, auch philosophische Bücher, was ich, als ich mit ihm zu arbeiten begann, nicht vermutet hätte.

Ohne Philosophie kann ein Schriftsteller heute nicht schreiben, meinte er, als ich bemerkte, daß ich mich darüber wundere. „Unsere Arbeiterschriftsteller hatten ihre brisante Vergangenheit, über die sie berichteten oder heute noch berichten, wir haben keine solche Vergangenheit, wir müssen uns unseren Standort suchen, und es dauert bei uns Jungen möglicherweise länger, bis wir ihn gefunden haben, als bei den Alten, die ihn in direkter Konfrontation fanden."

Der Mann Heiner Baumgart hatte mich bis zu meinem Besuch an jenem Sonntag nicht im geringsten interessiert. Erstens war er viel zu jung, zweitens aber fand ich ihn häßlich. Groß, hager, die Wangen eingefallen, die Nase vorspringend, das Gesicht beherrschend, erinnerte er ein wenig an ein Bild des Alten Fritz. Nur die Augen waren schön, tief in den Höhlen liegende, dunkle Augen.

Er wohnte ziemlich weit, in Friedrichsfelde. Einige Male hatte er mich schon eingeladen, aber ich war nie dazu gekommen, seinen Einladungen Folge zu leisten. Diesmal aber hatte ich mich nicht entschuldigen können, es ging um die Taktik des Vorgehens im Falle seines Romans. Ich war entschlossen, alles in meinen Möglichkeiten Stehende zu tun, damit der Roman erscheine.

Der Titel „Der Verführte" sagt wenig. Ich will versuchen, den Inhalt wiederzugeben, obwohl auch die Inhaltsangabe eines Romans nur wenig über ihn aussagen kann.

Er ist im alten Griechenland angesiedelt, eine Verfremdung, derer sich ja viele Schriftsteller bedienten. Ein junger griechischer Rechtsgelehrter hört von Sokrates und kommt nach Athen, um den großen Philosophen zu sehen und womöglich zu sprechen. Die Art des Dialogs, in der sich der Meister mit seinen Schülern unterhält, begeistert den jungen Mann, den Baumgart Ortygias nennt. Er lernt Plato und Xenophon, die Schüler des Sokrates, kennen, er bittet darum, in den Kreis aufgenommen zu werden. Aber nicht die Philosophie, zu der Sokrates sich durchgerungen hat, wird wegweisend für Ortygias, sondern die Sophistik der Sokratischen Dialoge.

In einer Nebenhandlung, die aber mit der eigentlichen Handlung eng verknüpft ist, wird Ortygias schuldig an dem Tode einer Sklavin, die er unmenschlich behandelte. Sokrates, der davon hört, hält ihm einen Vortrag über das Gewissen als höchstem Lebensprinzip, das alle menschlichen Handlungen durchdringen und bestimmen müsse. Er macht sich den Schüler zum Feind, der zu einem seiner Hauptankläger in dem Verfahren wird, das Sokrates des Freidenkertums und der Jugendverführung bezichtigt.

Sokrates wird zum Tode verurteilt und gezwungen, den Schierlingsbecher zu trinken.

Ortygias aber wird berühmt durch seine Rechtsgelehrsamkeit und seine Rednerkunst, die ihn befähigt, mit trügerischen Scheinbeweisen das Recht zu drehen und zu wenden, bis es seinen und den Zwecken seiner Auftraggeber entspricht.

Die Handlung war es nicht, die einige Leute veranlaßte, den Roman anzugreifen, aber in den Dialogen des Sokrates mit seinen Schülern, in den Gesprächen der Schüler untereinander wurden Fragen von Staat und Gesetz, Freiheit und Demokratie, Volk und Hierarchie abgehandelt, die durchaus heutig waren. Das geschah nicht bösartig, dennoch rief es Übervorsichtige auf den Plan.

Den Angriff, Sokrates unhistorisch dargestellt zu haben, wies Baumgart zurück, weil über Sokrates nur wenig, und das meist von Plato, geschrieben worden war. Eine ausführliche Lebensbeschreibung existiert nicht. Einige Formulierungen aber mußten geändert werden, wenn das Buch erscheinen sollte, das war mir bewußt, und das mußte ich Baumgart beibringen. Mir war klar, wie schwer es sein würde, ihn dazu zu bewegen.

Ich hatte mir Vorschläge zurechtgelegt, die aber in Art und Stil Baumgart nicht befriedigen konnten. „Es sind nur

Vorschläge", betonte ich darum, „mehr vermag ich nicht. Aber einen Weg müssen wir finden, das Buch muß erscheinen. Übrigens glaube ich", fügte ich hinzu, „daß diese Stellen ohnedies geändert werden müßten, weil sie zu durchsichtig, zu vordergründig sind."

Die letzte Bemerkung, die ich nicht ohne Absicht gemacht hatte, gab den Ausschlag. Nach vielem Hin und Her versprach Baumgart zu ändern. „Ich bin Ihnen nicht gewachsen", klagte er, „das hat noch keiner fertiggebracht, was Sie fertigbringen."

Während ich anfangs viele Nebensächlichkeiten zu ausführlich beschrieben hätte, kritisierte Cantor, unterließe ich das bei Heiner Baumgart, der für die Heldin des Romans doch mehr sei, mehr wird als nur ein Autor, mit dem sie zusammen arbeitet. Auf handlungsbestimmende Details wie Wohnung, Familie, Lebensumstände einzugehen, halte Cantor darum für sehr wichtig, denn das gerade interessiere die Leser und spiele im Handlungsablauf doch eine wesentliche Rolle.

Ich habe große Hemmungen zu überwinden, wenn ich über meine Beziehungen zu Baumgart schreibe. Man kann hundertmal glauben, über den Dingen zu stehen, irgendwie steht man doch mittendrin. Baumgarts Wohnung in Friedrichsfelde besteht aus zwei und einem halben Zimmer, die er, ehe er geschieden wurde, mit Frau und Kind bewohnte. Nach der Scheidung, die seine Frau einreichte, zog sie mit dem Kind zu ihrer Mutter nach Warnemünde, und er blieb allein wohnen. Die Verbindung zu seiner geschiedenen Frau hielt er aufrecht, des Kindes wegen. Er sah seinen Sohn von Zeit zu Zeit, aber mehr aus Konvention denn aus väterlicher Liebe.

Die Wohnung sagte viel von dem Manne Baumgart aus, von seinen Neigungen und Interessen wie von seiner Gespaltenheit. Die Eltern – sein Vater hatte lange mit zwei Gesellen eine Tischlerwerkstatt betrieben – vererbten dem Sohn neben einem kleinen Mietshaus, das nur Kosten verursachte und das Baumgart nur mit großer Mühe verkaufen konnte, einen konservativen, aber soliden Geschmack. Die erste Wohnungseinrichtung aus der elterlichen Produktion, die der junge Ingenieur, als er heiratete, erhielt, zeugt noch davon. Im Laufe der Jahre aber, in denen der Schriftsteller Baumgart gut verdiente, in denen er öfter ins Ausland kam und von da und dort Kunstgegenstände, Masken, Bilder, afrikanische Holzschnitzereien und anderes mitbrachte, entstand ein Sammelsurium von Gegenständen, das den Räumen eher das Aussehen eines Flohmarkts denn einer Wohnung gab. Die japanische Tänzerin mit den sieben Hüten stand neben einem nabelbeschauenden Buddha aus dem Tibet und wirkte ebensowenig dahingehörig vor dem schönen vietnamesischen Kelim an der Wand wie die Meißner Porzellangruppe, der Schäfer und die Schäferin.

„Es ist alles willkürlich zusammengestellt", sagte Baumgart, als er mich an jenem Sonntag in die Wohnung ließ, „ich weiß es, und viele meiner Besucher haben mir das auch gesagt. Ich möchte nicht, daß Sie es wiederholen, und ich sehe Ihnen an, daß Sie so etwas vorhaben."

„Sind Sie Hellseher?" lachte ich und fand Baumgart zum erstenmal locker und aufgekratzt. So hatte ich ihn vorher nicht erlebt.

Auf einem dunklen, mit Intarsien ausgelegten Tisch waren zwei Gedecke und Gebäck vorbereitet, den Kaffee holte Baumgart aus der Küche.

„Ich hoffe, ich habe ihn richtig gemacht", sagte er. „Eine perfekte Hausfrau bin ich nicht, aber für die Qualität meines Kaffees kann ich bürgen."

Wir kamen bei den Änderungen schneller zu einer Einigung, als ich gedacht hatte, und ich wollte gehen, als er mich bat, noch ein wenig zu bleiben. „Ich unterhalte mich gern mit Ihnen, das wissen Sie ja", sagte er. „Sie können zuhören, das können die wenigsten Menschen. Alle reden nur von sich."

Auch er redete nur von sich, an eine „Unterhaltung" war nicht zu denken, doch es machte mir Spaß, und ich begriff überdies, daß er sich aussprechen mußte. Er trug sich bereits mit Gedanken an einen neuen Roman, aber die Fabel fehlte ihm noch. „Wissen Sie, was mich beschäftigt, womit ich mich auseinandersetze?“ fragte er. „Mit unserem Schulsystem. Es hebt zwar das allgemeine Bildungsniveau, der überdurchschnittlichen Begabung jedoch gibt es zu wenig Chancen. Wir erzeugen Mittelmaß, das Genie kann dabei kaum zum Zuge kommen. Oder können Sie sich einen Einstein vorstellen, der unter unseren Bedingungen ein Einstein wird? Schon unser Zensurenfetischismus ließe das nicht zu.“

Ich versuchte zu erwidern, daß das, was er so nebenbei erwähnt hatte, die Anhebung des allgemeinen Bildungsniveaus, eine wichtige Stufe sei, vielleicht nur eine Etappe auf unserem Wege, aber eine, die wir nicht überspringen könnten, doch er hörte mir kaum zu.

„Kann sein“, wischte er meinen Einwand mit einer Handbewegung fort, „aber mir kommt es auf das Genie an, das die Welt verändert.“ Darauf erzählte er mir die Geschichte eines jungen Menschen, der das Zeug gehabt hätte, ein großer Mathematiker zu werden, der aber, weil er in anderen Fächern versagt, nicht zum Studium zugelassen wird, als Metteur seinen Lebensunterhalt verdient und auch in seinem privaten Leben Schiffbruch erleidet. Er erzählte lebendig und anschaulich, unterbrach sich des öfteren, um andere Varianten zu suchen, verwarf sie, fand neue, forderte mich auf, ihm meine Meinung zu dieser oder jener Stelle zu sagen, lachte plötzlich kurz und meinte: „Das Ganze ist Mist. Ich muß neu herangehen. Entschuldigen Sie, es war großartig, daß Sie mir zugehört, daß Sie mitgemacht haben. Ich brauche das manchmal, und ich habe nur selten jemand, der mitmacht.“

Bestimmt hat jeder Schriftsteller eine andere Art, seine Ideen zu testen. Mir gefiel es, wie er mich einfach einbezog, ohne mich darauf vorzubereiten.

„Sie brauchen sich nicht zu entschuldigen“, sagte ich, „mir hat es Freude gemacht.“

„Ehrlich?" fragte er.

„Ehrlich", antwortete ich. „Aber es ist spät geworden."

Es war 22 Uhr. Ich hatte zwar niemand Rechenschaft abzulegen, Walter war in Wien, und ich war allein im Hause, aber so spät kam ich selten heim.

Doch er wollte mich noch nicht fortlassen. „Jetzt essen Sie noch mit mir eine Kleinigkeit", bat er. „Tun Sie einem Junggesellen, der meist gezwungen ist, allein zu essen, den Gefallen." Das konnte ich nicht abschlagen.

Ich wollte ihm helfen, aber er ließ mich nicht. Er erlaubte mir nur, den Tisch in der Küche, die als Wohnküche eingerichtet war, zu decken. Belegte Brote machte er selbst, stellte verschiedene Salate auf den Tisch und fragte mich, was ich trinken wolle, Wein, Bier oder ein alkoholfreies Getränk. Ich bat um Wein und wunderte mich, daß er Brause trank.

„Ich will Sie doch noch nach Hause bringen", erklärte er. „Werden Sie erwartet?"

„Mein Mann ist bei einem Symposium in Wien", antwortete ich.

„Dann brauchen wir uns ja nicht zu beeilen."

Dieser erste Besuch bei Baumgart hinterließ bei mir sehr unterschiedliche Empfindungen. Wir hatten uns gut unterhalten, ihm schien meine Gesellschaft angenehm, aber nichts deutete darauf hin, daß er mich auch als Frau ansah. Wollte ich, daß er das tue? Wartete ich darauf? Ich weiß es nicht.

Er brachte mich nach Hause und verabschiedete sich mit einem Handkuß, einer Höflichkeitsgeste, die nichts aussagte. Er dankte mir, daß ich geblieben war, daß ich mir soviel Mühe gegeben hatte, seinen Roman annehmbar, besser gesagt, „abnehmbar" zu machen, was ja hoffentlich nun bald geschehen werde, daß ich mir sein gewiß recht konfuses Zeug angehört hätte, und versicherte mir, daß Gespräche wie das heutige ihm sehr nützten. Er hoffe darum, mich ab und an auch ohne besonderen Anlaß bei sich zu sehen.

„Wenn es meine Zeit erlaubt, komme ich gern“, sagte ich.
Und da kam die einzige Frage, die etwas persönlicheren Charakter hatte: „Werden Sie von Ihrer Familie sehr in Anspruch genommen?“

Vielleicht, nein, wahrscheinlich bilde ich mir ein, daß hinter diesen Worten mehr steckte, aber ich antwortete nur, daß meine Tochter nicht mehr im Hause wohne und mein Mann viel unterwegs sei.

„Fein“, sagte Baumgart, „ich rufe Sie an. Einverstanden?“

Sein Anruf ließ nicht lange auf sich warten. „Jetzt glaube ich einer Geschichte auf der Spur zu sein“, teilte er mir mit. „Wollen Sie sie sich anhören? Mir ist jede Zeit recht.“

Wir verabredeten uns wieder für einen Sonntagnachmittag.

„Muß das sein?“ fragte Walter, als ich es ihm sagte. „Und auch noch an einem Sonntag. Wir haben ohnehin nicht allzuviel Zeit füreinander.“

„Wie konnte ich wissen, daß du nächsten Sonntag frei sein wirst und wir ‚Zeit füreinander‘ haben würden“, sagte ich ironisch, obwohl ich das gar nicht vorgehabt hatte. „Die beiden letzten Sonntage warst du nicht da“, fügte ich hinzu.

Walter stutzte, dann sagte er müde: „Hast recht, die Arbeit frißt einen auf.“ Plötzlich fragte er: „Könnte dieser … dieser Baumgart nicht zu dir kommen?“

Aus Walters Worten glaubte ich so etwas wie Mißtrauen herauszuhören, ich war nicht ganz sicher, aber schon der Gedanke, daß es so sein könnte, schaffte mir eine seltsame Befriedigung.

„Das ist leider nicht möglich“, log ich, „wir brauchen zu unserer Arbeit Bücher, die er nicht alle mitschleppen kann.“

Walter schwieg, aber er schien mich zu durchschauen.

Es blieb nicht bei diesem zweiten Besuch. Zwar vermied ich es von nun ab, sonntags zu Baumgart zu fahren, dafür holte er mich häufig vom Verlag ab. „Für eine oder zwei Stunden“, doch es wurden meist drei oder vier. Ich versuchte nicht mehr, mein spätes Heimkommen vor Walter zu entschuldigen, aber er fragte mich auch nicht.

Baumgart steckte immer voller Vorhaben und Pläne. Es lag ihm daran, sie mit mir durchzusprechen, obwohl er sie meist wieder verwarf. Einmal interessierte ihn das Schicksal einer Krankenschwester, die er kennengelernt hatte, die ihren Beruf aufgab und in einer Fabrik arbeitete, weil sie da mehr verdiente. „Es stimmt einfach mit unserem Lohngefüge nicht", schimpfte er, „wo wir Krankenschwestern so dringend brauchen." Ein andermal erregte eine asoziale Familie seine Aufmerksamkeit. „Unsere mehr als großzügige Unterstützung kinderreicher Familien hat leider auch zur Folge, daß solche Leute Kinder in die Welt setzen, nur weil es ihnen im Augenblick Vorteile bringt. An die Kinder denken sie nicht." Dann wieder kam er strahlend, er glaube, er habe endlich sein Thema gefunden, er wollle über den jungen Marx schreiben, von dem die Leute viel zu wenig wüßten. Dieses Thema beschäftigte ihn lange.

Er wollte aber nicht nur meine Meinung zu seinen Vorhaben wissen. „Was halten Sie davon?" fragte er mich oft, indem er mir Zeitungsmeldungen über aktuelle politische Ereignisse vorlas.

Ich antwortete, so gut ich konnte, aber er warf mir oft Schematismus vor. „Bitte antworten Sie so, wie Sie denken, und nicht, wie Sie glauben, daß Sie antworten müßten."

Ich versuchte zu beweisen, daß meine Antworten nicht schematisch seien, er begründete, warum er sie so fände, wir stritten uns, mitunter mußte ich zugeben, daß er recht hätte, zuweilen ließ er sich auch von mir überzeugen, aber immer waren solche Gespräche interessant, sie forderten, sie aktivierten mich, sie zwangen mich, manches neu zu überdenken.

Bei vielen Fragen über kleine Alltagsdinge, die er von mir beantwortet haben wollte, kam ich darauf, daß er meine Antworten für die Durchschnittsmeinung des DDR-Bürgers hielt. Ich sagte ihm das auf den Kopf zu. Er schmunzelte nur.

Trotzdem war es nie langweilig mit ihm. Er konnte auch richtig albern sein, hatte Hunderte Einfälle und lachte wie ein kleiner Junge, wenn ich auf harmlose Scherze von ihm hereinfiel. Ich beteiligte mich lebhaft an einem Spiel, absurde Dinge zu erfinden, das viel Spaß machte und das ihn dazu brachte, mir zu sagen: „Das hätte ich Ihnen nicht zugetraut. Sie sind erstaunlich jung in Ihrem ganzen Wesen."

Solche Worte waren wichtig für mich, er hatte keine Ahnung, was sie mir bedeuteten.

Hatte ich Gedanken an mein Alter bis zu dem auslösenden Moment unbewußt verdrängt, so tat ich es jetzt bewußt, und wahrscheinlich sogar zu sehr.

Immer schon legte ich Wert darauf, gut angezogen zu sein, aber ich hatte nie viel Geld für mich ausgegeben. Ich hielt das lange Zeit nicht für notwendig, ja, ich war eitel genug, um mir zu sagen, das habe ich nicht nötig. Daß Anette mehr und mehr brauchte, fand ich hingegen ganz in Ordnung. Auch daß wir alles bezahlten. Jetzt leistete ich mir manches, woran ich früher nicht gedacht hatte. So kaufte ich mir Schmuck, von dem ich immer gesagt hatte, so etwas sei eine ganz überflüssige Ausgabe, Modeklimbim tue es auch.

Sogar zur Kosmetikerin begann ich regelmäßig zu gehen und ließ mich von ihr beraten. „Jede Übertreibung bewirkt nur das Gegenteil von dem, was eine Frau anstrebt", erklärte sie mir. „Sie sieht dann älter aus. Ein Make-up muß dezent sein und zu dem jeweiligen Typ passen."

Eine Frau in einer Kurzschlußsituation ist wie ein Seismograph, sie nimmt alles auf, was um sie herum vorgeht, und bezieht es überempfindlich immer auf sich. Sie registriert Positives und Negatives übersteigert, weil sie gar nicht anders kann, als übersteigert zu reagieren. Sie will ständig beweisen, daß sie ganz normal reagiere, und erreicht dadurch das Gegenteil.

Meine „Veränderung" war den Kollegen im Verlag natürlich aufgefallen, selbstverständlich brachte man sie mit Heiner Baumgart in Verbindung. Sein Wagen stand ja oft genug bei Arbeitsschluß vor dem Verlagsgebäude, man sah, daß er mich abholte, daß ich in seinen Wagen stieg. Ich ahnte, daß hinter meinem Rücken geflüstert und gelästert wurde, aber das bereitete mir Vergnügen, besonders wenn die Rockstroh mich mit Baumgart sah. Er hatte wirklich einmal mit ihr etwas gehabt und erwähnte es ganz nebenbei, als er von der Widersprüchlichkeit ihres Charakters, ihrer aufgetragenen Forschheit und ihrer Verklemmung sprach. „Sie ist eine überdrehte Schraube", sagte er einmal. Ich mußte bei seinen Worten an Annerose denken, an die Annerose von einst.

Mir gegenüber verhielten sich die Kollegen zurückhaltend, noch waren meine Beziehungen zu Baumgart nicht eindeutig. Die Frauen redeten drumherum, wenn sie überhaupt redeten.

„Hast du im Lotto gewonnen?" fragte mich Ingeborg Kluge, mit der ich das Zimmer im Verlag teilte. „Du hast dauernd neue Sachen an, keine billigen."

„Muß man dazu im Lotto gewinnen?" fragte ich vieldeutig.

„Entschuldigung", sagte sie verlegen, „ich will mich nicht in deine Geheimnisse drängen."

„Sie schminken sich jetzt sogar", stellte die Sekretärin des Chefs, Kollegin Leister, fest.

„Schlecht?" fragte ich.

„Nein", antwortete sie, frappiert durch meine Direktheit. „Es steht Ihnen."

„Er wartet schon", grinste unsere Aufräumfrau, wenn ich ihr auf der Treppe begegnete.

Bei den männlichen Kollegen bemerkte ich Interesse und Neugier, die sich verschieden äußerten. Ein jüngerer Kollege, der noch nicht lange im Verlag arbeitete, machte mir gutgemeinte, aber plumpe Komplimente, Horst Schönborn, spielte, dumm und taktlos wie immer, auf meine „Jugendlichkeit" an, während Ralf Wagener kameradschaftlich meine Hände drückte und versicherte: „Ich finde dich großartig, Gerlind, laß dich nicht unterkriegen."

Von Cantor erfuhr ich viel später, als ich mich bereits mitten in der Krise befand, daß er sich in jener ersten Zeit Sorgen um mich gemacht hatte. „Ich sah manches auf dich zukommen", sagte er mir, „aber es wäre sinnlos gewesen, dich zu warnen, du hättest jede Warnung zurückgewiesen."

Manchmal klingen in den Hinweisen Cantors Töne an, die mich aufhorchen lassen, weil sie zu persönlich sind und das Interesse eines Lektors überschreiten. Irre ich mich? Er hält mir vor, daß die „Kurzschlußsituation als integrierendes Moment der Romanfabel bei der Entwicklung der Beziehung zu Heiner Baumgart nur angeführt, aber nicht glaubhaft gestaltet" werde, und kommt zu dem Schluß, es entstünde der Eindruck, als hätte es „für das Abenteuer des motivierenden Kurzschlusses gar nicht bedurft". Geht er nicht etwas zu weit?

„Als die Heldin Baumgart später vor Entscheidungen stellt, die er ablehnt", fährt er fort, „wird zugleich mit der Unhaltbarkeit ihrer Vorstellungen die Kontinuität ihrer Handlungsweise evident. War das die Absicht der Autorin?"

War das meine Absicht? Ich weiß es nicht.

Früher wäre ich sicher nicht auf die Idee gekommen, ein Verhältnis mit Baumgart anzufangen, schon weil mich der Altersunterschied zurückgehalten hätte. Ich dachte ja in den gleichen Normen wie alle. Aber als ich Baumgart näher kennenlernte, verliebte ich mich in ihn. Natürlich war da irgendwo im Unterbewußtsein die Absicht, zu zeigen, daß ich auch noch als Frau in Frage komme, sogar bei einem um soviel jüngeren Mann. Meine Anstrengungen, besser, jünger, anziehender auszusehen, sind der Beweis, doch es sind ja immer viele Faktoren, die zusammenkommen, um einen so oder so handeln zu lassen.

Cantor war der Ansicht gewesen, ich hätte mich blindlings in das Abenteuer geflüchtet ohne großes, nein, ohne jedes Gefühl. Er gab das auch bei einem Gespräch, das ich kürzlich mit ihm führte, zu.

Ich glaube, es hätte besser in das Bild, das er sich von mir machte, gepaßt, aber es war nicht so.

Wenn ich sage, daß meine Bemühungen zunächst tatsächlich nur darauf gerichtet waren, als Frau von Baumgart bemerkt zu werden, so klingt das peinlich und unangenehm, und ich hätte das auch nicht zugegeben.

Ich stellte fest, daß er anfing, mich mitunter interessiert zu beobachten, daß er kleine Veränderungen an meiner Frisur wahrnahm, daß ihm ein Kleid oder eine Bluse, die ich trug, besonders gefiel, daß er spontan äußerte: „Sie sehen wieder blendend aus", oder daß er fand, Grün solle ich nicht tragen, es mache mich zu blaß. Zu einer Annäherung anderer Art kam es zwischen uns nicht. Erst als sein Roman angenommen wurde und er mich aufforderte, das bei ihm zu feiern, wußte ich, was geschehen würde.

Ich zögerte, ich sträubte mich innerlich gegen etwas, das ich ja selbst heraufbeschworen hatte.

„Wer feiert mit uns?" fragte ich.

Er sah mich an, um seinen Mund lag ein kaum wahrnehmbares Lächeln, das mich herausforderte, und sagte: „Nur wir beide. Ist das nicht genug?"

Ich hatte mich früher nie „zickig" gehabt in solchen Situationen, ich kannte auch keine Hemmungen, wenn es soweit war, diesmal aber hatte ich Hemmungen. Ich fürchtete mich, dem soviel jüngeren Mann nicht gewachsen zu sein, ihn zu enttäuschen.

Er wartete immer noch auf eine Antwort.

„Gut, feiern wir", sagte ich.

„Ich hole dich ab."

Bis dahin hatte er mich gesiezt, jetzt duzte er mich.

„Ich erwarte dich."

Während der Fahrt sprachen wir kein Wort. Einmal warf er mir einen Blick zu, wandte den Kopf aber gleich wieder ab.

Er hatte Sekt kalt gestellt, er hatte einen erlesenen Imbiß vorbereitet. Wir aßen eine Kleinigkeit, wir stießen an, er auf mich und ich auf seinen Roman, wir unterhielten uns über gleichgültige, unwesentliche Angelegenheiten, das Gespräch tropfte zähflüssig dahin, wir warteten beide und wußten, daß wir warteten. Er trank viel, und ich weiß noch, daß ich dachte, er will heute nicht mehr fahren, das beunruhigte mich. „Trink nicht so viel", bat ich. Ich weiß nicht, ob er meine Gedanken erriet, er lächelte und legte seine Hand auf meine. „Du brauchst keine Angst zu haben." Das war vieldeutig.

Plötzlich erhob er sich. Er sagte kein Wort, nur seine Augen sprachen. Er umfaßte mich und zog mich mit sich. Zu jeder anderen Zeit hätte mich das Schlafzimmer mit den biederen Ehebetten entsetzt und ernüchtert. Merkwürdigerweise war es mir unwichtig. Auch der Gedanke an die Frauen, mit denen er hier geschlafen haben mußte, störte mich nicht.

Er half mir beim Ausziehen, es ging ihm zu langsam, seine Küsse schmerzten, seine Zähne bissen sich in meine Lippen, ich hätte schreien mögen, es war dennoch schön. Seine Hände streichelten meine Schenkel, meine Brüste, mir war, als hätte ich mit den Kleidern auch meine Jahre abgelegt, ich fühlte mich jung, ganz jung, alles in mir drängte ihm entgegen, ich war ihm in Kampf und Gegenkampf gewachsen.

Er ahnte nicht, was in mir vorging.

Als wir dann nebeneinander lagen, ich hatte meinen Kopf auf seine Brust gelegt und hörte sein Herz schlagen, sagte er: „Du bist erstaunlich. So habe ich dich nicht erwartet, so nicht ..."

„Und wie hast du mich erwartet?" fragte ich.

Er zögerte. „Nicht so ... natürlich, nicht so gelöst, nicht so hemmungslos."

„Das hat man mir schon einmal gesagt."

„Ja?" Er dehnte das Wort und wartete.

Ich ging nicht darauf ein.

„Du bist jung", sagte er, und es war wie eine Antwort auf meine Gedanken.

Die Nacht blieb ich bei ihm.

Baumgart brachte mich morgens nach Hause. Ein Glück, daß er sich schon draußen von mir verabschiedete, denn Walter kam mir entgegen, als er mich hörte. „Ich habe mir Sorgen um dich gemacht", sagte er.

Es lag mir auf der Zunge zu lügen, ich sei bei Annerose gewesen, aber vielleicht hatte er sie angerufen. „Wieso bist du noch nicht in der Klinik?" fragte ich darum.

„Ich habe mich frei gemacht", antwortete er.

Er sah schlecht aus, hatte in letzter Zeit wieder viel zuviel gearbeitet, und nun war er meinetwegen auch noch über Nacht aufgeblieben, das rührte mich. Andererseits war mir sein besorgtes Arztgesicht unerträglich. Hätte er mir eine Szene gemacht, wäre er zornig, wäre er wütend geworden, dann hätte er sich so benommen, wie ein Mann sich benimmt, wenn seine Frau die ganze Nacht wegbleibt. Aber er war ruhig, er sah in mir nur einen Fall, eine Patientin.

„Es wird vielleicht jetzt öfter vorkommen, daß ich die Nacht wegbleibe", sagte ich gereizt. Darauf reagierte er nicht, er nahm es nicht zur Kenntnis.

„Willst du mir nicht sagen, wo du die Nacht warst?" bat er.

„Nein!" schrie ich unbeherrscht. „Ich will es dir nicht sagen."

Er sah mich forschend an, immer noch mit seinem besorgten Arztgesicht, das mich verrückt machte.

„Gut, ich werde warten, bis du von selbst kommst", erklärte er.

In diesem Augenblick haßte ich meinen Mann.

Psychologische Beweggründe erscheinen oft unmotiviert und sind schwer zu erläutern. Aber daß Cantor nicht begreift, warum „die Heldin des Romans mit solchem Haß auf das kameradschaftliche Verhalten ihres Mannes reagiert", ist mir ein Rätsel. Ebenso unverständlich ist mir seine plump-vordergründige Frage, ob ich Walter mit Baumgart eifersüchtig machen wollte. Wobei er noch hinzufügt, dem widerspräche auch die Behauptung, daß ich mich in Baumgart verliebt hätte.

Warum sollte es eigentlich ein Widerspruch sein, daß ich mich in Baumgart verliebte und dennoch Walter eifersüchtig machen wollte? Alles in jener Zeit war bei mir geprägt von dem Willen, als Frau noch zu gelten. Nach der ersten Nacht mit Baumgart, die ein Glücksgefühl bei mir auslöste, wie ich es schon lange nicht mehr kannte, in der ich feststellte, daß ich dem so viel jüngeren Mann etwas geben kann, daß ich sexuell noch voll zu empfinden fähig sei, werde ich von meinem Mann empfangen, als ob es gar nicht mein Mann sei. Der Arzt, der Neurologe empfängt mich, als ob mein Ehebruch – daß es sich um einen solchen handelte, war offensichtlich – nichts als eine Erscheinung im Krankheitsbild einer Psychoneurose sei. Diese Haltung Walters verletzte nicht nur meine Eitelkeit, sie verunsicherte mich dermaßen, daß ich nie wieder ganz davon loskam.

Liebte ich meinen Mann noch, daß mich seine Gleichgültigkeit, für die ich seine Reaktion halten mußte, so traf?

Ja, ich liebte ihn, und auch das ist kein Widerspruch.

Walters Verhalten zu dem, was man gemeinhin „eheliche Untreue“ nennt, war in Cantors Formulierung, aber auch von meinem heutigen Standort aus gesehen, gewiß „menschlich und kameradschaftlich“, aber es brachte mich nur dazu, meine Anstrengungen, mich als Frau zu behaupten, zu verstärken. Ein zu betontes Schminken kann einen älter aussehen lassen, ein zu jugendliches Angezogensein setzt einen der Gefahr aus, sich lächerlich zu machen. Ich schäme mich heute, wenn ich daran denke, daß ich die Grenze mitunter überschritt, daß ich mich zu jugendlich, zu „modisch“ kleidete, eine Untugend, die ich immer abgelehnt hatte, aber ich fürchte, daß es Leidensgefährtinnen in ähnlichen Situationen nicht anders geht.

Es war Annerose, die mich einmal sehr taktvoll auf eine Übertreibung, einen zu kurzen Rock und einen zu grellen roten Pulli, hinwies, aber ich nahm es ihr übel, weil ich in dieser Zeit keine Kritik vertrug.

Ich sah Annerose nur noch selten, ich wußte, daß sie in ständiger Verbindung mit meiner Tochter stand, daß Anette ihr Gudrun brachte, wenn sie sie nicht anderswo unterbringen konnte, und das erbitterte mich. Ich wußte auch, daß Annerose Bedenken gegen mein Verhältnis mit Baumgart hatte, sie deutete es einmal an, und ich lehnte jedes Gespräch darüber ab, auch das schuf eine Entfremdung. Wenn unsere Beziehungen nicht ganz abbrachen, so lag es an ihr, die sich darum bemühte, daß wir uns wenigstens hin und wieder sahen.

Es war ein eigenartiges und für mich heute kaum mehr vorstellbares Leben, das ich führte. Walter bemühte sich, jeder Konfrontation mit mir aus dem Wege zu gehen. Ich sah ihn selten, und ich kam mir in unserer Wohnung manchmal wie in einem fremden Hause vor. Ich lebte im Verlag und in Friedrichsfelde. Im Verlag hatte man sich an mein Verhältnis mit Baumgart bald gewöhnt, das einzige, worüber sich die Kolleginnen noch den Kopf zerbrachen, war, ob mein Mann von meinen Beziehungen zu dem Schriftsteller wisse und wie er dazu stehe. Daß dieses Verhältnis nicht von Dauer sein würde, darüber waren sich alle klar. Nur ich sah das anders.

Nach wie vor freute ich mich auf das Beisammensein mit Heiner, wenn ich von der Arbeit kam und er zu Hause war. Dann erwartete er mich bereits, der Tee war fertig, das Abendessen stand auf dem Tisch, und er empfing mich ungeduldig und zärtlich.

Wir erzählten einander, wie der Tag verlaufen war, ich, was es im Verlag gegeben hatte, er, mit wem er gesprochen, was er gelesen, was für Pläne er schmiedete. Immer noch spukte ein Buch über den jungen Marx in seinem Kopf. Er gebrauchte Superlative, was er sonst kaum tat. Wie großartig, wie genial dieser junge Mann bereits gewesen sei, wobei er bezweifelte, ob man manches, was er in jener Zeit geschrieben hatte, heute zitieren dürfe. „Es ließe sich ohne

Kommentar gegen uns verwenden." Er las mir einzelne Stellen vor und freute sich, daß ich sie nicht kannte. „Aber auch seine Liebe zu Märchen, seine Phantasie, sein Humor werden meist ausgespart", stellte er fest. „Seine Gedichte sind scheußlich, kitschig und süß, aber das macht ihn mir nur noch sympathischer, sie entsprechen dem Zeitgeist und beweisen Menschlichkeit, bei aller geistigen Größe. Seine Lebensmaxime ‚An allem zweifeln' ist der Motor, der die Welt vorantreibt."

„Er zweifelte nicht an allem", widersprach ich, „er zweifelte nicht mehr, wenn er etwas erkannt hatte. Zum Beispiel an den Grundideen des ‚Kommunistischen Manifests'."

„Erkenntnisse ändern sich, wenn das Erkennen sich ändert. Es gab für ihn keine unumstößlichen Glaubenssätze wie für manche Genossen heute."

Wir stritten uns, gerieten manchmal heftig aneinander, fanden wieder zusammen. Solche Gespräche, auch über andere Gebiete, über aktuelle politische Fragen, bei denen es nicht sanft zugeht, bei denen Meinungen aufeinanderstoßen, bei denen man sich um bessere Argumente bemühen muß, hatten mir immer schon Freude gemacht, und auch er fand Gefallen daran. Seine Versicherungen, daß ich zu den wenigen Menschen gehöre, mit denen man sich wirklich unterhalten könne, waren bestimmt aufrichtig.

Auch im Bett verstanden wir uns immer besser. Er sagte, ich sei in der Lage, mich ganz auf den anderen einzustellen, ohne mich selbst aufzugeben. Ich war zufrieden, daß er es so empfand.

Alles war schön, solange er da war. Oft jedoch mußte er für längere Zeit verreisen, oder er hatte Lesungen, Veranstaltungen, Sitzungen im Schriftstellerverband, dann fühlte ich mich allein gelassen, und ich gestand mir ein, daß ich wahrscheinlich allzusehr auf diesen Menschen fixiert war. Ich fühlte mich unbehaglich in unserem Hause in Nordend, aber ich war ebenso fremd in Baumgarts Wohnung in Friedrichsfelde, wenn er nicht da war. Noch mehr vielleicht, denn es gab keinen einzigen Raum, in dem ich mich wohl fühlte. Ich nahm mir vor, manches in der Wohnung zu verändern, aber damit wäre auch nichts getan gewesen. Das wird erst möglich sein, wenn ich hier ganz zu Haus bin, dann muß alles von Grund auf anders werden, sagte ich mir.

Ich war zu dem Entschluß gekommen, mich von Walter scheiden zu lassen und Heiner Baumgart zu heiraten. Ich sagte Heiner nichts von meiner Absicht, erst mußte ich frei sein, aber ich war überzeugt, daß er eine Heirat ebenso wünschte wie ich. Wie oft hatte er mir versichert, daß er sich sein Leben ohne mich gar nicht mehr vorstellen könne.

Solche Versicherungen waren ehrlich gemeint, selbst heute, in der Rückerinnerung, komme ich nicht davon ab. Auch seine wiederholten Beteuerungen, daß er mich liebe, waren nicht geheuchelt, in manchen Augenblicken wenigstens liebte er mich wirklich. Aber daß ich aus seinen Beteuerungen und Versicherungen unumkehrbare Schlüsse ziehen würde, ahnte er nicht.

Dabei hätte ich wissen müssen, daß er gegen eine Heirat sein würde, denn wenn er von seiner Frau, wenn er von einer seiner Freundinnen sprach, was selten geschah, kam meist in irgendeinem Zusammenhang die Feststellung, daß er Bindungen nicht vertrage und daß es bei ihm meist aus sei, wenn er anfange, sich gebunden zu fühlen. In naiv dummer Einbildung glaubte ich, bei mir würde das anders sein, seine Beziehungen zu mir seien anders als die zu anderen Frauen.

„Die Erklärungen der Heldin erscheinen unglaubhaft, und der Leser wird darum weder ihre naiven Heiratshoffnungen noch ihre vorgebliche Ahnungslosigkeit von der Psyche Baumgarts akzeptieren. Offenbar hat sie nicht den Mut, sich selbst die Vordergründigkeit ihrer Absichten einzugestehen.“

Ganz so einfach, wie Carl Cantor bemerkt, ist es nicht. Handlungen wie die meine mögen vordergründig sein, ihre

Absichtlichkeit ist jedoch nicht so gradlinig, wie es nachher scheint.

Ich mußte aus einer Situation, die anfing, mir unerträglich zu werden, herauskommen. Unklare Verhältnisse sind nicht meine Sache, sie belasten und beunruhigen mich. Zurück zu Walter wollte ich nicht, zu sehr hatte mich seine Gleichgültigkeit oder das, was ich für Gleichgültigkeit hielt, gekränkt. Zu Heiner als seine Geliebte zu ziehen schien mir unmöglich, obwohl ich mir immer eingebildet hatte, nicht kleinlich zu sein und mit einigen Männern auch ohne Heirat geschlafen hatte. Zu einem Zusammenleben auf dieser Basis aber war ich zu altmodisch. Es blieb also nur ein Zusammenleben mit Trauschein.

Das war freilich nur ein Aspekt dieser Angelegenheit. Gleichzeitig wollte ich Walter, wollte ich Anette und Annerose, wollte ich auch den Kollegen im Verlag beweisen, daß der Schriftsteller Heiner Baumgart mich ernst nehme. Schließlich und endlich wollte ich das auch mir selbst beweisen.

Rechtsanwalt Finger, den ich seit vielen Jahren kannte und schätzte, schüttelte den Kopf, als ich ihm mein Anliegen vortrug. Er war mit Mutter befreundet gewesen und hatte mir bei ihrer Beerdigung gesagt, wenn ich ihn einmal brauchen sollte, könnte ich immer zu ihm kommen. Damals hatte ich nicht gedacht, daß ich mich jemals an ihn wenden müßte.

„Hast du dir das auch richtig überlegt?" fragte er mich besorgt. „Nach einer langjährigen Ehe trennt man sich doch nicht so ohne weiteres."

„Ohne weiteres trenne ich mich auch nicht", antwortete ich, schon gereizt.

„Und der Mann, den du heiraten willst – wieviel Jahre jünger ist er, hast du gesagt?"

„Das tut nichts zur Sache", entgegnete ich, jetzt schon wütend. „Bei einem Mann hättest du ja auch nicht gefragt, wieviel jünger die Frau sei."

„Aber das ist biologisch gesehen ...“, wandte er besorgt ein.

„Deine Biologie ist ein alter Schuh“, unterbrach ich ihn nicht sehr höflich. „Willst du mich scheiden oder willst du es nicht?“

„Und was sagt dein Mann dazu?“ wollte er wissen.

„Mein Mann weiß es noch nicht“, antwortete ich und mußte lächeln über Fingers erstauntes Gesicht. „Ich wollte zuerst mit dir sprechen.“

Walter, der jede Begegnung mit mir möglichst vermieden hatte, zuckte leicht zusammen, als ich ihm plötzlich sagte, daß ich ihn unbedingt sprechen müsse.

„Natürlich“, erklärte er sofort bereitwillig. „Jetzt sofort oder ...?“

„Sofort“, entgegnete ich etwas theatralisch. Überhaupt muß ich wohl in jener Zeit immer leicht überdreht, theatralisch oder wie man es sonst nennen will, gewirkt haben.

„Bitte“, sagte Walter, und da ich stehen blieb, fragte er: „Wollen wir uns nicht setzen?“

Ich setzte mich steif und gezwungen in den Sessel, in dem ich mich sonst immer zusammengekuschelt hatte, und er setze sich auch. So saßen wir einander gegenüber, und jeder wartete darauf, daß der andere beginne.

„Du wolltest mir etwas mitteilen“, sagte Walter endlich. „Ich habe lange darauf gewartet.“

So schwer hatte ich es mir nicht vorgestellt, die Worte wollten nicht über meine Lippen. Er sah mich an, und ich stellte fest, daß mich jetzt der Arzt wieder beobachtete. Das gab mir die Kraft zu reden.

„Ich habe die Absicht, mich scheiden zu lassen, Walter“, sagte ich. „So wie es jetzt ist, kann es nicht bleiben, das weißt du selbst.“

Walter ist ein ruhiger, ausgeglichener Mann, aber meine Worte brachten ihn doch aus dem Gleichgewicht. „Ich habe gewartet, weil ich überzeugt war, daß du wieder zur Vernunft kommen würdest. Ich wollte dir Zeit lassen, aber ...“

„Ich bin nicht zur ‚Vernunft' gekommen, wie du es nennst. Ich habe die Scheidung bereits eingereicht. Da unsere Tochter verheiratet und aus dem Hause ist, wird es keine Schwierigkeiten geben, hat mir der Anwalt gesagt."

Walter starrte mich an, jetzt nicht mehr nur der besorgte, beobachtende Arzt, jetzt war es zum ersten Male wieder der Mann, mit dem ich viele Jahre zusammengelebt hatte. „Du hast die Scheidung eingereicht, ohne mit mir gesprochen zu haben?"

„Du bist mir aus dem Wege gegangen", sagte ich und empfand ein Gefühl der Genugtuung, ja des Triumphs. „Aber das hätte an der Sache auch nichts geändert. „Ich liebe dich nicht mehr, Walter, ich liebe einen anderen."

„Dieses Bürschchen? Diesen Baumgart?" entfuhr es Walter. Wahrscheinlich hatte er mich nicht kränken wollen, aber mit nichts hätte er mich mehr treffen können als mit diesen Worten. Jetzt empfand ich auch keine Genugtuung mehr, obwohl ich mir hätte sagen müssen, daß es keine Gleichgültigkeit gewesen sein konnte, was Walter dazu bewegt hatte, jede Auseinandersetzung in letzter Zeit mit mir zu vermeiden. Aber das hörte ich nicht heraus, ich hörte nur die Kränkung. „Ich liebe ihn, und ich werde ihn heiraten", antwortete ich, den Kopf zurückwerfend.

Einmal, in der ersten Zeit unserer Liebe, hatte Walter gesagt, du bist wundervoll, wenn du den Kopf so zurückwirfst. Seltsam, daß ich jetzt daran denken mußte.

„Und er will dich heiraten?" fragte mein Mann.

„Er will mich heiraten", bestätigte ich verbissen.

„Weiß es Anette?" erkundigte Walter sich noch.

Die Frage nach Anette brachte mich wieder ganz zu mir. „Was geht das Anette an?" entrüstete ich mich. „Seit ich nicht mehr so, wie sie es braucht, für sie da bin, hat sie sich nicht mehr bei mir sehen lassen. Aber auch ohne meinen Streit mit ihr ginge sie das nichts an. Es ist schließlich mein Leben, es ist meine Sache ganz allein."

„Ich habe gedacht, dein Leben sei auch ein ganz klein wenig meine Sache", sagte Walter leise.

Nicht lange nach diesem Gespräch kam Anette. Sie tat, als habe es zwischen uns nie etwas gegeben, und sie brachte sogar ihren Mann mit. „Du siehst prächtig aus, Mutter“, sagte Fallière, und ich mußte lächeln, weil er glaubte, mich mit so einem Kompliment besser auf ein Gespräch einstimmen zu können. Anette führte diese mutmaßliche Einstimmung sofort weiter, sie waren gut aufeinander eingespielt. „Hans hat recht, man sieht dir deine Jahre wirklich nicht an.“

„Wie schön“, sagte ich. Der erste Schuß war losgegangen. „Ich bedaure, daß ich euch nichts anbieten kann, aber ich bin nur noch selten zu Haus, und daß ihr mich heute angetroffen habt, ist ein Zufall.“

Ich wußte, warum sie gekommen waren, und hatte das Signal gegeben. Aber sie gingen nicht sofort darauf ein. ‚Gudrun hat geschrien, als sie hörte, daß wir zu dir gehen, sie wollte unbedingt mit“, setzte Anette das Gespräch fort.

„Warum habt ihr sie nicht mitgebracht?“ fragte ich.

„Weil wir mit dir reden wollen“, antwortete Anette. Sie griff nach dem Köder, den ich ihr zugeworfen hatte. „Du sagst, du warst in letzter Zeit wenig zu Haus. Hast du denn viel im Verlag zu tun?“

„Nein“, sagte ich und ließ sie noch ein wenig zappeln. „Ich arbeite wie sonst auch. Viel, aber nicht mehr.“

„Und wo warst du dann, wenn ich fragen darf?“ Ihre Stimme war heller und schriller geworden.

„Eigentlich darfst du nicht, denn es geht dich nichts an“, ich gab mir Mühe, ganz ruhig zu bleiben, „aber ich will es dir trotzdem sagen. Bei meinem Freund. Das wolltest du doch hören.“

Einen Augenblick blieb es still. Dieses schnelle Eingeständnis hatten sie offenbar nicht erwartet.

„Bei diesem ...?“ begann Fallière vorsichtig.

„Dein Schwiegervater hat ihn ein ‚Bürschchen‘ genannt. Ich gebe zu, er ist viel jünger als ich, aber das stört mich nicht. Noch etwas?“ Mein Zynismus war nicht echt, aber es war die einzige Möglichkeit, diesem Verhör zu begegnen.

„Gerlind ...“, sagte Walter, und ich sah ihm an, wie sehr er sich ärgerte, Baumgart ein ‚Bürschchen‘ genannt zu haben, und wie unangenehm ihm dieses Gespräch war. Aber er konnte es nicht verhindern. Anette war hergekommen, um mich zur Rede zu stellen, und davon konnte er sie nicht abhalten.

„Mutter“, begann sie, „Vater hat uns mitgeteilt, daß du dich scheiden lassen willst, um diesen Schriftsteller, der so viel jünger ist als du, zu heiraten. Stimmt das?“

„Auffallend“, entgegnete ich. „Hast du etwas dagegen?“

„Laß bitte diesen Ton“, wies sie mich zurecht. „Natürlich habe ich, haben wir alle etwas dagegen, es kann uns nicht gleichgültig sein, wenn du dich lächerlich machst.“

Ruhig, Gerlind, ruhig, ermahnte ich mich. „Erst einmal durchatmen, wenn man wütend ist“, hatte Mutter immer gesagt.

„In diesem Ton kannst du mit Mutter nicht reden“, nahm Walter mich in Schutz. „Es mag bedauerlich sein, für uns alle, aber es ist schließlich einzig und allein ihre Sache. Das habe ich euch bereits gesagt.“

„Entschuldige, Mutter“, nahm Anette ihren Angriff etwas zurück. „Ich ... wir haben es nicht so gemeint. Aber überlege dir, was du tust. Nach über zwanzigjähriger Ehe. Wenn Vater dich noch mit einer Jüngeren betrügen würde, aber so ... Du machst dich doch zum Gespött der Leute.“

Ich konnte nicht verhindern, daß ich rot anlief, aber noch hielt ich mich zurück, doch der nächste Satz von Fallière gab mir den Rest.

„Bedenke doch, dieser Baumgart könnte fast dein Sohn sein.“

„Raus!“ schrie ich, ich hatte meine Stimme nicht mehr in der Gewalt. Ich wies mit der ausgestreckten Hand zur Tür, dabei mußte ich denken, das kann doch nicht wahr sein. So was kommt doch nur in Kitschromanen vor. Damit wäre ein Autor bei mir erledigt.

Anette verließ wortlos das Zimmer. Fallière folgte ihr.

Walter blickte den beiden nach, dann ging er langsam

zum Buffet und holte eine Flasche Kognak. „Willst du auch?“ fragte er mich.

Ich schüttelte den Kopf. Die Auseinandersetzung mit meiner Tochter und ihrem Mann hatte mich mehr mitgenommen, als ich gedacht hatte.

„Willst du dich nicht setzen?“ fragte er wie neulich, als ich ihm meine Absicht, mich scheiden zu lassen, mitgeteilt hatte, und wie damals setzte ich mich wie ein Besuch auf den Rand des Sessels, während er sich fallen ließ.

„Ich bin ziemlich erschöpft“, entschuldigte er sich, „es gibt in letzter Zeit viele Probleme bei uns im Krankenhaus, die mich in Anspruch nehmen.“ Er trank sein Glas in einem Zug leer, was er früher nie getan hatte. „Du mußt es Anette nicht so übelnehmen“, fuhr er dann fort, „es hat sie sehr getroffen, wenngleich ich die Art, in der sie das zum Ausdruck brachte, natürlich nicht billige. Aber du kennst sie ja. Bisher war ihr Elternhaus immer eine heile Welt für sie.“

Vielleicht erwartete er, daß ich etwas entgegnete, aber ich schwieg. „Deine Entscheidung ist also endgültig?“ fragte er nach einer längeren Pause. „Ich sage das nicht nur meinetwegen ...“

„Endgültig“, antwortete ich, wenngleich mir, während ich das aussprach, bange war vor dieser Entscheidung.

„Ich werde dir natürlich kein Hindernis in den Weg legen“, versicherte Walter.

Die Scheidung verlief ruhig, ohne Auseinandersetzungen, ohne Komplikationen. Der Rechtsanwalt war ziemlich überflüssig. Die Richterin muß einen merkwürdigen Eindruck von Walter und mir gehabt haben. Walter war bereit, mir alles, was ich haben wollte, zu überlassen, ich hatte nicht die Absicht, etwas mitzunehmen außer persönlichen Gegenständen. Walter wollte das Haus teilen, ich lehnte ab und erklärte, daß ich bis zu meiner Heirat mit Baumgart bei meiner Freundin wohnen würde, um dann zu meinem neuen Mann zu ziehen. Kein Schmutzige-Wäsche-Waschen, kein häßliches Wort, eitel Rücksichtnahme und Freundlichkeit.

„Warum läßt du dich eigentlich scheiden?" fragte mich Rechtsanwalt Finger, als ich mich von ihm verabschiedete.

Annerose war damit einverstanden gewesen, mich nach der Scheidung einige Zeit bei sich aufzunehmen. Bis zum letzten Augenblick hatte sie sich aber bemüht, mir die Scheidung auszureden. Sie erreichte damit nur, daß ich glaubte, nun auf keinen Fall mehr zurückzukönnen.

Ich hatte bisher weder dem Verlag noch Baumgart mitgeteilt, daß ich geschieden war. Nun mußte er es erfahren. Es traf sich gut, daß er sich gerade an dem Tage, da ich geschieden wurde, mit einer Schriftstellerdelegation in Ungarn befand. Er telegrafierte mir, daß er Dienstag, 18 Uhr, zurückkommen werde, und bat mich, ihn in Schönefeld abzuholen. Den Wagen hatte er beim Abflug auf dem Gelände des Flughafens gelassen.

Daß ich ihn holen sollte, störte mein Konzept. Ich hatte mir vorgestellt, ihn bei einem Glas Sekt mit der veränderten Lage bekannt zu machen. Nun mußte ich warten, bis wir zu Hause waren.

„Schön, daß du da bist", begrüßte er mich, „ich hatte schon befürchtet, daß es dir zu lange dauern würde. Die Verspätung hat man doch durchgesagt? Warum eigentlich, weiß ich nicht, es gab weder Nebel noch sonst einen ersichtlichen Grund. Na ja, Hauptsache, wir sind wieder da. Ich bin hundemüde, es war anstrengend, aber schön. Ich mag die Ungarn, sie sind temperamentvoller und gelöster als wir. Es läuft dort auch alles irgendwie besser, aber sie haben es auch leichter als wir mit unserer deutsch-deutschen Grenze. Die Preise sind übrigens sehr hoch, ich weiß nicht, wie die Leute da was kaufen können. Es gibt alles, aber die Gehälter sind niedrig, hab ich mir sagen lassen. Na, ich hab dir viel zu erzählen, auch kulturell ist einiges los. Wie geht es dir? War hier was?"

„Einiges schon", antwortete ich, „aber das hat Zeit, ich erzähl es dir, wenn wir bei dir sind."

Er setzte mich vor dem Hause ab, weil er den Wagen in die Garage bringen wollte.

„Nimmst du die Tasche mit?“ fragte er und reichte sie mir heraus. „Es ist ungarische Salami drin und auch etwas Besonderes für dich. Ich bin gleich zurück.“

Ich deckte den Tisch, das Essen hatte ich schon vorbereitet. Nur von der Salami schnitt ich noch etwas auf. Ich versuchte mich in die Hochstimmung zu versetzen, in die ich mich hineingesteigert hatte bei der Vorstellung, ihm mitteilen zu können, daß ich geschieden sei und unserer Heirat nun nichts mehr im Wege stehe, aber diese Hochstimmung wollte sich nicht einstellen. Sekt, dachte ich, ich muß trinken, trinken, trinken. Ich zündete die Kerzen an, Heiner hatte mir einmal gesagt, er finde es großartig, daß ich Kerzen anzünde, das gebe eine besondere Atmosphäre.

Auch diesmal machte es ihm Eindruck. „Oh“, sagte er, „so feierlich. Du verstehst das. Sogar Sekt, Donnerwetter. Dann will ich zu der Stimmung noch etwas beisteuern. Hast du entdeckt, was ich dir mitgebracht habe? Nein? Dann hab ich wenigstens eine Überraschung.“ Er griff ganz tief in die Tasche und holte ein kleines Päckchen hervor. „Mach auf.“

Es war ein Ring. Ein schmaler Goldring mit einer Perle, um die sich wie ein Grashalm ein dünner Goldreif legte.

„Gefällt er dir?“ fragte er.

„Er ist wunderschön“, antwortete ich erfreut, „und er paßt gerade heute.“

Das doppeldeutige „gerade heute“ bezog er auf die kleine Feier seiner Rückkehr.

„Freust du dich so, daß ich wieder da bin?“ fragte er, und in seiner Stimme lag Eitelkeit, die mir nicht gefiel. Ich weiß nicht, warum ich das heraushörte, warum ich es penetrant fand, obwohl ich es sonst bestimmt nicht so empfunden hätte. Ich weiß auch nicht, warum plötzlich solche Angst in mir war. Oder bilde ich mir das heute nur ein? „Ja, ich freue mich, daß du wieder da bist“, antwortete ich, es kostete mich Überwindung weiterzusprechen. „Und ich freue mich besonders über den Ring, weil du eine Vorahnung gehabt haben mußt von dem, was ich dir mitteilen will."

„Na, was willst du mir denn mitteilen?"

Nein, er hatte keine Ahnung, keine Vorahnung.

„Heiner, ich habe mich scheiden lassen", sagte ich.

Er starrte mich an, als habe er falsch verstanden. Alles hatte er erwartet, nur das nicht. „Du … du hast …, ja warum denn?" brachte er endlich heraus. „Du hast dich doch mit deinem Mann ganz gut verstanden? Er scheint doch recht großzügig zu sein? Warum hast du dich scheiden lassen? Oder soll das ein Scherz sein?"

Seine Reaktion war so, daß ich rot wurde. Warum redete ich weiter, warum versuchte ich noch etwas zu retten, wo nichts mehr zu retten war? Warum, und das ist das schrecklichste, zwang ich mich noch einmal in die Hochstimmung meiner Vorstellungen hinein? „Jetzt bin ich frei, Heiner, frei für dich", sagte ich.

Meine Worte überfielen ihn, aber Überfälle solcher Art liebte er nicht. Außerdem störte ihn mein scheußliches Pathos. Ich war noch nie pathetisch gewesen, er hatte immer betont, daß ihm meine Sachlichkeit, meine Natürlichkeit am besten an mir gefalle. Nun schien ihm klargeworden zu sein, daß er da in etwas Dummes hineingeschlittert war. „Wie stellst du dir das vor?" begann er, nach Worten suchend. „Du weißt doch, daß ich nichts vom Heiraten halte, daß mir Bindungen zuwider sind, welcher Art auch immer. Warum hast du mir nicht gesagt, daß du dich scheiden lassen willst?"

Ich war unfähig, mich zu rechtfertigen.

„Sieh mal", begann er von neuem, „es war doch schön, so wie es war. Warum willst du das zerstören? Warum wollt ihr Frauen immer geheiratet werden? Warum ist es euch nicht gegeben, den Augenblick zu genießen? In ein paar Jahren …"

„… bin ich eine alte Frau", vollendete ich seinen Satz.

„So habe ich es nicht gemeint", widersprach er verlegen, „aber der Altersunterschied spielt natürlich auch eine Rolle."

Nun war es gesagt, klar und deutlich.

„Du hast sicher recht, der Altersunterschied spielt eine Rolle", stellte ich fest, und es gelang mir, so zu tun, als sei gar nichts Besonderes vorgefallen. „Ich war voreilig, aber weißt du, Heimlichkeiten liegen mir nicht, ich wollte so mit meinem Mann nicht länger zusammenleben."

Er begann von Ressentiments, von Moralgewohnheiten, bürgerlichen Sittlichkeitsbegriffen zu reden, die längst keine Gültigkeit mehr hätten und nur im Bewußtsein der Menschen noch herumgeisterten. Ich äußerte bei anderen Gelegenheiten – und wenn es andere betraf – solche Weisheiten selbst, aber Theorie und Praxis gehen selten Hand in Hand, vom Erkennen bis zum Wissen ist ein weiter Weg.

Ich brach nicht plötzlich mit Heiner, das wenigstens brauche ich mir nicht vorzuwerfen, aber er bemerkte natürlich, daß ich mich zurückzog, wahrscheinlich war ihm das ganz recht. „Ich werde für dich dasein, wann immer du willst und wann immer du mich brauchst", versicherte er, als ich die paar Kleinigkeiten, die ich noch in seiner Wohnung hatte, mitnahm. Wir gingen auseinander wie ein Ehepaar, das für kurze Zeit Abschied nimmt, aber wir wußten beide, daß dieser Abschied endgültig war.

Annerose sagte ich, daß Baumgart und ich uns zeitweilig getrennt hätten, weil er erst die Frage klären wollte, ob er sein Kind nach einer Heirat mit mir weiter sehen dürfe. Es war eine zu fadenscheinige Ausrede, als daß Annerose sie geglaubt hätte. Sie nahm sie hin, und erst nach Tagen, in denen sie sah, wie ich mich quälte, fragte sie mich, ob ich mein Vertrauen zu ihr ganz verloren habe und ob ich mich nicht aussprechen wolle. Da erzählte ich ihr alles, rückhaltlos. Ich gestand ihr auch ein, daß meine Lage unhaltbar geworden sei.

Es erleichterte mich zu sprechen, es war wie bei einer Krankheit, die erst nach einer bestimmten Zeit zum Ausbruch kommt.

Annerose versuchte mich zu trösten, mir zu helfen, aber

mir war nicht zu helfen. Von der eigentlichen Krankheitsursache sprachen wir beide nicht. „Entschuldige“, fragte Annerose mich, „aber warum hast du ihn eigentlich unbedingt heiraten wollen? Im Grunde hat er doch recht, wenn es schön war, warum hast du es nicht weiter so laufenlassen?“

Warum, warum? Was konnte ich ihr antworten? Weil ich eitel gewesen bin und beweisen wollte, daß ich auch das fertigbringe? Weil ich mich nicht blamieren wollte, weil ich angeben wollte mit dem so viel jüngeren Mann? Weil Walters Gleichgültigkeit mir nicht gleichgültig gewesen war? So viele Warum und so viele Weil, und sie alle zusammen ergaben vielleicht den eigentlichen Grund.

Cantor steht dieser Situation im Leben der Gerlind Grenzer, wie er mir sagt, ein wenig ratlos gegenüber. Er möchte wissen, ob „das extreme Fehlverhalten nicht völlig ihrem früheren Verhalten widerspreche“. Ihrem Charakter nach, meint er, wäre es glaubhafter gewesen, daß sie mit Baumgart Schluß gemacht hätte, aus Angst, er könne ihr zuvorkommen. So frage er sich, ob die „Machtprobe“, der sie sich aussetzte, ein „Zeichen für die Anormalität ihres Zustandes“ gewesen sei.

Walter könnte Carl Cantor meinen damaligen Zustand wahrscheinlich weit besser benennen, als ich dazu imstande bin. Bei ihm hieße das vielleicht eine „Fehlentwicklung meines Trieblebens, hervorgerufen durch einen Konflikt, ohne nachweisbare organische Veränderungen“.

War die angestrebte Heirat mit Baumgart wirklich eine „Machtprobe“, wie Cantor sich ausdrückt? Wahrscheinlich hat er recht. Obwohl ich heute erschrecke, wenn ich bedenke, was wirklich geschehen wäre, wenn ich Baumgart geheiratet hätte. So bewahre ich wenigstens das Andenken an eine schöne Zeit. Damals allerdings schlug ich mich damit herum, daß ich „versagt“ hatte, und dieses Versagen bezog ich auf mein ganzes Leben. Versagt in der Ehe, versagt in der Familie, versagt bei meinem Freund, überhaupt versagt. Ich glaubte keinen Boden mehr unter den Füßen zu haben, nirgends gebunden zu sein, nirgends mehr dazuzugehören.

Walter rief zweimal an, ich weigerte mich, an den Apparat zu kommen, Annerose mußte ihm ausrichten, daß es mir gut gehe. Wäre ich ihm begegnet, hätte ich ihm vor Scham nicht in die Augen sehen können, aber auch telefonisch mit ihm zu sprechen schien mir unmöglich.

Daß Anette sich nach mir erkundigt hatte, wußte ich nicht, sie hatte Annerose im Ministerium angerufen, aber gebeten, mir von ihrem Anruf nichts zu sagen.

Auch das Wohnen bei Annerose wurde immer unerträglicher, es war als kurzzeitige Notlösung gedacht gewesen, nun wußte ich nicht, wie lange das dauern würde. Ich behinderte Annerose in der kleinen Wohnung, aber was sollte ich tun?

Anneroses Versicherungen, daß ich sie nicht störe, waren gutgemeint, aber täuschten mich nicht über das hinweg, was sie wirklich empfand, empfinden mußte. Sie vermied es, mich an Walters Angebot bei der Scheidung zu erinnern, das Haus zu teilen, doch ich bin überzeugt, daß sie daran dachte. Eine eigene Wohnung zu bekommen erschien mir unter diesen Umständen und bei der immer noch großen Wohnungsnot so aussichtslos, daß ich es erst gar nicht versuchte.

Der einzige Ort, wo ich mich noch an meinem Platz empfand, war der Verlag. Zwar hatte man inzwischen erfahren, daß ich geschieden war, auf welchem Wege man es erfuhr, weiß ich nicht; zwar reimten die lieben Kolleginnen sich aus der Tatsache, daß Baumgart mich nicht mehr abholte, daß er mit einer anderen Lektorin arbeitete – ich hatte das selbst veranlaßt –, zusammen, daß es auch zwischen Baumgart und mir aus sei, aber davon, daß ich an eine Heirat mit Baumgart gedacht hatte, wußte glücklicherweise niemand etwas. Das stellte ich bei einem Gespräch mit Ingeborg Kluge fest.

„Du mußt dir das nicht zu Herzen nehmen“, versuchte sie

mich zu trösten, „es war ja vorauszusehen, daß es eines Tages so kommen wird.“

Diese wenig taktvolle Art des Trostes reizte mich so, daß ich alle ihre Versuche, sich meiner „anzunehmen“, widerborstig zurückwies. Beleidigt wandte sie sich von mir ab. Um solche „Freundlichkeiten“ auch von anderen Kolleginnen zu vermeiden, zog ich mich ganz auf mich selbst zurück. Das hatte zur Folge, daß man mir zurückhaltend und mit wenig Wohlwollen begegnete. Von den männlichen Kollegen gab es bestimmt noch hie und da spöttische, auch abfällige Bemerkungen über mein Verhältnis zu Baumgart, aber ich überschätzte das bei weitem. Überall, wo Kollegen herumstanden und sich unterhielten, argwöhnte ich, sie machten sich über mich lustig, was gewiß nicht zutraf. Auch den wirklich gutgemeinten, kameradschaftlichen Vorschlag von Carl Cantor, der mir als Übergang ein Zimmer in seiner Wohnung anbot, mißverstand ich gründlich. Ich hielt sein Motiv einzig und allein für Mitleid, und Mitleid war das Schlimmste, was man mir antun konnte.

Cantor unterhielt sich vorgestern mit mir über die, wie er meinte, beinahe krankhaft intensiv verfolgte Heiratsabsicht, die mit der Realität, wie auch ich sie in jener Zeit gesehen haben mußte, nichts zu tun hatte. „Natürlich baut sich jeder Mensch neben der Welt, in der er lebt, in Gedanken eine andere auf, in der er leben möchte. Daran ist noch nichts Krankhaftes. Zur Krankheit wird die Sache erst, wenn Realität und Vorstellung so durcheinandergeraten, daß der Betroffene sie selbst nicht mehr zu trennen vermag. Dein Mann würde das wissenschaftlicher ausdrükken.“ Er schwieg und fragte plötzlich unmotiviert: „Warum hast du das Angebot, bei mir zu wohnen, eigentlich für Mitleid gehalten?“

„War es das nicht?“ fragte ich erstaunt.

„Nein“, antwortete er, setzte diesen Gedanken aber nicht fort.

Das einzige, was mir in jener Zeit, in jener Situation helfen konnte, war Arbeit, das erkannte ich.

Unter den Manuskripten, die dem Verlag eingereicht wurden, waren solche, die der Verlag angefordert hatte, und solche, die unaufgefordert geschickt worden waren. Letztere blieben gewöhnlich ziemlich lange liegen und wurden den Absendern dann in den meisten Fällen mit ein paar freundlichen, nichtssagenden Worten zurückgeschickt. Dieser Manuskripte nahm ich mich nun neben meiner alltäglichen Arbeit an. So stieß ich auf Dorothea Ehrlich.

Schon die kurzen biographischen Angaben, die sie dem Roman vorangestellt hatte, machten mich neugierig. Vierundzwanzig Jahre, Bauarbeiterin, Schlagersängerin, ein Kind. Vielleicht interessierte ich mich anfangs auch nur deshalb dafür, weil sie denselben Beruf wie meine Tochter hatte.

Ich begann zu lesen, nahm das Manuskript mit nach Haus, las zu Ende, setzte mich hin und schrieb ein Gutachten. „Eine eigenwillige, ganz unkonventionelle Begabung", vermerkte ich darin, „von einer stilistischen Gekonntheit, die einen zweifeln ließe, daß es sich um eine Anfängerin handelt, wenn man es nicht genau wüßte."

Der Inhalt läßt sich mit wenigen Sätzen erzählen: Fünf junge Leute, Mitglieder einer Baubrigade, schließen sich in ihrer Freizeit zu einer Band zusammen, mit dem Anspruch, sich aus der Masse zu erheben, etwas Besonderes zu sein. Die Art, wie jeder von den fünfen seinen Anspruch zu verwirklichen sucht, ist unterschiedlich, eines aber ist allen gemeinsam: Die Verwirklichung soll ohne große Anstrengung, ohne Arbeit und Mühe erfolgen.

Mit welch feinem Humor, mit welchem Einfühlungsvermögen und Fingerspitzengefühl es der Autorin gelingt, die jungen Leute zu charakterisieren, sie zu differenzieren, wie sie es fertigbringt, ohne erhobenen Zeigefinger, ohne moralische Entrüstung, ja ohne es auszusprechen, dem Leser vor Augen zu führen, daß es ohne Können keinen Anspruch geben kann, fand ich an diesem Manuskript bemerkenswert.

Überzeugt, daß man sich im Verlag über meine Entdekkung freuen werde, schrieb ich der Autorin: „Liebe Dorothea Ehrlich, mit echtem Interesse habe ich Ihren Roman ‚Wir sind da!' gelesen und würde mich gern mit Ihnen über Einzelheiten unterhalten. Vorwegnehmend und zu Ihrer Beruhigung: Er hat mir Eindruck gemacht, und ich werde dem Verlag seine Annahme vorschlagen …"

Fast in der gleichen Zeit erhielt ich von der Verlagsleitung das Manuskript eines Karl Schulze zur Begutachtung, mit der Bemerkung, mich möglichst bald zu äußern. Es handelte sich um einen Betriebsroman, angesiedelt bei Bergmann-Borsig, wo Karl Schulze arbeitete. Dieser Roman war gutgemeint, aber ohne eigentliche Handlung, ohne Charakterisierung der darin vorkommenden Personen, dafür aber mit einer genauen, ja minutiösen Schilderung des Betriebsablaufs. Der Roman ließ bei allem Wohlwollen jede literarische Begabung vermissen, aber immerhin hatte dieser Schulze trotz schwerer Arbeit im Betrieb sich hingesetzt und geschrieben, was bewunderungswürdig war. In diesem Sinne faßte ich meine Antwort ab, bemüht, dem Manne nicht weh zu tun.

Als ich zum Verlagsdirektor gerufen wurde, nahm ich an, Dr. Hausmann wolle sich mit mir über Dorothea Ehrlich unterhalten, die ich empfohlen hatte.

Der Chef empfing mich freundlich, kameradschaftlich, nichts deutete auf das hin, was kommen sollte.

„Sie wissen, wie sehr wir Sie alle schätzen", begann er und bot mir Zigaretten an, von denen ich eine nahm, obgleich ich aufgehört hatte zu rauchen. Die Einleitung machte mich nervös, ich wußte, was solche Einleitungen bei dem Chef oft zu bedeuten hatten.

Er gab mir Feuer, fragte auch noch, ob er Kaffee bestellen solle, und fuhr dann, da ich ablehnte, fort: „Sie haben sich in wirklich anerkennenswerter Weise um die Entdekkung junger Talente verdient gemacht, Kollegin Grenzer.

Wobei ich es als besonders wertvoll ansehe, daß Sie sich auch der nicht angeforderten Manuskripte angenommen haben und unser literarischer ‚Butterberg'", er lachte leise, „niedriger geworden ist."

Ich wußte nicht, ob seine Ironie den unaufgeforderten Manuskripten oder mir galt.

„Jedoch über zwei Ihrer Beurteilungen muß ich mit Ihnen reden", sprach er weiter, „zwei, die stellvertretend für andere stehen mögen, und zwar nicht sosehr, was Ihre literarische Einschätzung, sondern mehr die politische anbelangt."

Das war neu für mich, das hatte ich am wenigsten erwartet, dabei wußte ich immer noch nicht, worauf der lange, offensichtlich gut vorbereitete Vortrag des Chefs hinaus wollte, bis er endlich auf den Roman Karl Schulzes kam. Der Arbeiter Karl Schulze könne sich natürlich nicht so artikulieren wie gewisse von mir gepriesene Leute mit Hochschulbildung. Selbstverständlich habe das Buch Schwächen, große Schwächen, aber der Mann wisse, warum er schreibe, wofür er schreibe, er stehe für seine, für unsere Sache. „Sie versuchen, ihm Ihre Ablehnung mit freundlichen Allgemeinplätzen erträglich zu machen, aber der Mann ist doch kein Dummkopf. Sie weisen nicht nur seinen Roman zurück, Sie sprechen ihm auch jede schriftstellerische Begabung ab. Das ist doch wohl nicht die richtige Art, mit Autoren, die aus der Arbeiterklasse kommen, umzugehen."

Alles konnte man mir vorwerfen, aber daß ich mit schreibenden Arbeitern nicht umgehen könne, ging zu weit. Zu oft hatte ich das Gegenteil bewiesen. Ich wollte das richtigstellen, ich wollte mich wehren, ich wollte etwas entgegnen, aber der Chef ließ mich gar nicht zu Wort kommen.

„Im Gegensatz dazu", setzte er seine Ausführungen fort, „bin ich von dieser Dorothea Ehrlich, für die Sie sich so engagiert einsetzen, Kollegin Grenzer, nicht überzeugt. Ich will gar nicht von ihrer Entwicklung sprechen, die recht problematisch scheint, Bauarbeiterin, Schlagersängerin ..., aber lassen wir alles Persönliche beiseite, bleiben wir einzig und allein bei ihrem Roman ‚Wir sind da!'. Die Tendenz dieses Romans ist doch wohl sehr zwielichtig. Was will sie beispielsweise damit sagen, wenn sie feststellt, daß DDR-Jugendliche auf ihren Hosen, Hemden, Pullis, Plastebeuteln Namen westlicher, oft amerikanischer Firmen tragen und auf diese Weise Reklame für diese Firmen machen? Was soll damit bewiesen werden? Kann man, wie diese Ehrlich es tut, den Einfluß des Westens auf unsere Jugend so einfach als gegeben betrachten?"

Ich starrte meinen Chef an, als sähe ich ihn zum erstenmal. Ich hatte ihn bis dahin als einen aufgeschlossenen, vernünftigen Menschen kennengelernt, und nun das. Ich verstand ihn nicht.

„Die Namen westlicher Firmen auf den Hosen, Hemden und Pullis unserer Jugendlichen sind doch nur eine Randbemerkung im Roman der Ehrlich", sagte ich. „Sie macht sich aber echte Sorgen um andere, weitergehende Einflüsse und Entwicklungen. Nur darum hat sie ihren Roman geschrieben. Man kann doch die Augen vor Fakten nicht verschließen. Dorothea Ehrlich gibt eigene Erlebnisse wieder, sie war Bauarbeiterin – ich weiß nicht, was daran problematisch sein soll, daß sie dann Schlagersängerin wurde –, sie kennt beide Berufe, sie kennt sowohl das Konsumdenken mancher Bauarbeiter wie den Anspruch gewisser Schlagersänger, sich ohne Leistung aus der Masse, oder besser, über sie zu erheben. Beides ist bedenklich. Wer sich ohne Leistung über die Masse erheben will, muß notgedrungen unter ihr bleiben. Das spricht sie nicht aus, das entnimmt der Leser dem Roman. Aber das alles ist ja nicht das Erstaunliche an diesem Erstlingsroman einer jungen Frau. Viel wichtiger ist ihre offene Begabung, Menschen zu charakterisieren, ihre Fähigkeit, eine Geschichte zu bauen, ihre Beherrschung der Sprachmittel."

Ich redete und redete, aber das schien den Chef nicht zu interessieren, er wurde ungeduldig und zeigte sich nicht bereit, auf meine Argumente einzugehen. Ich war sogar überzeugt, daß er das Romanmanuskript gar nicht gelesen und sich nur von irgend jemand hatte Bericht erstatten lassen. Zweimal blickte er auf die Uhr, eine Unhöflichkeit, die ich früher nie an ihm bemerkt hatte. Er nahm mich nicht mehr wichtig und brachte das offen zum Ausdruck. Seine Einstellung zu mir hatte sich grundsätzlich geändert. Seine letzten Worte schienen meine Gedanken zu bestätigen.

„Ich habe jetzt leider keine Zeit mehr, mich weiter mit Ihnen zu unterhalten, Kollegin Grenzer", sagte er. „Ich erwarte den Besuch ungarischer Kollegen. Aber Frau Doktor Rockstroh, die den Cheflektor ab Januar ablösen wird – es ist Ihnen sicher bekannt, daß er aus Gesundheitsgründen aufhört –, wird gern bereit sein, unser Gespräch fortzusetzen. Überdenken Sie bitte noch einmal, was ich Ihnen gesagt habe. Wir müssen in einer Zeit, in der die internationale Konfrontation immer schärfere Formen annimmt, zu klareren, eindeutigeren Positionen kommen."

Während der ganzen Heimfahrt mußte ich immer nur das eine denken: Jetzt ist es soweit. Bald ist die Rockstroh meine Vorgesetzte, nach ihr muß ich mich von nun ab richten. Sie weiß nach kaum drei Jahren Verlagsarbeit bereits genau, was notwendig ist, was gemacht werden muß und was nicht. Heiner hatte von ihr gesagt, sie sei eine überdrehte Schraube, sie müsse sich immer „schaffen". Er mußte es ja wissen, er hatte mit ihr geschlafen. Ob sie mich deshalb nicht leiden konnte, wegen meines Verhältnisses mit ihm? Vielleicht frohlockte sie jetzt, weil es auch mit mir aus war?

Der Chef hatte mir die „junge Kollegin" als Beispiel hingestellt. Von irgend jemand war unlängst behauptet worden, der Verlag sei überaltert. Von Überalterung wurde jetzt überhaupt viel geredet, manchmal sogar zu Recht, aber ich würde mir von der Rockstroh nichts sagen lassen, ich würde ihr ins Gesicht erklären: „Mit mir nicht!"

Ich mußte die Lippen bewegt oder vielleicht sogar etwas gesprochen haben, denn der junge Mann, der mir in der Straßenbahn gegenübersaß, lächelte.

Soll er, dachte ich wütend. Die lachen ja auch im Verlag über mich. Kündigen, überlegte ich, ja, das war es, ich mußte kündigen. Mir blieb nichts anderes übrig. Ich hatte mich in die Arbeit gestürzt, weil es das einzige war, das mir helfen konnte. Nun hatte man mir auch das noch genommen. Weil der Chef plötzlich auf „Linie" machte. Hätte ich nie von ihm vermutet. Dabei lag er falsch. Dorothea Ehrlich hätte richtung-, hätte vorwärtsweisend für uns sein müssen und nicht Karl Schulze. Schade, ich hätte diese Frau gern kennengelernt, wahrscheinlich hätte es Spaß gemacht, mit ihr zu arbeiten. Sie der Rockstroh zu überlassen war ganz unmöglich. Aber wahrscheinlich würde die Rockstroh sich gar nicht um sie kümmern.

Mir war elend.

Annerose war entsetzt über meinen Zustand. „Du bist krank", sagte sie, „du hast Fieber. Du mußt sofort ins Bett."

Ich ließ mich zu Bett bringen, das Thermometer zeigte 39,7. Brav schluckte ich die Tabletten, die Annerose mir gab, nur als sie einen Arzt holen wollte, sträubte ich mich. „Bitte nicht", bat ich, „wenigstens jetzt noch nicht." Ich dachte an Walter, aber ich unterdrückte diesen Gedanken. „Ich würde gern schlafen", sagte ich müde. Ganz weit hörte ich noch Anneroses Stimme: „Soll ich das Licht ausmachen?" Aber meine Antwort erreichte sie nicht mehr, wahrscheinlich hatte ich nur geträumt, daß ich antworte.

Ich mußte durchgeschlafen haben, denn als ich erwachte, war es bereits 9 Uhr.

„Du bist noch da?" fragte ich erstaunt, weil Annerose mir Tee ans Bett brachte.

„Willst du auch etwas essen?" fragte sie zurück.

„Warum bist du noch da?" wiederholte ich meine Frage.

„Weil ich dich in dem Zustand nicht allein lassen kann", erklärte sie. „Du hast die ganze Nacht phantasiert. Ich habe im Ministerium angerufen, ich brauche heute nicht zu kommen."

„Mir geht es doch schon wieder ganz gut", behauptete ich. „Du kannst mich ruhig allein lassen."

Sie ging darauf nicht ein. „Was war eigentlich gestern mit dir los?" wollte sie wissen.

Jetzt erst erzählte ich ihr, was geschehen war.

Sie schüttelte den Kopf. „Das ist doch alles kein Grund, so zu reagieren", meinte sie. „Du überspitzt immer. Du siehst es nur von einer Seite: daß man dich beiseiteschieben will, und du führst das, unsinnigerweise, auf dein Alter zurück. Davon ist doch keine Rede. Dieselben Argumente hätte dein Chef auch einer jungen Mitarbeiterin gegenüber gebraucht. Was er von der Notwendigkeit klarer Positionen sagt, ist doch richtig, nur schätzt er deine Dorothea Ehrlich vielleicht nicht entsprechend ein. Er hatte wahrscheinlich wirklich keine Zeit. Das mit den ungarischen Kollegen hat er sich doch nicht aus den Fingern gesogen. Also mußt du ihm deinen Standpunkt ein andermal klarmachen. Mit Unterlagen, mit Beweisen. Ihm und nicht der Rockstroh, darauf mußt du bestehen. Das hättest du früher auch getan. Was ist bloß mit dir, Gerlind?"

Ich ließ sie reden, ohne sie zu unterbrechen. Wozu auch. „Weißt du noch?" fragte ich leise. „Der eherne Glockenschlag!"

Erst nach einem Augenblick des Überlegens wußte sie, worauf ich anspielte. Sie mußte lächeln. „Das hast du dir gemerkt?"

Selbst das Nicken fiel mir schwer. Ich war plötzlich wieder müde, ganz furchtbar müde.

„Was bist du für ein Kindskopf", sagte sie. „Außerdem bist du noch gar nicht fünfzig. Das ist eine Neurose bei dir."

„Neurose", sagte ich beinahe verklärt. „Das ist Walters Gebiet."

Alles fiel von mir ab, nichts beschwerte mich mehr. Mir war mit einem Male leicht, fast fröhlich zumute.

Ich wurde ernsthaft krank, flüchtete geradezu in die Krankheit. Ich hatte mich einmal durch Walters Buch über Neurosen hindurchgefressen, jetzt reproduzierte ich manches, ohne es zu wollen oder zu wissen. Ich verweigerte die Nahrung, lag tagelang starr, ohne mich zu rühren.

Annerose wußte sich keinen Rat, sie rief Walter an.

„Ich werde sie in die Klinik aufnehmen", sagte er. „Aber ich werde es zunächst vermeiden, mich persönlich um sie zu kümmern, es könnte sie aufregen. Außerdem ist ein Arzt Angehörigen gegenüber nie ganz objektiv, aber es ist gut, daß du mich verständigt hast."

Von diesem Gespräch erfuhr ich erst viel später. Damals ließ ich alles mit mir geschehen und fragte nicht viel. Ein Gedanke beherrschte mich, begann sich in mir festzusetzen: Schluß machen. Es war kein trauriger, nicht einmal ein beunruhigender Gedanke. Was wollte ich noch? Wozu lebte ich?

Ich malte mir aus, wie sie die Nachricht von meinem Tod im Verlag aufnehmen würden, einige bedauernd, andere gleichgültig, das lag nicht nur an ihnen, sondern auch an mir. Ob der Chef ahnen würde, daß er ein gerüttelt Maß Schuld an meinem Tod trug?

Baumgart nannte mich in Gedanken vielleicht jetzt auch eine „überdrehte Schraube", weil ich den Vorstellungen, die er sich von mir gemacht hatte, nicht entsprach. Wie lange lag die Affäre mit ihm zurück, nicht wenige Wochen, eine Ewigkeit.

Ob Anette sich Vorwürfe machte? Wenn ich mich an Anette erinnerte, wurde ich weich, dachte an die vielen schönen Jahre mit ihr und bekam feuchte Augen. Ich bemitleidete mich, wußte aber gleichzeitig, daß Selbstmitleid immer etwas gewesen war, das ich verurteilt hatte. Noch weniger durfte ich an Gudrun denken. Doch Kinder in ihrem Alter vergessen schnell.

Das Verhalten Walters bei meinem Tode klammerte ich seltsamerweise in meinen Gedanken aus. Ich hatte mitbekommen, daß ich in seine Klinik sollte, das empfand ich als selbstverständlich, auch schien es mir kaum erstaunlich, daß er mich nicht selbst behandelte, sondern sein Oberarzt, Dr. Konzelmann. Annerose versuchte mir das zu erklären, aber es interessierte mich nicht. Walter würde schon wissen, warum. Annerose konnte auch gar nicht begreifen, warum ich überhaupt nicht nach Walter fragte, und ich hätte ihr das auch nicht erklären können. Die Tatsache, daß ich zu ihm in die Klinik kam, genügte mir. Mir war, als komme ich endlich nach Hause. Das empfand ich nicht so vordergründig, wie es sich mir heute darstellt, sondern wie wenn sich jemand nach großer Anstrengung entspannt und in sich zurücksinkt.

Das Zweibettzimmer, in dem man mich untergebracht hatte, war wie alle anderen Räume in der Klinik, hell, sauber, aber nicht sehr freundlich. Auf meinem Nachttisch standen Rosen. Daß Walter sie geschickt hatte, wußte ich nicht, ich sollte es auch nicht wissen. Ich schrieb sie Annerose zu.

Schwester Erika, die ich durch Walter einmal kennengelernt hatte, sagte mir, daß die Patientin in dem anderen Bett verlegt werden würde, man müsse sehen, wo man sie unterbringen könne. „Hoffentlich stört sie Sie nachts nicht allzusehr", sagte Schwester Erika. „Sie weint manchmal laut."

Ich beruhigte die Schwester. Die Patientin würde mich nicht stören, denn wenn ich schliefe, störe mich nichts, und wenn ich nicht schlafen könne, würde mir Ruhe auch nicht nützen.

Die Patientin im anderen Bett war eine junge Frau von etwa vierundzwanzig, fünfundzwanzig Jahren. Am Tage lag sie meist still und starrte mit leeren Augen vor sich hin. Es war eine ausgesprochen hübsche Frau, von der man nur den Eindruck hatte, sie gebe wenig auf ihr Äußeres. Ihre Haare hingen wirr und zottelig herunter, aber als die Schwester sie kämmen wollte, lehnte sie ab, es täte ihr weh. Sie weckte meine Neugier, ich überlegte, was diese junge Frau hierher gebracht haben mochte, warum sich anscheinend keine Angehörigen um sie kümmerten. Ich hatte die Absicht, ein Gespräch mit ihr zu beginnen, als sie von sich aus zu sprechen begann, ohne daß wir vorher auch nur ein

Wort gewechselt hatten. Ihre Ausdrucksweise war ziemlich vulgär, nie hätte ich angenommen, daß es sich bei dieser Patientin um die Frau eines Wissenschaftlers handle.

„Sie sollen einen doch krepieren lassen“, klagte sie, und ich wußte nicht, ob sie sich an mich wandte oder ob sie nur so vor sich hin redete. „Wenn einer nicht mehr will, soll man ihn in Ruhe lassen. Ist doch nicht so leicht, bis man soweit ist, und dann holen sie einen zurück. Aber das nächstemal nicht mehr, ich hab gelernt.“

„Sie wollen es nochmals versuchen?“ fragte ich entsetzt. Ich, die ich mich selbst mit solchen Gedanken trug, konnte es nicht begreifen, daß eine junge, hübsche Frau ebenfalls an Selbstmord dachte, nachdem es ihr schon zweimal mißglückt war.

„Klar“, antwortete sie, und ihr Mund verzog sich zu einem Lächeln, das wie eine Grimasse wirkte. „Weswegen sind Sie hier? Auch ...“

Ich schüttelte den Kopf. „Neurose“, sagte ich und ergänzte: „Zusammenbruch.“

„Kenn ich“, sagte sie. „Wissen Sie, wie das bei mir war?“

Ich brauchte sie nicht aufzufordern, von sich zu erzählen. Ihr Mann – er war Chemiker – bekam zusammen mit seinem Kollektiv eine hohe Auszeichnung. Wofür, wußte sie nicht, obwohl er es ihr zweimal erklärt hatte, sie verstand es nicht. Nach der Auszeichnung gingen alle zu einer Kollegin mit nach Haus, um dort zu feiern. Der Mann trank viel, was er sonst nicht tat, war betrunken, als er um zwei Uhr nachts heimkehrte. Sie hatte auf ihn gewartet und bat ihn, er möchte ihr doch erzählen, wie es gewesen sei. „Ich habe nicht geschimpft“, sagte sie, „überhaupt nicht. Nur gebeten, er solle mir erzählen. Da ist er grob geworden und hat geschrien, ‚mit dir kann man nur schlafen, aber nicht reden‘. Kurz darauf habe ich erfahren, daß er mit der Kollegin, bei der sie gefeiert haben, ein Verhältnis hat. Mit der hat er schlafen und reden können.“

„Und da haben Sie ...?“

„Nicht sofort“, antwortete sie. „Als ich es erfuhr, hab ich

die Kinder weggebracht, den Kleinen in den Kindergarten, den Großen in die Schule, dann bin ich wieder nach Haus zurück und hab mich hingesetzt. Bin nicht zur Arbeit, war das erstemal. Bin noch nie krank gewesen. Hab auch nicht Bescheid gesagt im Laden. Ich bin Verkäuferin. Hab mich nur hingesetzt und hab gegessen. Als die Zeit rankam, hab ich die Kinder geholt, hab ihnen zu essen gemacht und sie ins Bett gebracht. Selbst hab ich nicht gegessen, auch nicht für meinen Mann gekocht.

Er hat auf mich eingeredet, aber ich hab nicht mit ihm gesprochen, hab getan, als wäre er gar nicht da. Zwei Tage lang. Dann ist er weggeblieben über Nacht. Am anderen Morgen hab ich die Kinder wieder fortgebracht, dann bin ich nach Haus, hab alles dicht gemacht und den Gashahn aufgedreht. Ein Nachbar hat es gemerkt, wegen dem Gasgeruch. Hab nicht gut genug abgedichtet. Das war das erstemal."

Ich war so erschüttert, daß ich keinen Ton über die Lippen brachte, sie aber erwartete offensichtlich eine Äußerung.

„Und Ihr Mann? Und die Kinder?" fragte ich darum beklommen.

„Mein Mann wär wahrscheinlich froh gewesen, wenn's geklappt hätte", antwortete sie. „Die Kinder sind in ein Heim gekommen, von der Jugendhilfe. Mich haben sie wieder auf die Beine gebracht, nicht hier, im Friedrichshain. Hab wieder zu arbeiten angefangen, hab die Kinder aus dem Heim geholt ... Mein Mann ist weggeblieben, hat mir nur Geld geschickt, ‚großzügig'."

Sie schwieg, und ich drängte sie auch nicht weiterzureden, sie tat es von sich aus.

„Ich hab's nicht durchgestanden", sagte sie, „war alles so leer. Diesmal hab ich's mit Tabletten versucht. War aber auch nicht das Richtige. Wahrscheinlich zuwenig."

Das Schicksal dieser Frau riß mich aus meinem lethargischen Zustand. Ich mußte viel darüber nachdenken. Ich erfuhr noch von ihr, daß sie mit siebzehn geheiratet hatte, daß ihr Mann damals dreißig gewesen war, ein qualifizierter Arbeiter in einem Chemiebetrieb. Er hatte sich hochgearbeitet, sie kam nicht mit, machte auch keine Anstrengungen.

Zwei Tage nach diesem Gespräch wurde sie verlegt. Als sie sich von mir verabschiedete, flüsterte sie mir zu: „Ich kann nicht anders."

„Denken Sie an Ihre Kinder", flüsterte ich ebenfalls, „die brauchen Sie."

Sie sah mich mit verstörten Augen an, und über ihre Wangen liefen Tränen.

Ich habe nicht wieder von ihr gehört. Als ich Dr. Konzelmann später einmal nach ihr fragte, meinte er, es sei nicht anzunehmen, daß sie es zum drittenmal versucht habe. Wenn da irgend etwas gewesen wäre, hätte man sich in der Klinik bestimmt nach der Krankheitsgeschichte erkundigt.

Oberarzt Dr. Konzelmann war jünger als Walter, ich schätze ihn auf Anfang Vierzig. Ein mittelgroßer, zur Fülle neigender Mann mit Glatze und starken, an der Nasenwurzel beinahe zusammenwachsenden Augenbrauen, die ihm ein strenges Aussehen verliehen, was aber mit seinem Charakter nicht übereinstimmte, denn er war ein besonders gutmütiger, ja sogar weicher Mensch.

Er ordnete zunächst alle möglichen Routineuntersuchungen bei mir an, kam aber darüber hinaus jeden Tag zu mir, um sich ein wenig mit mir zu „unterhalten". Er mußte Walter täglich über meinen Zustand berichten, das sagte er mir nicht, aber ich vermutete es, zu Recht, wie sich später herausstellte. Er begann das Gespräch jedesmal mit der Frage, wie ich geschlafen habe, wie es mir gehe, und ich antwortete immer gleichbleibend, daß ich ganz gut geschlafen hätte und mich auch besser fühlte. Dann erst, auf Umwegen, wollte er wissen, ob ich nicht doch Interesse an diesem oder jenem Buch hätte, ob ich nicht wenigstens die Zeitung lesen wolle. Ich antwortete, noch nicht, aber ich würde es bestimmt sagen, wenn ich das Bedürfnis hätte. Ich merkte, wie schwer es ihm fiel, ein Thema zu finden, aus dem er als Arzt Gewinn schlagen konnte, so begann ich ihn auf das Gebiet zu lenken, auf das er gern kommen wollte, auf den Prozeß des Alterns bei Frauen. Es war komisch für mich zu hören, wie er darauf einstieg und daß ich in etwas abgewandelter Form von ihm erfuhr, was ich schon bei Walter gelesen hatte. Daß dieser Prozeß für jede Frau qualvoll sei und jede auf ihre Weise damit fertig werden müsse. Daß es bei manchen Frauen zu neurotischen Erscheinungen käme, sich die meisten Frauen aber scheuten, darüber zu reden. Daß man aber nur helfen könne, wenn man ganz konkret darüber spreche.

Er suchte den Zipfel, an dem man meinen Fall aufrollen konnte, ich wollte aber nicht, daß er ihn aufrollte, so redeten wir darum herum. Trotzdem brachten diese Gespräche mich weiter, ich begann wieder über manches nachzudenken, das außerhalb meines engen Denkbereichs lag.

Annerose besuchte mich täglich, selbst wenn es nur wenige Minuten in der Mittagszeit waren. Auch sie mußte Walter täglich Bericht erstatten, entweder er kam zu ihr, oder sie sprach mit ihm in der Klinik in seinem Zimmer. Zu Anfang verschwieg sie mir das, aber manche Frage, die sie mir stellte, war so typisch für ihn, daß ich es ihr auf den Kopf zusagte.

„Er will nicht, daß du es weißt", bestätigte sie mir, „also sag ihm bitte nicht, daß ich es dir verraten habe. Er ist sehr besorgt um dich. Übrigens ..., du hast ihm nichts von dem Kind erzählt?"

„Von welchem Kind?"

„Von dem Kind mit dem Ball", antwortete sie. „Er ist überzeugt, daß dein Verhältnis mit Baumgart den Schock bei dir ausgelöst habe."

„Hast du ihm etwas davon erzählt?" fragte ich.

Sie schüttelte den Kopf. „Du wirst deine Gründe gehabt haben, es ihm nicht mitzuteilen. Ich habe ihm nur gesagt, daß es nicht dein Verhältnis mit Baumgart gewesen ist, sondern das Gespräch mit deinem Chef, das dich so aufregte, vor allem seine Mitteilung von der neuen Cheflektorin, die man dir vor die Nase gesetzt hat. Das stimmt doch?"

„Zum Teil", antwortete ich. „Es war sicher alles zusammen. Und was meinte er dazu?"

„Das läßt sich nicht mit wenigen Worten wiedergeben. Wir haben uns viel, nicht nur über dich, sondern über den Prozeß des Alterns bei Mann und Frau überhaupt unterhalten. Walter hat auf diesem Gebiet viel gearbeitet ..., aber wem erzähle ich das. Diese Gespräche waren jedenfalls sehr interessant und aufschlußreich für mich." Sie unterbrach sich und fragte plötzlich: „Fühlst du dich nicht wohl?"

Sie hatte recht. War die Bestätigung, daß Walter sich um mich kümmere, daß er sich sowohl von Dr. Konzelmann wie von Annerose Bericht über mich erstatten ließ, für mich ein Auftrieb, so riß Anneroses Feststellung, daß ich im Grunde genommen doch nur ein Fall für den Mediziner Grenzer sei, mich wieder in die Krankheit zurück. Hinzu kam etwas, das ich mir selbst nicht eingestand. Aus Anneroses Worten glaubte ich herauszuhören, daß sich die beiden einander wieder nähergekommen seien. Ihre angebliche Sorge um mich war der Anlaß, aber war diese Sorge nicht nur ein Vorwand?

Von diesen Gedanken erfuhr niemand etwas, doch mein Zustand verschlechterte sich, so daß Dr. Konzelmann Walter nun doch direkt zu Rate zog. Ob es meine Absicht gewesen ist, Walters Anwesenheit auf diese Weise zu erzwingen, weiß ich nicht, aber es kann durchaus sein.

Er war sichtlich verlegen und gehemmt, als er mich begrüßte, so kannte ich ihn gar nicht. Er fragte sogar, ob ich nichts dagegen habe, daß er komme.

„Warum sollte ich etwas dagegen haben? Du bist doch Arzt", entgegnete ich.

„Ich wußte es nicht", meinte er, „sonst wäre ich längst dagewesen."

„Du hast dir ja Bericht erstatten lassen", setzte ich das Gespräch fort, „von deinem Oberarzt und auch von Annerose."

„Hat sie dir das gesagt?“ Ich hörte das Mißtrauen in seiner Stimme.

„Nein, aber es war nicht schwer zu erraten“, erwiderte ich und quälte mir ein Lächeln ab. Dann wurde mir schwarz vor den Augen, und ich hörte Walters Stimme nur ganz entfernt: „Hat sie etwas gegessen?“

Die Antwort von Konzelmann, der hinzugekommen sein mußte, verstand ich nicht, es war nur ein fernes Rauschen, und auch von Walter drang nur ein Wort an mein Ohr … „Tropf“.

Zwei Tage hing ich am Tropf, dann ging es mir wieder etwas besser. Walters tägliche Besuche hatten bestimmt Anteil an dieser Besserung.

Er sprach kaum mit mir, fragte höchstens: „Hast du etwas gegessen?“ Wenn ich nickte, schien er zufrieden, setzte sich an mein Bett und hielt meine Hände. Schüttelte ich den Kopf, wollte er wissen, ob es mir nicht schmecke, ob ich etwas anderes haben wolle, ich solle es nur sagen, aber essen müsse ich unbedingt.

Annerose besuchte mich immer noch häufig, aber nicht mehr jeden Tag.

„Jetzt braucht ihr Walter nicht mehr Auskunft über mich zu geben“, sagte ich, „er ist täglich bei mir.“

„Ihr?“ erkundigte sie sich.

„Doktor Konzelmann und du.“

Annerose lächelte. „Aus dir bekommt Walter nicht allzuviel heraus. Ihr schweigt gemeinsam.“

„Vielleicht ist das auch eine Art, etwas herauszubekommen“, meinte ich nachdenklich. „Also du berichtest ihm weiter?“

„Er will manches wissen, was er dich nicht direkt fragen kann“, erklärte Annerose unsicher. „Zum Beispiel deine Vorstellungen, wie es weitergehen soll.“

„Wie es weitergehen soll? Mit mir?“ Plötzlich war ich sehr wach. „Fürchtet er, daß ich zu ihm zurückkehre?“

„Er fürchtet das nicht, ich glaube, er wünscht es“, sagte Annerose. „Aber er würde dir das nie sagen.“

„Hat er es dir gesagt?"

„Nein, mir hat er es auch nicht gesagt, aber ich höre es heraus." Sie schwieg und wartete, wie ich mich dazu stelle. Da ich schwieg, fragte sie: „Würdest du es tun?"

„Wahrscheinlich nicht", antwortete ich und ließ die Frage offen.

Ich erholte mich schnell. Vorsichtig tastete ich mich aus dem Versteck, das ich mir selbst geschaffen hatte. Ich begann, ohne daß er mich aufforderte, mit Walter über meinen Zustand zu reden. „Ich glaube, ich bin aus dem Gröbsten heraus", sagte ich.

„Wonach beurteilst du das?" fragte er.

„Danach, daß ich zu manchem Abstand gewonnen habe."

„Das ist schon etwas", meinte er. „Auch zu deinem ...?"

„Auch zu meinem Verhältnis mit Baumgart", vollendete ich seinen Satz.

„Warum habt ihr euch getrennt?" fragte er vorsichtig.

„Weil er sich nicht binden wollte und ich darauf bestand, daß er mich heiratet."

Er sah mich überrascht an. „Du hast darauf bestanden? Du wolltest bloß geheiratet werden, um zu beweisen ...?"

„Ja", unterbrach ich ihn. „Ich hatte mich ja scheiden lassen. So einfach, so primitiv ist das gewesen."

„Er hat dich also nicht verlassen?"

„Nein. Ich habe Schluß gemacht."

„Und ich nahm an, daß der Altersunterschied ..."

„... das auslösende Moment war? Nein, das war er nicht. Das hat Annerose dir doch schon gesagt."

Meine Feststellung gefiel ihm nicht. Er überlegte, ob er darauf eingehen solle, aber ich kam ihm zuvor. „Eine bestimmte Rolle hat es natürlich doch gespielt."

„Inwiefern?"

„Wäre ich jünger gewesen, hätte er mich wahrscheinlich geheiratet, so aber überlegte er, wie das in einigen Jahren mit mir sein würde."

„Hat er dir das gesagt?"

„Nein, nicht direkt, aber es liegt nahe."

„Möchtest du ihn wiedersehen?"

Jetzt lag die Überraschung bei mir. „Warum fragst du das?" wollte ich wissen.

„Er hat angerufen, ob er dich besuchen dürfe."

Das hatte ich nicht erwartet. „Ob er mich hier … im Krankenhaus?"

Walter nickte bestätigend. „Er hat dir auch Blumen geschickt. Die Schwester wird sie dir bringen."

„Darf er mich besuchen?"

„Soweit es von mir als Arzt abhängt, darf er", entgegnete Walter ruhig. „Ob du willst, das muß du entscheiden."

Merkwürdige Empfindungen bewegten mich. Einerseits freute ich mich, daß Heiner mich besuchen wollte, andererseits hatte ich Angst, daß ich mir da zuviel zumutete. „Es ist vielleicht besser, wenn er noch etwas wartet", sagte ich.

In Walters Gesicht konnte ich nicht ablesen, wie er zu meiner Entscheidung stehe. „Gut", sagte er, „wir werden ihn benachrichtigen."

Als Walter gegangen war, brachte mir Schwester Erika die Blumen herein. Sie waren typisch für Baumgart, violette und blaßblaue Orchideen, die ein Heidengeld gekostet haben mußten. Schwester Erika dachte das gleiche, ich sah es ihr an, aber sie sagte nur: „Schön."

Den Orchideen war ein Brief angeheftet, der ebenfalls typisch war für Baumgart. Wenige Sätze, was eigentlich gewesen sei, wie es mir gehe, dann ein langes Lamento, daß er nicht mehr mit mir arbeiten könne, wie sehr ihm das fehle, anschließend auf zwei Seiten Ideen zu einer neuen Arbeit, die er unbedingt mit mir durchsprechen müßte, ich wurde aus diesen zwei Seiten nicht ganz klug, schließlich: „… und nun wünsche ich Dir noch alles Gute, werde schnell wieder gesund – was hast Du eigentlich gehabt? – Es umarmt Dich Dein …" Als ob nie etwas gewesen wäre.

Noch vor kurzem hätte ich mich über diesen Brief geärgert, jetzt kam er mir komisch vor. Ein verrückter Bursche, dieser Heiner Baumgart, mußte ich denken. Wahrscheinlich trank er wieder. Er hätte unbedingt schon mit einer neuen Arbeit beginnen müssen. Ich fing an, mir seine Idee zu überlegen.

Als Walter kam, erzählte ich ihm von Baumgarts Brief, seiner Romanidee und meinen Gedanken dazu. Er hörte mich sehr aufmerksam an und fragte, ob ich fähig sei, selbst die Fabel zu einem Roman zu finden.

„Ich glaube schon", sagte ich leicht verwundert. Den Gedanken zu schreiben, hatte ich schon früher manchmal gehabt, und er war mir in letzter Zeit öfter gekommen. „Es ist wahrscheinlich sogar leichter, wenn man eine Idee hat, eine Fabel zu bauen", fuhr ich fort, „als eine mißglückte zu korrigieren. Es ist manchmal verhängnisvoll bei Schriftstellern, daß sie eine gute Idee haben, auch genau wissen, was sie wollen, aber das Ende nicht kennen. Eigentlich müßte man vom Schluß ausgehen."

Walter schien über meine Worte nachzudenken. „Deine Überlegungen sind interessant", meinte er, „so habe ich das nie gesehen. Jetzt erst ist mir klar, warum der Schluß bei manchem sonst guten Buch einen unbefriedigt läßt."

Gespräche, die sich auf Literatur, auf meine Arbeit bezogen, hatte ich mit Walter Jahre nicht mehr geführt, und es wunderte mich, daß er von nun an immer öfter auf solche Themen kam.

An einem späten Nachmittag klopfte es plötzlich an meine Tür. Die Schwestern klopften nicht. Ehe ich „Herein!" gerufen hatte, trat Walter ein und fragte, ob er mich störe. Ob wir uns noch ein wenig unterhalten könnten.

Ich hatte gar nicht gewußt, daß er sich noch im Hause aufhielt, und fragte statt einer Antwort: „Ist etwas geschehen?"

Er sah mir an, daß ich erschrocken war, und beruhigte mich. Er sei nur etwas länger aufgehalten worden und habe gedacht, er könne noch einmal bei mir hereinschauen.

„Das ist schön", sagte ich nervös, „aber bitte, setz dich,

sonst habe ich doch das Gefühl, daß irgend etwas los ist, und werde unruhig."

„Es ist wirklich nichts", versicherte er und setzte sich. „Im Gegenteil, ich glaube, du bist über den Berg."

„Bist du gekommen, um mir das zu sagen?"

„Nicht nur", antwortete er, „im Zusammenhang damit habe ich mir Gedanken gemacht, wie es bei dir weitergehen soll."

Beinahe dieselben Worte, die ich von Annerose gehört hatte. „Darüber wollte Annerose schon mit mir reden", sagte ich. „Ihr scheint euch wirklich große Sorgen um mich zu machen."

Sosehr ich bemüht war, mich zu beherrschen, meine Stimme mußte gereizt geklungen haben, denn Walter stutzte. Er schien zu überlegen, ob er weitersprechen solle, entschloß sich aber dann, es zu tun. „Ich halte es für das wichtigste, daß du wieder zu arbeiten beginnst, und Annerose ist derselben Ansicht."

Ich konnte mich nicht enthalten, „Ist sie das?" einzuwerfen.

Er nahm meinen Einwurf nicht zur Kenntnis. „Ich kenne deine Einstellung zu dieser Frau Rockstroh, die jetzt, wie ich durch Annerose erfuhr, Cheflektorin des Verlages ist. Ich begreife auch, daß du dich über deinen Chef geärgert hast, weil du der Ansicht bist, daß er deine Entdeckung, die Bauarbeiterin, die jetzt Schlagersängerin ist, nicht richtig beurteilt. Annerose hat mir auch davon erzählt." Walter wurde eifrig, wahrscheinlich war das, worüber er nun zu reden begann, etwas, über das er lange nachgedacht hatte.

„Du hast mir einmal gesagt", begann er, „daß es dich reizen würde, selbst etwas zu schreiben, und daß du auch Ideen dazu hättest, aber du trautest es dir nicht zu. Vor kurzem, als du mir von Baumgarts Romanidee erzähltest und ich fragte, ob du nicht fähig wärst, selbst die Fabel zu einem Roman zu finden, antwortetest du: ‚Ich glaube schon.' Sieh mal, als selbständig arbeitende Schriftstellerin wärst du doch unabhängig von dieser Frau Rockstroh, von deinem Chef, und du wärst nicht solchen Belastungen ausgesetzt."

Erstaunt hatte ich Walter zugehört, noch nie hatte er in dieser Weise mit mir gesprochen. Ich wollte ihm entgegenhalten, daß er sich das doch etwas zu einfach vorstelle, sowohl was meine Möglichkeiten des Schreibens angehe, als auch was meine Bindung zum Verlag betreffe, denn einen anderen Verlag zu bekommen sei nicht sehr aussichtsreich, aber er hatte sich so in Eifer geredet, daß ich ihn nicht bremsen konnte. Er habe sich überlegt, ob nicht sein Arbeitsgebiet mich als Quelle literarischer Möglichkeiten interessieren würde. „So wie ich dich kenne und einschätze, Gerlind, müßten es psychologische Probleme sein, die dich anregen", meinte er und begann mir einen Kurzvortrag über die Ursachen von Konflikten verschiedener Art zu halten. Er fing mit den zunehmenden Störungen zwischen Organismus und Umwelt an, es sei eine Überforderung der Adaptionsmöglichkeiten des Organismus eingetreten, die sich in Zukunft noch weiter verschärfen werde, denn die Zivilisation habe eine Welt geschaffen, in der die Bedingungen, unter denen die Entwicklung des menschlichen Organismus einmal vor sich gegangen sei, nur noch zum Teil existierten, da wir unsere Umwelt durch technische Schablonen völlig verändert hätten. Die Folge des technischen Lebens, führte er weiter aus, sei ein mangelndes Training der Grundfunktionen, das augenfällige Reaktionsänderungen bewirke. Dies mache sich ja oft schon bei der geringsten Abweichung vom alltäglichen gewohnten Lebenslauf bemerkbar, beispeilsweise bei einem Klimawechsel. Durch die zunehmende Komplizierung des Lebensrhythmus, etwa bei Terminnot in der Arbeit, werde die Anpassung des Menschen an seine Umgebung zusätzlich erschwert und eingeengt. Dem allen stehe nun aber ein Mensch gegenüber, der durch unterschiedliche Faktoren sensitiver, reizempfindlicher geworden sei. Er neige bei dem sich perfektionierenden technischen Umweltzwang zu subjektiven Kompensationen und Gegensteuerungen, die oft in einer Krisis endeten. Häufig träten Konflikte ein, weil der Fundus an Wissen und Können nicht mehr den gewachsenen persönlichen und beruflichen Anforderungen entspreche, der Mensch im Berufsleben oft etwas leisten müsse, was er nach seinen Fähigkeiten nicht leisten könne.

Walter sprach lebendig und anschaulich. „Ich glaube, solche Konflikte, die in unserer Zeit und Gesellschaft ihre Ursachen haben, müßten Schriftsteller doch angehen", sagte er abschließend.

„Bestimmt", gab ich zu, „aber solche Themen verlangen nicht nur Wollen, sondern auch Können. Soweit bin ich nicht, ich bin überhaupt keine Schriftstellerin. Und ich weiß nicht, ob ich jemals eine sein werde. Aber alles, was du gesagt hast, zielt ja wohl in erster Linie auf Arbeitstherapie und nicht auf literarische Produktion?"

Walter schmunzelte. „Vielleicht auch das", gab er zu, „aber nicht nur."

Als Annerose mich am nächsten Tag besuchte, bat ich sie, mir Walters Buch „Neurosentherapie" mitzubringen. Vielleicht würde ich darin wirklich die eine oder andere Anregung finden.

„Ich habe es dir mitgebracht", sagte Annerose und zog es aus der Tasche. „Walter hat mir erzählt, daß er mit dir gesprochen hat. Wir haben viel über dich nachgedacht und sind überzeugt, daß du schriftstellerisches Talent hast."

„Wie schön, daß ihr überzeugt seid", sagte ich, und diesmal beherrschte ich sowohl meine Stimme wie meinen Gesichtsausdruck. „Ich wollte, ihr hättet recht."

Carl Cantor hat manchmal ein sehr feines Gespür für psychologische Grundstimmungen, vielleicht weil eigene Erlebnisbereiche in irgendeiner Weise angesprochen werden. Er meint, man habe den Eindruck, als ob die Autorin selbst im Zweifel sei, ob und wann zwischen ihrer Freundin und ihrem geschiedenen Mann Beziehungen begannen, die die beiden ihr verheimlichten. Als wolle die Autorin sich etwas vormachen, woran sie selbst nicht glaubt.

Vielleicht ist es wirklich so, daß manches, was ich heute bereits weiß und empfinde, unbeabsichtigt in meinen Roman eingeflossen ist, daß ich aber auch manches zurückgenommen habe, um nicht dem Selbstbetrug zu verfallen, den Cantor mir vorwirft.

Ich hatte an vielen Kleinigkeiten bemerkt, daß zwischen Annerose und Walter Verbindungen bestanden, die ich nicht zu durchschauen vermochte. An der Art, wie Annerose über Walter, wie er über Annerose sprach, an Zwischentönen, wenn sie miteinander redeten, am Tonfall, ja am Klang der Stimme. Angeblich verband sie die Sorge um mich – was verband sie wirklich? Ich war überzeugt, daß die beiden mich nicht „hintergingen". Auch hätte dieses Wort bei Walter in ursprünglicher Bedeutung keinen Sinn gehabt, weil wir ja geschieden waren. Aber das war es auch gar nicht, was mich beleidigte, viel schlimmer schien mir, daß ich manchmal den Eindruck hatte, sie wollten mir ihre Beziehungen verheimlichen. Das kränkte mich. Ich fing an, vieles in neuem Licht zu sehen, mein Leben wieder und wieder zu überdenken. Die Zeit meiner Liebe zu Walter, die Geburt Anettes, das Gefühl, in einer Familie integriert zu sein. Wann hatte Gewohnheit das, was einmal Liebe war, verdrängt? Ich hätte es nicht sagen können, es war auch kaum festzustellen.

Als das Kind mit dem Ball den Schock bei mir auslöste, als mir bewußt zu werden begann, daß ich an der Grenze stehe, als ich mich in das Abenteuer mit Baumgart stürzte, hatte Annerose zu mir gesagt: „Überleg dir, was du tust, Gerlind. Walter ist kein feuriger Liebhaber mehr, aber er ist ein echter Partner." Partnerschaft war mir immer wie ein Ersatz ehelicher Gemeinschaft vorgekommen. Jetzt erst begann ich zu verstehen, was sie gemeint hatte. Sie hatte den Wert echter Partnerschaft erkannt, ich nicht. Darum war es mir auch nicht gelungen, Liebe in Partnerschaft umzuwandeln. Ich wollte es nicht wahrhaben, aber ich fühlte, daß es nun zu spät war.

Als Schwester Erika mich fragte, ob ein Kollege aus meinem Verlag mich kurz besuchen dürfe, er stünde draußen und habe mir etwas Wichtiges mitzuteilen, erschrak ich. Einen Augenblick hatte ich die Befürchtung, daß Baumgart sich so anmelde. „Wer?“ fragte ich.

„Er heißt Cantor“, antwortete Schwester Erika. „Ich glaube, Carl Cantor.“

„Er soll bitte kommen“, sagte ich erleichtert.

Er kam nicht mit Orchideen, sondern mit einem Strauß bunter Astern.

„Wie schön“, begrüßte ich Cantor und bat die Schwester, mir eine Vase zu holen.

„Ich will dich nicht lange aufhalten“, sagte Cantor. Jetzt erst fiel mir auf, wie verändert er aussah. Anstelle einer alten Hose und eines zu weiten Pullovers trug er einen guten Anzug, war sauber rasiert, und sogar seine Haare wirkten ordentlich.

„Du hast dich ja so feingemacht“, scherzte ich.

Er wurde verlegen. „Wenn man einen Krankenbesuch macht, muß man zumindest menschlich aussehen“, brummte er.

„Tust du das sonst nicht? Aber du wolltest mir doch etwas Wichtiges mitteilen?“

„Sehr wichtig“, nickte Cantor. „Ich bin nur der Vorbote. Weißt du, wer dich besuchen will? Das errätst du nicht. Unser Cheflektor, die Kollegin Rockstroh.“

Die Überraschung war ihm gelungen. „Die Rockstroh?“ fragte ich erregt. „Das kann doch nicht wahr sein. Was will sie von mir?“

„Sie will dich nur besuchen“, beruhigte mich Cantor. „Sie hat mich gebeten, sie anzumelden, aber nur, wenn es die Ärzte erlauben.“

„Mich besuchen?“ wiederholte ich Cantors Worte. „Da steckt doch irgend etwas dahinter. Ich habe keine Lust, mich mit ihr über Dorothea Ehrlich zu unterhalten. Und weshalb sollte sie sonst kommen?“

„Ich glaube nicht, daß sie mit dir über Dorothea Ehrlich

reden will", widersprach Cantor. „Es soll wirklich nur ein Krankenbesuch sein. Übrigens schätzt du sie falsch ein. Ich habe es auch getan."

„Wieso?" fragte ich erstaunt. „Hat sie mit dem ‚Cheflektor' ihr Wesen verändert?"

Cantor ging auf diese Frage nicht ein. „Sie hat kein einfaches Leben", sagte er. „Man muß so etwas wissen, ehe man einen Menschen verurteilt."

„Was weißt du von ihr? Erzähl doch."

„Ich habe versprochen, nur ganz kurz zu bleiben, die Schwester hat gesagt, du müßtest schlafen", wich er aus.

Ich wurde ungeduldig. „Ich kann den ganzen Tag schlafen. Nimm dir einen Stuhl. Wieso hat sie kein einfaches Leben?"

„Sie hat ein schwerkrankes Kind. Es ist zur Zeit in einem Heim, aber sie kümmert sich sehr darum."

„Woher weißt du das?" fragte ich erstaunt. „Von ihr?"

„Nein, von einer Frau, deren Kind in demselben Heim ist. Sie selbst spricht nicht darüber."

Merkwürdig, plötzlich stimmte das Bild von „der Rockstroh", das ich mir gemacht hatte, nicht mehr. „Weißt du, wer der Vater des Kindes ist?"

Cantor schüttelte den Kopf. „Sie hat viele Freunde gehabt. Meist nur kurze Zeit. Vielleicht sucht und findet sie nicht den Richtigen. Mit Baumgart, das hat ja auch nicht lange gedauert, aber das schien ernster zu sein. Dann hatte er plötzlich eine andere, eine aus dem Ballett, und mit ihr war es aus."

„Hat sie darunter gelitten?"

Cantor war aufgestanden und sah mich nachdenklich an. „Weiß man das?" fragte er. „Hast du darunter gelitten? War das der Grund, weshalb du …?"

„Einer der Gründe. Es gab viele. Aber es hat keinen Sinn, darüber nachzudenken, und vielleicht bilde ich mir manches auch nur ein."

Solche direkten und persönlichen Fragen lagen gar nicht in Cantors Art, und sie taten ihm schon wieder leid. Er machte sich Vorwürfe, daß er sie gestellt hatte. „Entschuldige“, sagte er verwirrt, „es ist ungehörig, dir solche Fragen zu stellen. Außerdem halte ich dich schon viel zu lange auf, die Schwester wird böse sein. Also ich kann der Kollegin Rockstroh sagen, daß sie dich besuchen darf? Sie meldet sich natürlich telefonisch an.“

„Du kannst es ihr sagen. Und wenn du mal wieder Zeit und Lust hast, kannst du mich auch besuchen.“

„Ja?“ fragte er und wurde rot. „Ich soll dich übrigens von allen grüßen, beinahe hätte ich das vergessen“, fügte er schnell hinzu, wahrscheinlich um seine Verlegenheit zu verbergen.

„Grüß sie bitte wieder“, trug ich ihm auf.

Als er gegangen war und Schwester Erika mich fragte, ob der Besuch mich nicht zu sehr angestrengt habe, antwortete ich: „Gar nicht, er hat mir sogar gutgetan. Ich fühle mich ausgezeichnet, Schwester Erika. Ich glaube, der Chef hat recht, ich bin über den Berg.“

Walter war ebenso erstaunt wie ich, als ich ihm erzählte, daß Rosemarie Rockstroh mich besuchen wolle.

„Und du möchtest sie sehen?“ fragte er.

„Natürlich“, antwortete ich, „ich bin neugierig, was sie von mir will.“

„Glaubst du, daß du dir das schon zutrauen kannst?“ wollte er wissen. „Es könnte dich aufregen.“

„Es wird mich nicht aufregen“, versicherte ich.

Walter schaute mich prüfend an.

„Du siehst bedeutend besser aus, Gerlind. Fühlst du dich auch besser?“

„Weit besser. Übrigens hat ein Kollege sie bei mir angekündigt. Carl Cantor.“

Im Ton des Arztes, der angeordnet hatte, daß mich niemand besuchen dürfe, fragte Walter: „Er hat dich besucht?“

Ich hatte einen Fehler gemacht. „Er war nur ganz kurz da“, bemühte ich mich, Schwester Erika in Schutz zu nehmen. „Dabei hat er mir ein paar Dinge von meiner Cheflektorin erzählt, die nicht uninteressant sind." Ich sagte Walter, was ich von Cantor gehört hatte.

„Hast du denn die Absicht, weiter im Verlag zu arbeiten?" erkundigte er sich.

„Du meinst, ob ich meine Absicht, selbst etwas zu schreiben, aufgegeben habe? Nein, aber vielleicht kann ich das mit der Arbeit im Verlag verbinden."

„Entschuldige", sagte Walter, „ich habe dir nichts mehr vorzuschreiben, aber ich muß fragen: Überlastest du dich dann nicht wieder?"

„Du brauchst dich nicht zu entschuldigen", antwortete ich und fühlte mich, mir selbst unerklärlich, plötzlich leicht und locker, „ich werde mich nicht überlasten, aber zum erstenmal verstehe ich wirklich, was ihr Ärzte mit Arbeitstherapie meint."

Annerose vertrat bei ihrem nächsten Besuch so offenkundig Walters Ansichten, daß sie sich abgesprochen haben mußten. „Ich weiß nicht, ob du Walters oder ob er deine Worte wiederholt", sagte ich, „aber es ist großartig, daß ihr euch so versteht."

Sie wurde verlegen, als habe ich sie bei etwas Verbotenem ertappt. Offenkundig war zwischen den beiden doch etwas mehr, als ich vermutet hatte, doch mich quälten diese Gedanken nicht mehr so wie vor kurzem. „Warum seid ihr eigentlich so dagegen, daß ich weiter im Verlag arbeite?"

„Weil es dich überfordert", antwortete Annerose, doch es klang nicht überzeugt. „Wir wollen beide dein Bestes, glaube mir." Diese Beteuerung war überflüssig, und sie paßte gar nicht zu Annerose.

„Ich glaube dir", nahm ich ihre Worte auf, „aber wer weiß schon, was für den anderen das Beste ist. Weiß man es selbst?"

Annerose schwieg betroffen. Sie war keine gute Heuchlerin. „Wenn du deine Absicht wahrmachen willst, das heißt, wenn du schriftstellerisch arbeiten willst ..., wäre es dann nicht das beste, wenn du zu Walter zurückkehrtest? Ich meine, wenn du wenigstens in euer Haus zurückkehrtest."

Einen Augenblick stutzte ich, dann begriff ich, daß sie meinem Verdacht durch diesen Vorschlag entgegentreten wollte. Sie untermauerte das noch, indem sie sagte: „Bei mir wäre es nicht ganz einfach mit solcher Arbeit."

„Natürlich", pflichtete ich ihr bei. „Ich habe weder die Absicht, bei dir noch bei Walter zu arbeiten."

„Und wo willst du hin?" fragte Annerose, jetzt echt besorgt. „Willst du zu ... zu Baumgart?"

„Nein, ich will auch nicht zu Baumgart."

„Was wird mit dir?" fragte Annerose ratlos. „Ich habe Angst um dich, Gerlind."

„Du brauchst keine Angst mehr um mich zu haben", beruhigte ich sie. „Ich habe mich entschieden zu leben."

Sie sah mich entsetzt an. „Zu leben?"

„Zu leben, neu zu beginnen", sagte ich. „Ja, manchmal war ich nahe dran, Schluß zu machen. Das ist vorbei. Ich bin mit mir ins reine gekommen."

Ich stand auf und machte mich nach langer Zeit wieder ein wenig zurecht, trug etwas Rouge auf, zog die Augenbrauen nach und fuhr mit der Puderquaste über das Gesicht. Ich wollte nicht elend aussehen, sie sollte mich nicht bemitleiden. Ich hasse Mitleid, weil es schon als Wort verlogen ist, wer leidet wirklich mit?

Mein Morgenrock gefiel mir nicht, er war zu auffallend, ich hatte ihn in der Zeit gekauft, als meine Affäre mit Baumgart begann. Aber das ließ sich jetzt nicht ändern, ich hatte keinen anderen hier.

Sie kam pünktlich auf die Minute.

„Frau Doktor Rosemarie Rockstroh", kündigte Schwester Erika sie an.

Sie sah gut aus: enge Jeans, eng anliegende Wildlederjacke, offene weiße Hemdbluse, die Haare streng zurückgekämmt. Eine schöne Frau. Früher einmal war sie mir penetrant und lederjackig vorgekommen. Hatte ich sie so anders gesehen, oder hatte sich ihr Aussehen verändert?

Sie wickelte die Blumen aus dem Papier, rote Rosen, wie

man sie nur schwer bekommt. „Einen herzlichen Gruß von Doktor Hausmann und den Kollegen", sagte sie beim Überreichen.

Ich dankte ihr und bat sie, Platz zu nehmen. Wir waren beide steif und gezwungen. Sie war die erste, die diese Steifheit durchbrach. „Bitte tun Sie mir den Gefallen, legen Sie sich wieder hin, sonst habe ich das Gefühl, ich müßte gleich wieder gehen, und das will ich nicht."

Ich legte mich, und sie zog sich den Stuhl an das Bett.

„Sie sehen überraschend gut aus, ich habe befürchtet, Sie in einem schlechteren Zustand zu finden. Sie haben uns wirklich Kummer gemacht, Kollegin Grenzer, nicht nur, weil Sie uns in der Arbeit sehr fehlen."

Ich hatte ihrem Geplauder zugehört, jetzt richtete ich mich auf. „Ich fehle in der Arbeit? Ich habe nicht den Eindruck gehabt. Bei meinem letzten Gespräch mit dem Chef hatte ich leider ein gegenteiliges Empfinden."

„Weil er nicht Ihrer Ansicht war bei der Beurteilung einer Autorin?"

„Nein, weil er es mir in einer Weise mitteilte, die ich bis dahin von ihm nicht gewohnt war. Er ging auch auf meine Argumente nicht ein, sondern vertröstete mich damit, daß Sie als Cheflektor das Gespräch mit mir fortsetzen würden."

„Ich bedaure sehr, daß wir dieses Gespräch nicht mehr führen konnten", sagte sie lebhaft, „es hätte Ihnen gezeigt, daß Ihre Empfindungen nicht den Tatsachen entsprechen. Was übrigens Ihren Schützling Dorothea Ehrlich anbelangt, so teile ich die Ansicht Doktor Hausmanns nicht."

Ich starrte sie erstaunt an. Ich war überzeugt gewesen, daß der Chef das mit ihr abgesprochen hatte. „Und welches ist Ihre Ansicht?" fragte ich.

Sie lächelte. „Ich freue mich, daß Sie schon wieder an unserem Verlagsgeschehen interessiert sind. Was ich von Dorothea Ehrlich halte, läßt sich nicht mit wenigen Worten erklären. Jedenfalls ist es notwendig, sich sehr ernsthaft mit ihr zu befassen."

„Sie lehnen sie also nicht ab?"

„Im Gegenteil, ich halte sie für eine echte Begabung. Unkonventionell, jung, fähig, Geschichten zu finden, die gesellschaftlich relevant sind."

„Haben Sie mit dem Chef darüber gesprochen?"

„Natürlich. Er ist Argumenten zugänglich."

„Ihren", sagte ich bitter, „meinen in letzter Zeit nicht mehr. Ich gehöre bereits zum alten Eisen."

„Das bilden Sie sich ein, Gerlind", wiedersprach sie, mich unwillkürlich mit meinem Vornamen anredend. „Man hat mir gesagt, daß es bei Ihnen so etwas wie Torschlußpanik gibt. Dazu haben Sie keine Veranlassung, weder durch Ihr Aussehen noch durch Ihre Arbeit. Der Chef schätzt Sie sehr, er hat mir aufgetragen, Ihnen das ausdrücklich zu versichern."

Ich verzog nur den Mund, aber sie ging sofort darauf ein.

„Sie sind skeptisch, das ist begreiflich, doch es ist so, wie ich Ihnen sage."

„Und deshalb sind Sie gekommen?"

„Ich drücke mich ungeschickt aus", meinte sie mit einem etwas unbeholfenen Versuch, mich umzustimmen. „Ich wäre auch ohne diesen ‚Auftrag' gekommen, weil ich mir schon lange vorgenommen hatte, mit Ihnen zu reden. Vielleicht ist das nicht der richtige Ort, aber er bietet sich an. Ob Sie mir glauben oder nicht, ich halte nämlich auch viel von Ihnen. Ich weiß, Sie haben etwas gegen mich, vom ersten Tage an, als ich in den Verlag kam. Widersprechen Sie nicht, es ist so. Sie sind auch nicht die einzige, die Mehrzahl der Kollegen mag mich nicht. Sicher hab ich durch mein Verhalten Anlaß zu dieser Einstellung gegeben, aber ich mußte mich irgendwie durchsetzen, besonders den älteren Kolleginnen und Kollegen gegenüber, von denen die meisten mich nicht für voll nahmen. Sie dachten wahrscheinlich wie Sie: Was hat die Junge uns zu sagen? Ich glaubte, mir durch Strenge Autorität verschaffen zu können, und zum Teil gelang mir das auch, aber auf Kosten von Vertrauen, das ich ebenso nötig, wenn nicht nötiger brauchte."

Ich hörte ihr verwundert zu und verstand nicht, was sie wollte. „Warum erzählen Sie mir das?" fragte ich.

Sie senkte den Kopf. Wahrscheinlich dachte sie, es sei zwecklos weiterzusprechen, dennoch fuhr sie fort: „Obwohl unsere Probleme anders geartet sind, kann man sie, glaube ich, trotzdem auf einen Nenner bringen: Wir beide sind Frauen und haben es deshalb doppelt schwer im Beruf und im Leben ... Aber ich langweile Sie mit meinem Geschwätz."

„Sie langweilen mich überhaupt nicht", widersprach ich, „solche Gedanken habe ich mir gerade in letzter Zeit oft gemacht. Aber wo ist der gemeinsame Nenner?"

„Sehr einfach", antwortete sie und rückte mit ihrem Stuhl näher. „Sie fürchteten, zum alten Eisen zu gehören, weil man einer Frau um Fünfzig schon nichts Großes mehr zutraut. Ich habe Widerstände zu überwinden, weil Vorurteile gegen Frauen in leitender Stellung weiter bestehen, und nicht nur bei Männer. Viele Frauen bemerken erst, daß auch sie solche Vorurteile verinnerlicht haben, wenn sie selbst davon betroffen werden."

„Und ich gehöre zu ihnen?"

Rosemarie Rockstroh nickte. „Wir alle gehören mehr oder minder dazu. Habe ich unrecht?"

„Wahrscheinlich nicht", erwiderte ich zögernd. „Aber Sie haben meine Frage noch nicht beantwortet. Warum erzählen Sie mir das?"

„Ich habe Ihre Frage beantwortet", hielt sie mir entgegen, „aber Sie sind darauf nicht eingegangen. Ich hatte die Hoffnung, daß ich mich manchmal, wenn ich mit Verlagsproblemen nicht fertig werde, auch an Sie wenden könnte. Verzeihen Sie, wenn ich mir da etwas eingebildet habe."

„Sie wollen sich mit Ihren Problemen an mich wenden?" fragte ich ungläubig.

„Finden Sie das so sonderbar?" antwortete sie. „Sie gehören zu den langjährigen Mitarbeitern des Verlages, sind mit ihm verbunden, Ihre Gutachten – in letzter Zeit die über Dorothea Ehrlich und über Karl Schulze – haben mir zu denken gegeben, auch wenn ich nicht immer mit Ihnen übereinstimme. Ihre Arbeit mit Heiner Baumgart hat sich, das ist die Meinung des ganzen Verlages, sehr positiv für Baumgart ausgewirkt. Ich habe viele Probleme, auch persönliche, mit denen ich keinen belästigen möchte, aber was den Verlag anbelangt – kann ich mich an Sie wenden, Gerlind?"

Mit welcher Angst hatte ich dem Gespräch mit „der Rockstroh" entgegengesehen, wenngleich Cantors Erwähnung ihres kranken Kindes meine Vorstellung von ihr bereits verändert hatte. Aber dieser „Krankenbesuch" stellte diese Vorstellung ganz auf den Kopf. Ich war nicht imstande, mich so schnell umzustellen. Sie wandte sich an mich, sie brauchte mich, was stimmte denn noch? In meinem Kopf wirbelte alles durcheinander. Plötzlich begann ich zu lachen.

Sie erschrak, wußte nicht, wie sie reagieren sollte, und sah mich ängstlich an. Sie überlegte bestimmt, ob sie die Schwester rufen müsse, da hatte ich mich schon wieder in der Gewalt.

„Sie brauchen sich keine Sorgen zu machen", beruhigte ich sie, „es geht mir gut. Es ist bloß so merkwürdig für mich, daß Sie, die ich für meine ärgste Widersacherin hielt, mich um meine Hilfe bitten. Aber es ist nicht ganz sicher, ob ich im Verlag bleiben werde, wenn ich wieder gesund bin. Ich habe nämlich die Absicht, selbst etwas zu schreiben."

„Das ist neu", sagte sie erstaunt, „aber ich könnte mir das gut vorstellen. Wissen Sie bereits, was Sie schreiben wollen?"

„Die Suche einer Frau in meinen Jahren nach sich selbst oder genauer, der Kurzschluß einer Frau in den Jahren des Übergangs."

„Ein Roman?"

„Ja."

„Ihre eigene Geschichte?"

„Ja. Ich kenne sie am besten. Anfängern rate ich immer dazu."

„Sie sind doch keine Anfängerin."

„Doch. Ich beginne, selbst zu schreiben. Ob ich damit zu Rande komme, weiß ich nicht."

„Ich bin überzeugt", sagte sie, „und ich wünsche es Ihnen. Aber können Sie das nicht verbinden? Das Schreiben und die Arbeit im Verlag?"

„Das habe ich auch schon überlegt", antwortete ich unschlüssig. „Mein Mann ... mein geschiedener Mann, dessen Patientin ich hier bin, befürchtet, daß es mich überfordert."

„Und wenn wir Ihnen helfen? Wenn wir Sie weitgehend unterstützen, Sie entlasten?"

„Das würden Sie?"

„Ich werde mit Doktor Hausmann sprechen. Ich bin überzeugt, daß er einverstanden ist, daß er sich über so eine Lösung sogar freuen wird."

„Sind Sie mir böse, wenn ich Sie bitte, mir ein paar Tage Zeit zum Überlegen zu lassen, Kollegin Rockstroh?"

Sie stand auf, stellte den Stuhl wieder an seinen Platz und trat ans Bett. „Überlegen Sie, solange Sie wollen, Gerlind. Jetzt hab ich Sie aber lange genug belästigt. Darf ich wiederkommen?"

„Wenn es Sie nicht zuviel Zeit kostet", sagte ich benommen.

„Viel Zeit hab ich nicht", bestätigte sie, „aber ich werde es einrichten. Übrigens, können wir nicht beim Vornamen bleiben, Gerlind? Ich heiße Rosemarie."

„Danke, Rosemarie."

Es dauerte einige Tage, ehe ich mit den Gedanken, die auf mich einstürmten, den Gefühlen und Eindrücken widersprüchlichster Art, fertig werden konnte. Mitunter schien mir, als sei der Besuch ein Erzeugnis meiner Phantasie, als hätte ich ihn nur geträumt, als würde ich gleich aufwachen und hören, daß sie gar nicht hiergewesen sei. Dann versuchte ich, mir unser Gespräch ins Gedächtnis zurückzurufen. Sie hatte mich nicht nur besucht, sie hatte mir gesagt, daß sie meine Gutachten über Dorothea Ehrlich und Karl Schulze richtig finde, daß meine Lektoratsarbeit geschätzt werde. Sie hatte mich aufgemuntert zu schreiben und mir die Hilfe des Verlages zugesichert, damit ich eigene Arbeit und Verlagsarbeit bewältige. Sie hatte mir schließlich sogar angeboten, sie beim Vornamen zu nennen. Das seltsamste aber war gewesen, daß sie unsere Probleme auf einen gemeinsamen Nenner zu bringen versuchte, der viel mit dem zu tun hatte, was den Sinngehalt meines Romas ausmachen sollte.

Als ich Walter von Rosemarie Rockstroh erzählte, warnte er: „Du bist doch keine schlechte Menschenkennerin, Gerlind. So sehr kannst du dich doch in ihr nicht geirrt haben. Ist es nicht möglich, daß allein die Tatsache ihres Besuchs dich zu dieser Übertreibung veranlaßt hat?"

„Ich habe nicht übertrieben", wehrte ich mich. „Ich habe dir alles so erzählt, wie es war."

Er blieb skeptisch, widersprach aber nicht mehr. –

Annerose versuchte, mehr aus mir herauszubekommen, und war enttäuscht, daß ihr das nicht gelang.

„Worauf führst du die Umstellung bei Frau Rockstroh zurück?" fragte sie, nachdem sie sich alles von mir noch einmal erzählen ließ, obwohl ich überzeugt war, daß Walter sie bereits informiert hatte.

„Vielleicht war es gar keine Umstellung, vielleicht habe ich sie nur falsch gesehen", antwortete ich. „Vielleicht genügte es damals schon, daß man sie, die Junge, zur Cheflektorin machte."

„Und du bist entschlossen, weiter im Verlag zu arbeiten und gleichzeitig deinen Roman zu schreiben? Fest entschlossen?"

Statt einer Antwort zeigte ich ihr einen Brief, den ich von Dr. Hausmann erhalten hatte. „Lies", forderte ich sie auf.

Der Chef teilte mir darin mit, daß Kollegin Dr. Rockstroh ihm von dem Gespräch, das sie mit mir geführt hatte, berichtet habe und er wie sie überzeugt sei, daß ich schöpferisch zu arbeiten fähig sei. Er halte das Grundthema, das ich angedeutet hätte, für durchaus aktuell und nützlich, es komme selbstverständlich darauf an, wie und in welcher Form es gestaltet würde, darüber müsse man sich unterhalten. Von eigenem Erleben auszugehen sei bei einem Erstlingsbuch angebracht, er gehe da mit mir konform. „Jedenfalls werden wir uns bemühen, Ihnen bei Ihrem Vorhaben behilflich zu sein, Kollegin Grenzer, und Sie, soweit es möglich ist, von Ihrer Verlagsarbeit zu entlasten, damit Sie daran arbeiten können", schloß er.

„Kennt Walter diesen Brief schon?" fragte Annerose und reichte ihn mir zurück.

„Er wurde mir erst kurz, ehe du kamst, gebracht", antwortete ich. Ich hatte erwartet, daß sie sich mit mir freuen werde, aber sie war im Leben keine gute Schauspielerin, darum sagte sie etwas gezwungen: „Ich wünsche dir Glück, Gerlind. Hoffentlich erweisen sich Walters Befürchtungen als grundlos."

„Daß ich Verlagsarbeit und Schreiben nicht schaffe?"

„Ja, daß du dir zuviel zumutest."

Sie hatte etwas gegen meine Doppelarbeit, und erst im Laufe des Gesprächs erriet ich den Grund. Sie fürchtete, daß ich mich trotz gegenseitiger Versicherung viel mehr in ihrer Wohnung aufhalten, daß ich dort arbeiten würde. Ich verstand das gut, wußte nur nicht, wie ich dieses Problem, wenn ich aus dem Krankenhaus kam, lösen sollte. Daß sie meine häufige Anwesenheit in ihrer Wohnung darum fürchtete, weil Walter sie in der Zeit meiner Krankheit hie und da besucht hatte und sie dann nicht mehr besuchen würde, wußte ich nicht.

Die Frage, wie ich zu einer Bleibe komme, da ich weder zu Walter noch zu Annerose ziehen wollte, machte mir zunehmend Sorgen. Ohne mir Hilfe zu versprechen, erzählte ich Rosemarie Rockstroh bei ihrem nächsten Besuch von meinem Wohnungsproblem. „Es ist schwer, über Zukunftspläne zu sprechen, wenn man nicht weiß, ob man morgen ein Dach über dem Kopf haben wird", sagte ich hilflos. Natürlich hatte ich nach meiner Scheidung Anrecht auf Wohnraum, aber ich wußte, wie lange so etwas dauerte.

„Ich könnte Ihnen da vielleicht mit einer Übergangslösung behilflich sein", sagte Rosemarie Rockstroh zu meiner Überraschung. „Ich besitze ein Wochenendhäuschen in Eichwalde. Klein, ziemlich primitiv, aber heizbar. Außerdem hat es den Vorteil, mit der S-Bahn erreichbar zu sein. Um diese Zeit wohnt da niemand. Sie könnten dort ungestört arbeiten. Ein weiterer Vorteil, in der Nähe gibt es eine Gaststätte, wo man essen kann."

Völlig überrumpelt sagte ich, das könne ich doch nicht annehmen. Mein Einwand schien sie zu verärgern. „Warum nicht?" fragte sie und war wieder die Rockstroh, wie ich sie von früher in Erinnerung hatte. „Haben Sie einen Grund, oder ‚genieren' Sie sich? Das nehme ich Ihnen nicht ab."

So sagte ich mit Dank zu. Für Annerose und Walter war die Lösung die beste, obwohl sie mir anfänglich beide abrieten und Annerose sogar noch einmal auf Walters Vorschlag zurückkam, das Haus in Niederschönhausen zu teilen. Wäre ich ihrem Vorschlag gefolgt, wäre möglicherweise manches anders gekommen. Sie wußte das, und ich rechne es ihr hoch an, daß sie Walters Vorschlag noch einmal ins Spiel brachte, auch wenn sie sicher hoffte, daß ich ablehnen würde. Wir kamen überein, daß ich nach meiner Entlassung aus dem Krankenhaus für zwei bis drei Tage nochmals zu ihr ziehe, um die Sachen, die noch in ihrer Wohnung waren, zu ordnen und zu verpacken.

Der letzte Krankenbesuch, ehe ich die Klinik verließ, war der von Carl Cantor. Er war wie beim erstenmal gut angezogen, rasiert und gekämmt und brachte mir eine Strelitzie mit, eine eigenartige Pflanze, von der er sagte, daß er sie selbst gezogen habe. Es kam mir seltsam vor, daß man in einer Stadtwohnung solche Pflanzen ziehen könne, aber als ich ihn später besuchte, sah ich, mit welchem Geschick und mit welcher Liebe er das tat.

Cantor kam mit dem Vorsatz, mich davon abzubringen, „... unter die Autoren zu gehen". Durch Rosemarie Rockstroh hatte er zuerst von meinen Plänen erfahren.

Ich mußte lachen, es klang wie „unter die Wölfe zu gehen".

„Du bist eine gute Lektorin", sagte er, „warum willst du eine schlechte Schriftstellerin werden?"

„Du schließt aus, daß ich eine gute werde?"

„Ich schließe es nicht aus, aber es ist nicht sicher. Von der Lektorin weiß ich, daß sie gut ist." Er wunderte sich, daß unsere Cheflektorin mir zugeraten hatte, einen Roman über das eigene Leben zu schreiben. „Das ist natürlich in vieler Hinsicht einfacher, als selbst eine tragfähige Geschichte zu finden, doch es hat auch seine Tücken, weil man im eigenen Leben zwischen Wichtigem, Verallgemeinerungsfähigem und Unwichtigem oft nicht unterscheiden kann."

Ich gab das ohne weiteres zu, aber ich sagte, ich wolle es riskieren.

Er sah ein, daß er mich von meinem Entschluß nicht abbringen konnte, und forderte mich auf, ihm etwas über den Inhalt, die Absicht meines Romans zu erzählen. Er liebte es sonst nicht, unfertige Manuskripte zu lesen, um so unverständlicher war es für mich, daß er die Geschichte meines Romans hören wollte. „Du kennst doch mein Leben, wenigstens in großen Zügen", sagte ich.

„Dein Leben ist das eine, und die Auswahl, die du triffst, ist das andere", meinte er.

„Die kenne ich selbst noch nicht", antwortete ich kleinlaut, „im großen ja, aber nicht in Einzelheiten. Ich glaube, das kommt beim Schreiben."

„Aber Gerlind", wies er mich zurecht, „muß ich das Lob, das ich dir vorhin als Lektorin erteilte, zurücknehmen? Du mußt doch, ehe du zu schreiben anfängst, wissen, was du willst, also mußt du wissen, welche Auswahl du unter dem vielen, das sich in deinem Leben ereignete, triffst."

Er hatte natürlich recht, aber mich ärgerte die Art, in der

er mich tadelte. „Du sprichst, als ob du mein Lektor werden solltest", sagte ich mit einem Versuch zu scherzen.

Er blieb ernst. „Würdest du damit einverstanden sein?"

Ich fühlte, daß hinter seinen Worten mehr steckte als die bloße Frage. „Würdest du es machen?" beantwortete ich sie mit einer Gegenfrage. Ich wußte selbst nicht, ob ich wünschte, daß er mit ja oder mit nein antwortete.

„Der Chef hat mir dieselbe Frage gestellt", erwiderte Cantor verlegen, „und ich habe mit ja geantwortet."

Man hatte sich also, ohne mich zu fragen, geeinigt.

„Ist es nicht zu früh, darüber jetzt schon Entscheidungen zu treffen?" wandte ich ein. „Es ist doch noch gar nichts spruchreif."

Cantor, viel zu sensibel, um meine Unentschiedenheit, mein Zögern nicht wahrzunehmen, schien verletzt. „Ich möchte mich dir natürlich nicht aufdrängen", sagte er.

Ich hatte ihn nicht kränken wollen. „Von ‚aufdrängen' ist gar keine Rede", besänftigte ich ihn darum, „aber so weit bin ich noch nicht."

„Hausmann meinte, daß es gut wäre, wenn ich dir von Anfang an zur Seite stünde, er sagte: ‚dich betreuen würde'. Wenn du natürlich anderer Meinung bist ..."

„Aber nein", fiel ich ihm ins Wort, „ich finde es großartig von ihm und auch von dir – es kommt nur ein wenig überraschend."

Ich sah gar keine Möglichkeit mehr auszuweichen und wollte es sicher auch nicht, so erzählte ich Cantor, wie ich mir die Fabel ungefähr vorstellte. Er ließ mich reden, ohne mich zu unterbrechen. Dieses laute Erzählen von Gedachtem, das sich in Wochen, Tagen, Nächten in mir angesammelt hatte, war gar keine schlechte Methode, weiterzukommen. Vieles ordnete, verknüpfte sich während des Sprechens, anderes mußte ich auslassen, weil es sich als ungeeignet im Gesamtzusammenhang erwies.

Cantor folgte mir aufmerksam, dann erst äußerte er sich. Das anschließende Gespräch wurde von beiden Seiten sehr lebhaft geführt, mit der Absicht, den anderen zu überzeugen. Ich: im Detail die psychologische Motivation erkennen zu lassen; er: den übergeordneten Zweck des Romans immer im Auge zu behalten. Heute weiß ich, daß es ein wichtiges und nützliches Gespräch war, das mir half, eigene Wege zu finden, allerdings störte mich Cantors „Germanistendeutsch“, das ich erstmalig so in Verbindung mit mir kennenlernte und über das ich später oft genug spottete. Es hinderte mich manchmal, zum Kern seiner Gedanken, Einwände und Vorschläge vorzustoßen. In dem Brief den er mir unmittelbar nach unserem Gespräch schrieb, wird das meiner Ansicht nach besonders deutlich. Ich möchte eine Stelle des Briefes wiedergeben, die den Eindruck des ganzen vermittelt. Nachdem er mir in dem Brief ziemlich breit versicherte, daß dieser Roman ein Thema von großer Aktualitität und Allgemeingültigkeit enthalte, schrieb er: „... neuro-physiologische Krisen bei Frauen dieses Alters, Kurzschlußsituationen, sexuelle Eskapaden, Ehescheidung, dann Freitodgedanken, berufliche Differenzen unter Leuten, die wichtige literarische Entscheidungen treffen und selbst mit dem Schreiben beginnen (schreiben ist ja nicht nur Selbstzweck) für Zehntausende Leser – solcherart Vorgänge und Entwicklungen wollen eben tief ausgelotet, also überzeugend-glaubhaft motiviert und begründet werden, angemessen gesellschaftlich relevant.“

Solche globalen Feststellungen waren zwar richtig, aber sie halfen mir anfangs wenig, und erst in der späteren Zusammenarbeit lernte ich Cantors Hilfe schätzen, wenn auch manchmal nur widerwillig.

Der Übergang vom Krankenhaus zum normalen Leben fiel mir schwer. Als ich mich von Dr. Konzelmann, Schwester Erika und zwei jüngeren Schwestern verabschiedete und ins Taxi stieg, das Annerose bestellt hatte, wurde mir erst ganz bewußt, wie sehr ich in der Luft hing. Ich konnte und wollte weder zu Annerose noch zu Walter, von Heiner Baumgart ganz zu schweigen. Nachdem ich noch im Krankenhaus erfahren hatte, daß er bereits wieder ein Verhältnis, diesmal mit einer Ärztin, hatte, ließ ich ihm durch Dr. Konzelmann mitteilen, daß ich keine Besuche empfangen dürfe. Dabei dachte ich ohne Kummer, ohne Erbitterung an ihn. Diese Geschichte lag endlos weit hinter mir. Was er von mir brauchte, war meine Arbeit als Lektorin, und dazu war ich bereit, wenn ich wieder wie früher im Verlag arbeitete.

„Ohne ein eigenes Dach über dem Kopf", hatte Mutter immer gesagt, „hat man auch keinen Boden unter den Füßen." Jetzt war ich in der gleichen Lage.

Auch wir, Walter und ich, hatten es nicht gerade leicht gehabt, ich entsinne mich noch des Glücksgefühls, als wir die Neubauwohnung zugewiesen bekamen und sie später gegen das Haus in Niederschönhausen tauschen konnten.

Ich machte mir nichts vor. Für mich allein auch nur eine Einzimmerwohnung zu finden, war, obwohl bei uns viel gebaut wurde, äußerst schwierig, wenn nicht unmöglich.

Annerose erzählte ich nichts von meinen Sorgen, wozu, sie hätte mir nur erneut raten können, zu Walter zu ziehen. Wahrscheinlich war sie froh, daß ich nicht darüber sprach.

Ich nahm mir vor, mich nicht unterkriegen zu lassen, mich in dem Wochenendhaus ganz auf meine Arbeit zu konzentrieren, alles andere mußte sich finden.

Walter, der bei meiner Entlassung aus dem Krankenhaus nicht dabeisein konnte, besuchte mich abends in Anneroses Wohnung. Er und Annerose bemühten sich, vor mir keine gegenseitigen Vertraulichkeiten zu zeigen, und gerade diese Bemühungen waren es, die bewirkten, was sie vermeiden wollten. Was diesen Eindruck verstärkte, war die Selbstverständlichkeit, mit der Walter sich in Anneroses Wohnung bewegte, mit der er Geschirr aus der Anrichte holte, mit der er wußte, wo die Getränke standen. Ich tat, als fände ich das alles ebenso selbstverständlich, aber ich ärgerte mich über das Theater, das die beiden vor mir spielten. Dazu bestand keine Veranlassung. Oder gab es doch eine Veranlassung, wußten beide, wie mir zumute war?

Walter blieb zum Abendbrot da, wir aßen, tranken, stießen miteinander an, aber wir waren alle drei mit unseren Gedanken nicht dabei. Die Unterhaltung lief schwer an und kam nur schleppend voran.

Walter war enttäuscht, daß ich keines der Themen, für die er mich zu interessieren versucht hatte, in meinem Roman aufgreifen wollte. Dagegen, daß ich über mein Leben schreibe, hatte er offensichtlich Bedenken, die er hinter dem Einwand, daß man sich selbst gegenüber nie objektiv sein könne, verbarg.

Als ich sagte, ich hätte gar nicht die Absicht, objektiv zu sein, schien er betroffen.

Ich machte ihn darauf aufmerksam, daß ich in meinem Roman von Gesichtspunkten ausgehen wollte, die sehr viel mit seinem Fachgebiet, mit Neurosen und ihren Ursachen, zu tun hätten. Er ging nicht darauf ein, war zerstreut und hörte mir kaum zu. Er verabschiedete sich auch bald und forderte mich auf, falls ich mich nicht wohl fühle, mich sofort bei ihm oder im Krankenhaus zu melden.

„Das werde ich tun", versprach ich, „aber ich glaube nicht, daß es nötig sein wird." Ich behauptete, es gehe mir blendend, es sei nichts zu befürchten, und schlug wieder einmal einen zu euphorischen Ton an, um nicht zu zeigen, wie mir zumute war.

Beim Abschied wollte Walter mir wie früher einen Kuß geben, besann sich aber und schüttelte mir nur die Hand.

„Ist er mir böse?" fragte ich Annerose, als er gegangen war.

„Warum soll er dir böse sein?"

„Weil ich einen Roman über mein Leben schreiben will und er darin ja auch keine unwesentliche Rolle gespielt hat."

„Er ist nicht böse", antwortete Annerose unsicher, „er ist überzeugt, daß du keine geschmacklosen Indiskretionen begehen wirst."

„Und wenn ich das täte?"

„Das nehme ich dir nicht ab", erwiderte sie.

Ich weiß nicht, warum ihre Antwort mich provozierte.

„Du denkst sehr gut von mir“, sagte ich ironisch, „bist du überzeugt, daß ich ebenso gut über dich denke?“

Sie sah mich voll an. „Ich weiß nicht, warum du anders über mich denken solltest“, sagte sie ruhig.

Hatte ich ihr, hatte ich beiden unrecht getan? Ich wußte es nicht, einiges sprach dagegen, anderes dafür. Immer wieder verlor ich die Beherrschung, immer wieder überkam mich diese plötzliche Aggressivität. „Du hast recht“, sagte ich, „warum sollte ich anders über dich denken. Verzeih mir.“

Sie tat, als habe sie meine Worte nicht ernst genommen, als seien sie Resultat einer Krise, die ich noch nicht ganz überwunden hatte. Aber sie hatte sie ernst genommen, das wurde mir erst viel später bewußt.

Ein Wagen des Verlages holte mich ab und brachte mich nach Eichwalde. Der Fahrer entschuldigte Rosemarie Rockstroh, vor der er großen Respekt zu haben schien. Sie hätte mich selbst abholen wollen, es sei aber etwas dazwischengekommen. „Sie hat mir aufgetragen, Ihnen alles zu zeigen, Kollegin Grenzer, ich kenne mich dort gut aus. Sie will versuchen, morgen mal rauszuflitzen.“

Annerose hatte für mich, ehe sie zur Arbeit fuhr, eingekauft, „damit du nicht gleich einholen mußt und dich erst einmal umsehen kannst, wo da der Laden ist“.

Das Wochenendhaus war weder so klein noch so primitiv, wie Rosemarie Rockstroh es geschildert hatte. Ein größerer Raum, eine kleine Kammer, eine Miniküche mit anschließender Duschecke, die wahrscheinlich von der Küche abgetrennt worden war. Die Einrichtung einfach, aber geschmackvoll, und das wichtigste für mich: ein Schreibtisch. Was wollte ich mehr. Der Fahrer schaltete einen elektrischen Ofen an, der in wenigen Minuten Wärme verbreitete. „Klo is leider draußen“, sagte der Mann, „kommen Sie, ich zeig's Ihnen.“ Das war nicht angenehm, aber es ließ sich ertragen.

Der Garten war verwahrlost, nur einige Beete waren bepflanzt. „Is keiner da, der was macht", erklärte der Fahrer, der meinem Blick gefolgt war. „Sie kommt nicht dazu, keine Zeit. Ich helfe ihr manchmal, aber ich hab schließlich auch Familie. Wenn Sie ein gutes Werk tun wollen, Kollegin Grenzer, machen Sie sich hier mal nützlich. So als Ausgleich. Hacke, Spaten und alles, was dazugehört, finden Sie im Schuppen, gleich um die Ecke."

Er gab mir noch verschiedene Hinweise und Ratschläge, zeigte mir die Richtung, wo sich die Gaststätte befand, „aber sie ist nicht jeden Tag geöffnet, steht draußen dran", und verabschiedete sich.

Ich blickte dem Wagen nach, bis er verschwand, dann ging ich ins Haus und setzte mich auf einen der schmalen, nicht sehr bequemen Stühle. Lange starrte ich vor mich hin ins Leere, ich weiß nicht mehr, wie lange. Ein Gefühl von Einsamkeit überfiel mich, das ich bis dahin nicht gekannt hatte. Für Kinder der Jugendhilfe gibt es bei der Einweisung den Ausdruck „familiengelöst". Das ist nicht nur eine Bezeichnung, damit wird das Wesen des Kindes gekennzeichnet, seine seelische Verfassung. Jetzt begriff ich, was man darunter versteht. War ich jetzt nicht auch „familiengelöst"? Bei den Kindern hatte es oft gar keine Familie im eigentlichen Sinne gegeben, ich hatte eine gehabt, es gab sie nicht mehr.

Meine Tochter befand sich seit einigen Monaten auf einer Auslandstournee, das war in den Zeitungen zu lesen. Ob sie überhaupt wußte, daß ich krank war? fragte ich mich. Ich vermutete, daß Annerose mit ihr in Verbindung stehe, sie sprach mit mir nicht darüber, und ich hatte Hemmungen zu fragen. Erst viel später erfuhr ich, daß Anette sich in jedem Brief nach meinem Befinden erkundigte. Daß Anette Gudrun in der Zeit während der Tournee zu einer Verwandten Fallières gegeben hatte, hörte ich durch einen Zufall. Annerose besuchte sie dort ab und zu und holte sie über das Wochenende, so oft sie konnte, zu sich. Als ich Annerose fragte, ob das stimme, gab sie es sofort zu, sie hätte gefürchtet, es würde mich aufregen, wenn ich es erführe. Wenn Annerose über das Kind sprach, hörte ich immer einen leisen Vorwurf bei ihr heraus. Sie war zwar wie ich der Ansicht, daß man von der heutigen Großmutter nicht dasselbe verlangen dürfe wie von der Oma von einst, die nichts anderes zu tun gehabt hatte, als für die Familie, die Enkel dazusein, aber sie fand mich zu prinzipiell. „Das Sein ändert sich eben schneller als das Bewußtsein ... man muß Kompromisse schließen ... man muß von Fall zu Fall entscheiden." Sie hatte nie vor so einer Entscheidungssituation gestanden.

Ich stand auf und öffnete das Fenster, die Luft tat mir wohl. Draußen war es still, selbst im Krankenhaus war es nie so still gewesen. Ich begann die beiden Koffer auszupacken, das andere Gepäck hatte ich bei Annerose auf dem Boden gelassen. Die wenigen Kleider hängte ich in den Schrank, die Bücher stellte ich zu anderen auf ein Bücherbord, wo es noch Platz gab, Papier, Kugelschreiber, Schreibmaschine verstaute ich auf dem Schreibtisch, wie ich es gewohnt war. Nun konnte die Arbeit beginnen.

Aber die Gedanken ließen sich nicht einordnen wie die Gegenstände, die ich ausgepackt hatte. Sie machten sich selbständig, sträubten sich gegen den Zwang vorgegebener Vorstellungen, ließen mich an meiner Konzeption, die mir gestern noch gut schien, zweifeln. Ging ich chronologisch vor, mußte ich Rosemarie Rockstroh zum Beispiel so charakterisieren, wie ich sie anfänglich gesehen hatte. Ich mußte mein heutiges Wissen also zunächst vergessen, da es mich nur belastete. Gleichzeitig aber mußte ich um die Möglichkeit einer Veränderung ihres Charakters wissen, dieses Wissen mußte im Unterbewußtsein vorhanden sein, um das spätere Geschehen glaubhaft zu machen. Ein komplizierter Vorgang, über den ich mir bislang kaum Gedanken gemacht hatte. Annerose hatte, als sie noch Schauspielerin war, einmal gesagt, ein Schauspieler müsse stets in- und außerhalb der Rolle stehen. War dieser Zustand dem des Schriftstellers beim Schreiben nicht wesensverwandt? Es war nützlich, so etwas nicht nur als Lektor, sondern vom

Standpunkt des Autors einmal zu durchdenken, nicht nur vom Theoretischen, sondern auch vom Praktischen her. Cantor hatte unrecht, wenn er forderte, ein Lektor solle nicht selbst schreiben.

Meine Gedanken verweilten bei Cantor, der von nun ab nicht nur mein Kollege, sondern auch mein Lektor sein sollte, bei einem Roman, den ich noch nicht einmal richtig begonnen hatte. Hätte ich die Wahl gehabt, ich weiß nicht, ob ich ihn gewählt hätte. Dennoch war er wahrscheinlich der Richtige mit seiner pingeligen Art und seinen Ansprüchen. Er ließ nichts durchgehen, das war unbequem, aber mitunter notwendig.

Ich mußte lächeln, wenn ich an sein Äußeres dachte, als er mich besuchte. An die Blumen, besonders an die Strelitzie, die er selbst gezogen hatte. Er schien Blumen zu lieben, das hätte ich nicht gedacht. Er wollte mich in Eichwalde besuchen, wenn ich mit der Arbeit vorangekommen war.

Sonst erwartete ich niemand hier. Ich hatte Walter und Annerose ausdrücklich gebeten, nicht zu kommen.

Morgen wollte Rosemarie Rockstroh „rausflitzen", aber sie war ja die Wirtin. An die veränderten Umstände unserer Beziehungen konnte ich mich noch immer nicht gewöhnen. Was war sie für ein Mensch? Einiges wußte ich nun über sie, viel zuwenig jedoch, um sich von einem Menschen ein Bild zu machen.

Wo kam sie eigentlich her, wer waren ihre Eltern, wer war der Mann, von dem sie das Kind hatte? Was hatte den Umschwung bei ihr ausgelöst, denn einen Umschwung hatte es in ihrem Verhalten zu mir gegeben. Ich hatte mit Baumgart Schluß gemacht. War es das, was sie für mich einnahm? Waren es wirklich die Gutachten über Dorothea Ehrlich und Karl Schulze, die ihr zu denken gegeben hatten? Ich war neugierig auf sie, sehr neugierig.

Der nächste Tag begann trübe, die Sonne versteckte sich hinter grauen Wolkenfetzen, ein feiner Nieselregen stäubte vom frühen Morgen an Garten und Haus, Straße und Menschen ein. Ich duschte, zwang mich, eine Kleinigkeit zu essen, machte einen Spaziergang, bei dem Regen nicht gerade erfreulich, und setzte mich an die Maschine. Das frisch eingespannte Papier starrte mich frech und höhnisch an, na, nun zeig, was du kannst. Es blieb rein und weiß, mein Kopf gab einfach nichts her. Der erlösende Einfall endlich waren die Notizen, die ich mir handschriftlich gemacht hatte. Ich begann sie abzuschreiben, arbeitete bis Mittag, immer nach draußen horchend, ob da nicht ein Auto vorfahre. Natürlich würde sie erst nachmittags kommen oder gegen Abend, wie konnte ich so dumm sein, sie früher zu erwarten. Ich beschloß, essen zu gehen, obwohl ich kaum Hunger verspürte, aber es würde eine Abwechslung bedeuten in meinem monotonen Tagesablauf.

Die Gaststätte lag keine zehn Minuten entfernt, sie machte einen gepflegten Eindruck, aber ich hatte natürlich den Schließtag erwischt. Das war weiter nicht schlimm, ich wußte nun, wann sie geöffnet war und wann sie schloß. Annerose hatte mir genügend zu essen mitgegeben, daß ich mir auch über mehrere Tage hinweghelfen konnte.

Der Regen hatte aufgehört, und die Luft roch wunderbar rein und frisch. Ich atmete sie in vollen Zügen ein und begann mich wohler zu fühlen. Schon eine ganze Weile hatte ich Schritte hinter mir gehört, ihnen aber keine Beachtung geschenkt. Plötzlich waren sie neben mir. Der alte Herr, der mich eingeholt hatte, mußte sich anstrengen, mit mir Schritt zu halten. Er schien etwas mit den Bronchien zu haben, denn seiner Brust entrang sich bei jedem Atemstoß ein leises, rasselndes Geräusch.

„Verzeihen Sie bitte", sprach er mich an, „mein Name ist Staimar, Doktor Max Staimar. Ich habe Sie vorhin aus dem Hause der jungen Frau kommen sehen, die seit zwei Jahren in unserer Nachbarschaft wohnt. Können Sie mir sagen, was mit dem Kind ist? Ich bin nämlich Arzt, vielmehr, ich war es, aber ich interessiere mich für das arme Wurm."

„Ich kenne die Besitzerin des Häuschens, Frau Doktor

Rockstroh, auch nur flüchtig", antwortete ich, „Sie hat mir gestattet, eine Zeitlang bei ihr zu arbeiten. Das Kind habe ich noch nie gesehen. Ich habe nur gehört, daß es eine Gehirnhautentzündung hatte."

„Eine Meningitis?" fragte der Arzt kopfschüttelnd. „Wissen Sie das sicher?"

„Sicher weiß ich es nicht, ich sagte ja, ich kenne das Kind nicht. Vermuten Sie etwas anderes?"

„Es wäre leichtfertig, etwas zu vermuten", verwahrte sich der Arzt, „ohne die Krankengeschichte zu kennen oder das Kind untersucht zu haben. Aber sagen Sie der jungen Frau, wenn sie einmal Hilfe braucht, ich wohne dort drüben in dem gelben Haus. Ich bin zwar kein Kinderarzt, aber ehe sie einen Kollegen holen kann ... Sie kann sich jederzeit an mich wenden."

Ich dankte Dr. Staimar, der sich so freundlich zur Verfügung stellte, und versprach, Frau Dr. Rockstroh sofort von seinem Angebot mitzuteilen. „Sie wollte heute im Laufe des Tages kommen", fügte ich noch hinzu, „aber wahrscheinlich ohne Kind. Das Kind ist, wie ich gehört habe, in einem Heim."

Dr. Staimar nickte, offensichtlich wußte er Bescheid. Er war überhaupt besser über seine Nachbarin informiert, als es anfänglich schien. Er versuchte das Gespräch mit mir weiterzuführen, wollte wissen, welcher Art meine Arbeit sei, ob ich im Verlag tätig sei, als Lektorin zu tun habe oder schriftstellerisch arbeite. Ich nahm ihm seine Neugier nicht übel, sie war verständlich bei einem Menschen, der früher wahrscheinlich sehr aktiv gewesen war und dem die Untätigkeit, verursacht durch Alter und Krankheit, zu schaffen machte. Aber ich hatte keine Lust, seine Neugier zu befriedigen oder nachbarliche Beziehungen zu pflegen, darum antwortete ich höflich, aber knapp und einsilbig und entschuldigte mich schließlich, weil ich an die Arbeit müsse.

Ich begann wieder meine Notizen abzutippen, aber meine Gedanken kehrten immer wieder zu dem kranken Kind und zu Rosemarie Rockstroh zurück, und ich bedauerte, das Gespräch mit dem alten Arzt abgebrochen und nicht versucht zu haben, mehr zu erfahren. Da er beobachtet hatte, daß ich aus dem Hause komme, mußte er auch gesehen haben, wer sonst bei ihr aus und ein ging. Aber was ging mich das eigentlich an? Eben noch hatte mich die Neugier des alten Arztes gestört, und nun war ich ebenso neugierig. Ist Neugier bei einem Schriftsteller nicht etwas Wichtiges, Notwendiges? Noch bist du keine Schriftstellerin, antwortete ich mir selbst, mach dir nichts vor, Gerlind. Du bist neugierig, weil dir diese Frau ein Rätsel ist, weil dein psychologisches Einfühlungsvermögen bei ihr versagt. Heiner Baumgart hatte sie auch falsch beurteilt, und er mußte sie doch besser gekannt haben.

Ich hatte sie eigentlich schon nicht mehr erwartet, als sie endlich vorfuhr.

Sie entschuldigte sich: Arbeitsbesprechungen, Autoren, sie habe es einfach nicht früher geschafft.

Sie fragte, ob ich einigermaßen zurechtgekommen sei, ob ich irgend etwas brauchte, ich könne es ruhig sagen, ob ich in der Gaststätte gewesen sei. Als sie hörte, daß sie Schließtag habe, wollte sie wissen, ob ich etwas gegessen hätte. Meiner zögernden Antwort entnahm sie wahrscheinlich, daß es damit nicht weit her sein könne, denn sie eilte in die Küche, setzte Teewasser auf, deckte den Tisch, packte aus, was sie mitgebracht hatte, Käse, Wurst, stellte Brot und Butter hin, die sie im Kühlschrank fand, und sagte: „So, jetzt essen wir erst mal richtig, ich bin nämlich auch noch nicht dazu gekommen."

Ich bewunderte ihre schnellen, energischen Bewegungen und kämpfte vergeblich gegen ein Gefühl von Neid. Fünfzehn Jahre sind eben fünfzehn Jahre. Dabei mußte sie einen langen Arbeitstag hinter sich gehabt haben.

Sie erriet meine Gedanken, denn sie sagte entschuldigend: „Nicht böse sein, Gerlind, ich bin eben hier zu Hause, und Sie müssen sich erst einleben. Das nächstemal rühre ich nichts an." Sie hatte sogar eine Flasche Kognak mitgebracht und fragte, ob ich Kognak trinke.

„Ich schon", antwortete ich, „aber Sie müssen fahren."

Sie lachte und behauptete, ein, zwei Gläschen würden nichts ausmachen. Sie habe ja nicht die Absicht, gleich wieder loszufahren, und in zwei Stunden merke man nichts mehr.

Plötzlich hatte ich Hunger, aß mit Appetit, ich hatte nicht gewußt, was es ausmacht, beim Essen nicht allein zu sein.

Sie stieß mit mir an und meinte, das Du wäre schon längst fällig, also duzten wir uns.

„Ich soll dich übrigens von den Kollegen grüßen", erzählte sie. „Alle erkundigen sich nach dir. Eine Zeitlang war die Stimmung gegen dich, jetzt ist sie umgeschlagen. Ich glaube, seit du krank bist."

„Mitleid?"

„Möglich, wahrscheinlich sogar."

„Ich mag Mitleid nicht."

„Ich weiß", sagte sie, „du bist besonders empfindlich. Aber sie meinen es gut."

„Und du?" fragte ich, „ist es auch bei dir Mitleid?"

Sie wurde ärgerlich. „Unsinn, das hat man wahrhaftig nicht nötig bei dir."

„Es wäre das Schlimmste, was mir passieren könnte."

Sie machte eine Bewegung, als wollte sie meine Worte forttreiben. „Lassen wir das. Weißt du, um was es bei der Arbeitsbesprechung ging? Um deinen Schützling Dorothea Ehrlich. Sie war selbst dabei. Ich hatte sie gebeten zu kommen."

„Ach nein. Und warum hast du sie gebeten?"

„Ich wollte sehen, was für ein Mensch das ist. Ich hätte sie natürlich auch zu mir bestellen können, aber es interessierte mich, wie sie sich verteidigt, wenn sie angegriffen wird."

„Hat man sie angegriffen?"

„Ja. Horst Schönborn gab dem Chef recht, obwohl sie sich sonst nicht leiden können. Die gleichen Argumente: Überschätzung westlicher Einflüsse auf unsere Jugend, des Konsumdenkens Jugendlicher bei uns. Aber sie weiß sich zu wehren, die Kleine, keine Hemmungen vor den Neunmalklugen. Sie gefällt mir."

„Und was sagte sie?"

„Auszugsweise: Sie kenne die Jugend, weil sie selbst ein Teil von ihr sei, sie glaube sie weder zu schwarz noch zu weiß zu sehen. Materieller Anreiz, einverstanden, aber nicht als Endziel. Theorie muß sein, Theorie allein befriedigt nicht. Wir wollen gefordert werden, wir wollen etwas tun. Dann ging sie noch auf Gefühle ein. Große Gefühle, keine Gefühlchen. Echte Bekenntnisse seien zu phrasenhafter Heuchelei entartet. Sie nimmt kein Blatt vor den Mund, diese Ehrlich, sie macht ihrem Namen alle Ehre. Übrigens schreibt sie sich ihre Schlagertexte selbst. Hast du schon mal was von ihr gehört?"

„Nein, du?"

„Nicht gehört, gelesen. Nicht schlecht."

Ich hatte Rosemarie Rockstroh gespannt zugehört. „Und wie ist es ausgegangen?" fragte ich.

„Wir werden ihren Roman drucken, aber einiges muß geändert werden. Nicht nur aus politischen Gründen – sie ist übrigens Genossin –, sondern weil sie fachliche, stilistische Hilfe braucht. Sie muß jemand haben, dem sie vertraut, der an sie glaubt und der ihr hilft, mit Fingerspitzengefühl natürlich. Wir haben an dich gedacht. Bist du einverstanden?"

„Ich soll ihre Lektorin werden?"

„Ja, du hast sie entdeckt."

Das war eine Aufgabe, die mich reizte, aber war ich ihr schon gewachsen? Überforderte ich mich nicht wirklich, wie Walter befürchtet hatte?

„Weiß sie, daß ich mit ihr arbeiten soll?"

„Ich habe ihr in Aussicht gestellt, daß du es vielleicht wirst, wenn du dich gesundheitlich schon in der Lage dazu fühlst. Sie hat sich sehr gefreut. Sie will auch zu dir rauskommen."

So war das Leben zu mir nach Eichwalde gedrungen. Das war gut, ich gehöre ja auch zu den Leuten, die gefordert werden müssen. „Einverstanden“, sagte ich, „sie muß nur ein wenig Zeit und Geduld haben.“

Meine Zusage schien Rosemarie Rockstroh zufriedenzustellen. „Ich darf es ihr also mitteilen?“ fragte sie.

„Du kannst es ihr mitteilen.“

Wir unterhielten uns noch bis spät in die Nacht hinein. Sie erzählte, was alles im Verlag geschehen war, und je mehr ich erfuhr, um so mehr wollte ich wissen; über alte und neue Mitarbeiter, über Verlagsvorhaben, neue Autoren und Richtlinien. War ich in letzter Zeit immer sehr schnell müde geworden, so hatte ich jetzt gar nicht das Gefühl, daß die Zeit verging, ich hätte die ganze Nacht zuhören können. Bei dieser Unterhaltung wurde mir erneut bewußt, wie sehr mir die Arbeit im Verlag gefehlt hatte.

Es war fast zwei Uhr, als Rosemarie Rockstroh sich verabschiedete. „Eigentlich wollte ich mit dir noch über dein Vorhaben sprechen“, sagte sie, „aber die Zeit reicht nie. Das holen wir bald nach, ich komme wieder.“

Erst als ich sie zu ihrem Wagen brachte und das gelbe Haus sah, fiel mir der alte Arzt ein, und ich erzählte ihr von meiner Begegnung.

„Der alte Doktor Staimar“, sagte sie und sah plötzlich müde aus, „er hat mir schon einmal sagen lassen, daß ich mich an ihn wenden kann, wenn ich Hilfe brauche. Aber er kann mir nicht helfen. Die Leute suchten Anschluß, aber das ist leider bei mir nicht drin. Sag ihm jedenfalls, ich lasse ihm danken, wenn du ihm wieder begegnest.“

Kein Wort, warum er ihr nicht helfen könne, kein Wort über das Kind.

Rosemarie Rockstrohs Besuch hatte mich aufgemuntert. Ich gehörte wieder zum Verlag, offiziell war ich ja nie ausgeschieden, ich fing an zu arbeiten.

Aber es ist etwas anderes, wenn man die Arbeit eines Autors redigiert oder wenn man selbst zu schreiben beginnt. Mit welcher Selbstverständlichkeit hatte ich Autoren stilistische Mängel angekreidet, wenn ihr Stil gegen mein

Sprachgefühl verstieß. Jetzt quälte ich mich oft und konnte kein passendes Wort finden für das, was ich auszudrücken beabsichtigte. In Gedanken bat ich den Autoren manches ab, von nun an sollten sie eine einfühlsamere Lektorin in mir finden.

Bis Mittag hatte ich eine Seite so weit fertig, daß ich glaubte, sie verantworten zu können. Ich mußte eine kleine Pause einlegen, ging essen, fand die Gaststätte geöffnet und das Essen wirklich gut. Ich hielt mich nicht lange auf, eilte gleich wieder zurück und brachte es bis zum Abend auf drei Seiten.

Ich begann zu rechnen: Wenn ich jeden Tag drei Seiten schriebe, könnten es in einem Monat bereits neunzig sein.

Aber meine Rechnung ging nicht auf. An manchen Tagen brachte ich nicht einmal eine Seite fertig, und dann wieder konnte es geschehen, daß ich drei Seiten geschrieben hatte und sie am nächsten Tag neu schreiben mußte.

Doch das alles entmutigte mich nicht. Es hatte mich gepackt, ich fing an, mein Leben noch einmal zu leben, wobei die Eintönigkeit um mich herum nur den grauen Hintergrund abgab zu der Buntheit einer Welt, die in meinem Gedächtnis wiedererstand. Diese Erinnerungswelt wurde manchmal so lebendig, daß ich mich in die Realität nur schwer zurückfinden konnte.

Ich arbeitete so intensiv, daß mich jede Ablenkung störte und ich es an manchen Tagen unterließ, essen zu gehen.

So gutgemeint die Absicht der Arztfrau darum war, die beobachtet hatte, daß ich einige Tage nicht ausging, mir Essen zu bringen – ein Spezialgericht, serbisches Reisfleisch, das von Freunden sehr gelobt wurde –, so mußte ich mich dennoch zusammennehmen, ihre Freundlichkeit nicht mit Unhöflichkeit zu belohnen, weil sie mich gerade an einer wichtigen Stelle unterbrochen hatte. Sie ließ es auch nicht mit dem Essenbringen bewenden, sondern begann eine Unterhaltung, die ich, ob ich wollte oder nicht, über mich ergehen lassen mußte. Ich forderte sie also nolens volens auf, Platz zu nehmen, und wußte bald über die ganze

Nachbarschaft Bescheid, obwohl ich nicht die Absicht hatte, jemand kennenzulernen. Erst als sie auf Rosemarie Rockstroh zu sprechen kam, interessierte mich das Gespräch.

„Mein Mann sagte mir, daß Sie das Kind der jungen Frau gar nicht kennen? Ein bildhübsches Kind, gerade darum ein entsetzlicher Anblick, wenn es einen Anfall hat. Wir können nämlich von unserem Fenster in den Garten herübersehen."

Es störte sie nicht, daß ich schwieg, sie redete einfach weiter: „Sie bringt die Kleine bei gutem Wetter mit, das ist schon anzuerkennen."

„Ich hatte gehört, daß es die Folgen nach einer Meningitis sind", sagte ich endlich, „aber Ihr Mann zweifelt daran ..."

Sie unterbrach mich. „Mein Mann ist kein Kinderarzt. Die Folgen einer Meningitis können unterschiedlich sein. Bei dem Kind handelt es sich auf jeden Fall um schwere psychische Störungen, auch das konnten wir beobachten, bis zu epileptischen Anfällen. Wir haben uns gefragt, ob der ältere Herr, der eine Zeitlang beinahe täglich kam, ein Arzt ist?"

Mir wurden diese Leute, die das Unglück im Nachbargarten so genau beobachtet hatten, nicht gerade sympathischer. „Darauf kann ich Ihnen leider auch keine Antwort geben, ich sagte Ihrem Gatten schon, daß ich mit Frau Doktor Rockstroh nur flüchtig bekannt bin", antwortete ich. „Sie läßt Ihrem Gatten übrigens sehr herzlich für seine Hilfsbereitschaft danken."

Da die Frau noch immer keine Anstalten machte zu gehen, blieb mir nichts anderes übrig, als deutlicher zu werden. „Entschuldigen Sie bitte", begann ich, „aber ich bin leider mitten in meiner Arbeit ..."

Sie schien nicht beleidigt zu sein. „Natürlich, natürlich, nehmen Sie es mir bitte nicht übel, ich schwätze manchmal zu viel. Mein Mann wird mit mir schimpfen. Lassen Sie es sich schmecken, und nichts für ungut."

Ich setzte mich wieder an die Maschine, aber die Frau

hatte mich ganz aus dem Konzept gebracht. Es ist schwer, manchen Leuten begreiflich zu machen, daß man beim Schreiben nicht unterbrechen und dann einfach fortfahren kann. Man braucht eine Anlaufzeit, um wieder in Gang zu kommen. Ich versuchte mich zu konzentrieren, dennoch schweiften meine Gedanken ständig ab zu dem Kind Rosemarie Rockstrohs. Es gibt nichts Schlimmeres für eine Mutter als ein krankes Kind. Ich erinnerte mich, wie es war, als Anette Keuchhusten hatte, und das ist eine verhältnismäßig harmlose Krankheit. Die Krankheit dieses Kindes schien sehr viel schwerer zu ein.

Rosemarie Rockstroh hatte man ihren Kummer nie angesehen, im Gegenteil, mir war sie sehr sicher und ausgeglichen vorgekommen. Eine gutaussehende, erfolgreiche Frau. Das eine schloß das andere nicht aus. Trotzdem war mein Eindruck von ihr ganz falsch gewesen.

Als es am nächsten Tag in den Abendstunden klingelte, war ich überzeugt, daß es jemand aus dem Verlag sei. Aber die Frau, oder richtiger, das junge Mädchen, das mir entgegenkam, war mir fremd.

„Dorothea Ehrlich“, stellte sie sich vor. „Sind Sie sehr erschrocken? Ich wär nicht rausgefahren, wenn Frau Rockstroh mich nicht gebeten hätte ... Ich bleib auch nicht lang.“

„Also Sie sind Dorothea Ehrlich“, sagte ich und dachte im gleichen Augenblick, banaler hättest du sie gar nicht ansprechen können.

„Haben Sie sich nicht so vorgestellt?“ fragte sie. „Ich hab Sie mir genauso vorgestellt, wie Sie sind. Hier, soll ich Ihnen bringen.“ Sie reichte mir eine volle Einkaufstasche. „‚Wie ich sie kenne, geht sie gar nicht einkaufen‘, hat Ihre Freundin gesagt.“

„Wer hat das gesagt? Frau Doktor Rockstroh?“

„Nein, eine andere. War auch gerade da.“

„Annerose ist in den Verlag gekommen ...?“

Dorothea Ehrlich nickte: „... den Beutel abzugeben. Sie hat das mit Frau Rockstroh abgesprochen.“

Das sah Annerose wieder ähnlich. „Ich werde uns schnell einen Kaffee machen“, sagte ich, „und Sie erzählen mir dabei, wieso Sie sich vorgestellt haben, daß ich so aussehe, wie ich aussehe.“

Sie überlegte und meinte dann: „Kann ich nicht erklären. Wenn ich's mit einem Wort ausdrücken soll: natürlich. Ist mir auch in Ihren Briefen aufgefallen. Kein Drumherumgetue, man weiß, was Sache ist. Wenn Sie nicht gewesen wären, ich hätte aufgegeben. Bin sonst ziemlich hart im Nehmen, aber was mir Ihr Chef da vorgeworfen hat ... politisch und künstlerisch. Ein Roman ist ja schließlich was anderes als ein paar Schlagertexte. Hab gedacht, vielleicht hat er recht, vielleicht langt's bei mir nicht zu mehr.“

Sie blieb nicht lange, hatte keine Hemmungen, aber Takt, den ich bei der Frau des Arztes so vermißte. Sie sagte mir, daß sie sich auf die Zusammenarbeit mit mir freue, aber ich solle mir Zeit lassen, sie wisse durch Frau Rockstroh, in welcher Lage ich sei. Sie arbeite gerade an einem neuen Programm für ihre Gruppe, habe also genügend zu tun. Das Schreiben sei außerdem bei ihr keine Geldverdienangelegenheit. Wenn man den Roman nicht angenommen hätte, wäre es auch kein Beinbruch gewesen, sie hätte ihn schreiben müssen. „Wollte es einfach loswerden, verstehen Sie?“ –

Über diesen Besuch mußte ich lange nachdenken. „Sie gefällt mir“, hatte Rosemarie Rockstroh gesagt, als sie von ihr erzählte. Mir gefiel sie auch. Sie verkörperte für mich jene kritisch-konstruktiv denkende Jugend, mit der man offen reden kann und muß.

Ich versuchte mir ihr Äußeres ins Gedächtnis zurückzurufen, es würde nicht leicht sein, sie zu beschreiben. Kein Durchschnittsgesicht, eher grobe als feine Züge, die Stirn hoch, nicht vom Pony verdeckt, die Augen hellgrau, ständig den Ausdruck wechselnd, die Nase gerade, beinahe klassisch, das Kinn hingegen vorspringend, energisch, zu sehr betont. Die dunkelblonden Haare trug sie glatt zurückgekämmt, jungenhaft, ihre Kleidung und ihre Figur unterstützen diesen Eindruck noch. Über mittelgroß, sehr schlank, dennoch nicht zierlich, eher stämmig. Ich nahm mir vor, einmal eine Vorstellung zu besuchen, in der sie auftrat.

Die nächsten Tage wurde ich nicht gestört und kam gut voran. Ich ging essen, wenn ich Hunger hatte, aß aber auch zu Hause, wenn ich so in der Arbeit steckte, daß ich nicht unterbrechen wollte. Einmal sah ich den alten Arzt von weitem und bog schnell ab in einen Seitenweg, um ihm nicht zu begegnen.

Rosemarie Rockstroh kam erst wieder gegen Ende der zweiten Woche.

„Es ging nicht früher", entschuldigte sie sich. „Schwierigkeiten mit der Druckerei, mit dem Ministerium, mit einigen Autoren. Kuhn ist abgehauen."

„Kuhn? Wann?"

„Gestern. Ich weiß nicht, was die sich drüben erhoffen. Freiheit? Freiheit für alles, was sich gegen uns richtet. Immer wieder derselbe Verlauf: Zuerst druckt man sie, auch wenn die Bücher nicht verkauft werden, man läßt sie im Fernsehen auftreten, im Rundfunk sprechen, sie bekommen etwas Geld, dann wird es still um sie, sie haben ihre Schuldigkeit getan. Nur wenige können sich halten."

„Ich weiß."

„Natürlich weißt du das. Aber man muß sich manchmal Luft machen."

Wir waren ins Haus gekommen, sie sah den Schreibtisch, auf dem es ziemlich wüst aussah, und nickte verstehend. „Gut, daß du arbeitest. Geht's weiter?"

„Ich glaube, ja."

„Cantor hat gefragt, ob du ihn brauchst. Ich habe geantwortet, wenn du ihn brauchen solltest, würde er es durch mich erfahren."

„Richtig."

Wir setzten uns, sie zog Zigaretten aus der Tasche und fragte mich, ob ich rauche. „Nicht mehr", antwortete ich.

„Aber ich darf?"

„Natürlich."

Sie war ziemlich nervös, das Rauchen schien sie zu beruhigen. „Wie hat dir die Ehrlich gefallen?" erkundigte sie sich.

„Sehr", antwortete ich. „Anders, als ich sie mir vorgestellt hatte, vielleicht sogar besser. Ich bin sehr gespannt auf die Arbeit mit ihr."

Sie nickte, schien aber mit ihren Gedanken bereits wieder woanders zu sein. „Übrigens, mit Heiner Baumgart haben wir auch Schwierigkeiten", setzte sie das Gespräch von vorhin fort, „anderer Art."

„Er trinkt wieder?"

„Du weißt es?"

„Ich habe es mir gedacht", entgegnete ich. „Schade."

„Und du willst nicht mehr mit ihm arbeiten?" fragte sie.

„Doch, warum nicht?"

Sie sah mich prüfend an, wollte sich dazu äußern, unterließ es aber.

„Ich werde mit ihm arbeiten", bestätigte ich noch einmal, „obwohl oder vielleicht auch, weil alles andere vorbei ist. Wenn ich ihm helfen kann, will ich es."

Sie schwieg auch dazu.

Sie hatte wieder alles mögliche mitgebracht, und ich fragte, ob wir essen wollten.

Sie half mir wie das erstemal, wusch nach dem Essen das Geschirr mit mir gemeinsam auf und wollte wissen, ob es mich stören würde, wenn sie über Nacht bliebe, sie könnte dann frühmorgens direkt in den Verlag fahren.

Natürlich sagte ich ihr, daß sie mich nicht störe, im Gegenteil, daß ich mich freue und nur befürchte, daß ich sie einenge.

„Ich würde das Häuschen jetzt überhaupt nicht nutzen, wenn du nicht hier wärest", beruhigte sie mich.

Auch Kognak tranken wir wie beim erstenmal, nur daß sie diesmal nicht mehr zu fahren brauchte und es deshalb nicht bei ein, zwei Gläschen blieb.

Wir unterhielten uns, sie erzählte von Dr. Hausmann,

den man besser kennen müsse, um ihn zu verstehen, weil seine Entscheidungen nicht immer seine Entscheidungen allein seien. Auf meine Frage, ob sie ihn besser kenne, lächelte sie und antwortete, sie habe nichts mit ihm, wenn ich das gemeint haben sollte. Er sei bestens verheiratet und denke nicht daran fremdzugehen, schon gar nicht im eigenen Betrieb. Die Leister schirme ihn überdies glänzend ab, weil manche Kolleginnen es ihm zu leicht oder besser, nicht leicht machten.

Wir redeten noch über manches andere, als sie sich plötzlich vorbeugte und unvermittelt fragte: „Du weißt von meiner Tochter?"

„Ich habe nur gehört, daß sie krank ist", antwortete ich unschlüssig, weil ich fürchtete, daß es vielleicht falsch gewesen war, mich nicht nach dem kranken Kind zu erkundigen.

Sie nickte, kippte ihren Kognak in einem Zug hinunter und goß gleich wieder ein.

„Es begann verhältnismäßig harmlos. Der Arzt stellte eine Mittelohrentzündung fest. Meine Tochter klagte über Hals- und Ohrenschmerzen, weinte viel, dann stellten sich unerträgliche Kopfschmerzen ein, sie schrie Tag und Nacht. Es war entsetzlich, es machte mich verrückt."

Zum erstenmal entdeckte ich in ihrem schönen Gesicht zwei Falten, die sich von den Nasenwurzeln zu den Mundwinkeln zogen.

Wir schwiegen beide. Sie rauchte ununterbrochen und trank viel. Der Rauch quälte mich. Seit ich aufgehört hatte zu rauchen, waren mir verräucherte Räume unerträglich, aber es wäre undenkbar gewesen, in diesem Augenblick etwas darüber zu äußern. Ich stellte mir vor, wie ich sie damals gesehen hatte, als es hieß, sie würde Cheflektor werden. Streng, lederjackig, selbstbewußt. Jetzt saß da nur eine Mutter.

Sie brach das Schweigen, indem sie sich vorbeugte und den Kopf hob. „Juttas Zustand besserte sich, allmählich ging es ihr wieder gut, ich glaubte alles überwunden –

dann erst kam das Schlimmste. Was mich dabei am meisten quält, daß ich mich schuldig fühle."

„Schuldig?" fragte ich, ohne zu begreifen. „Woran? An ihrer Krankheit?"

„Die Ärzte reagieren so wie du. Sie wissen nicht alles. Ich will versuchen, es dir zu erklären. Es war die Zeit, in der ich Heiner kennengelernt hatte, das heißt, in der die Geschichte mit ihm begann. Das sagt dir nichts, ich muß etwas weiter ausholen. Niemand weiß, wer der Vater meines Kindes ist, und es soll auch keiner erfahren. Auch du nicht. Es ist ein Mann in ziemlich verantwortlicher Stellung, verheiratet, zwei Kinder. Er könnte mein Vater sein, aber ich liebe ihn. Ja, auch heute noch."

Ich mußte an den älteren Mann denken, von dem das Arztehepaar gesprochen hatte.

„Du willst vielleicht wissen, ob auch er mich liebt? Ja, er liebt mich, auch heute noch. Dennoch haben wir uns getrennt."

Ich wartete, bis sie weitersprach.

„Sein Leben verlief gradlinig", erzählte sie, „Sohn eines Bergarbeiters im Mansfeldischen, alter Kommunist, die Mutter richtige Bergarbeiterfrau, heile Familie, heiles Leben. Von drei Geschwistern war er der Fähigste. Oberschule, Universität, FDJ, alles o. k. Bei einem Lehrgang lernte er ein Mädchen kennen, gleichaltrig, frisch und ansprechend. Sie verliebten sich, sie schliefen miteinander. Ein Kind zwang zur Heirat. Alte Ehrbegriffe saßen noch fest, aber wahrscheinlich hätte er sie auch ohne Kind geheiratet, es war sein erstes Erlebnis. Studium, Promotion, erste wissenschaftliche Erfolge. Ein zweites Kind. Immer noch gradlinig, sehr gradlinig."

Sie machte eine Pause, drückte die Zigarette aus, stellte ihr Glas weg und fragte: „Rede ich zuviel?"

„Nein, nein", entgegnete ich. Aber warum erzählte sie mir das alles?

„Die Frau entwickelte sich nicht wie er, das kommt ja oft vor. Sie hörte auf zu arbeiten, meinte, die Kinder brauchten sie. Ich vergaß zu erwähnen, daß sie vorher Sachbearbeiterin im Bezirksverband war. Sie lebte mit ihm, durch ihn, obwohl sie von seiner Arbeit überhaupt nichts verstand. Sie war stolz auf seine Erfolge, auf die Anerkennung, die er fand, auf die Auszeichnungen. Sie war ehrgeizig für ihn, drängte ihn beispielsweise, an Empfängen teilzunehmen, vor denen er sich gern gedrückt hätte, weil er sehr viel zu tun hatte. Sie weckte auch bei den Kindern einen Stolz auf den Vater, was diese überheblich machte, was aber seinem Wesen zutiefst widersprach. Darüber kam es mit seiner Frau zum ersten Streit. Er gab nach, weil er Ruhe haben wollte und weil er einen freien Kopf für seine Arbeit brauchte. Wird es dir wirklich nicht zuviel?"

„Nein, bestimmt nicht", beruhigte ich sie, obwohl ich immer noch nicht wußte, worauf sie hinaus wollte.

„Ich muß so weit ausholen", erklärte sie, es war wie eine Antwort auf meine Gedanken.

„Jahre vergingen, die Kinder waren groß, sie war nicht mehr jung und auch nicht ansprechend, aber das störte ihn nicht, er dachte, eine Ehe müsse so sein. Seine sexuellen Bedürfnisse waren auch nicht mehr so groß. Inzwischen war er auf seinem Gebiet zu einer Kapazität geworden. Er gehörte zu denen, die sich bewußt sind, Verantwortung zu tragen. Immer noch gradlinig trotz mancher Unebenheiten und Schwierigkeiten, nicht wahr?"

Sie erwartete, daß ich mich äußerte, da ich es nicht tat, fuhr sie fort: „In dieser Zeit lernten wir uns kennen. Es tut nichts zur Sache, wo und wie. Es überfiel uns beide, ich hätte es nicht für möglich gehalten, ich war damals zweiundzwanzig, er sechsundvierzig, also ein Altersunterschied von vierundzwanzig Jahren. Man kann der Liebe kein bestimmtes Alter vorschreiben. Er hatte seine Frau bis dahin nie betrogen, es klingt unglaubhaft, aber es war so, er log mir nichts vor. Vielleicht ergriff es ihn deshalb mit solcher Macht. Er sagte, er habe nicht gewußt, was Liebe ist. Seine Stellung verpflichtete ihn, dessen war er sich bewußt, er versuchte dieser Verpflichtung zu genügen, aber es gelang nicht immer. Einmal trafen wir einen Arbeitskollegen, er tat, als wäre er mir gerade zufällig begegnet. Ob damals schon manches herumgeredet wurde, weiß ich nicht. Unsere Zusammenkünfte fanden meist in seinem Wochenendhaus statt, das in der Jahreszeit nie bewohnt wurde. Es war nicht repräsentativ wie andere Wochenendhäuser, zum Kummer seiner Frau, aber wir fühlten uns wohl darin, wir waren glücklich – bis seine Frau Verdacht schöpfte. Irgend jemand muß es ihr hinterbracht haben, ich weiß nicht, wer, es gibt ja solche Leute. Sie überraschte uns, es war keine schöne Situation. Mir wäre es gleichgültig gewesen, auch wenn meine Eltern es erfahren hätten, sie sind nicht kleinlich, aber für ihn wurde es furchtbar. Seine Frau beschimpfte uns in unflätiger Weise, warf ihm vor, daß er sich mit so einer wie mir eingelassen habe: mit einer, die seine Tochter sein könnte."

Ich mußte bei diesen Worten an meinen Schwiegersohn denken, der mir vorgeworfen hatte, Baumgart könnte mein Sohn sein, aber ich schwieg.

„Sie verlangte von ihm, sofort mit mir Schluß zu machen, und drohte, sich an die Partei zu wenden. Das war nur der Anfang. Als er ihr sagte, daß er mich liebe, daß er mich nicht aufgeben werde, wurde sie aktiv. Sie ist sonst ein ziemlich träger Typ. Was sie alles gegen ihn unternahm, gegen ihn vorbrachte, mit welchen Methoden sie vorging, wie sie die Kinder dazu brachte, gegen ihn Stellung zu nehmen, das ist kaum wiederzugeben. Als alles nichts half und er sich trotzdem zu mir bekannte, griff sie zu dem scheußlichsten, gemeinsten Mittel: Sie drohte mit Selbstmord. Ja, sie drohte nicht nur. Als er heimkam, fand er sie bewußtlos, ein Abschiedsbrief unterstrich die Ernsthaftigkeit ihrer Absicht. Sie hatte nicht genügend Tabletten genommen, sie kam durch, aber nun hatte sie ihn in der Hand. Er ist ein feiner, sensibler Mensch und war ihr nicht gewachsen. Er war dem Zusammenbruch nahe. Ich hätte ein Gegengewicht zu ihren Selbstmorddrohungen gehabt, ich war schwanger, aber es wäre mir schäbig vorgekommen, ihm das gerade in diesem Augenblick zu sagen. Das war weder sentimental noch selbstquälerisch, das war eine bittere Notwendigkeit, ich tat alles, um ihn zu überzeugen, daß wir uns trennen müßten. Er wollte es nicht einsehen, er warf mir vor, ich hätte ihn nie geliebt, sonst könnte ich das nicht verlangen, aber ich blieb fest, obwohl ich an dieser Trennung fast zugrunde ging. Ich mußte festbleiben, weil ich sah, wie es ihn quälte, wie sehr es seine Arbeit beinträchtigte, und weil ich ihn liebte.

Nun wirst du dich immer noch fragen, was hat das mit Baumgart und mit dem Kind zu tun."

„Ja, was hat es mit Baumgart und mit dem Kind zu tun?"

„Noch einen Augenblick mußt du mir zuhören, ehe ich dazu komme", sagte sie. „Die Geburt des Kindes lenkte mich etwas ab, obwohl eine Mutter den Vater ihres Kindes in solchen Augenblicken besonders braucht. Der Vater meines Kindes wußte nichts von der Geburt seiner Tochter, ich teilte es ihm damals nicht mit. Erst viel später hat er es erfahren. Im Krankenhaus gab ich seinen Namen nicht an.

Es war ein gesundes, kräftiges Mädchen, der Arzt und die Schwester beglückwünschten mich. Meine Mutter respektierte meine Bitte, nicht nach dem Namen des Vaters zu fragen, mein Vater fand das falsch, des Kindes wegen, das gewisse Ansprüche an seinen Erzeuger stellen könnte, aber er fügte sich. So verlief diese Zeit verhältnismäßig harmonisch, wenn man davon absieht, daß eine junge Frau sich von dem Mann, den sie liebt, trennte und ziemlich isoliert, nur mit Kind und Eltern lebte. Natürlich traf ich an der Uni mit Kommilitoninnen und Kommilitonen zusammen, aber ich vermied nähere Kontakte. Das veranlaßte einen Studenten, der sich um mich bemühte, herumzuposaunen, ich sei lesbisch. Ich dachte nicht daran, sein Gerede zu widerlegen, indem ich etwa mit ihm schlief. Ich hatte Freude an dem Kind und nahm mein Studium ernst. Jutta war zwei Jahre, als ich promovierte und meine erste Stelle antrat."

„Ich dachte, der Verlag sei deine erste gewesen", unterbrach ich sie.

„Meine erste in einem Verlag", korrigierte sie, „aber meine dritte Stellung. Ich fing bei einer Zeitschrift an, hatte nach einem Jahr genug, versuchte es beim Fernsehen als Dramaturgin, aber ich hielt es auch da nicht allzulange aus, weil ich mir unter Fernsehdramaturgie etwas anderes vorgestellt hatte. Außerdem gefiel mir die Atmosphäre nicht, viel Neid, viele Intrigen. Trotzdem habe ich dort manches für meine spätere Lektoratsarbeit gelernt. Eines Tages drückte mir der Leiter meiner Abteilung ein Manuskript in die Hand und bat mich, es zu lesen. Der Autor habe die Absicht, das Szenarium selbst zu schreiben, sein Name sei mir sicher bekannt. Ich sollte ihm bei der Ausarbeitung des Szenariums helfen. Ich kannte den Namen nicht, aber die Geschichte fesselte mich. Wenig äußere Handlung, dafür innere. Viel Psychologie. Der Inhalt ist mit wenigen Worten erzählt: Ein junges Mädchen verliebt sich in seinen Chef, einen reifen Mann, der zunächst nichts von ihr wissen will. Seine Frau wird auf die Jüngere, sehr viel Hübschere eifersüchtig, und diese Eifersucht, mit der sie ihren Mann verfolgt und die grundlos und sinnlos ist, bringt ihn wider Willen dazu, dem Mädchen Beachtung zu schenken. Er fängt Feuer, die Ehe geht auseinander. Wie du dir denken kannst, rührte diese Geschichte vieles in mir auf, hatte ich doch die Folgen solchen Besitzdenkens zur Genüge ausgekostet. Ich war also bereit, dem Autor beim Schreiben seines Szenariums zur Seite zu stehen, und lernte ihn kennen: Es war Heiner Baumgart."

Ich hatte bis dahin interessiert zugehört, jetzt fuhr ich hoch. „Du hast ihn schon damals gekannt?"

„Du meinst, ehe ich im Verlag anfing? Ja. Du weißt, er kann charmant sein, wenn es um eine Frau geht. Er ist lebendig, voller Einfälle und Ideen. Wir arbeiteten gut miteinander und ... na ja. Ich war schon seit Jahren ohne Mann, rein biologisch kein guter Zustand. Ich glaubte auch, die Angelegenheit mit meinem Freund so besser überwinden zu können. Eine Zeitlang schien das wirklich der Fall, bis die Krankheit meiner Tochter dazwischenkam. Heiner ist ein Hypochonder, hast du das nicht bemerkt?"

„Ich hatte keine Gelegenheit dazu", antwortete ich.

„In dieser Zeit nahm mich das Kind ganz in Anspruch, zusätzlich mußte ich mich um meine Mutter kümmern, die vor Aufregung eine Herzattacke erlitt. Es war aufreibend, aber alles ging gut. Mutter kam bald ohne meine Hilfe zurecht, und meiner Tochter ging es immer besser. Ich fing wieder an zu arbeiten, ich nahm auch meine Beziehungen zu Baumgart wieder auf.

Fast vier Monate waren vergangen, als Jutta wieder über Hals- und Ohrenschmerzen klagte. Siehst du, da beginnt meine Selbstanklage. Ich ließ sie Tabletten schlucken, aber ich hatte Heiner versprochen, nach der Arbeit zu ihm zu kommen und die Nacht bei ihm zu bleiben. Ich hätte absagen, ich hätte zu Hause bleiben müssen, aber ich redete mir ein, daß es sich erneut um eine Mittelohrentzündung handle, obwohl ich hätte merken müssen, daß es anders war. Wollte ich es mir nur einreden? Jedenfalls war das die entscheidende Nacht. Meine Mutter wußte nicht, wie sie mich erreichen sollte, ich hatte ihr Heiners Telefonnummer nicht gegeben. Das Kind schrie und jammerte, die Temperatur stieg, mein Vater holte den Notdienst, Jutta wurde ins Krankenhaus gebracht. Es war zwar wieder nur eine akute Mittelohrentzündung, aber diesmal kam es zusätzlich zu einer Meningitis. Die weitere Entwicklung kennst du. Ich weiß nicht, ob ich sie hätte verhindern können, wahrscheinlich nicht, aber ich kann mein Gewissen damit nicht beruhigen."

Ich streichelte ihre Hand, die auf der Tischplatte lag. Sie weinte hemmungslos. Und ich hatte sie für robust gehalten. „Ich verstehe dich", sagte ich, „immer macht man sich Vorwürfe, aber du hättest bestimmt nichts verändert, auch wenn du dagewesen wärst."

„Das sage ich mir unablässig, aber wenn ich das Kind sehe, sind die Vorwürfe da."

Zwei Wochen später sah ich das Kind. Ich begann zu begreifen, was diese Frau durchgemacht hatte und noch durchmachte.

Ich stellte mir vor, was für ein reizendes Kind das gewesen war, ehe die Krankheit es verunstaltete. Es waren nicht sosehr der etwas seitlich geneigte Kopf und die Haltung, was einem auffiel, es war der stumpfe, leere Blick in dem sonst so hübschen Gesicht.

Ich hatte Rosemarie Rockstroh nicht gefragt, wann ihr Freund von seinem Kind erfahren hatte, sie erzählte es mir von selbst. Er kam sofort, als er es erfuhr. Es muß eine erschütternde Begegnung gewesen sein. Er war der ältere Herr, den der alte Arzt erwähnt hatte. Er drängte darauf, daß das Kind noch einem Arzt vorgestellt werde, einem bekannten Neurologen – sie nannte einen Namen, den ich einmal von Walter gehört hatte. Aber auch diese Kapazität konnte nicht helfen.

Ich scheute mich zu fragen, ob sie immer noch eine Verbindung zu ihrem Freund habe, aber auch darauf kam sie von sich aus zu sprechen. Daß sie sich noch von Zeit zu Zeit sähen, aber daß von dem, was war, kaum etwas übrig sei.

Ich wunderte mich über das Vertrauen, das sie mir entgegenbrachte, denn offensichtlich wußten andere Kollegen nichts von ihrer Geschichte.

Wovon sie wußten und worauf auch Cantor angespielt hatte, als er meinte, vielleicht suche sie einen Partner, das waren kurze Affären, in die sie sich einließ, die aber nie lange dauerten. Mir gegenüber erwähnte sie sie nur einmal ganz flüchtig, sie schien ihnen keinen größeren Wert beizumessen.

Daß auch Rosemarie Rockstroh unter dem Zwang von unzeitgemäßen Normen und Konventionen hatte leiden müssen, war für mich überraschend, ebenso, wie sehr Männer auf hoher Ebene, in verantwortlicher Stellung ihnen unterworfen waren. Zwar durchforschte man ihr Privatleben nicht mehr nach strengen „moralischen“ Maßstäben, die Maßstäbe von gestern waren. Aber im Bewußtsein mancher Genossen saßen solche Maßstäbe sehr fest.

Ich arbeitete wieder im Verlag, durfte aber am frühen Nachmittag nach Eichwalde fahren, um mit meinem Roman weiterzukommen. Das hatte mir Dr. Hausmann gestattet. Die Verbindung mit der S-Bahn war günstig.

Die Kollegen begrüßten meine Rückkehr freundlich, manche herzlich. Sogar Ingeborg Kluge sagte, es sei schön, daß ich wieder da sei. Carl Cantor wich mir aus, ich hatte den Eindruck, als warte er darauf, daß ich ihn einlade, habe aber Angst, daß er aufdringlich erscheine. Da ich wußte, wie sensibel er ist, sprach ich ihn an. Ich sagte ihm, mein Manuskript mache Fortschritte, aber ich beabsichtige, es ihm erst im ganzen zu übergeben. Wenn er trotzdem nach Eichwalde kommen wolle, würde ich mich freuen. Ich hätte manche Probleme.

„Wenn du mich brauchst, natürlich", sagte er.

Da die Sonntage für mich immer die unangenehmsten Tage waren, bat ich ihn, an einem Sonntag zu kommen. „Wenn deine Tochter nicht da ist, kannst du dein Enkelkind gern mitbringen."

Es schien ihn zu freuen. „Meine Tochter wohnt nur noch selten zu Hause, sie will ganz ausziehen. Aber Julia, sie wird dich nicht stören, es ist ein liebes, ruhiges Kind."

„Du lebst allein mit dem Kind?" fragte ich erstaunt.

„Das geht großartig", antwortete er. „Tagsüber ist Julia im Kindergarten, ich bringe sie hin und hole sie wieder ab. Und sonst – das bißchen Versorgen. Sonntags unternehmen wir meist etwas, wandern, fahren mit der Weißen Flotte. Nächsten Sonntag sind wir bei dir, auch eine Unternehmung."

„Und deine Tochter ...?"

„Sie läßt sich selten sehen. Ich habe mich daran gewöhnt."

Ich holte die beiden von der S-Bahn ab. Cantor hatte mir gesagt, wann er dasein wolle, aber da man das mit einem öffentlichen Verkehrsmittel nie so genau weiß, mußte ich etwas warten. Er hatte nicht damit gerechnet, daß ich sie abholen würde, und schien gerührt. „Das ist Julia", stellte er mir seine Enkelin vor, und man merkte, wie stolz er auf die Kleine war. Es war wirklich ein besonders hübsches Kind, mit großen Augen, die das ganze Gesicht beherrschten.

„Und ich bin Tante Gerlind", sagte ich.

Sie nickte ganz ernst, er mußte ihr meinen Namen genannt haben. Er reichte ihr ein Sträußchen Veilchen, das sie weitergab. „Veilchen", sagte sie.

„Danke, Julia", ich hob sie hoch und küßte sie. Sie legte ganz selbstverständlich ihre Ärmchen um meinen Hals.

Hoffentlich kommt Rosemarie heute nicht, mußte ich denken, vielleicht wäre es ihr schmerzlich, dieses gesunde Kind im Hause zu finden.

Als habe er meine Gedanken erraten, sagte Cantor: „Rosemarie Rockstroh kommt heute nicht."

„Sie weiß, daß du hier bist?"

„Ich habe es ihr gesagt. Auch, daß ich Julia mitnehme." Er hatte also dasselbe überlegt wie ich.

Auf dem kurzen Weg unterhielten wir uns wenig, wir beobachteten das Kind, das vorlief und wieder zurückkam, hie und da ein herabfallendes Blatt vom Boden aufhob und es dem Opa brachte, damit er ihr sage, von was für einem Baum es sei. Das schien ein Spiel zwischen den beiden zu sein, das sie gern spielten.

„Du verstehst etwas davon", sagte ich bewundernd, „ich hatte als Kind keine Ahnung, wie die Bäume heißen, nur die Birken erkannte ich an ihren weißen Stämmen."

„Ich liebe die Natur und versuche auch in Julia diese Liebe zu wecken, aber ich weiß nicht, ob man das kann. Wir wohnen in keiner schönen Gegend", meinte er.

„Aber du ziehst doch Blumen."

„Das ist mein Gegengewicht. Ich habe unseren Balkon zu einem Wintergarten umgebaut. Mein Hobby sozusagen. Es ist mir sogar gelungen, ziemlich seltene Pflanzen zu züchten, auf die ich stolz bin."

„Wie schön. Kann man sie nicht mal sehen?"

Ich merkte erst jetzt, was ich angerichtet hatte. Er schien verwirrt, vielleicht war es ihm unangenehm, wenn ihn jemand besuchte. „Wenn du dir die Mühe machen willst", sagte er. „Ich wohne vier Treppen hoch, ohne Fahrstuhl. Aber ich würde mich sehr freuen."

„Wenn mein Roman fertig ist, komme ich bestimmt" schränkte ich ein. „Bis dahin gehe ich sowieso nirgends hin."

Wir waren angekommen, und ich zeigte ihm das Häuschen. Julia fand im Schuppen einige Gartengeräte, mit denen sie eifrig zu hantieren begann. Ich war ängstlich, ob sie sich damit nicht verletzen könne, aber Cantor beruhigte mich. „Du kannst sie ihr ruhig lassen, sie ist das gewöhnt. Wir fahren manchmal nach Hohenschönhausen zum Grundstück eines Nachbarn. Nicht so was Feines wie hier, aber wir hacken und graben und pflanzen, es macht Spaß, und der Nachbar freut sich."

Julia blieb draußen, während wir ins Haus gingen und ich Kaffee machte.

„Du scheinst dich jetzt sehr gut mit der Rockstroh zu verstehen", sagte Cantor, „wie kommt das eigentlich?"

„Du meintest doch selbst, als du mich im Krankenhaus besucht hast, du hättest sie falsch beurteilt. Ich auch."

„Hast du das Kind gesehen?"

„Ja. Ich hatte Angst, daß die Kinder sich hier begegnen."

„Darum habe ich es ihr auch mitgeteilt." Er sah sich im Zimmer um und nickte: „Ich kann mir vorstellen, daß man hier gut arbeiten kann. Du hast Probleme, sagtest du?"

„Viele Probleme."

Ich hatte den Kaffee fertig und goß ein. „Das beginnt oft schon bei einzelnen Wörtern. Ein Wort hat plötzlich verschiedene und manchmal widersprüchliche Gesichter, widersprüchliche Bedeutungen. Sie ändern sich mit der Zeit, mit der Situation. Ich kann viele Wörter nicht mehr verwenden wie früher, unbedenklich, wie ich es immer tat. Verstehst du, was ich meine?"

Cantor lachte. Es war ein leises und melodisches Lachen.

Komisch, ich hatte ihn noch nie lachen gehört. „Und ob ich dich verstehe. Du scheinst auf dem Wege – auf dem richtigen Wege zu sein. Ich wünsche dir, daß du es schaffst. Ich bin schon am Wort gescheitert. Jetzt muß ich fragen, ob du mich verstehst?"

„Ich glaube schon", sagte ich, „aber ich bin nicht ganz sicher. Du wolltest selbst schreiben und bist am Wort, an der Verant-Wortung gescheitert?"

„An der Verantwortung", wiederholte er, „so kann man es auch nennen. An der Verantwortung vor dem, was ich Literatur nenne. Ich liebe sie zu sehr, als daß ich sie ‚machen' könnte. Auch so ein Paradoxon, mit dem man sich herumschlagen muß. Ich wußte zuviel um Worte, Begriffe, um die Literatur; das Wissen nahm mich gefangen, aber es nahm mir auch die Unbefangenheit, mich frei zu bewegen."

„Merkwürdig", sagte ich, „in dem, was ich schon geschrieben habe, äußere ich die Vermutung, daß du selbst dich literarisch versucht hättest. Nun weiß ich es."

Draußen erhob sich mit einemmal ein Geschrei. Es war Julias Stimme. Cantor stürzte hinaus, ich folgte ihm. Sie hatte sich doch mit dem Spaten verletzt. Ihr Gesicht war tränenüberströmt, die Hand, die sie uns entgegenstreckte, blutete. Es war keine große Wunde, aber sie tat weh.

„Jetzt kommst du mit, und ich mache dir einen ganz großen, wunderschönen Verband", tröstete ich sie. „Es hört gleich auf, weh zu tun, und im Kindergarten werden dich alle beneiden."

Sie beruhigte sich wirklich und schaute mir interessiert zu, als ich ihr den Verband anlegte. Glücklicherweise hatte ich entdeckt, wo es im Hause Verbandzeug gab. Ich hielt Julias Hand hoch und sagte: „Ist das ein Verband?"

Sie lächelte schon wieder, bewunderte mein Machwerk und umarmte mich. „Ich hab dich lieb, Tante Gerlind", rief sie spontan. Ich mußte an Gudrun denken und konnte die Tränen nur mit Mühe zurückhalten.

„Ich habe gar nicht gewußt, daß du so gut mit Kindern umgehen kannst", sagte Cantor.

Ich reagierte nicht auf diese Bemerkung und beschäftigte mich weiter mit Julia.

„Verzeih“, entschuldigte er sich, „du hast an Gudrun gedacht. Ich hätte das nicht sagen dürfen.“

„Ist schon gut.“

„Man müßte einen Weg finden. Hast du gar keine Verbindung zu ihr?“

Ich schüttelte den Kopf. Sprechen konnte ich nicht.

Er begann wieder von meinem Roman zu reden, wir unterhielten uns noch eine Weile, aber Julia fing an zu quengeln, wahrscheinlich tat ihr die Hand noch weh, und Cantor beschloß, nach Haus zu fahren.

„Und du willst ihn mir wirklich erst geben, wenn du fertig bist?“ fragte er, als er sich verabschiedete.

„Versteh mich recht“, bat ich, „es ist kein Mißtrauen, aber ich möchte, daß du einen Gesamteindruck hast. Dann können wir Seite für Seite durchgehen.“

„Wie du willst“, sagte er, „ich habe gedacht, daß ich dir vielleicht schon im Schreibprozeß behilflich sein kann, aber ich respektiere, daß du erst fertig sein möchtest. Ich höre also von dir. Im Verlag sehen wir uns ja auf jeden Fall.“

Er war gekränkt, das bedauerte ich, aber es war gut, daß ich festblieb. Ich würde viel an Unbefangenheit verloren haben, wenn ich gleich mit ihm zusammengearbeitet hätte. Als wir uns später darüber unterhielten, gab er mir das zu.

Julia sprach das aus, was er vielleicht dachte, aber nicht sagte: „Können wir dich wieder besuchen, Tante Gerlind?“

„Natürlich könnt ihr mich wieder besuchen“, antwortete ich und küßte das Kind.

„Ende. Oder Anfang? Beides trifft bei mir zu“, so beginnt mein Roman. Jetzt ist er fertig. Auch die Arbeit mit Cantor geht ihrem Ende entgegen. Seine Vorschläge, soweit ich sie akzeptieren konnte, sind einbezogen. Fast zwei Jahre Arbeit am Manuskript, ein weiteres halbes Jahr, mit Cantor zusammen, an der Endfassung. Seit kurzem hatte er aufgehört, mir seine Ansichten schriftlich mitzuteilen, und wir hatten uns mündlich geeinigt. Warum er sich über den Schluß plötzlich wieder schriftlich äußern will, weiß ich nicht. Er hätte mir auch sagen können, womit er nicht einverstanden ist.

Immer noch wohne ich draußen in Eichwalde, immer noch fahre ich täglich mit der S-Bahn in den Verlag, immer noch ist die Chance, eine eigene Wohnung zu bekommen, sehr gering. Früher hätte ich mich darüber aufgeregt, jetzt bringt mich das nicht mehr aus dem Gleichgewicht.

Allerdings überläßt Rosemarie Rockstroh mir ihre Datsche beinahe ganz, sie kommt nur noch selten zu Besuch. Sie hat einen neuen Freund, einen Grafiker, mit dem es ernster zu werden verspricht. Ich wünsche es ihr sehr. Er akzeptiert auch das Kind, das ist alles, was sie mir bisher anvertraute. Ich frage sie nicht.

Annerose hat mich zweimal besucht, aber es ist nicht mehr wie früher. Sie spart alles aus, was Walter betrifft, das mag ich nicht. Warum gibt sie nicht offen zu, daß sie ein Verhältnis mit ihm hat. Als ich sie direkt danach fragte, wich sie mir aus. Sie verstünden sich eben gut. Wenn sie glaubt, daß sie mich so schont, irrt sie sich.

Walter will und kann ich nicht fragen. Wozu muß ich es auch wissen? Ich sehe ihn nur noch selten, aber das liegt an mir, nicht an ihm. Ich bin meiner Gefühle nicht sicher und fürchte mich vor ihnen. Ich will mir immer noch nicht eingestehen, daß ich ihn ganz verloren habe, und belüge mich selbst. Manchmal überlege ich, ob ich nicht versuchen sollte, ihn zurückzugewinnen, ich glaube, es würde mir gelingen, aber es wäre gemein, beiden gegenüber.

Die Sache mit Anette hat Walter ebenso mitgenommen wie mich. Fallière hat sich von Anette getrennt und sich mit einer anderen Partnerin zusammengetan. Anette muß darüber sehr verzweifelt gewesen sein, sie wurde doch durch ihn erst, was sie ist: eine erfolgreiche Schlagersängerin. Er hat ihr die Texte geschrieben, die Musik gemacht und sie in die Richtung getrimmt, in der sie ankam. Jetzt baut er eine andere Partnerin auf, so sagt man wohl im Show-Geschäft. Eine Achtzehnjährige. Bei meiner Tochter spielt das Alter also auch schon eine Rolle. Das ärgste ist, in ihrer Verzweiflung hat Anette sich mit einem anderen eingelassen, einem Schlagersänger schlimmster Sorte, viel schlechter als Fallière.

Das ist mein größter Kummer augenblicklich. Trotzdem macht mir die Arbeit Freude, die eigene und die mit den beiden Autoren Dorothea Ehrlich und Heiner Baumgart.

Ja, ich arbeite wieder mit Baumgart zusammen. Unser Verhältnis ist merkwürdig, beinahe ein Mutter-Sohn-Verhältnis. Er wendet sich mit allem an mich, mit seinen Krawatten, die ich begutachten muß, und mit dem Verdruß, den ihm seine jetzige Freundin, die Ärztin, bereitet.

„Stell dir vor, sie verbietet mir nicht nur den Alkohol", beklagte er sich bei mir, „sie schließt die Flaschen einfach weg. Aber damit kommt sie nicht weit, ich hab ohnehin schon genug."

„Du mußt dich freuen, daß du an einen so vernünftigen Menschen geraten bist", sagte ich.

„Ihr Frauen müßt immer zusammenhalten", schmollte er.

Einmal versuchte er zärtlich zu werden. Er hatte eine Fahne, war aber nicht betrunken. „Laß das", wies ich ihn zurecht, „der Zug ist abgefahren. Oder such dir eine andere Lektorin."

„Du erpreßt mich", klagte er, aber er ließ mich von da ab in Ruhe.

Der Zug war wirklich abgefahren. Nichts regte sich bei mir in seiner Nähe. Aber die Arbeit mit ihm gefiel mir, sie machte Spaß, und es kam etwas dabei heraus.

Cantors schriftliche Äußerung über den Schluß meines Romans, die er angekündigt hatte, ließ auf sich warten, das begann mich zu beunruhigen. Wozu mußte das wieder schriftlich geschehen? Gewiß, ich hatte ihn zu Beginn unserer Zusammenarbeit gebeten, mir seine Bemerkungen schriftlich zu geben, aber in der letzten Zeit war es auch anders gegangen, sogar gut gegangen. Doch als ich las, was er schrieb, verstand ich sein Zögern.

Das ist die wesentlichste Stelle aus der sehr ausführlichen Begründung:

„... bin ich zu der Ansicht gelangt, daß der Schluß geändert werden muß, wenn er dem Anspruch der Autorin, den sie selbst in ihrem Roman stellt, gerecht werden soll. ‚Es ist manchmal verhängnisvoll', läßt die Autorin die Heldin zu ihrem Mann sagen, ‚daß Schriftsteller eine gute Idee haben, auch genau wissen, was sie mit ihrer Fabel wollen, aber das Ende nicht kennen. Eigentlich müßte man vom Schluß ausgehen.'

Ich frage: Kannte die Autorin das Ende des Romans? Sie wird mir entgegnen, daß es ihr um nichts anderes ging als um den Versuch einer Bestandsaufnahme ihres Lebens. Sie zählte Verluste auf und beschreibt den neuen Standort, den sie gewonnen hat. Genügt das? Für eine Autobiographie vielleicht. Aber die Erwartungen des Romanlesers sind anders. Eine Biographie muß in ihrer Faktizität hingenommen werden. Ein Roman folgt dem Gesetz der künstlerischen Wahrheit, nicht faktischer Wahrheiten.

Der Schriftsteller kann keine Patentlösungen für schwierige Lebenssituationen anbieten. Aber es gibt gedankliche Alternativen, die er dem Leser anbieten kann. Solche Alternativen vermisse ich.

Was wird aus Gerlind Grenzer? fragt der Leser. Er will sich zumindest Vorstellungen machen können, wie Gerlind Grenzers weiterer Weg aussehen könnte. Ein neugewonnener Standort – genügt das? Oder habe ich, immer vom Leser aus gesehen, unrecht?"

Ja, er hat unrecht! Es ist nicht die Aufgabe des Schriftstellers, dem Leser gedankliche Alternativvorschläge anzubieten. Ich war so verärgert über dieses Schreiben, daß ich keinen klaren Gedanken fassen konnte. „Bin ich zu der Ansicht gelangt, daß der Schluß geändert werden muß." Das schrieb dieser Mann einfach hin, obwohl er wußte, daß ich fast zwei Jahre an dem Buch gearbeitet hatte. Es war angenommen, Rosemarie Rockstroh hatte es gelesen und fand es in Ordnung, der Chef hatte gesagt, es sei ein Thema von großer Wichtigkeit, aber Carl Cantor fand, der Schluß müsse geändert werden.

Ich mußte mit Cantor sprechen, sofort. Ich lief den langen Gang entlang, klopfte an seine Tür, und da niemand antwortete, trat ich ins Zimmer. Er war nicht da und auch die Kollegin nicht, die den Raum mit ihm teilte. Was sollte ich tun? Ich beschloß, mit dem Chef zu reden, mich an Rosemarie Rockstroh zu wenden, zu erklären, daß ich mit Cantor nicht mehr zusammenarbeiten wolle. Allmählich aber wurde ich ruhiger, und ich fragte mich, wie sowohl der Chef als auch Rosemarie Rockstroh das aufnehmen würden, nachdem Cantor und ich so lange gut miteinander ausgekommen waren, auch wenn es manchmal Auseinandersetzungen gegeben hatte. Außerdem, konnte ich es Cantor übelnehmen, wenn er mir seine Meinung offen sagte? Sollte er mich belügen? Ich selbst hatte geschrieben, wenn man dahinterkomme, was Cantor meine, sei an dem, was er bemängle, meist etwas dran. War das, was er kritisierte, wirklich ganz abwegig? Ich mußte versuchen dahinterzukommen.

Als ich eine Stunde später wieder an seine Tür klopfte, war er immer noch nicht da, aber durch die Kollegin erfuhr ich, daß er nach Haus gefahren sei, weil er sich nicht wohl fühlte. Das war bei Cantor etwas völlig Neues, ich erinnere mich nicht, daß er jemals krank gewesen war.

„Hat er gesagt, was ihm fehlt?“ fragte ich.

Sie schüttelte den Kopf. „Nur, daß er sich nicht wohl fühlte. Er sah auch ganz elend aus.“

Ich überlegte, ob ich zu ihm fahre, ich war noch nie bei ihm gewesen. Irgendwelche dummen Hemmungen hielten mich zurück, schließlich aber schob ich alle Bedenken beiseite und machte mich auf den Weg. Seine Adresse wußte ich.

Die Gegend war wirklich nicht sehr schön, das Haus aber machte einen gepflegten Eindruck, die Treppen waren sauber und die Abtreter vor den Wohnungstüren ordentlich. Die vier Treppen machten mir nichts aus, doch ehe ich klingelte, hörte ich drinnen Julias Stimme und erschrak. Mein Vorsatz, zu sagen, ich habe gehört, daß es ihm nicht gut gehe, und sei deshalb gekommen, war unsinnig. Er würde sofort wissen, warum ich kam. Am Ende war sein Zustand darauf zurückzuführen, daß er sich davor fürchtete, mit mir zu reden? Dieser Gedanke beunruhigte mich. Wenn es wirklich so war, mußte ihm mein Besuch höchst unangenehm sein. Ich wollte schon umkehren, als die Tür aufgerissen wurde und Julia, die ja niemand vor der Tür vermutet hatte, gegen mich prallte. Sie verzog das Gesicht zum Schreien, erkannte mich aber noch rechtzeitig und rief begeistert: „Tante Gerlind!“ Hinter ihr tauchte Cantor auf. Nun konnte ich nicht mehr zurück.

„Frau Hentze hat mir gesagt, daß es dir nicht gut geht …“, begann ich.

„Komm herein und leg ab“, sagte er. „Du bist nicht gekommen, weil es mir schlecht geht, du willst mit mir reden. Und ich bin davongelaufen, um dem zu entgehen. Nicht weil es mir schlecht geht, ich war einfach feige. Aber das weißt du ja. Oder nicht?“

„Ich hab es mir gedacht“, sagte ich leise.

Er führte mich in ein Zimmer, das einen seltsamen und unwirklichen Eindruck machte. Die wenigen Möbel waren zweckmäßig und unauffällig, aber die Wände waren der weiße Hintergrund von Aquarellen, die ungerahmt, Bild an Bild, nebeneinander hingen und fast wie eine Tapete wirkten. Die Motive dieser Bilder waren Blumen der verschiedensten Art in wunderschönen zarten Pastellfarben. „Wer hat das gemalt?“ fragte ich erstaunt. „Ich habe solche Aquarelle noch nicht gesehen.“

„Gefallen sie dir?“ fragte Cantor.

„Sehr“, antwortete ich, „auch die Anordnung, das Nebeneinander ohne Abgrenzung.“

„Ich freue mich, daß sie dir gefallen“, sagte Cantor. „Ich sagte dir doch, Blumen sind mein Hobby.“

„Du willst doch nicht behaupten, daß du sie gemalt hast?“

„Ich ziehe Blumen, und ich male sie“, antwortete er. „Aber du wolltest mit mir reden. Bitte, nimm Platz.“

Ich setzte mich, mein großer Zorn war vorüber, ich wußte nicht, wie ich anfangen sollte. „Es ist gut, daß du nicht in deinem Zimmer warst, als ich dein Schreiben erhielt“, fing ich an, mit einem schwachen Versuch zu scherzen. „Ich hätte dich in der Luft zerrissen. Du hast mir Zeit gelassen, wieder zu mir zu kommen. Aber was ich mit deinen Bemerkungen anfangen soll, weiß ich nicht. Im Grunde genommen ist, was du verlangst, nichts anderes als das jahrelang praktizierte und zu Recht von den Schriftstellern verurteilte Schema: Was kann der Leser daraus lernen? Die Wissenschaft lehrt, die Literatur vermittelt Erlebnisse, Erfahrungen, ich dachte immer, wir wären uns darin einig.“

„Wir sind uns darin einig“, entgegnete Cantor unsicher. „Wenn du meine Bemerkungen in diesem utilitaristischen Sinne verstanden hast, habe ich mich falsch ausgedrückt. Dennoch stimmt etwas mit deinem Schluß nicht. Ich habe gewußt, daß du dich aufregen wirst, aber dein Roman ist mir viel zu wichtig, als daß ich die Augen zudrücke, wenn ich Unzulänglichkeiten entdecke.“

Zum erstenmal hörte ich von Cantor so eine Anerkennung. Das war ungewöhnlich bei ihm, ich hatte während der Arbeit oft den Eindruck gehabt, daß es bei ihm viele Vorbehalte gebe. „Ich wußte nicht, daß er dir so wichtig ist“, sagte ich, „du hast dir jedenfalls viel Mühe gegeben, mich das nicht merken zu lassen.“

Er wollte etwas entgegnen, setzte zum Sprechen an, stand aber plötzlich auf und ging zum Schreibtisch, der vor dem Fenster stand. „Hier“, sagte er und nahm einige Manuskriptseiten, die lose auf der Schreibtischplatte herumlagen. „Das sind alles Versuche, dich zu überzeugen, daß der Schluß geändert werden müsse. Es ist mir nicht gelungen. Was bin ich für ein Lektor, daß es mir gerade in deinem Fall nicht gelingt.“

„Wieso gerade in meinem Fall ...?“ fragte ich und mußte auf einmal daran denken, daß Rosemarie Rockstroh gesagt hatte: „Er liebt dich." Ich hatte das nicht ernst genommen, aber es stimmte. Ich war verblüfft von dieser Erkenntnis, ich war in einer unangenehmen Lage und wußte nicht, wie ich mich verhalten sollte.

Er stand immer noch am Schreibtisch, das Gesicht abgewandt. Auf meine letzte Frage antwortete er nicht.

Draußen hörte ich Julia, sie hatte Besuch von anderen Kindern bekommen.

„Ich werde mir den Schluß noch einmal vornehmen", begann ich und wußte, daß er meine Absicht, über die Situation hinwegzukommen, durchschaute. „Vielleicht entdecke ich, was dich stört, vielleicht finde ich dann eine bessere Lösung. Schau du dir den Schluß bitte auch noch einmal an. Ein paar Tage bedeuten nicht mehr viel. Bist du damit einverstanden?"

Es fiel ihm schwer, einen unverbindlichen Ton zu finden. „Was ich tun kann, ist natürlich nur, Vorschläge zu machen. Ich weiß das, und du weißt es auch. Wesentlich ist darum, wie weit du mir vertraust, es könnte sein, daß du mit einem anderen ..."

Ich unterbrach ihn. „Ich vertraue dir, und ich weiß, daß du das Beste für mich willst. Wir haben uns oft zusammengerauft und werden uns auch diesmal zusammenraufen. Diesmal ist es vielleicht etwas schwerer für mich, weil ich geglaubt hatte, fertig zu sein, aber wahrscheinlich ist es richtig, daß du mich zwingst, nicht nachzulassen."

Zwei Tage sahen wir uns nur ganz flüchtig im Verlag. Cantor arbeitete mit einer Autorin zusammen, mit der er schon lange zu tun hatte, und ich mußte mich Baumgart widmen. Er war manchmal ziemlich schludrig, versuchte mir aber seine Schludrigkeiten als Originalitäten zu verkaufen. Damit kam er bei mir nicht weit.

Wir waren mitten in einem heißen Disput über eine Formulierung, als es klopfte.

„Ja?" rief ich ärgerlich, weil man mich in der Arbeit störte.

Kollegin Kluge hatte ihren Haushaltstag, darum hatte ich die Sekretärin gebeten, mir jeden Besuch abzuwimmeln.

Cantor machte die Tür einen Spaltbreit auf, trat aber nicht ein. „Entschuldige, hast du einen Augenblick Zeit?“ fragte er. „Es ist wichtig.“

Wenn Cantor mich aus der Arbeit holte, mußte es einen Grund geben. „Ich bin gleich wieder da“, vertröstete ich Baumgart.

„Deine Freundin Annerose hat mich angerufen“, teilte Cantor mir schon im Gang mit. „Sie läßt dich bitten, du möchtest sofort zu deinem ... zu Dr. Grenzer kommen. Es geht ihm nicht gut.“

„Walter?“ fragte ich erschrocken. „Warum hat Annerose nicht mich, sondern dich angerufen?“

„Das weiß ich nicht“, entgegnete Cantor, „vielleicht weil sie mich kennt und ... Fährst du hin?“

„Natürlich, sofort.“

„Und da holt man dich, wo ihr gar nicht mehr verheiratet seid?“ fragte Baumgart, als er hörte, warum ich sofort weg müsse. Als ich nicht antwortete, sagte er gutmütig: „Komm, ich fahre dich hin. Um diese Zeit ist es schwer mit Taxis.“

Annerose öffnete auf mein Klingeln. Ich wunderte mich, daß sie ganz ruhig aussah. „Was hat er? Was ist mit ihm?“ fragte ich aufgeregt.

„Du brauchst dir keine Sorgen zu machen, es ist nur Grippe“, antwortete sie. „Er wollte mit dir über Anette und Gudrun sprechen. Es muß da einiges erledigt werden, was er im Augenblick nicht selbst kann. Es ist dringend.“

Ich hatte das Schlimmste befürchtet, war hierher gestürzt und hörte nun, daß nur etwas von mir erledigt werden müsse. Ich starrte Annerose verständnislos an. „Und da holst du mich mitten aus der Arbeit? Da bemühst du Cantor?“

„Es ist wirklich dringend“, wiederholte Annerose, „du mußt mit Fallière sprechen. Er will die Scheidung einreichen und das Erziehungsrecht für Gudrun fordern. Walter wollte selbst mit ihm reden, aber die Krankheit ist dazwischengekommen."

„Ich soll mit Fallière sprechen? Du stehst doch weiß Gott besser mit ihm."

„Nicht mehr, ich hatte einen Auftritt mit ihm wegen Anette."

„Und worüber soll ich mit Fallière sprechen?"

„Du mußt versuchen, ihn dazu zu bringen, daß er die Forderung nach dem Erziehungsrecht fallenläßt."

„Und du meinst, das wird er tun?"

„Du mußt ihm klarmachen, daß Anette, daß wir um das Kind kämpfen werden."

„Ich soll ihm drohen? Das kann ich nicht. Wo ist Gudrun jetzt?"

„Das ist es eben", antwortete Annerose. „Er hat sie weggebracht zu irgendwelchen Leuten in der Republik, und wir können nicht erfahren, wohin und zu wem."

„Und Anette weiß das auch nicht?"

„Anette hatte das Kind bei einem befreundeten Ehepaar gelassen, das es sehr gut betreute. Sie haben selbst zwei Kinder. Fallière hat Gudrun einfach vor dem Haus abgepaßt und mitgenommen."

„Das darf er doch gar nicht", rief ich empört, „das ist ja kriminell."

„Eben", bestätigte Annerose. „Darum haben wir uns entschlossen, Gudrun zu uns zu nehmen, solange Anette nicht da ist. Aber zuerst müssen wir sie heraushaben."

„Wir?" fragte ich.

Wir standen vor der Schlafzimmertür.

Annerose zauderte, dann flüsterte sie: „Du wolltest unlängst wissen, wie es um uns steht, um Walter und mich. Du hattest die Möglichkeit, dich zu entscheiden, zu ihm zu ziehen. Das hast du abgelehnt. Nun haben wir uns entschlossen. Ich ziehe zu Walter und gebe meine Arbeit auf. Wir haben es hin und her erwogen. Daß wir uns mögen, weißt du. Wir wollen das Kind zu uns nehmen, wenn Anette auf Tournee ist, das heißt, wenn sie weitermacht, und das will sie. Das hier soll Gudruns Zuhause sein."

Warum war mir, als könne ich nicht atmen, als drücke mir jemand die Kehle zu. Ich hatte es doch selbst soweit gebracht. Ich hatte alles dazu getan, daß es so gekommen war. Davonlaufen, dachte ich. Weglaufen, vor mir selbst. Nichts mehr hören, nichts mehr sehen, nichts mehr denken. Dieses verfluchte Gefühl würgte mich, kämpfte gegen meinen Verstand, der mir zurief: Durchhalten, Gerlind, dir keine Blöße geben.

„Schön, daß du gekommen bist", begrüßte mich Walter. „Gib mir bitte keine Hand. Ich wollte ja mit Hans sprechen, aber Annerose läßt mich nicht. Diese blöde Grippe."

„Er hat hohes Fieber", warf Annerose ein.

Annerose läßt mich nicht, hallte es in meinem Kopf wider, Annerose läßt mich nicht. Ich riß mich zusammen. „Glaubst du, daß es mir gelingt, Fallière zu überreden?" fragte ich.

Walter richtete sich etwas auf, er war rot im Gesicht, und seine Stirn glänzte schweißnaß. „Ich hoffe es", sagte er.

„Trotz des Zusammenstoßes?"

„Den hattest du doch mehr mit Anette. Du kannst ihm natürlich nicht drohen, aber du kannst ihm die Folgen seines Verhaltens, auch von rechtlichen Standpunkt, klarmachen."

„Er ist nur heute und morgen in Berlin", machte Annerose mich aufmerksam, „dann ist er wieder auf Tournee, das habe ich zufällig erfahren. Darum die Eile."

Ich bemühte mich, so zu tun, als sei das Gespräch mit Annerose gar nicht gewesen. Wir Frauen seien von Natur aus gezwungen, Theater zu spielen, hatte ich einmal eine Schauspielerin sagen hören. Von Natur aus, das stimmte nicht, aber von der Rolle im Mann-Frau-Verhältnis aus bestimmt. „Natürlich, wenn es sein muß, werde ich mit Fallière sprechen. Aber ob Anette damit sehr einverstanden ist, daß ich mich einmische ..., wir hatten nach unserer Auseinandersetzung keinerlei Verbindung mehr?"

„Aber sie hat sich doch in jedem Brief nach dir erkundigt", stellte Walter fest.

„In was für Briefen", fragte ich erstaunt. „In Briefen an dich?"

Der Sinn meiner Frage fiel Walter nicht auf. „In Briefen an Annerose", entgegnete er. „Als sie mich unlängst aus Prag anrief, wo sie gastierte, war ihre erste Frage, wie es Mutter gehe."

Ich bemerkte, wie unangenehm meine Fragen Annerose waren.

„Ach", sagte ich darum nur, „du hast also telefonisch mit ihr gesprochen?"

„Sie hat fast aus jedem größeren Gastspielort angerufen. Viel kann man bei Telefongesprächen ja nicht erfahren, aber aus allem, was ich heraushörte, kann ich schließen, daß sie sich nicht sehr wohl fühlt. Von dem Schlagersänger hat sie sich wieder getrennt und versucht jetzt erneut Verbindungen aufzunehmen, die sie bei früheren Gastspielen mit Fallière hatte. Das scheint nicht leicht zu sein."

„Und wo wohnt sie?"

„Das ist auch so eine Frage, die geklärt werden muß", sagte Annerose. „Sie wohnt bei den Bekannten, zu denen sie das Kind gegeben hat, wenn sie unterwegs war. In der Wohnung lebt Fallière mit seiner neuen Partnerin."

„Hat er sie ...?"

„Nein, nein, er hat sie nicht gehindert, auch da zu wohnen, aber das will sie natürlich nicht."

„Kannst du mir die Adresse dieses befreundeten Ehepaars geben?"

„Sie wohnen in Treptow. Ich schreibe sie dir auf. Aber Anette kommt erst Ende nächster Woche zurück. Das wichtigste ist, daß du erfährst, wohin Fallière das Kind gebracht hat."

Das Gespräch griff Walter anscheinend an, sein Gesicht rötete sich noch mehr, und sein Atem ging unregelmäßig. Annerose wischte ihm den Schweiß mit einem feuchten Tuch von der Stirn und sagte energisch: „Jetzt ist's aber genug, wir müssen aufhören. Gerlind wird mit Fallière sprechen. Du kannst dich doch frei machen? Am besten, du suchst ihn morgen früh auf, nachher ist er womöglich nicht mehr zu Haus."

„Ich werde gleich mit meinem Chef sprechen."

„Sehr gut, wir hören von dir?"

Damit verabschiedete sie mich. Sie war hier schon die Hausfrau, sie hatte hier das Sagen. Ihr ständiges „wir" machte mich verrückt.

Auf der Treppe sprach sie kein Wort, erst unten fragte sie, ob ich nicht einen Augenblick zu ihr kommen wolle.

Ich lehnte diese höflich-konventionelle Aufforderung ab und antwortete, wenn ich Dr. Hausmann noch erreichen wollte, müßte ich mich beeilen.

Sie nickte und sagte schnell: „Es hat dich aufgebracht, daß Anette sich in ihren Briefen an mich immer nach dir erkundigte und ich dir nichts davon erzählte?"

„Du hast mir manches nicht erzählt", erwiderte ich, „das regt mich nicht mehr auf."

„Ich habe es gut gemeint. Es hätte vieles bei dir aufgerührt."

„Du meinst es immer gut", unterbrach ich sie. „Ich weiß."

Sie sah mich prüfend an, mein Spott brachte sie etwas aus der Fassung. Ich entdeckte erst jetzt, wie schön sie immer noch war, beinahe wie einst. Ein bitteres Gefühl erfüllte mich, sie hatte meinen Platz eingenommen, würde in dem Haus leben, in dem ich viele Jahre zu Hause war, und ich wußte nicht, wo ich eine Unterkunft finden sollte, wenn Rosemarie Rockstroh ihr Häuschen in Eichwalde brauchte. Ich war mir zwar bewußt, daß ich selbst an meinem Zustand schuld war, aber das änderte nichts an der Bitterkeit.

Es muß Gedankenübertragung gewesen sein, denn sie fing an, von ihrer Wohnung zu reden. „Ich weiß nicht, wie du dazu stehst", begann sie behutsam tastend, „meine Wohnung wird doch jetzt frei, und wenn du noch nichts in Aussicht hast ..., ewig wirst du in Eichwalde nicht bleiben können. Es wäre ein Tausch, das läßt sich bestimmt einrichten."

Ich bin nicht imstande, Empfindungen und Gefühle von einem Augenblick zum anderen umzustellen. „Auch das meinst du gut", sagte ich, „aber im Moment dreht sich alles in meinem Kopf, das wirst du verstehen. Ich habe ja einiges zu verdauen. Vielleicht wird das die einzige Lösung für mich sein, doch du wohnst ja jetzt noch offiziell in der Wohnung. Es braucht also nichts überstürzt zu werden."

Annerose schien sichtlich erleichtert. Vielleicht hatte sie erwartet, daß es über ihre Beziehungen zu Walter, die sie versucht hatte, vor mir geheimzuhalten, und zu ihrem Entschluß, zu ihm zu ziehen, Zwistigkeiten mit mir geben würde. Aber was hätte das genützt? Es war, wie es war, ändern ließ sich nichts mehr daran.

Ich nahm ein Taxi und fuhr direkt in den Verlag. Der Chef war noch im Hause, aber er hatte Besuch. Ich bat Frau Leister, ihn zu fragen, ob ich ihn anschließend kurz sprechen könnte. Dann wartete ich in meinem Zimmer.

Es zog sich hin. Auf meinem Schreibtisch lag eine Notiz mit den Namen der Leute, die angerufen hatten. Es waren nur drei, Dorothea Ehrlich war unter ihnen. Ich überlegte, ob ich mit ihr nicht über Anette sprechen sollte, Dorothea Ehrlich kannte Gott und die Welt. Vielleicht konnte sie Anette einen guten Rat geben. Seit ich wußte, daß Anette sich in ihren Briefen nach mir erkundigt hatte, mußte ich ständig an meine Tochter denken. Ich machte mir Vorwürfe, daß ich nicht schon eher darauf gekommen war, die Verbindung mit ihr wieder aufzunehmen. Mein Stolz, der mich daran gehindert hatte, war nichts als dummes Selbstgefühl. Ich begann über Anettes Ehe nachzudenken, als Frau Leister anrief, der Chef erwarte mich.

„Na, was haben wir auf dem Herzen?" fragte er in einer jovial väterlichen Weise, die gar nicht zu ihm paßte. Seit der Sache mit dem Krankenhaus glaubte er mich vorsichtig behandeln zu müssen.

Ich berichtete, warum ich zu ihm gekommen sei, und

fragte, ob er mich wohl am nächsten und eventuell übernächsten Tag entschuldigen könne.

„Dazu hätten Sie nicht extra herkommen müssen", antwortete er, „telefonisch wäre das auch zu erledigen gewesen. Und ich dachte, es handle sich um Probleme mit Ihrem Roman, dabei hätte ich Ihnen wahrscheinlich weniger helfen können." Dann meinte er, es täte ihm leid, daß ich Sorgen mit meiner Tochter habe, die er erst vor kurzem in einer Schlagersendung gesehen habe. „Eine bildschöne Frau", sagte er.

„Sie haben meine Tochter gesehen?" fragte ich verblüfft. „In was für einer Sendung?"

„Wie diese Sendung hieß, kann ich Ihnen nicht mehr sagen", meinte er bedauernd. „Ich sehe mir so was nur an, weil meine Tochter Spaß daran hat. Aber wie gesagt, Kollegin Grenzer, Ihre Tochter ist eine auffallend schöne Frau."

Als ich an Cantors Zimmer vorbeikam, sah ich, daß seine Tür halb offenstand. Er war also noch da. Ich erwog, ob ich ihm mitteilen solle, warum Walter mich holen ließ, immerhin hatte Annerose ihn angerufen, aber es war mir unangenehm zuzugeben, daß sie mich hauptsächlich wegen des Gesprächs mit Fallière geholt hatte. Ich warf einen Blick in Cantors Zimmer und erschrak. Er saß vor dem Schreibtisch, den Kopf auf der Schreibtischplatte, und rührte sich nicht. „Hallo!" rief ich, und da er sich immer noch nicht rührte, ging ich an ihn heran und rüttelte ihn leicht.

Er richtete sich etwas auf und fragte benommen: „Ja, was ist?"

„Du hast mir einen schönen Schrecken eingejagt", sagte ich. „Bist du eingeschlafen?"

„Scheint so", sagte er verlegen. „Ich wollte hören, ob du vielleicht jemand brauchst. Weil deine Freundin mich angerufen hat … Zu Hause habe ich kein Telefon."

„Und da bist du meinetwegen dageblieben?"

„Wenn man einem Kollegen helfen kann", brummte er

unwirsch. Plötzlich erschrak er. „Julia! Ich habe vergessen, sie abzuholen. Es ist das erstemal."

Ich sah, wie sehr er es sich zu Herzen nahm und wie untröstlich er war. „Wir nehmen ein Taxi und holen Julia gemeinsam ab", schlug ich vor.

Am Taxistand war natürlich kein Taxi, und wir mußten ein paar Minuten warten. Cantor wurde immer ungeduldiger, es war rührend zu sehen, wie er an der Kleinen hing.

Im Kindergarten kam uns die Leiterin schon entgegen. „Das ist ja ganz ungewöhnlich, daß Sie sich einmal verspäten, Herr Cantor", sagte sie freundlich. „Bei anderen sind wir ja Kummer gewöhnt. Julia ist außer sich, na, Sie werden's gleich erleben."

Julia stürzte dem Großvater tränenüberströmt entgegen. „Opa, Opa, Opa", schrie sie und klammerte sich an ihn. „Alle sind schon fort, ich bin ganz allein da, ganz allein ..."

Sie hatte mich gar nicht wahrgenommen, jetzt erst entdeckte sie mich und wußte nicht, wie ich in ihren Kindergarten komme.

„Du darfst Opa keine Vorwürfe machen", sagte ich und umarmte das Kind. „Wenn du schimpfst, mußt du mit mir schimpfen, weil ich schuld daran bin, daß Opa zu spät kommt."

Sie wußte nicht recht, ob ich scherze, und sagte mit dem Ernst eines Kindes, das Erwachsene nachahmt: „Ich schimpfe nur, wenn es sein muß."

Cantor erwartete, daß ich mich vor dem Hause verabschiedete, aber ich ging mit hinauf. Julias Händchen hatte meine Hand ergriffen und ließ sie nicht los. „Bringst du mich auch ins Bettchen?" fragte sie.

„Natürlich bringe ich dich auch ins Bett, wenn Opa es erlaubt."

„Kann ich noch das Sandmännchen sehen?" fragte sie.

Cantor nickte mir zu. „Wenn du gegessen hast und auch gewaschen bist, kannst du es sehen."

Wir sahen uns später gemeinsam das Sandmännchen an, dann brachten wir Julia ins Bett. Auch die Wände des kleinen Kinderzimmers waren wie im Wohnzimmer mit Aquarellen bedeckt, die Blumen darstellten. Ich fragte Julia nach einigen dieser Blumen, sie kannte ihre Namen und nannte sie, ohne zu überlegen.

„Bleibst du hier, Tante Gerlind?" fragte Julia, als ich ihr einen Gutenachtkuß gab.

„Ich bleibe nicht hier, aber ich komme wieder", antwortete ich.

Cantor war unschlüssig, ob er mich bitten sollte zu bleiben, ob er mir etwas anbieten könnte, wie er sich überhaupt zu verhalten habe. „Ich weiß nicht, ob du etwas essen willst ... viel ist nicht da, wenn man allein ist ..."

„Du brauchst mir keine Rede zu halten", sagte ich, „wenn du mir zeigst, wo alles ist und mich machen läßt, dann werde ich schon etwas zustande kriegen."

Es war wirklich nicht viel da, doch es reichte. Ohne zu fragen, machte ich auch Tee.

„An so etwas bin ich gar nicht mehr gewöhnt", sagte Cantor, als wir uns an den Tisch setzten.

„Wenn man einem Kollegen helfen kann ...", wiederholte ich seine Worte von vorhin.

Er lächelte, und sein Gesicht spiegelte so viele Empfindungen wider, daß ich verlegen wurde und einen betont unbefangenen Ton anschlug, als ich ihm erzählte, warum Annerose angerufen hatte.

„Doktor Grenzer ist also gar nicht so krank?" fragte Cantor.

„Er ist krank", antwortete ich, „aber der eigentliche Grund, warum Annerose anrief, war das Gespräch mit Fallière."

„Und da jagt sie dir so einen Schreck ein?"

„Vielleicht glaubte sie, daß es mich nicht so erschrecken würde, weil Walter und ich doch geschieden sind."

Meine Ausflucht verfing bei ihm nicht. „Sie kennt dich besser, und sie hat gewußt, wie du reagierst. Es war ja auch charakteristisch, daß sie mich anrief."

„Wieso charakteristisch?" fragte ich, obwohl mir klar war, daß Cantor auch das durchschaute.

„Wenn sie mit dir gesprochen hätte, würdest du dich erkundigt haben, wie es ihm geht. So aber erschien es dringlicher."

„Wahrscheinlich hast du recht", gab ich zu.

„Wann sprichst du mit Fallière?"

„Morgen früh. Er ist nur noch morgen da."

„Wieso?"

„Dann ist er wieder auf Tournee."

„Und was geschieht mit dem Kind, wenn du Fallière überredest, daß er die Kleine zurückholt?"

Diese Frage hatte ich erwartet. Es war die unangenehmste. Ihr auszuweichen hatte keinen Sinn, er würde es ja doch erfahren.

„Annerose zieht zu Walter", erwiderte ich, „sie wollen das Kind zu sich nehmen, bis Anette zurückkommt, und auch sonst, wenn sie nicht da ist. Annerose hört auf zu arbeiten."

Ich sagte alles mit abgewandtem Blick und sah nicht, wie Cantor meine Worte aufnahm. Wir schwiegen beide.

Ich läutete, aber nichts rührte sich. Ich fürchtete schon, zu spät gekommen zu sein, als eine sehr junge Frau herauskam, mit zerzausten Haaren und einem hastig umgeworfenen Morgenmantel. „Sie wünschen?" Es klang sehr ungnädig.

„Kann ich Herrn Fallière sprechen?" fragte ich und fügte hinzu: „Ich bedaure, Sie so früh gestört zu haben."

„Mein Mann ist jetzt noch nicht zu sprechen", knurrte sie und machte Miene, die Tür wieder zuzuschlagen.

„Ich möchte auch nicht Ihren Mann sprechen", sagte ich energisch, „sondern den Mann meiner Tochter, meinen Schwiegersohn. Ich heiße Grenzer."

Mein Ton schien sie zu beeindrucken. „Warten Sie einen Augenblick", sagte sie und ließ mich stehen.

Es dauerte eine Weile, und ich wollte erneut klingeln,

als die Tür wieder geöffnet wurde. Diesmal war es Fallière selbst, der mir öffnete, in Bademantel und Hausschuhen.

„Was willst du?“ fragte er statt einer Begrüßung. „Hat sie dich geschickt?“

„Du meinst Anette? Nein, Anette weiß nicht, daß ich hier bin. Ich möchte mit dir reden, aber so vor der Tür ist das nicht besonders angenehm.“

„Komm rein“, sagte er nicht gerade höflich.

Nicht nur im Flur, auch im Wohnzimmer lagen Kleidungsstücke herum. Auf dem Tisch stand unaufgewaschenes Geschirr.

„Setz dich“, sagte er im selben Ton wie vorhin, „soll ich Kaffee machen?“

„Nein, danke, ich will dich nicht lange aufhalten“, beruhigte ich ihn. „Das heißt, wie lange unser Gespräch dauern wird, hängt von dir ab.“

„Schieß los“, verlangte er.

Eine Unterhaltung in dieser Tonart war ich nicht gewohnt, und ich wußte, daß sie nicht einfach sein würde. „Ich habe mit Freude gelesen, daß du dich in letzter Zeit mehr dem politischen Chanson zugewandt hast“, begann ich. Ich hatte es zwar nicht gelesen, aber von Dorothea Ehrlich gehört.

Er runzelte die Stirn. „Was soll das“, brummte er. „Mach's kurz.“

„Ich bin schon dabei. Du hast ein Publikum, auf das du zählen kannst. Wie meinst du, wird dieses Publikum reagieren, wenn es erfährt, in welchem Gegensatz dein politisches Bekenntnis zu deinem menschlichen Verhalten steht?“ Ich soll ihm drohen? Das kann ich nicht, hatte ich Annerose gesagt. Jetzt tat ich es doch.

Er grinste. „In welchem Gegensatz denn?“ Er erwartete, daß ich auf sein Verhältnis mit seiner neuen Partnerin einging.

„Du hast etwas getan, mein Lieber, womit man bei uns nicht so ohne weiteres durchkommt. Du hast Gudrun ohne Einverständnis der Mutter, ohne sie überhaupt zu informieren, ohne rechtliche Grundlage einfach geklaut."

Jetzt wurde er ernst. „Wir sind noch nicht geschieden", sagte er. „Es ist mein Kind. Ich habe das Recht ..."

„Das wirst du vor Gericht vertreten müssen. Du hast Anette nicht einmal die Adresse hinterlassen, wohin du das Kind gebracht hast."

Er reagierte schnell. „Die kann sie haben. Wenn sie mich darum gebeten hätte ..."

„Gut, dann bitte ich dich darum. Ich bin immerhin die Großmutter."

„Sie soll sie selbst bei mir holen", beharrte er trotzig, aber bereits unsicher.

Nun versuchte ich es auf andere Art. „Anette kann sie nicht von dir holen, weil du unterwegs sein wirst, wenn sie kommt. Schau mal, was hast du davon, wenn du das Kind irgendwo unterbringst, während du selbst unterwegs bist? Wäre es nicht besser, wenn du wenigstens in diesem Punkt im Einvernehmen mit Anette überlegtest, was für das Kind das beste ist? Du hängst doch an Gudrun, und sie hängt an dir."

Das traf auf einen Nerv bei ihm.

„Und wo soll sie bleiben?" fragte er. „Anette ist doch auch ständig unterwegs."

Jetzt unterbreitete ich ihm Anneroses Vorschlag. Er sah mich abschätzend an, und um seine Mundwinkel huschte die Andeutung eines Lächelns. „Wieso zu Annerose und Schwiegervater? Sind die beiden jetzt ...?"

„Annerose wird zu deinem Schwiegervater ziehen", antwortete ich, so sachlich es ging.

Jetzt grinste Fallière nicht mehr, jetzt lachte er. „Dieses Biest", sagte er, „erreicht doch immer, was sie sich vornimmt. Und warum kommt Gudrun nicht zu dir?"

„Ich arbeite, und Annerose will ihre Arbeit aufgeben. Es wäre also immer jemand da. Ich werde für Gudrun natürlich auch dasein, wenn es nötig ist."

Er überlegte, und auf seiner Stirn standen zwei steile Falten.

„Zu dir würde ich sie lieber geben", sagte er endlich.

Seine Worte überraschten mich, das hätte ich von Fallière am wenigsten erwartet. „Warum?" fragte ich.

„Du bist gradliniger", stellte er fest. „Bei dir weiß man immer, wie man dran ist."

„Und bei Annerose nicht?"

„Nein. Du siehst es ja jetzt selbst."

„Was sehe ich?"

„Hast du gewußt, daß sie mit Schwiegervater ...?"

„Ich habe gewußt, daß sie ihn liebt. Aber sie hat mir zugeredet, zu ihm zurückzukehren."

Er machte eine wegwischende Gebärde. „Das ist ihre Taktik. Ich kenne das." Er stand auf und verschwand einen Augenblick im Flur. Ich hörte, wie er draußen zu seiner Freundin, die wahrscheinlich gelauscht hatte, sagte: „Ich komme gleich." Dann kam er zurück und wandte sich an mich: „Also schön, ihr könnt Gudrun haben. Aber ich kann sie sehen, wann ich will?"

„Natürlich."

Er setzte sich an den Schreibtisch, der vor dem Fenster stand, und schrieb die Adresse auf. „Holst du sie?" fragte er.

„Warum?"

„Es wäre das beste. Sie mag dich."

„Ich werde sie holen", versprach ich.

„Sag ihr, daß ich ihr etwas Schönes mitbringe, wenn ich zurückkomme. Die Familie, bei der ich sie untergebracht habe, sind ehemalige Artisten. Ganz patente Leute. Jetzt arbeiten sie in der LPG. Grüße sie von mir."

„Ich werde sie grüßen.

Annerose schien mit dem Ergebnis meines Gesprächs sehr zufrieden zu sein. Sie fragte, wie Fallière sich benommen, was er gesagt habe, und ich erzählte es ihr. Von seinen Äußerungen über sie erzählte ich nicht.

„Wann fährst du?“ fragte sie.

„Morgen“, antwortete ich. „Ich habe mir zwei Tage Urlaub genommen.“

„Willst du nicht raufkommen?“ forderte sie mich auf. „Walter würde sich freuen.“

„Ich habe jetzt keine Zeit“, entschuldigte ich mich. „Grüße ihn bitte von mir.“

Die LPG „Freie Erde“ war nur 120 Kilometer von Berlin entfernt, aber sie war schwer zu erreichen, wenigstens mit öffentlichen Verkehrsmitteln. Ich mußte zweimal umsteigen und dann noch ein Stück gehen, ehe ich im Ort war. Ich fragte eine junge Frau, der ich zufällig begegnete, ob sie wisse, wo ich den Kollegen Grabbert finden könne.

„Da hätten Sie gar nicht so weit zu laufen brauchen“, sagte sie, „der ist bei den Pferden.“

„Haben Sie hier auch Pferde?“ fragte ich.

„Wir haben auch Pferde.“

„Zur Arbeit?“

„Für manches braucht man auch Pferde. Aber wir haben hauptsächlich Reitpferde, die LPG hat eine Reitschule.“

Bald sollte ich Näheres über diese Reitschule erfahren, Grabbert leitete sie. Er war nicht wenig erstaunt, als ich plötzlich im Stall auftauchte und ihm Grüße von Fallière übermittelte.

„Von Hans“, sagte er erfreut, „das ist ein richtig guter Kumpel.“

Wie verschieden Einschätzungen sein können.

Grabbert bat mich zu sich in sein Haus, das ganz in der Nähe war, und stellte mir seine Frau vor. Die Gründe meines Besuchs stimmten beide traurig. „Wir haben Gudrun liebgewonnen“, sagte Frau Grabbert. „Unsere Kinder sind schon groß und aus dem Hause, da ist so was Kleines eine richtige Freude. Aber wir haben ja gewußt, daß wir sie wieder hergeben müssen.“

„Und wo ist sie?“

Ich erfuhr, daß Gudrun noch im LPG-eigenen Kindergarten war, den man in dem Haus des ehemaligen Gutsbesitzers untergebracht hatte.

Grabbert begleitete mich. Die Kinder tobten im Garten herum. Sie kümmerten sich nicht um uns.

„Gudrun!“ schrie Grabbert, daß man es weithin hörte. Aus einer Gruppe von kleinen Mädchen löste sich eines und kam auf uns zu. Es nahm keine Notiz von mir, sondern fragte nur: „Ja, Onkel Grabbert?“

„Du erkennst mich wohl nicht mehr?“ sprach ich sie an.

Einen Augenblick musterte sie mich streng und mißtrauisch, dann sprang sie an mir hoch und schrie aus Leibeskräften: „Omi!“ und beinahe im gleichen Atemzug ebenso laut: „Omi, ich lerne reiten!“

Grabbert lachte. „Darüber geht ihr nichts. Sie hat übrigens was los, aus ihr könnte was werden, ich kann es beurteilen, habe immerhin fünfundzwanzig Jahre einen eigenen Zug gehabt, und meine Frau war Kunstreiterin. Ja, das waren Zeiten.“

„Und warum haben Sie aufgehört, Herr Grabbert?“

Er winkte ab. „Meine Frau ist verunglückt, da hab ich aufgegeben. Was soll's. Hier fühlen wir uns wohl.“

Gudrun bestand darauf, daß ich sehen müsse, wie sie reitet, und ich konnte ihr den Wunsch nicht abschlagen, zumal Grabbert ihn unterstützte.

Es war kein Pony, auf dem Gudrun ritt, sie saß auf dem Rücken eines großen Pferdes, und ich staunte, wie sicher sie sich da fühlte.

Je länger ich bei diesen Grabberts war, je mehr ich von der LPG sah und hörte, desto größere Vorwürfe machte ich mir. Das Kind war hier glücklich, Grabberts liebten es, es hatte Spielkameraden, es gab Tiere, die Gudrun anfassen und streicheln durfte und – sie durfte reiten. War es nicht krasser Egoismus, sie in die Stadt zurückzuholen? Ich nahm mir fest vor, mit Anette darüber zu reden. Wenn sie sich dem Kind noch hätte widmen können, aber so …

Nur meine Versicherung, daß Gudrun immer in den Ferien zu Tante und Onkel Grabbert kommen könne, machten den Abschied etwas leichter.

Walter war nicht da, als wir ankamen, nur Annerose begrüßte uns. Aber das Spielzeug, das sie vorbereitet hatte, die Zärtlichkeiten, mit denen sie Gudrun überschüttete, trösteten diese doch nur schwer über den Verlust, den sie erlitten. „Werde ich hier auch reiten?" fragte sie und beruhigte sich etwas, als Annerose versprach, sich zu erkundigen, wo man Reitunterricht nehmen könne.

Anette hatte noch nichts von den Geschehnissen der letzten zwei Tage gehört, ich beschloß darum, das befreundete Ehepaar, bei dem sie wohnte, seit sie sich von Fallière getrennt hatte, aufzusuchen. Vielleicht wußten die Leute, wo sie sich gerade befand und wann sie zurückkomme.

Es waren besonders nette Menschen, die sich freuten, die Mutter von Anette kennenzulernen. Daß ich mit Fallière gesprochen, daß ich die Adresse von ihm erhalten und schließlich, daß ich Gudrun geholt hatte, machte sie ganz glücklich.

„Es war doch eine große Verantwortung, die wir da auf uns genommen hatten", sagte die junge Frau. „Als wir es Anette telefonisch mitteilten, wollte sie ihr Gastspiel abbrechen, aber wir haben ihr zugeredet, die paar Tage noch zu bleiben. Sie kommt morgen."

„Glauben Sie, daß ich sie morgen schon besuchen kann?"

„Natürlich", antwortete der Ehemann, „sie wird sich sehr freuen, daß Sie hier waren."

„Glauben Sie?"

„Bestimmt, sie hat viel von Ihnen erzählt."

„Sagen Sie ihr bitte noch nicht, daß ich dagewesen bin", bat ich, „ich möchte sie überraschen. Und teilen Sie ihr auch noch nichts von Gudrun mit, Anette wird sicher sehr müde sein, wenn sie kommt. Das Kind ist gut aufgehoben. Ich werde Anette alles erzählen."

„Natürlich, wie Sie wollen."

Auf mein Klingeln öffnete Anette selbst. Als sie mich sah, war sie wie erstarrt, dann schloß sie mich in die Arme. „Mutter", sagte sie, „daß du da bist! Wie geht es dir?"

„Das ist ja wohl nicht das wichtigste", antwortete ich. „Wie geht es dir? Du mußt mir alles erzählen."

Sie führte mich in das Wohnzimmer der Familie, von der im Augenblick keiner zu Hause zu sein schien.

„Ich habe in einer Revue zu tun", berichtete sie, nachdem wir Platz genommen hatten. „Ohne Hans. Auch das Fernsehen hat sie gesendet."

„Ich weiß es von Doktor Hausmann", bestätigte ich. „Leider wußte ich vorher nichts davon, sonst hätte ich sie mir angesehen. Hausmann meinte, du hättest phantastisch ausgesehen."

„Sonst hat er nichts gesagt?" fragte sie beinahe ängstlich.

„Nein, warum?"

Sie saß neben mir auf der Couch und starrte vor sich hin, plötzlich aber schluchzte sie auf und legte ihren Kopf in meinen Schoß, wie sie es als Kind manchmal getan hatte. Ich streichelte über ihre Haare, gab ihr gute Worte, versuchte sie zu beruhigen. „Nanni", redete ich sie mit dem Kosenamen an, den wir ihr früher gegeben hatten. „Was hast du?"

Sie richtete sich ein wenig auf und strich die Haare mit der Hand aus dem Gesicht. „Ich war schlecht Mutter. Ich habe versagt. Ich wollte zeigen, daß es auch ohne Hans geht, aber es ging nicht gut. Ich mache mir da nichts vor."

„Das bildest du dir bestimmt ein", tröstete ich sie. „Wenn Hausmann dich schlecht gefunden hätte, würde er mir nichts von der Sendung gesagt haben. Er war begeistert von deinem Aussehen."

„Das war auch das einzige", sagte Anette bitter. „Du hättest den Vertreter der Künstleragentur hören müssen."

„Wieso, hat er dir gesagt, daß du schlecht warst?"

„Er hat mir angedeutet, daß ich allein keine Aussicht habe weiterzukommen. ‚Und wenn er mit Gott weiß wem schläft', hat er gesagt, ,als Partner hättet ihr zusammenbleiben müssen.'"

„Du müßtest mit der Schlagersängerei aufhören. Vielleicht kannst du dein Studium fortsetzen? Vielleicht finden wir auch einen anderen Weg."

Anette schüttelte den Kopf. „Ich kann nicht aufhören, Mutter, und ich will nicht aufhören. Es war falsch, daß ich mich von Hans getrennt habe. Ich hab den Kopf verloren, als er mit dem Mädchen ankam. Ich hab einen Tobsuchtsanfall bekommen, ich hätte ihn umbringen können. Sie ist acht Jahre jünger als ich, das reizt ihn. Er hat es mir direkt gesagt."

„Aber du hättest doch nicht mit ihm zusammenbleiben können, wenn er diese Frau in die Wohnung mitbringt."

„Warum nicht, Mutter? Du hast auch manches getan, was man eigentlich nicht tun kann."

„Ich habe auch genug dafür bezahlt."

„Jeder kauft ein auf seine Weise und zahlt auf seine Weise."

„Es gibt noch so etwas wie Würde, Anette."

„Würde, Mutter, hat unterschiedliche Stellenwerte."

Ich wurde mit ihr nicht fertig. Eigentlich schlug sie mich mit meinen Waffen. „Und warum willst du diesen Beruf nicht aufgeben? Hängst du wirklich so an ihm?"

Anette antwortete nicht sofort. Sie sah müde und abgespannt aus, Tränen hatten ihre Augen gerötet, aber sie war trotzdem schön, schöner vielleicht als in der Zeit ihrer großen Erfolge. „Vielleicht hänge ich nicht so an ihm, aber ich habe den Weg nun einmal eingeschlagen und muß ihn weitergehen. Ich weiß, daß du für diesen Weg nicht viel übrig hast, Mutter, aber er ist nun mal mein Weg. Ich habe begonnen, mir selbst Texte zu schreiben, ich habe einen Komponisten, der mir die Musik macht. Das mit der Revue war ein Mißerfolg, aber ich gebe nicht auf. Was mir im Augenblick zusätzlich großen Kummer bereitet, ist die Angelegenheit mit Gudrun. Du hast davon gehört?"

„Ich habe nicht nur davon gehört, ich habe auch etwas unternommen", sagte ich. Dann erzählte ich ihr von meiner Unterredung mit Fallière und von meiner Reise zu Grabberts.

Anette hatte gespannt zugehört. Sie sprang auf. „Wo ist Gudrun?"

Jetzt kam der schwerste Teil für mich. „Ich wußte nicht, wann du zurückkommst, ich habe sie darum nach Niederschönhausen gebracht."

„Zu Vater?"

„Zu Vater und Annerose."

Anette schaute mich betroffen an. „Was heißt das, zu Vater und Annerose?"

Ich wich ihrem Blick aus. „Annerose wohnt augenblicklich bei Vater."

„Augenblicklich?"

„Sie wird zu ihm ziehen."

„Nach Niederschönhausen?"

„Nach Niederschönhausen."

„Ach", sagte sie nur.

„Ja."

Sie setzte sich neben mich und legte den Arm um meine Schulter. „Es tut mir leid, Mutter."

„Warum? Du hast sie doch sehr gern."

„Aber doch nicht so." Sie schien mit der Sache nicht fertig zu werden. „Weißt du, Mutter", sagte sie, „damals hab ich dich nicht verstanden. Heute verstehe ich vieles."

Draußen wurde die Wohnungstür aufgeschlossen. Anette erhob sich und ging in den Flur. „Sollen wir raus?" hörte ich sie fragen. Jemand antwortete, doch das verstand ich nicht.

Sie kam zurück und setzte sich wieder. „Es ist Karin", erklärte sie, „wir können ruhig hier bleiben. Alles hätte ich erwartet", nahm sie das Gespräch wieder auf, „aber das Annerose zu Vater zieht ..."

„Sie hat mir einige Male nahegelegt, zu ihm zurückzukehren, ich habe es nicht getan. Sie ist nicht schuld."

„Jetzt nimmst du sie auch noch in Schutz. Ihr seid wirklich komisch mit eurer Moral, euren Grundsätzen und Prinzipien."

„Wer ihr?"

„Ihr ... Älteren. Wird sie ihn heiraten?"

„Ich weiß nicht, wahrscheinlich."

„Dabei liebt ihr euch doch."

„Wer liebt wen?"

„Vater dich und du Vater."

„Annerose liebt Vater auch."

„Ich komme da nicht mit, Mutter. In diesem Punkt bin ich altmodischer als du. Und was wirst du machen? Du kannst doch nicht ewig in diesem Wochenendhaus bleiben?"

„Annerose hat mir angeboten, in ihre Wohnung zu ziehen."

„Das ist die Höhe", rief Anette empört. „Das ist geschmacklos, das hätte ich Annerose nicht zugetraut. Ich hab sie wirklich gern gehabt."

„Das ist die einzige Lösung für mich", versetzte ich. „Du tust Annerose unrecht, wenn du ihr schlechte Motive unterstellst."

„‚Edel sei der Mensch, hilfreich und gut'", deklamierte Anette mit übertriebenem Pathos. „Ihr seid schon zwei komische Heilige, Annerose und du. Aber du kannst reden, was du willst, ich finde ihr Verhalten abscheulich. Sie hat immer nur dein Bestes im Auge gehabt und dabei sehr geschickt ihre Ziele verfolgt." Anette brütete einen Augenblick vor sich hin und sagte dann unglücklich: „Wir haben schon Pech, Mutter, wir beide ..."

„Du kannst das nicht vergleichen", protestierte ich, „du hast dein Leben noch vor dir, während ich ..."

Sie ging auf meine Worte nur mit einer hilflosen Geste ein. Dann kam sie wieder auf Gudrun und meinte: „Daß sie bei Annerose sein soll, wenn ich weg bin, gefällt mir nicht."

„Du bist jetzt voreingenommen", entgegnete ich, „Annerose liebt das Kind wirklich, und daß Vater es liebt, brauche ich nicht zu versichern."

„Schade, daß sie nicht bei dir bleiben kann“, seufzte Anette.

„Das hat Fallière auch gemeint.“

„Hans?“ fragte Anette aufhorchend.

„Aber ich hole sie, wann immer es geht“, versprach ich, „zum Beispiel übers Wochenende, wenn du nicht da bist.“

Annerose schien verstimmt, daß ich ihr meine Absicht, Anette aufzusuchen, nicht mitgeteilt hatte.

„Hätte ich um deine Erlaubnis bitten müssen?“ fragte ich.

Sie überhörte meine Bemerkung. „Hast du ihr gesagt, daß ich zu Walter ziehen werde?“ fragte sie.

„Ich habe es ihr gesagt“, antwortete ich. „Ich mußte es ihr ja sagen.“

„Und wie hat sie es aufgenommen?“

„Sie … war nicht sehr froh darüber.“

„Das kann ich mir denken. Damit muß ich auch noch fertig werden.“

„Und womit mußt du sonst noch fertig werden?“ wollte ich wissen.

„Mit dem, was du darüber denkst“, erwiderte sie nach kurzem Zögern.

„Und was denke ich darüber?“

Sie preßte die Lippen fest auseinander, dann sagte sie: „Das ich es darauf angelegt hatte, zu Walter zu ziehen. Aber das ist nur bedingt richtig. Daß ich Walter liebe, weißt du. Hättest du aber auch nur im geringsten Miene gemacht, zu Walter zurückzukehren …“

„Dann hättest du selbstverständlich auf deine Liebe verzichtet.“

Sie sah mich vorwurfsvoll an. „Ja.“

So elend ich mich fühlte, ich mußte lachen. „‚Edel sei der Mensch, hilfreich und gut‘“, deklamierte ich mit ebensolchem Pathos, wie es Anette getan hatte.

„Wie bitte?“ fragte Annerose irritiert.

„Anette hat das zitiert, als ich dich vor ihr in Schutz

nahm“, erklärte ich. „Sie meinte, wir seien schon zwei komische Heilige, wir beiden.“

Die Wendung ins Scherzhafte, die ich dem Gespräch zu geben versuchte, gefiel Annerose nicht. „Mir war es ernst, und mir ist es ernst“, sagte sie gekränkt.

„Ich weiß“, versetzte ich, „mir auch.“

Im Mai zog Annerose um. Sie ließ mir ihre ganze Einrichtung, bat mich, auch aus dem Haus zu nehmen, worauf ich Wert lege, zeigte sich überhaupt sehr großzügig. Das war sie übrigens immer gewesen, aber vielleicht wollte sie unsere Freundschaft auf diese Weise erhalten. Doch ich kam gegen meine Gefühle nicht an.

Alles schien mir verfahren, ich wollte Annerose nicht sehen, ich scheute mich vor einer Begegnung mit Walter, ich mied das Haus in Niederschönhausen. Auch den Umzug schob ich weiter hinaus und blieb vorerst in Eichwalde wohnen.

Gudrun war für die nächsten zwei Monate glücklicherweise wieder bei Grabberts, ich hatte sie selbst hingebracht, und da Annerose mit dem Umzug zu tun hatte, war es ihr recht gewesen.

Anette hatte sich auf Anraten und durch Vermittlung Dorothea Ehrlichs mit einigen Musikern zusammengetan und ein neues Programm mit ihnen erarbeitet, mit dem sie mehr Glück zu haben schien. Sie gastierten in Bulgarien, sie hatte mich bereits einmal aus Sofia angerufen und versprochen, sich auch aus Plowdiw zu melden. Um ihren Anruf nicht zu verpassen, hielt ich mich länger als nötig im Verlag auf. Auf dem Korridor traf ich Cantor. „Du bist noch hier?“ fragte ich erstaunt. „Und Julia?“

„Ich brauche sie heute nicht abzuholen“, versetzte er, „die Nachbarn haben sie aufs Grundstück mitgenommen. Sie schläft heute auch bei ihnen. Dort hat sie es sehr gut.“

„Komm doch mal wieder nach Eichwalde mit ihr“, forderte ich ihn auf. „Dort hat sie es auch gut.“

Wir verabredeten einen Tag, von dem ich wußte, daß Rosemarie nicht kommen konnte. Ich achtete darauf, daß die Kinder einander nicht begegneten.

Er kam ohne Julia. Sie sei bei einem Kindergeburtstag.

Ich deckte den Kaffeetisch auf der kleinen Veranda, die man im Winter nicht benutzen konnte, die aber jetzt sehr schön war.

„Wie geht es deiner Tochter?“ fragte er mich.

Ich erzählte ihm über die neueste Entwicklung in Anettes Angelegenheit.

„Dann bist du wenigstens diese Sorge los“, bemerkte er. „Ich habe mir auch Gedanken über deine Tochter gemacht.“

Ich sah ihn fragend an. „Worüber Gedanken?“

„Du hast doch gesagt, sie liebt diesen Mann noch.“

„Ich fürchte, ja. Aber die Arbeit wird ihr etwas helfen.“

„Das sagst du?“

„Das sage ich.“

„Wann ziehst du um?“ fragte er plötzlich.

„Ich weiß es noch nicht genau“, erwiderte ich, „wahrscheinlich bald.“

„Steht das noch nicht fest?“ staunte er.

„Daß ich umziehe, steht fest. Nur der Tag des Umzugs steht noch nicht fest. Hast du dir darüber auch Gedanken gemacht?“

„Ja, ich habe mir auch darüber Gedanken gemacht. Gefällt dir die Wohnung nicht?“

„Doch, sie gefällt mir. Sie ist genau das, was ich brauche. Nur …“

„Nur?“

„Ich habe Angst, Cantor. Blödsinnige Angst.“

„Wenn du mir nicht sagen willst …“

„Ich habe Angst, weil sich alles in mir gegen diesen Umzug sträubt. Weil er das Ende ist. Das Endgültige, verstehst du das?“

„Ich kenne das“, antwortete er. „Ich habe es ausgekostet.“

Unwillkürlich legte er seine Hand auf meine, ich zog meine nicht zurück. „Aber das ‚Ende‘ braucht nicht das absolute Ende zu sein. Eines geht zu Ende, und anderes, Neues, beginnt ..., ob man will oder nicht."

„Bei mir nicht", unterbrach ich ihn. „Ich werde bald fünfzig, Cantor. Annerose hat einmal gesagt: Die Fünfzig, das ist der eherne Glockenschlag. Ich hab das ja auch in meinem Roman geschrieben."

„Daß das Alter nicht nur eine biologische, sondern auch eine gesellschaftliche Tatsache ist, hast du ebenfalls in diesem Roman geschrieben", erinnerte er mich. „Deine Freundin ist vier Jahre älter als du, dennoch hat es bei ihr Neues gegeben."

Diese Anspielung war taktlos. „Bei mir nicht", wiederholte ich heftig und zog meine Hand zurück.

„Ich Elefant", entschuldigte er sich. „Immer zertrample ich Porzellan, auch wenn ich mich noch sosehr in acht nehme. Es tut mir leid."

„Ist schon gut. Ich bin auf dem Gebiet leider sehr empfindlich."

Nur langsam kam das Gespräch wieder in Gang, das, worüber wir sprechen wollten, berührten wir nicht.

Ich begleitete Cantor zum Bahnhof. Es war ein wunderschöner Frühlingsabend, und ich dachte daran, daß ich nun bald Abschied nehmen mußte von diesem Fleckchen Erde, das ich liebgewonnen hatte.

„Ich weiß noch, mit welchen Gefühlen ich hierher kam", sagte ich, „und jetzt wird es mir schwerfallen fortzugehen."

„... bei mir gibt es nichts Neues", wiederholte er meine Worte von vorhin.

„So gesehen ... gibt es natürlich Neues."

„Eben."

Wir gingen schweigend nebeneinander. Kurz vor dem Bahnhof blieben wir stehen, er hatte noch etwas Zeit. „Julia war traurig, daß sie nicht mit durfte", sagte er.

„Es gab keinen Kindergeburtstag?"

„Doch. Ich lüge dir nichts vor. Aber sie wäre lieber mitgekommen."

„Nächstes Mal bringst du sie wieder mit. Grüß sie von mir."

„Ich soll dich auch von ihr grüßen."

Er sah mich mit einem Blick an, der mehr sagte als seine Worte.

„Du sollst mir einen Kuß von ihr geben?" fragte ich. „Gib ihn mir."

Er küßte mich scheu und verlegen.

„Sag ihr, daß du ihn mir gegeben hast", trug ich ihm auf.

„Wann ziehst du um?" fragten mich die Kollegen.

„Feierst du deinen Fünfzigsten schon in der neuen Wohnung?" fragte Ingeborg Kluge.

„Ich feiere ihn überhaupt nicht", antwortete ich gereizt, „weil fünfzig Jahre kein Grund ist, um zu feiern. Und wann ich umziehe, weiß ich auch noch nicht."

„Friß mich nicht gleich auf", sagte die Kluge gekränkt, „ich hab's nicht böse gemeint."

Ich steckte den Kopf in den Sand und wollte nichts wissen. Plötzlich aber half mir das nichts mehr.

„Du sollst zur Rockstroh kommen", sagte Frau Kluge. „Die Leister hat angerufen."

„Die Leister?"

„Ja, die Rockstroh ist beim Chef. Sie erwartet dich aber in ihrem Zimmer."

Ich hatte Rosemarie Rockstroh nur ganz kurz gesehen, als sie aus Jugoslawien zurückkehrte, dann war sie gleich wieder nach Ungarn gefahren.

„Wie geht es dir?" begrüßte sie mich, „ich habe gehört, die Sache mit der Wohnung klappt?"

„Die Sache mit der Wohnung klappt", bestätigte ich.

„Das ist ja großartig, ich gratuliere." Sie drückte mir die Hand, und ich dankte pflichtschuldig. „Ich wollte dich nämlich bitten ...", fuhr sie fort, „ich hab einem Bekannten versprochen, daß er sich ein paar Wochen draußen aufhalten kann. Natürlich nur, wenn es geht."

„Selbstverständlich", antwortete ich. „Ist es dir recht,

wenn ich Anfang nächster Woche umziehe? Ich wollte noch ein paar Kleinigkeiten erledigen. Aber wenn es sein muß, geht es auch früher."

„Nein, nein, laß dir nur Zeit, ich will dich nicht drängen", versicherte sie. „So war das nicht gemeint."

„Es war sehr lieb, daß du mich so lange aufgenommen hast."

„Unsinn", wehrte sie ab. „Ich habe mich gefreut, daß du da warst, und es war schön, daß wir uns nähergekommen sind. Das darf nicht abreißen, Gerlind."

„Das liegt nicht an mir", sagte ich.

Sie nickte. „Es liegt an mir. Ich muß mir einfach die Zeit nehmen. Bei dieser Gelegenheit: Wie weit bist du mit dem Roman? Du weißt, er ist eingeplant."

„Ich habe noch Probleme mit dem Schluß", antwortete ich. „Das heißt, Cantor hat sie. Er ist der Ansicht, daß ich ihn umschreiben muß."

„Das verstehe ich nicht, ich finde ihn gut. Gerade weil du nur Denkanstöße gibst, keine Patentlösungen anbietest. Ich werde mit Cantor reden."

„Warte noch etwas", bat ich sie. „Wir wollten noch einmal über den Schluß sprechen."

„Wie du willst", sagte sie, „aber macht nicht zu lange. Ich halte außerdem nicht viel von endlosen Diskussionen, man kann etwas auch zerreden, das weißt du. Gib mir Bescheid, wann du umziehst, ich werde veranlassen, daß du einen Wagen bekommst. Aber sag es rechtzeitig."

Nun gab es kein Ausweichen mehr. Ich rief Annerose an und teilte ihr mit, daß ich nächste Woche umziehen wolle. Ob das ginge.

„Endlich", antwortete sie, „ich verstehe nicht, warum du es so lange hinausgeschoben hast. Den Schlüssel habe ich dir doch schon gegeben. Du kannst umziehen, wann du willst. Soll ich dir helfen?"

Ich dankte ihr, aber das sei nicht nötig. Wenn ich sie brauchen sollte, würde ich sie verständigen.

Ich fing an, meine Koffer zu packen. Es sammelt sich doch immer mehr an, als man denkt. Den Wagen bestellte ich für Donnerstag, mir blieben also noch fünf Tage.

Mit dem Umzug würde sich für mich nichts ändern, er war nur das Pünktchen auf dem i. Dennoch hatte ich Angst, ich fürchtete mich einfach, den Tatsachen ins Gesicht zu sehen.

Annerose lebte in dem Haus, das ich so lange mein Haus, unser Haus genannt hatte, und ich zog in ihre Wohnung. Es war schwer, damit fertig zu werden. Vor vier Jahren hatte sie ihren fünfzigsten Geburtstag in dieser Wohnung gefeiert, nun würde ich meinen dort erleben. Warum die Menschen ihr Altwerden auch noch feiern, werde ich nie begreifen. In manchen Gegenden wird sogar der Tod gefeiert. Man ißt und trinkt, spricht von dem „teuren Toten", vergießt ein paar Tränen und ist im Grunde froh, selbst noch nicht dran zu sein. Mit runden Geburtstagen ist es nicht viel anders.

Manchmal, wenn ich vom Verlag heimkam, setzte ich mich auf die Bank, die ich aus dem Schuppen geholt hatte, und starrte vor mich hin. In meiner Freizeit hatte ich öfter im Garten gearbeitet, jetzt dankte er es mir. Blaue, violette, gelbe Stiefmütterchen, die ich gepflanzt hatte, bildeten farbige Ornamente, Maiglöckchen versteckten sich hinter ihren spitzen Blättern, Vergißmeinnicht und Primeln hatten ihren Platz gefunden, der Flieder stand bereits in voller Blüte, und der Wacholder protzte mit seinen Fruchtzapfen, die Beeren ähnelten, und roch durchdringend. Ich hatte früher nie gedacht, daß mir ein Garten soviel bedeuten könne. Aber vielleicht bedeutete er mir nur darum soviel, weil ich Abschied nehmen mußte.

Abschied nehmen hatte ich in den letzten beiden Jahren gelernt, nun brauchte ich noch den Schluß zu meinem Roman, dann war auch dieses Kapitel abgeschlossen.

War es das? War es denn abzuschließen?

Ein unwesentlicher Zufall hatte in mir Fragen nach dem Wesen meiner Existenz aufgeworfen, nach jenem Phänomen, das wir „altern“ nennen, diesem unheimlichen Prozeß, der sich in jedem vollzieht, undurchschaubar, unsteuerbar, unabhängig von einem selbst.

Kann ich mit meinem Roman Fragen klären, auf die auch Wissenschaftler noch keine Antwort wissen?

Der Fahrer, der mich abholte und mir die Koffer hinauftrug, war derselbe, der mich damals nach Eichwalde gebracht hatte. Er schaute sich in der Wohnung um und meinte: „Hier haben Sie es doch schöner als auf der Datsche. Alles Gute, Kollegin Grenzer.“

Ich hatte Anneroses Wohnung zu verschiedenen Zeiten, bei verschiedenen Gelegenheiten kennengelernt, damals bei ihrem fünfzigsten Geburtstag, festlich im Blumenschmuck; dann anläßlich mancher Besuche, einfacher, aber immer gepflegt, und schließlich als Zuflucht, als ich nicht mehr aus noch ein wußte. Nun sollte ich hier ... zu Hause sein.

Ich hatte es nicht über mich gebracht, die Wohnung vor meinem Umzug noch einmal anzusehen. Jetzt kam ich mir fremd und verloren vor, obwohl nichts verändert worden war. Annerose hatte wirklich alle Möbel zurückgelassen. Die Fenster hatten Stores und Gardinen, auf dem Fußboden in beiden Zimmern lagen Teppiche. In der Anrichte und im Küchenschrank gab es sogar Geschirr. Annerose hatte nur persönliche Dinge mitgenommen, Bilder, Fotos, Decken und Deckchen. Sie mußte noch vor kurzem dagewesen sein, um sauberzumachen.

Merkwürdig, diese komplette, verlassene Wohnung. Als Kind hatte ich in einem Buch Ausgrabungen von Pompeji und Herculanum gesehen, mit Wohnungen, die aussahen, als wären die Bewohner eben ausgegangen. So kam mir diese Wohnung vor.

Wenn ich sonst verreist war in ein Ferienheim oder auch im Sommer ans Schwarze Meer, nach Bulgarien, in die Sowjetunion, packte ich zuerst meine Koffer aus. Dann erst war ich richtig da. Diesmal packte ich nicht aus. Einzig die

Schreibmaschine stellte ich auf den Schreibtisch. Das Foto von Walter, das ich immer auf dem Nachttisch stehen hatte, wenn ich ohne ihn verreiste, würde diesmal auch nicht auf dem Nachttisch stehen.

Ich war allein.

„Allein", der Gedanke hatte mich noch nie so erfüllt wie jetzt. Erfüllt ist das richtige Wort, denn daneben hatte nichts anderes Platz. Alles, was vorher gewesen, die Zeit bei Annerose, im Krankenhaus, auch in Eichwalde war mir immer als vorläufig erschienen. Wie hatte das alles kommen können? Wodurch war es endgültig geworden?

Ich trat ans Fenster und schaute hinunter auf die Straße. Ein trüber Tag. Leichter Nieselregen fiel aus grauen Wolkenfetzen. Gestern war es noch schön gewesen. Unten ging eine alte Frau vorbei, schleppte sich vielmehr mühsam an Krücken. Wie viele alte Leute es gab – vorher hatte ich sie nicht so bemerkt.

In der Wohnung nebenan ließ jemand den Lautsprecher auf vollen Touren laufen, es klang, als sei er im gleichen Raum: „Die Tage ohne dich sind leer und öde ..."

Ich hielt mir die Ohren zu, es drang trotzdem durch. Fort, hinaus. Aber wohin? Vielleicht sollte ich etwas einkaufen? Ich war nicht mehr dazu gekommen. Den Tag über hatte ich noch im Verlag gearbeitet, wenngleich es mir schwerfiel, mich zu konzentrieren. Aber ich ließ es bleiben, morgen war auch noch Zeit.

Schade, daß ich Cantor nicht hatte sprechen können, aber er war nicht im Verlag, Julia war krank. Hoffentlich nichts Ernstes.

Ob Walter sich wohl fühlte mit Annerose? Er sei ein guter Partner, hatte sie gesagt, damals, als sie noch glaubte, ich würde zu ihm zurückkehren. Er war nicht allein.

Einsamkeit, auch so ein Wort, das erst Sinn bekommt, wenn man einsam ist.

Steif, wie ein Gast saß ich am Tisch, und plötzlich fing ich an zu heulen, laut und hemmungslos, ich, die immer betont hatte, wie unangenehm ihr Selbstmitleid sei.

Und in dieses Heulen sagte mit einemmal jemand dicht neben mir: „Die Tür war nicht verschlossen. Ich habe geklopft, aber du hast mich nicht gehört. Warum weinst du?“

Als ich nicht aufhörte, streichelte Cantor unbeholfen über meine Haare. „Kann ich dir irgendwie helfen? Hör auf, bitte, hör auf.“

Ich weiß nicht mehr, was in mir vorging in diesem Augenblick, ich hörte nur eine Stimme, die mich tröstete, mir Mut zusprach. „Cantor!“ schluchzte ich, „ich kann nicht hier bleiben, ich kann nicht, ich kann nicht.“ Ich zog mich an ihm hoch und barg meinen Kopf an seiner Brust. „Hilf mir bitte! Hilf mir!“

Er stand da, schwerfällig, überrumpelt, dann sagte er einfach: „Wenn du zu mir kommen willst ...“

Das habe ich ihm später hoch angerechnet, daß er nicht fragte, weshalb und warum, sondern mir nur anbot, zu ihm zu kommen.

Wie hätte ich auch die Gründe erklären können, die mich aus einer Wohnung mit „Komfort“ forttrieben und mir die vier Treppen, die Ofenheizung und anderes als Rettung erscheinen ließen. Wie hätte ich erklären können, was mich trieb, mich einem Mann, den ich nicht liebte, an den Hals zu werfen, nur weil ich einen Menschen brauchte, der zu mir gehörte, mich liebte und mich so nahm, wie ich war.

Cantor holte ein Taxi, und wir luden die Koffer wieder ein. Während der Fahrt sprachen wir kein Wort, auch nicht, als wir die Koffer hinauftrugen. Erst oben sagte er: „Ich habe gedacht, daß du das ehemalige Schlafzimmer nimmst, aber wenn du willst, kannst du auch mein Zimmer haben.“

„Das ehemalige Schlafzimmer reicht“, versicherte ich.

Julia hatte ihren Großvater kommen hören und wußte nicht, mit wem er gekommen war.

„Tante Gerlind?“ rief sie überrascht, als ich sie begrüßte. „Kommst du mich besuchen?“

„Tante Gerlind bleibt hier", sagte Cantor, und er sagte es so, als glaube er es selbst noch nicht.

„Bei uns?" schrie Julia.

„Bei uns", bestätigte er.

„Schläfst du auch hier?"

„Wenn es dir recht ist, schlafe ich auch hier", sagte ich.

„Tante Gerlind", jubelte sie.

Den nächsten Tag hatte ich mir frei genommen, Sonnabend und Sonntag hatte ich auch noch Zeit.

Als wir das eine Ehebett auf den Boden brachten, wirkte das Zimmer schon viel geräumiger. Cantor holte vom Boden einige Möbelstücke herunter, die wir gut gebrauchen konnten. Aus seinem Zimmer brachte er den alten Backensessel, ein Tischchen und zwei Stühle. Ich protestierte, aber vergeblich. Später kauften wir noch einen gebrauchten Schreibtisch. Er war groß, solide und sehr billig. Die Blumenbilder, die auch hier hingen, wollte Cantor abnehmen, aber ich bat ihn, sie zu lassen. „Sie machen mich fröhlicher, ruhiger", sagte ich.

Er freute sich.

Montag brachten wir Julia, die sich inzwischen wieder ganz wohl fühlte, in den Kindergarten und fuhren dann gemeinsam in den Verlag.

„Na, wie ist es in der neuen Wohnung?" fragte Ingeborg Kluge, die bereits an ihrer Schreibmaschine saß.

„Ich wohne dort nicht", antwortete ich ruhig, „ich bin zu Cantor gezogen."

„Was?!" Ihr Mund blieb offen.

„Du kannst den Mund wieder zumachen", sagte ich.

„Hast du denn jetzt was mit dem?"

„Vielleicht hab ich jetzt was mit dem."

Sie zuckte die Achseln. „Mich geht's ja nichts an."

„Eben".

Ich hatte nichts „mit dem", aber die Kollegen redeten, und ich ließ sie reden. Wen ging das etwas an?

Als Rosemarie Rockstroh mich fragte, wie das sei, sie

habe gehört, daß da mit der Wohnung etwas nicht geklappt habe – sie sagte es zögernd und vorsichtig –, antwortete ich: „Du hast wahrscheinlich erfahren, daß ich zu Cantor gezogen bin."

Sie gab es sofort zu. „Im Verlag wird alles mögliche herumerzählt, aber ich wollte es von dir hören."

„Es ist richtig, ich bin zu Cantor gezogen."

Sie musterte mich und sagte: „Ich habe es nicht geglaubt."

„Du meinst, er ist nicht der richtige Partner für mich?"

„Ich hätte ihn nie für dich in Betracht gezogen", antwortete sie verlegen.

„Du hast mir doch selbst einmal gesagt: Er liebt dich."

„Er dich, aber du … ihn?"

„Meinst du nicht, es ist auch schon viel, wenn man geliebt wird?"

In ihrem Blick lag plötzlich Verstehen. „Es kann sein, daß das schon viel ist." Sie drückte mir die Hand.

Annerose konnte mich nicht verstehen. „Du bist einfach zu diesem … diesem …"

„Gezogen", vollendete ich ihren Satz. „Was findest du daran so erstaunlich? Oder hast du plötzlich einen Moralischen?"

Wir telefonierten miteinander, ich konnte ihr Gesicht nicht sehen, aber ich konnte es mir vorstellen. Den „Moralischen" schluckte sie nicht gern.

„Und was wird mit der Wohnung?" fragte sie. „Es war doch nicht so einfach, alles in die Wege zu leiten."

„Das kann ich mir vorstellen", lenkte ich ein. Sie hatte sich wirklich viel Mühe gegeben. „Aber jetzt haben wir doch eine Wohnung für Anette. Du wirst noch einige Laufereien haben, aber für Anette wird es ein Glücksfall sein."

„Du hast mir da was Schönes eingebrockt", klagte sie, aber sie sah ein, daß das die beste Lösung war. „Na ja, ich werde sehen, was sich machen läßt. Hoffentlich bereust du es nicht. Kommst du nicht mal zu uns?"

„Noch nicht“, antwortete ich. „Ich muß erst mit meinem Roman fertig werden.“

„Ich denke, du bist fertig?“

„Ich muß den Schluß noch umarbeiten“, sagte ich.

„Weißt du, was man über uns redet?“ fragte ich Cantor.

Wir hatten Julia ins Bett gebracht und saßen, wie nun oft nach dem Abendessen, bei einem Glas Wein beisammen und unterhielten uns. Meine Frage kam unvermittelt und ohne Zusammenhang mit dem, worüber wir eben gesprochen hatten.

„Ich weiß“, antwortete er ratlos, „aber was soll man dagegen tun?“

„Muß man etwas dagegen tun?“

Er war voller Hemmungen, ich hatte noch nie einen so gehemmten Menschen gesehen. Dabei wußte ich, daß er sich quälte, daß ihm das Zusammensein mit mir viel Disziplin abverlangte.

„Warum sagst du nichts?“ fragte ich.

„Ich brauche kein Mitleid“, antwortete er, „ich will kein Mitleid.“

„Und wenn es kein Mitleid wäre?“

„Mach mir nichts vor. Es wäre abscheulich, wenn du mir etwas vormachtest ...“ In seiner Erregung stand er auf, als wollte er fliehen.

Warum sprechen wir Frauen von Gleichberechtigung und warten immer darauf, daß der Mann die Initiative ergreift?

„Ich mache dir nichts vor ...“, begann ich. „Ich würde dir etwas vormachen, wenn ich dir sagte, daß ich dich liebe. Aber ich brauche Liebe, Carl, ich brauche sie sehr.“

Ich war aufgestanden und auf ihn zugekommen. Er tastete nach mir, als müsse er sich vergewissern, daß ich wirklich da sei.

„Zum erstenmal hast du Carl gesagt“, flüsterte er.

Es dauerte lange, ehe er seine Hemmungen ablegte. Ich

mußte ihm entgegenkommen, ich hatte selbst Hemmungen zu überwinden, aber ich überwand sie.

„Ich danke dir, daß du mich nicht belogen hast“, sagte er später einmal, als unser Zusammenleben schon eine Zeitlang dauerte. „Du hast nicht verheimlicht, daß unsere Verbindung eine Notlösung für dich ist.“

„Die ‚Not‘ kannst du weglassen. Eine Lösung, vielleicht.“

„Was es für mich ist, weißt du.“

„Ich weiß es.“

„Wie weit bist du mit dem Schluß?“ drängte Rosemarie Rockstroh. „Es ist höchste Zeit, ‚Die Lösung‘ soll in Satz gehen.“

„Was soll ich mit dem Schluß machen, Carl?“ fragte ich ihn. „Soll ich … unseren Schluß nehmen?“

„Ich weiß nicht“, antwortete er zögernd. „Du mußt es dir überlegen.“

„Ich habe keine Zeit mehr, zu überlegen“, widersprach ich. „Aber … ich finde ihn gar nicht so schlecht.“

ANHANG

Die Erstausgaben der Romane „Katja“ und „Die Lösung“ erschienen 1980 („Katja“) und 1981 („Die Lösung“) im Buchverlag Der Morgen. Die Bücher fanden bei Lesern und Literaturkritik lebhaftes Echo und erreichten in kurzer Frist hohe Auflagen. Nachdrucke, Taschenbuchausgaben, Übersetzungen folgten in mehreren Verlagen der DDR und im Ausland. Für die Neuauflage im Rahmen der „Ausgewählten Werke“ hat die Autorin die Texte der Erstausgaben nochmals durchgesehen.

Nach der Trilogie „Ahnen und Erben“ („Regina“, „Die Schwestern“, „Fini“) und dem biographischen Roman „Nur eine Frau“ wurden „Katja“ und „Die Lösung“ zuweilen als „abrupte Abwehr“ von den früheren historischen Stoffen, als „Sprung in der Gegenwart“ empfunden. Hedda Zinner hat sich verschiedentlich über die Rezeptionsbesonderheiten ihrer Bücher geäußert und Fragen von Lesern beantwortet. Die folgenden „Auskünfte“ sind der (erweiterten) Neuauflage des Erinnerungsbandes „Auf dem roten Teppich. Erfahrungen, Gedanken, Impressionen“ (Buchverlag Der Morgen, 1986) entnommen.

E. P.

Auskünfte

Die Frage nach Kontinuität und Diskontinuität in meiner literarischen Arbeit bewegt meine Leser immer wieder aufs neue. „Schon Ihr autobiographisches Werk ‚Auf dem roten Teppich', vor allem aber Ihr Roman ‚Katja' und auch Ihr Buch ‚Die Lösung' bedeuten eine abrupte Abkehr von Ihren früheren historischen Stoffen, einen Sprung in die Gegenwart", schrieb mir ein jüngerer Leser. Und er bat mich um Auskunft: „Wie kommt es dazu? und: Besteht dennoch eine Kontinuität?"

So einfach die Frage klingt, so schwer ist darauf zu antworten. Nicht darin, daß ich Gegenwartsthemen aufgriff, sehe ich eine Diskontinuität. Das tat ich schon früher mit Gedichten, Theaterstücken, Fernsehspielen, Erzählungen, wie ich andererseits nach den beiden Gegenwartsromanen „Katja" und „Die Lösung" für den Roman „Arrangement mit dem Tod" wieder einen historischen Stoff aufgegriffen habe. Schon deshalb wäre es nicht richtig, von einer „abrupten Abkehr" zu sprechen.

Doch es gibt natürliche, alltägliche Gründe, die mich bewegten, einerseits Probleme jüngerer und junger Menschen zu behandeln, andererseits das Altern, das Alter in den Mittelpunkt meines Erzählens zu rücken. Ich selbst werde älter und erlebe die zweifelhaften Freuden und unzweifelhaften Mißlichkeiten dieses Vorgangs. Mein Leserkreis hingegen wird jünger. Zwanzigjährige finden erstaunliche Parallelen zwischen ihren Alltagserlebnissen und dem zugegebenermaßen außergewöhnlichen Leben meiner Katja; mein Sohn und sein Freundeskreis, Leute zwischen fünfunddreißig und fünfundvierzig, beziehen mich in ihre Gespräche und ihre Gedanken ein; aber auch die Schicksale, die ich gelegentlich aus der Arbeit meines Sohnes im Jugendhilfeausschuß erfahre, bringen mir eine wiederum ganz andere Generation nahe. *Erzählgegenstände aber sind Lebensgegenstände.* So ist der „Sprung in die Gegenwart" sehr einfach zu erklären und zeugt eher vom kontinuierlichen Lebensprozeß.

Dennoch gibt es in meinen Arbeiten – wie übrigens in den Arbeiten vieler älterer Schriftsteller – eine echte und überlegenswerte Diskontinuität. Von verschiedenen Schriftstellern und Literaturwissenschaftlern wurde verstärkt seit Mitte der siebziger Jahre darauf aufmerksam gemacht, daß sich die „Wirkungsstrategie" unserer Literatur – etwa mit den sechziger Jahren beginnend – radikal geändert habe: Anstelle des didaktischen „Was lehrt uns das?" breitet der Autor ein Entscheidungsfeld für den Leser aus, der ja nach mehreren Jahrzehnten sozialistischer Entwicklung ein „mündiger" Leser geworden ist, und hält damit die Literatur für dessen Wertungen offen. Es geht also um eine Art „kollektiver Selbstverständigung", in die Autor und Leser als Partner einbezogen sind.

Ganz zweifellos benutzte ich seit dem „Teppich", besonders aber in der „Katja" jene neue „Strategie". Das wird nun gerade von den jüngeren Lesern mit einer Anteilnahme honoriert, wie ich sie in *dieser* Art noch nie erlebt hatte. Das wird aber auch, besonders von älteren Leuten, die jenes „Was lehrt uns das?" bereits untilgbar verinnerlicht haben und die Haltung literarischer Figuren als unmittelbare Anleitung zum Handeln auffassen, mit erbitterter Kritik quittiert. So schrieben mir zwei ältere Genossen unter anderem: „Uns gefällt auch nicht der Satz Katjas: ‚Weil mir das zum Kotzen ist, diese ständigen Vorträge über das, was gewesen ist.' – Soll sich der jugendliche Leser diese Auffassung zu eigen machen? ... Zusammenfassend möchten wir sagen, daß wir das Buch nicht für notwendig, ja sogar für pietätlos halten."

Vergegenwärtigt man sich den Sinn des Wortes „Pietät" – Frömmigkeit –, so wird einem diese Kritik höchst suspekt. Dahinter aber steckt ein tiefes Problem, das wiederum mit der Kontinuität, in diesem Falle unserer

Kulturpolitik, etwas zu tun hat. Der VIII. Parteitag hat, so formulierte ich vor einigen Jahren, einen allmählichen Wandel vom Kampagnedenken zur Kontinuität durchgesetzt. Gerade innerhalb dieser Entwicklung konnte die neue „Wirkungsstrategie" Breite gewinnen. Es wäre ein verhängnisvoller Irrtum zu glauben, der wahrlich zugespitzten internationalen politischen Situation mit einer Rückwärtswende zur alten „Was lehrt uns das?"-Strategie, zu literarisch formulierten Wunschkatalogen begegnen zu können und zur Kritik an Einzelsätzen zurückzukehren. Wir brauchen keine „pietätvolle", fromme – und damit übrigens per definitionem idealistische –, sondern eine materialistische, vorwärtsweisende, demokratische, sozialistische Literatur. Heute erst recht.

Mit dem Roman „Katja" habe ich eine große Zahl jüngerer Leser, beginnend bereits mit siebzehn, achtzehn Jahren, hinzugewonnen. Sie sehen das Buch als ihres an.

„Liebe Hedda Zinner", schreibt mir eine Leserin, „ich finde es großartig, wie Sie das Problem der Jugendlichen bei uns hier und heute darstellen, daß ich nur hoffen kann, wenn ich einmal Ihr Alter erreichen sollte, das gleiche Verständnis aufzubringen. Es ist ein Sonderfall, wenn jemand so weit geht wie Katja, aber nur im Sonderfall kann man das Typische der Reaktion verständlich machen. Katja, wenn sie wirklich existiert hätte, wäre in meinem Alter (geb. 1952). Sie schreiben von der Katja, als hätten Sie es selbst erlebt." Im weiteren Verlauf ihres Briefes kommt die Leserin zu der Frage, ob man Katjas Tod hätte verhindern können. Der Brief endet mit den Worten: „Was würden Sie Menschen raten zu tun, die sich in einer solchen Situation befinden wie Katja?"

In meinem Antwortschreiben stelle ich zuerst fest, daß es *natürlich* ein Sonderfall sei, wenn jemand so weit gehe wie Katja, und daß sie etwas Wichtiges und Grundsätzliches ausgesprochen habe, wenn sie sage: daß man nur im Sonderfall das Typische der Reaktion verständlich machen könne. Das sei auch meine Absicht gewesen. Gleichzeitig wollte ich aber auch Reaktionen bei den Lesern hervorrufen, die zu den Fragen führen: Mußte es so weit kommen? Was weiß ich von meinem Nebenmenschen? Wie weit kümmere ich mich um ihn? „‚Hätte man Katjas Tod vermeiden können?‘ fragen Sie. Ja, ich bin überzeugt davon. Wenn beispielsweise der Heimleiter Große erkannt hätte, warum Katja zu ihm gekommen war ... Wenn mein Buch also zum Anlaß wird, daß Menschen über ihre Beziehungen zu anderen Menschen nachdenken, dann hat es schon seinen Zweck erfüllt ...“

In meinem Roman habe ich viele Fragen aufgeworfen. Nicht alle konnte und wollte ich beantworten, wichtig aber schien mir, daß man sie stellt. Wie erziehen wir unsere Kinder? Überfordern wir sie nicht manchmal, weil wir selbst im Leben hart gefordert wurden? Belasten wir sie nicht mit dem, was gewesen, verlangen wir nicht, ob ausgesprochen oder unausgesprochen, Dankbarkeit, weil sie so leben können, wie sie leben, und wir ihnen den Zugang zu diesem Leben ermöglichten? Natürlich sollen, ja müssen sie wissen, was es zu bewältigen galt, schon um zu erkennen, was es noch zu bewältigen gibt. Der wesentlichste Kampf ist bereits durchgefochten, nun stehen sie vor weniger spektakulären, aber nicht weniger schweren Problemen. Sie müssen diese Probleme selbst begreifen. Vergangenheit darf dabei keine Belastung sein, darf sie nicht zwingen, in vorgeformten Dimensionen zu denken. Solche Vorgeformtheit, die keine Entscheidungssituationen zuläßt, ist es oft, die die Jugend abstößt. In den wenigsten Fällen freilich wird eine gutgemeinte, aber falsche Erziehung so tragische Folgen haben wie in dieser Geschichte. Mir aber kam es darauf an, den Konflikt in seinen äußersten Konsequenzen zu zeichnen und dennoch nicht beim Tragischen stehenzubleiben, sondern dies mit allen seinen Verästelungen in ein großes und insgesamt positives Bezugssystem eingefügt darzustellen. Die historische Größe einer Epoche mißt sich nicht nur an den Erfolgen, sondern auch am Tragischen, das sie zuweilen hervorbringt, wie sich umgekehrt das wahrhaft Tragische, nicht nur Traurige, an den Maßstäben der Epoche messen muß.

Wenn viele Leser den Eindruck gewannen, ich schreibe, als sei ich selbst Fini, als hätte ich Katja selbst erlebt, dann stimmt das sogar in gewisser Weise. Ich wurde während der Arbeit zu Katja, ebenso wie ich zu Fini wurde, zu Regina und zu anderen meiner Romangestalten. Nur so vermag ich Menschen darzustellen. Mag sein, daß das mit meinem früheren Schauspielerberuf zu tun hat, dieses Sich-in-den-Menschen-Verwandeln, den man spielt. Mag sein, daß Schriftstellerkollegen ganz anders arbeiten, das ist sogar wahrscheinlich, aber ich kann es nicht anders.

In ganz besonderem Maße wurde die Frage, ob meinen Romanen persönliche Erlebnisse zugrunde lägen, bei meinem Buch „Die Lösung" an mich gestellt. Ich muß immer wieder betonen, daß das in solch vordergründiger, unmittelbarer Weise nur ganz selten zutrifft. Daß ich, wie jede Frau in dem entsprechenden Alter, die Verdrängung als Wirkungsmechanismus kennengelernt habe, ist richtig. In diesem Sinne, und *nur* in diesem, kann man von eigenem Erleben sprechen. Grunderlebnisse dieser Art verallgemeinert der Schriftsteller. Die bloße Feststellung dessen, was man erlebt hat, reicht nicht aus. Die Geschichte des Romans ist frei erfunden, aber auch frei erfinden kann man nicht, wenn man nicht reale Kenntnisse von Menschen, ihrer Zeit und den Umständen dieser Zeit hat.

Was also, wenn nicht eigenes Erleben, hat mich dazu gebracht, diesen Roman zu schreiben?

Bei der Buchpremiere des Romans zitierte ich einen Ausspruch des bekannten französischen Dichters Cocteau: „Das Schlimmste am Alter ist, daß man jung ist." Diesem Widerspruch des Sich-jung-*Fühlens* und Alt-*Seins* wollte ich nachgehen.

Lebhafte Auseinandersetzungen gab es über alle meine Bücher, selten aber so unmittelbar einsetzend, so anhaltend, so kontrovers wie bei der „Lösung". Über die Frage, ob die im Roman angebotene Lösung, ob Kompromisse Lösungen, sogar Lebenshilfe, wie mehrfach behauptet wurde, sein können, wurde heftig gestritten. Das Buch fand große Resonanz – in Zustimmung und Ablehnung – und war schnell im Gespräch. Auch die Briefe, die ich erhielt, waren zahlreich.

Es gibt Leser, mit denen ich über lange Zeit, manchmal über Jahre im Briefwechsel stehe und die ich um ihre Ansichten zu meinen Arbeiten bitte. Dabei geht es mir nicht um Rezensionen von Fachleuten, sondern ich möchte wissen, was der Leser in meinen Büchern findet, worauf er eingeht, mit wem er sich identifiziert, wen und was er ablehnt. In diesem Sinne sind mir Leserbriefe nützlich und wertvoll. Manchmal antworte ich sehr ausführlich, weil das eine Art Klärungsprozeß für mich ist. So auch der Brief an Frau F.:

„Die Gerlind Grenzer ist Ihnen beispielsweise zu ‚ichbezogen', da gebe ich Ihnen recht, aber so muß sie aus vielfachen Gründen erscheinen. Gerlind ist ein sehr impulsiver, spontaner Mensch, sie ist klug, sie macht sich über vieles Gedanken. Das Älterwerden verdrängt sie wie die meisten Frauen, und plötzlich ist es da. Die Sache mit dem Kind ist nur das auslösende Moment, es hätte auch anders kommen können. Nun aber ist es ihr bewußt, beginnt ihr vieles bewußt zu werden, was sie immer weggeschoben hat. Ihre Beziehungen zu ihrem Mann, die schon lange nicht mehr stimmen, sie leben nebeneinander, nicht mehr miteinander wie in den ersten Jahren. Ihre Arbeit im Verlag, von der sie sich eingebildet hat, daß man sie besonders schätze. Nun rücken Jüngere nach. Ihr Verhältnis zur Tochter erweist sich als sehr einseitig, die Tochter kommt nur zur Mutter, wenn sie sie braucht, wenn sie das Kind nicht allein lassen will. Großmütter nehmen heute einen anderen Platz in der Familie ein, die Familie von früher existiert nicht mehr. Großmütter arbeiten, sind voll beschäftigt, haben auch noch Anspruch auf ein eigenes Leben. Von dem Augenblick an, da Gerlind über ihr Leben zu schreiben beginnt, steht sie sich selbst gegenüber. ‚Ichbezogen' natürlich, denn sie muß sich mit sich selbst auseinandersetzen, muß die eigenen Reaktionen feststellen, analysieren. Sie bemüht sich aufrichtig, ehrlich zu sein. Sie weiß, daß sie sich der Lächerlichkeit preisgibt, wenn sie ihre Beziehungen zu Baumgart reproduziert, ihre Anstrengungen, dem so viel jüngeren Mann gewachsen zu sein, daß es ins Peinliche geht, wenn sie glaubt, ihn durch die vollendete Tatsache ihrer Scheidung zur Heirat zwingen zu können, und das Ganze nur, um sich selbst zu beweisen, daß sie dazu fähig ist. Aber *sie* ist es, die Lächerliches und Peinliches aufdeckt, die mit nahezu kriminalistischer Genauigkeit sich selbst nachspürt, sich an den Pranger stellend, sich entlarvend.

Sie meinen, die Torschlußpanik käme für Gerlind zu früh? Ich glaube, das ist bei den Menschen sehr unterschiedlich, käme sie später, würde sich die Affäre mit Baumgart vielleicht nicht zutragen, käme es nicht zu einer Neurose, sondern zu depressiven Erscheinungen wie bei vielen Frauen. Übrigens hatte ich ursprünglich einmal die Absicht, den Roman ‚Kurzschluß' zu nennen.

Daß Sie die Lösung mit dem Lektor als eine echte Lösung ansehen, freut mich, es ist ein Angebot des Autors. Auch ich halte Partnerschaft, selbst wenn sie in einem Kompromiß besteht, für wichtig ...

Noch einmal, liebe Frau F., Ihre Bemerkungen zu meinem Buch haben mir genützt. Sie sehen es schon daran, daß ich über manches nochmals nachgedacht habe ..."

Leserbriefe, Stellungnahmen, Reaktionen zu Arbeiten – kann ein Schriftsteller sich Besseres wünschen?

Inhalt

ISBN 3-371-00088-5

1. Auflage
im Rahmen der Ausgewählten Werke in Einzelausgaben
Lizenznummer: 48-48/1/87
LSV 7001
Reihengestaltung: Werner Schulz
Printed in the German Democratic Republic
Lichtsatz: INTERDRUCK
Graphischer Großbetrieb Leipzig – III/18/97
Druck und buchbinderische Weiterverarbeitung:
Druckhaus Aufwärts, Leipzig – III/18/20-322/87
Bestellnummer: 695 649 7
01320